Gabrielle
ou les infortunes de la vertu

Catherine Delors

Gabrielle

ou les infortunes de la vertu

Roman

Éditions Héloïse d'Ormesson

Une version en langue anglaise de ce roman est parue chez Dutton Books, en 2008, sous le titre *Mistress of the Revolution*.

Pour l'édition française :
Éditions Héloïse d'Ormesson, 2022.
ISBN 978-2-35087-797-6

Éditions Héloïse d'Ormesson
92 avenue de France, 75013 Paris
www.editions-heloisedormesson.com

FSC
www.fsc.org
MIXTE
Papier issu de sources responsables
FSC® C003309

L'éditeur de cet ouvrage s'engage dans une démarche de certification FSC® qui contribue à la préservation des forêts pour les générations futures.

Pour en savoir plus :
www.editis.com/engagement-rse/

À Philippe et Christiane Lemaître,
pour leur soutien et leur amitié.

Londres, ce 25 janvier 1815

J'ai lu dans les journaux ce matin que Louis XVI et Marie-Antoinette ont été exhumés de l'ancien cimetière de la Madeleine. Les dépouilles ont été transportées, au milieu de la pompe de la monarchie restaurée, à la basilique de Saint-Denis, dernière demeure des rois et reines de France depuis douze siècles.

Marie-Antoinette a été identifiée peu après le début des fouilles, et les ossements de Louis XVI ont été retrouvés le lendemain. On a cherché en vain la plus jeune sœur du roi, Madame Élisabeth, au cimetière des Errancis. Au printemps 1794, la guillotine avait empli la Madeleine, et les autorités avaient dû ouvrir ce nouveau cimetière.

D'autres victimes de la guillotine, que j'ai connues et aimées, attendront l'heure du Jugement à la Madeleine et aux Errancis. Royalistes, révolutionnaires, jetés nus dans leurs vastes fosses communes, y resteront entremêlés pour l'éternité. Dieu, en Sa grande bonté, oubliera l'absence de rites funéraires.

Ces nouvelles de Paris m'ont percée au cœur. Moi qui ne pleure plus jamais, je sens les larmes m'étrangler. Je ne dois pas leur céder, car je ne pourrais m'arrêter. Mais la grande Révolution n'est plus, et le temps est venu d'exhumer mes propres morts.

1

– Mademoiselle, vos joues sont encore tachées d'encre ! Que dira monsieur le marquis quand il vous verra ainsi ? Vous êtes incorrigible. Souvenez-vous, chaque fois que vous êtes méchante, vous enfoncez les clous de la croix de Notre Seigneur plus profondément dans Sa chair.

Une goutte d'encre coula de ma plume et éclaboussa le *H* vacillant qui m'avait donné tant de mal. Je me levai, les mains bien droites devant moi pour que sœur Marie-Joseph de la Passion me frappe de sa règle. Elle ignora mes doigts et me saisit par le bras pour me faire sortir de la classe.

– Allez donc vous laver le visage. La révérende mère veut vous voir. Le marquis vous attend.

Jamais sœur Marie-Joseph n'avait laissé passer une occasion d'utiliser sa règle sur mes doigts. Et pourquoi me parlait-elle du marquis ? Il ne venait me voir que pendant les vacances, que je passais toujours au couvent. Nous étions à la fin d'octobre 1780, et je n'attendais pas sa visite avant la Noël.

Je me lavai le visage à l'eau froide de la fontaine de la cour et, le cœur battant, me rendis au cabinet de la révérende mère. Là, mon frère et tuteur, Géraud de Montserrat, marquis d'Espeils, m'attendait avec elle. Le marquis, de dix-sept ans mon aîné, était l'incarnation de la bonté, de l'élégance et de l'érudition. Des boucles, poudrées et attachées par un ruban de soie noire, encadraient ses traits réguliers et bien définis. Je fis une profonde révérence. Il me prit dans ses bras, m'embrassa sur les deux joues, puis recula de deux pas pour me regarder.

– Mon Dieu, Gabrielle, comme tu as grandi depuis l'été. Tu es une jeune fille maintenant.

La révérende mère hocha la tête.

– Oui, monsieur le marquis, mademoiselle de Montserrat est en avance sur son âge à bien des égards. Elle a fait de grands progrès en cinq ans. Elle sait maintenant jouer du clavecin et, bien sûr, lire, écrire et parler le français. Elle connaît les rudiments de la danse. Elle a également une jolie voix, la plus mélodieuse de notre chorale, et elle manquera à sœur Béatrice. Je peux la complimenter sans crainte, car elle n'a pas de vanité. Il est bien dommage qu'elle ne puisse rester avec nous quelques années de plus, car elle a encore beaucoup à apprendre. Mais vous en êtes le meilleur juge, et je comprends que madame la marquise ne puisse se passer d'elle plus longtemps.

J'allais donc quitter le couvent ! J'en étais bien étonnée, car je n'avais que onze ans. Les autres pensionnaires restaient jusqu'à leur mariage, qui avait souvent lieu dans la chapelle.

Comme c'était la coutume en ce temps-là, j'avais été confiée dès ma naissance à une nourrice, Marie Labro, aux environs de la ville de Vic-en-Carladez, dans la province d'Auvergne. Mamé Labro avait cinq garçons, dont le plus jeune, Jacques, était mon frère de lait. Son mari était parti se louer comme boulanger en Espagne, mais n'avait bientôt plus donné de nouvelles. Je demeurai en nourrice jusqu'à l'âge de six ans et versai bien des larmes lorsque mon frère m'annonça que je lui serais retirée pour devenir pensionnaire chez les bénédictines de Vic.

À mon arrivée au couvent, j'avais les manières d'une paysanne, ce qui m'avait valu le mépris des autres filles, toutes issues de la noblesse et de la bourgeoisie locales. Je ne parlais alors que la langue d'oc, la *lenga romana*, et les dix mots de français que savait Mamé Labro. Bien que ce soit ma langue maternelle, la langue d'oc n'est plus enseignée dans les écoles depuis bien longtemps, et je n'ai jamais appris à la lire ni à l'écrire. Dans la bouche des hommes, elle peut être dure et gutturale, mais dans celle des femmes, dans celle de Mamé en particulier, ses notes étaient haut perchées et chantantes. Je les aimais bien mieux que les voyelles nasales du français.

J'appris rapidement à parler cette langue, mais les stigmates de mes manières rustiques ne m'avaient pas quittée. De plus, comme sœur Marie-Joseph de la Passion se plaisait à le répéter, je partageais avec Judas, le traître qui avait vendu Notre Seigneur, au moins un trait démoniaque : des cheveux roux.

Je n'eus guère de regrets lorsque le marquis me fit monter en voiture. J'allais enfin découvrir le château de Fontfreyde, le lieu de ma naissance, et y revoir ma mère pour la première fois. Je ne me souvenais ni d'elle ni de mon père, mort alors que j'étais encore chez Mamé Labro.

Je posai bien des questions à mon frère, sans recueillir beaucoup de réponses, sinon l'assurance que notre mère serait ravie de faire ma connaissance. Nous quittâmes Vic pour monter en altitude. Et bientôt la vallée du Goul, où se trouvaient la plupart des terres du marquis, succéda à celle de la Cère. Nous passâmes les fourches patibulaires du col de Curebourse. Je détournai le regard de la sinistre structure, mais le marquis la pointa du doigt.

– J'ai droit de haute justice sur mes domaines, mais je ne l'exerce plus. Je laisse au Tribunal du bailliage à Vic le soin de punir les nombreux scélérats qui infestent mes terres.

Je me souvins du jour où Mamé Labro m'avait emmenée, avec ses fils, assister au châtiment de deux voleurs qui avaient dérobé deux écus à un marchand à la foire aux bestiaux de la Saint-Georges. Je devais avoir cinq ans. L'échafaud avait été dressé sur la grand'place de Vic. L'un des voleurs, en chemise, avait gravi à reculons les degrés d'une échelle. La corde au cou, il avait été poussé dans le vide. Pendant de longues minutes, le visage violacé, il s'était débattu en d'épouvantables soubresauts. Son complice, attaché à un poteau et dévêtu jusqu'à la ceinture, attendait son propre châtiment. Il avait seulement gémi sous le fouet, mais la marque au fer rouge sur l'épaule lui avait arraché des hurlements. Mamé m'avait désigné les cavaliers de la maréchaussée qui l'emmèneraient aux galères du roi, où il servirait trois ans comme forçat. Ce spectacle, assurait-elle, me montrait ce qui arrivait aux méchants en ce monde et me donnait un aperçu de ce qui les attendait dans l'autre. Elle avait insisté pour que je garde les yeux grands ouverts. Bien que Jacques m'ait tenu la main pour me réconforter, j'étais horrifiée. Le corps du pauvre pendu avait ensuite été accroché aux fourches patibulaires, d'où l'on pouvait le voir se décomposer à des lieues à la ronde, jusqu'à ce qu'il n'en reste rien.

J'étais soulagée d'apprendre que le marquis avait choisi de ne pas exercer ses prérogatives. Un homme de sa bonté ne pouvait être mêlé de près ou de loin à la cruauté des affaires de justice.

De l'autre côté de Curebourse, sur les terres de mon frère, nous traversâmes la petite ville de Lavigerie et arrivâmes en vue du château de Fontfreyde. Mon frère m'expliqua que, autour de l'an mil, notre ancêtre Ramon de Montserrat, comtour d'Espeils, l'un des plus puissants barons d'Auvergne, y avait fait bâtir une énorme forteresse. Celle-ci contrôlait alors toute la vallée depuis le versant sud du Plomb du Cantal.

– Ramon descendait par les femmes de Charlemagne, et son grand-père maternel était Sanche Garcés, roi de Navarre. Tu vois, Gabrielle, nous ne devons jamais permettre aux autres d'oublier qui nous sommes, ni l'oublier nous-mêmes.

Rien ne subsistait de la forteresse de Ramon d'Espeils, remplacée deux siècles plus tôt par le château actuel, dans le style traditionnel du haut pays, avec des murs de lave noire cimentés de mortier blanc.

Les toits pointus, conçus pour les neiges de l'hiver, étaient couverts de pierres de lauze, semblables aux écailles d'un poisson géant. Les deux volées monumentales d'un escalier extérieur, ornées d'urnes et de bustes, relevaient la façade du bâtiment.

Le château était situé au bas de la vallée, au milieu de vertes prairies. Des bois de chênes et de hêtres, couleur d'or et de feu au moment de mon arrivée, habillaient les montagnes avoisinantes. Tel était le lieu de ma naissance, demeure de mes aïeux. Mon vrai nom, que personne ne prononce plus aujourd'hui, est Marie Gabrielle Aigline de Montserrat d'Espeils, mais on m'appelait alors Gabrielle de Montserrat, tout simplement.

L'appréhension de rencontrer ma mère chassa toute autre pensée de mon esprit. Mon frère m'amena dans le grand salon, où elle était assise dans un fauteuil brodé de tapisserie au petit point. Des portraits d'ancêtres, en cuirasse ou en habit de cour, étaient accrochés aux murs. Je fis une profonde révérence à madame d'Espeils, qui me donna sa main à baiser. Je fus surprise de constater que je ne lui ressemblais en rien. Elle était petite et délicate, avec des cheveux noirs mêlés de quelques fils d'argent. Elle avait le nez fin, la mâchoire forte, les yeux sombres et perçants. Sa bouche formait une ligne droite, sans lèvres, qui ne devait pas souvent être déformée par un sourire. Elle me fixa du regard et se tourna vers mon frère.

– Qu'elle est maigre ! Pensez-vous qu'elle va encore grandir ? Et cette tignasse rousse !

J'en fus mortifiée. Le marquis ne semblait guère plus à l'aise.

– C'est encore une enfant, et les jeunes filles développent leurs attraits en grandissant.

Ma mère opina.

L'une des servantes me conduisit au deuxième étage dans une pièce longue et étroite, meublée d'une armoire et d'une grande table couverte de patrons et de morceaux d'étoffe déjà coupés. Dans un coin se trouvait un petit lit blanc. L'unique décoration était le portrait d'un gentilhomme revêtu d'une cuirasse, qui me rappelait fort le marquis, sauf pour le sourire égrillard. Il s'agissait, me dit la servante, du chevalier de Montserrat, frère cadet de feu mon père.

De ma vie, je n'avais dormi seule. Je me rappelais la chaleur du lit de Mamé Labro, que j'avais partagé toute ma petite enfance, et je commençais même à regretter la maussade camaraderie du dortoir du couvent. Dorénavant, il me faudrait passer la nuit dans cette chambre inconnue. Je contemplai par la fenêtre la vue sur les prairies et les bois derrière le château. Puis, assise sur le lit, je sortis mon livre – je n'en possédais qu'un – et relus pour la centième fois mes histoires préférées. Ce volume, les *Contes de ma mère l'Oye* de Perrault, était mon bien le plus précieux, un présent du marquis lorsque j'étais encore chez Mamé Labro. Je ne savais pas lire alors, pas plus que quiconque dans la maisonnée Labro. Pourtant, j'en avais lentement tourné les pages, fascinée par la magie des mots imprimés. Leur complexité m'avait tant intimidée que je ne pouvais imaginer un jour percer un tel mystère. Mon frère m'avait précisé que le livre était écrit en français, langue que je ne maîtrisais pas à l'époque.

Lors de ses visites dominicales chez Mamé, le marquis m'asseyait sur ses genoux et me traduisait les contes en langue d'oc pendant que ma joue caressait le velours bleu de son habit. Il partait toujours trop vite à mon goût et quittait les Labro au milieu de leurs révérences et des gloussements effrayés des poules dans la cour. Je revois la poussière que les sabots de son cheval soulevaient dans le chemin après son départ. Je retournais alors au livre magique pour inventer mes propres histoires en m'inspirant des images.

Dans ma nouvelle chambre à Fontfreyde, mes vieux amis, les princesses, les fées, les chats aux bottes de sept lieues, m'apportaient leur réconfort habituel. Mon frère interrompit ma lecture pour me faire visiter le château, un dédale de couloirs, d'escaliers qui ne menaient nulle part, de tours, de tourelles et de salons inhabités. Dans la cuisine, une vieille femme, Joséphine, assistée d'une souillon, épluchait des carottes. Les servantes nous firent une profonde révérence et Joséphine me salua en langue d'oc, ce qui me réchauffa le cœur autant que le feu qui brûlait au fond du vaste foyer. À l'intérieur de celui-ci, on pouvait s'asseoir sur des bancs de pierre situés de part et d'autre de l'âtre, un arrangement appelé *canto*. D'énormes jambons y étaient suspendus. Une chatte jaune, les yeux fermés, pattes tendues, allaitait un chaton presque aussi grand qu'elle, en ronronnant sur les coussins rouges de l'un des bancs. Les bouilloires en cuivre sur la table brillaient d'un orange éclatant à la lumière du feu.

Mon frère m'emmena ensuite aux écuries. Elles étaient vastes, bien plus que nécessaire pour accueillir les cinq chevaux qui s'y trouvaient. Son bel étalon bai nous accueillit par un hennissement. Quatre chevaux de trait se retournèrent dans leurs stalles pour nous regarder avec curiosité. L'un d'eux, Bijou, noir avec une étoile blanche, la crinière et la queue longues et ondulées, mesurait dix-sept mains au garrot, une bête énorme. Mon frère lui flatta l'encolure.

– Il a neuf ans et il grandit encore, bientôt il ne sera plus assorti à ses compagnons d'attelage.

Bijou saisit mon fichu, puis le bout de mes oreilles entre ses lèvres avec une infinie délicatesse. Il abaissa sa tête géante contre mon cou et respira bruyamment. C'était le geste le plus amical rencontré au cours de cette journée. Je m'appuyai contre sa robe soyeuse.

– Voudriez-vous m'apprendre à monter, monsieur ?

Mon frère rit, ce qui lui arrivait rarement.

– Bijou est trop grand pour un cheval de dame, mais c'est un hongre et il a bon caractère. Si tu es sage, je pourrai y réfléchir.

Mon premier souper avec ma mère et mon frère eut lieu dans la grande salle à manger à lambris de chêne. Nous nous assîmes au bout d'une longue table éclairée par deux bougies, qui aurait pu accueillir trente personnes. Mon frère récita le bénédicité avant qu'un repas de bœuf aux châtaignes ne soit servi. Il parlait peu, écoutant ma mère lui conter par le menu les dépravations des serviteurs et des paysans. Elle ne m'adressa pas la parole.

Après souper, nous nous retirâmes dans le grand salon, où mon frère s'installa avec un traité de chasse relié de cuir usé et ma mère, avec un volume de *La Dévotion au Sacré-Cœur de Jésus.* Je pensai qu'il était prudent de ne pas aller chercher mon propre livre et me contentai de contempler le tapis. La marquise leva les yeux de sa lecture.

– Sais-tu coudre ?

– Oui, madame, on me l'a appris au couvent.

– Tu pourras donc te rendre utile après tout. Les servantes ne sont bonnes à rien et ne finissent jamais leur ouvrage à temps. Je me demande pourquoi nous nous donnons la peine de les garder. J'ai une nouvelle chemise qui a été coupée depuis plus d'une semaine. Et n'essaie pas de me tromper. Je veux des points fins et réguliers.

Elle sonna pour qu'on lui apporte son panier à ouvrage. Et dès lors, je ne manquai jamais plus d'occupation à Fontfreyde.

À neuf heures, tous les serviteurs entrèrent dans la pièce et s'agenouillèrent autour de mon frère et de ma mère. Celle-ci me fit signe de venir à côté d'elle. Le marquis dirigeait les prières. Je commis l'erreur de m'asseoir sur mes talons, ma mère me gifla sans un mot. Je corrigeai ma position.

Je ne dormis pas beaucoup lors de cette première nuit. Le parquet grinçait comme si quelqu'un marchait dans ma chambre. C'était peut-être le *drac*, le vilain petit monstre qui hante toutes les maisons d'Auvergne, grandes ou modestes, et se plaît à jouer de méchants tours à leurs habitants. Le vent d'automne fouettait le château et l'emplissait de bruits étranges. Je croyais entendre dehors le vacarme de la *chaço volanto*, la chasse volante, avec ses chiens hurlants, ses cavaliers fantômes et ses chevaux lancés au grand galop en plein ciel.

2

MON FRÈRE ME DONNA les leçons d'équitation tant attendues et m'apprit à monter en amazone, comme une dame. Bijou était à la hauteur de son nom et se révéla le plus doux des animaux. Je pris vite confiance en moi et fis de rapides progrès. En catimini, je remplissais mes poches de pommes et de carottes volées dans la cave de Joséphine, et j'emmenais Bijou pour m'exercer à monter à califourchon, à cru, loin des regards des habitants du château.

Ma nouvelle vie était plus heureuse que l'accueil de ma mère ne l'avait laissé présager. La marquise ne recevait pas, à l'exception de quelques amis de mon frère et de ma sœur aînée Madeleine, comtesse de Chalvignac, une belle femme d'une trentaine d'années, aux cheveux noirs, qui ressemblait fort au marquis. Le mari de Madeleine, un homme maigre, jaune et désagréable, l'accompagnait rarement. Elle avait deux garçons, mes neveux, qui avaient à peu près mon âge. Ils étaient à l'école à Clermont et je les voyais peu. Mon autre sœur, Hélène, que je n'avais pas encore rencontrée, était abbesse de Noirvaux, non loin de Nantes, à des centaines de lieues de là.

Je trouvais souvent refuge dans la cuisine, où j'étais assurée du bon accueil de Joséphine. La bonne femme essaya de m'apprendre à cuisiner, mais mes doigts étaient maudits.

– Va t'asseoir dans le *canto* et divertis-moi avec tes bêtises. Y a rien d'autre de jeune et de joyeux dans cette demeure. Tu pourras lécher les plats quand j'aurai fini, mais surtout touche à rien d'ici là. Tu saurais pas faire bouillir un œuf. Qu'importe ! Un jour, t'épouseras un grand seigneur, et tu seras trop belle dame pour connaître le chemin de tes cuisines.

J'avais également gagné la confiance des servantes qui, lorsque ma mère avait le dos tourné, me traitaient comme leur petite poupée. C'étaient toutes de bonnes âmes, âgées et gentilles. L'une d'entre elles, Antoinette, avait été défigurée par la petite vérole, qui l'avait rendue borgne et lui avait labouré le visage. J'avais moi-même contracté cette horrible maladie lorsque j'étais chez Mamé Labro, mais mon seul souvenir en était une discrète cicatrice ronde sur la tempe gauche. Au début, j'évitais Antoinette, effrayée par le bleu mort de son œil vide, mais je m'attachai finalement à elle plus qu'aux autres. La pauvre femme avait cousu pour moi, en cachette de ma mère, une poupée de chiffons, la seule que j'aie possédée.

Les servantes me racontaient les histoires du haut pays, comme celle de la Bête du Gévaudan qui, vingt ans plus tôt, avait dévoré des centaines de bergers et de bergères. Le massacre avait duré jusqu'à ce qu'une bête monstrueuse, telle qu'on n'en avait jamais vue, ne soit abattue par un paysan, Jean Chastel, au terme d'une traque qui avait duré toute une nuit d'été dans les forêts de la montagne de la Margeride. Pendant son récit, Antoinette me fixait de son œil unique.

– La Bête a reconnu Chastel et l'a pas attaqué. L'homme était un coureur de loups, un sorcier qu'avait fait un pacte avec ces mauvaises bêtes. Y les conduisait à dévorer les chrétiens. Et y savait aussi se transformer en loup quand il allait se baigner à la rivière. Et même quand il avait forme d'homme, ses mains étaient couvertes d'un long poil noir, et on y voyait le même par l'échancrure de sa chemise.

Guillemine, une autre servante, reprit d'une voix haletante :

– Et son maître, le comte de Morangiés, valait pas mieux. Il aidait Chastel à cacher la Bête dans ses bois. Et les gens disaient qu'y célébrait des messes noires sur le corps de sa petite sœur.

– Des messes noires ?

– Une messe noire, mademoiselle Gabrielle, c'est le plus méchant des blasphèmes, c'est une moquerie de la Sainte Messe. C'est une cérémonie où un enfant est saigné à mort sur une femme étendue toute nue sur un autel. Et le comte de Morangiès a forcé sa petite sœur à participer à une chose pareille !

Je frémis d'horreur à l'idée qu'un homme puisse voir sa sœur nue. Je voyais les gouttes de sang tomber sur la peau blanche de la jeune fille, j'entendais les cris de terreur de l'enfant qu'on allait sacrifier. C'était encore pire que d'imaginer les restes mutilés des pauvres petites bergères dévorées par la Bête.

– C'est pourquoi ses vassaux le craignaient comme la peste. Et ils le craignent encore, car il est toujours bien vivant, le démon de l'enfer.

Antoinette me posa la main sur le bras.

– Bien sûr, mademoiselle Gabrielle, c'était en Gévaudan, à douze lieues d'ici. La noblesse là-bas est bien moins respectable qu'en Carladez. Personne oserait comparer le comte de Morangiés à monsieur le marquis d'Espeils, qu'est si bon.

3

À L'ÂGE DE DOUZE ANS, je dépassais cinq pieds et demi. Ma mère s'en lamentait.

– Regardez-la, mon fils ! Aucun homme ne voudra d'une géante. Sainte Vierge, qu'allons-nous en faire ?

Mes seins et mes hanches avaient commencé à se développer. Et, à mon grand chagrin, un duvet roux était apparu au bas de mon ventre. J'observais mon nouveau corps, perplexe face aux changements qu'il avait connus en quelques mois.

Un soir, je sentis le chevalier de Montserrat, depuis son cadre doré, me suivre du regard alors que je me déshabillais. Joséphine m'avait raconté que le portrait avait été décroché du salon et exilé dans cette pièce sur ordre de la marquise. Celle-ci ne voulait plus le voir car on avait trouvé dans les effets du gentilhomme après sa mort un livre de poésies licencieuses, illustré de sa main. Jamais l'œil grivois du colonel ne m'avait déconcertée auparavant, mais maintenant je ne souhaitais plus enlever ma chemise devant lui. Je pris l'un des morceaux d'étoffe sur la table de couture et montai sur le lit pour en recouvrir le portrait. Alors que je m'approchais du haut du cadre, un filet de liquide chaud me coula le long des jambes. Horrifiée, je remarquai qu'il était de couleur rouge. J'étais sans doute en train de périr de quelque maladie affreuse : la catastrophe m'avait frappée parce que j'avais fait quelque chose de méchant qui allait être révélé au monde entier. Pis encore, mon frère allait l'apprendre et il ne voudrait plus jamais me voir. Je coinçai des chutes d'étoffe entre mes cuisses.

Le lendemain, Joséphine arqua le sourcil quand elle me vit.

– Qu'as-tu fait ? T'as l'air si honteuse que ça doit être grave. Parle, j'en dirai rien à ta mère.

Je lui chuchotai mon secret à l'oreille.

– Ma pauvre chérie, l'heure de tes coquelicots est venue ! J'aurais dû m'en douter. C'est une des malédictions, avec les couches, que le Bon Dieu nous envoie comme punition, à nous les femmes. Et ça reviendra à chaque lune et ça continuera tant que tu seras pas grosse ou que tu seras pas devenue vieille comme moi. Bon, y faudra veiller à t'éloigner du lait quand tu les as, car tu le ferais cailler.

Elle agita le doigt sous mon nez.

– Et puis surtout, à partir de maintenant, tu peux faire des enfants. Y faudra donc que tu fasses attention à plus jamais être seule avec un homme.

– Et le marquis ?

– Mais non, petite niaise, je parlais pas de monsieur le marquis.

Elle haussa les épaules.

– C'est ton frère, pour l'amour du ciel ! Y te fera rien. Mais méfie-toi de tous les autres hommes. Ils auront qu'une chose en tête, jolie comme t'es. Tu vois ce que je veux dire ?

Non, je ne voyais pas ce que Joséphine voulait dire. Elle soupira.

– Bon. T'as vu ce qui se passe quand y a des juments qui sont amenées au château pour être couvertes par l'étalon de monsieur le marquis ?

Je fis un signe de tête. Cette procédure se déroulait sous la surveillance de mon frère dans un enclos derrière le château, sous la fenêtre de ma chambre. Les garçons d'écurie tenaient les rênes des chevaux. L'étalon, en sentant la jument, rejetait la tête en arrière et retroussait les lèvres. Il se cabrait de toute sa hauteur, ses pattes avant fouettant l'air, et il poussait un cri effrayant, presque un rugissement, avant de commencer ses approches. C'était une scène impressionnante, mais je ne voyais pas quel rapport elle pouvait avoir avec mes histoires de coquelicots.

– Alors t'as dû voir ce qui se passe sous le ventre de l'étalon. Eh bien, les parties d'un homme sont les mêmes, en moins grandes bien sûr, quand y veut abuser d'une fille. Méfie-toi de tout scélérat qui te dira des mots doux. Quand tu t'y attendras pas, y déboutonnera sa culotte, y te troussera tes jupes et y te fera ce que t'as vu faire aux juments.

J'en eus le souffle coupé. Les yeux clos, j'essayais de chasser les images bestiales évoquées par Joséphine.

– Et après, t'accoucheras d'un petit bâtard neuf mois plus tard. Et même si tu tombais pas enceinte, tu serais quand même déshonorée. Vois-tu, quand une fille laisse un homme lui faire ça, y a quelque chose qui se déchire en elle. Ça lui fait très mal, et après, elle est plus jamais la même.

Joséphine pointa un doigt menaçant vers mon ventre.

– Même si t'arrivais à cacher ta honte jusqu'à ton mariage, ton mari s'en apercevrait pendant ta nuit de noces. Y se mettrait dans une colère horrible et y te ferait enfermer dans un couvent pour le restant de tes jours. Réfléchis bien. Tout ça à cause d'une seule faute ! Maintenant, t'es prévenue.

– N'aie crainte, Joséphine. Jamais je ne laisserai un homme me faire des choses aussi dégoûtantes.

– Y faudra bien que tu laisses ton mari te faire ces choses-là, et y pourrait aussi t'en apprendre d'autres. Mais c'est tout ce que t'as besoin de savoir pour l'instant.

Je me tenais le ventre.

– Pauvre petite. Je vais te donner une tasse de camomille. Et t'inquiète pas pour madame la marquise. Je vais lui dire.

– Oh non, je t'en prie. Elle va être en colère contre moi.

– Mais non ! C'est pas ta faute. Et elle doit le savoir tout de suite, car maintenant t'es bonne à marier.

Je frémis.

– Je ne me marierai jamais.

Joséphine éclata de rire.

– Écoute-moi ça ! Comme si c'était à toi de décider.

Elle me donna des linges et m'expliqua comment m'en servir. J'étais horrifiée par la cruauté avec laquelle le Bon Dieu traitait les femmes. Quant à l'idée révoltante du mariage, j'espérais bien qu'il n'en serait plus jamais question.

Lors de sa visite suivante, ma sœur Madeleine renouvela les avertissements de Joséphine mais, à mon grand soulagement, elle n'entra pas dans des détails répugnants. J'étais mortifiée par l'intérêt que suscitaient mes règles et par la rapidité avec laquelle la nouvelle s'était répandue. Il aurait sans doute été plus discret que l'abbé Delmas, le curé de Lavigerie, en fît l'annonce en chaire après son prône dominical.

Outre ce changement notable, ma vie se déroulait tranquillement à Fontfreyde. Je cousais et brodais avec les servantes, qui venaient travailler dans ma chambre. Ma mère ne se séparait pas facilement de son argent, surtout quand il s'agissait de m'acheter quoi que ce soit. Elle me donnait ses vieilles robes, toutes de soie noire unie, lorsque leur teinture commençait à prendre une couleur brunâtre. Les servantes et moi retournions l'étoffe et tâchions d'en faire un vêtement présentable. Les robes ne m'arrivaient pas aux poignets et étaient d'un pied trop courtes pour moi, nous devions donc ajouter une bande d'étoffe à l'ourlet du bas. Mes vêtements rapiécés me donnaient un air étrange, mais je ne m'en souciais guère. Mes pieds, heureusement, avaient cessé de grandir, ce qui dispensait la marquise de me commander de nouvelles chaussures. J'apportais les miennes chez le cordonnier de Vic pour en faire réparer les semelles et les talons lorsqu'ils étaient usés. Cela arrivait souvent parce que je n'avais pas le droit de porter de sabots, comme chez Mamé. J'aurais eu l'air d'une paysanne, disait ma mère.

J'avais toujours aimé Vic. C'était le siège du Tribunal du bailliage, une ville plus grande et plus animée que Lavigerie. Construite sur les hauteurs de la vallée de la Cère, elle comptait nombre de belles demeures, occupées par la petite noblesse et des familles d'avocats. L'on y jouissait d'une vue splendide sur les montagnes environnantes. Les jours de foire, paysans et marchands venaient de loin pour acheter et vendre des chevaux, des porcs et des bovins. Le parfum des saucisses grillées, enveloppées dans des *bourriols*, d'épaisses crêpes de blé noir, emplissait l'air.

Je me rendais à cheval dans les boutiques de Vic pour ma mère et profitais de ces courses pour rendre visite à Mamé Labro. Ma nourrice était heureuse de me voir, mais j'eus le chagrin de perdre l'amitié de Jacques. Enfants, nous nous lancions des boules de neige en hiver, nous nous roulions ensemble dans le foin fraîchement coupé pendant les longues journées de juin, et, en été, nous nous éclipsions souvent pour nous baigner dans la Cère où nous pêchions la truite à la main.

Désormais, Jacques détalait sitôt qu'il m'apercevait, sans même prendre la peine de me saluer. J'étais blessée de son mépris et m'en plaignis à Mamé.

– C'est pour le mieux, ma chérie. Jacques a plus de bon sens que toi. Tu es demoiselle maintenant. Ça serait pas convenable que tu sois amie avec un paysan.

Pour moi, c'était la plus stupide des excuses.

4

À L'ÂGE DE QUATORZE ANS, j'avais mon corps de femme. Pourtant, ma mère ne parlait pas de nouveau corset, et j'étais trop timide ou trop fière pour aborder le sujet. Une telle demande aurait sans doute été accueillie par des moqueries sur ma vanité, ou des lamentations sur les dépenses que la famille engageait pour une fille stupide et ingrate. Je ne pouvais plus lacer mon corset et ne portais plus que ma chemise sous le corsage de ma robe noire, tout en me couvrant tant bien que mal la gorge d'un fichu blanc. Même dans mon innocence, je savais que ce n'était guère convenable.

Un après-midi, mon frère entra dans la pièce pendant que je cousais seule, assise sur un banc devant la cheminée du salon. Je lui fis la révérence et retournai à mon travail.

– As-tu vu Mère ?

– Elle est descendue à la cuisine, monsieur. Elle est allée donner ses instructions à Joséphine pour le souper.

Je lui tournais le dos et me concentrais sur le jupon que la marquise voulait terminé avant la fin de la journée. Rien ne se passa pendant une minute. Puis, soudain, le marquis parla d'une voix que je ne reconnus pas.

– Gabrielle, mon amour, tu ne te tiens pas droite. Je vais te montrer comment corriger ta posture.

Avant même que je puisse comprendre ce qu'il faisait, il se tenait derrière le banc sur lequel j'étais assise et se penchait par-dessus mes épaules. En un instant, il m'avait enlevé mon fichu et s'était saisi de mes seins qu'il caressait à pleines mains tout en me tirant à lui. Dans mon effroi, je ne résistai ni osai dire mot. Des frissons me couraient le long du dos. L'arrière de ma tête reposait contre lui et je le sentais trembler. Je fermai les yeux et n'entendis plus que sa respiration haletante. Je ne saurais dire combien de temps cela dura, peut-être une minute, pas plus. Tout à coup, il me repoussa et quitta précipitamment la pièce.

Avais-je rêvé? Tout s'était passé si vite. Je remis mon fichu en hâte, courus à ma chambre et me recroquevillai contre la porte. Je sentais encore les mains du marquis sur ma gorge, me brûlant la peau. Je me rappelai les avertissements de Joséphine. Elle m'avait dit que je n'avais rien à craindre de mon frère. S'était-elle trompée?

Antoinette frappa à la porte et m'informa que j'étais attendue au salon. Là, ma mère m'aida à reprendre mes esprits : elle me gifla.

– Est-ce ainsi que tu entends finir ton ouvrage? En le laissant sur le tapis dès que j'ai le dos tourné? Tu deviens plus paresseuse que jamais, et ce n'est pas peu dire. Je vais en parler à ton frère.

Luttant contre les larmes, je l'écoutai exprimer longuement son mépris pour mon imbécillité pendant que je me remettais à ma couture.

Ce soir-là, au souper, j'évitai soigneusement le regard de mon frère et lui ne m'adressa pas la parole. Je redoutais que notre mère lût nos pensées et exposât notre honte.

– Gabrielle est encore plus niaise que d'ordinaire. Ce n'est guère étonnant. Elle doit s'en vouloir pour mon jupon. Vous la gâtez trop, mon fils. Si vous ne prenez pas la peine de la fouetter sérieusement, nous ne pourrons plus rien en faire.

La marquise se tourna vers moi.

– Souviens-toi que la paresse est l'un des sept péchés capitaux. N'as-tu pas écouté le sermon de l'abbé Delmas dimanche dernier ? Le ciel m'en est témoin, nous faisons de notre mieux pour te donner une solide éducation religieuse. Mais à quoi bon ?

Ce repas me parut interminable. Je me plaignis de maux de tête et demandai la permission, qui me fut sèchement refusée, de me retirer avant l'heure des prières. J'étais hantée par les événements de la journée et ne pus dormir cette nuit-là. Peut-être avais-je fait quelque chose de mal pour que mon frère agisse de la sorte ? Était-il en colère contre moi ? Avais-je perdu sa bonne opinion ?

Je n'osais me confier à personne, pas même à Joséphine. Mon frère était après tout son seigneur et maître, tout comme le mien. Il était également impossible de m'en ouvrir à Madeleine. Je serais morte de honte plutôt que de lui dire ce qui s'était passé.

Le lendemain matin, le marquis me trouva seule au salon. Cette fois, je me levai pour lui faire face dès que je reconnus son pas.

– Que dirais-tu d'une promenade à cheval, Gabrielle ?

Je rougis sans répondre.

– Viens donc, petite sœur. Je ne te ferai aucun mal.

Il me tendit la main, que j'acceptai. Mais lorsqu'il me mit en selle, comme il l'avait toujours fait, il me sembla, peut-être à tort, qu'il me tint dans ses bras plus qu'il n'était nécessaire. Les choses ne seraient plus les mêmes entre nous. Le soupçon et la crainte s'étaient immiscés dans mon esprit. Je savais qu'il le ressentait aussi, et une sorte de gêne se substitua à la confiance d'autrefois.

Nous montâmes en silence dans les bois derrière Fontfreyde, où soudain nos chevaux s'arrêtèrent net, renâclant, les oreilles couchées vers l'arrière. Un grand loup au pelage d'un gris roussâtre se tenait devant nous, au milieu de la sente. Le marquis flatta l'encolure de son étalon, puis, poussant un grand cri, le fit cabrer. Le loup sembla hésiter un instant, avant de s'éloigner d'une démarche tranquille.

– Ce n'est rien. Un jeune mâle qui vient de quitter sa meute.

Il semblait chercher ses mots.

– Gabrielle, il faut que nous parlions de ce qui s'est passé. Je te prie de me pardonner. Sache que cela ne se reproduira plus.

– Je vous pardonne, monsieur. Je n'ai rien de plus précieux que votre bonne opinion. Je craignais de l'avoir perdue.

– Bien sûr que non, ma chérie. Mais tu es grande maintenant, et il est temps que je te trouve un mari.

– Mais je suis très heureuse à Fontfreyde, monsieur. Je ne suis pas pressée de changer d'état.

– Je n'ai que trop tardé. Tu es formée, capable de comprendre ce que tu devras à ton époux. Je serai fort triste de me séparer de toi, mais dès que je recevrai une offre convenable, je l'accepterai.

Mes lèvres commencèrent à trembler.

– Ne t'inquiète pas, Gabrielle, cela ne se fera pas demain. La modestie de ta dot tempérera sans doute l'ardeur de beaucoup de prétendants.

Ainsi donc, mon frère était prêt à me livrer à un inconnu, un homme qui m'emmènerait loin de Fontfreyde, de tout ce qui m'était familier, pour me faire des choses d'une bestialité révoltante. Cette fois, je fondis en larmes.

– Allons, ne pleure pas. Je ne te donnerais jamais à un homme que je ne jugerais pas digne de toi.

Je séchai mes larmes, espérant ardemment que le marquis eût raison quant à l'effet de ma dot sur mes prétendants.

Plus tard dans la journée, ma mère me fit remarquer que j'avais l'air d'une fille de joie dans mes vêtements relâchés. Elle commanda la voiture pour le lendemain et m'emmena chez la corsetière de Vic. Fort heureusement, elle ne parla ni de mariage ni de dot.

5

L'année 1784 devait être celle de bien des changements dans ma vie. J'allais avoir quinze ans en juillet, ce qui me remplissait d'une absurde vanité. Mamé Labro, qui avait toujours été aussi fière de moi que si j'avais été sienne, admirait ma haute taille, ma peau claire, une vraie carnation de blonde, disait-elle, et l'abondance de ma chevelure rousse. Quand j'étais petite, elle consacrait beaucoup de temps à la peigner, la tresser et la coiffer. Ces attentions de Mamé avaient attiré la jalousie de ses fils. À l'âge de cinq ans, je m'étais aperçue un beau matin que l'une de mes nattes avait été coupée pendant mon sommeil. J'en avais été bien amusée et j'aurais souhaité que l'autre subisse le même sort, mais Mamé avait poussé un cri d'horreur en découvrant le désastre. Elle avait donné à ses cinq fils, car aucun n'avait avoué le crime, une correction avec une baguette de bouleau, après quoi ils avaient dû me demander pardon à genoux. Certaine de son innocence, j'avais pourtant plaidé la cause de Jacques les larmes aux yeux, mais Mamé avait été implacable. Mes cheveux avaient été coiffés différemment pour cacher les dégâts, et le marquis ne s'était douté de rien.

À présent, j'aimais l'abondance de mes boucles. Leurs ondulations naturelles m'épargnaient les papillotes, fers à friser et autres instruments utilisés pour l'embellissement, ou la torture, des jeunes filles. J'arrivais à l'âge où il me plaisait de plaire.

Au printemps, le marquis dut se rendre en Gévaudan pour un procès concernant des terres situées de l'autre côté de la montagne de la Margeride, dont il tirait la plupart de ses revenus. Il devait s'absenter de Fontfreyde plusieurs mois. Je sellais seule mon cheval pour aller à Vic ou me promener en montagne quand l'envie m'en prenait. Ma mère ne manquait pas de me gifler à mon retour, puis j'allais reprendre mes travaux de couture sans opposer aucun argument pour ma défense.

Par une chaude journée de juin, je décidai de rendre visite à Mamé Labro. Les neiges de l'hiver persistent souvent jusqu'en mai dans le haut pays, mais ce printemps-là avait été plus doux qu'à l'accoutumée. Les paysans débutèrent tôt la fenaison. J'aimais l'odeur de l'herbe fraîchement coupée et le mouvement circulaire des hommes qui balançaient leur faux en parfaite cadence. Je trouvai la maison Labro déserte et partis dans les champs à la recherche de ses habitants. Ils faisaient une pause assis à l'ombre d'une haie, buvant à même une bouteille de vin, la sueur collant leur chemise à leur poitrine. Les cinq fils de Mamé se levèrent et se découvrirent en m'apercevant. Jacques, maussade comme d'ordinaire, se détourna pendant que ma nourrice me prenait dans ses bras. Je l'avais toujours embrassée plus que les trois fois de rigueur, pour sentir la douceur et la fermeté de ses joues sous mes lèvres.

– Puis-je vous aider à faner ?

– T'as perdu raison, ma chérie ? Que dirait monsieur le marquis ?

– Il n'est pas là, et je le faisais quand j'étais petite.

– T'es plus une petite fille. Va donc te rafraîchir à la rivière.

Je laissai les Labro à leur tâche et pris la direction de la Cère. Il me fallait traverser une prairie, puis un petit bois, avant d'atteindre mon endroit préféré, une plage de galets en forme de demi-lune. En amont, une cascade se déversait dans un bassin peu profond, ombragé par de hautes falaises noires. Des bouquets de fougères et de mousses poussaient à même les parois rocheuses. Là, des années auparavant, je m'étais baignée et j'avais pêché l'écrevisse avec Jacques.

Je me déshabillai, ne gardant que mon corset et ma chemise que je nouai autour de mes cuisses. Je m'avançai prudemment dans la rivière, les bras écartés, attentive à ne pas glisser sur les pierres arrondies du fond. La fraîcheur de l'eau me coupa le souffle. Je laissai le froid engourdir mes jambes et pénétrer jusqu'à la moelle de mes os. Rafraîchie, je fis ricocher des galets ramassés sur la rive. J'observais les ondes concentriques s'élargir sur la surface vitreuse de la rivière. Puis, frissonnant de plaisir, je laissai couler du creux de ma main un filet d'eau le long de mon cou et entre mes seins. J'étais absorbée par le chant de la rivière.

Soudain, je sentis un picotement sur ma nuque. Derrière moi, un jeune homme à la stature colossale me regardait fixement depuis la rive, souriant, les bras croisés. Il était vêtu avec élégance, en bottes de cuir fauve, culotte de peau et gilet de velours brun. Son habit et son chapeau étaient posés sur la plage de galets, à côté de mes vêtements. Ses cheveux noirs n'étaient pas poudrés ni attachés comme ceux de mon frère, mais retombaient librement sur ses épaules. La chose la plus remarquable chez l'inconnu, après sa taille, était la physionomie singulière de son visage. Sa mâchoire et ses sourcils formaient des crêtes prononcées. Son nez était long et incurvé, sa peau, d'un brun cuivré, ses pommettes, larges et saillantes. Je me demandai depuis combien de temps il m'observait et cela me fit monter la couleur aux joues. C'était la première fois que je voyais un intrus pénétrer dans ce que je considérais comme mon domaine secret depuis que Jacques avait fui ma compagnie.

Passé la surprise, je lui adressai la parole en langue d'oc :

– Qui êtes-vous ? Et que faites-vous donc ici ?

– Excellentes questions, jeune fille, mais c'est moi qui devrais te les poser. Mon frère aîné est propriétaire de cette terre, et je crois que tu es chez lui sans sa permission. Qu'importe, en gage de ma bonne volonté, je vais te dire mon nom, qui est Pierre-André Coffinhal. Je suis venu me baigner dans la rivière, comme à mon habitude. Mais puisque tu m'as précédé, il semblerait que je doive renoncer à ce plaisir.

Il ne semblait guère avoir plus de vingt ans, mais sa voix n'était pas celle d'un jeune homme. Je n'en avais jamais entendu de si grave. Il m'avait répondu en langue d'oc. Il me prenait donc pour une paysanne, ce qui me convenait fort bien.

– Êtes-vous apparenté au docteur Coffinhal ?

– Pierre est l'un de mes frères aînés et mon parrain, d'où la similitude de nos prénoms. D'ailleurs, je suis aussi le docteur Coffinhal, car je viens de terminer mes études de médecine.

Je connaissais l'autre docteur Coffinhal, le médecin de Vic, que ma mère faisait souvent appeler à Fontfreyde, et dont elle avait la plus haute opinion. Il parlait d'une voix douce et était bel homme, bien différent de son frère et filleul. Un autre Coffinhal, Jean-Baptiste, l'aîné, était avocat au bailliage de Vic et s'occupait des affaires de ma famille. Je l'avais souvent croisé en ville et vu à Fontfreyde quand il venait rendre visite au marquis. Je savais qu'il y avait un autre frère Coffinhal, Joseph, avocat à Paris. Joséphine m'avait aussi parlé du benjamin de la famille, qui était récemment rentré de Paris et secondait son frère dans sa pratique. Dire à ce nouveau docteur Coffinhal ma véritable identité ne me sembla pas une bonne idée. Ma famille serait furieuse d'apprendre qu'un homme, un roturier qui plus est, m'avait vue à demi nue dans la rivière. Je me promis d'éviter tous les Coffinhal de la création la prochaine fois qu'ils viendraient à Fontfreyde.

– Veuillez accepter mes excuses, docteur. Je vous laisse la place.

– Je te taquinais. Ta présence ne me dérange pas, bien au contraire. D'ailleurs, tu ne m'as pas dit ton nom.

– Gabrielle Labro.

– Tiens donc ! Es-tu parente des Labro qui vivent près d'ici ?

– Je suis la fille de Mamé Labro. Et il faut que je rentre. Je m'apprêtais à partir quand je vous ai aperçu.

– Je connais ta famille de nom. D'après mon frère, ce sont de fort braves gens.

Il contemplait avec curiosité ma robe fanée, mes chaussures éculées, mes bas noirs mités, étalés à ses pieds. Mortifiée, j'étais impatiente de partir. Je pataugeai vers la rive. L'étranger s'avança au bord de l'eau, me tendit la main pour m'aider à reprendre pied sur la grève, et se détourna poliment pendant que je m'habillais.

– Reste un moment. Ta famille peut se passer de toi un peu plus longtemps.

Nous nous assîmes non loin l'un de l'autre. Il me posa de nombreuses questions sur les Labro, auxquelles je n'eus aucun mal à répondre puisque je les connaissais depuis toujours. Toutefois, mentir si effrontément me mettait mal à l'aise.

– Mamé va s'inquiéter si je ne reviens pas.

– Je suis désolé de t'avoir retardée. Permets-moi de te raccompagner chez toi. Cela me donnera l'occasion de présenter mes compliments à cette excellente femme. D'ailleurs, toute ta famille n'est-elle pas aux champs à profiter de cette belle journée pour finir les foins ? Comment se fait-il que tu n'y sois pas ?

Maudissant mon choix hâtif d'une fausse identité, je ne répondis pas. Le jeune homme sourit.

– Allons, tu dois avoir une piètre idée de mon intelligence. Qui que tu sois, tu n'es pas une paysanne. Les paysannes ne portent pas de robes de soie. Et tes mains, tes poignets et tes chevilles, que j'ai eu la bonne fortune d'entrevoir, sont trop délicats pour les travaux de la terre. Tu as le teint bien trop clair pour une jeune fille qui passerait son temps aux champs. Alors, puisque tu es sur les terres de mon frère sans permission et une fieffée menteuse, vas-tu me dire ton vrai nom ?

– Non.

Il semblait amusé par la tournure de notre conversation, qu'il poursuivit en français. Il le parlait, comme moi, sans trace d'accent d'oc.

– J'ai observé, au cours des dernières semaines, une jeune personne, aux cheveux d'une couleur assez semblable à la tienne, à cheval dans les rues de Vic. On m'a dit que c'était Gabrielle de Montserrat, la petite sœur du marquis d'Espeils. D'ailleurs, permets-moi de te le dire, ton cheval noir est une belle bête, et il me conviendrait très bien, mais ce n'est pas une monture de dame. Bien sûr, tu ne m'auras pas remarqué, j'aurais été indigne de ton attention. Mais j'espère que cela te donnera une leçon : il est inutile de mentir, et ce n'est pas bien joli.

Il avait pris entre ses doigts une boucle de cheveux échappée sur ma nuque et jouait avec, en frôlant des doigts l'arrière de mon cou, comme si c'était la chose la plus naturelle au monde.

– Une si belle nuance de roux, entre la couleur de l'or et celle des feuilles d'automne. C'est ravissant avec tes yeux gris.

Il avait donc l'audace de continuer à me tutoyer alors qu'il savait qui j'étais. Personne d'autre ne le faisait, sinon mon frère, ma mère, Mamé Labro et Joséphine. Cela me mit en colère, tout comme les libertés qu'il prenait avec mes cheveux. Je m'apprêtai à le quitter, lui et ses mauvaises manières, mais à peine m'étais-je relevée qu'il me saisit par le poignet et me fit asseoir à nouveau.

– Un instant, je te prie. Ne serait-il pas imprudent de partir ainsi, sans prendre congé de moi ? Je pourrais parler à ton frère de ta petite escapade. Tout ce que je te demande en échange de mon silence, c'est que tu reviennes ici dans quelques jours. Si tu acceptes, je serai muet comme une tombe. Tu me trouveras plus digne de confiance que tu ne l'as été.

Accepter ne m'engageait à rien, je pourrais me raviser et rompre cette promesse forcée. Il fut donc convenu que nous nous retrouverions trois jours plus tard. Sans me retourner, je courus à la chaumière, où m'attendait Bijou. Je n'y croisai personne, les Labro ne reviendraient des champs qu'à la nuit tombée.

À l'heure du coucher, je réfléchis aux événements de l'après-midi. Je n'aurais su décrire mes impressions. Joséphine m'avait mise en garde contre les hommes qui me diraient des mots doux. Or le jeune médecin avait été grossier et déplaisant, ce qui était, en un sens, rassurant. Je n'étais pas sûre qu'il mettrait sa menace à exécution, mais pourquoi prendre le risque de perdre ma liberté ? Mon frère, s'il apprenait cette rencontre, m'interdirait toute promenade sans chaperon. J'en conclus qu'il valait mieux tenir ma promesse.

Le lendemain, mes doutes avaient disparu et je commençai à attendre cette deuxième rencontre avec impatience. Le jeune docteur était certainement bien laid, mais notre échange m'avait divertie, tout comme l'idée de retrouver quelqu'un en secret.

Je retournai à la rivière le jour dit, sans m'arrêter chez Mamé Labro qui se serait étonnée de me revoir si vite. J'aperçus un énorme cheval gris pommelé dans le bois et attachai Bijou à proximité. Pierre-André Coffinhal m'attendait sur le petit banc de galets. Il me salua avec la plus grande politesse.

– Je n'osais espérer que vous vous joindriez à moi aujourd'hui. J'ai honte de la menace que j'ai utilisée. Vous savez que je n'aurais jamais été assez vil pour parler à votre frère de notre rencontre.

– Comment aurais-je pu le savoir ? D'autant que je n'ai pas trouvé votre compagnie bien agréable l'autre jour. Vous étiez fort insolent.

– Votre franchise vous honore, mademoiselle, et je vous remercie de cette chance que vous me donnez de me racheter.

Nous marchâmes le long de la rivière, en évoquant nos souvenirs. Il me parla de son enfance. Comme moi, il avait perdu son père très jeune, à l'âge de cinq ans. Ses frères aînés, Jean-Baptiste, l'avocat, et Pierre, le médecin, dont il parlait avec beaucoup d'affection, l'avaient remplacé à tous égards. Pierre-André était parti à l'école, d'abord à Clermont, puis à Paris, dès l'âge de onze ans. Sa mère était décédée l'année précédente d'une fièvre bilieuse.

– Pierre est demeuré avec elle jusqu'à la fin. Malheureusement, la progression de la maladie a été fort rapide. J'étais à Paris et n'ai pu revenir à Vic à temps pour lui dire adieu. Cela me fait bien de la peine. J'étais, je crois, son préféré.

Il regardait au loin ; je restai silencieuse.

– Depuis la fin de mes études, j'ai rejoint la pratique de Pierre. Il me faut parfois parcourir de longues distances à cheval, mais il n'est rien que j'aime tant que la campagne alentour. Quand j'étais à l'école, je revenais toujours ici pour la Noël et les vacances d'été. Je ne peux imaginer de plus bel endroit au monde.

– Moi non plus ! Je suis née à Fontfreyde, mais j'ai passé toute mon enfance à Vic, d'abord chez ma nourrice, puis au couvent des bénédictines.

Ma main frôlait les herbes hautes de la rive.

– Nous partageons donc cette affection pour Vic. J'ai aussi pensé à m'établir à Lavigerie, où il n'y a pas de médecin. Mon grand-père maternel y était chirurgien.

– Ma mère serait ravie d'avoir un médecin à portée de main à Lavigerie.

– Pierre souhaite m'emmener lors de sa prochaine visite à Fontfreyde. J'ai déjà croisé le marquis, mais je n'ai jamais eu l'honneur de rencontrer madame votre mère. Je crains de ne pas répondre à ses exigences de raffinement. Elle me jugera tout juste bon à soigner les paysans.

– Pourquoi dites-vous cela ? Il est difficile de savoir à l'avance qui lui plaira. Mais si cela peut vous rassurer, elle n'a pas une haute opinion de moi. Elle me trouve stupide.

– Un déplorable manque de jugement.

– Hélas, non. J'ai quitté le couvent à onze ans, et n'ai rien étudié depuis. Si vous me connaissiez mieux, vous seriez étonné de mon ignorance.

Il sourit.

– À tout le moins, votre humilité doit désarmer les critiques. Vous me semblez loin d'être sotte. Si vous l'étiez, vous ne seriez pas consciente de vos lacunes. Vous êtes fort jeune et…

– J'aurai quinze ans dans moins de trois semaines !

– Je vous prie de m'excuser. Mais, même si vous aviez déjà atteint l'âge de quinze ans, je vous considérerais comme fort jeune. Vous aurez de nombreuses occasions de parfaire votre éducation dans les années à venir. Vous lirez, vous voyagerez, vous vous mêlerez à une société plus variée. J'estime que l'on devrait accorder plus d'attention à l'instruction des jeunes filles. Ma défunte mère, qui était simple fille de chirurgien, est restée au couvent à Aurillac jusqu'à son mariage, à l'âge de dix-huit ans. Il est regrettable que votre famille n'ait davantage songé à votre éducation.

– Le marquis a toujours été très gentil avec moi.

– Il vous laisse *libre com l'ausèl*, libre comme l'oiseau. Si j'avais une sœur aussi jeune et charmante que vous, je serais moins gentil et plus vigilant. Pourtant, mademoiselle, je suis le dernier à m'en plaindre. Je n'aurais alors jamais eu le plaisir de faire votre connaissance.

– D'habitude, mon frère m'accompagne dans mes promenades, bien que nous ne venions pas ici ensemble. Il a dû récemment partir en Gévaudan.

– Sait-il que vous vous baignez devant des inconnus en son absence ?

Je me figeai et regardai le jeune médecin droit dans les yeux.

– Vous êtes bien impertinent.

– C'est vrai, veuillez me pardonner. Je mérite une bonne gifle.

– Je ne giflerai jamais quiconque. Je reçois mon lot de soufflets de ma mère et je n'apprécie pas cela du tout.

– Mon insolence restera donc impunie, ce qui me rend d'autant plus coupable. L'idée qu'un autre homme vous trouve ici en chemise me déplaît fort, c'est ma seule excuse.

– N'ayez crainte. Je viens ici depuis des années sans rencontrer personne. C'est pour cela que j'ai été si étonnée de vous voir l'autre jour. Vous m'avez rappelé la fable *Le Loup et l'Agneau*, que j'ai apprise au couvent.

Nous reprîmes notre marche.

– C'est assez peu flatteur. Si j'ai bonne mémoire, le loup, après avoir surpris l'agneau en train de boire au milieu de la rivière, l'accuse à tort de troubler les eaux et dévore l'animal sans défense. J'ai été moins féroce : je n'ai pas laissé la moindre marque de crocs sur vous.

Je pouffai de rire.

– C'était ma première impression. À présent, je ne crois pas que vous me feriez le moindre mal.

– Vous avez raison, et jamais je n'abuserai de votre confiance. Mais vous auriez pu faire une rencontre moins heureuse.

– Je n'ai peur de personne.

– En êtes-vous si sûre ?

J'hésitai.

– C'était peut-être une chose bien sotte à dire.

– Cela reflète simplement votre manque d'expérience. Je souhaite que la vie ne vous enseigne jamais le contraire.

– Et à vous, la vie vous a-t-elle enseigné le contraire ?

– Oui. J'ai beaucoup appris à la faculté de médecine.

– À Paris ? Vous avez bien de la chance d'avoir vécu dans une si grande ville. Je n'ai jamais été à plus de dix lieues de Fontfreyde. Parlez-moi de Paris, je vous prie.

Il en parlait bien, et je pouvais imaginer les lieux et les gens inconnus qu'il décrivait. Sa compagnie était fort plaisante, et je n'étais guère pressée de rentrer. Je lui racontai, en toute sincérité cette fois, mes premières années chez Mamé Labro, mon amitié d'enfance avec Jacques et le dédain qu'il m'avait manifesté par la suite.

– Un jour, nous avions trouvé de jolis œillets sauvages qui poussent par ici et il avait piqué ces fleurs dans mes tresses. Lorsque nous sommes rentrés à la chaumière, fort contents de nous, Mamé, au lieu de nous complimenter comme nous l'espérions, m'a grondée pour ma vanité et a fouetté Jacques.

– Un châtiment bien mérité. Personne d'autre que moi ne devrait avoir le droit de jouer avec vos cheveux.

Je sentis la colère monter en moi au souvenir du geste déplacé qu'il avait eu lors de notre précédente rencontre.

– De quel droit me parlez-vous ainsi ? J'ai tenu ma promesse en revenant, comme j'espère que vous avez tenu la vôtre en gardant le silence. Nous sommes donc quittes. Je rentre à Fontfreyde.

– Je vous ai encore fâchée. C'est donc ainsi que je vous remercie d'avoir tenu parole ! Je n'ai jamais passé d'heure si agréable qu'en votre compagnie, et je regrette de devoir me séparer de vous. Quant au fait que nous soyons quittes, je n'en suis pas d'accord.

Il se tourna vers moi, le regard grave.

– Je vous attendrai de nouveau ici dans deux jours. Vous êtes libre de me rejoindre ou non. Je n'en dirai rien à personne. Si vous vous souciez un tant soit peu de moi, vous reviendrez. Sinon, je me souviendrai de vous comme de la plus jolie et la plus cruelle des petites menteuses du pays. Et vous vous condamnerez à ne plus venir ici de peur de m'y rencontrer, car je hanterai ces rives, le cœur brisé.

J'éclatai de rire.

– Je suis parfaitement sérieux.

Ne sachant que penser, j'évitai son regard. Nous poursuivîmes notre marche en silence à travers le bois jusqu'à l'endroit où nous avions laissé nos chevaux. Il me prit alors le visage entre ses mains, plongea son regard dans le mien et se pencha vers moi. J'ouvris la bouche pour protester, mais ne laissai échapper qu'un pépiement de poussin. Au début, ses lèvres effleurèrent simplement les miennes, puis elles devinrent plus insistantes. Bientôt, il m'embrassait profondément, lentement, comme si nous avions tout le temps du monde, ou comme si le monde n'existait plus. Je n'avais jamais rien connu de tel, et l'embrassai en retour, les yeux clos pour mieux savourer cette sensation nouvelle. Il poussa un long soupir et, à mon grand regret, me lâcha le visage.

– Dans deux jours, à la même heure.

Il me saisit la taille à deux mains pour me mettre en selle, me soulevant comme une plume, puis il changea d'avis et, sans me reposer à terre, m'embrassa à nouveau.

6

J'ÉTAIS FORT TROUBLÉE en rentrant à Fontfreyde. Pourquoi avais-je laissé un inconnu, un roturier, un homme si laid, m'embrasser ? Pis encore, je lui avais rendu ses baisers ! Mais en vérité, était-il si laid ? Je commençais à le trouver presque beau, ou du moins attirant. Eût-il été paysan ou soldat, on l'aurait considéré comme un spécimen remarquable. S'était-il moqué de moi, comme son ton semblait l'indiquer, quand il avait affirmé qu'il aurait le cœur brisé de ne pas me revoir ? Était-il bien sage d'aller le retrouver ?

À vrai dire, je connaissais la réponse à cette dernière question. Je jouais avec le feu, mais quelle fille de quinze ans a peur du feu ? J'étais grisée par le jeu dans lequel le sort m'avait entraînée. Avec l'innocence et l'arrogance de ma jeunesse, je pensais maîtriser le cours des événements. J'aurais dû me souvenir d'une chansonnette en langue d'oc que fredonnait souvent Mamé Labro de sa voix haut perchée :

Fillettes de quinze ans,
Qui avez des galants,
Ne les aimez pas tant.

Deux jours plus tard, une pluie drue frappait aux vitres de Fontfreyde et de grands rideaux de brume s'élevaient majestueusement des versants de la vallée. Sans hésiter, je jetai mon manteau d'hiver sur mes épaules, me coiffai d'un vieux chapeau de mon frère, et me glissai vers les écuries.

Pierre-André m'attendait cette fois à couvert dans le bois. La pluie n'y pénétrait presque pas. Il me souleva de ma selle et me prit la main pour me conduire à une grotte peu profonde au bord de la Cère. Nous partageâmes une heure trop brève, à écouter la mélodie de la pluie qui battait les feuilles, mêlée à la douceur du chant de la rivière, à respirer l'odeur fraîche de la terre mouillée. Nous nous embrassâmes de nouveau, plus longuement. J'ai un grain de beauté sur le côté du cou, et il y posa les lèvres, me disant que c'était la chose la plus séduisante au monde. Il caressa du doigt les veines bleues de mes poignets, que les manches trop courtes de ma robe ne couvraient pas.

– C'est l'origine de l'expression « sang bleu ». Les personnes de noble naissance sont censées avoir la peau claire, mais je n'en ai jamais vu d'aussi transparente que la tienne. Regarde ma main : je n'ai pas de sang bleu, car mes ancêtres étaient paysans.

Sa main, de couleur cuivrée, était deux fois plus grande que la mienne. Il embrassa ma paume et en suivit les lignes du bout des doigts. Cette simple caresse, plus que toute autre chose, me troubla. Je frémissais, la peau me piquait. Rien de ce qu'il faisait ne m'offensait plus. Je n'étais plus fâchée quand il me tutoyait et je lui répondais de même. Il n'essayait pas de toucher ce qui était caché par mes habits. Je récompensai sa retenue en lui accordant mon entière confiance. Il mesurait un pied et demi de plus que moi et devait peser bien plus du double, mais la pensée qu'il pourrait en profiter ne m'effleurait pas. Je n'avais pas peur.

C'est ainsi que nous nous retrouvâmes maintes fois au cours des semaines suivantes, si bien que je finis par n'avoir plus rien en tête que l'idée de le revoir. Je ne savais pas ce que l'avenir nous réservait au-delà de notre prochain rendez-vous, et je ne m'en souciais guère. Le bonheur présent occupait toutes les heures de ma journée, et beaucoup de mes rêves. Mon frère était toujours en Gévaudan, j'étais depuis longtemps habituée aux gifles de ma mère, et rien ne m'empêchait de me rendre à la rivière.

Au début du mois d'août, la chaleur devint étouffante. Aucune brise n'agitait les feuilles au-dessus de nous. Pierre-André et moi étions assis l'un à côté de l'autre dans l'ombre mouchetée de la berge, ma tête appuyée contre son épaule. Il avait enlevé son habit et son gilet, et moi mon fichu. Ma chemise me collait à la peau sous mon corset et je sentais des perles de sueur se former entre mes seins. Une légère odeur musquée planait dans l'air immobile. J'observais la rivière. Des libellules bleues et vertes, scintillantes comme des bijoux, effleuraient la surface de l'eau.

– Tu meurs d'envie de te baigner.

Je me mordis la lèvre. Je ne m'étais plus baignée devant lui depuis notre première rencontre.

– Pourquoi hésites-tu ?

– Et toi, viendrais-tu te baigner aussi ?

Je songeai au marquis de Carabas, le héros du *Chat botté*, qui se baignait nu dans la rivière, et me demandai si Pierre-André se déshabillerait. Cette idée provoqua des ondes de peur au creux de mon ventre. Pour la première fois depuis que je fréquentais Pierre-André, les avertissements de Joséphine me revinrent à l'esprit. Je plongeai mon regard dans celui de mon compagnon et n'y décelai que de l'amusement.

– Mais non, mon aimée, je resterai ici. Et je fermerai les yeux pendant que tu te dévêtiras. Tu me diras quand je pourrai regarder.

À ces mots, j'enlevai mes habits et, en chemise et corset, j'entrai dans la rivière. Au bout d'une dizaine de pas, je me retournai vers lui. Il s'était accroupi, les yeux clos. Je ne pus résister à l'envie de l'éclabousser. Il ouvrit les yeux, se releva lentement. Il ne souriait plus, et me fixait du regard. Sa poitrine se soulevait sous sa chemise.

Jamais il ne m'avait paru si grand. La peur se réveilla. Il fallait que je parle pour la chasser.

– L'eau est délicieuse, tu ne sais pas ce que tu perds.

– Viens ici.

Sa voix était âpre. Quelque chose de plus fort que la crainte m'incita à revenir vers la plage de galets. Avant même que je l'atteigne, il s'empara de mon bras pour m'attirer à lui. Il m'embrassa avec une fougue nouvelle, comme empreinte de ressentiment. Les arbres, le ciel, les falaises noires, la cascade tournoyaient. Sans lâcher mes lèvres, il me saisit les poignets d'une main et, de l'autre, me poussa en arrière.

Il n'y avait ni brutalité ni hésitation dans ses gestes. Il ne semblait pas attendre de résistance, et je n'en opposais aucune. Je savais ce qu'il voulait. Je le voulais aussi. Je m'allongeai sur la berge moussue alors qu'il s'agenouillait près de moi. Me regardant dans les yeux, il releva ma chemise. J'étais désormais nue jusqu'à la taille. Il glissa l'une de ses cuisses, puis l'autre, entre les miennes. Son poids reposait sur mes hanches. Il abaissa le visage dans le creux de mon cou. Je sentais son souffle, ses lèvres, ses dents sur ma peau qu'il embrassait. Je rejetai la tête en arrière et gémis.

– Mon aimée. Enfin.

Il pressait plus fermement mes hanches. Des vagues de désir me traversaient, l'émotion était si forte qu'elle s'apparentait à la douleur. J'avais grand'peur, non de lui, mais de ce qui allait se passer. Et cette peur ne faisait qu'accroître mon désir. J'écartai davantage les cuisses et, tremblant de ma propre audace, serrai sa poitrine colossale entre mes bras pour l'attirer plus près encore. Il se mit à respirer plus vite, je sentais ses muscles se tendre sous sa chemise. Mais soudain, son visage se contracta. Il s'écarta vivement de moi et s'allongea sur le dos, le regard tourné vers le ciel.

– Qu'y a-t-il ? Es-tu en colère ?

Il se redressa sur un coude, m'embrassa sur le front et tira sur ma chemise pour m'en recouvrir les cuisses.

– Non. Te rencontrer ici est la chose la plus douce que je puisse imaginer. Je n'y renoncerais pour rien au monde, mais cela me rend fou. Bien des fois j'ai été prêt à succomber. Rien n'aurait été plus facile, il me suffisait d'étendre la main. Mais je ne veux pas me conduire comme un voleur. Je vais t'épouser.

Il énonçait simplement un fait qui n'admettait aucune discussion. Je me blottis contre lui. Je voulais que ses bras se referment de nouveau sur moi, mais il me souleva le menton.

– Regarde-moi, Gabrielle. Veux-tu m'épouser ?

– Oh, oui.

– Tu le promets ?

– Oui, je le promets. Si tu ne me crois pas, considère-moi comme ton épouse dès maintenant. Je le veux. Je te le demande.

Il gémit.

– Assez ! Comme si je n'étais pas assez tenté. Je ne veux pas te prendre de cette manière. Je te ferais mal, même sans le vouloir.

– Ça me fera mal de toute façon. Je suis prête.

– Qu'en sais-tu, pauvre innocente ? En revanche, ce que je sais, c'est que, mon plaisir pris, je devrais te laisser repartir à Fontfreyde seule, déchirée, regrettant peut-être ta tendresse.

Il me caressa la joue.

– Je veux que tu sois ma véritable épouse. Je veux te découvrir lentement, doucement, tendrement, pendant toute une nuit. Et ensuite, te garder pour toujours.

Il me tint longtemps dans ses bras. J'étais, pour employer une expression bien banale, la plus heureuse au monde.

Pourtant il fallut bien penser à ma famille, dont j'essayais d'imaginer la réaction. Certes, mon frère voulait me voir mariée, mais mon prétendant n'était sans doute pas le genre de parti que le marquis avait en tête. Une noble n'épousait pas un roturier. Je tentai d'exprimer mes craintes sans blesser la fierté de Pierre-André.

– J'ai bien peur de ne pas avoir beaucoup de dot.

Il rit.

– J'ai assez d'argent pour nous deux. Je ne veux pas un sou de ton frère, qui se montrera sans doute aussi déplaisant que possible. Il me fera sentir combien je suis indigne de m'allier à l'illustre maison d'Espeils, mais qu'importe ? J'en discuterai avec mes frères. Ils seront de bon conseil.

En revenant à Fontfreyde, j'imaginais ma vie comme épouse de Pierre-André. Nous aurions une maison à Vic, il engagerait quelques servantes et un valet d'écurie. Ma mère n'avait pas de gouvernante à Fontfreyde, elle préférait tout surveiller elle-même. Étais-je trop inexpérimentée pour faire de même ? Pierre-André se fâcherait-il si les domestiques étaient négligents, les repas, peu ragoûtants, ses chemises, mal lavées, mal repassées ? Non, il m'accorderait quelques mois pour m'accoutumer à ma nouvelle vie ; il serait toujours tendre et patient.

Mais si je lui faisais honte par mon ignorance ? Qu'avais-je appris au couvent, sinon l'alphabet et trois airs de clavecin ? Ses frères avaient dû épouser des femmes bien plus instruites que moi. Il m'avait assuré que j'étais loin d'être sotte, et je me plaisais à croire qu'il ne manquerait pas de m'instruire sur les nombreux sujets dont je ne savais rien. Il me donnerait des livres, et je lui montrerais ma gratitude par la rapidité de mes progrès. Les soirs d'hiver, j'étudierais au coin du feu, comptant les coups de l'horloge, jusqu'à ce que résonnent les sabots de son cheval dans la nuit. Il rentrerait à la maison fatigué, transi de froid, affamé ou maussade après la tournée harassante de ses malades, mais un repas chaud l'accueillerait. Il me raconterait sa journée pendant le souper. Puis il me prendrait dans ses bras comme il l'avait fait cet après-midi-là, en m'appelant son aimée. Il me porterait au lit, *notre* lit, où je me donnerais à lui, où je m'endormirais tous les soirs serrée contre lui, où j'accoucherais de ses enfants, et où un jour je mourrais.

J'étais encore perdue dans ces pensées lorsque je m'installai pour souper avec ma mère et mon frère. Ce dernier était rentré du Gévaudan quelques jours plus tôt. Je n'entendais pas la moitié de ce que la marquise me disait et répondais au reste distraitement, au point qu'elle en fit la remarque.

– Cette pauvre fille n'a jamais été bien finaude, mais elle est en train de devenir tout à fait niaise. Vous verrez, mon fils, elle va déshonorer la famille et causer notre ruine.

Mon frère aussi semblait ailleurs. Il se tourna vers notre mère et déclara :

– Il faut une nouvelle robe à Gabrielle.

– C'est bien plus qu'elle ne mérite ! J'espère qu'elle apprécie votre générosité. Je vais lui céder l'une des miennes, puisque vous le souhaitez.

– Ce ne sera pas nécessaire, madame. Le noir sied à sa peau claire et à ses beaux cheveux roux, mais je pensais à une robe neuve, d'une couleur plus vive, plus en accord avec son âge.

Ma mère, réduite au silence, dévisageait mon frère.

– Je ne suis pas si pauvre, madame, que je ne puisse offrir une robe neuve à ma sœur. Vous pourriez aller demain à Vic avec elle pour choisir l'étoffe.

Revenue à moi, je suivais avec attention la conversation. J'étais, bien sûr, heureuse de ce présent inespéré. Quelle fille de quinze ans ne l'aurait pas été ? Il était mortifiant de me présenter à Pierre-André, semaine après semaine, dans les deux guenilles noires dédaignées par ma mère. Néanmoins, la générosité du marquis me troublait. Il ne pouvait avoir déjà eu de nouvelles des frères de Pierre-André. Qu'avait-il donc en tête ?

La marquise commanda la voiture pour aller chez le drapier à Vic. Pour la première fois de ma vie, j'allais m'adonner aux plaisirs de la parure. La variété de textures et de couleurs me fit tourner la tête. Ma mère choisit un satin verdâtre et le porta à mon visage.

– Avec tes cheveux, nous n'avons guère le choix des couleurs.

– Ah non, madame, pas celle-ci ! On dirait de la fiente d'oie. Ce rose vif m'irait beaucoup mieux.

– As-tu donc perdu la raison ? Je ne te laisserai pas te pavaner dans une couleur digne d'une fille de joie.

Nous réglâmes finalement nos différends grâce à la marchande, et nous accordâmes sur une étoffe rayée, rose clair et blanc, qui s'avéra la moins chère.

– Cette mousseline mettra en valeur la délicatesse du teint de mademoiselle de Montserrat et l'éclat de ses cheveux. Je recommande ce patron pour la robe, avec les rayures droites sur la jupe et coupées de biais sur le corsage.

Ce jour-là, nous fîmes également l'acquisition de bas de soie blanche avant de nous arrêter chez le cordonnier. Ma mère commanda pour moi, pour la première fois depuis des années, des souliers neufs, noirs et élégants avec des boucles d'argent. Je la remerciai avec maladresse, n'éprouvant pas de réelle gratitude. Pendant le trajet de retour à Fontfreyde, je mourais d'envie de lui demander la raison de ces achats, mais je pensai plus sage de ne pas la questionner.

Je revis Pierre-André.

– J'ai parlé à mes frères, qui se sont montrés étonnés de mon choix.

Je l'imaginais aisément. Bien qu'il eût trop de délicatesse pour le mentionner, ils avaient dû lui dire qu'il pouvait espérer bien meilleure dot. J'étais également certaine qu'ils ne se réjouissaient guère à l'idée de traiter avec mon frère. Pierre-André aurait pu épouser n'importe quelle fille de la bonne bourgeoisie de Vic ou de Lavigerie, confortablement dotée, et dont la famille aurait été ravie de cette union.

– En sont-ils mécontents ?

– Non, bien sûr, mais ils me jugent présomptueux. C'est peut-être vrai, mais si tu as la bonté d'accepter ma demande, pourquoi ne pas l'être ?

Il porta ma main à ses lèvres.

– Ils déplorent que je sois toujours à chercher les ennuis. Mais tous deux comprennent sans peine pourquoi je te veux tant. Pierre, qui t'a souvent vue à Fontfreyde et qui est toujours mon meilleur allié, a convaincu Jean-Baptiste de parler en ma faveur. Selon eux, il ne suffira pas de te prendre sans dot. Jean-Baptiste va proposer vingt mille livres par contrat de mariage, ainsi qu'une somme égale à ton frère pour ton déparagement. C'est le terme qu'utilisent les avocats pour désigner une mésalliance entre une noble demoiselle et un roturier, et cela a un prix.

– Je n'avais aucune idée que de telles sommes seraient en jeu à l'occasion de mon mariage.

– Je donnerais bien plus pour t'avoir comme épouse.

J'étais attristée par l'idée que le consentement de mon frère devrait être acheté. Pierre-André sembla s'en apercevoir.

– Je n'aurais pas dû te parler de ces détails triviaux.

– Tu as eu raison de m'en parler. Tout cela me concerne.

– Mon aimée, mes frères pensent que nous avons une chance tant que le marquis n'a pas reçu de demande d'un prétendant noble. Ils iront bientôt le voir. Je voulais les accompagner, mais ils s'y sont opposés. Ils disent que je mettrais à néant leurs efforts, en raison de « mon arrogance ».

– Et si mon frère refuse ?

– Sois sans crainte, quand je veux quelque chose, je l'obtiens tôt ou tard.

Des inquiétudes venaient assombrir nos amours, et nous convînmes que nos rendez-vous devaient rester secrets.

De retour à Fontfreyde, je me mis à l'ouvrage avec les servantes. L'étoffe rose et blanche de Vic devint, pour mon malheur, l'une des plus jolies robes que j'aie jamais portées. Lorsque je la revêtis devant le miroir, je reculai de deux pas, stupéfaite de me découvrir dans une telle parure. J'aurais aimé que Pierre-André me voie ainsi, mais cela ne devait être. Ma mère me dit que j'étrennerais ma robe le 15 août, pour le pèlerinage de Notre-Dame de Consolation à Thiézac.

7

NOTRE-DAME D'AOÛT, *Nostro Damo d'Agost*, comme on l'appelle en langue d'oc, est la fête de l'Assomption de la Sainte Vierge. Ce jour-là, ma mère ne manquait jamais d'assister au pèlerinage de Thiézac. Pendant la célébration, une statue miraculeuse de Notre-Dame de Consolation, tenant en ses bras le Divin Enfant, était retirée le matin de sa chapelle dans la montagne et transportée en grande cérémonie jusqu'à l'église du village pour la journée. De toute l'année, c'était la seule occasion pour les fidèles de l'adorer.

Je ne fus donc pas surprise par les ordres de ma mère concernant ma nouvelle robe. Pour la première fois, elle accordait une grande attention à ma toilette, rudoyant la servante qui me coiffait. Elle envoya ensuite chercher sa bouteille d'eau de rose et m'en aspergea généreusement. Elle me prêta même, à titre exceptionnel, crut-elle bon de préciser, son plus beau fichu de dentelle et sa grande médaille d'or de la Sainte Vierge. La chaîne était trop longue pour moi. Le bijou, froid contre ma peau, reposait à la naissance de mes seins. Elle arrangea la dentelle blanche de manière à découvrir autant de ma gorge que la décence le permettait, et y plaça une rose blanche en *babarel*. C'est le nom donné en Auvergne aux fleurs disposées dans l'échancrure du corsage. Je n'en avais jamais porté auparavant et tout cet apparat finit par m'alarmer, mais je gardai mes soupçons par-devers moi. Nous quittâmes Fontfreyde de bonne heure, afin d'arriver à temps pour voir la statue de Notre-Dame de Consolation descendre en ville.

Les gens venaient des burons et des hameaux les plus isolés de la montagne, certains en sabots et manteau de laine grossière, le bâton ferré suspendu au poignet par une lanière de cuir, les cheveux emmêlés sous leurs chapeaux ronds à larges bords. Le curé, en étole blanche brodée d'or, marchait en tête de la procession, suivi des consuls de la paroisse et des cavaliers de la maréchaussée, sabre au clair. Derrière eux, la statue miraculeuse de bois noir, revêtue de brocart d'or, était portée sur les épaules des villageois en habits de fête. Tous s'arrêtèrent sur la place de l'église.

Les *cabrettaïres*, les joueurs de cornemuse du haut pays, des grelots aux chevilles, se mirent à jouer des airs traditionnels, plaintifs et aigrelets. Des danseurs, tous hommes, les mains levées, formaient les figures des bourrées, frappant du pied en cadence, faisant claquer leur bâton, et poussant les longues roulades gutturales que l'on appelle là-bas *ifofo* et que je n'ai entendues en aucun autre pays.

Ma mère, sans prêter attention à la musique ni aux danseurs, regardait autour d'elle, le sourcil froncé. Soudain, son visage s'adoucit. Un inconnu se dirigeait vers nous. La foule s'écarta pour lui faire place, les hommes se découvraient et les femmes faisaient la révérence. Le gentilhomme s'inclina devant ma mère et embrassa brièvement mon frère, qu'il appela « mon cousin ». Il me fut présenté comme le baron de Peyre.

Je l'observai avec curiosité. Il mesurait environ trois pouces de plus que moi, avait la poitrine trapue et était bâti en force. Il était habillé plutôt pour la chasse que pour une grande fête, en habit de drap vert uni et bottes de cuir qui lui montaient à mi-cuisse. Ses cheveux, raides et épais, étaient plus longs qu'il n'était à la mode alors, lui tombant presque à la taille, et étaient simplement attachés sur la nuque par un catogan de soie noire. Je pensai d'abord qu'ils étaient poudrés, mais de plus près, je constatai qu'ils étaient naturellement d'un gris qui contrastait avec le hâle de sa peau. En dépit de cela, il respirait la santé et l'assurance. Son visage était large, son sourire bienveillant et ses traits, sans finesse mais réguliers.

Il présenta ses compliments à ma mère, qui répondit en minaudant. Elle me donna un coup de coude bien senti pour me rappeler à mes manières. En effet, absorbée par l'examen du gentilhomme, j'avais oublié de lui faire la révérence. Il semblait partager ma curiosité, et ses yeux s'attardèrent sur ma médaille et la rose blanche de mon *babarel*. Ils y étaient encore posés lorsqu'il s'adressa à ma mère.

– Permettez-moi, madame, de vous présenter mes félicitations. Mademoiselle de Montserrat est mûre pour le mariage.

Je rougis de l'insistance de son regard et de la grossièreté de son compliment. Puis il se tourna vers la marquise.

– Veuillez excuser ma mise, ma chère cousine, je suis venu à cheval. Il n'est rien que je trouve si ennuyeux que de voyager en voiture, surtout par une belle journée d'été.

Les danses étaient terminées, l'heure de la messe approchait. Ma mère avait préséance sur moi, et le baron aurait dû la conduire à l'église, mais mon frère le devança. Je restai donc derrière avec notre cousin et n'eus d'autre choix que de poser ma main sur la sienne lorsqu'il me l'offrit. J'en frémis. Le marquis s'installa avec ma mère sur le banc de devant, qui nous était réservé, aussi dus-je m'asseoir entre mon frère et le baron. J'arrangeai mes jupes de sorte qu'elles ne le touchent pas.

J'avais toujours aimé l'église de Thiézac, dont l'intérieur était décoré dans les tons roses, bleus et verts rehaussés d'or. Des statues de saints peintes de vives couleurs trônaient dans chaque niche. Les autels étaient ornés d'une multitude de lys blancs en l'honneur de la Sainte Vierge. Cependant, ce jour-là, mon esprit n'était pas à ces considérations. J'évitais le regard du baron, à défaut de pouvoir échapper à son odeur de cheval et de cuir qui jurait avec celle des lys et mon propre parfum. À la fin du service, il nous raccompagna à notre voiture et reçut de ma mère une invitation pressante à nous rendre visite, qui fut acceptée avec promptitude.

Je savais peu de choses sur le baron, sinon qu'il était veuf et cousin à la fois de mon père et de ma mère. Il me semblait que la marquise avait mentionné la mort de sa femme quelques mois plus tôt, mais j'avais alors fait fort peu de cas du décès de cette parente inconnue. Je regrettais ce désintérêt. Dès notre retour à Fontfreyde, je courus à la cuisine pour interroger Joséphine.

– Il est très riche, ma chérie. Il a hérité Cénac à la mort de son frère aîné. Et il a épousé une femme tout aussi fortunée que lui. Que Dieu ait son âme, elle est morte en couches y a pas longtemps, fin mai, je crois. Son fils nouveau-né, *pécaïre*, l'a suivie le même jour et ils ont été enterrés ensemble. Tous les enfants du baron sont morts en bas âge. Son héritier est donc à ce jour son cousin, monsieur de Laubrac.

Je connaissais de vue ce monsieur de Laubrac, un homme encore jeune, toujours célibataire. Cela confirma mes craintes : le baron pouvait se permettre d'épouser en secondes noces une fille aussi pauvre que moi, et devait espérer un fils de cette union. Joséphine souriait.

– Qui sait, peut-être bien que tu lui as plu.

– Je n'en veux pas. Il est vieux, d'abord.

– Sottises ! Il doit guère avoir plus de quarante-cinq ans. C'est rien quand un homme est en bonne santé. Tu pourrais pas trouver meilleur parti.

La perspective d'une quelconque intimité avec lui m'était odieuse. Même m'asseoir à ses côtés à l'église avait été une torture.

8

Le lendemain du pèlerinage de Thiézac, je m'apprêtais à conduire Bijou vers une prairie derrière le château quand je vis deux cavaliers entrer dans la cour. Je reconnus les frères aînés de Pierre-André, Jean-Baptiste, l'avocat, et Pierre, le médecin. Mon cœur s'arrêta un instant. Je me hâtai de ramener Bijou aux écuries et courus jusqu'à une chambre inoccupée qui donnait sur la cour. Au bout d'une dizaine de minutes, je vis les deux frères remonter à cheval et s'en aller. J'essayai en vain de déchiffrer leur expression.

Puis un bruit inattendu s'éleva. Une dispute entre mon frère et ma mère, les voix frémissantes de colère. La chambre où je me trouvais était juste au-dessus du grand salon, et je sentais la violence des mots qu'ils se lançaient, sans pouvoir les comprendre. J'étais stupéfaite, car jamais je n'avais entendu mon frère élever la voix face à notre mère. Elle réservait quant à elle ses piques pour les domestiques et moi. Finalement, l'une des servantes, l'air terrifié, vint me dire que l'on me cherchait et que j'étais attendue en bas.

Lorsque j'entrai au salon, ma mère et mon frère se tournèrent d'un même mouvement vers moi. Les yeux de la marquise étaient rouges, la mâchoire de mon frère, serrée.

– Alors, Gabrielle, qu'as-tu donc fait en mon absence ?

– Je ne sais de quoi vous parlez, monsieur. J'ai vu messieurs Coffinhal partir il y a un moment, c'est tout.

– Et bien sûr, tu ne connais pas le but de leur visite ?

– J'ai pensé que peut-être maître Coffinhal était venu parler affaires avec vous, et que Mère avait fait venir le docteur.

– Tu ignores donc tout de l'offre de mariage qui vient de m'être faite par ces hommes ?

Je restai sans voix.

– Gabrielle, regarde-toi.

Sottement, je jetai un coup d'œil à mon reflet dans le miroir. Mon visage était cramoisi.

– Comment se fait-il que leur frère cadet, un vulgaire médecin, ait l'insigne insolence d'aspirer à ta main ? Un père avocat, un grand-père notaire, l'autre chirurgien : ah, elle est belle, la généalogie des Coffinhal ! Sais-tu qui étaient leurs ancêtres, si l'on remonte quelques générations plus loin ? Des paysans de Pailherols, qui ont passé leur vie dans les montagnes, de la paille dans les sabots, au cul des vaches ! Et maintenant, le descendant de ces gueux voudrait épouser ma sœur, une Montserrat d'Espeils ? Comment a-t-il pu concevoir une telle idée ?

– Peut-être m'a-t-il aperçue à Vic.

– Tu veux me faire croire qu'un homme sain d'esprit demanderait la main d'une jeune fille qu'il a simplement aperçue, sans aucun encouragement de sa part ou de celle de sa famille, comme dans l'un de tes contes de fées ?

Le marquis darda son regard sur moi.

– L'as-tu encouragé ?

– Certes pas.

– Si tu l'avais fait, tu ne lui aurais guère rendu service, car une telle mésalliance est inconcevable. Jamais tu n'épouseras un roturier. Jamais !

Après un temps de silence, il conclut :

– Retourne dans ta chambre, Gabrielle. Désormais, tu ne quitteras plus Fontfreyde sans être accompagnée de Mère ou de moi.

Mon frère semblait fort en colère, mais avec le temps, peut-être pourrais-je l'attendrir. Je trouverais un moyen de lui parler hors de la présence de notre mère. Je me jetterais à ses pieds, je lui avouerais tout, j'implorerais son pardon. Il m'aimait. Son cœur ne pouvait me rester longtemps fermé. J'espérais qu'il n'avait pas été trop brutal dans son refus et que les frères Coffinhal renouvelleraient leur offre. Je griffonnai un billet au crayon pour Pierre-André, l'invitant à ne pas perdre espoir et à communiquer désormais avec moi par l'intermédiaire de Joséphine. Je descendis à la cuisine et la suppliai de faire parvenir mon mot à Vic.

Elle écarquilla les yeux en lisant l'adresse.

– Le jeune docteur Coffinhal ? Sainte Vierge, c'était donc pour ça ! Pas étonnant que madame la marquise soit si bouleversée.

Elle regarda au loin.

– Quand je t'ai dit la bonne aventure, tu te souviens de la première lame que t'as tirée ? Le cavalier d'épée. Tu sais, cet homme sur un cheval cabré, brandissant une épée nue ?

En effet, quelques mois plus tôt, j'avais harcelé et cajolé Joséphine jusqu'à ce qu'elle aille chercher son jeu de tarot. Elle avait posté la souillon pour faire le guet à l'entrée de la cuisine, en cas d'arrivée inopinée de ma mère, et m'avait demandé de tirer des cartes, des *lames*, comme elle les appelait.

– Eh bien, ton jeune docteur, y m'y fait penser, au cavalier. Oh, il a du courage, y parle bien, y sait ce qu'y veut. Mais il est fier et coléreux, y fait peur aux gens. C'est pas une bonne carte pour un amoureux.

Je m'en souvenais fort bien. Le cavalier, avait dit Joséphine, inspirait la terreur à ses ennemis. À raison, car il pouvait se montrer cruel et maniait sans pitié l'épée qu'il brandissait.

– Mais enfin, Joséphine, tu vois bien que cette carte n'a rien à voir avec lui ! Il n'est ni coléreux, ni fier, ni cruel. Au contraire, il est très gentil, et je n'ai pas du tout peur de lui.

Je l'embrassai.

– Allons, sois mignonne, chère Joséphine. Fais-lui porter mon billet. Je t'en prie.

Elle réfléchit un moment, puis soupira.

– C'est bien parce que c'est toi, mon p'tit, tu vas sans doute me coûter ma place.

9

Le baron ne tarda pas à honorer sa promesse et, dès le surlendemain du pèlerinage de Thiézac, il nous rendit visite à Fontfreyde. Après l'échange des civilités d'usage dans le grand salon, il y eut un moment de silence pesant. Je n'osais lever les yeux. Même ma mère, qui pourtant ne cherchait pas souvent ses mots, demeura coite quelques instants avant de reprendre la parole.

– Mon cousin, quel plaisir de vous avoir rencontré à Thiézac ! Cela faisait bien longtemps que nous n'avions pas eu cet honneur.

– Tout le plaisir fut pour moi, chère madame. J'ai été ravi de faire la connaissance de votre fille cadette. Je dois avouer que les rumeurs qui circulent sur sa beauté ne lui rendent pas justice.

– Ah, monsieur, si vous faites appel aux sentiments d'une mère… c'est là l'une de mes faiblesses : j'ai une affection excessive pour notre Gabrielle. Je ne devrais pas chanter les louanges de ma propre enfant, mais je peux vous assurer qu'on ne peut rêver fille plus obéissante. Elle a reçu d'excellents principes chrétiens. C'est aussi une bonne couturière, et elle va aider en cuisine tous les jours, de son propre chef. Dieu sait qu'elle n'a jamais manqué de rien, mais nous ne l'avons habituée ni au luxe ni à l'oisiveté. Ce sera une épouse serviable et économe, au contraire de ces filles élevées avec des prétentions.

Je rougis de honte.

– De plus, monsieur, Gabrielle n'a pas été infectée par le genre d'éducation libérale que l'on dispense aux jeunes filles de nos jours. Le marquis l'a retirée du couvent quand elle avait onze ans. Elle sait lire, écrire et compter. C'est là toute la science dont une jeune femme de bonne noblesse a besoin pour faire honneur à son mari. Ma fille aînée, la comtesse de Chalvignac, avait bien suggéré que Gabrielle restât au couvent quelques années de plus, mais, comme je le lui ai dit…

Le baron poussa un long soupir.

– Je ne suis nullement surpris d'apprendre les nombreuses qualités de ma petite cousine, mais je n'ai pas encore entendu le son de sa voix.

En effet, je n'avais jamais prononcé un mot en sa présence.

– Pardonnez sa gaucherie, monsieur.

Elle se tourna vers moi.

– Gabrielle, c'est un immense privilège que de recevoir notre cousin. Veux-tu bien faire montre de ces bonnes manières que j'ai pris la peine de t'enseigner, petite niaise ? Sans quoi…

– Je vous en prie, chère madame, ma remarque n'était pas un reproche, mais l'expression de ma curiosité. Je préfère de très loin les femmes qui parlent peu à celles qui parlent trop.

Je levai enfin les yeux vers lui.

– Merci, monsieur.

Il s'inclina.

– Je suis ravi de vous entendre, mademoiselle. Votre voix est aussi charmante que votre personne.

Le baron se tourna vers mon frère.

– Mon cousin, pouvons-nous nous entretenir entre hommes ?

Je dus suivre ma mère dans son appartement, où, le front posé contre la vitre, j'observai la cour, désespérément vide, pendant une demi-heure. Je me remémorais chacun des regards et des propos du baron avec la même anxiété que si j'avais été follement amoureuse de lui et incertaine de ses sentiments. Enfin, il sortit. Mon frère l'accompagna jusqu'au bas de l'escalier d'honneur. Ils s'étreignirent avec une grande cordialité. Je fermai les yeux.

Je reconnus le pas vif de mon frère devant la porte du petit salon de ma mère. Il souriait. Il me prit les mains et m'embrassa sur les deux joues.

– Toutes mes félicitations, Gabrielle ! Notre cousin a fait sa demande en mariage, et je l'ai acceptée.

Je m'attendais au coup, mais il n'en fut pas moins douloureux. Les larmes coulaient sur mes joues. Ma mère me reprocha vivement mon ingratitude. Mon frère me conduisit à ma chambre. Là, il s'assit à côté de moi sur le lit, son bras autour de mes épaules.

– Gabrielle, ces larmes sont inutiles. Ma décision est irrévocable. Toute autre jeune fille serait ravie d'avoir été choisie par le baron. Sa noblesse n'est guère moins ancienne que la nôtre, c'est un excellent parti à tous égards, et il semble réellement épris. Il a même eu la générosité de refuser ta modeste dot.

Mon frère me tendit son mouchoir.

– La date de tes noces a déjà été fixée. Notre cousin est impatient, et je ne vois aucune raison de tarder. La cérémonie aura lieu le 15 septembre, ce qui nous laisse près d'un mois pour la lecture des bans, le contrat de mariage et les autres préparatifs. Nous devons obtenir une dispense de monseigneur l'évêque en raison de tes liens de parenté avec ton fiancé.

Mes sanglots redoublèrent devant l'imminence de mon mariage. Je n'avais plus rien à perdre.

– Je vous en supplie, monsieur, épargnez-moi le chagrin d'épouser le baron. Pas lui. D'ailleurs, je suis déjà fiancée. J'ai accepté Pierre-André Coffinhal.

Mon frère pâlit. Il me saisit par les épaules si brutalement que je poussai un cri de terreur. Tremblant de rage, me secouant, il exigea que je lui avouasse tout ce qui s'était passé entre Pierre-André et moi, combien de fois je l'avais rencontré, s'il m'avait touchée, embrassée, si cela m'avait plu, s'il m'avait vue nue, si je l'aimais. Tout ce qui s'était passé avec douceur, avec tendresse, entre Pierre-André et moi me fut arraché sans merci pour être exposé, à vif, au regard furieux d'un autre homme. Enfin, quand le marquis comprit que je n'avais plus rien à révéler, il me lâcha.

– Tu n'avais aucun droit de te fiancer sans ma permission. Cet engagement est nul. Nul, tu m'entends ! Tu sembles, ainsi que ce scélérat, avoir oublié que tu es entièrement sous mon autorité. Si tu m'as tout dit, tu épouseras notre cousin comme convenu. Sinon, prends garde à ma colère.

Il partit en claquant la porte.

Il ne fallut guère longtemps avant que je ne subisse les conséquences de mes aveux. J'étais encore sur mon lit, la tête enfouie dans les oreillers, quand ma mère fit irruption dans ma chambre, suivie d'Annez Delrieu, la sage-femme de Lavigerie. La Delrieu, à en croire la rumeur, débarrassait aussi les femmes en détresse de leurs enfants à naître. Elle était surnommée en langue d'oc *lo cabanel*, la chouette, et était considérée comme une sorcière, ou une guérisseuse, selon l'opinion que l'on se faisait de ses potions. Je m'étais toujours tenue à l'écart de sa chaumière.

Alarmée, je me redressai sur le lit. Ma mère, sans un mot, me repoussa sur le dos, releva mes jupes jusqu'à la taille, attrapa mes genoux, écarta mes jambes. J'étais offerte à la vue de la chouette. Celle-ci alluma une bougie prise sur la table de couture et s'approcha de telle sorte que je sentais la chaleur de la flamme tout près de mes parties intimes. J'imaginai un instant qu'elle allait les brûler dans un affreux rituel de sorcellerie, pour me punir de mes pauvres amours. Je criai d'horreur et me débattis, mais ma mère me maintenait, d'une poigne de fer, les bras au-dessus de la tête. La coiffe crasseuse de la Chouette me frôlait l'intérieur des cuisses tandis qu'elle me sondait des doigts. Je frissonnais sous la piqûre de ses ongles, longs et coupants comme des rasoirs, là où personne, pas même Pierre-André, n'avait jamais porté la main. Après quelques minutes interminables, la sorcière déclara à ma mère :

– Fraîche comme une rose. Vous faites pas de bile, madame la marquise, elle va saigner.

Ma mère poussa un grand soupir et s'en fut sans mot dire avec la Chouette. Je restai allongée sur le lit, tremblante, sans même avoir la force d'arranger mes jupes.

J'avais compris le but de cet examen. Que se serait-il passé si Pierre-André avait montré moins de retenue ? Il n'aurait plus été question de mariage avec le baron, mais il était également certain que nous aurions subi les foudres de mon frère. De quelle manière, je n'aurais su le dire.

Ce soir-là, je ne descendis pas souper. Joséphine m'apporta un plateau dans ma chambre. Souriante, elle me félicita de ma bonne fortune et me vanta tous les avantages de mon mariage. Je ne répondis pas, trop nauséeuse pour toucher à la nourriture.

Les jours suivants, Joséphine continua de m'apporter mes repas. Il semblait entendu que je ne quitterais plus ma chambre. Pourtant, avant la fin de la semaine, une servante vint me chercher. Elle m'annonça que l'on me demandait au grand salon. Je pensai que le baron était venu faire sa cour et j'espérais ardemment qu'on nous laisserait seuls un moment. J'avais l'intention d'en appeler à sa pitié en lui avouant mon affection pour un autre homme. Peut-être avait-il bon cœur et accepterait-il de me rendre ma liberté ?

J'eus la surprise de trouver bien du monde au salon. En plus du baron, de mon frère et de notre mère, j'aperçus ma sœur Madeleine, son mari le comte de Chalvignac, le chevalier des Huttes, qui était le meilleur ami de mon frère, et monsieur de Laubrac, cousin et héritier du baron. Un inconnu, vêtu de noir, un portefeuille sous le bras, me salua en quittant la pièce. Les visages étaient graves. Le marquis prit la parole.

– Gabrielle, nous sommes réunis aujourd'hui pour une occasion solennelle. Le notaire nous a lu les articles de ton contrat de mariage. Ton futur époux et moi venons de le signer devant les témoins ici présents.

Je retins mon souffle et mes larmes. Ainsi donc, j'étais fiancée aux yeux de la loi.

– Que dit ce contrat, monsieur ?

– Une jeune fille ne pose pas ce genre de questions. En ma qualité de tuteur, je suis satisfait de ses termes. Ton futur époux de même. C'est ce qui compte.

– Mais, monsieur, pourrais-je le lire ?

– Assez, te dis-je !

Madeleine s'avança pour m'embrasser sur la joue et me féliciter. Je jetai un regard de désespoir autour de moi, mais tous les visages s'étaient détournés, sauf celui du baron. Celui-ci m'observait en silence, avec un étrange sourire. Je le vis murmurer à l'oreille de ma mère. Elle approuva de la tête et m'ordonna de la suivre dans son petit salon. Je ne voulais plus être seule avec lui. Il avait été témoin de mon désarroi, et n'avait montré aucune compassion. Au contraire, il semblait y avoir trouvé un certain amusement. Jamais il ne me libérerait de nos fiançailles. Et pourquoi le ferait-il ? Quoi qu'il y eût d'autre dans le contrat, je savais qu'il devait contenir un échange de promesses de mariage.

Sitôt parvenu au petit salon de ma mère, et avant que nous ayons eu le temps de nous asseoir, le baron me tendit un écrin de cuir rouge orné d'un blason. Je m'en saisis maladroitement après avoir balbutié des remerciements. Ma mère fronça les sourcils.

– Qu'attends-tu ? Ne reste pas là comme une cruche, ouvre-le.

Elle sourit au baron.

– Veuillez lui pardonner, monsieur. Elle est tout émue de votre générosité.

L'écrin contenait une paire de boucles d'oreilles de deux pouces de long, qui brillaient sur du velours blanc. Chacune était composée de douze gros rubis ovales, de couleur groseille, entourés de diamants. La beauté des pierres était éblouissante, mais elle ne me procurait aucun plaisir. Le baron jubilait.

– J'espère, mademoiselle, que vous aurez la bonté de les accepter en lieu et place de corbeille de mariage, dont je n'ai eu l'occasion de m'occuper. Ces bijoux furent offerts par mon père à ma mère, et feu ma pauvre Dorothée les a aussi portés. Mais ils semblent avoir été faits pour briller de mille feux sur la peau blanche de votre cou.

Je me forçai à parler.

– Je ne sais comment vous remercier, monsieur. On ne m'a jamais rien donné d'aussi beau.

Ma mère minaudait.

– Mon cher cousin, comme vous la gâtez. C'est bien plus qu'elle ne mérite.

– Il n'est que justice que ces pierres reviennent à ma charmante cousine, qui sera la prochaine baronne de Peyre.

Il se tourna vers moi.

– Je ne vous reverrai qu'au jour de nos épousailles. Je me réjouis de celui-ci plus que vous ne pouvez imaginer.

Il s'inclina et, à mon grand soulagement, prit congé.

Ainsi en fut-il décidé de mon mariage, avec autant d'égard pour mes sentiments que si j'avais été une génisse vendue sur le foirail de Vic à la Saint-Georges.

10

Après la signature de mon contrat de mariage, je fus autorisée à quitter ma chambre et, le dimanche suivant, j'assistai à la grand-messe avec mon frère et ma mère en l'église de Lavigerie. Nous prîmes notre place habituelle dans le banc du seigneur. Au fil des ans, j'avais entendu l'abbé Delmas lire en chaire, après son prône, les bans de mariage des vassaux de mon frère. Le prêtre s'éclaircit la voix pour annoncer, avec plus de solennité que d'ordinaire, la prochaine union entre haut et puissant seigneur, messire Donat Aimé Astorg de Laubrac, baron de Peyre, de Cénaret et de La Clavière, chevalier de l'Ordre de Saint-Michel, et Marie Gabrielle Aigline de Montserrat d'Espeils. L'abbé, après avoir repris son souffle, invita toute personne ayant juste motif de s'opposer à ce mariage à se manifester sur-le-champ. Consciente que tous les regards étaient rivés sur moi, je gardais les yeux fixés sur le sol de pierre, souhaitant qu'il se fende et m'engloutisse tout entière. Des murmures parcoururent la congrégation. Je n'aurais pas éprouvé plus de honte si je m'étais tenue nue au milieu de l'église.

Mon prochain mariage devint, à en croire Joséphine, le sujet de toutes les conversations de Lavigerie à Aurillac. Je me demandais sans cesse ce que ressentait Pierre-André. La lecture des bans à l'église avait rendu mes fiançailles publiques. Il avait dû comprendre que tout était fini. Peut-être même avait-il appris que mon contrat de mariage avait été signé. Sans doute avait-il renoncé à moi. Ces idées ne me tourmentaient pas moins que la perspective de mon propre sort. Joséphine m'informa alors d'un incident qui s'était produit dans les rues de Lavigerie.

Pierre-André et mon frère s'étaient croisés à cheval. Pierre-André, sans se découvrir, s'était adressé au marquis de la manière la plus injurieuse. D'une voix tonnante, il lui avait dit qu'il avait dû perdre toute décence pour jeter une fille de quinze ans dans le lit d'un vieux porc. Mon frère avait répondu qu'une telle impudence de la part d'un paysan était intolérable, et qu'il n'avait pas de leçons à recevoir sur ce qu'il devait faire de sa sœur. Pierre-André avait répliqué que l'insolence des nobles, qui semblait augmenter à proportion de leur pauvreté, le faisait enrager. Les deux hommes avaient alors mis pied à terre. Pierre-André avait saisi mon frère par le col et avait menacé de lui rompre le cou tandis que le marquis dégainait l'épée qu'il portait en signe de son rang. L'issue du combat aurait été incertaine, car, bien que Pierre-André fût de loin le plus grand et le plus fort des deux, il n'était pas armé. Les villageois, alertés par les éclats de voix, s'étaient précipités et avaient réussi à séparer les deux hommes, qui s'étaient éloignés en se lançant des regards de haine. Joséphine en était indignée.

– Le jeune docteur Coffinhal mérite la potence pour un tel outrage. Et à Lavigerie en plus, au beau milieu des terres de monsieur le marquis !

– Mon frère va-t-il porter plainte ?

– Il aimerait rien mieux que de voir le jeune Coffinhal pendu, pour sûr. Mais y doit se taire à cause du scandale. Imagine, ton nom prononcé en public d'une telle manière ! Et y peut pas non plus se battre en duel avec un roturier. Il a bien cherché des hommes parmi les serviteurs et les paysans pour rosser ton galant, mais il a trouvé personne. Le jeune docteur est fort comme un cheval, et il est connu pour son mauvais caractère. Les gens le craignent. Personne veut risquer d'avoir le bras ou la mâchoire cassés, ou pire, dans ce genre d'expédition.

Le récit de cette rencontre entre les deux hommes que j'aimais le plus au monde me causa bien du chagrin. J'étais émue que Pierre-André ne m'ait pas oubliée et qu'il ait pitié de ma détresse au point de risquer sa vie. J'espérais que le scandale arriverait aux oreilles du baron.

Quelques jours plus tard, j'entrai dans la cuisine alors que Joséphine faisait passer un poulet près du feu pour brûler les plumes restantes. Une odeur âcre emplissait la pièce. Sans un mot, elle me glissa un billet. Je le pris d'une main tremblante.

Au moment où j'écris ces lignes, mon aimée, je ne sais si tu es résolue à épouser l'homme que ton frère t'a choisi. Si c'est le cas, tout est fini et tu n'as pas besoin de lire plus avant. Mais si tu n'as pas renoncé à moi, je ne peux pas, je ne veux pas t'abandonner.

Tu te souviens peut-être de l'abbé Marty, qui était curé de Lavigerie et qui est maintenant vicaire à Pailherols. Je suis allé voir le vieux renégat et, après lui avoir offert une bouteille de vin vieux, je l'ai interrogé sur la possibilité d'un mariage clandestin entre nous, sans bans, sans témoins et sans le consentement de ton frère. Eh bien, Gabrielle, en droit canon, ce mariage serait valide. L'abbé Marty, en tant que prêtre officiant, sera probablement déchu de son sacerdoce, mais il est fatigué de Pailherols et ne s'en soucie guère. Il est prêt à célébrer la cérémonie. Une fois mariés, nous n'aurons plus rien à craindre.

Je sais qu'il t'est difficile d'offenser ton frère. Je ne le proposerais pas si ce n'était là notre seule chance. Aux yeux du monde, rien de ce que je peux te donner n'est comparable à ce que ton autre mariage t'apporterait. Je n'ai à t'offrir que ma tendresse, mon respect, et ma promesse solennelle de te chérir de toute mon âme et de te protéger jusqu'à la mort.

Écoute-moi, ma Gabrielle, mon aimée. Je t'attendrai dans deux jours, le 1er septembre à minuit, au carrefour d'Escalmels. Si tu ne m'y rejoins pas, je saurai que je t'ai perdue pour toujours et tu n'entendras plus jamais parler de moi.

Quoi que tu décides, brûle ceci immédiatement.

Il me sembla que la lumière du soleil de midi inondait soudain la cuisine. Pierre-André, malgré mes fiançailles avec un autre homme, voulait toujours de moi. Joséphine avait vidé le poulet et le découpait à coups de tranchoir. Elle grogna quand je l'embrassai comme une folle. Je jetai la lettre dans le feu du *canto*, où elle dansa un instant dans les flammes avant d'être réduite en cendres.

Je me souvenais fort bien de l'abbé Marty. Ma famille n'avait plus de chapelain depuis la mort de mon père, et c'était lui, alors curé de Lavigerie, qui était venu à Fontfreyde pour me préparer à ma première communion. Peu après, il avait été arrêté dans une maison de complaisance d'Aurillac pour avoir molesté l'une des pensionnaires. Ma mère avait évoqué l'affaire au cours d'un souper, et mon frère avait détourné la conversation vers un sujet plus adapté aux oreilles d'une jeune fille. Intriguée, j'étais allée m'informer plus en détail auprès de Joséphine. La rumeur disait que, bien que toutes poursuites eussent été abandonnées contre l'abbé, ma mère avait été tellement outrée de sa conduite qu'elle avait obtenu de monseigneur l'évêque de Saint-Flour qu'il le démît de ses fonctions pastorales à Lavigerie. Grâce aux amis du bon abbé au diocèse, il n'avait pas été déchu de son sacerdoce. Après quelques mois de pénitence sévère dans un monastère, il avait été envoyé comme vicaire dans le village de montagne de Pailherols, où les vaches à l'estive étaient dix fois plus nombreuses que les chrétiens. Selon la rumeur, il s'était mis à boire dans la solitude de sa nouvelle paroisse.

Mon mariage avec Pierre-André devrait impérativement être célébré et consommé avant que mon absence ne soit remarquée à

Fontfreyde le matin du 2 septembre. J'ignorais tout du droit canon, mais je savais que le scandale serait alors trop grand pour que ma famille remette en doute la validité de notre union. La lettre de Pierre-André ne disait pas ce qui se passerait ensuite, mais je me doutais qu'il avait pris des mesures pour assurer notre fuite jusqu'à ce que la situation s'apaise au pays.

À aucun moment ma détermination ne faiblit. Si Barbe Bleue lui-même avait surgi des pages de mon livre de contes de fées, je l'aurais préféré au baron.

Le temps était clair et sec, et la lune serait pleine deux jours plus tard. Escalmels se situait à une demi-lieue de Fontfreyde, un trajet facile à cheval. Enfant, rien ne m'aurait incitée à m'aventurer hors du château la nuit. J'avais désormais l'âge où je redoutais les bêtes de chair et d'os, comme le baron, bien plus que les loups-garous ou les fantômes.

II

DANS LA NUIT DU 1ER SEPTEMBRE, je montai dans ma chambre après les prières comme d'ordinaire et embrassai ma poupée de chiffons pour la dernière fois. Je jouais encore avec elle à l'occasion, mais je savais que je faisais mes adieux à mon enfance. Onze heures sonnaient à la grande pendule du vestibule quand j'enfilai mon manteau d'hiver et quittai le château endormi sur la pointe des pieds. Mon cœur tambourinait lorsque je refermai doucement la porte d'entrée derrière moi. Je descendis le grand escalier extérieur et courus jusqu'aux écuries. Bijou hennit doucement en reconnaissant mon odeur dans l'obscurité. Je lui caressai le visage pour le faire taire, lui passai la bride et enveloppai ses sabots dans les chiffons de feutre que j'avais préparés. Je le fis sortir de sa stalle. L'endroit m'était si familier que je pouvais y trouver mon chemin sans lanterne.

Alors que j'allais franchir le seuil des écuries, une silhouette surgit de l'ombre pour me barrer le passage. Mon cœur ne fit qu'un bond. Mon frère se tenait devant moi.

– Je sais tout. Suis-moi et garde le silence.

Je le repoussai et courus quelques pas, mais il me rattrapa. Je me débattis aussi longtemps que je le pus, espérant jusqu'à la fin m'enfuir, mais il était plus fort que moi. M'enserrant la taille, il me traîna vers le château pendant que je luttais encore pour échapper à son emprise. Comme il n'y avait plus aucun espoir dans le secret, je hurlai à pleins poumons. Bijou se mit à hennir, sauvagement, et se cabra. Les chiffons que j'avais attachés autour de ses sabots se défirent. Des étincelles volaient dans l'obscurité là où ses fers frappaient les pavés de la cour. Des lumières apparurent à plusieurs fenêtres, et des visages se penchèrent au-dehors.

– Petite garce! Tu n'auras de cesse que tu nous aies complètement déshonorés.

La marquise, en robe de chambre, suivie de la cohorte des serviteurs, apparut en haut de l'escalier extérieur. Mon frère ordonna à tous de retourner au lit, sauf à ma mère et Joséphine. Je me débattais toujours, mais, avec l'aide des deux femmes, il me porta, toujours hurlante, dans une petite cave située sous l'escalier extérieur. Joséphine y conservait des pommes sur des clayettes, des carottes dans un bac à sable, des conserves et des confitures sur des étagères. La porte en chêne massif et l'absence de fenêtre, à l'exception d'un minuscule soupirail à barreaux sous le plafond, empêchaient toute évasion. Mon frère me lâcha enfin et me poussa rudement sur le sol en terre battue. J'entendis la porte claquer derrière moi et la clé tourner dans la serrure. Il revint ensuite pour me jeter une paillasse. Même sans lumière, je connaissais bien cette cave. Elle sentait le moisi et les fruits secs, mais ne me faisait pas peur. En tout cas, j'avais atteint des profondeurs de désespoir où la peur n'avait pas sa place. Il aurait été épouvantable d'épouser le baron en sachant que Pierre-André m'avait abandonnée, mais l'idée qu'il voulait toujours de moi et que nous devions renoncer l'un à l'autre à jamais me déchirait le cœur. Il devait m'attendre au carrefour d'Escalmels, pensant que je n'avais pas eu le courage de le rejoindre, ou que je ne l'aimais pas assez pour le faire. J'avais la gorge en feu à force de crier. Je m'enveloppai dans mon manteau et cherchai la paillasse à tâtons dans l'obscurité. Je m'endormis sans tarder, tant d'épuisement que pour échapper à l'horreur de ma situation.

Je fus réveillée le lendemain matin par le marquis qui m'apporta une cruche d'eau et un morceau de pain noir, comme celui des domestiques. Je m'assis sur la paillasse, clignant des yeux devant sa lanterne.

– Vois où tu te retrouves par ta faute. Je ne peux t'enfermer dans ta chambre, tu parviendrais à t'en échapper. Au moins, ici, tu seras en sûreté jusqu'à ton mariage.

– Comment avez-vous découvert nos plans ?

– Tu es bien naïve, Gabrielle. Joséphine m'avait montré la lettre de ce scélérat avant de te la donner. J'aurais pu la garder et tu n'en aurais jamais rien su, mais je voulais voir si je pouvais te faire confiance. Sur ce point, je n'ai plus aucun doute.

Ainsi Joséphine, ma confidente, que j'avais cru pendant toutes ces années être mon amie, m'avait trahie.

Mon frère ne confiait à personne la tâche de m'apporter mon pain et mon eau chaque matin et chaque soir. Quant à moi, je comptais avec angoisse les jours qui me séparaient de mon mariage.

Le matin du 14 septembre, le marquis se présenta comme à l'accoutumée.

– L'abbé Delmas entendra ta confession tout à l'heure. Tu recevras le sacrement du mariage demain, et tu ne peux le faire sans avoir reçu l'absolution.

Jusqu'alors je m'étais toujours rendue à l'église de Lavigerie pour me confesser, mais ma famille devait craindre que je ne profitasse de cette sortie pour m'évader. Je n'avais jamais aimé l'idée de raconter mes péchés et recourais toujours à la même courte liste, qui comprenait invariablement la paresse et la désobéissance à ma mère. La vérité, je la gardais pour moi.

Aveuglée et étourdie par la lumière du jour à la sortie de ma prison, je portai la main à mes yeux. Mon frère me tenait fermement par le bras et m'entraîna sans ménagements dans le grand salon qui tiendrait lieu de confessionnal. Il n'y aurait pas d'obscurité rassurante, ni de grille pour me protéger le visage. Non, j'allais devoir me livrer là, ma mère écoutant sans doute à la porte. Le marquis me laissa face à l'abbé Delmas, qui ouvrit largement les bras en me voyant.

– Chère enfant. Qu'avez-vous fait ? Mais ne désespérez pas. Dieu vous entendra si vous faites preuve d'une sincère contrition.

Il fit le signe de croix, s'assit dans un fauteuil et désigna le tapis du doigt. Je m'agenouillai à côté de lui et joignis les mains.

– Bénissez-moi, mon père, car j'ai péché.

– Je vous écoute, mon enfant. Parlez sans crainte.

– Mon père, je suis sur le point de commettre un péché affreux. Si j'obéis à mon frère, j'épouserai un homme pour lequel je n'éprouve pas la moindre affection.

Il soupira.

– Mon enfant, votre véritable péché, un péché d'orgueil, est de défier votre tuteur. Vous lui avez déjà causé bien du chagrin par votre désobéissance. Il vous faut vous repentir pour recevoir le sacrement de la pénitence.

– Mais, mon père, je ne me repens pas du tout. Ce serait un péché pour moi que d'entrer dans l'état du mariage sans être prête à aimer mon époux.

Le sourire bonasse de l'abbé Delmas s'effaça.

– Vous vous trompez lourdement, mon enfant. L'amour, tel que vous l'entendez, est une illusion fugitive, pire, un leurre du diable. Le mariage, au contraire, est un saint sacrement. L'affection que l'on trouve dans cet état béni n'a rien de commun avec les sentiments misérables qui vous animent. Le seul amour reconnu de Dieu suit le mariage et récompense l'accomplissement de ses devoirs. Il ne le précède pas, il ne le détermine pas. Vous obtiendrez la rémission de vos péchés si vous vous mariez ainsi qu'on vous le dit. Monsieur le marquis, qui a toute l'autorité d'un père aux yeux de Dieu et des hommes, vous a choisi un époux. Ce n'est qu'en vous soumettant à sa volonté que vous pourrez expier votre faute scandaleuse.

L'abbé sortit un mouchoir de la poche de sa soutane et essuya la sueur qui perlait à son front.

– Êtes-vous donc sourde à l'appel du devoir ? Même si le choix de votre tuteur était malavisé, ce qui est loin d'être le cas, vous devriez lui obéir sans un murmure.

À ces mots, je reculai.

– Mais monsieur le marquis a fait un excellent choix pour vous. Vous ne pouviez espérer mieux en termes de rang, de fortune, de respectabilité. Quant à votre différence d'âge avec monsieur le baron, sachez qu'elle doit être considérée comme un avantage. Un homme plus jeune, moins expérimenté, aurait quelque difficulté à affirmer son autorité, compte tenu de votre fâcheuse tendance à la désobéissance. En somme, c'est un mariage parfait à tous égards.

L'abbé Delmas agita un gros doigt devant mon visage. Je me relevai.

– Vous recevrez demain le sacrement du mariage. Pour votre pénitence, vous direz dix *Pater* et dix *Ave*, et vous vous prosternerez aux pieds de votre frère. Que Dieu tout-puissant ait pitié de vous et vous pardonne vos péchés.

Il fit de nouveau le signe de croix et frappa à la porte du salon. Mon frère, maussade, apparut et lui demanda de l'attendre pendant qu'il me ramenait à la cave. Une demi-heure plus tard, le marquis me rejoignit.

– Je vois que tu persistes dans ton obstination.

– C'est donc ainsi que l'abbé honore le secret de la confession.

– Ta conversation avec lui n'était pas une confession, car tu n'as exprimé aucun repentir. Je ne peux te dire à quel point je suis en colère.

– Je vous supplie pourtant de me pardonner. Mon seul souhait est de vivre tranquillement à Fontfreyde comme par le passé. Je vous promets de ne plus jamais revoir Pierre-André si vous me délivrez de mes fiançailles avec le baron. Je ne vous donnerai plus le moindre sujet de mécontentement.

– Comment oses-tu dans le même souffle implorer mon pardon et refuser de m'obéir ? Je suis fatigué, Gabrielle, de tout le chagrin que tu as causé, et je n'ai pas l'intention de te servir indéfiniment de geôlier. Ta tentative de fugue fait de ton mariage immédiat le seul remède à notre situation. Vas-tu, oui ou non, faire ce qu'on te dit demain ?

– Non.

Pour la première fois, j'entendis mon frère jurer.

– Tu es la créature la plus entêtée, la plus ingrate et la plus indocile que j'aie rencontrée. Mais je me suis préparé à cette issue depuis quinze jours. Lis ceci.

Il tira de sa poche une feuille de papier que j'approchai de la lanterne. Il s'agissait d'une supplique adressée au roi afin d'obtenir une lettre de cachet. Elle expliquait comment une jeune fille de bonne et ancienne noblesse, séduite par un roturier, avait tenté de défier l'autorité de son tuteur pour s'abandonner à son vil prétendant. La jeune fille en question s'obstinait dans le libertinage, la débauche, la dissipation, la désobéissance, et refusait un parti des plus avantageux. La lettre se terminait par une demande respectueuse d'enfermer la coupable dans un couvent jusqu'à ce qu'il plût au marquis de l'en sortir.

Je savais que la menace de mon frère était sérieuse. Pourtant, la réclusion dans un couvent me semblait bien plus attrayante que le mariage avec le baron.

– Une dernière fois, m'obéiras-tu ?

– Non, monsieur.

Il me prit par le menton.

– Dans ce cas, je vais envoyer ceci au roi. Tu ne quitteras cette cave que pour être enfermée dans un couvent pour filles insoumises.

On saura s'y occuper de toi, et, crois-moi, tu regretteras bientôt le traitement que tu as reçu ici.

Le marquis parlait entre ses dents serrées.

– Avant que je te laisse, sais-tu, Gabrielle, qu'un homme qui incite une jeune fille à fuir la protection de son père ou de son tuteur est passible de la peine de mort ?

Cette phrase m'asséna le coup fatal.

– Et il y a des circonstances aggravantes dans cette affaire. Puisque tu es noble et ton séducteur, roturier, il ne sera pas pendu. Il sera rompu. Avant de te conduire à ton couvent, je te ferai assister à l'exécution de ce… ce… ce paysan, ce scélérat, ce fils de… Tu n'as jamais vu un criminel rompu et exposé sur la roue, n'est-ce pas ?

Je secouai la tête, terrifiée.

– Alors je vais te dire à quoi t'attendre. Ton séducteur sera dépouillé de ses vêtements. Le bourreau l'attachera, à plat, sur une croix et le frappera avec une barre de fer aux bras, aux cuisses, aux jambes et aux reins. Une fois ses membres et ses hanches rompus, ce bandit sera détaché. Ses jambes seront repliées sous son dos, et il sera attaché à une roue de carrosse. Il restera exposé dans cette position, la tête pendant dans le vide et les os brisés perçant sa chair. Tu l'entendras hurler de douleur pendant des heures et supplier qu'on lui donne la mort. En général, mais pas toujours, on met fin à l'agonie du misérable en l'étranglant à la nuit tombée.

Mon frère s'arrêta.

– Je veillerai à ce que tu assistes à ce spectacle, jusqu'à la fin.

J'étais désormais indifférente à mon propre destin.

– J'épouserai le baron demain, à une seule condition : aucun mal ne doit arriver à Pierre-André Coffinhal, ni maintenant ni plus tard. Vous devez le jurer sur la mémoire de feu notre père. Si vous manquez à votre promesse, monsieur, je m'enfuirai de la maison de mon mari ; je déshonorerai le baron et notre famille.

Le marquis, se mordant la lèvre, hésita un instant.

– Tu as ma parole de gentilhomme. Je vais convoquer son frère aîné dès cet après-midi. Je vais exiger que ce scélérat quitte le pays immédiatement et qu'il ne revienne plus jamais en Auvergne. À l'exil s'ajoutera le châtiment de te savoir au pouvoir d'un autre. Bonsoir, Gabrielle.

La mort dans l'âme. C'est l'expression qui me vient à l'esprit quand je pense à mes dernières heures à Fontfreyde. On m'avait appris à croire en l'immortalité de l'âme. Cette nuit-là, je sentis qu'une part de la mienne se mourait. Je finis par m'endormir, et rêvai qu'une série d'événements invraisemblables se produisait pour empêcher mon mariage. Le soulagement en était si fort qu'il me réveilla, et ma situation ne m'en apparut que plus cruelle après ce fol espoir. Tout repos devint alors impossible. J'essayai seulement de rassembler mon courage avant l'aube.

Au matin, la porte fut déverrouillée, et mon frère m'annonça qu'il m'autorisait à déjeuner dans la salle à manger. Personne, pas même ma mère, ne parla pendant ce bref repas. Pour ma part, je ne levai pas les yeux de mon bol de soupe.

La marquise me mena ensuite dans la pièce qui avait été ma chambre, et où je ne dormirais jamais plus. Elle m'ordonna de me dévêtir et de me tenir debout dans une baignoire de cuivre. Il ne me fut pas permis de m'y accroupir ou de m'y agenouiller, je dus rester ainsi, les jambes écartées, pendant que les servantes me lavaient sous ses yeux. Je n'avais encore jamais été entièrement nue devant quiconque. Ma mère elle-même, m'avait dit Joséphine, se baignait toujours vêtue d'une chemise de flanelle qui lui montait jusqu'au cou.

– Ah, comme c'est joli de te donner ces petits airs pudiques après ce que tu as fait. Ton mari t'apprendra à être moins prude ce soir. J'espère au moins que tu ne nous feras pas honte.

L'une des servantes me perça les oreilles avec une aiguille. La douleur fut vive, mais je ne bronchai pas. Je savais qu'il fallait m'habituer à ne plus sentir ce qu'on me faisait.

On me passa les jupes de ma robe rose comme au matin du pèlerinage de Thiézac, et on me mit un petit bouquet de fleurs d'oranger en *babarel* entre les seins. Je portais à mes oreilles fraîchement percées les rubis du baron. Ils me faisaient penser, lorsque je contemplais mon reflet dans le miroir, à des larmes de sang.

12

Je regarde ma petite-fille de huit ans, qu'Aimée a voulu nommer Gabriella, bien contre mon gré. Je ne pense pas que ce soit un nom de bon augure. C'est une enfant très attachante. Ses joues, rondes comme des pommes, appellent les baisers. Elle me tend sa poupée ainsi que des chutes de soie rose, et exige, avec la douce tyrannie des enfants, que je lui fasse une robe assortie à la sienne. Un détail me donne toujours un coup au cœur quand je la regarde : sa ressemblance avec feu mon mari. Cela n'a pourtant rien de surprenant. Le baron de Peyre était son grand-père, mais je n'ai jamais pu m'habituer à retrouver ses traits rudes dans le joli minois de ma petite-fille. Elle a même sa façon de tenir sa tête légèrement de côté en fronçant les sourcils lorsqu'elle est fâchée. Comme lui, elle ne semble jamais douter d'elle-même. Le passé, surtout celui dont nous souhaitons le moins nous souvenir, a des façons bien cruelles de se rappeler à nous.

Je fus mariée en l'église de Lavigerie, décorée de roses blanches pour l'occasion, par une journée froide et ensoleillée, le 15 septembre de l'an 1784. La sonnerie des cloches, assourdissante, faisait vibrer l'air. Mon frère nous aida à descendre de voiture, ma mère et moi. Il me mena à l'autel, me tenant fermement par la main comme s'il avait peur que je m'enfuisse. Tous les témoins de mon contrat de mariage étaient là, ainsi que de nombreux parents et amis. Le baron m'attendait dans le chœur, en habit de velours cramoisi brodé d'or et bas de soie blanche.

Je fis tout ce que l'on espérait de moi, je me concentrai sur les rituels en essayant de chasser toute pensée. Face au baron, tête basse, je récitai les mots qui me liaient à lui jusqu'à la mort.

– Moi, Marie Gabrielle, je te prends, Donat, pour époux devant Dieu.

Il saisit ma main droite dans la sienne, autour de laquelle l'abbé Delmas enroula son étole en récitant la bénédiction nuptiale. Le prêtre bénit ensuite une pièce et un anneau d'or. Le baron me passa l'anneau au pouce de la main gauche, puis à l'index, puis au majeur en récitant *Au nom du Père, du Fils et du Saint-Esprit.* Il dit *Amen* lorsqu'il eut atteint l'annulaire, où il laissa l'anneau, et où celui-ci demeure encore à ce jour, trente ans plus tard. Il me tendit la pièce d'or, que je reçus à deux mains. Nous nous agenouillâmes tous deux au pied de l'autel pendant que le *pallium* nuptial blanc était tendu au-dessus de nous.

Pendant la messe, je ne savais plus ce que je faisais. J'avais l'impression d'avoir pris congé de mon corps et d'observer la cérémonie à quelques pas de là. Dans son sermon, l'abbé évoqua la signification de l'anneau que j'avais reçu, un *annulus fidei*, rappel de la foi que j'avais promise au baron. La pièce d'or rappelait le prix que, dans l'ancien temps, l'époux payait pour l'achat de la virginité de la jeune mariée. En l'acceptant, j'avais reconnu le baron comme mon seigneur et maître. L'enroulement de l'étole autour de nos mains jointes symbolisait notre union indissoluble devant Dieu, et le voile nuptial blanc, la pudeur qui devrait régler notre conduite dans l'état sanctifié du mariage.

Après la cérémonie et la signature du registre paroissial dans la sacristie, je montai dans la voiture du baron. C'était la première fois que nous étions seuls. Mon époux tira les rideaux et se jeta brutalement sur moi. L'engourdissement que j'avais ressenti à l'église se dissipa aussitôt. Je résistai de toutes mes forces, tant et si bien qu'il se calma.

– Soit, ma chérie. Taquinez-moi si vous le voulez. Je n'ai plus longtemps à attendre.

Une fois à Cénac, le baron me conduisit dans la cour derrière le château, où un dîner avait été préparé pour ses vassaux. Les invités se levèrent, les hommes poussant des *ifofo* et criant *Viva lo mourelhado*, Vive la mariée. Nous fîmes le tour des longues tables pour recevoir leurs compliments et leurs bons vœux. Le baron riait bruyamment, tapait dans le dos des hommes, et leur demandait en langue d'oc s'ils ne trouvaient pas leur nouvelle dame bien belle. Je baissais la tête sans mot dire. Enfin, il invita tout le monde à profiter de la soirée et m'entraîna à l'intérieur du château.

J'assistai à une interminable fête, celle-là pour les nobles. Le baron, toujours de joyeuse humeur, mangeait, buvait, riait et parlait beaucoup. La coutume voulait que le festin de noces se tînt dans la maison de la mariée, mais peut-être ne faisait-il pas confiance à ma mère pour offrir un repas convenable à Fontfreyde. Mon emprisonnement à la cave m'avait tenue dans l'ignorance des préparatifs de mon mariage.

Je n'avais rencontré le baron que trois fois. À présent, j'avais tout loisir de l'observer. Sa voix forte résonnait à mes oreilles, et son parler était ponctué de jurons que je n'avais jamais entendus. J'étais engourdie et muette à l'extrémité opposée de la table, qui avait été dressée avec de la vaisselle de vermeil. Toute la noblesse locale avait été conviée. Ma mère, vêtue d'une robe neuve de soie noire garnie de dentelles blanches, était assise à la droite de son gendre. Je ne l'avais jamais vue si heureuse. Les plats fastueux se succédaient, mais je ne pouvais que contempler la nourriture dans mon assiette sans la porter à mes lèvres. Mon frère, assis à ma droite, ne mangeait guère plus et évitait mon regard. Au début du dîner, il avait invité les convives à boire à la santé et à la félicité du baron et de la baronne de Peyre. Qu'il était étrange d'entendre mon nouveau titre. Pour moi, la baronne de Peyre était encore la défunte épouse de mon mari, Dorothée de la Feuillade, une ombre déjà oubliée quatre mois après sa mort.

Plus tard dans la soirée, le baron se pencha vers ma mère et lui parla en me regardant. Elle lui sourit et me fit signe, ainsi qu'à Madeleine, de la suivre. Elles m'accompagnèrent dans mes nouveaux appartements. Quand je vis le lit, je me jetai au cou de ma sœur.

– Je vous en supplie, emmenez-moi loin d'ici. Je ne veux pas de cet homme.

Ma mère pinça les lèvres.

– Vous voyez, Madeleine, ce que j'ai enduré. Grâce au ciel, nous voici enfin quittes de cette petite garce. Je souhaite au baron bien du plaisir avec elle. Quand je pense qu'elle n'a que quinze ans ! Mais Hélène, à quatorze ans…

– Je vous en prie, Mère, ne parlons pas d'Hélène maintenant. Vous pouvez me laisser seule avec Gabrielle. Elle est un peu effrayée, c'est tout, la pauvre enfant.

La marquise s'en fut. Madeleine, calmement, m'ôta ma robe et délaça mon corset. Elle s'agenouilla pour défaire mes jarretières et me retirer souliers et bas. Quand il ne resta plus que ma chemise, elle me poussa vers le lit. Je m'accrochai à elle.

– Allons, Gabrielle, soyez gentille. Avez-vous peur parce que vous ne savez pas à quoi vous attendre ? Je vais tout vous expliquer.

– Je sais, et c'est pour cela que je ne voulais pas l'épouser.

– Vous ne devez pas vous laisser aller à de telles pensées. Ce matin, vous vous êtes engagée devant Dieu à des devoirs que vous devez maintenant accomplir.

Elle sourit doucement.

– D'ailleurs, ma chérie, il ne doit pas être si méchant. Il semble très amoureux de vous. Je l'ai observé : il ne vous quitte pas des yeux.

– Je n'ai rien remarqué de tel.

– Je n'en suis pas surprise, car vous ne le regardez jamais. Votre modestie est très louable, mais elle n'a plus lieu d'être maintenant qu'il est votre époux.

Elle me caressa les cheveux.

– Pourquoi vous inquiéter de ce qui est inévitable ? Laissez-le faire ce qu'il veut, et tout ira bien.

– Je ne veux pas qu'il me touche.

Madeleine soupira.

– Ces sentiments sont bien naturels pour une jeune mariée. Ils disparaîtront lorsque le mariage sera consommé et que vous vous rendrez compte que vos craintes étaient sans objet. C'est un homme mûr, il sera moins hâtif et plus patient qu'un mari plus jeune.

Quelques instants plus tard, le baron surgit en robe de chambre écarlate, les cheveux dénoués. Une clameur retentissait dans le couloir, suivie de grands coups à la porte. Des voix masculines demandaient à voir les mariés au lit pour leur adresser un dernier compliment. Le baron alla ouvrir la porte.

– Laissez-nous tranquilles, foutredieu ! Vous faites peur à la mariée.

Les invités s'éloignèrent à contrecœur, certains essayant d'apercevoir à la dérobée l'intérieur de la chambre avant d'être fermement repoussés par le baron. Madeleine me pressa la main, déposa un baiser sur mon front et m'abandonna à mon sort.

Le baron avait le champ libre. J'oubliai les admonitions de ma mère et les paroles de réconfort de ma sœur. Je le regardais, frissonnante, recroquevillée sur le lit, les genoux sous le menton et les bras autour des jambes. Il jeta sa robe de chambre sur le dossier d'un fauteuil et m'ordonna d'enlever ma chemise. Je restai figée. Il me saisit alors par le bras et, sans un mot, m'en dépouilla. Pour couvrir ma nudité, j'agrippai le drap, qui me fut arraché. Je sautai du lit, terrifiée, et sans réfléchir me précipitai vers la porte. Il n'eut aucun mal à me rattraper. Je le mordis, le griffai, je résistai de toutes mes forces. Finalement, il me gifla à toute volée. Ma mère l'avait souvent fait, et je me souviens de la sensation de brûlure sur ma joue, mais cela n'était pas du même ordre. La force du coup m'étourdit et m'envoya rouler sur le tapis, à plusieurs pas de là. Je levai les bras pour me protéger le visage, mais il m'empoigna et me porta jusqu'au lit où il me maintint clouée sur le dos, un genou planté dans mon ventre.

J'implorai grâce, en vain. Il était trop occupé à me peloter pour prêter la moindre attention à mes supplications.

– Je ne me suis pas trompé dans mon choix. Vous êtes encore plus jolie que je ne le pensais. Je ne peux plus attendre, ma petite chérie.

Il enleva sa chemise et je frémis d'horreur devant sa nudité. Il m'écarta les cuisses, s'agenouilla et se laissa tomber sur moi. Je ne pouvais plus lui échapper, son poids reposait sur mes hanches et m'écrasait. Il passa à l'assaut principal, me causant une douleur telle que je crus que mon corps tout entier se déchirait. Mes cris, loin de le faire fléchir, semblaient rendre ses attaques plus furieuses. La sueur collait à sa peau les poils noirs de son torse et de son ventre. J'étouffais contre son cou, épais comme celui d'un taureau, détournant la tête pour échapper à son haleine avinée. Enfin, quand je pensai ne plus pouvoir en supporter davantage, il se souleva en s'appuyant sur les bras. Après une dernière poussée, plus profonde et plus forte que toutes les précédentes, il cambra le dos, tête rejetée en arrière, et poussa un long rugissement.

Il se laissa choir sur le dos à mes côtés, les yeux clos, avec un air de contentement épuisé qui me donna à espérer qu'il s'était endormi. Ce réconfort fut de courte durée. Bien vite, apparemment ragaillardi par son repos, il écarta de nouveau mes cuisses. J'abandonnai toute résistance et le laissai faire ce qui lui plaisait. Il examina longuement le site de sa victoire, irrité sous ses doigts comme une blessure à vif.

– Vous venez de me rendre très heureux, ma femme, mais vous auriez pu vous épargner quelques désagréments en m'obéissant d'emblée. Qu'importe, vous apprendrez vite.

Dans ma naïveté, je croyais l'épreuve terminée pour la nuit. Mais je constatai avec horreur que son inspection avait ravivé son appétit. Il me faisait changer de position à sa guise. Une fois le point essentiel réglé à son avantage, ma docilité était assurée. Il reprit ses attentions avec une vigueur renouvelée. Je perdis de vue le nombre de fois où je dus subir la même agonie.

– Vous voyez, ma chérie, les jeunes mariées sont comme des pouliches. Certaines offrent une résistance fougueuse lorsqu'elles sont montées pour la première fois. Cela ne me dérange pas, loin de là. L'effort de dresser un bel animal est amplement récompensé par la satisfaction de le trouver par la suite aussi obéissant qu'il était rétif.

Toutes les femmes enduraient-elles cette torture qui n'en finissait plus ? Je songeais au supplice de la roue tel que l'avait décrit mon frère et me voyais réduite au matin à un tas d'os brisés et de pulpe sanguinolente. Après que j'eus abandonné tout espoir de voir la fin de ma misère, mon mari me laissa enfin en paix et se retira dans son appartement. Je repris ma chemise déchirée sur le tapis et m'en couvris.

Je pleurais dans mon sommeil lorsqu'une servante entra dans la chambre et tira les rideaux.

– Monsieur le baron demande que madame le rejoigne à table sans tarder.

Je devais bientôt découvrir que *sans tarder* était la devise de Cénac, où chacun savait qu'il ne fallait pas faire attendre le baron. J'étais percluse de douleurs et ne voulais rien d'autre que rester au lit. D'ailleurs, après mon initiation aux étreintes nuptiales, j'aurais été fort heureuse de ne plus jamais croiser mon mari. Pourtant, le regard inquiet de la servante me fit comprendre qu'il serait prudent de me hâter. J'aurais voulu me laver des saletés de la nuit, mais elle ne m'en laissa pas le temps. Pendant qu'elle m'aidait à me vêtir de ma robe noire, je m'aperçus que j'étais couverte de marques livides. J'espérai qu'elle ne les remarquerait pas.

Je rejoignis mon seigneur et maître dans la salle à manger, où il prenait son déjeuner de bel appétit. Je lui fis la révérence avant de prendre place. Il se leva pour me saluer avec bonne humeur, il espérait que je m'étais bien reposée. Maintenant que nous étions mari et femme, nous devions régler quelques détails importants pour notre félicité future.

– D'abord, madame, je suis aussi patient qu'un autre, mais je n'aime pas que l'on me fasse attendre à ma propre table. À l'avenir, j'aurai le plaisir de votre compagnie à sept heures, sans avoir à vous faire appeler. Vous n'êtes plus à Fontfreyde où l'on vous laissait sans doute passer la matinée au lit. Dans cette maison, vous vous conformerez à mes habitudes. Est-ce compris ?

– Pardonnez-moi, monsieur. Si j'avais su que vous m'attendiez, je me serais levée plus tôt. Je vous promets qu'à l'avenir je serai ponctuelle.

– Espérons-le. Rappelez-vous que je pourrais faire preuve de moins d'indulgence la prochaine fois. Ce n'est pas tout. Certaines de vos activités me déplaisent tout à fait. Vous savez sans doute ce dont je parle. Votre frère vous a laissée libre de chevaucher à travers le pays. Je vais devoir mettre fin à ces sottises. Il ne sera pas dit que je laisse ma femme battre la campagne comme une échevelée. D'autant que vous devez être impatiente de me donner un héritier et que toutes ces promenades à cheval ne feraient pas l'affaire. Je ne veux pas vous voir à moins de cent pas des écuries.

Jusqu'alors, l'équitation avait été la clé de ma liberté. Il ne m'était pas venu à l'esprit qu'elle me serait retirée. Bien sûr, il était possible qu'un écho de mes récentes aventures fût arrivé aux oreilles du baron.

– Vous souhaitez donc que je passe tout mon temps enfermée au château, monsieur ?

Il soupira.

– Mais non ! Promenez-vous au jardin tant que vous voudrez. Mais pas plus loin. Quant à la voiture, vous me la demanderez la veille et vous me direz où vous voulez aller. Je donnerai les ordres au cocher : il ne les reçoit que de moi.

– Pourrai-je au moins aller à la chasse avec vous ? Il paraît que vous l'aimez beaucoup. Je suis bonne cavalière, monsieur, je pourrai vous tenir compagnie.

Il jeta sa fourchette dans son assiette. Je sursautai au bruit de l'argent qui frappait la porcelaine.

– N'avez-vous donc pas entendu ce que je viens de vous dire ? Je ne veux pas que vous montiez. Ce qui signifie *pas du tout*. Je me passerai très bien de votre compagnie.

Je contemplai les tranches de jambon et de pâté dans mon assiette.

– M'avez-vous bien entendu cette fois ?

– Oui, monsieur.

– À la bonne heure. Autre chose. Il ne vous a pas échappé, j'en suis sûr, que La Maria dirige cette maison. C'est une excellente femme, mais un peu jalouse de son autorité. Sachez que j'ai la plus grande estime pour elle, et que je ne veux pas entendre la moindre critique à son égard. Vous êtes trop jeune pour vous mêler de ces choses-là.

La veille, j'avais remarqué cette belle brune, La Maria, la gouvernante. Je lui avais adressé un sourire auquel elle avait répondu par un regard empli d'insolence et de ressentiment. Je la soupçonnais de jouir d'une certaine intimité avec le baron. Elle n'était sans doute pas étrangère au fait que les servantes ne m'eussent pas réveillée à temps.

– Voilà, ma chérie. Il vaut mieux que les choses soient claires dès le début. Vous trouverez en moi un maître facile à contenter, mais je ne manquerai pas de vous guérir de vos habitudes sauvages qu'on vous a laissé prendre. Si elles n'étaient pas corrigées, elles vous feraient grand tort.

Il pointa son couteau vers moi.

– Ma défunte Dorothée a été entourée de confort et d'attentions jusqu'à son dernier souffle. Mais elle ne m'a jamais causé le moindre désagrément. Il serait sage de suivre son exemple. Vous n'êtes qu'une enfant gâtée, mais votre jeunesse me permet d'espérer que vous ferez de rapides progrès. Et vous n'avez pas l'air sotte, loin de là. Maintenant, mangez ! Il n'est rien qui m'irrite tant que les femmes qui se prétendent indisposées pour se rendre intéressantes.

Ainsi, je ne serais pas maîtresse de ma propre maison, je mènerais la vie d'une recluse, et je lui donnerais un enfant tous les ans jusqu'à ce que je devienne si vieille, triste et fatiguée que je ne me soucierais plus de rien. Les rêves d'évasion qui me tenaient tant à cœur quelques semaines plus tôt m'étaient désormais fort étranges. Je me sentais souillée, vaincue, brisée corps et âme après ma nuit de noces. Je n'avais nulle part où aller, personne vers qui me tourner. Il aurait été impossible de croiser le regard de Pierre-André à présent, ma disgrâce gravée sur mon visage.

Lorsque je regagnai mon appartement, les femmes de chambre changeaient le lit et, à ma grande mortification, suspendaient le drap taché de sang à la fenêtre. Je me réfugiai dans le petit cabinet de toilette et me réconfortai dans un bain chaud. Je ne revis plus le baron de toute la journée, car il avait à faire à Aurillac.

En début d'après-midi, je me promenai dans le jardin. Là, les dernières roses de la saison dépérissaient, fanées par les premières gelées. Je pensais à l'époque révolue où je chevauchais par les sentes de montagne, là où l'envie me menait. Le baiser de la pluie sur mes lèvres, la caresse du soleil et la piqûre du vent sur mes joues me manquaient déjà. Perdue dans ma rêverie, je prêtais à peine attention au bruit du gravier qui s'écrasait sous mes pieds, lorsque j'entendis les sabots d'un cheval. En levant les yeux, je reconnus mon frère. Il me regarda d'un air grave et s'enquit de ma santé.

– C'est fort aimable à vous.

Il descendit de sa monture et tenta de me prendre la main.

– Ton mari a-t-il été tendre avec toi ?

– C'est mon mari.

– Tu es en colère contre moi, Gabrielle.

– Que vous importe ? Parlez-moi plutôt de Fontfreyde où je ne retournerai probablement jamais.

– Pourquoi dis-tu cela ? Je suis sûr que ton mari te donnera la permission de nous rendre visite.

– Qui sait ? Il m'a bien interdit de monter à cheval.

– Tu es mariée dorénavant, et cette demande n'est pas déraisonnable.

– Il ne demande rien, il ordonne.

– Allons, Gabrielle, petite sœur, tu as l'air si amère et malheureuse que tu vas me briser le cœur. Le baron n'exige rien de plus qu'un autre époux. Je me doutais qu'il te serait difficile, avec tes habitudes d'indépendance, de t'habituer au mariage.

– La question n'est pas le mariage, mais mon mari. Mais parlons de choses plus joyeuses.

Alors il me conta Fontfreyde comme si je n'avais pas vu la vieille maison depuis très longtemps. Comme si toutes ces années passées là-bas n'avaient été qu'un songe.

Après le départ de mon frère, la journée me parut bien vide. L'après-midi s'écoula lentement, le soir approcha, puis le ciel vira au bleu sombre, les bougies furent allumées, les volets, fermés, les rideaux, tirés. Cette heure, pleine de douce tristesse, avait été ma préférée à Fontfreyde. Elle deviendrait un moment d'angoisse entre les murs de Cénac. La perspective de voir le baron me rejoindre au lit cette nuit-là, et toutes les nuits pour le restant de mes jours, n'était qu'un nuage lointain à la lumière de midi. Au crépuscule, elle commençait à se préciser dans mon esprit jusqu'à en chasser toute autre pensée.

Je pris soin de ne pas répéter mon erreur du matin en étant ponctuelle pour le souper. Je tremblais lorsqu'un laquais m'ouvrit la porte de la salle à manger. Mon mari me regarda avec stupeur et frappa la table du plat de la main. Les verres de cristal chancelèrent et les deux molosses, assis près de la cheminée, glapirent de terreur.

– Pourquoi, madame, paraissez-vous devant moi dans ces misérables guenilles ? Vous moqueriez-vous de moi, par hasard ? Vous les portiez déjà ce matin, mais je vous ai excusée, pensant que vous n'aviez pas eu le temps de trouver autre chose. Maintenant que vous avez eu toute la journée pour vous habiller, vous venez souper vêtue comme une mendiante ? Retournez immédiatement changer de toilette. Et jetez ces haillons au feu, bon Dieu, ou donnez-les aux pauvres !

Mon premier mouvement avait été de m'enfuir à toutes jambes, mais je n'ignorais plus que mon mari courait vite. Tête baissée, je le laissai se diriger vers moi à grands pas.

– Dépêchez-vous donc, vous me faites attendre pour souper après avoir été en retard à déjeuner. Voici donc comment vous me remerciez de mon indulgence de ce matin ! Nous en reparlerons tout à l'heure. Soyez sûre que je vous ferai passer l'envie de vous rire de moi.

Je tombai à genoux.

– Pardonnez-moi, monsieur, mais je n'ai pas d'autre robe, sauf celle que je portais hier pour nos noces. Je vais aller la mettre si vous le souhaitez. Je n'en ai que pour une minute. Je ne voulais surtout pas vous offenser, et je vous assure que cela a été fait bien innocemment.

J'omis de mentionner que toute ma garde-robe consistait en une autre robe noire identique qui était restée à Fontfreyde. Je l'avais portée pendant mon séjour à la cave, où elle avait acquis une odeur de moisi tristement associée à ma captivité.

Le baron jura.

– J'aurais dû m'en douter quand votre vieille ladre de mère m'a demandé si je voulais retarder notre mariage pour attendre que votre trousseau soit prêt. La maudite garce n'a eu aucune honte à vous envoyer à moi avec la chemise que vous aviez sur le dos, et ce, après que je vous aie prise sans dot.

Je fus soudain frappée par le fait que je n'avais pas reçu de trousseau de mariage. De telles futilités ne m'étaient pas venues à l'esprit.

– Je me suis méfié hier en vous voyant arriver à l'église dans la robe que vous portiez à Thiézac. Votre mère l'avait fait faire spécialement pour le pèlerinage, n'est-ce pas ? Mais je dois reconnaître ce mérite à la vieille truie : elle sait ce qui attire l'œil d'un homme.

Je fondis en larmes.

– Allons, ne vous attristez pas, mon enfant. Je ne suis pas en colère contre vous. Et vous êtes bien jolie dans cette robe rose.

Il me releva, m'étreignit brièvement en me tapotant le dos.

– Séchez vos larmes. Demain, vous irez en voiture à Aurillac avec La Maria pour commander votre trousseau. Elle connaît les meilleures maisons. Vous disposerez de deux mille livres, mais dites-leur, nom de Dieu, de se hâter. Maintenant, mettons-nous à table.

J'étais abasourdie de son changement d'humeur et de sa générosité. J'allais enfin avoir des vêtements neufs.

13

Je voyais peu mon mari dans la journée, il était occupé à se promener à cheval en compagnie de ses chiens, à chasser, à inspecter ses terres ou à s'adonner aux activités de plein air qui m'étaient désormais interdites. Après souper, il lisait la *Gazette de France* au coin du feu sans m'adresser plus de quelques mots. Je prenais place avec mon ouvrage dans un fauteuil de l'autre côté de la cheminée. Il m'accordait moins d'attention qu'à ses chiens. Sans interrompre sa lecture, il reposait de temps à autre son verre de vin pour gratter le cou ou le poitrail de ses animaux. Ceux-ci fermaient les yeux de contentement avant de se recoucher à ses pieds, leur énorme museau reposant entre leurs pattes. Seuls leurs gémissements et le crépitement des bûches rompaient le silence.

Lorsque le moment de nous retirer était venu, je ne savais jamais si je serais traitée avec une sorte de bienveillance bourrue ou s'il aurait songé à quelque nouvelle idée pour son plaisir et mon tourment. Au cours de la même nuit, son humeur pouvait changer et devenir violente, souvent sans raison apparente.

Le divorce n'existait pas alors. L'on pouvait demander une annulation devant le Tribunal de l'évêché pour défaut de consommation du mariage, motif qui n'était pas applicable dans mon cas. Il est vrai qu'une paysanne de Vic avait obtenu du Tribunal du bailliage une séparation de corps quelques années auparavant. Joséphine m'avait dit qu'un soir le mari de la malheureuse était rentré ivre à la maison avec une demi-douzaine de compagnons de beuverie. Il l'avait tirée du lit, lui avait arraché sa chemise et avait invité ses amis à constater que c'était *une belle garce*. Le Tribunal avait jugé cette conduite incompatible avec le caractère sacré du mariage et autorisé la pauvre femme à vivre séparément. Mais une fois seule, elle avait sombré dans la misère et dû mendier son pain dans les rues de Vic. Elle était vite retournée chez son mari.

Dans mon cas, rien de scandaleux ne filtrait de notre vie conjugale. Seuls les serviteurs, qui connaissent les secrets de toute maison, devaient savoir ce qui se passait. Le baron prenait soin de ne laisser aucun indice de sa brutalité sur mon visage ou sur les parties de mon corps exposées à la vue de tous, à l'exception parfois de marques sur mes poignets. J'en avais honte et, lorsque je portais des manches courtes, je les dissimulais sous de larges rubans de velours que j'attachais avec une paire de belles agrafes en diamants qu'il m'avait donnée.

Je pleurais souvent, seule dans mon appartement. Un voile gris s'installait alors devant mes yeux. À d'autres moments, j'étais traversée par des vagues de rage. Je devais me retenir de ne pas hurler à pleins poumons. Pour me calmer, je me mordais les bras si fort que la douleur me ramenait à mes sens. J'avais l'impression que j'aurais pu cracher au visage de mon mari dans ces instants-là. Et pourtant, dès qu'il paraissait, je me recroquevillais de terreur.

Tout un mois s'écoula avant que je n'aie l'audace de demander la voiture pour rendre visite à Mamé Labro. Mon mari m'y autorisa. La chaumière qui avait été ma demeure pendant mes premières années semblait maintenant appartenir à un autre monde.

– Oh, Mamé, quel bonheur de te revoir. Me trouves-tu changée?

Elle fit un pas en arrière, souriante.

– Tu es très belle, ma chérie, peut-être un peu plus pâle. Tu es bien mieux habillée, pour sûr. Quelle grande dame tu fais maintenant!

Je portais en effet une élégante robe de velours rouge garnie de dentelles, avec une jupe de satin blanc et un chapeau assorti. Mamé me posa de nombreuses questions sur ma nouvelle vie, auxquelles je répondis aussi gaiement que possible. Mais mes pensées se tournaient vers la rivière. J'imaginais les feuilles d'automne tournoyer, légères, emportées par le courant comme des paillettes d'or. Bientôt, détrempées et brunes, elles sombreraient au fond et pourriraient lentement entre les pierres de son lit. Au printemps, il n'en resterait rien.

Enfin, je trouvai le courage de demander à Mamé diverses nouvelles du pays.

– Et le jeune docteur Coffinhal, est-il toujours à Vic ?

– Non, figure-toi qu'il est parti étudier le droit à Paris ! Juste après ton mariage, je crois bien. À ce qu'on dit, il a abandonné l'idée d'être médecin et de s'installer par ici. Que veux-tu, de nos jours, les jeunes gens changent d'avis sur un coup de tête.

J'étais soulagée d'apprendre que Pierre-André était sain et sauf à Paris. Nous ne nous reverrions plus. Ce bref intermède pendant lequel nos chemins s'étaient croisés était bien refermé, comme un livre triste que personne n'a envie de relire. Une nouvelle vie s'ouvrait à lui, de nouvelles études, une nouvelle profession, sans doute bientôt de nouvelles amours. À l'idée qu'il allait m'oublier, je fus brisée de chagrin et dus fermer les yeux pour retenir mes larmes.

Quant à moi, j'habitais un lieu de ténèbres où aucune joie, aucun espoir, aucun plaisir, aucune tendresse ne pouvaient m'atteindre. Mon sort s'était scellé à mon corps défendant.

Nous ne changeons pas progressivement, paisiblement, au fil du temps, mais nous subissons des accidents soudains qui détruisent nos plans les plus chers, altèrent notre caractère et bouleversent notre destin. J'avais perdu une partie de moi-même, de ma jeunesse, de mon innocence, pour ne jamais plus la retrouver.

14

Après deux mois de mariage, j'eus des raisons de suspecter que j'étais enceinte. Je n'avais pas osé partager mes espoirs avec mon mari. Il n'avait fait aucun effort pour cacher sa déception le mois précédent, et pendant plusieurs jours j'avais ressenti les effets de sa colère sous la forme d'un traitement plus dur que d'ordinaire. Un soir à souper, il me dévisagea avec insistance.

– Seriez-vous grosse, par hasard ?

Les yeux rivés sur mon assiette, je tordais ma serviette entre mes mains.

– J'ai deux semaines de retard, monsieur. Je ne pensais pas que vous l'auriez déjà remarqué.

– Me prenez-vous pour un imbécile ? Qu'attendiez-vous pour m'en parler ?

– Je craignais de vous décevoir.

– Vous êtes bien sotte, mon enfant. Venez donc me donner un baiser.

Stupéfaite, je relevai la tête. Il souriait. Il me fit asseoir sur ses genoux et me serra dans ses bras.

– Je vais devoir être un peu plus doux. Nous ne voudrions pas faire de mal à mon fils.

Cette nuit-là, mon mari s'endormit dans mon lit alors qu'il avait toujours regagné son appartement quand il en avait fini avec moi. Je le regardai à la lumière de la bougie alors qu'il était allongé sur le côté, inoffensif pour une fois, les yeux et les lèvres mi-clos. De longues mèches soyeuses de cheveux gris s'étalaient sur sa poitrine qui se soulevait doucement. Une balafre, brillante et pâle sur sa peau brune, formait un trait du sein gauche à l'épaule. L'un de ses bras reposait sur ma taille, et j'osais à peine respirer de peur de le réveiller. Jusqu'alors, c'était l'homme qui avait le droit de s'emparer de mon corps comme il lui plaisait ; désormais, c'était le père de mon enfant à naître.

Mon mari parlait de son fils avec beaucoup d'assurance et faisait de nombreux projets. Tout cela me remplissait d'effroi, car il n'était que trop facile d'imaginer comment il réagirait à la naissance d'une fille. Il cessa de me maltraiter et m'autorisa à rester au lit si je me sentais fatiguée le matin. Le soir, il me parlait davantage, et il m'apprit à jouer au piquet et au trictrac, jeux qui ne pouvaient même pas être mentionnés à Fontfreyde, car ma mère les considérait comme les œuvres du démon. Je le laissais gagner, car il ne m'avait pas échappé que son mécontentement pouvait être féroce s'il perdait.

Il m'autorisa également à jouer du beau clavecin qui se trouvait dans le grand salon. Mes doigts avaient caressé les touches avec une certaine hésitation au début, puis avaient repris leur ancienne assurance alors que je me rappelais les pièces de Rameau apprises au couvent. J'étais étonnée de sentir avec quelle facilité les morceaux me revenaient. Jamais je n'avais trouvé un tel réconfort dans la musique.

Je découvris une bibliothèque au deuxième étage du château. Pour la plupart, les livres avaient été achetés par le défunt baron, qui devait être très différent de son frère cadet. Mon mari, s'il avait lu un livre dans sa vie, ne jugeait pas utile de le mentionner, et ce n'était pas un sujet sur lequel je me sentais encline à l'interroger. Comme je devais occuper les heures dont je disposais, je me mis à lire tout ce que j'y trouvais : une édition complète de l'*Encyclopédie*, des ouvrages de Montesquieu, de Rousseau et de Voltaire, ainsi que de nombreux livres de nature licencieuse dont je contemplais les illustrations en retenant mon souffle. Il est vrai que le mariage m'avait déjà dessillé les yeux sur bien des choses.

15

Je chérissais la compagnie constante de mon enfant à naître, surtout après avoir commencé à le sentir bouger. Le baron semblait tirer une grande satisfaction de mes nouvelles rondeurs. Il me disait que de dos j'étais mince comme un roseau, que mon pas était toujours léger et gracieux. Je portais mon enfant en avant, ce qu'il interprétait comme une promesse de progéniture mâle. Les serviteurs ne manquèrent pas de remarquer l'amélioration de ma position. Ils me traitaient avec plus de respect et prêtaient attention à mes requêtes. Pour la première fois depuis mon mariage, je me pris à espérer que mon sort allait changer pour le mieux.

Un matin d'hiver, alors que j'entrais dans le petit salon, je trouvai le baron en train d'embrasser Thérèse, la plus jeune des servantes. Elle essayait de le repousser, mais il avait déjà troussé ses jupes jusqu'à la taille et saisissait à pleines mains ses fesses nues. Connaissant d'expérience la force de sa poigne, je devinai que la pauvre Thérèse n'avait guère de chances d'en réchapper. Elle me tournait le dos, lui me faisait face. Il remarqua ma présence et devint cramoisi, sans pour autant lâcher prise. Thérèse ne pouvait me voir. Je doute même qu'elle m'ait entendue. Prise d'une inspiration soudaine, je portai l'index à mes lèvres, souris et refermai la porte aussi doucement que possible. Je me précipitai dans mon appartement, le cœur battant, me demandant comment cette scène allait influer sur le cours de ma vie à Cénac.

Quelques minutes plus tard, le baron frappait à ma porte, l'air plutôt contrit. Il prit mes mains dans les siennes.

– Gabrielle, ma chérie, j'ai une faveur à vous demander. C'est de garder le silence sur ce que vous venez de voir. La Maria, comme vous le savez, a des principes assez stricts. Elle chasserait Thérèse si elle l'apprenait.

– J'en suis surprise, monsieur. Vous êtes le maître de cette maison et de ses habitants, y compris La Maria.

Je pointai du doigt la porte d'un petit cabinet, auquel on ne pouvait accéder que par ma chambre, et qui était meublé d'une baignoire de cuivre, d'une petite table de toilette et d'un lit de repos.

– La Maria ne vous y surprendra pas comme elle pourrait le faire dans les chambres des servantes ou le reste du château. N'hésitez pas, monsieur, à l'utiliser à votre guise.

Le baron était ravi. Il me baisa les deux mains avec beaucoup d'affection et ne put exprimer ses remerciements assez chaleureusement. J'avais de la peine pour Thérèse. C'était une bonne fille, jolie et fort timide, mais elle ne pouvait, pas plus que moi ou toute autre femme de la maison, échapper au baron.

Thérèse était une simple campagnarde qui n'avait d'autre ambition que de garder sa place. J'avais la conviction que, lorsque mon accouchement me retirerait du service, elle pourrait assumer mes devoirs sans intriguer contre moi comme le ferait La Maria. Je m'efforçai de mieux connaître la pauvre fille et j'en fis, avec l'autorisation du baron, ma femme de chambre, en doublant ses gages.

Mon mari était heureux de nos nouveaux arrangements et manifestait cette satisfaction par une bonne volonté accrue à mon égard. Ses attentions envers Thérèse ne diminuaient en rien son intérêt pour moi. J'avais même les honneurs du cabinet de toilette pendant la journée lorsque mes rondeurs lui inspiraient une fantaisie.

Je mesurais le succès de mon projet à la malveillance accrue des regards que La Maria me lançait. Bientôt, de profondes rides verticales commencèrent à marquer les côtés de sa bouche.

Le baron discourait maintenant avec moi de manière amicale après souper. Il avait été dans le service en Allemagne pendant la guerre de Sept Ans et avait maintes anecdotes intéressantes en réserve.

– La vie militaire peut être bien fastidieuse, ma chérie, et la gloire qu'on y trouve n'est pas celle que l'on imagine. Mais cela valait mieux que d'entrer dans les ordres. C'était une lubie de ma défunte mère, qui avait les idées les plus ennuyeuses sur la religion. Comme elle a pleuré, la pauvre femme, quand je lui ai dit qu'il n'en était pas question ! Même mon père s'est fâché. Il disait que j'étais trop difficile, et qu'on n'avait nul besoin de croire en Dieu pour devenir évêque.

Il riait de bon cœur.

– M'imaginez-vous, moi, habillé en prêtre ? J'aurais eu l'air bien bête, empêtré dans ma soutane. J'ai donc été envoyé à l'armée. Un gentilhomme fait son devoir, bien sûr, mais je n'ai rien vu de si triste que la vue d'un champ jonché de morts et de mourants après une bataille.

– J'ai remarqué une cicatrice sur votre poitrine. Est-ce une blessure de combat ?

– Oui, une baïonnette prussienne à la bataille de Krefeld. C'était mon premier engagement, et ç'aurait tout aussi bien pu être le dernier. J'étais alors premier lieutenant. Ce n'est pas un bon souvenir, ma chérie. Même lorsque les Prussiens n'essayaient pas de nous tuer et que nous n'étions pas occupés à leur rendre la pareille, c'était une vie misérable. Je vous épargnerai les intrigues mesquines entre officiers, les rivalités entre nobles et roturiers, car à cette époque, il était encore possible à ceux-ci d'être commissionnés. C'était déjà assez déplaisant, mais je n'ai jamais connu pires spécimens d'humanité que la racaille sous mon commandement. La seule façon de maintenir un peu de discipline était de distribuer des coups de fouet à la moindre infraction. Des scélérats, tous sans exception, ne pensant qu'à déserter à la moindre occasion, à se soûler et à coucher avec les putains de bas étage qui suivent les armées.

Je levai les yeux du bonnet que je brodais pour mon enfant.

– Vous n'aimez donc pas les prostituées ?

– Bon sang, non ! Qu'est-ce qui a pu vous donner une idée pareille ? Je me demande bien comment on peut trouver son plaisir en compagnie de femmes qui ont servi des centaines, voire des milliers d'hommes, qui sont couvertes de vermine et infectées de maladies infâmes. Il faudrait être bien bête pour ne pas leur préférer une petite chose toute fraîche comme vous.

Il me pinça la joue.

Le baron avait vécu à Paris et fréquenté la cour. Je soupirai.

– M'y emmèneriez-vous ?

– Ah, n'y comptez pas ! Tous les maris y sont cocus. Si je devais découvrir que j'étais victime de ce malheur, je vous donnerais raison de vous en repentir. Vous ne m'avez jamais vu en colère, madame. Ainsi, voyez-vous, nous épargnerons-nous bien des ennuis en demeurant tranquillement à Cénac, où nous sommes heureux comme des papes.

Je me remis à coudre avec empressement.

– N'ayez crainte, monsieur, je ne ferais jamais rien d'aussi infâme.

– Oh, je n'ai aucune crainte. Je connais le moyen de m'assurer qu'une épouse ne s'écarte pas du droit chemin, qui est de lui tenir la bride courte, avec le fouet bien en main.

– Vous en êtes le seul juge, monsieur. Cependant, comme je ne dois rien voir de la cour ou de Paris, j'aimerais que vous m'en parliez.

– Si vous voulez. Le roi est un homme d'une vaste érudition et d'une vive intelligence, un excellent cavalier et un grand chasseur. Il parle fort bien l'anglais et lit régulièrement les gazettes de Londres.

Malheureusement, il est entouré d'une bande de canailles, dont les plus redoutables viennent de l'entourage de sa femme.

– Et la reine ? N'est-elle pas bien belle ?

Le baron posa son verre de vin.

– Je n'en ferais pas mon caprice du dimanche, mais je n'en dégoûte pas les autres. Elle a le visage long et lippu des Habsbourg, car, comme vous le savez, c'est la fille de feu l'impératrice Marie-Thérèse. Ces Habsbourg, d'ailleurs, se donnent de bien grands airs, mais leurs aïeux n'étaient que de petits hobereaux suisses quand les miens et les vôtres gouvernaient l'Auvergne comme comtours. Avant que ces gens-là n'arrivent à se faire élire empereurs, c'était une famille de rien. Ça n'empêche pas la reine d'en tirer une grande vanité. Car elle est vaniteuse. Elle s'imagine jolie, et encourage les modes les plus ridicules, comme ces échafaudages de plumes, de fleurs, de navires et de pompons, tenus ensemble par des livres de pommade, qu'elle aime à porter sur la tête. Je l'ai même vue un jour avec un arrangement de radis dans les cheveux. J'ai demandé si elle avait perdu la raison. On m'a dit qu'elle essayait de prouver que les Françaises la suivraient dans les plus sottes absurdités en matière de mode. Bien sûr, aucune femme saine d'esprit n'a jamais été vue avec un assortiment de légumes sur la tête.

Il secoua la tête de dégoût.

– Mais ce ne serait rien si elle n'entretenait pas ouvertement des amants. Et des amantes, car elle a les deux goûts. Oui, ma chère, c'est une tribade. Sa favorite était autrefois la princesse de Lamballe, mais c'est maintenant la duchesse de Polignac qui occupe cette position. Personne ne sait à coup sûr d'où sortent les enfants de la reine, y compris le petit dauphin, l'héritier du trône. Quand j'étais à la cour, elle ne quittait pas des yeux les boutons de culotte du comte de Fersen. C'est un Suédois. Autrefois, elle avait au moins la décence de réserver ses faveurs aux nobles français, comme le duc de Lauzun. Mais ce temps est révolu. Elle déteste la France. Savez-vous comment elle appelle les Parisiens ? *Les grenouilles de la Seine.*

Il haussa les épaules.

– Ils le lui rendent bien. Eux aussi lui trouvent des noms amusants : *Madame Déficit*, ou *l'Autrichienne*, ou *l'Autruchienne*. Avec ses dépenses éhontées et sa dépravation, elle déshonore la personne sacrée du roi. Et la voici de nouveau grosse, probablement des œuvres de cette crapule de Fersen.

Malgré le peu d'intérêt du baron pour les questions religieuses, nous assistions sans faute à la grand-messe tous les dimanches en l'église Saint-Pierre-aux-Liens de Chancelade, dont dépendait Cénac.

– Nous devons nous faire voir des paysans aussi souvent que possible. Je méprise ces nobles qui passent leur temps en ville ou à la cour. Ils laissent la gestion de leurs domaines à des baillis, avocats ou autres canailles, et se contentent de percevoir leurs rentes sans rien savoir de leurs vassaux. Pourtant, rien ne me fatigue tant que ces maudites cagoteries.

En effet, il s'assoupissait dès le *Kyrie* et passait le reste de la messe à somnoler, les yeux fermés et le menton posé sur la poitrine, ronflant légèrement. Comme nous étions assis dans les stalles du chœur, toute la congrégation le voyait. Il ne manquait jamais de se réveiller en sursaut dès que le curé prononçait les mots de clôture de la liturgie, *ite missa est*. Avant que nous ne quittions l'église, j'allais réciter un bref *Ave Maria* agenouillée devant l'autel de la chapelle de la Sainte Vierge, implorant sa protection contre mon mari et la faveur de lui donner un fils.

Le manque de ferveur religieuse du baron n'entamait pas sa popularité auprès de ses vassaux, qui eux-mêmes n'appréciaient guère le curé ni la dîme qu'ils devaient lui verser. Ils disaient que le baron n'était *pas fier*. Il est vrai qu'il s'habillait simplement, évitait de piétiner leurs récoltes lors de ses chasses, et se souvenait de leur nom et de leurs soucis. À la sortie de la messe, il s'arrêtait devant l'église pour converser familièrement avec eux en langue d'oc. Certains, s'inclinant bien bas et tenant leur chapeau à deux mains, s'approchaient alors avec une supplique, à laquelle il répondait souvent favorablement.

Vers le milieu de ma grossesse, Thérèse arriva un matin dans ma chambre les yeux rougis et gonflés. Elle éclata en sanglots en me voyant porter la main à mon ventre où je sentais mon enfant bouger.

– Thérèse, je crois savoir ce qu'il se passe.

Ses pleurs redoublèrent.

– Où en es-tu ?

– J'ai deux mois de retard, madame. Je suis allée voir une femme au village, et elle m'a donné des herbes, mais y s'est rien passé. Monsieur le baron me jettera dehors, et puis mon père me tuera quand y saura ma disgrâce.

– As-tu vu une sage-femme ?

– Je peux pas. Tout le monde connaîtrait ma honte.

Je me plaignis de douleurs et fis venir la sage-femme de Chancelade l'après-midi même. Thérèse était en effet enceinte. Elle se remit à sangloter en apprenant la confirmation de la mauvaise nouvelle. Je la serrai dans mes bras et l'assurai que j'en parlerais au baron.

J'attendis qu'il me rejoigne au lit pour aborder le sujet. C'était le moment où il était le plus susceptible d'écouter mes demandes. Il sembla stupéfait.

– Thérèse, grosse ? Cette sotte doit se tromper.

– Je l'ai fait examiner par la sage-femme, monsieur.

– Et alors ? Suis-je à blâmer dès qu'une servante faute sous mon toit ?

– Certes pas. Mais j'avais l'impression qu'elle était vierge quand vous vous êtes intéressé à elle.

Il haussa les épaules.

– Ces choses-là sont faciles à feindre. Certains bordels vendent la même putain comme pucelle cinquante fois de suite.

– Thérèse est une simple campagnarde. Comment aurait-elle pu se procurer les moyens de vous en imposer ? D'ailleurs, vous ne seriez pas dupe d'une telle ruse.

– Bon, admettons que ce soit moi qui l'aie dépucelée. Rien ne dit que je sois le père de son enfant. N'importe lequel de mes coquins de laquais aurait pu l'engrosser.

– Pas sans que vous en soyez informé. Vous savez comment La Maria surveille les domestiques. Elle aurait été ravie de déshonorer Thérèse à vos yeux et de la jeter dehors.

Le baron se leva sur un coude.

– Eh bien, maintenant, La Maria le fera dès qu'elle se doutera de la vérité. Que voulez-vous que j'y fasse ?

Je lui pris la main et la portai à mes lèvres.

– Je vous en supplie, monsieur, je connais votre bonté. L'un de vos vassaux pourrait, moyennant finances, épouser Thérèse. Ce serait la plus grande des faveurs, pour moi comme pour elle. Cela nous porterait malheur de chasser une fille enceinte alors que, moi aussi, j'attends votre enfant.

– Quelle idée ! C'est bon, je vais voir ce que je peux faire.

Il sembla réfléchir un instant, puis me lança un regard froid.

– Prenez garde, madame. N'allez pas vous imaginer que c'est vous qui gouvernez sous mon toit.

Il est préférable, dans l'intérêt de tous, de conclure ce genre d'arrangement avant que la mariée ne commence à montrer trop d'embonpoint. Le curé de Chancelade, quelques jours plus tard, lut en chaire les bans de mariage de Thérèse et Pierre Petit, un jeune paysan qui habitait avec sa mère à une demi-lieue de Cénac. C'était un vassal du baron, et la dot de Thérèse lui permettrait d'acheter une belle paire de bœufs qu'il convoitait depuis longtemps. Il n'avait pas mauvaise réputation dans la paroisse et ne ferait pas plus piètre mari qu'un autre.

Thérèse débordait de gratitude. Non seulement conserverait-elle sa bonne renommée, mais elle n'aurait jamais pu faire un mariage si avantageux sans la générosité du baron. L'opinion publique s'émerveilla de sa bonne fortune. Bien sûr, la naissance prématurée de son enfant occasionnerait quelques commérages, mais quelle femme peut se vanter de n'avoir jamais donné prise à la médisance ?

Les paysannes avaient la vie rude dans le haut pays. Elles ne s'asseyaient pas à table en présence de leur mari, mais se tenaient debout derrière lui pour le servir durant son repas. Le long bâton ferré, attaché par une lanière de cuir au poignet de l'homme, ne lui servait pas seulement à mener les vaches ou à se défendre des loups. Il l'abattait aussi avec vigueur sur le dos de sa femme au premier signe de paresse ou de désobéissance. Pourtant, j'enviais Thérèse parce que, contrairement à moi, elle allait échapper au baron.

Je lui offris une solide robe noire. Les paysannes se mariaient en noir, car une étoffe de cette couleur était plus résistante qu'une autre et pouvait être utilisée en toutes occasions, festives ou non. J'assistai à la cérémonie, félicitai les nouveaux époux et embrassai la mariée sur les deux joues.

Thérèse devait être remplacée. Mon mari m'avait confié, plutôt qu'à La Maria, le choix de ma nouvelle femme de chambre. Je l'invitai à me donner son avis sur les candidates avant de prendre ma décision. Il semblait hésiter entre deux d'entre elles, également accortes.

– Il ne suffira pas de remplacer Thérèse, car il me faudra bientôt aussi une bonne d'enfant. Avec votre permission, monsieur, j'engagerai ces deux filles.

Un sourire illumina le visage du baron. Il me pinça la joue affectueusement.

16

MONSIEUR DE LAUBRAC, le cousin de mon mari, ne m'avait jamais témoigné beaucoup d'amabilité. Depuis l'annonce de ma grossesse, il lançait furtivement des regards hostiles en direction de mon ventre. Au début du printemps 1785, il brava un manteau de neige fraîche pour nous présenter son épouse, une veuve dotée d'une fortune de soixante mille livres.

La nouvelle madame de Laubrac était presque aussi grande que moi, mais beaucoup plus corpulente, avec la voix forte et beaucoup à dire. Elle faisait une pause après chacune de ses phrases pour opiner de la tête, comme pour approuver ses propres déclamations. Un sourire ne quittait jamais son visage, marqué de petite vérole et assez lourdement fardé de rouge. Elle ne semblait pas avoir moins de quarante ans, ce qui ne l'empêchait pas de m'appeler sa *chère tante*. Le baron, après l'échange des compliments d'usage, prit monsieur de Laubrac à part et me laissa en compagnie de la jeune mariée.

– Chère tante, permettez-moi de vous présenter mes plus sincères félicitations.

– Merci, vous êtes fort aimable.

– Je vous souhaite plus de chance que feu la baronne n'en a eu. La pauvre, avoir le malheur de perdre sept enfants, pour mourir elle-même en couches !

– Notre destin est entre les mains de Dieu.

– Mes prières vous accompagnent, madame. J'ai moi-même eu le malheur de faire deux fausses couches durant mon premier mariage, je ne suis donc pas étrangère aux épreuves de la maternité. J'espère que vous prenez bien soin de vous.

– Grâce au ciel, je me porte pour le mieux.

– Cher ange ! C'est ce que je disais à monsieur de Laubrac dans la voiture, avant même d'avoir l'honneur de vous rencontrer : notre chère tante est un ange. Vous voici, une vraie beauté malgré votre condition, pas une ombre sur votre joli visage, et une telle douceur de caractère ! Quand je pense à ce que vous devez souffrir en ce moment, les crampes, les nausées… Dites-moi tout. Vous pouvez être assurée d'une oreille compatissante.

– Je n'en doute pas, mais comme je vous l'ai dit, je me porte à merveille.

– Votre patience est admirable, ma chère tante.

– Je ne mérite aucun compliment pour ma bonne fortune.

– Une telle modestie ! Je suis sûre que le baron apprécie la perle qu'il a épousée.

– Il n'est pas de mari plus attentif.

– Le cher homme ! On voit que, sous des dehors un peu bourrus, c'est la bonté même. Il vous adore, c'est clair. Ce n'est pas souvent que l'on rencontre de tels exemples d'affection conjugale de nos jours.

Madame de Laubrac se tapota les yeux d'un mouchoir de batiste.

– Merci, madame, mais assez parlé de moi. L'on me dit que vous avez pris une fort belle maison à Aurillac. Je meurs d'envie d'en savoir plus.

Elle rassembla ses jupes et inspira profondément avant de se lancer dans une description minutieuse de son mobilier et de ses arrangements domestiques.

Après le départ de monsieur et madame de Laubrac, le baron me demanda ce que je pensais de la jeune mariée.

– Elle n'est certes pas timide.

– Pas timide ! Je n'aurais pu supporter un instant de plus son caquètement. C'est la plus insupportable péronnelle que j'aie jamais endurée, à l'exception peut-être de votre mère. Mais elle est bien plus laide que la marquise, qui n'était pas vilaine en son jeune temps. Celle-ci est une vraie truie. Ces marques de vérole ! Ces dents ! Cette couche de peinture ! Pour rien au monde n'aurais-je épousé une telle dondon. Et puis elle vient d'une famille de rien : de la vulgaire noblesse de robe. Il y a deux ou trois siècles, ses ancêtres devaient encore garder les vaches.

– Peut-être monsieur de Laubrac la trouve-t-il agréable.

– Si c'est le cas, il est plus bête que je ne le pensais. Non, je suis sûr qu'il l'a épousée pour son argent. Il n'est rien que je méprise tant qu'un mariage sans amour, au moins du côté de l'époux. Les sentiments de la jeune mariée peuvent toujours se développer, mais un homme ne devrait jamais épouser une femme qui ne lui plaît pas.

Je ne pus m'empêcher de sourire.

– Voulez-vous dire, monsieur, que vous m'avez épousée par amour ?

– Parbleu, pour quoi d'autre ? Pour votre fortune, peut-être ? Ma chérie, je suis tombé amoureux dès que j'ai posé les yeux sur vous à Thiézac. Je n'avais jamais rien vu d'aussi frais et d'aussi joli que vous, toute rougissante dans votre robe rose. Et déjà rondelette de la gorge, bien plus que je ne l'espérais à votre âge. Je vous ai tout de suite imaginée dans mon lit. Et à l'église, vous écartiez vos jupes de moi comme si vous aviez peur d'attraper la vérole. Vous ne vouliez même pas me regarder. Vous ne m'en plaisiez que davantage.

Il éclata de rire.

– Je n'avais rien d'autre en tête durant toute cette satanée messe. J'étais prêt à demander à cette racaille de curé de nous marier sur-le-champ. Oui, j'avais bien envie de vous prendre par la taille, de vous faire monter en croupe derrière moi, et de vous ramener à Cénac le soir même. Au lieu de ça, j'ai dû attendre presque un mois, à cause de ces sornettes de dispenses, de bans et de contrats.

– Notre rencontre à Thiézac était-elle fortuite, monsieur ?

– Non, bien sûr. Je suis allé au pèlerinage dans le seul but de vous voir. Vous savez ce que je pense de toutes ces foutaises religieuses. J'étais prêt à me remarier après mes trois mois de grand deuil pour ma pauvre Dorothée. Vous descendez de l'une des plus hautes et anciennes lignées d'Auvergne, maintes fois alliée à la mienne. Cela me suffisait, à condition, bien sûr, que je vous trouve à mon goût. Mais je ne me faisais pas trop de souci de ce côté-là. Il n'y a pas de laiderons chez les Montserrat. Je me souviens encore de votre sœur Hélène, qui était d'une rare beauté, et à laquelle, d'ailleurs, vous ressemblez fort. Quel gâchis d'enterrer tout ça dans un couvent !

Il se pencha pour tapoter mon ventre.

– Comme je me passe fort bien de voir votre mère, j'ai invité votre frère à dîner à son retour du Gévaudan. J'ai compris qu'il n'avait pas encore reçu de demandes pour votre main. Il m'a indiqué que vous iriez au pèlerinage de Thiézac. Il m'a cependant dit qu'il ne voulait pas vous forcer et qu'il consulterait votre inclination avant d'accepter toute offre.

J'arrêtai de broder la layette.

– Je ne savais pas que le marquis voyait ainsi les choses à l'époque.

– À vrai dire, j'ai moi-même été surpris de ces fadaises. Comme si une fille de quinze ans pouvait être juge de son propre bonheur ! J'ai néanmoins félicité le marquis d'être si attentif à vos sentiments. Il était inutile d'en discuter, je ne vous avais pas encore vue. Mais après vous avoir rencontrée, j'étais tellement épris de vous que j'ai fait ma demande dès ma visite à Fontfreyde le surlendemain.

Ses yeux restaient fixés sur ma gorge.

– Cette fois, le marquis avait repris ses esprits et n'a soufflé mot de vos sentiments. Je lui ai dit que j'étais prêt à vous prendre sans dot. La vôtre était si maigre que cela ne faisait guère de différence. J'ai même proposé de payer les dépenses qui incombent habituellement à la famille de la mariée, comme le repas de noces.

Je repris mon ouvrage avec empressement.

– Avez-vous douté de ma volonté de vous épouser ?

– J'avais la promesse de votre frère, c'est tout ce qui comptait. Je me fiais à sa parole de gentilhomme. Quant à vous, je savais que, en de bonnes mains, vous feriez une excellente épouse.

Dehors, la neige tombait maintenant en abondance.

– Bien sûr, ma chérie, il a fallu que je vous enseigne une chose ou deux. J'ai eu un aperçu de votre caractère après la signature de notre contrat de mariage, quand vous avez eu l'insolence de demander des comptes à votre frère devant toute la famille. Après cette scène, la petite comédie que vous avez jouée pendant notre nuit de noces ne m'a pas surpris. Mais votre conduite s'est bien vite corrigée. Et voyez notre bonheur à présent !

J'osai le regarder droit dans les yeux.

– Et les servantes ?

– Quand je vais me promener en forêt, il me prend parfois l'envie de pisser contre un arbre, et c'est tout ce qu'elles représentent pour moi. Ce sont de braves filles, mais vous êtes ma petite femme chérie.

Il me pinça la joue.

Bien que j'eusse connu peu de désagréments tout au long de ma grossesse, la chaleur était devenue pesante et le poids de mon ventre me tirait sur le dos. Je pensais souvent à la mort en couches de feu la baronne et je me demandais si je connaîtrais le même sort.

Tôt le matin du 15 août 1785, un an, jour pour jour, après ma première rencontre avec le baron, je ressentis les premières affres de l'enfantement. D'abord sourde, la douleur devint bientôt insupportable. Malgré les paroles rassurantes de la sage-femme, j'étais convaincue que mon corps se fendait en deux et que je n'y survivrais pas. Mais j'eus enfin le soulagement d'entendre, en fin d'après-midi, le premier cri de mon enfant.

– Oh, madame, c'est une belle petite fille. Elle doit bien peser neuf livres. Qui l'eût cru, madame étant si jeune et si mince !

J'eus un pincement au cœur, mais ma fille était si jolie qu'elle me consola dès qu'elle fut contre moi, tout emmitouflée. Elle avait les yeux bleu foncé et une abondante chevelure noire. Les servantes s'émerveillaient de sa ressemblance avec moi. Elle était parfaite, jusqu'aux ongles de ses doigts, qui serraient les miens avec une force surprenante.

Je redoutais la réaction de mon mari, auquel personne n'avait eu le courage d'annoncer la nouvelle. J'étais assise au lit, tenant mon enfant devant moi comme un bouclier, lorsqu'il entra dans mon appartement, l'air anxieux. Je fermai les yeux et murmurai un *Ave Maria*. Mes craintes n'étaient pas fondées. Il ne put cacher sa déception, mais il n'éleva ni la main ni la voix. De l'index, il écarta la couverture blanche dans laquelle notre fille était emmaillotée.

– Eh bien, au moins, elle respire la santé. Regardez-moi ces joues, et tous ces cheveux ! C'est bon signe pour les autres. Je sais que ce n'est pas votre faute, ma chérie. Reposez-vous et reprenez vos forces bien vite. Nous allons essayer de nouveau sans tarder.

Il me baisa le front et partit sans accorder un second regard à notre fille.

Avant mes couches, je l'avais convaincu de me permettre d'allaiter. Ma lecture de Rousseau n'était pas étrangère à ce souhait, et surtout je ne pouvais imaginer abandonner mon enfant à une inconnue pendant des années, comme ma mère l'avait fait avec moi. Le baron avait accepté à contrecœur, mais s'était réservé le droit de mettre fin à tout moment à ce qu'il appelait une lubie. Il est vrai que l'allaitement entraverait ma capacité à retomber enceinte. Mais maintenant que je tenais ma fille dans mes bras, il me semblait impossible de me séparer d'elle. Je comptais la nourrir jusqu'à ce qu'elle soit assez grande pour boire du lait de vache.

Il restait à lui trouver un nom.

– Que pensez-vous d'Aimée, monsieur? La forme féminine de votre deuxième prénom.

– C'était aussi le nom de ma mère, cela ira. Pour le reste, appelez-la comme il vous plaira.

En des temps heureux, Pierre-André m'avait appelée *mon aimée.* Depuis, je m'étais mariée, j'étais devenue mère. Les idées d'amour et de romance qui m'avaient jadis été si chères avaient succombé aux rigueurs de ma nuit de noces. Cependant, dans un coin de ma mémoire que j'osais à peine visiter, un faible écho du passé avait survécu.

Ma petite fille fut donc baptisée Aimée Marie Françoise de Laubrac de Peyre. Mon frère le marquis était son parrain, et le baron choisit pour marraine la vicomtesse douairière de Carlat, l'une de ses tantes.

– La vieille truie est riche. Autant l'inciter à laisser quelque chose à cette enfant. Les filles ne doivent pas attendre grand-chose de l'héritage de leur père. C'est déjà bien assez de dérangement que de les élever et de les marier. Espérons que celle-ci sera jolie comme vous. Avec un peu de chance, quelque imbécile la prendra sans un sou.

J'accueillis volontiers ce choix car je ne voulais pas que ma mère fût marraine. Il m'aurait semblé de mauvais augure de la laisser, telle une méchante fée des contes de mon enfance, approcher le berceau de ma petite fille.

J'avais naïvement imaginé qu'immédiatement après mes couches je reprendrais mes formes d'avant ma grossesse. Je fus horrifiée, en me levant le lendemain, de voir que ma taille était toujours épaissie et que mon ventre avait un aspect bien étrange, comme si ma peau était devenue trop grande pour mon corps. La sage-femme s'amusa de mon ignorance.

– Qu'attendiez-vous, madame ? Il faudra encore plusieurs jours avant que vous soyez remise, et vous retrouverez pas votre jolie taille avant des semaines, ou même des mois. Monsieur le baron doit être impatient d'avoir un héritier, et je serais pas surprise que vous soyez grosse avant longtemps.

Au bout de trois semaines, je constatai avec soulagement que ma taille et mon ventre avaient à peu près retrouvé leurs proportions habituelles. Le baron en fut satisfait.

– Vous êtes aussi mince qu'aux premiers jours ! À l'exception de votre gorge, qui est devenue fort abondante, ce dont je ne vais pas me plaindre. Faites donc venir cette sotte de sage-femme. Elle vous dira que vous êtes bonne à reprendre vos devoirs conjugaux. Ces quarante jours d'attente ne sont que des sornettes. Vous célébrerez vos relevailles dès samedi.

Je me rendis en voiture à Chancelade, accompagnée de la marraine, madame de Carlat, de la sage-femme, qui portait Aimée, et, bien entendu, de La Maria. Tenant un cierge allumé, je m'agenouillai à la porte de l'église, où le curé m'accueillit, puis devant l'autel de la chapelle de la Sainte Vierge. Là, il me posa le bout de son étole sur la tête et prononça une brève prière en m'aspergeant d'eau bénite. J'étais prête à reprendre mes devoirs d'épouse.

Quand mon mari se saisit de moi cette nuit-là, je crus qu'il plongeait en moi un coutelas comme dans une plaie à vif. La douleur me coupa le souffle, mais je ne gémis pas, de peur que ma petite fille me fût enlevée. J'aurais enduré bien pire pour la garder près de moi. Elle grandissait si vite qu'elle en était déjà à sa deuxième série de chemises. Je la tenais pendant des heures, lui chantant les berceuses en langue d'oc que j'avais apprises de Mamé, tandis que ses yeux sombres restaient fixés sur mon visage.

Thérèse avait également accouché. Je lui rendis visite après qu'elle eut donné naissance à un gros garçon joufflu. Rougissante, elle me demanda si je lui ferais l'honneur de devenir la marraine de l'enfant. J'acceptai. Et tant que je vécus en Auvergne, je suivis les progrès du jeune Gabriel. Il m'arrivait de m'interroger sur le nombre de petits bâtards du baron qui peuplaient la campagne environnante.

Par un après-midi sombre et enneigé de novembre, mon mari vint à mon appartement alors que j'allaitais Aimée. Il s'y rendait rarement pendant la journée, sauf pour utiliser le cabinet de toilette avec les servantes. Je me levai, notre fille dans les bras, pour lui faire la révérence, mais il me fit signe de me rasseoir. Il nous contemplait en silence. Les yeux d'Aimée se fermaient à demi tandis que les mouvements de sa bouche devenaient de plus en plus lents. Après qu'elle se fut assoupie, serrant toujours mon sein entre ses petites mains, je la déposai doucement dans le berceau garni de broderies où des générations de petits Peyre avaient dormi.

– Elle pousse comme du chiendent. Je suis sûr qu'elle est d'âge à être sevrée. Sinon, trouvez-lui une nourrice. Quelle idée aussi d'allaiter son enfant !

Son regard ne lâchait pas mes seins nus. Alors que je commençais à rajuster mon corsage, il me saisit par les poignets.

– Restez comme vous êtes, ma chérie.

Il me mena au lit de repos dans le cabinet de toilette. Une fois satisfait, il commença à reboutonner sa culotte et son gilet. Je lui attrapai la main.

– Je vous en prie, monsieur, permettez-moi de continuer à allaiter notre fille. Juste pour quelques semaines.

Il fronça les sourcils.

– J'ai fait preuve de beaucoup de patience. Nous sommes mariés depuis plus d'un an, et vous ne m'avez toujours pas donné d'héritier. Vous mettrez fin à ces enfantillages dès demain.

En prévision de cette décision, que je redoutais depuis quelque temps, j'avais commencé à introduire dans le régime d'Aimée du gruau au lait de vache, mais la petite rechignait. Je trouvai finalement tout près de Cénac une paysanne qui avait un garçon du même âge et acceptait de venir au château pour la nourrir. Je dus ravaler mon amère jalousie lorsque ma fille prit son sein au lieu du mien.

Deux mois plus tard, en janvier 1786, j'étais de nouveau enceinte. Je craignais de porter encore une fille, et le baron ne faisait pas mystère de ses appréhensions. Les espoirs qui avaient accompagné ma première grossesse n'étaient plus.

Un après-midi de la fin juillet, une vive douleur dans le dos me terrassa et on me porta au lit. Je n'en étais qu'à mon septième mois. La sage-femme répétait d'un air terrifié :

– N'ayez crainte, madame, tout va bien.

– Et mon enfant ?

– Il va bien aussi. N'ayez crainte.

Tout à coup, j'entendis des jurons à travers la porte fermée. Le baron était rentré plus tôt que prévu et avait dû être informé de la situation. Il fit irruption dans mon appartement, botté et le fouet de chasse à la main. Mon cœur s'arrêta un instant, puis se mit à battre si vite que je crus que ma poitrine allait éclater. Mes gémissements se transformèrent alors en hurlements, non de douleur mais de terreur. La sage-femme, bien qu'elle eût la bonne fortune de ne pas être mariée avec lui, joignit ses cris aux miens.

– Garce, qu'as-tu fait ?

Jamais, pas même pendant ma nuit de noces, je n'avais eu si peur de lui. Je rassemblai mes dernières forces pour tenter de m'enfuir, mais d'une main il me saisit l'épaule tandis qu'il levait son fouet de l'autre. Des coups pleuvaient sur mes bras, mes seins, mon ventre. Je sentis quelque chose de chaud jaillir d'entre mes cuisses avant de m'évanouir.

Lorsque je revins à moi, mon fils n'était déjà plus. Il était pourtant né vivant, et la sage-femme l'avait ondoyé en hâte pour que le pauvre innocent puisse atteindre le salut éternel. Mon cœur se déchira à la vue de ce corps minuscule, si fragile, qui dut m'être arraché des bras pour les funérailles. J'étais trop faible pour y assister.

Mes tristes relevailles furent célébrées en l'église de Chancelade deux semaines plus tard, cette fois sans nourrisson, sans marraine. Seules la sage-femme et La Maria m'accompagnaient. Lorsque mon mari s'empara de moi ce soir-là, je baignais encore dans le sang de mes couches.

Le baron renoua avec les cruautés qu'il m'avait infligées au début de notre mariage. Je tressautais encore aux premiers signes de sa colère, mais j'avais appris à me détacher de mon propre corps. Ses attentions ne me répugnaient plus. Je faisais ce qu'il demandait et j'attendais simplement que tout fût terminé. Pourtant, je ne tombais plus enceinte. J'étais terrifiée à l'idée d'être devenue stérile.

Je regardais souvent, de la fenêtre de ma chambre, mon mari monter à cheval dans la cour et s'en aller au galop, suivi de ses chiens. Je me mordais les lèvres d'envie, me rappelant son injonction de ne pas m'approcher à moins de cent pieds des écuries. Je savais que toute désobéissance serait rapportée par les serviteurs et châtiée sans merci. Je soupirais au souvenir des jours heureux de mon enfance, lorsque j'étais libre de chevaucher à ma guise dans les montagnes. Cela ne se reproduirait plus. Je ne me laissais pas aller à l'espoir d'un changement.

Néanmoins, ma vie n'était pas sans consolations. J'avais ma petite fille, qui avait maintenant passé son premier anniversaire. Ses yeux n'étaient plus bleus, mais bruns comme ceux de son père. À part cela et ses cheveux noirs, elle me ressemblait beaucoup. Elle avait appris à marcher en s'accrochant à mes jupes et pouvait maintenant dire *Mama*, et aussi *veux* tout en pointant l'objet de ses désirs. Je lui avais donné ma vieille poupée de chiffons, maintenant décolorée et usée, qu'elle appelait *Nana* et qu'elle traînait partout. Je dus la réparer bien des fois, et en avais même cousu une autre identique, mais Aimée refusait catégoriquement de s'intéresser à sa poupée neuve.

Chaque fois que je jouais du clavecin, Aimée, appuyée contre mon tabouret, m'écoutait avec une attention extasiée. Quand j'avais fini, je l'asseyais sur mes genoux et je guidais son doigt sur les touches pour produire des mélodies simples. Elle riait de plaisir pendant que j'embrassais ses boucles sombres et complimentais ses talents musicaux.

Je trouvais plus de réconfort que jamais dans la petite bibliothèque. La lecture des misères des autres me faisait oublier les miennes. Les récits de contrées lointaines, réels ou imaginaires, rendaient tolérable ma réclusion à Cénac.

17

Le 17 mars 1787, en milieu de matinée, alors que je lisais dans mon appartement, j'entendis des pas précipités dans le couloir. Ma femme de chambre, à bout de souffle, fit irruption dans la pièce sans frapper.

– Oh, madame, un grand malheur est arrivé. Monsieur le baron est tombé de cheval.

Je descendis en courant et vis quatre paysans portant un brancard de fortune sur lequel reposait mon mari. Ils le déposèrent doucement dans le vestibule. Je me précipitai, lui pris la main, qui était déjà froide. Il semblait endormi, le visage serein, les yeux et la bouche mi-clos, et sur l'arête de son nez, une fine coupure n'avait pas saigné. En un instant, je compris que j'étais veuve.

Je savais que seule la mort pourrait me délivrer de ma servitude, mais j'avais toujours pensé à la mienne, et non à la sienne. Le premier sentiment qui me traversa fut la stupéfaction plutôt que le soulagement. Toute ma vie de femme mariée avait été dominée par la peur de sa colère, de sa main et de son fouet. Maintenant qu'il n'était plus, que j'étais libre, j'étais perdue. La seule personne qui pouvait m'aider était mon frère. Je griffonnai un billet et demandai à un serviteur de le porter à Fontfreyde en toute hâte. Je faisais les cent pas dans le salon.

Peu après midi, un bruit de sabots résonna dans la cour. Je courus dehors. C'était le marquis, dont le cheval était couvert de sueur. Je tombai dans ses bras en sanglotant.

– Gabrielle, que se passe-t-il ? Je n'ai rien compris à ton billet. Ton serviteur m'a dit que ton mari était malade.

– Il est mort. Oh, monsieur, je suis veuve.

– Ma pauvre enfant. Comment est-ce arrivé ?

– Il était parti faire une promenade à cheval tôt ce matin, comme d'ordinaire. Baduel, de la ferme du Bousquet, l'a trouvé dans la neige. Il était, semble-t-il, déjà mort. Je ne comprends pas. Il semblait en pleine santé.

– Il se livrait à bien des excès. Il est dommage qu'il n'ait pu recevoir le viatique.

– Si vous ne nous venez pas en aide, monsieur, je ne sais ce qu'il adviendra de ma petite fille et de moi. Je vous en supplie, emmenez-nous d'ici. Je veux retourner à Fontfreyde.

– Tu sais bien que ce n'est pas possible. Tu dois veiller ton mari.

L'idée de passer la nuit en prières auprès du cadavre de mon mari, dans sa chambre où je n'étais jamais entrée, était plus que je ne pouvais supporter.

– Je n'ai jamais veillé les morts. Je vous en supplie, monsieur, restez avec moi.

– Si tu le souhaites, petite sœur. Calme-toi, je te prie. Mais que fait donc la gouvernante dans cette maison ?

Le marquis envoya un billet à maître Carrier, l'avocat du baron, fit chercher le médecin et le curé de Chancelade, puis se mit en quête de La Maria, qu'il trouva à la cuisine, sanglotant la tête entre les bras.

Le docteur Roussille, après avoir constaté la mort de mon mari, m'assura qu'elle était due à une rupture soudaine du cœur et qu'il n'avait pas souffert. Il me regarda d'un air inquiet et me remit une fiole de verre bleu.

– Prenez-en quelques gouttes dans une tasse de tisane, madame. C'est du laudanum, du vin d'opium. C'est un remède puissant qui vous calmera, n'en abusez pas.

Après souper, mon frère et moi allâmes dans la chambre du baron, où il était allongé, vêtu de l'habit de velours rouge brodé d'or qu'il avait porté le jour de nos noces. Un rosaire, dont je ne l'avais jamais vu se servir de son vivant, avait été placé entre ses mains jointes. Une chandelle brûlait sur la table de nuit où l'abbé Vidal avait laissé un brin de buis dans un bassin d'eau bénite, avec l'instruction d'asperger le corps de temps à autre. Mon frère et moi prîmes place dans des fauteuils à côté du lit. Je ne pouvais détacher les yeux de ce visage couleur de cire, qui avait été celui de mon mari. J'imaginais qu'il bougeait, que ses paupières frémissaient. Si je le quittais des yeux, il se relèverait d'entre les morts pour me battre.

Le marquis, qui me jetait des regards inquiets, sonna pour demander une tasse de tisane. Il y versa tout le contenu de la fiole du docteur Roussille. Je n'avais jamais rien bu d'aussi amer, mais il insista pour que je finisse le breuvage. Très vite, j'eus des vertiges. Je rêvais éveillée. Des loups aux yeux rouges rôdaient autour de moi et se dressaient sur leurs pattes arrière pour prendre petit à petit forme humaine. Puis, revenus à leur apparence animale, ils s'approchaient de moi, le poil de l'échine hérissé, le museau froncé, les babines retroussées sur des crocs ensanglantés. Ils grondaient sourdement, prêts à se jeter sur moi pour me dévorer. Je tremblais de terreur. Mon frère me prit dans ses bras, me porta jusqu'à un canapé devant la cheminée, m'y allongea. Je me souviens qu'il m'enleva mes chaussures et qu'à la lumière de la flambée et de la veilleuse il me parlait doucement en me caressant les chevilles. Je ne comprenais rien de ce qu'il me disait, comme s'il s'était exprimé en une langue étrangère, mais sa voix tenait à distance les loups monstrueux et me permit de sombrer dans un puits d'oubli.

À mon réveil, le marquis ouvrait les volets intérieurs, laissant entrer la lueur grise de l'aube qui perçait au-dessus des bois encore dénudés. Souriant, il s'approcha de moi et me caressa la joue.

– Alors, ma chérie, te sens-tu mieux ce matin ?

L'angoisse n'avait pas desserré son étreinte.

– Je vous en supplie, ne repartez pas.

– Bien sûr que non, petite sœur. Je vais rester avec toi quelques jours.

18

Si je commençais à m'habituer à ma liberté recouvrée, la crainte de l'avenir ne me laissait guère de répit. Je commandai la voiture pour me rendre à Aurillac, où je me présentai chez maître Carrier, l'avocat du baron. Le nom de Carrier est désormais associé aux atrocités que l'on sait, et beaucoup disent maintenant qu'il était bien laid. Ce n'est pas tout à fait vrai. Fils d'un paysan aisé de Yolet, un village proche de Vic, il était grand, mince, légèrement voûté, le teint olivâtre. Il avait des airs rustiques et parlait français avec un fort accent d'oc. Je l'avais parfois rencontré quand il venait pour affaires à Cénac.

Bien qu'il n'y eût rien de répréhensible dans ses manières, il me mettait mal à l'aise et je l'avais toujours évité. Pourtant, ce jour-là, la gêne que je ressentais en sa présence ne suffisait pas à me détourner de ma démarche. Je m'annonçai à l'un de ses clercs et l'on me fit entrer sans tarder dans son cabinet. Il s'inclina.

– Voici trop longtemps que je n'ai pas eu l'honneur de voir madame la baronne. Permettez-moi de vous présenter mes condoléances.

– Merci.

– Vous n'aviez pas besoin de vous déplacer. J'aurais été heureux de me rendre à Cénac.

– Vous êtes bien aimable, maître, mais ce qui m'amène est une question délicate dont je voulais discuter en votre cabinet.

Il me regarda droit dans les yeux en souriant.

– Je suis honoré de votre confiance. J'espère qu'il sera en mon pouvoir de vous aider.

– Feu mon mari a-t-il laissé un testament ?

– C'est moi qui l'ai rédigé.

– J'aimerais en connaître les termes.

– Madame la baronne devra, comme les autres héritiers, attendre que je vienne à Cénac en faire la lecture après les funérailles.

– Quel mal y aurait-il à m'en révéler le contenu dès maintenant ? Je vous en prie, maître, je suis sûre que vous avez trop de cœur pour ne pas avoir pitié d'une pauvre veuve.

Son sourire s'effaça, son regard se fit plus perçant.

– En effet, madame, il n'est rien de si émouvant qu'une dame en détresse. Et j'ai toujours eu pour vous la plus respectueuse admiration.

– Ai-je raison de m'inquiéter de l'avenir ?

– Je ne sais si vous êtes informée d'une circonstance regrettable : monsieur votre frère a renoncé, par contrat de mariage, à la plupart de vos droits sur la succession de feu monsieur le baron. Une telle provision est assez inhabituelle, mais elle peut s'expliquer par votre absence de dot. Le baron n'était donc pas tenu de vous laisser plus qu'il n'était convenu par contrat.

– Et qu'était-il convenu ?

– Je ne vous tiendrai pas en haleine plus longtemps.

Il sortit une liasse de papiers d'un tiroir de son bureau.

– Je passerai sur les invocations à la Sainte Trinité, la recommandation de l'âme du testateur à Dieu, et autres formules d'usage. J'irai directement aux provisions pertinentes : « À mon épouse bien-aimée, haute et puissante dame Marie Gabrielle Aigline de Montserrat d'Espeils : la somme de trois mille livres ; je confirme également les dons de tous bijoux et effets personnels faits par moi à ladite dame, avant et pendant notre mariage, sans aucune limitation de valeur. »

Il leva les yeux vers moi, fit une pause, puis reprit sa lecture :

– « À ma fille, Aimée Françoise Marie, la somme de trois mille livres. » Suivent, madame, divers legs aux domestiques, dont un, assez généreux, de deux mille livres à une certaine Marie Manhes, dite La Maria, la gouvernante de Cénac. Nous revenons ensuite à ce qui vous concerne : « Si mon épouse devait se trouver grosse au moment de mon décès et accoucher d'un enfant né viable après ma mort, la somme de trois mille livres audit enfant de son corps si cet enfant est de sexe féminin. Si mon épouse accouche d'un enfant mâle né viable, je lègue audit enfant le reliquat de ma succession, et à ladite dame mon épouse, la somme de cent mille livres et l'usufruit viager de la baronnie de Cénaret. » Cela représenterait, madame, vingt mille livres par an. « Enfin, si mon épouse n'accouche pas d'enfant mâle, le reliquat de ma succession est attribué à mon cousin, messire François-Xavier Alexandre de Laubrac. »

Carrier reposa le testament sur son bureau.

– Vous savez tout maintenant.

– Si je comprends bien, maître, je dois recevoir trois mille livres, et la même somme ira à ma fille ? Est-ce là ce que prévoyait mon contrat de mariage ?

– À la livre près, madame. Le baron aurait pu vous laisser plus, à vous et à votre fille, s'il l'avait jugé bon. Et d'ailleurs, vous auriez reçu bien plus si vous aviez donné naissance à un héritier.

Les joues me brûlaient.

– Quelle est la valeur totale de la succession de feu mon mari ?

– Probablement autour de deux millions.

– Donc si j'étais enceinte…

– … les choses deviendraient fort intéressantes. La succession serait tenue en suspens jusqu'à la naissance de votre enfant. Si c'était une autre fille, elle recevrait elle aussi trois mille livres, mais un fils changerait totalement votre position et serait bien fâcheuse pour monsieur de Laubrac, dont les espoirs dépendent entièrement de l'absence d'héritier mâle direct.

– Merci, maître. Vos éclaircissements m'ont été fort utiles.

Il sourit à nouveau.

– Je suis à votre service, madame, et à celui de votre illustre famille.

19

MON ENTREVUE avec maître Carrier était encore vivace dans mon esprit lorsque je saluai monsieur de Laubrac et son épouse le jour des funérailles du baron. Drapée d'une vaste quantité de crêpe noir, cette dernière semblait plus redoutable que d'ordinaire. Elle me tint étouffée contre son ample poitrine.

– Pauvre chère tante, si terriblement malheureuse ! N'ayez crainte, nous n'entendons pas vous chasser sur-le-champ, et le baron ne s'opposera pas à ce que vous restiez une semaine ou deux de plus à Cénac. Comme je le lui ai dit : nous devons laisser à notre chère douairière tout loisir de faire ses malles.

Douairière ? En entendant ce terme, je me figurai des dames à la tête branlante et aux cheveux de neige. Le marquis arriva. Notre mère, s'excusa-t-il, était trop affligée par la mort du baron pour se déplacer. Madeleine descendit à son tour de la voiture et m'embrassa en silence.

Nous nous rendîmes à l'église paroissiale de Chancelade pour les obsèques, qui furent célébrées avec tout le faste dû au rang du baron. La noblesse locale et tous ses vassaux étaient présents. L'église ne pouvait accueillir une telle foule, et beaucoup durent suivre le service depuis l'extérieur. Le cercueil du baron, recouvert d'un voile noir brodé d'argent, fut ensuite porté dans la crypte, au milieu de la poussière de ses aïeux. Il y fut déposé sur des tréteaux de fer, entre sa première épouse et son frère aîné. Des dizaines de cercueils de toutes tailles encombraient l'espace confiné. Je sentais que les fantômes de la famille de Peyre se pressaient autour de moi pour m'étouffer. Je n'avais pas assisté aux funérailles de mon fils neuf mois plus tôt et n'étais jamais entrée dans la crypte. Je fus transpercée de chagrin quand j'aperçus le minuscule cercueil recouvert de soie blanche, déjà poussiéreuse, reposant sur une sorte de niche creusée dans un mur. Je dus m'appuyer au bras de mon frère.

De retour dans le grand salon du château, maître Carrier donna lecture du testament devant la famille assemblée. Je gardai les yeux baissés, impassible. J'attendais qu'il ait terminé.

– Maître, je sais que les veuves, comme les filles célibataires, doivent déclarer leur grossesse à un officier du roi. Ce que vous êtes, je crois.

– En effet, madame.

– Je vous en informe donc.

Carrier s'inclina.

– Je reviendrai demain pour prendre votre déclaration officielle, madame. Ce jour verra donc les félicitations se mêler aux condoléances.

Monsieur de Laubrac se pencha vers son épouse.

– Cette femme ment !

Mon frère se leva, la main sur la garde de son épée, et fit face à monsieur de Laubrac.

– Vous avez insulté ma sœur, monsieur.

Maître Carrier intervint.

– Je suis certain que madame la baronne ne ferait pas une telle déclaration sans bonne raison.

Monsieur de Laubrac était cramoisi.

– Vous, l'avocat, ne vous mêlez pas de ça.

Il se tourna vers mon frère.

– Je vous présente mes plus sincères excuses, monsieur le marquis, ainsi qu'à madame votre sœur. Je n'oserais mettre en doute sa sincérité.

Je portai la main à mon ventre.

– Vos excuses sont acceptées, monsieur. Je vais me retirer dans mon appartement pour me reposer.

Je fis ma révérence à la compagnie. L'idée de tourmenter quelque temps monsieur et madame de Laubrac me procurait une vive satisfaction. Mon frère me rejoignit quelques minutes plus tard dans mon appartement, dans un état d'agitation manifeste.

– Gabrielle, que signifie tout ceci ? Es-tu vraiment grosse ?

– J'ai bien l'intention de le rester jusqu'à nouvel ordre.

– Comment peux-tu en parler avec tant d'insouciance ? Sache que Madeleine a écrit à notre sœur Hélène pour lui demander de te recevoir parmi ses novices. Une dot de trois mille livres serait normalement insuffisante pour entrer dans un couvent tel que Noirvaux, mais Hélène fera une exception pour toi. Pour ma part, j'ai écrit à monseigneur l'évêque. En tant que veuve, tu auras besoin d'une dispense pour prendre le voile.

Je haussai les sourcils.

– N'est-ce pas un peu hâtif, monsieur ? Je n'ai pas exprimé le moindre souhait d'entrer en religion. Et maintenant que je suis veuve, je ne suis plus soumise à votre autorité.

– Penses-tu toujours que nous sommes placés sur cette terre dans le seul but de suivre nos caprices ? Ton mari n'est pas encore froid dans sa tombe que déjà tu montres des signes de ton ancienne obstination. Mais tu serais bien avisée de ne pas rejeter l'aide de ta famille si légèrement. Tu comprendras vite que tes trois mille livres ne suffiront pas à t'assurer le train de vie auquel tu es habituée.

Je soupirai.

– J'en suis bien consciente et je ne vous cherche pas querelle. J'avais espoir que vous me laissiez retourner à Fontfreyde. Vous m'aimiez tant quand j'étais petite. Vous avez été si bon de rester avec moi pour veiller mon mari. Comment pouvez-vous m'abandonner maintenant ?

Le marquis secoua la tête.

– Qu'essaies-tu de faire ? Je t'aime plus que jamais, mais je ne suis pas assez faible pour céder à tes prières alors que ce ne serait pas convenable.

– Qu'y aurait-il d'inconvenant à ce qu'un frère offre son aide à une sœur veuve ? N'oubliez pas qu'Aimée est votre filleule. Noirvaux n'est pas un établissement d'enseignement. Que deviendrait-elle si je prenais le voile ?

– N'aie aucune crainte pour Aimée. Mère se chargera d'elle à Fontfreyde. Je l'élèverai comme ma fille. Quant à toi, crois-tu que j'aie oublié ta scandaleuse liaison ? Tu as été déshonorée par ce scélérat !

Pour la première fois, j'élevai la voix devant mon frère.

– Je n'ai pas été déshonorée, monsieur. Ce scélérat, comme vous l'appelez, avait respecté mon innocence. N'avait-il pas demandé ma main ? Et son offre n'était-elle pas plus avantageuse que celle que vous avez acceptée ? Il proposait vingt mille livres ; il ne m'aurait pas laissée dans la misère comme le baron vient de le faire. Comment n'y avez-vous pas pensé quand vous avez signé mon contrat de mariage ?

Je dévisageai le marquis.

– Et mes sentiments ? Vous en êtes-vous jamais soucié ?

– Ne vois-tu vraiment pas ce qu'il y avait de honteux dans cette aventure ? Toute alliance avec un roturier aurait été une tache sur notre honneur. L'idée que cette brute, ce gueux, aurait pu être ton maître était tout simplement intolérable. Imaginer ses mains sur toi… quelle infamie !

Jusqu'alors, je pensais que l'orgueil familial avait été le principal motif du refus du marquis. À cet instant, devant son dégoût et sa colère, je me rappelai comment il m'avait touchée cet après-midi où je cousais dans le salon de Fontfreyde. J'avais été aveugle.

– Tout s'éclaire, monsieur. Transmettez, je vous prie, mes salutations les plus respectueuses à Mère.

Il partit sans un mot. Je ne me joignis pas aux convives pour le dîner de funérailles.

20

MADELEINE REFUSA D'INTERVENIR. À ses yeux, notre frère, en qualité de chef de famille, était seul juge de mon sort. Je n'étais pas enceinte. Pendant quelque temps, il faudrait me montrer prudente devant les servantes, que l'héritier présomptif aurait pu soudoyer. Ensuite, je devrais reconnaître mon erreur. Le nouveau baron et sa femme me chasseraient alors de Cénac.

Je devais mettre à profit ce délai pour préparer l'avenir. Mes trois mille livres, ajoutées à celles d'Aimée, nous procureraient un revenu d'environ trois cents livres par an, à peine assez pour louer une modeste maison à Vic, payer notre nourriture, nos vêtements et les gages d'une petite bonne. Nous serions pauvres comme des rats d'église.

Peu de temps après la lecture du testament, La Maria annonça la visite du chevalier des Huttes. Jean-Baptiste Pagès des Huttes avait à peu près l'âge de mon frère, dont il était le meilleur ami. Je l'avais souvent vu à Fontfreyde avant mon mariage. Il était capitaine au régiment des gardes du corps de la reine, les « messieurs bleus », comme on les appelait à cause de la couleur de leur uniforme. Les membres de ce corps, chargés de la sûreté personnelle de Sa Majesté, étaient recrutés parmi la petite noblesse. Les fonctions du chevalier l'obligeaient à passer une grande partie de l'année au château de

Versailles. Lorsqu'il était en congé en Auvergne, il résidait dans sa belle maison de Vic ou dans son manoir des Huttes, non loin du village de montagne de Badailhac. Il s'inclina.

– Comment vous portez-vous, madame ?

– Je n'ai pas à me plaindre, chevalier.

– Le marquis m'a dit qu'il souhaitait que vous preniez le voile à l'abbaye de Noirvaux si vos espoirs de donner naissance à l'héritier du baron étaient déçus.

– Ce sont là les plans de mon frère, en effet, et non les miens. Il semble penser, comme au temps de mon mariage, qu'il peut disposer de moi sans égard pour mes désirs.

Le chevalier soupira.

– Je dois être le seul à qui il se soit confié à ce moment-là. Il avait parfaitement raison de s'opposer à votre union avec Pierre-André Coffinhal. Le départ de ce jeune homme pour Paris n'est pas une grande perte. Il a une énergie peu commune, mais il a été trop gâté par feu sa mère, ce qui lui vaut une arrogance insupportable. Et cette voix ! En passant devant l'auberge de Vic, j'ai maintes fois reconnu ses clameurs à travers la porte fermée, noyant les cris de tous les autres buveurs réunis. C'était un parti totalement indigne de vous, madame.

Le chevalier opina d'un air indigné.

– Sa physionomie disgracieuse n'a jamais entamé son assurance. Au contraire, il s'en fait une sorte de titre de gloire. Dès l'été de ses seize ans, il a eu affaire avec les servantes de sa pauvre mère, et commençait à lutiner les miennes. Je lui en ai fait reproche, poliment. Loin d'exprimer la moindre contrition, il a eu l'insolence de me répondre que mes servantes se trouvaient ravies de sa compagnie une fois qu'il se révélait aussi bien bâti que sa stature le laissait espérer.

Je me sentis rougir jusqu'à la racine des cheveux.

– C'est le genre de fanfaronnade auquel on peut s'attendre de la part d'un homme, surtout d'un très jeune homme, hors de la présence des dames. Je ne vois pas l'intérêt de me la répéter.

Le chevalier rougit à son tour.

– Vous avez raison, madame. Pardonnez-moi de vous avoir offensée. J'essayais, bien maladroitement, de vous expliquer que le marquis avait eu raison d'interdire votre mariage avec le jeune Coffinhal. Cela lui ressemblait bien de prétendre à votre main sans y réfléchir à deux fois et sans vouloir en démordre, comme s'il n'y avait pas de disparité flagrante de rang entre vous et lui. Voyez-vous, je suis noble, mais le marquis, en dépit de notre amitié, m'aurait refusé votre main si je l'avais demandée. Ç'eût été une mésalliance. Alors imaginez ce qu'il a dû ressentir, lui qui est à la tête de l'une des plus grandes familles d'Auvergne, face à l'outrecuidance d'un simple médecin.

– Il est vrai que mon frère avait accepté un meilleur parti.

– Je n'approuve pas les mariages forcés, madame, surtout lorsque la mariée est presque une enfant. Lorsque j'ai été témoin de votre contrat de mariage, votre détresse m'a fait pitié. Vous ne l'avez pas su, mais j'ai longuement insisté auprès de votre frère pour qu'il rompe vos fiançailles avec le baron. Il n'a rien voulu entendre. Je me souviens aussi de votre tristesse le jour de vos noces, vous étiez pâle comme une morte dans votre robe rose. Il n'était pas en mon pouvoir de vous venir en aide, mais je serais désolé de vous voir à nouveau contrainte à suivre un chemin contraire à vos souhaits.

– C'est bien aimable à vous, chevalier, mais parlons en toute franchise, pourquoi êtes-vous ici ? Êtes-vous venu, en dépit de la mésalliance, me demander en mariage pour me sauver du couvent ?

Il sourit.

– Le but de ma visite est plus prosaïque, je le crains, et tient en une proposition : celle de vous emmener à Paris lorsque j'y retournerai dans trois semaines. L'une de mes amies les plus chères est la duchesse douairière d'Arpajon, la cousine de feu votre père. C'est une dame d'une respectabilité irréprochable. Elle pourrait vous présenter à la cour et dans la meilleure société, tout en vous faisant bénéficier de ses conseils et de sa protection. Elle aime la compagnie des personnes jeunes et brillantes. Si je lui parlais de votre situation, je suis sûr qu'elle serait ravie de vous offrir son hospitalité.

– Et ensuite, que ferais-je ? Je ne peux pas demeurer chez elle indéfiniment.

– Une personne de votre beauté et votre esprit ne peut manquer de trouver une situation à la cour, ou un mari convenable à Paris. Je vais écrire à la duchesse, avec votre permission. Si elle accepte, je serai heureux de vous conduire à la capitale.

– Et qu'attendez-vous en retour ?

– Voici une question bien pertinente et raisonnable. Ma récompense, outre le plaisir de vous être utile, sera votre compagnie pendant mon voyage à Paris, que je trouve habituellement ennuyeux.

Je fronçai les sourcils.

– Je suis peut-être naïf, madame, mais je pense que les gens, du moins les honnêtes gens, font des choses parce qu'ils les croient justes, sans rien attendre en retour. Je me considérerai amplement récompensé si j'y gagne votre amitié.

J'acceptai l'offre du chevalier. Avant de me juger trop sévèrement, chacun devra se rappeler que je n'avais alors que dix-sept ans. Après son départ, je fus assaillie de doutes quant à la sagesse de cette décision. Et si le chevalier abusait de moi ? Il pourrait dire que j'avais accepté de m'enfuir avec lui, que je m'étais jetée en son pouvoir. Mais ces craintes étaient balayées par la perspective de découvrir la ville la plus fascinante d'Europe, que j'avais souvent imaginée au travers des descriptions de Pierre-André et du baron.

Mon autre choix, qui ne me réjouissait guère, était de mener une existence étriquée dans une petite ville, une vie terminée avant mes dix-huit ans. Ma meilleure perspective à Vic serait, en comptant sur ma bonne étoile, d'épouser un veuf bilieux, tout aussi brutal que feu mon mari, mais moins riche, et encombré d'une ribambelle d'enfants hostiles. Je ne plaisantais pas lorsque j'avais suggéré au chevalier de m'épouser. Je l'aurais accepté sans hésiter. Il était relativement jeune, de bonne disposition, intelligent, infiniment supérieur à tout autre homme que, veuve avec une petite fille, je pouvais espérer épouser, forte de mes charmes et de mes trois mille livres.

Une semaine plus tard, le chevalier vint me montrer la réponse de la duchesse. Je me souviens de ces mots : *Si ma jeune cousine est aussi charmante que vous la décrivez, j'aurais bien de la chance d'avoir une telle compagne. Amenez-la-moi bien vite, avec sa petite fille.*

Mon enthousiasme fut tel que je dus me retenir de sauter au cou du chevalier.

Après son départ, je me rendis aux écuries qui m'avaient été si rigoureusement interdites. Le palefrenier me dévisagea lorsque je lui demandai de me seller un cheval.

– Mais, madame la baronne, c'est qu'on n'a pas de selles de dame ici.

– Ce n'est pas grave. Je monterai à cru. Va me chercher un cheval, je te prie.

Il obéit mollement et revint en tirant une jument par la bride, marmonnant en m'épiant de biais comme si j'étais folle.

– Où c'est que madame ira ?

– Prendre l'air.

C'était la première fois depuis mon mariage que je retrouvais le plaisir de galoper sur les chemins de montagne. Je me souciais peu de confirmer les doutes de monsieur de Laubrac sur ma grossesse. Je rendis visite à mon ancienne femme de chambre, Thérèse Petit, et à mon filleul Gabriel, qui avait maintenant plus d'un an. C'était un bel enfant, robuste pour son âge, et qui ressemblait beaucoup à son père d'apparence et de manières. C'était là le fils que le baron avait tant désiré. Pourtant, ni le petit Gabriel ni sa mère n'avaient été couchés sur le testament de feu mon mari. Je donnai cent livres à Thérèse en présent d'adieu.

Il me fallait faire une autre étape à la chaumière des Labro, où j'embrassai toute la maisonnée, même Jacques, et Mamé en dernier. Je me retournai pour les graver à jamais dans ma mémoire. Mamé, toute frêle, entourée de ses fils, me fit un signe de la main. Les larmes coulaient sur ses joues et sur les miennes.

Je décidai de poursuivre jusqu'à la rivière, où je n'avais pas mis le pied depuis ma dernière rencontre avec Pierre-André. Les berges et les pierres au milieu du courant étaient encore couvertes de neige, mais le chant joyeux de l'eau disait la promesse du printemps. Je demeurai longtemps sur la plage de galets, incapable de trouver un sens au passé ou à l'avenir.

21

À HUIT HEURES, par un beau matin de mai, j'attendais le chevalier, ma fille dans les bras et nos bagages à mes pieds. J'avais discrètement demandé à ma femme de chambre de préparer nos malles la veille au soir. Je quittai, devant les domestiques muets de stupeur, ce qui avait été ma demeure pendant près de deux ans. Le chevalier m'aida à monter en voiture et le cocher chargea nos bagages. Je m'assis avec Aimée sur le siège arrière, curieuse de voir si le chevalier s'installerait à côté de moi. C'eût été inconvenant pour un homme qui n'était ni mon mari ni mon frère. À mon grand soulagement, il prit place en face de nous. Nous partîmes tandis que j'observais par la fenêtre arrière les deux tours carrées de Cénac disparaître au loin. Aimée, étrangère à tout sentiment de nostalgie, se tenait debout sur le siège, roucoulant et frottant sa joue contre mon cou.

Je faisais de mon mieux pour éviter que les jupes de ma robe de deuil frôlent les genoux du chevalier, craignant qu'il se jette sur moi à la première occasion comme la vérole sur le bas clergé, ainsi que le disait feu le baron. J'étais prête à combattre toutes avances indésirables avec la dernière énergie. Mais son calme finit par me rassurer, d'autant plus qu'il conquit Aimée. Ma fille lui lançait des œillades de fausse timidité derrière ses doigts écartés, auxquelles il répondait d'un sourire malicieux. Jusqu'à ce qu'elle en rie franchement et lui tende les bras.

– Puis-je la tenir, madame ?

– Certainement, chevalier, si elle ne vous dérange pas. Vous semblez lui plaire. Elle est généralement fort timide avec les hommes.

Aimée, qui n'avait jamais été dans les bras de son père, était maintenant dans ceux du chevalier. Elle lui toucha le visage de sa petite main, fronçant les sourcils, apparemment surprise de la rugosité d'une joue d'homme. Elle fut ensuite attirée par les boutons d'argent de son habit, qu'elle essaya de porter à sa bouche. Après qu'il l'en eut dissuadée, elle bâilla, et ne tarda pas à s'endormir sur ses genoux.

Je n'avais jamais vu aucun homme, à part mon frère, s'intéresser à un enfant, surtout à une fillette. Je dus détourner la tête pour cacher mon émotion.

À Clermont, nous changeâmes de chevaux et fîmes halte pour la nuit à l'auberge des Deux Couronnes, une autre expérience nouvelle pour moi. Le chevalier mit à notre disposition le plus grand des deux appartements qu'il avait retenus.

– Nous allons souper dans votre chambre si vous n'y voyez pas d'inconvénient, madame. Je ne voudrais pas vous exposer aux grossièretés de la salle commune, surtout le soir, quand les clients pourraient être pris de boisson.

Ma méfiance à l'égard du chevalier se réveilla. Pendant le repas, j'essayais désespérément de garder Aimée éveillée sur mes genoux. Le chevalier, dans sa finesse, invoqua la fatigue du voyage pour prendre congé sitôt le souper achevé. Il me salua et se pencha pour embrasser Aimée, qui s'était endormie. Elle sourit lorsque ses lèvres frôlèrent sa joue ronde.

Mon expérience de la vie conjugale avait altéré mon jugement : j'ignorais que la plupart des hommes ne cherchent pas à forcer une femme. Mon voyage avec le chevalier en était la preuve. Tout comme mon histoire avec Pierre-André, dont la retenue avait été plus méritoire car nous nous étions ardemment désirés.

Le lendemain, nous quittâmes l'Auvergne. Je ne savais pas alors que je ne reverrais jamais plus mon pays natal, théâtre de tant de souvenirs, heureux et malheureux, de mon enfance et de ma jeunesse. Il est tout à notre avantage de ne pas connaître l'avenir.

22

Après cinq jours de voyage, le chevalier annonça que nous approchions de Paris. J'ouvris la fenêtre et me penchai au-dehors, impressionnée par la taille de la muraille fortifiée qui se construisait autour de la ville. Nous franchîmes une porte inachevée, ornée de colonnes dans le style antique. La poussière de la construction me fit tousser.

– Au moins, Paris sera bien défendu.

Le chevalier haussa la voix pour couvrir le tonnerre des marteaux et des cris des ouvriers.

– Ceci n'a rien à voir avec la défense de Paris, madame. Ce mur est construit tout autour de la ville au profit des fermiers généraux, pour empêcher les denrées alimentaires d'entrer en ville sans être taxées aux barrières d'octroi.

Il secoua amèrement la tête.

– Je crains que ce mur n'enflamme la populace. Les fermiers généraux sont déjà haïs. Ils sont chargés de la collecte des impôts et versent au trésor royal un montant fixe. Maintenant, ils seront accusés d'affamer Paris.

Les Parisiens aiment à traiter les provinciaux de culs-terreux, mais ce qui me frappa d'emblée fut la saleté des quartiers que nous traversâmes. Entrés par le sud de la ville, nous suivîmes des rues étroites, jonchées d'ordures et bordées de maisons couleur de suie, hautes de cinq ou six étages. Des bandes d'enfants à demi nus couraient en tous sens, des femmes rageuses montraient le poing, un homme se soulageait contre un mur. La seule pensée des organes masculins suffisait encore à me retourner l'estomac. Je jetai un œil au chevalier mais, soit par délicatesse, soit parce qu'il était accoutumé à ce genre de scène à Paris, il sembla l'ignorer.

Bientôt, les rues s'élargirent et offrirent un aspect plus prospère. Je pensais devenir sourde au bruit des voitures, aux jurons des charretiers et aux appels des marchands ambulants qui vendaient à la criée. Nous dûmes nous arrêter plus d'une fois pour laisser passer des charrettes et autres équipages, car les étals empiétaient sur la rue.

Un homme, perché sur des planches reposant sur des tréteaux, jouait d'un violon aux accents stridents. Une petite foule s'était formée pour l'écouter. Il s'interrompait pour commenter et pointer de son archet des scènes peintes sur une toile accrochée derrière lui.

Je demandai au chevalier la signification des initiales *M.A.C.L.*, que je voyais peintes au-dessus de l'entrée des bâtiments. Il rougit.

– Cela signifie simplement *Maison Assurée Contre L'incendie.* Certains lui prêtent cependant une signification scandaleuse. De telles canailles méritent la potence.

Il semblait contrarié, aussi n'insistai-je pas. Je devais bientôt découvrir l'autre signification attribuée par dérision à ces initiales : *Marie-Antoinette Cocufie Louis*, rappelant quotidiennement aux Parisiens le supposé malheur du roi.

Le chevalier m'informa que nous allions bientôt traverser la Seine en passant par le pont Saint-Michel. J'étais impatiente de contempler enfin le fleuve. Hélas, je ne vis que des maisons de chaque côté de la rue. Le chevalier sourit en voyant ma déception.

– Des maisons ont été construites sur presque tous les ponts de Paris, mais, grâce au roi, elles seront bientôt démolies. La ville sera plus aérée et plus saine.

Il me désigna les monumentales grilles dorées de l'entrée du Palais de Justice. Puis nous traversâmes de nouveau la Seine par le pont au Change, lui aussi loti de maisons.

Notre itinéraire nous entraîna à travers le quartier du Châtelet, détruit depuis sur ordre de Bonaparte. La ville dégageait une puanteur sans pareille, et je fis remarquer au chevalier que les ruisseaux qui coulaient au milieu de la rue étaient rouges.

– La Grande Boucherie se trouve au coin de la rue, madame. C'est l'abattoir principal de Paris, qui déverse des flots de sang dans la Seine. J'ai vu un jour un bœuf en fuite, fou de terreur, galoper au milieu de cette rue. Des bouchers en tablier souillé, le coutelas à la main, poursuivaient le pauvre animal.

Le chevalier m'indiqua ensuite les tours médiévales du tribunal criminel, le Grand Châtelet.

– On y trouve les cachots les plus atroces, dont certains sont inondés à l'année. On n'y survit pas plus de quelques semaines. Il abrite également la morgue. Les corps repêchés quotidiennement dans la Seine ou trouvés à la rue y sont gardés jusqu'à ce qu'ils soient identifiés ou réclamés.

J'étais étourdie et nauséeuse. Ce fut un soulagement de quitter le Châtelet pour atteindre enfin le Marais, où vivait la duchesse d'Arpajon.

– Quel drôle de nom pour un quartier si élégant ! Voyez ces belles demeures de chaque côté de la rue.

– En effet, madame. Le Marais était jadis inondé chaque printemps lorsque la Seine débordait après la fonte des neiges, d'où son nom. C'était le quartier aristocratique par excellence au siècle dernier, mais il a perdu cette distinction au profit du faubourg Saint-Germain, sur la rive gauche.

Nous passâmes La Force. Deux cents ans plus tôt, expliqua le chevalier, c'était l'une des plus somptueuses demeures de Paris, mais elle avait été dégradée au rang de prison pour dettes. J'étais alors bien loin d'imaginer le rôle tragique qu'elle allait jouer dans ma vie quelques années plus tard. L'hôtel d'Arpajon se trouvait dans la rue suivante.

Après l'arrêt de la voiture dans la cour, je contemplai la façade, élégamment décorée de colonnes et d'allégories des quatre saisons. Nous fûmes conduits par un large escalier de pierre à un salon au premier étage, une vaste pièce lumineuse, meublée avec goût et tendue de bleu.

La duchesse d'Arpajon, une dame d'une soixantaine d'années aux cheveux de neige et aux yeux bleus, se leva pour m'accueillir avec chaleur et m'embrasser sur la joue. Cette gentillesse était plus que je n'avais jamais reçu de ma mère et m'émut profondément. Elle s'empressa de sonner pour faire servir le thé, bienvenu après notre long voyage. Aimée s'installa comme toujours sur mes genoux, examinant autour d'elle ce lieu fastueux et inconnu. La duchesse sourit au chevalier.

– Cher ami, rien dans vos lettres ne m'avait préparée à la beauté de ma jeune cousine.

Elle se tourna vers moi.

– Si vous le permettez, je vous appellerai Belle, car vous me rappelez l'héroïne dans le conte de *La Belle et la Bête*. Voyez-vous, j'ai une faiblesse dans mes vieux jours : j'aime être entourée de personnes jeunes, belles et joyeuses. J'étais moi-même considérée fort jolie jadis. Je peux le dire, car ma beauté s'est irrémédiablement fanée. Votre présence me rappellera les jours d'antan. À part notre ami le chevalier, qui est le dernier vrai gentilhomme du royaume, plus personne ne me rend visite, et j'en suis réduite à commérer et à jouer au loto avec des dames aussi anciennes que moi. Votre présence ici changera tout cela.

Elle reposa sa tasse de thé.

– Ne me plaignez pas, Belle. On m'invite à dîner de temps à autre parce que je suis toujours de bonne compagnie. J'aime aussi beaucoup le théâtre, l'opéra, et le jeu, ce qui est bien triste si l'on considère l'état de mes finances. Vous connaîtrez bientôt tous mes vices. J'ai bien peur qu'ils ne se soient exacerbés avec la vieillesse, sauf celui que je chérissais le plus. Le temps est bien injuste pour nous les femmes.

Je dus avoir l'air interloquée car elle me tapota la main, les yeux brillants.

– Je suis désolée, ma chérie, de vous choquer avec mes discours libertins. Écoutez la vieille pécheresse que je suis. Vos rougissements me font honte, un sentiment que je n'ai pas éprouvé depuis quarante ans. Je n'en suis que plus heureuse de vous avoir chez moi. Vous pourrez m'inculquer quelques principes avant qu'il ne soit trop tard. Et peut-être me sera-t-il plus aisé de m'endormir pour la grande nuit si vous êtes à mes côtés.

– C'est moi, madame, qui devrais m'excuser de ma pruderie. C'est l'un de mes défauts : je rougis si facilement. J'ai bien peur de me ridiculiser à Paris avec mes manières de provinciale.

– Sottises, Belle. Votre modestie est si rare qu'elle ne fera qu'ajouter à vos attraits. Vous êtes exactement ce dont cette ville a besoin. Vingt femmes comme vous en rachèteraient la moralité.

Le chevalier sourit.

– Madame la duchesse n'en trouvera pas tant.

– Je suppose que non, chevalier. Nous resterons donc impénitents, ce qui ne nous empêchera pas d'apprécier la compagnie de notre chère Belle.

Le chevalier annonça qu'il devait prendre congé afin de rejoindre avant la nuit ses quartiers au château de Versailles. La duchesse le remercia encore de m'avoir amenée à elle. En partant, il s'inclina pour me baiser la main et me souhaita bonne chance. Aimée, qui était restée discrète jusque-là, s'accrocha à l'un de ses genoux et se mit à pleurer.

– Si vous ne nous rendez pas visite bientôt, chevalier, vous allez briser le cœur de ma fille.

– Je reviendrai à la première occasion, madame.

La duchesse avait gentiment fait préparer un lit d'enfant auprès de celui d'une servante, mais Aimée poussa de hauts cris à l'idée d'aller se coucher loin de moi. Il fut donc déplacé dans ma chambre.

– Vous êtes une jeune personne bien surprenante. Je ne connais pas une seule noble qui songerait à garder son enfant près d'elle la nuit.

– Je ne le faisais pas du vivant de mon époux, madame, mais elle y a pris goût durant notre voyage.

– Je comprends… Le chevalier m'a écrit que la mort du baron vous a mise dans une position bien inconfortable. Mon défunt mari ne m'a pas laissé grand-chose, mais il m'a au moins légué une petite pension et l'usufruit de cette maison. À quoi votre époux pensait-il donc ? Voulait-il que vous alliez mendier votre pain dans les rues ?

– Je ne le saurai jamais, madame. Il a probablement pensé que mon frère me reprendrait.

– Quel pitoyable arrangement ! Mais je ne peux m'en plaindre puisqu'il vous mène à moi. Maintenant, ma chérie, vous pouvez à peine garder les yeux ouverts. Nous reprendrons notre conversation demain.

Mon appartement donnait sur un jardin à la française tout en haies de buis taillées. Après avoir mis Aimée au lit, où elle s'endormit aussitôt, j'ouvris l'une des fenêtres. Je n'entendais dans ce charmant quartier tranquille que le chant des oiseaux. Rien ne laissait paraître la ville immense qui m'entourait. Pourtant, je devinais sa présence. L'air était plus doux qu'en Auvergne où, en mai, l'on frissonne encore des dernières gelées. Ce soir-là, je tombai amoureuse de Paris. Et je le suis toujours, malgré vingt années d'exil. Je me couchai sereine et heureuse.

Le lendemain, je rejoignis la duchesse pour déjeuner dès sept heures. Comme beaucoup de personnes de son âge, elle aimait à se lever tôt, habitude qui était aussi mienne grâce à mon défunt mari.

– Belle, nous devons nous occuper de vos vêtements. Avez-vous autre chose que ces robes noires ?

– Je suis veuve depuis moins de trois mois, madame. Il serait inconvenant que j'abandonne mon deuil si tôt.

– Alors portez le deuil en blanc ! À mon avis, c'est bien suffisant pour une veuve de dix-sept ans. Je suppose que vous n'avez pas de robes de cour ?

– Non, madame. Je crois qu'elles sont fort onéreuses.

– Ma chérie, certaines robes de la reine coûtent plus de dix mille livres. Rose Bertin, sa couturière, a fait une jolie fortune.

Je souris, consternée.

– J'ai moins de trois mille livres en tout.

– Je vous prêterais bien quelques-unes des miennes, mais elles seraient trop courtes pour vous. Ne vous inquiétez pas, vous pourrez en acheter de seconde main auprès de la femme de chambre d'une autre dame. Je demanderai à Mélanie d'en trouver à votre haute taille. Vous devez, bien sûr, être officiellement présentée pour être admise partout à Versailles. Je serais heureuse de vous servir de marraine pour cela. Pour les dîners en ville, les jeunes femmes ne s'habillent plus comme elles le faisaient autrefois. Je suis sûre que les habits que vous avez apportés d'Auvergne seront parfaits pour de telles occasions.

Dans l'après-midi, j'écrivis à ma sœur Hélène pour la remercier de son invitation à la rejoindre à l'abbaye de Noirvaux. Je lui expliquai que je ne ressentais aucune vocation religieuse et n'étais pas prête à prendre le voile. C'était à moi, et à moi seule, de lui faire part de mon projet de m'installer à Paris.

Il fallut à Mélanie une semaine pour dénicher une robe de cour à ma taille. Elle présentait toutefois quelques taches de vin sur le corsage et conservait des relents du parfum de son ancienne propriétaire. Je me souvenais de l'époque où je revêtais les vieilleries de ma mère, mais cette robe était d'un style très différent, de soie blanche ornée de roses brodées et de rubans gris. Elle était faite pour être portée sur des paniers, ces armatures ovales géantes qui obligeaient les dames de la cour à franchir les portes de côté. Une longue traîne était attachée à la taille. Le corsage était coupé de manière à laisser la gorge et les épaules dénudées. Il exigeait le port d'un corset spécial, le grand corps, dont le laçage exposait une partie de la chemise dans le dos. J'étais stupéfaite de tant d'indécence.

La duchesse s'en amusa.

– Ma pauvre Belle, vous avez tout à apprendre ! Et la chemise que l'on porte sous ce corset doit être transparente, de sorte que votre dos sera presque aussi visible que votre gorge et vos épaules. Croyez-moi, vous vous y habituerez vite.

Manon, la servante affectée à mon service, examina de près la robe et décela une déchirure dans la broderie des manches au-dessus du coude.

– Ce n'est rien, madame. Ma sœur Louise, qui est brodeuse, va réparer ça en un tournemain. Et je trouverai du ruban gris pour recouvrir ces vilaines taches de vin.

Le même jour, nous reçûmes la visite de la marquise de Bastide, la fille de la duchesse. Cette dernière était grande et imposante, avec des cheveux bruns, des traits réguliers et les yeux bleus de sa mère. Avec un sourire entendu, elle prit la soie de ma robe entre deux doigts.

– Ravissant. Ce style de broderie était fort à la mode il y a deux ans. Félicitations, madame, cette robe vous ira à la perfection.

La duchesse avait également un fils, alors cantonné avec son régiment en Lorraine. De nature taciturne, le duc d'Arpajon se montrait rarement en ville ou à la cour. Je ne lui serais présentée que l'année suivante.

La robe fut prête en quelques jours. Je m'installai à ma coiffeuse. Manon me couvrit les épaules d'un peignoir et commença par m'étaler de généreuses quantités de crème au jasmin sur les cheveux. Je protestai.

– Si je ne mets pas de pommade dans les cheveux de madame, la poudre ne tiendra pas. Tout va retomber sur vos épaules. Et la coiffure ne resterait pas en place.

Je cédai. C'était la première fois que j'avais les cheveux poudrés et coiffés de la sorte : ils se dressaient en une rangée de boucles et de mèches d'un gris rosé, de la hauteur d'un pied. Je remerciai Manon sur un ton qui manquait de conviction. La duchesse, elle, débordait d'enthousiasme.

– Magnifique ! Le grand Léonard lui-même, qui coiffe la reine, ne pourrait faire mieux.

Manon laça ensuite mon nouveau grand corps, attacha mes paniers à ma taille, arrangea les jupes et la traîne par-dessus, et enfin ajusta le corsage.

La duchesse envoya chercher son écrin à bijoux et choisit des colliers, des bracelets, des parures de cheveux, des boucles d'oreilles en diamants. Elle fit plusieurs essais. J'avais l'impression d'être l'une de ces châsses incrustées de joyaux dans lesquelles sont exposées à la vénération des fidèles les reliques des saints.

– Madame, vous êtes trop bonne. Je ne peux accepter...

– Je crains que vous n'ayez pas le choix, Belle. Aucune dame n'a jamais été présentée sans porter une livre ou deux de diamants d'emprunt.

Ma bienfaitrice arrangea quelques ornements supplémentaires dans l'échafaudage de ma coiffure et ajouta deux rangées de bracelets. Les lèvres pincées, elle recula de quelques pas pour juger le tableau d'ensemble.

– Voilà qui devrait suffire. Maintenant, Belle, je vais vous montrer la démarche que l'on attend d'une dame de la cour. Soyez attentive. Voyez comme je glisse leeeentement comme si j'étais sur des patins. Mes pieds se soulèvent à peine.

Il me fallut réprimer un fou rire.

– À vous, ma chérie.

J'obéis, me sentant maladroite et complètement stupide.

– Non, non, non ! Essayez encore, Belle. N'oubliez pas que vous allez marcher sur les parquets de Versailles, qui sont cirés et fort glissants. De plus, vous devrez prendre garde à ne pas empiéter sur la traîne de la dame qui vous précédera.

Je me mordis la lèvre et jetai à la duchesse un regard d'exaspération et de désespoir, mais elle fut implacable. Elle ne se déclara satisfaite que lorsque je sus glisser avec autant d'aisance dans mes paniers que je marchais dans mes vêtements de ville. Puis elle me fit pratiquer les mouvements que je devrais exécuter durant ma présentation. Elle jouait le rôle de la reine, puis celui du roi, et je faisais et refaisais mes grandes révérences de cour, presque prosternée devant elle, mon front frôlant le tapis, jusqu'à ce que mes genoux demandent grâce. Après d'interminables répétitions, elle se déclara enfin satisfaite.

– Parfait. Votre timidité ne vous rend que plus gracieuse. Cette robe, qui est fort laide en elle-même, est ravissante sur vous. Ces rubans gris rappellent la couleur de vos yeux, et le rose des broderies celle de vos cheveux poudrés. Bien sûr, toutes les dames de la cour verront qu'elle n'est pas neuve. Elles trouveront de toute façon à médire. Vous êtes trop jolie pour échapper à leurs langues acerbes.

Manon joignait les mains, un regard de ravissement sur son visage rond. Aimée écarquillait les yeux à la vue des énormes jupes de ma robe, de ma gorge nue que les rangées de diamants ne suffisaient pas à couvrir, et de mes cheveux poudrés garnis d'ornements scintillants.

La famille de feu mon mari étant admise aux honneurs de la cour, ma présentation ne posa aucune difficulté. Et le jour tant redouté arriva.

23

La duchesse et moi partîmes pour Versailles par un beau dimanche matin de bonne heure. J'étais parée de mes nouveaux atours. Elle portait une robe de cour d'un bleu sombre, et tous les diamants qu'elle ne m'avait pas prêtés. Aimée, à son grand dam, resta à Paris. Les enfants n'étaient pas admis à la cour, sauf ceux de la famille royale.

Après que la voiture eût traversé une armée de marchands ambulants vendant des souvenirs à deux liards devant le château, nous passâmes deux séries de portes successives et descendîmes dans la cour de marbre, dont l'accès était réservé aux attelages des duchesses. Les ailes du palais semblaient s'étendre à l'infini de chaque côté du bâtiment central.

– Je n'avais rien imaginé de si gigantesque.

– Ce que vous voyez n'est rien. Le corps principal n'occupe qu'une petite partie du domaine. Et d'ici, nous ne voyons pas les Trianons. Un faux hameau, avec une grotte et une ferme, y a également été construit pour la reine.

Deux chaises à porteurs, moyen de transport que je n'avais jamais utilisé auparavant, nous attendaient. Nous rassemblâmes nos traînes et, avec l'aide des laquais de la duchesse, nous poussâmes non sans mal nos paniers à l'intérieur. Ainsi fûmes-nous transportées dans le château jusqu'en haut de l'escalier de marbre menant aux grands appartements de la reine. Je sentis ma chaise s'abaisser jusqu'au sol. Un des deux laquais qui nous suivaient ouvrit la porte. J'étais dans la salle des gardes du corps, où je reconnus le chevalier des Huttes. Il avait belle allure dans son uniforme bleu et rouge, garni de galons argentés. Il était de service et s'inclina devant moi sans l'ombre d'un sourire. La chaise à porteurs de la duchesse, recouverte de velours rouge pour marquer son rang, avait été autorisée à avancer vers la pièce suivante.

Je l'y rejoignis. Nous glissâmes jusqu'aux portes du salon des Nobles, où se trouvaient des dizaines de dames, leurs paniers serrés les uns contre les autres. Les couleurs de leurs robes juraient avec le damas vert pomme qui recouvrait les murs. La duchesse se pencha vers moi.

– N'êtes-vous pas contente de porter du blanc ? Cette nuance de vert est la couleur préférée de la reine, et cette pièce vient d'être refaite à son goût. Et souvenez-vous de vous éloigner des fenêtres chaque fois que vous êtes en sa présence. Sinon, elle pensera que vous affichez l'éclat de votre teint pour l'offenser. Le sien commence à se faner, et elle n'apprécie guère la fraîcheur des jeunes femmes.

Cette remarque me rappela que Marie-Antoinette, bien que reine de France et de Navarre, n'était pas au-dessus de vanités mesquines. Et je me souvins des propos de mon mari : les ancêtres de la reine n'étaient que de petits hobereaux suisses à l'époque où les miens étaient comtours d'Auvergne. De plus, mon lointain aïeul Sanche Garcés avait été roi de Navarre sept siècles avant que ce titre n'échût aux Bourbons. En matière de lignage, je n'avais aucune raison d'être intimidée par Leurs Majestés. Les battements de mon cœur se calmèrent. La foule s'écarta pour nous faire place. Tous les regards se tournèrent vers moi, et beaucoup n'étaient guère amicaux.

J'aperçus enfin la reine au fond du salon. Je ne pouvais m'y méprendre, car elle était éblouissante, vêtue d'une robe bleue incrustée de saphirs et de diamants. Elle avait le visage allongé, la lèvre inférieure prononcée, le nez très aquilin, les yeux bleus et proéminents, les joues fardées de rouge. Ce qui manquait de finesse à ses traits était compensé par la majesté de son expression et de son maintien. Elle n'était pas loin d'être aussi grande que moi, mais plus corpulente. Sa gorge jaillissait de son corsage étincelant.

La duchesse fit une profonde révérence et me présenta.

– Madame, la baronne de Peyre.

Je m'avançai, en faisant une pause entre mes trois révérences successives. Puis, agenouillée et m'inclinant jusqu'à ce que mon front touchât presque terre, j'enlevai le gant de ma main droite et saisis l'ourlet de la robe de la reine pour le porter à mes lèvres. La duchesse, lors de nos répétitions, m'avait avertie que Sa Majesté ne permettait jamais à une dame d'accomplir cette dernière partie du rituel. Et la reine, d'un coup sec de son éventail, retira en effet sa jupe avant que je puisse aller plus loin. Je remis mon gant, me relevai et, en veillant à ne pas trébucher sur ma propre traîne, marchai à reculons en direction de la duchesse. Ma présentation à la reine était terminée. Ma protectrice triompha :

– Parfait, ma chérie.

Nous sortîmes ensuite des grands appartements de la reine. Suivies des chaises à porteurs et des laquais, nous nous dirigeâmes vers la galerie des Glaces. Je m'extasiai devant le nombre de courtisans, de visiteurs et de serviteurs que nous rencontrions.

– Oh, Belle, vous auriez dû voir Versailles au temps de sa splendeur. Les difficultés financières du royaume ont contraint le roi et la reine à se séparer d'une bonne partie de leur maison.

Nous parvînmes à la chambre du roi. Une balustrade séparait le lit, élevé sur une estrade et drapé de brocart rouge et or, de l'espace destiné à la réception des courtisans. Un homme, fort grand, de plus de six pieds, et assez corpulent, se tenait là, parmi les seigneurs de sa suite. Il portait une énorme décoration de diamants, l'étoile de l'Ordre du Saint-Esprit, sur son habit bleu brodé d'argent.

Je reconnus sans peine le front incliné, le nez bulbeux et le menton fuyant que l'on voyait sur les pièces de monnaie. Ses yeux bleus proéminents, étrangement semblables à ceux de la reine, semblaient perdus dans le brouillard. Je me remémorai ce que mon défunt mari m'avait dit de la vaste érudition et de la grande intelligence du roi.

Cette fois, ce fut le premier gentilhomme de la chambre qui m'annonça. Je fis mes trois grandes révérences, et de nouveau, mon front frôla le tapis. Fort heureusement, l'étiquette ne m'obligeait pas à me saisir des vêtements de Sa Majesté. Il me prit assez maladroitement par les épaules pour me relever et m'embrassa sur les joues en silence. La duchesse m'avait raconté que feu Louis XV, connu pour son appréciation de la beauté féminine, prononçait quelques mots gracieux de bienvenue en de telles occasions, mais que Louis XVI, surtout si la dame présentée se trouvait être jolie, restait souvent muet comme une carpe. Ce fut le cas lors de ma présentation.

Je suivis ensuite la duchesse dans les appartements de Madame Élisabeth, la plus jeune sœur du roi. Cette princesse était bien en chair comme son frère, auquel elle ressemblait beaucoup. Elle me sourit et m'embrassa amicalement. J'aurais dû répéter la même cérémonie avec chacun des autres membres de la famille royale, s'ils n'avaient pas été absents de Versailles ce jour-là. Enfin, ma présentation était terminée.

Nous nous rendîmes ensuite au salon du Grand Couvert pour assister au dîner de Leurs Majestés. Elles étaient assises côte à côte, face à la foule des courtisans. Une rangée de tabourets pour les duchesses était disposée en cercle à dix pieds devant la table royale. Mon amie s'assit sur l'un d'eux tandis que je me tenais debout derrière elle. J'étais amusée de constater que le roi, le visage penché sur son assiette, dévorait d'un bel appétit des consommés, des pâtés, des viandes, des entremets et des desserts, tandis que la reine ne touchait littéralement à rien. Elle n'avait même pas déplié sa serviette ni retiré ses gants. À aucun moment le couple royal n'échangea un regard ni un mot. Finalement, le roi vida son dernier verre de vin. Il s'inclina devant la reine, puis salua la compagnie.

La duchesse remarqua qu'il était temps de penser nous aussi à dîner. Elle me conduisit aux appartements de madame de Polignac, gouvernante des enfants de France et favorite de la reine. Madame de Polignac était fort jolie de face, mais son nez était presque plat et son menton fuyait, évoquant un peu le profil d'un lapin. Comme les autres grands courtisans, elle tenait table ouverte dans ses appartements. Une foule s'y réunissait pour prendre des rafraîchissements, et beaucoup me dévisageaient ouvertement. On parlait de moi. Les hommes se permettaient de jauger mes attraits, les femmes, de manière moins flatteuse, mes atours. La duchesse d'Arpajon me présenta à tant de personnes que je fus incapable de retenir les noms et titres de la moitié d'entre elles.

Des centaines de plats étaient disposés dans d'énormes plateaux sur des buffets derrière nous. Des bouteilles de champagne et de vin de Sauternes refroidissaient dans des seaux d'argent remplis de glace. Nous nous installâmes à une table tandis que des laquais se tenaient derrière nous, prêts à nous apporter les boissons et les plats de notre choix. Nous nous régalâmes de pâtés de foie gras, de crêpes aux champignons, de ris de veau aux asperges, de choux à la crème et de mousse au chocolat.

Après avoir terminé notre repas, nous retournâmes à la galerie des Glaces, où la reine se trouvait et où nous lui fîmes une nouvelle révérence. Elle semblait plus gracieuse et honorait la compagnie d'un sourire. Madame de Polignac était à ses côtés avec les deux aînés des enfants royaux : Madame Royale, une jolie petite fille potelée de huit ou neuf ans, et le dauphin Louis-Joseph, héritier du trône. La duchesse me rappela qu'il avait cinq ans, mais il semblait bien petit pour son âge, courbé comme un vieillard, le visage cireux. Mon cœur se serra de chagrin pour la reine et son fils. Je ne peux imaginer sort plus cruel pour une mère que de voir son enfant dépérir sous ses yeux.

Ce soir-là, nous allâmes au salon de jeux de la reine. Elle était assise à une table de cartes, et paraissait bien différente de la femme que j'avais vue jusqu'alors. Elle était animée, les yeux brillants, captivée par le jeu dont les règles m'étaient inconnues. Je comprenais seulement, d'après la quantité de louis d'or empilés devant chaque joueur et au milieu de la table, que les enjeux étaient énormes. La duchesse de Polignac occupait le fauteuil à la droite de celui de la reine. Les deux amies chuchotaient et gloussaient comme des écolières. Un bel homme était assis de l'autre côté de madame de Polignac. Ma protectrice m'informa qu'il s'agissait du comte de Vaudreuil, le bon ami de madame de Polignac.

– Et le duc de Polignac ? Cela ne le dérange-t-il pas ? demandai-je naïvement.

– Il laisse sa femme mener leurs affaires, ce qu'elle sait fort bien faire, et ne se soucie pas de ces broutilles.

Madame de Polignac me regarda et chuchota quelque chose à l'oreille de la reine. Sa Majesté sourit à son amie, hocha la tête et s'adressa à moi.

– Madame, ne voulez-vous pas vous asseoir ? Le comte de Vaudreuil vous cédera volontiers sa place.

J'obéis, le cœur battant. Je n'avais que deux louis en poche. Assise sur le bord du fauteuil, contemplant la table couverte d'or, je ne savais que faire.

– Eh bien, baronne, ne jouez-vous donc pas ?

Son ton était soudain hautain. Je respirai profondément.

– Votre Majesté est fort bonne, mais je n'ai pas le goût du jeu ni les moyens de m'y adonner.

Toute la pièce devint silencieuse. Après ce qui me sembla être une très longue pause, la reine reprit la parole.

– Voici qui est fort étrange. Qu'aimez-vous donc, baronne ?

– J'aime la musique et l'équitation, madame, et plus encore la lecture.

Madame de Polignac pouffa derrière son éventail tandis que la reine haussait les épaules et retournait à ses cartes sans me prêter davantage attention. J'entendis des rires dans mon dos. Je me levai et fis la révérence à la reine sitôt la partie terminée. Je rejoignis la duchesse.

– Voulez-vous que nous nous retirions, madame ? Je me sens épuisée.

– Il est encore bien tôt pour une jeune personne comme vous. La reine va probablement continuer à jouer toute la nuit.

– Ce ne sera pas mon cas, madame. À vrai dire, je n'ai jamais été aussi mortifiée de ma vie.

– Allons, ma chérie, j'espère que vous ne laisserez pas cette petite bévue gâcher votre soirée. Nous en commettons toutes la première fois. Mais retirons-nous si vous le souhaitez.

La fille de la duchesse, la marquise de Bastide, était dame du palais de la comtesse de Provence, belle-sœur du roi. Cette place lui donnait droit à un logement au sein même du château, une faveur rare et convoitée. Elle était, comme les autres dames du palais, de service une semaine sur trois. Elle passait le reste de son temps à profiter des plaisirs de Paris, qu'elle appréciait bien plus que Versailles. Son absence nous permit d'utiliser son logement, qui consistait en deux pièces minuscules sous les combles avec, dans un placard, une sorte d'étagère où dormirait Mélanie, la femme de chambre de la duchesse. L'odeur puissante des cabinets d'aisance voisins emplissait le petit appartement.

Avant de se coucher, la duchesse me demanda si je voulais demeurer quelques jours de plus à la cour, comme sa fille ne reprendrait son service qu'une semaine plus tard.

– Si vous n'y voyez pas d'inconvénient, madame, je préférerais rentrer à Paris demain matin. Je n'ai jamais été séparée d'Aimée si longtemps. De plus, j'ai fait preuve de la plus parfaite imbécillité ce soir devant la reine et toute la cour. Je n'ai aucun désir de revoir Sa Majesté ni madame de Polignac de sitôt.

– J'aurais dû vous prévenir, ma pauvre chérie. La reine n'aime pas les femmes qui ont lu un livre de bout en bout, elle les qualifie de pédantes. Je ne pense pas qu'elle puisse prétendre l'avoir fait elle-même. Sa grande amie madame de Polignac non plus, ce qui ne l'a pas empêchée d'être nommée gouvernante des enfants de France. Elle, qui sait à peine écrire son nom ! De plus, la reine a dilapidé des millions aux cartes. Vous n'auriez pu frapper plus près du cœur qu'en exprimant votre dédain pour le jeu. Ne vous inquiétez pas. Ce que vous avez dit ne fera pas de la reine votre amie, mais dès demain, toute la cour et la ville parleront de vous.

– Je ne suis pas sûre que ce soit le genre de renommée à laquelle j'aspire.

La duchesse s'assit sur son lit et le tapota pour m'inviter à la rejoindre.

– À part ce petit incident dans le salon de jeu, que pensez-vous de la reine ?

– Elle a bien un port de reine. Elle s'exprime avec hauteur, et sa tête constamment rejetée en arrière ne lui donne pas l'air bienveillant. Elle semblait à peine me regarder, ou d'ailleurs voir qui que ce soit d'autre.

– C'est qu'elle a la vue courte, chère Belle, au sens propre comme au figuré. Ses manières sont en effet insolentes, bien qu'elles se soient adoucies. Lorsqu'elle est arrivée en France il y a vingt ans, elle a déclaré qu'elle ne comprenait pas comment les personnes de plus de trente ans osaient se montrer à la Cour. À présent qu'elle a dépassé cet âge et ne peut le dissimuler, elle a bien sûr changé de discours. Et je n'oublierai jamais la visite de condoléances qui a suivi la mort de Louis XV. La reine, avec sa chère amie la princesse de Lamballe, se moquait tellement de moi et des autres « siècles », comme elle nous appelait, nous les dames mûres de la cour, qu'elle en pouffait de rire, le visage caché derrière son éventail.

– C'était très inconvenant, madame, surtout pour une visite de condoléances.

– Et la reine avait vingt ans. C'est plus que l'âge de raison. Vous n'en avez pas dix-huit, mais je ne peux vous imaginer vous conduire de la sorte.

La porte de l'appartement voisin claqua. Nous perçûmes les voix d'un homme et d'une femme, manifestement d'excellente humeur. Je frémis au souvenir de mes nuits avec feu mon mari, mais cette dame semblait se divertir bien plus que je ne l'avais jamais fait en de telles circonstances. Elle n'était pas avare d'encouragements, et ses louanges étaient suivies d'exclamations moins distinctes, mais tout aussi vives. Son compagnon, homme de peu de mots, ne tarda pas à joindre ses gémissements aux siens avant de pousser un long cri. Mais cela ne fut qu'une pause dans leurs amusements, que l'heureux couple poursuivit jusque tard dans la nuit. La duchesse et moi pouvions suivre les moindres détails de leurs échanges, ce qui mit fin à notre conversation.

24

LE LENDEMAIN MATIN, alors que nous prenions place dans sa voiture, la duchesse insista pour que nous allions rendre visite à sa fille.

– Vous auriez été présentée hier à sa maîtresse la comtesse de Provence si elle avait été à Versailles. Et elle sera impatiente de faire votre connaissance, car elle n'aime guère la reine.

– Pourquoi cela ?

– Sa Majesté se considère comme la plus jolie femme de la cour et ne laisse jamais passer une occasion de le faire sentir à sa belle-sœur. Or Madame, qui n'est vraiment pas une beauté et ne se fait pas d'illusions à cet égard, n'apprécie pas pour autant qu'on le lui rappelle trop souvent.

– Il est certainement peu aimable et peu judicieux de la part de la reine d'offenser ainsi sa belle-sœur. Qu'en est-il des autres membres de la famille royale ?

– La comtesse d'Artois, qui est mariée au plus jeune frère du roi, n'est guère recommandable. Elle fait scandale en multipliant les liaisons avec les gardes du corps. Certains affirment que sa dernière grossesse en est le fruit.

J'étais horrifiée.

– Voulez-vous dire que le chevalier des Huttes…

La duchesse éclata de rire.

– Oh non, ma chérie, je ne parlais pas de notre ami le chevalier. Quant aux autres membres de la famille royale, ils mettent rarement le pied à Versailles, si ce n'est pour des occasions officielles. La reine elle-même évite la cour désormais. Elle passe le plus clair de son temps à Trianon, où elle ne reçoit que la duchesse de Polignac et sa clique, en plus du comte de Fersen, bien entendu. Parfois, elle invite aussi Madame Élisabeth, la sœur du roi, à qui vous avez été présentée hier. Une personne charmante, Madame Élisabeth, en bons termes avec tout le monde. Pour vous donner une idée de sa générosité, elle a renoncé, il y a trois ans, aux cent cinquante mille livres que le roi lui donne pour ses étrennes du Nouvel An, afin d'en faire bénéficier son amie, mademoiselle de Causans.

– Et qu'est-il arrivé à cette mademoiselle de Causans ?

– Elle a pu épouser le marquis de Raigecourt.

– Ne l'aurait-il pas épousée sans ses cent cinquante mille livres ?

– Probablement pas, et une telle dot n'a rien d'extraordinaire. Lorsque la fille de la duchesse de Polignac s'est mariée à l'âge de douze ans avec le duc de Guiche, la reine a demandé au trésor de verser à la petite mariée une dot de huit cent mille livres. Cette somme est très élevée, surtout dans l'état actuel des finances publiques, mais il n'est rien que la duchesse de Polignac ne puisse obtenir de la reine.

Je regardai par la fenêtre de la voiture.

– Que pensez-vous, madame, de mes chances de me remarier avec mes trois mille livres ?

– Je ne vous cacherai pas que je les trouve bien minces. À moins, bien sûr, qu'un homme ne perde la tête pour vous, ce qui est toujours possible.

– Le chevalier des Huttes semblait convaincu que je pourrais trouver un parti convenable à Paris.

– S'il avait deux liards d'esprit, il vous épouserait lui-même. Je n'ai d'ailleurs pas manqué de le lui dire. Où trouvera-t-il une femme avec un dixième de votre beauté, de votre esprit, de votre droiture ? S'il vous demandait en mariage, vous l'accepteriez, n'est-ce pas ?

Je ne répondis pas.

– Je lui en veux d'être si bête, ma chérie. La vérité est qu'il est amoureux de la reine.

– Comment ?

– Ne me regardez pas comme cela, Belle. Vous ignorez le véritable motif pour lequel le chevalier vous a amenée à Paris, n'est-ce pas ? Il pensait que vous pourriez attirer l'attention de la reine. Il est vrai qu'elle gagnerait beaucoup à vous avoir pour amie. Mais non, l'esprit mesquin et mercenaire de madame de Polignac sied davantage à Sa Majesté. Vous n'avez rien à regretter, ma chérie. Si la reine avait montré le moindre signe d'inclination pour vous, la clique Polignac aurait fomenté quelque stratagème odieux pour vous discréditer à ses yeux avant la fin de la semaine. Vous n'avez aucune idée des intrigues de la cour, et vous auriez été défaite.

– Mon défunt mari m'a dit que le duc de Lauzun et le comte de Fersen étaient les amants de la reine. Est-ce vrai ?

– On le dit. Ce qui est certain, c'est que la reine avait un penchant très prononcé pour Lauzun avant son départ pour la guerre d'Amérique. Elle lui a donné des marques publiques de sa faveur et ne pouvait supporter de passer une journée sans le voir. Elle est beaucoup moins amicale à son égard ces temps-ci. Aujourd'hui, elle n'est plus occupée que de Fersen. Il est admis plusieurs fois par semaine dans les appartements privés de Trianon, tout en profitant de la compagnie de femmes moins élégantes pendant ses jours de loisirs à Paris. La différence entre Fersen et Lauzun est que Fersen n'affiche pas ses succès auprès d'autres dames. Il garde toujours en public cette froideur qui s'accorde si bien avec celle de la reine.

La duchesse pinça les lèvres.

– Fersen est un hypocrite, comme tous ces étrangers qui ont la présomption de critiquer la liberté ou le relâchement, comme ils l'appellent, des mœurs françaises.

J'avais abandonné tout espoir d'obtenir une place à la cour. L'atmosphère de Versailles était à mille lieues de mon tempérament. Et la perspective de me remarier semblait bien improbable. J'espérais toutefois que la duchesse se trompait sur ce point. Après tout, quand je n'avais que quinze ans, deux hommes avaient été prêts à me prendre sans dot.

À mon retour, une lettre m'attendait. Madame de Montserrat m'avait répondu, ce qui en soi m'étonnait fort. J'ouvris la missive, les mains tremblantes.

Merci, ma chère enfant, de votre lettre. J'avais entendu de vous des échos si contradictoires que je ne pouvais me faire une opinion. Madeleine m'a écrit que vous aviez déshonoré la famille en vous enfuyant, à peine veuve, à Paris avec un ami de Géraud. Puis j'ai appris que vous y séjourniez chez notre cousine la duchesse d'Arpajon, dont la réputation est irréprochable.

Je comprends votre décision de ne pas entrer en religion. Pour ma part, j'ai trouvé dans les murs de Noirvaux une paix qui m'aurait échappé en tout autre lieu. Après trois années de noviciat, j'ai prononcé mes vœux à dix-huit ans, un choix que je n'ai jamais regretté. Mais votre situation est bien différente. Votre lettre ne semble pas indiquer que vous soyez prête à renoncer au monde.

Croyez-moi, l'appel, quand on le reçoit, est sans équivoque. Ce moment pourrait venir pour vous aussi, et peut-être plus tôt que vous ne le pensez, mais cette grâce ne vous a manifestement pas encore été accordée.

Je vous invite de tout cœur à venir visiter notre communauté quand vous le souhaiterez. D'une part, créature égoïste que je suis – car on demeure égoïste, ou on le devient davantage, au couvent – je serais ravie de vous rencontrer enfin. Vous veniez de naître lorsque j'ai quitté Fontfreyde à jamais, et le dernier souvenir que j'ai de vous est celui d'un nourrisson dans les bras de la bonne Marie Labro quand elle vous a emmenée. Vos cheveux étaient de la même couleur que les miens, au grand désespoir de Mère.

D'autre part, une retraite ici, ne serait-ce que de quelques semaines, pourrait vous aider à mieux connaître vos souhaits et vos besoins réels. La prière fait des merveilles.

Veuillez continuer à écrire.

Que Dieu vous garde, ma chère fille, sous Sa sainte et digne protection.

Hélène de Montserrat, abbesse de Noirvaux

Dire que j'étais ravie de cette lettre ne suffirait à exprimer mes sentiments. J'étais impatiente de rencontrer cette sœur inconnue et décidai de me rendre à Noirvaux dès que mes engagements à Paris se feraient moins pressants avec l'arrivée de l'été.

25

LE CHEVALIER DES HUTTES me rendit visite quelques jours après notre retour de Versailles. La duchesse était chez sa fille, et Aimée faisait la sieste. Il était visiblement gêné. Je m'en amusai.

– Vous avez donc entendu parler de mes débuts à la cour ? Soyez sans crainte, ma vanité s'est en remise.

– C'est ma faute. J'aurais dû vous avertir de ce qui vous attendait. Il me peine de penser que la reine, qui est la bonté même dans son cercle privé, ne sache mieux le montrer.

– J'en suis sûre. J'ai juste le malheur de ne pas appartenir à son cercle privé. Ne vous inquiétez pas pour moi.

– Comment pourrais-je m'en empêcher ? Je me sens une grande responsabilité envers vous. C'est moi qui vous ai conduite ici, vous faisant espérer un avenir meilleur.

– Vous n'avez rien promis, mon cher chevalier, sinon de m'amener saine et sauve chez la duchesse. Et je vous en suis fort reconnaissante. Savez-vous par ailleurs que j'ai écrit à madame de Montserrat ? Elle m'a invitée à Noirvaux pour une retraite.

– J'en suis heureux, madame, et je vous y conduirai si tel est votre souhait.

– Mille mercis de votre dévouement, chevalier. À votre avis, le marquis sera-t-il content d'apprendre que j'ai l'intention d'aller rendre visite à notre sœur ? Pensez-vous qu'il me pardonnera mon départ ?

– Je ne crois pas qu'il nous ait pardonné, madame, à vous ni à moi. Mais il sera sans doute heureux de savoir que vous vous rendez à Noirvaux, même pour une courte retraite.

Le chevalier me regarda gravement.

– Le marquis a bien des soucis ces temps-ci : la situation sur ses terres s'est envenimée. Vous avez bien sûr entendu parler des nouvelles assemblées municipales qui régissent désormais toutes les paroisses. Le marquis préside celle de Lavigerie, comme c'est son droit en tant que seigneur de la ville. Mais Jean-Baptiste Coffinhal, son ancien avocat, qui y est maintenant le principal propriétaire foncier, a eu l'audace de refuser au marquis, dans les termes les plus insolents, le droit de participer aux délibérations. Sous prétexte qu'il ne saurait représenter que les intérêts de la noblesse, et non ceux des roturiers. J'aurais pu imaginer un tel esclandre de la part du jeune Coffinhal, mais j'attendais mieux de son frère aîné.

Je ne pouvais pas entendre prononcer le nom de Pierre-André sans ressentir un coup au cœur. Sa famille semblait avoir épousé sa querelle avec la mienne. Je savais qu'il vivait à Paris et me demandais souvent s'il était informé de ma présence en ville. Je ne passais jamais devant les tours pointues du Grand Châtelet, à un quart de lieue de l'hôtel d'Arpajon, sans penser à lui. Je l'imaginais alors dans une des salles d'audience. Il eût été facile de le retrouver. La tentation était grande, mais la peur de le trouver hostile, méprisant, ou pire, indifférent, me retenait.

Puisque j'ai décidé d'être franche dans ces mémoires, je ne nierai pas que j'avais assimilé certains des préjugés de mon rang. Quoique bien pauvre, je n'en étais pas moins la baronne de Peyre. Je ne fréquentais que des nobles. Tous n'étaient pas riches, mais tous vivaient dans un monde de luxe, d'oisiveté, de fêtes, de plaisirs, qui était devenu le mien. Une romance entre un roturier et une jeune fille noble, idée qui m'avait semblé toute naturelle à l'âge de quinze ans, m'apparaissait dorénavant incongrue. Il n'était d'ailleurs même pas venu à l'esprit du chevalier que je puisse être tentée de renouer avec mon ancien fiancé.

Aussi n'ai-je pas saisi l'occasion qui m'était offerte de retrouver Pierre-André Coffinhal, alors que, quelques années auparavant, j'aurais donné mon âme pour m'enfuir avec lui. Cette omission devait peser bien lourd sur le cours de ma vie.

26

J'ASSISTAI À LA PREMIÈRE de *Tarare*, l'opéra de Salieri, composé dans un style entièrement nouveau. Un ami de la duchesse lui avait prêté sa loge pour l'occasion. J'en étais assez émue car je n'avais jamais vu un tel spectacle. Les effluves des fleurs naturelles et des parfums capiteux flottaient dans l'air. Le brouhaha des conversations se mêlait au son des violons accordés dans la fosse d'orchestre. J'observais avec anxiété les robes brodées des autres dames, espérant que la mienne, de satin blanc uni, n'était pas trop ordinaire pour l'occasion. Je ne portais aucun bijou, sinon mon anneau nuptial et les boucles d'oreilles en rubis du baron. Et quelques roses étaient piquées dans mes cheveux. Je remarquai deux dames, scintillantes de diamants, qui prenaient place dans une loge voisine, accompagnées de trois gentilshommes.

Tous trois vinrent nous saluer. La duchesse fit une profonde révérence au plus grand, dont le visage était grêlé de taches rouges et de pustules. Outre ce détail, il ressemblait fort, de traits et de corpulence, au roi. On m'annonça Son Altesse le duc d'Orléans, cousin de Sa Majesté, récemment revenu d'Angleterre. Le deuxième homme était le célèbre duc de Lauzun, âgé d'une quarantaine d'années, exceptionnellement beau, et qui semblait en être parfaitement conscient. Le troisième était le comte de Villers. Ses cheveux, comme ceux de ses compagnons, étaient poudrés, mais ses sourcils étaient blonds, d'un reflet cuivré, et des taches de rousseur parsemaient son visage, couvrant presque toute l'arête de son nez mince et proéminent. Un autre trait me surprit chez lui : il portait des boucles d'oreilles d'or, ce qui n'était pas inhabituel en soi pour un gentilhomme, mais les siennes étaient particulièrement larges et voyantes.

Les trois visiteurs discouraient amicalement avec la duchesse tout en me dévisageant ouvertement. Les deux dames abandonnées dans la loge attenante faisaient de même, à la différence que leurs regards étaient sans bienveillance. Les gentilshommes ne partirent que bien après le début du spectacle, ce qui gâcha quelque peu le plaisir que j'éprouvais à écouter la musique. Je chuchotai à l'oreille de la duchesse :

– Les connaissez-vous bien, madame ?

– Oh, très bien. Mais ce n'est pas pour moi qu'ils sont accourus ici.

– Et qui sont ces deux dames avec eux ? Leurs épouses ?

La duchesse me frappa légèrement le poignet de son éventail.

– Que vous êtes drôle, Belle ! On ne voit jamais Son Altesse la duchesse d'Orléans avec son mari, sauf pour les cérémonies officielles. Quant au duc et à la duchesse de Lauzun, ils vivent séparés depuis qu'ils sont mariés. Il a dilapidé leur fortune, qui était colossale, en femmes, au jeu et en chevaux de course. Il attend maintenant d'en hériter une nouvelle de son oncle, le vieux maréchal de Biron. Je vous ai déjà parlé de Lauzun : non content d'avoir gagné la faveur de la reine, il a été l'un des héros de la bataille de Yorktown pendant la guerre d'indépendance américaine. En récompense de sa bravoure exceptionnelle, il a été choisi pour porter la nouvelle de la victoire à Paris.

La duchesse sourit.

– Il a profité de son retour ici pour conquérir la toute charmante Mrs Robinson, l'une des maîtresses du prince de Galles, infligeant ainsi en quelque sorte une seconde défaite aux Britanniques. Lauzun est un don Juan et on dit qu'aucune femme ne lui a jamais résisté. Méfiez-vous de lui, chère Belle, car il doit déjà penser à vous ajouter à la très longue liste de ses conquêtes. Et souvenez-vous que toute la ville est informée de sa victoire dès le lendemain de l'assaut.

L'orchestre exécutait la fin de l'ouverture. Elle se mit à rire.

– Écoutez-moi, commère que je suis, car s'il s'intéressait à moi, il ne me faudrait pas trois secondes pour l'accepter.

– Mais ces dames dans la loge, qui sont-elles ?

– Ce sont deux des maîtresses du duc d'Orléans. Celle qui n'est plus toute jeune, avec le cou de cigogne, est une Écossaise, lady Elliott. Elle a une fille du prince de Galles, mais elle a dû la laisser dans son pays, ne souhaitant pas s'encombrer de ce genre de bagage, je suppose. Le duc d'Orléans semble s'être lassé d'elle, lui préférant l'autre, la comtesse de Buffon, qui est bien plus fraîche. Elle doit avoir quelques années de plus que vous. Pourtant, je suis sûre qu'il serait prêt à négliger l'une ou l'autre de ces dames si vous lui donniez le moindre encouragement.

Je pinçai la bouche.

– Je ne pense pas, madame, avoir jamais rencontré quelqu'un d'aussi répugnant. Ces dames ne doivent pas être bien difficiles.

– Que voulez-vous, le duc d'Orléans est le premier prince du sang et c'est, après le roi, l'homme le plus riche du royaume, avec un revenu annuel de plus de six millions. Nous sommes passées devant sa demeure parisienne, le Palais-Royal. Il a fait construire plusieurs étages de boutiques autour de ses jardins. Comme l'endroit appartient à un prince du sang, il est exempt de la surveillance de la police. Ses locataires comprennent donc des tripots, des imprimeries spécialisées dans la littérature séditieuse ou licencieuse et, bien sûr, les plus luxueuses maisons de complaisance de Paris.

– Je ne comprends pas qu'un homme aussi riche souhaite tirer des revenus de telles activités. Et le troisième personnage ?

– Villers ? Il n'est pas aussi beau que Lauzun ni aussi fortuné que le duc d'Orléans, mais il possède une bonne partie de la Normandie et ne dilapide pas son argent. Il peut se montrer un peu fantasque de temps à autre, mais il ne perd jamais la tête. Il était en fort bons termes avec ma fille l'an dernier, mais il semble l'avoir froissée en s'intéressant à une dame anglaise de passage. J'ai cependant pour règle de ne jamais épouser les querelles de mes enfants.

– Est-il aussi marié, lui aussi ?

– Il est veuf depuis aussi longtemps que je me souvienne, et semble fort satisfait de son état. C'est un libertin, comme ses amis. Ils cherchent tous trois la même chose. Et croyez-moi, ma chérie, ce n'est pas à vous épouser.

Après que la duchesse eût brossé ce portrait de groupe, je me concentrai sur l'opéra. D'abord déroutée par ces gens revêtus de costumes exotiques qui se promenaient sur scène en chantant de manière exubérante, je m'y habituai vite et trouvai le spectacle fascinant. La fin du premier acte sonna le retour des trois gentilshommes. Les deux dames, à nouveau abandonnées, recommencèrent à me lancer des œillades assassines. Le duc d'Orléans s'assit à ma droite, ce qui ne manqua pas de me causer une certaine gêne, car je ne pouvais m'empêcher de me demander si sa maladie de peau était contagieuse. La duchesse se déplaça aimablement pour libérer le siège à ma gauche. Lauzun et Villers se bousculèrent pour l'occuper.

– Cède la place au rang militaire, Villers.

– Qui se soucie de rang militaire ? Tu es peut-être maréchal de camp, mais je ne suis plus dans le service. Madame n'a que faire d'un mendiant comme toi.

Il se tourna vers moi.

– Vous devriez, madame, dire à Lauzun de retourner à ma loge et de tenir compagnie aux dames que nous y avons laissées.

J'en souris.

– Je n'aurais pas la présomption de le faire. Pourquoi, messieurs, ne réglez-vous pas ce différend à pile ou face ?

Villers, me prenant au mot, mit la main à poche de son gilet pour en retirer un louis d'or. Il gagna. Lauzun s'en plaignit amèrement, mais le prince coupa court.

– Allons donc, Lauzun. Quelle pitoyable idée la pauvre baronne va-t-elle avoir de vous !

Villers prit place à côté de moi d'un air satisfait et se tourna vers moi.

– Que pensez-vous du divertissement de ce soir, madame ?

– C'est la première fois que j'ai le plaisir d'assister à un opéra, monsieur. J'en suis ravie.

– Ingénue et douairière, tout en une !

– J'aime beaucoup la musique et espère l'apprécier encore davantage maintenant que je vis à Paris.

– Aussi ma loge sera-t-elle toujours à votre service, et à celui de madame la duchesse. N'ayez crainte, je veillerai à ne plus inviter Lauzun. J'ai honte de ses manières.

– Je ne vous connais pas assez, monsieur, pour distinguer vos manières de celles de votre ami.

Villers pivota vers Lauzun, qui avait pris place derrière moi, au second rang.

– Entends-tu ? Je suis discrédité aux yeux de madame par ta faute !

Il se pencha vers moi.

– Je serais honoré si madame la duchesse et vous-même acceptiez de vous joindre à nous pour une petite collation chez moi après l'opéra.

– Vous êtes fort aimable, monsieur, mais mon amie me disait tout à l'heure qu'elle se sentait un peu fatiguée.

– J'en suis bien désolé. Je lui rendrai donc visite demain, avec sa permission.

La duchesse ne put réprimer un sourire.

27

Le lendemain matin, la duchesse et moi nous levâmes plus tard qu'à l'accoutumée et prolongeâmes notre discussion de la soirée autour de thé et de croissants. À peine nous étions-nous installées pour lire au salon qu'un laquais annonça le comte de Villers. Après les salutations ordinaires, la conversation s'orienta vers l'une des connaissances de la duchesse, le vicomte de Dorval.

– Vous ai-je raconté, madame la duchesse, le tour innocent que Lauzun et moi avons joué à Dorval il y a quelques années ? C'était avant qu'il n'épouse mademoiselle de Moret, comme on l'appelait alors, et ses soixante mille livres de rente.

– Je me souviens de rumeurs, mais racontez-nous donc l'histoire par le menu.

– Eh bien, Dorval s'était fiancé quelques mois auparavant, et son absurde jalousie était déjà la risée de la cour et de la ville. Lauzun et moi n'avons pu résister à la tentation de nous amuser à ses dépens. Comme je suis plus mince que mon ami, nous avons convenu que je jouerais le personnage féminin de cette farce. Je me suis donc rasé la poitrine. La bonne madame de Croisy, qui était dans la confidence, eut la bonté de me prêter une belle paire de boucles d'oreilles en diamants et l'une de ses robes, trop courte pour moi et parfaite pour me rendre ridicule. J'ai été dûment coiffé d'une perruque, fardé et paré par sa femme de chambre.

Les yeux de Villers brillaient.

– Ainsi attifé, je traversai les cuisines de Marly, où la cour se rendait encore à l'époque. Je me mis à embrasser les marmitons à pleine bouche, à les cajoler amoureusement avec la plus grande indécence. Lauzun, quant à lui, courut trouver Dorval pour l'avertir que mademoiselle de Moret commettait mille folies dans les cuisines et qu'elle était en ce moment même dans les bras d'un fricasseur. Vous savez que Dorval, écuyer du roi, est chargé des écuries de Sa Majesté. Dans sa fureur, il s'y rendit aussitôt, ordonna à tous les palefreniers de prendre leurs fouets, et se plaça à la tête d'une expédition punitive contre les cuisines. Une bataille rangée eut lieu entre les palefreniers et les marmitons, dont l'issue fut très défavorable à ces derniers. J'observais les hostilités depuis un placard, mais les paniers de ma robe m'empêchaient de quitter discrètement les lieux sur les talons des vainqueurs. Cela a bien failli me coûter cher. Les cuisiniers, découvrant la supercherie et le rôle que j'avais joué dans leur débâcle, m'ont poursuivi le couteau à la main, menaçant de me faire subir une certaine opération. Je n'étais pas armé, j'étais seul contre tous, entravé par mes jupes.

La duchesse riait à gorge déployée.

– Lauzun était arrivé avec les troupes de Dorval, et le misérable se gaussait de ma situation au lieu de me venir en aide. J'ai finalement pu me saisir de son épée pour tenir les enragés à distance. Ce jour-là, le souper du roi fut un peu dérangé, mais lorsque Sa Majesté apprit la raison du désordre, elle eut la bonté de juger la plaisanterie excellente. Il eût été dommage de nous envoyer à la Bastille pour une telle bagatelle. Nous étions jeunes et étourdis à l'époque.

– Et Dorval ? A-t-il également trouvé la plaisanterie excellente ?

– Beaucoup moins ! Nous nous sommes rencontrés le lendemain à l'aube au bois de Boulogne. Je l'ai blessé au bras, après quoi il s'est déclaré satisfait.

Partagée entre l'amusement et l'indignation, je fis une moue perplexe.

– Vous ne semblez pas divertie, madame, s'inquiéta Villers.

– À la place de mademoiselle de Moret, je n'aurais pas aimé être l'objet d'une telle farce. Si quelqu'un méritait le fouet dans cette affaire, ce n'étaient pas ces pauvres cuisiniers.

– Mais vous avez raison, madame ! Grâce à vous, je vois ma conduite sous un tout autre jour. Il n'est pas trop tard pour recevoir mon châtiment. Je me soumettrais volontiers à une sérieuse flagellation, si vous vouliez bien l'infliger.

Je sentis le rouge me monter aux joues.

– Aussi, monsieur, votre conduite restera-t-elle impunie. Ce ne sera pas la première fois, je le crains.

La duchesse intervint.

– Chère Belle, je vous trouve bien dure.

– Rien que je ne mérite. Avec votre permission, madame, j'ai l'intention de venir ici avec la plus grande régularité réclamer une réprimande quotidienne de madame de Peyre. Cela me fera le plus grand bien. Dans quelques mois, voire quelques semaines, vous serez étonnée de l'amélioration de ma conduite.

Je souris.

– Vous ferez meilleur usage de votre temps avec les dames qui apprécient votre belle humeur.

– Mais je fréquente de telles dames depuis des années, et voyez le résultat ! D'ailleurs, je commence à me lasser de leur société. Vous pouvez réussir là où tant d'autres ont échoué, en me faisant reconnaître mes errements.

– J'ai peine à le croire. Et peut-être n'ai-je pas envie de me donner tout ce mal.

Il leva les sourcils.

– Suggérez-vous que je ne serais même pas digne d'être corrigé ? Madame la duchesse, veuillez intercéder auprès de votre cruelle amie.

– Chère Belle, Villers a raison. Vous ne pouvez lui refuser les conseils qu'il vous demande si humblement.

Je poussai un soupir.

– Vous savez bien, madame, que monsieur de Villers se moque de moi et de mes conseils.

Soudain sérieux, il me regarda droit dans les yeux.

– Veuillez me pardonner, madame, si je vous ai donné l'impression de me moquer de vous. Je me soucie de votre bonne opinion, et j'espère un jour la mériter.

Ainsi fut-il convenu, avec la permission de la duchesse, que Villers reviendrait le lendemain.

Un autre des gentilshommes de l'opéra se manifesta sans tarder. Une lettre, cachetée de cire verte, m'attendait sur mon oreiller le soir même. Elle contenait les plus ardentes professions d'amour du duc de Lauzun, invoquant une grave maladie, sinon une mort rapide, qui le menaçait si je ne cédais pas à ses ardeurs. Horrifiée, je la jetai au feu et en parlai à la duchesse dès le lendemain matin. Ce qui l'amusa beaucoup.

– Félicitations, vous avez un nouveau prétendant, et non des moindres. Ne vous l'avais-je pas dit ? Lauzun ne perd jamais de temps et je suis sûre que c'est un écrivain éloquent. Il pense toujours ce qu'il dit, c'est ce qui le rend si persuasif.

– Je ne suis guère persuadée, madame. Et je m'inquiète d'avoir trouvé sa lettre dans ma chambre. Pensez-vous que monsieur de Lauzun ait soudoyé l'un de vos gens ?

– Voyez-vous une autre explication, ma chérie ?

– Ne voulez-vous pas savoir qui c'est ?

– Je crains que ce ne soit inutile. À supposer que je démasque le ou la coupable, je devrais engager un remplaçant ou une remplaçante tout aussi corruptible.

Je décidai néanmoins de fermer ma porte à clé avant de me coucher, de peur que le domestique assez complaisant pour m'apporter la correspondance de Lauzun ne prenne la liberté de lui donner accès nuitamment à mon appartement.

Un flot régulier de lettres s'ensuivit, que j'ouvrais par curiosité, imaginant qu'il devait copier, avec des modifications mineures, celles d'une aventure précédente.

La duchesse avait raison : Lauzun avait beaucoup à dire sur le chapitre de ses sentiments, et c'était un écrivain prolifique. Toute cette éloquence, cependant, ne me touchait pas. Il était marié. Je n'aurais pu envisager un instant de m'attacher à lui.

28

AU COURS DU PRINTEMPS et de l'été 1787, la duchesse et moi retournâmes régulièrement à Versailles le dimanche. Je ne tirais guère de plaisir de ces sorties qui me rappelaient des souvenirs cuisants, mais devais m'y plier. La duchesse m'assurait que, dans ma situation, il aurait été imprudent de n'y plus paraître, et il me fallait étoffer mes relations. Nous évitions simplement le salon de jeux de la reine et ne passions plus la nuit au château.

Au lieu de cela, nous attendions, parmi une foule d'autres dames, dans le salon des Nobles, où j'avais été présentée quelques mois plus tôt. À midi, les portes de la chambre de la reine, tendue de lourdes soieries dont le motif variait selon la saison, s'ouvraient à deux battants.

Le roi paraissait ensuite pour conduire la reine à la Chapelle royale. La duchesse et moi nous joignions aux dames qui suivaient Leurs Majestés par rangées de quatre. Le roi et la reine s'arrêtaient en chemin dire quelques mots à leurs courtisans favoris. La duchesse insistait toujours pour que je marchasse à l'extérieur de notre rangée. Ainsi, certains des gentilshommes qui regardaient passer le cortège royal s'avançaient pour me susurrer des compliments à l'oreille.

Le roi et la reine traversaient le salon d'Hercule avant de pénétrer dans la Chapelle royale. Toute dame présentée pouvait entendre la messe auprès d'eux depuis les galeries. Les glissements gracieux n'étaient alors plus de mise, les dames se bousculaient sans ménagements pour occuper les sièges les plus proches du couple royal. Je nous imaginais, mon amie et moi, piétinées par cette élégante cohue, mais la mêlée finissait par se calmer. Nous pouvions alors nous asseoir, ajuster nos paniers, ranger nos traînes et nous saisir de nos missels. Je trouvais ces dévotions dépourvues de tout réconfort spirituel et regrettais alors la grand-messe dominicale à Saint-Paul-Saint-Louis, l'église paroissiale de la duchesse dans le Marais.

Je préférais, à bien des égards, Paris à Versailles. Dans la capitale, la mode pour les dames était de ne plus se poudrer les cheveux, de porter de grands chapeaux de paille et de simples robes de mousseline blanche pendant la journée, ce qui s'accordait fort bien avec l'état de mes finances. Au lieu des ceintures bleues que les autres dames affectionnaient, je choisissais des tons rose vif, tout en décorant mes chapeaux de rubans assortis pour faire ressortir la couleur de mes cheveux. Les hommes, eux, utilisaient encore de la poudre. Seuls quelques-uns portaient les cheveux raides et dénoués, comme le faisait autrefois Pierre-André. On les considérait comme de dangereux ennemis de l'ordre établi. Il est vrai que la poudre à cheveux était composée de farine de froment. Il me semblait presque indécent d'en user par vanité alors que les pauvres manquaient de pain.

La duchesse m'emmenait aux fêtes données par ses amis. Certaines étaient des dîners, d'autres des soupers après le théâtre, le ballet ou l'opéra, et d'autres encore des rencontres musicales où artistes et amateurs associaient leurs talents. On me pressait souvent de chanter, ce que, par timidité, j'évitais autant que possible sans paraître affectée. Des bals improvisés concluaient les plaisirs de la soirée. L'évêque d'Autun, monseigneur de Talleyrand, qui a depuis connu une belle renommée en tant que ministre et diplomate, a dit un jour *Qui n'a connu ce temps-là n'a pas connu la douceur de vivre.*

La compagnie de ces assemblées était soigneusement choisie, les peintres, chanteurs, compositeurs et écrivains les plus célèbres se mêlaient à la noblesse. Les usages de la bonne société étaient très modestes. C'eût été le comble de l'insolence pour un gentilhomme de toucher, ou même de frôler un canapé occupé par une dame, et plus encore de s'asseoir à ses côtés ou de lui offrir le bras à la promenade. Seuls les maris, les pères ou les frères avaient droit à ces familiarités. Les amants les évitaient à tout prix. La coutume anglaise de se serrer la main, surtout entre personnes de sexe opposé, était considérée comme vulgaire au point d'en être ridicule. Les conversations, à l'inverse, étaient plus libres que tout ce que j'avais entendu auparavant.

Ma rencontre avec la reine dans son salon de jeu avait assuré ma renommée, pour le meilleur et pour le pire. Tout le monde cherchait à m'être présenté, et je ne manquais jamais de danseurs dans les bals. Belle, le surnom affectueux que m'avait donné madame d'Arpajon, se répandit. Les dames de mon entourage commencèrent à s'adresser à moi de cette manière. Et la duchesse me dit que les gentilshommes en usaient aussi entre eux.

– Cela ne suppose-t-il pas une trop grande familiarité, madame ?

– Ce serait certainement le cas s'ils s'adressaient à vous ainsi. Mais tant qu'ils ne le font pas, vous n'avez aucune raison de les en blâmer. Je connais des surnoms moins flatteurs qu'ils donnent à d'autres dames. Prenez-le comme un compliment.

Lors d'un dîner, je rencontrai l'artiste peintre la plus célèbre de l'époque, madame Lebrun, jolie et gaie. Au fil de notre discussion, nous nous étions découvert de nombreuses similitudes. Elle avait notamment une fille, de deux ans plus âgée qu'Aimée, dont elle parlait avec tendresse. Madame Lebrun avait une qualité inhabituelle : elle ne médisait de quiconque. Cela pouvait s'expliquer par le fait que certains de ses nombreux employeurs étaient rivaux, voire ennemis acharnés. En tout cas, j'étais ravie de me lier avec une femme qui ne me critiquerait pas derrière mon dos, ce qui, je le savais, ne posait aucune difficulté à bien d'autres. Elle m'invita à lui rendre visite.

Aimée était trop jeune pour assister à des dîners, mais elle aussi se plaisait à Paris. Je l'emmenais sur les boulevards assister aux représentations des fantoches, des marionnettes italiennes grandeur nature. Elle avait pleuré de terreur en les voyant pour la première fois, mais m'avait vite suppliée de l'y reconduire. Elle pouvait voir le même spectacle, semaine après semaine, avec un plaisir toujours renouvelé. Et je ne me lassais pas de sa joie.

29

COMME LA DUCHESSE LE PRESSENTAIT, la comtesse de Provence, mariée au frère du roi, exprima le souhait de me rencontrer. La marquise de Bastide m'emmena donc au palais du Luxembourg, résidence parisienne de Son Altesse Royale. On m'avait prévenue du physique disgracieux de cette dernière, mais la réalité dépassait la rumeur. La moitié inférieure de son visage était comme gonflée, et ses sourcils se rejoignaient au-dessus du nez en une seule ligne sombre et touffue qui contrastait avec ses cheveux poudrés. Ce qui me déconcerta le plus dans son apparence était un duvet noir sur sa lèvre supérieure et sur le côté de ses joues. Toutefois, ses beaux yeux mordorés étaient intelligents et expressifs. Assise aux côtés de Son Altesse Royale sur un canapé, sa lectrice, madame de Gourbillon, un grand cheval de femme, me dévisageait avec plus de curiosité que d'amabilité.

Madame me reçut bien plus chaleureusement que ne l'avait fait la reine. Sans me laisser le temps de faire mes trois révérences de cour, elle se leva et, à ma grande surprise, m'embrassa sur les deux joues. Je fus alors saisie par son haleine avinée. Il me fallut quelques secondes pour recouvrer mes esprits et répondre à ses questions. Madame de Gourbillon lui rappela bientôt un engagement pressant. Je pris donc congé après avoir reçu une invitation à rendre visite à Madame dans sa maison de campagne de Montreuil.

La marquise de Bastide m'interrogea.

– Comment avez-vous trouvé Son Altesse Royale ?

– Si son apparence m'a quelque peu surprise, je la trouve tout à fait charmante et sans affectation aucune. Madame de Gourbillon, par contre, ne me semblait pas si amicale.

– La comtesse de Provence est une excellente personne, bien qu'elle soit affectée de la version féminine du « petit défaut ». Madame de Gourbillon est plus que sa lectrice, et surveille de fort près toutes celles qui pourraient empiéter sur son domaine. Je ne me serais pas attendue à ce qu'elle se comporte autrement à votre égard. Le comte de Provence ne peut supporter cette femme en raison du scandale que provoque sa présence continuelle aux côtés de son épouse. On dit bien sûr la même chose de la reine et de madame de Polignac, mais ici c'est vrai. La comtesse de Provence et madame de Gourbillon sont amantes.

– Le comte de Provence ne pourrait-il détacher sa femme de sa bonne amie ?

– Ce n'est pas faute d'avoir essayé, mais la comtesse de Provence ne se soucie en rien de ce qu'il dit. Elle ne veut pas entendre parler d'être séparée de sa chère Marguerite, comme elle appelle la Gourbillon. L'on murmure que le comte de Provence n'aurait pas consommé le mariage en quinze ans, et la pauvre Madame a bien des excuses pour ses penchants.

Je répondis rapidement à l'invitation de madame Lebrun. Sa fille Julie fut ravie de présenter ses poupées à Aimée, et pendant que nos enfants jouaient sous la surveillance de la gouvernante, madame Lebrun me montra la collection de magnifiques tableaux de son mari, marchand d'art réputé. Elle nota mon vif intérêt et me recommanda d'autres collections, notamment celle du duc d'Orléans, célèbre pour ses chefs-d'œuvre de l'école italienne. Lorsque je lui dis que j'avais été présentée à Madame au palais du Luxembourg, elle m'incita à profiter de ma prochaine visite pour admirer les peintures monumentales de Rubens dans la grande galerie.

Elle m'emmena ensuite dans son atelier baigné de lumière, où régnait l'odeur âcre de la peinture. Des urnes de style antique, des modèles en plâtre de nus féminins, des draperies encombraient l'espace. Je vis, reposant sur un chevalet, un portrait grandeur nature de la reine en robe de velours rouge sombre, au milieu de ses enfants. Il était ressemblant, et pourtant le nez était devenu petit et droit au lieu d'être fortement aquilin, la lèvre, moins épaisse, les yeux, moins proéminents que ceux du modèle. La reine n'arborait pas l'ombre d'un sourire, et l'œuvre donnait une impression de majesté assez froide. Je gardai ces pensées par-devers moi et complimentai l'artiste sur la composition et le rendu superbe des étoffes.

– Merci, madame. Je suis en train d'y apporter les dernières touches. J'espère pouvoir l'exposer au Salon à la fin août.

– Je suis sûre qu'il y rencontrera le succès qu'il mérite.

– Hélas, nul ne peut le dire, surtout maintenant que l'opinion est devenue si hostile à Sa Majesté.

Elle se mit à tourner autour de moi, me regardant de près.

– J'aimerais tant peindre vos traits. Vous permettez, madame?

Elle me prit par la main pour me conduire à un tabouret sur lequel je m'assis. Elle ôta mon chapeau et dénoua mes cheveux, qu'elle arrangea librement sur mes épaules. De l'index, elle tourna légèrement mon visage de biais.

– Des traits d'une pureté exquise! Votre profil en particulier. Et j'aimerais capturer la couleur et l'abondance de votre chevelure.

– Quel est votre cachet?

– Trois mille livres, et jusqu'à dix mille, pour les clients les plus fortunés.

– C'est tout décidé alors. C'est plus que la totalité de ma fortune.

– Je peindrais volontiers votre portrait par pur plaisir, mais mon mari ne le permettrait jamais. Il gère toutes mes affaires.

– Je vous envie, madame Lebrun. Vous pouvez subvenir à vos besoins grâce à votre art. Pour ma part, je n'ai ni argent ni le moyen d'en gagner.

– J'ai la bonne fortune d'employer mon temps à faire quelque chose que j'aime. Mon art m'a également valu la bienveillante protection de Sa Majesté la reine et d'autres membres de la famille royale. Il m'a permis de me mêler à la meilleure société.

Elle soupira.

– Quant à l'argent, chère madame, ne m'enviez pas. J'ai la chance d'avoir des goûts frugaux. Mon mari m'accorde, quand tout va bien, moins d'un vingtième de mes cachets. S'il est en difficulté, il empoche le tout.

Il y avait un soupçon de tristesse, sans amertume, dans sa voix. Je la suivis au salon pour prendre le thé avec nos enfants et la gouvernante.

La duchesse et moi étions également conviées dans des domaines champêtres aux environs de Paris. Le duc d'Orléans, que ne semblait pas décourager mon manque d'intérêt, nous invita avec ses maîtresses lady Elliott et madame de Buffon dans son château du Raincy pour une partie de pêche. J'y retrouvai Villers et Lauzun. Je n'avais pas voulu paraître impolie en refusant l'invitation d'un prince du sang, mais la pêche n'est pas l'un de mes passe-temps favoris. Un laquais me tendit une canne à pêche après avoir appâté la ligne. Je la tenais à bout de bras, sans pouvoir dissimuler mon dégoût. Villers m'observait avec amusement.

– Vous ne semblez guère vous divertir, madame.

– La vue de ce pauvre ver de terre déchiré par l'hameçon me brise le cœur. Je pêchais à la main en rivière lorsque j'étais enfant, mais c'était tout autre chose. Je vais plutôt aller faire le tour de l'étang.

– Je renoncerais volontiers à la pêche pour l'honneur de vous accompagner dans votre promenade. Vous ne devez pas non plus aimer la chasse.

– Vous vous trompez, monsieur. J'aimais beaucoup chasser avec mon frère, mais c'était avant tout pour le plaisir d'une chevauchée par une belle journée d'automne, et non pour celui de voir tuer un animal.

– Vraiment ? Vous aimez donc l'équitation ?

– C'était l'un de mes plus grands plaisirs, mais feu mon mari y était farouchement opposé.

– J'ai une jolie petite jument dans ma maison de campagne de Vaucelles, tout près de Paris. Voudriez-vous la monter, madame ? Vous me feriez une faveur, en plus de celle de votre compagnie. Elle a besoin d'exercice.

Malgré mon envie de reprendre l'équitation, j'hésitais à accepter, pour la même raison qui m'avait fait décliner l'offre de sa loge à l'opéra à plusieurs reprises. Il sourit.

– Pauvre baronne, votre dilemme se lit sur votre visage. Vous êtes déchirée entre votre amour des chevaux et votre aversion pour moi.

– Je n'ai pas d'aversion pour vous. Mais je ne vous fais aucune confiance.

– Est-ce mieux ? Et vous avez tort. Renseignez-vous : de ma vie, je n'ai molesté une seule douairière. En tout cas, j'ai été négligent de n'avoir pas invité la duchesse plus souvent. Je sais qu'elle aime beaucoup Vaucelles. Viendrez-vous y dîner après-demain ?

– Je n'ai pas d'habit d'écuyère.

– Je n'inviterai que la duchesse et vous. Personne ne sera là pour critiquer votre mise. Et vous pouvez amener votre jolie petite fille.

Tout cela était trop tentant. J'acceptai.

30

Le temps était fort agréable lorsque la duchesse, Aimée et moi partîmes pour Vaucelles. Le domaine n'était qu'à une demi-lieue de la barrière du Trône, qui marquait l'entrée de la ville à l'est, mais on s'y sentait déjà à la campagne. Villers nous accueillit dans son petit château, qui était une folie de construction récente. Il nous fit visiter les magnifiques jardins, à la française du côté de la façade, et qui prenaient l'aspect d'une prairie naturelle à l'anglaise à l'arrière de la bâtisse. Le terrain, parsemé de cerisiers, descendait en pente douce vers les rives de la Seine en amont de Paris. Plusieurs barques y étaient amarrées à une petite jetée. La duchesse fut vite fatiguée, et nous regagnâmes tous le château, où elle s'installa avec Aimée dans le salon ovale. Les portes-fenêtres ouvraient sur une terrasse de marbre qui offrait une magnifique perspective sur les cerisiers et la Seine.

Villers en profita pour me mener aux écuries, où je vis la jument, Margot, une rouanne, bien plus petite que Bijou, mais tout aussi douce. Elle respira profondément mon odeur avec une curiosité amicale, et accepta la pomme que je lui tendis, avant d'être tentée par mon chapeau de paille. Je caressai sa robe brillante, d'un rose grisé, et posai la tête contre son cou. Les souvenirs de mes promenades avec mon frère, de mes rendez-vous avec Pierre-André, me revenaient.

Villers m'aida à me mettre en selle et monta son propre cheval. Nous commençâmes au trot et, alors que les chevaux s'échauffaient, nous passâmes au galop. Il m'emmena dans le parc du domaine et sur des chemins de campagne au-delà. Dans le bonheur de ce moment, je perdis toute notion du temps. Il rompit le silence.

– Comment trouvez-vous Margot?

– C'est un amour.

– Elle a été élevée sur mes terres en Normandie. Comme beaucoup des chevaux que vous avez vus aux courses de Longchamp.

– Je ne savais pas que vous vous intéressiez à l'élevage.

– Il n'est de meilleur pays que la Normandie pour les chevaux. Je m'y rends régulièrement. Les anciennes races locales sont excellentes, et l'on peut obtenir des résultats remarquables en les croisant avec des étalons arabes. Êtes-vous déjà allée en Normandie?

– Je n'avais jamais quitté mon Auvergne natale avant de venir à Paris ce printemps.

– Alors vous n'avez jamais vu la mer. J'espère que vous me permettrez de vous y emmener avant longtemps.

Je ne répondis pas et lançai Margot au grand galop. Villers me rattrapa.

– Vous êtes excellente cavalière.

– Mon frère m'a appris à monter lorsque j'étais enfant. Il était capitaine aux chevau-légers.

– Je ne pense pas avoir rencontré le marquis d'Espeils, mais je me souviens très bien de feu votre mari. Lorsqu'il est devenu colonel du régiment de Bourgogne, cette unité avait la réputation d'être la plus négligée et la plus insubordonnée de l'armée. Il a rétabli la discipline en quelques semaines. Une poigne de fer.

– Le baron a toujours fait forte impression à ceux qui l'ont rencontré.

– Certes. Et votre frère, le marquis d'Espeils, quand a-t-il quitté le service?

– Quelques années après ma naissance. En 73, je crois.

– Il doit avoir mon âge. Il est bien dommage qu'il ait manqué la guerre d'Amérique.

– Je ne savais que vous aviez combattu pour l'indépendance américaine.

– C'est ainsi que j'ai rencontré Lauzun, La Fayette, Rochambeau, d'Estaing et même Fersen.

– Le comte de Fersen ?

– Lui-même, madame, le Suédois préféré de la reine. Mais je dois dire qu'il est le seul des camarades d'Amérique avec lequel je ne sois pas resté ami. Pour en revenir à votre frère, comment se fait-il qu'il vous ait envoyée seule à Paris ? Fait-il, contrairement à vous, confiance à des gens tels que moi ?

– C'est une question qu'il vaudrait mieux lui poser directement.

Il fut bientôt temps de rejoindre la duchesse et Aimée autour d'une collation de viandes froides, de gâteaux, de fraises et de glaces. La duchesse me regardait en souriant.

– Ma chérie, l'exercice vous sied au teint. N'est-ce pas, Villers ?

– Je n'aurais osé le dire. Faire à la baronne un tel compliment, aussi mérité fût-il, ne ferait qu'aggraver la mauvaise opinion qu'elle a de moi.

– Pourquoi ne pas vous efforcer de l'améliorer ?

– C'est précisément mon intention. Madame, il me semble que vous aimez la lecture. Oserais-je vous montrer la bibliothèque ? Madame la duchesse nous accompagnera-t-elle ?

– Je vais plutôt rester avec Aimée. Elle est un peu jeune pour les livres.

La bibliothèque était une pièce de belle taille, orientée au nord, lambrissée de gris et de bleu. La plupart des livres avaient été publiés au cours des dix dernières années et m'étaient inconnus. Romans et pièces de théâtre en anglais y tenaient bonne place, tant dans leur langue originale qu'en traduction française. Villers sortit des étagères deux tomes reliés de cuir.

– Je vous en prie, prenez-les.

– Je ne peux accepter ce présent.

– Je n'aurais pas la présomption de vous les offrir. C'est un prêt, madame, et un prêt intéressé. J'aimerais connaître votre opinion sur ce roman. Il a été écrit il y a quelques années par Laclos. Vous l'avez peut-être rencontré lors de fêtes données par le duc d'Orléans, dont il est le secrétaire.

Il s'agissait des *Liaisons dangereuses*, dont j'avais beaucoup entendu parler. Alors que je feuilletais les pages, je rougis à la vue de certaines illustrations. Elles étaient moins indécentes que celles des livres licencieux que j'avais naguère parcourus à Cénac, mais je n'aimais pas les regarder devant un homme. Le rouge me monta jusqu'à la racine des cheveux et je refermai les livres.

– Gardez-les. Je n'en veux pas.

– Pardonnez-moi de vous avoir froissée. Je peux vous assurer, madame, que si les illustrations sont assez sottes, le texte est brillant. Veuillez oublier que ces livres proviennent de ma bibliothèque, lisez-les et donnez-moi votre avis sincère. Bien sûr, vous pouvez emprunter tous les autres ouvrages que vous souhaitez.

Lorsque Villers nous reconduisit à notre voiture en fin d'après-midi, il nous invita à revenir le samedi suivant pour une fête. La duchesse, sans prendre la peine de me consulter, accepta. Aimée s'endormit rapidement contre mon épaule pendant le trajet vers Paris.

– Ne pensez-vous pas, madame, que ses attentions nous obligent trop envers lui ?

– Cela n'a pas d'importance tant qu'il est clair que vous n'êtes pas sa maîtresse.

– Franchement, madame, croyez-vous que monsieur de Villers m'épouserait ?

– C'est peu probable d'après ce que je sais de lui, mais il semble assez épris de vous. J'aimerais pouvoir lire l'avenir, ma chère, mais c'est un don qui m'a été refusé. Ou une malédiction qui m'a été épargnée. La question est plutôt : l'accepteriez-vous s'il vous demandait en mariage ?

– Il est d'une compagnie agréable, d'un rang convenable, et plus jeune que le baron de Peyre.

– Vous n'avez pas répondu à ma question. Êtes-vous amoureuse de lui ?

J'hésitai.

– Ce serait bien ridicule, madame. Lui n'est pas amoureux, il se joue de moi.

– Qu'en savez-vous ? Mais vous avez raison, Belle, de ne pas engager vos sentiments tant que vous n'en savez pas plus sur les siens. Cela ne veut pas dire que vous devez décourager ses attentions. Je ne vivrai pas éternellement.

La duchesse, fatiguée par notre excursion à Vaucelles, se retira tôt cette nuit-là. Je lui baisai la main après avoir mis Aimée au lit. Ma fille dormait maintenant dans sa propre chambre, qui communiquait avec la mienne. Manon m'aida à me dévêtir, et, en déshabillé, je commençai à lire *Les Liaisons dangereuses*, les jambes allongées sur le canapé devant la cheminée. La toile d'intrigues tissée par les personnages me fascinait par sa complexité et me répugnait par sa méchanceté. Villers avait insisté pour que j'emprunte ce roman : essayait-il de me dire quelque chose ? Je refermai le volume et sonnai pour commander une tasse de chocolat chaud. En la buvant lentement, je réfléchis aux questions de la duchesse. Accepterais-je Villers s'il me demandait en mariage ?

C'était un excellent parti. Si sa noblesse, contrairement à la mienne, ne remontait pas au-delà de l'an mil, cela était plus que compensé par l'ampleur de sa fortune. Et il ne semblait pas aussi brutal que mon défunt mari. La duchesse n'avait pas tort de s'inquiéter : qu'adviendrait-il de moi si elle venait à décéder ? Aimée et moi n'aurions plus de toit. Mes dépenses à Paris, si modestes fussent-elles, avaient déjà entamé les trois mille livres que le baron m'avait laissées. Combien de temps pourrais-je survivre si je devais payer notre logement ? Probablement pas plus de quelques mois. Je m'imaginais sombrer lentement dans la misère avec Aimée. Je serais bien sotte de refuser un homme comme Villers. Étais-je amoureuse de lui ? Je devais avouer que j'appréciais sa compagnie. Sa conversation me divertissait, même s'il aimait à me pousser dans mes retranchements.

Nous retournâmes à Vaucelles le samedi suivant. Le marquis de La Fayette, que je n'avais jamais rencontré auparavant, figurait parmi les invités, et la conversation virait au débat politique. La Fayette, un homme mince au visage long, grave et étrangement pâle, revint sur l'Assemblée des notables, récemment dissoute, à laquelle il avait été nommé par le roi. Au cours de son bref mandat, il avait soulevé la nécessité de convoquer les États généraux. Cette proposition me surprit.

– Les États généraux n'ont pas été convoqués depuis près de deux cents ans. L'institution n'est-elle pas archaïque ?

– Avez-vous une meilleure idée, madame ? Ce qui compte n'est pas l'âge d'une institution, mais ce qu'elle peut accomplir.

– Que pourrait-elle accomplir de plus que l'Assemblée des notables ?

La Fayette soupira.

– L'Assemblée des notables, madame, a échoué parce qu'elle n'avait pas le pouvoir de lever de nouveaux impôts. Les États généraux, eux, ont ce pouvoir. Je ne vois pas d'autre solution à la crise actuelle. De plus, les notables, choisis par le roi parmi le clergé et la noblesse, n'avaient aucune raison d'abroger leurs privilèges. Dans notre système, madame, les plus pauvres sont les plus lourdement taxés, alors que les riches ne paient presque rien en proportion de leur fortune. Cela ne saurait durer.

– Vous avez raison, monsieur, mais le problème ne serait-il pas le même avec les États généraux, où le tiers état, bien que représenté, aurait une position minoritaire ?

– Il en serait certainement ainsi, madame, si les votes étaient comptés par ordre. Mais le système pourrait être réformé pour donner un poids plus important au tiers état, par exemple en lui permettant d'avoir deux fois plus de députés, et en accordant une voix à chacun d'entre eux.

– En effet, monsieur, mais cela serait en soi une révolution. L'assemblée que vous envisagez ne serait plus les États généraux. Ce qui compte n'est pas le nom que l'on donne à une institution, mais la manière dont elle fonctionne.

Le teint de La Fayette perdit un peu de sa pâleur.

– Je suppose, madame, que je devrais m'en remettre à votre jugement sur ces questions.

Je souris avec toute la grâce dont j'étais maîtresse.

– Pardonnez mon impertinence, monsieur. Vous en savez infiniment plus que moi sur les assemblées représentatives. Vous les avez vues à l'œuvre en Amérique, et avez été membre de l'Assemblée des notables. C'est pourquoi j'ai pris la liberté de solliciter votre avis.

La Fayette sembla retrouver un peu de sa sérénité. Je m'enhardis à le questionner plus avant.

– Que pensez-vous, monsieur, des chances que le roi convoque les États généraux et accepte les changements que vous suggérez ?

– Le roi n'aura pas le choix. Après l'échec de l'Assemblée des notables, la crise financière est plus grave que jamais. Personne ne pourra la résoudre sans augmenter les impôts.

D'autres invités prirent part à la discussion, j'en profitai pour m'éloigner.

Vers les quatre heures, tout le monde se dirigea vers les berges de la Seine, où des rafraîchissements étaient servis sous une tente rayée bleu et blanc. Lauzun, après m'en avoir demandé la permission, mais sans attendre ma réponse, s'assit à mes côtés. Je ne pouvais le regarder sans rougir au souvenir de ses lettres, toujours plus ardentes. Il se pencha à mon oreille.

– Avez-vous jamais, madame, rencontré d'imbécile plus vaniteux que La Fayette ?

J'en aurais souri si je n'avais pas été gênée de cette familiarité. Je jetai un coup d'œil à Villers de l'autre côté de la table. Il nous observait, Lauzun et moi, d'un air amusé. Je m'échappai de ce tête-à-tête dès la fin de la collation.

En cette saison, les élégantes se promenaient sur les Champs-Élysées dans des calèches ouvertes, pour leur propre plaisir et celui de la foule de piétons qui, bouche bée, les regardaient passer. Bien que la duchesse n'eût pas de voiture de ce genre, sa fille et d'autres dames nous offraient volontiers des places dans les leurs. Nous étions souvent accompagnées de gentilshommes à cheval.

Un jour où je me promenais seule avec madame de Bastide dans sa calèche, Villers, qui passait à cheval, se découvrit et s'inclina avant de s'approcher de la voiture. Après un bref échange de compliments et des questions sur l'état de santé de la duchesse, il s'éloigna. Madame de Bastide semblait contrariée.

– Monsieur de Villers m'étonnera toujours par ses manières. Avez-vous remarqué la soudaineté de sa fuite ?

En effet, il ne m'avait échappé que Villers ne s'était pas attardé, mais son intimité passée avec madame de Bastide et le ressentiment qu'elle peinait à contenir suffisaient à l'expliquer.

– Peut-être avait-il un autre engagement.

– Oh, n'en doutez point. Il était pressé de retourner auprès des catins dont il apprécie tant la compagnie. Savez-vous, ma chère, qu'il a une « petite maison » près de la barrière Saint-Denis ?

Elle haussa les épaules.

– Il y entretient deux actrices du Théâtre-Français et une chanteuse de l'Opéra. Oui, ma chère, il a son petit sérail là-bas, comme le Grand Turc. Et, parce qu'il est aussi avare que dépravé, il partage les frais de cet établissement avec le duc d'Orléans et Lauzun.

Elle se pencha vers moi, baissant la voix.

– Et ce n'est pas tout. Le trio s'y retrouve pour jouir ensemble de la compagnie de ces trois dames. Imaginez donc ces jolies orgies !

Je ne pus m'empêcher de pincer les lèvres. Madame de Bastide posa la main sur mon bras.

– J'espère ne pas vous avoir heurtée, ma chère. J'ai remarqué que vous semblez encline à accueillir les attentions de monsieur de Villers. Je souhaitais seulement, comme amie, vous mettre en garde.

J'affectai mon air le plus détaché et conversai de choses insignifiantes jusqu'à mon retour chez la duchesse. Les paroles de madame de Bastide m'avaient contrariée. Je la supposais animée par la rancœur, mais rien de ce que je savais ou devinais de Villers ne me faisait douter de ce qu'elle m'avait confié. Je me couchai de fort mauvaise humeur, essayant de garder mes pensées éloignées de la barrière Saint-Denis, où Villers devait avoir rejoint les dames de sa petite maison.

Villers ne tarda pas à renouveler ses invitations à Vaucelles. Depuis ma conversation avec madame de Bastide, je redoublais de réserve, mais il se montrait aussi plaisant qu'à son habitude et j'appréciais sincèrement nos promenades à cheval. Après l'une d'elles, nous retournâmes à la bibliothèque, où je lui rendis les volumes des *Liaisons dangereuses*.

– Qu'en avez-vous pensé ?

– Je suis bien aise de m'en défaire. Valmont et madame de Merteuil sont des créatures oisives et malfaisantes, qui prennent un malin plaisir à se nuire mutuellement et à détruire quelques innocents. Je ne comprends pas pourquoi le duc d'Orléans protège l'auteur. Que vont penser de nous les roturiers en lisant de telles horreurs ?

– Leur opinion était déjà arrêtée avant que Laclos n'écrive son roman. Quant au personnage de Valmont, je ne suis pas d'accord avec vous. Il se laisse berner en abandonnant la femme qu'il aime pour madame de Merteuil et cette petite sotte de Cécile. Il est plus à plaindre qu'à blâmer.

– Vous reconnaissez-vous en lui ?

– J'espère être moins bête. Quant à Cécile, elle n'a que ce qu'elle mérite quand elle donne à Valmont accès à sa chambre et à sa personne, non par amour mais par stupidité.

Il rangea les livres et haussa les épaules.

– Elle est vierge, mais ce n'est pas une innocente. Beaucoup de gens, surtout les hommes, tendent à confondre ces deux notions, ce qui est une grave erreur. La virginité est un leurre à mes yeux, l'innocence est la véritable vertu. Vous, dans votre douceur et votre pureté, me rappelez madame de Tourvel, bien que je vous soupçonne d'être faite d'une étoffe plus solide. Si l'on vous brisait le cœur, vous ne vous laisseriez pas mourir.

– Que savez-vous de moi pour tenir de tels propos ?

– Certaines personnes, bonnes ou mauvaises, ont l'âme transparente. Vous êtes l'une d'elles. Je vous en avertis, madame : cela fait de vous la menteuse la plus incompétente de ma connaissance. Vous ne sauriez tromper un enfant. Vos qualités, vos sentiments, vos émotions rayonnent sur votre visage comme le soleil par la fenêtre. C'est ainsi que je sais que vous êtes une innocente. Je me suis souvent amusé à dire en votre présence des choses dont je savais qu'elles allaient vous choquer, pour le plaisir égoïste de vous voir rougir. Et vous ne m'avez jamais déçu.

Il sourit.

– Je dois vous paraître bien présomptueux, mais je ne peux résister à la tentation.

– Je pensais que vous agissiez ainsi avec tout le monde. Je ne l'ai pas pris personnellement.

– Non, car vous êtes modeste, une autre qualité inhabituelle. Maintenant, vous rougissez à nouveau, et je n'ai rien dit de répréhensible. Peut-être devrais-je cesser de vous tourmenter de la sorte.

Le visage de Villers n'exprimait pas son amusement coutumier. Il me suggéra d'emprunter une traduction française de *Macbeth*, qui était, dit-il, sa tragédie préférée de Shakespeare.

Ce soir-là, je ne pus lire une ligne. Je songeai à ma conversation avec Villers. Avait-il essayé de me dire qu'il m'aimait ? Pouvait-il sérieusement songer au mariage ? Je me repris. Pourquoi un homme comme lui, un homme riche et brillant qui pouvait avoir toutes les femmes qu'il voulait, épouserait-il une petite veuve pauvre et ignorante, tout juste sortie de sa province ?

31

L'ÉTÉ 1787 FUT DES PLUS AGRÉABLES. J'avais eu dix-huit ans en juillet, ce que je n'avais révélé qu'à la duchesse. Les lettres de Lauzun se succédaient, mais ses professions commençaient à trahir une certaine impatience. La duchesse, Aimée et moi nous rendions à Vaucelles plus souvent qu'il ne l'aurait fallu, mais il était difficile de résister aux attraits de cette charmante demeure.

Vaucelles disposait d'un petit théâtre, bleu et or, dans un pavillon à l'extérieur de la maison, que Villers nous montra. Je montai sur les planches pour la première fois de ma vie, une expérience que, même en l'absence de tout public, je trouvai intimidante.

– Voulez-vous que je monte une pièce de théâtre, madame ?

– Certainement, si vous le souhaitez.

– Quelle pièce choisiriez-vous ? Que penseriez-vous, par exemple, du *Mariage de Figaro*, de Beaumarchais ?

– Il serait sans doute préférable de laisser les acteurs en décider.

– Voulez-vous dire que vous ne souhaiteriez pas jouer ?

Je me mis à rire.

– À aucun prix, monsieur, mais j'assisterais avec plaisir à la représentation.

Ce soir-là, alors que la duchesse et moi discutions, elle m'apprit que le portrait de la reine par madame Lebrun avait été sévèrement critiqué au Salon.

– L'on dit que Sa Majesté y apparaît soucieuse, distraite, sans rien montrer de la joie qu'une mère devrait éprouver au milieu de ses enfants.

– J'ai vu le tableau dans l'atelier de madame Lebrun, et l'ai trouvé magnifique. Mais il est vrai que l'expression de la reine n'est guère avenante.

– Il paraît que madame Lebrun aurait d'abord hésité à exposer la toile au Salon de crainte des outrages de la populace. Mais le grand espace vide à la place d'honneur était du plus mauvais effet, et les quolibets les plus offensants commençaient à circuler. Elle a fini par s'exécuter, mais l'accueil du public est loin d'être favorable.

– Pourtant, Villers m'a dit que l'œuvre avait été commandée pour glorifier Sa Majesté dans son rôle de mère.

La duchesse fit un demi-sourire.

– Pour en revenir à Villers, je crois que, si vous ne vous intéressez pas davantage à la comédie, il en abandonnera l'idée.

– Ah, madame, je ne sais que penser de lui et de ses attentions.

– L'avenir le dira.

La duchesse avait raison, l'avenir le dit. Lors d'une visite à Vaucelles début septembre, Villers m'informa que Margot s'était blessée au jarret et ne pouvait être montée, mais qu'il pouvait me faire seller un autre cheval. Je déclinai, mais exprimai le souhait de me rendre aux écuries pour voir la petite jument. La duchesse et Aimée étaient restées dans le salon ovale.

Margot hennit à mon approche. Je lui flattai l'encolure et offris une pomme. Villers me proposa une promenade à pied jusqu'à la rivière. J'acceptai.

– Quel âge avez-vous ?

Je m'étonnai de la question et de la gravité de son ton.

– N'est-il pas insolent de poser cette question à une dame ?

– Pas à une dame aussi jeune que vous. Allons, dites-le-moi.

– J'ai eu dix-huit ans en juillet.

– Et vous n'en avez soufflé mot ! J'aurais été ravi de donner une fête pour l'occasion.

– C'est peut-être la raison pour laquelle je n'en ai pas parlé.

– Vous avez toutes les ruses d'une écolière et méritez d'être punie comme telle. Que vous faisaient faire les religieuses pour votre pénitence au couvent ? Avez-vous passé l'heure du souper à genoux au milieu du réfectoire ?

– Cela m'est arrivé, et elles ne m'ont pas ménagé les coups de règle sur les doigts. Pourtant, il ne me semble pas que vous soyez en position de me punir.

– Oh, vous vous trompez, madame. Je pourrais vous mettre dans l'embarras en donnant un divertissement en votre honneur pour la fête de l'archange Gabriel. C'est, si ma mémoire est bonne, le 29 de ce mois, le même jour que la Saint-Michel.

– Je vous en prie, si vous tenez à notre amitié, n'en faites rien. Et je ne suis plus une écolière. Je suis veuve et mère.

– Pardonnez mon impertinence. Je suis assez vieux pour considérer les dames de votre âge comme des écolières et, en fait, pour être leur père.

Je le regardai fixement.

– Mais oui, madame, bien qu'il soit aimable à vous d'en avoir l'air surprise. Vous êtes née la même année que mon fils.

– Je ne savais pas que vous aviez des enfants.

– J'ai un fils, Charles-Marie. Mon défunt père m'a choisi une épouse quand j'avais dix-huit ans. Elle en avait quatorze et n'était guère à mon goût, mais on ne m'a pas laissé l'occasion de m'en plaindre. Pourtant, je n'ai pas ignoré l'appel du devoir. Madame de

Villers m'a donné un héritier dix mois plus tard et elle est morte en couches.

– Où est votre fils ?

– Je l'ai fait élever dans mon château de Dampierre, en Normandie. Quand il a eu douze ans, je lui ai acheté une commission d'enseigne, comme mon père l'avait fait pour moi au même âge. Il est maintenant premier lieutenant au régiment de Flandres. C'est un jeune homme qui me donne toute satisfaction.

– Vous n'avez donc que cet enfant.

– J'ai aussi une fille de quinze ans. Sa mère était une dame de la cour, dont je préfère bien sûr taire le nom. Je ne vous ennuierai pas avec le récit complet de mes aventures, mais des ragots vous parviendront tôt ou tard, aussi je préfère que vous entendiez l'histoire de ma bouche.

Villers se mordit la lèvre.

– Le mari de la dame, en apprenant notre liaison, a demandé une lettre de cachet, qui lui fut accordée. Il l'a personnellement emmenée, alors enceinte de mes œuvres, dans le couvent de Lorraine où elle a passé le reste de sa courte vie. Je ne comprends pas qu'un homme puisse être dénué de pitié au point de passer plusieurs jours en tête-à-tête avec sa jeune épouse, sachant qu'elle va être enterrée vive sur son ordre et qu'il ne la reverra jamais. Elle a dû implorer son pardon jusqu'au bout et le supplier de la reprendre. Elle est morte dans son couvent avant d'avoir vingt ans.

J'étais stupéfaite de la tournure que la conversation avait prise. Villers secoua la tête, perdu dans ses pensées.

– Ma fille ignore tout de la vérité et a été élevée par un autre. Cette triste affaire m'a donné une leçon. J'ai veillé à ce qu'elle ne se reproduise plus. Les enfants légitimes sont également hors de question, car je ne suis pas le plus ardent partisan du mariage. Je suis devenu veuf lorsque j'étais presque aussi jeune que vous, madame, et je n'ai jamais eu envie de changer d'état. Le mariage est une entreprise qui ne sied qu'aux jeunes gens qui y sont contraints, comme je l'ai été jadis, et aux coureurs de fortune. Je n'ai aucune intention de me remarier.

Je contemplais la Seine, qui brillait au soleil. Les yeux me piquaient.

– Allons, madame, veuillez récompenser ma franchise par une égale sincérité. Vous êtes, ainsi que je vous l'ai dit, une piètre menteuse. D'après ce que j'ai vu de votre défunt mari, ce devait être un maître sévère. Pourquoi vous mettre sous le joug d'un nouvel époux ? Pourquoi donner à un homme un pouvoir aussi absolu ? Ne seriez-vous pas mille fois plus heureuse et, aux yeux des gens raisonnables, tout aussi respectable, en prenant un homme discret et généreux pour amant ?

J'en eus le souffle coupé.

– Qu'ai-je fait pour vous donner l'idée que je m'abaisserais à cela ? Vos propositions, monsieur, sont l'insulte la plus grossière que j'aie jamais reçue.

– Il me peine de vous avoir blessée, mais je ne pouvais poursuivre mes attentions sans être parfaitement clair. Je ne souhaite pas vous induire en erreur, et je ne crois pas l'avoir fait.

Je m'arrêtai.

– Je serai tout aussi franche, monsieur. En effet, je ne suis pas surprise de ce que vous me dites, mais j'en suis déçue. J'avais espéré autre chose, même si je savais que ces espoirs n'étaient guère raisonnables. Je vous remercie d'avoir dissipé mes doutes.

Nous rentrâmes au château en silence. Je fus distraite tout le reste de la visite, évitant de croiser le regard de Villers et participant du bout des lèvres à la conversation. Je pressai notre départ.

Pendant le trajet de retour vers Paris, la duchesse me dévisageait avec une inquiétude silencieuse. Ce n'est qu'après avoir couché Aimée que je me confiai à mon amie. Les larmes que j'avais retenues pendant des heures coulaient sur mes joues.

– Oh, madame, vous ne vous êtes pas trompée. Monsieur de Villers n'a aucune intention de m'épouser.

– Ma pauvre enfant, je n'ai jamais été si désolée d'avoir raison. Que vous a-t-il dit ?

– Il a suggéré que je prenne un homme discret et généreux pour amant ! Mais je n'ai aucune intention de devenir sa maîtresse.

– Vous n'êtes pas amoureuse de lui, j'espère.

– Si je l'étais, madame, je ne l'avouerais jamais à présent, ni à vous ni à moi-même.

Elle me serra dans ses bras.

– Ma pauvre chérie, ne vous rendez pas si malheureuse. Si ses visites vous ennuient, ma porte lui sera fermée. Sachez que, tant que je vivrai, vous aurez un toit ici. Prenez votre temps, Belle. Il y a d'autres hommes.

– Qui ? Le duc de Lauzun ?

– Paris est vaste, Belle, et certains hommes n'ont pas encore eu l'occasion de vous apprécier comme vous le méritez.

Je pris la main de la duchesse dans la mienne.

– Chère madame, seriez-vous fâchée si je rendais visite à madame de Montserrat à Noirvaux ? Il me semble que le moment est venu de la rencontrer.

La duchesse fronça les sourcils.

– J'espère que vous ne prendrez aucune décision hâtive sous le coup de la déception. Villers ne mérite pas cet honneur.

– N'ayez crainte, madame. Le but de ce voyage sera d'abord de rencontrer ma sœur. Je vous promets de ne prendre aucune décision irrévocable.

J'écrivis au chevalier des Huttes pour l'informer de mon désir de me rendre à Noirvaux. Il vint le lendemain.

– Votre billet m'a inquiété, madame, je suis parti de Versailles dès la fin de mon service. Vous semblez bien pressée de quitter Paris. Qu'est-il arrivé ?

– Rien d'important. C'est un caprice, si vous voulez, mais je sens qu'il est temps d'aller voir ma sœur.

– Je vous y conduirai avec plaisir lors de mon prochain congé, dans deux semaines.

– Je préfère ne pas attendre si longtemps. Et il n'y a aucune raison de vous importuner, chevalier. Aimée et moi prendrons la diligence jusqu'à Nantes. De là, la voiture de madame de Montserrat nous conduira à Noirvaux.

Il écarquilla les yeux.

– Mais vous n'y pensez pas, madame ! Je ne peux vous imaginer, à votre âge, voyager en voiture publique sans escorte et séjourner seule dans une auberge, exposée à la vulgarité de la populace qui fréquente ce genre de lieux. Veuillez patienter, je vous en prie. Vous avez vécu dix-huit ans sans rencontrer madame de Montserrat, deux semaines de plus n'y changeront rien.

– Je suis désolée, chevalier, mais ma décision est prise.

Il fronça les sourcils.

– Pourquoi cette hâte soudaine? Vous aurait-on manqué de respect ?

– Non, pas du tout.

– Vous semblez contrariée, madame. Ces libertins qui vous poursuivent de leurs attentions pensent peut-être que vous n'avez pas d'amis en cette ville, mais je serais ravi de leur donner une leçon. Vous n'avez qu'un mot à dire.

– En aucun cas. Je suis désolée de vous avoir inquiété sans raison.

– Je serais bien moins inquiet si vous me permettiez de vous accompagner. Soyez raisonnable et attendez encore quinze jours.

Le chevalier insista, en vain. J'avais déjà écrit à madame de Montserrat pour lui annoncer ma visite.

Le soir même, je préparai moi-même ma malle, de peur que les espions dans la maison n'informassent mes galants de mon départ. À l'aube, portant dans mes bras Aimée qui était à peine réveillée, j'embrassai la duchesse pour lui dire au revoir et je pris un fiacre pour me rendre à l'arrêt de la diligence de Nantes.

32

Je n'avais jamais voyagé en voiture publique, mais je compris vite les préventions du chevalier concernant ce mode de transport pour une jeune femme sans escorte masculine. Un homme aux grandes dents jaunes, assis en face de nous, essayait d'engager la conversation. Il ne semblait pas découragé par mon silence, et il me fallut feindre de somnoler pour mettre fin à ces tentatives. Il m'avait l'air faux et louche, aussi gardai-je un œil sur lui. Je ne portais que mon anneau nuptial et mes plus petites boucles d'oreilles en or, mais je ne voulais pas que l'on me prenne l'argent que j'avais sur moi pour le voyage. À l'auberge où nous fîmes étape en soirée, j'évitai la salle commune et fis apporter le souper dans notre appartement.

Le lendemain, l'homme renouvela ses questions. Je lui répondis que j'allais rejoindre ma sœur dans un couvent, ce qui eut pour effet de le faire taire définitivement. Le reste de mes compagnons de voyage, que ce fût en raison de ma jeunesse, de la présence de ma fille ou de la modestie de ma mise, étaient respectueux et discrets. La voiture de madame de Montserrat nous attendait comme convenu à Nantes pour nous conduire à Noirvaux, où nous arrivâmes en fin d'après-midi le quatrième jour. J'étais endolorie et fatiguée, mais heureuse d'avoir quitté Paris et mes tracas.

L'abbaye de Noirvaux était un imposant ensemble de bâtiments, certains gothiques et d'autres modernes, situé à cinq lieues de la ville de Nantes. Sa taille n'était en rien comparable à celle, bien plus modeste, du couvent des bénédictines de Vic. Nous devions être attendues, car les portes s'ouvrirent sans que le cocher n'eût à sonner. Nous fûmes accueillies par une sœur laie qui nous invita à la suivre dans les appartements de la révérende mère.

On nous fit entrer dans un vaste cabinet. Une dame d'une trentaine d'années, assise à un bureau, se leva pour nous accueillir. Je n'avais jamais vu de visage aussi semblable au mien, mais le sien était d'une beauté exceptionnelle. C'était un ovale parfait, dont la pureté était rehaussée par la sévérité de la guimpe blanche et du voile noir. Hélène portait les insignes de son rang d'abbesse, une bague ornée d'une imposante améthyste et une grande croix pectorale en or sur un ruban violet. Elle sourit et ouvrit les bras dans un geste de bienvenue.

– Gabrielle. Enfin !

Je m'agenouillai pour porter son anneau à mes lèvres.

– C'est un honneur de vous rencontrer enfin, révérende mère.

Elle me releva pour m'embrasser sur la joue et me contempla longuement.

– Vous avez bien grandi depuis que je vous ai quittée dans les bras de votre nourrice.

Son habit noir impressionnait manifestement Aimée, qui la regardait avec une certaine appréhension. Hélène lui caressa la joue.

– Dieu vous a donné une bien jolie petite fille.

Pendant quelques instants, elle demeura silencieuse et pensive.

– Nous aurons le temps de nous entretenir plus tard. Pour l'heure, notre communauté est assemblée dans le réfectoire, et impatiente de faire votre connaissance.

Notre arrivée provoqua une grande agitation. Des novices, reconnaissables à leur voile blanc et à leur apparence juvénile, poussèrent de petits cris de joie. Un regard d'Hélène les fit taire. Des religieuses aux voiles noirs, les mains croisées sur la poitrine, attendaient plus tranquillement que la révérende mère nous présente. Des sœurs laies aux habits gris disposaient des rafraîchissements sur les tables. Les religieuses, toutes nobles, s'appelaient « madame » et gardaient leur nom de famille. Les sœurs laies, qui étaient roturières, s'appelaient « sœur », suivi de leur nom religieux. Elles accomplissaient les tâches subalternes du couvent et plusieurs d'entre elles étaient au service d'Hélène.

Au total, la communauté comprenait trente religieuses, dix novices et plus de cent sœurs laies. En outre, Noirvaux accueillait une trentaine de dames qui y séjournaient comme pensionnaires. Quelques-unes, installées à demeure, avaient une vocation religieuse, mais leur état de femme mariée leur interdisait de prendre le voile. La plupart des pensionnaires, cependant, étaient des épouses d'officiers qui, selon le règlement militaire de l'époque, n'étaient pas autorisées à suivre leur mari dans leur garnison. Ces gentilshommes enfermaient alors temporairement leur épouse au couvent pour les tenir à l'abri de toute tentation. Il suffisait de discuter quelques minutes avec ces dames pour deviner qu'elles n'avaient aucune vocation ni même inclination religieuse. Les distractions du monde leur manquaient et elles attendaient avec impatience le moment où il plairait à leur mari de mettre fin à leur réclusion.

Religieuses, novices et pensionnaires nous fêtèrent et admirèrent la beauté et la douceur d'Aimée. Au bout d'une demi-heure, Hélène nous conduisit dans ses salons privés, dans la partie moderne de l'abbaye, aussi vastes et bien aménagés que l'appartement d'une dame dans un château. Là, une sœur laie nous servit un chocolat chaud. J'avais d'abord été intimidée par la beauté d'Hélène et la dignité de son maintien, mais la bonté de son regard me rassurait. Elle s'enquit de notre mère, du marquis, de Madeleine, de Fontfreyde et des domestiques, en particulier de la pauvre Antoinette, la servante défigurée. Tout cela appartenait à un passé lointain pour elle. Il ne me le paraissait pas moins, bien que je n'eusse quitté Fontfreyde que trois ans plus tôt. Devant l'émotion que faisaient naître les souvenirs, Hélène préféra interrompre la conversation et me conduisit à ma cellule.

La pièce était confortable et accueillante, le lit, tendu de rideaux d'un blanc immaculé. Seule une grande croix de bois sombre ornait l'un des murs, passés à la chaux. Un petit lit d'enfant avait été préparé pour Aimée et, dans sa bonté, ma sœur avait demandé que l'on fît venir un clavecin. Elle nous laissa nous installer et revint une demi-heure plus tard pour nous emmener souper au réfectoire. Nous assistâmes à l'office des complies dans l'abbatiale avant de nous retirer pour la nuit.

Dès le lendemain, je participai avec le reste de la communauté aux activités habituelles d'adoration, de prière, de repas et de divertissements, dont la musique composait une grande partie. Le chœur de voix féminines pendant les offices était vraiment magnifique et me rappelait mon enfance chez les bénédictines de Vic. La douce monotonie de la vie du couvent m'apaisait.

Hélène passait la plupart de ses journées dans son cabinet, occupée par la direction spirituelle et les affaires séculières de l'abbaye. Le domaine foncier de celle-ci comprenait plus de cinquante paroisses, sur lesquelles ma sœur avait droit de haute justice. Noirvaux avait sa propre prison, ses juges et sa potence. Hélène m'expliqua que son Tribunal enquêtait sur un vol qui avait eu lieu sur la route de Nantes, et au cours duquel l'un des vassaux de l'abbaye avait été gravement blessé.

La position d'abbesse de Noirvaux entraînait également des engagements avec la société laïque du pays. Une à deux fois par semaine, Hélène recevait dans ses appartements. La compagnie était composée de dames et de gentilshommes de la noblesse locale, ainsi que de religieuses et de pensionnaires qu'Hélène conviait. Mais le plus souvent, après avoir pris le repas à sa table au réfectoire, je suivais Hélène dans son petit salon. À l'abri des regards, elle retirait sa guimpe et son voile, révélant ses cheveux courts, en coupe réglée. Ils étaient roux, ondés comme les miens, mais d'une nuance un peu plus foncée.

Au cours de ces soirées tranquilles, je me sentais libre de lui confier des choses que je n'avais révélées à personne, même à la duchesse. Je lui parlais de mes craintes pour l'avenir à Paris, de Villers, de notre frère, de mon défunt mari, de sa brutalité, et de Pierre-André, sans rien omettre, si douloureux que ce fût. Devant elle, je pouvais laisser couler mes larmes en évoquant les chagrins et les infortunes du passé. Elle m'écoutait avec beaucoup d'attention et de patience. Je m'attendais à ce qu'elle me donnât des conseils, mais elle se contentait de m'interroger sur ce que je ressentais, ce que je pensais. Elle n'essayait pas de m'imposer son opinion, comme tant d'autres l'avaient fait auparavant.

Un soir, elle poussa un profond soupir.

– Ma très chère fille, j'ai beaucoup prié pour vous. Entrer dans les ordres, c'est entrer dans une union mystique avec le Christ. C'est un péché terrible de le faire sans une véritable vocation, une faute bien pire que de se marier sans amour. C'est à Dieu que vous risqueriez d'être infidèle. Le mois dernier, j'ai découvert que l'une de nos novices avait été envoyée ici uniquement parce qu'elle était tombée amoureuse d'un cousin sans fortune. J'ai convoqué son père et lui ai expliqué pourquoi je devais renvoyer la jeune fille. Il a finalement consenti au mariage.

Son regard devint sévère.

– Les couvents ne sont pas des endroits où l'on met commodément au rebut des femmes que leur famille souhaite écarter ou punir, mais des lieux sacrés où Dieu appelle ses épouses. Penser ou agir autrement est un blasphème.

– Et mes autres choix ?

– Avant tout, il nous faut discuter du retour à Fontfreyde que vous semblez envisager. Je ne pense pas que vous en mesuriez les dangers. Je vais parler crûment et je vous prie de m'en excuser. L'inceste ne découle pas seulement d'actes charnels consommés, mais aussi d'attouchements et même de simples désirs. Oui, Gabrielle, la manière dont Géraud vous a touchée quand vous aviez quatorze ans suffit à l'en rendre coupable. Vous m'avez dit à quel point cela vous avait bouleversée à l'époque. Eh bien, ce que vous ressentiez était parfaitement juste.

Je la regardai avec stupéfaction.

– Si vous deviez supplier Géraud de vous reprendre, ne l'exposeriez-vous pas délibérément à la tentation du péché mortel ? Et qu'en serait-il de vous ? Complice et victime de votre malheur.

Nous restâmes silencieuses un long moment.

– Gabrielle, ce que je vous vais dire maintenant, je ne l'ai jamais révélé à personne, sinon sous le sceau de la confession. À part Géraud et moi, seules Mère et Madeleine le savent. Cela s'est passé juste avant votre naissance. Géraud avait seize ans et j'en avais quatorze. Nous nous aimions.

Elle marqua une pause.

– Vous pouvez deviner ce qui s'est passé. Cela a duré tout un été, Géraud était en vacances à Fontfreyde. Nous nous retrouvions en cachette, dans une sorte de chambre au grenier. Un soir, Père a entendu du bruit et nous a surpris. Vous ne pouvez pas vous souvenir de lui, mais il avait un tempérament féroce. Il a donné à Géraud une telle correction qu'il l'a laissé pour mort. Quant à moi, je ne pouvais plus me marier. Pensez au scandale si l'on avait découvert que non seulement j'étais déshonorée, mais que l'auteur de ma honte était mon propre frère ! Géraud a dû quitter Fontfreyde immédiatement. Père lui a acheté une commission d'enseigne dans les chevau-légers. La découverte de notre secret m'avait bouleversée et, à vrai dire, je me languissais de Géraud. Dès qu'il fut établi que je n'étais pas enceinte, je fus envoyée à Noirvaux comme novice.

Je m'agenouillai devant Hélène en silence, les larmes aux yeux. Elle me posa la main sur l'épaule.

– J'ai appris par Madeleine que Géraud avait fait une carrière brillante dans l'armée. Promu capitaine à vingt ans. Mais Père ne lui a jamais permis de remettre le pied à Fontfreyde. Il est mort deux ans plus tard et, bien sûr, Géraud a aussitôt quitté le service. Mère l'a accueilli à bras ouverts. Il a toujours été son enfant préféré.

Elle me caressait les cheveux à présent.

– Imaginez ce que j'ai ressenti lorsque Madeleine m'a écrit qu'il vous avait retirée du couvent, à l'âge de onze ans, pour vous ramener à Fontfreyde. J'en ai été horrifiée. Personne ne se souciait donc de votre éducation, ma pauvre enfant ? Cela semblait n'avoir aucun sens, mais pour moi cela en avait trop.

– J'ai toujours pensé que le marquis m'avait retirée de chez les bénédictines parce qu'il ne pouvait plus payer ma pension.

– Il n'est peut-être pas très riche, mais ses revenus sont confortables. J'imaginais le pire. Madeleine m'a écrit que vous me ressembliez beaucoup, que vous aviez ma couleur de cheveux, que Géraud et vous parcouriez tout le pays à cheval ensemble. J'ai frémi en pensant à ce qui pourrait arriver. J'ai passé des nuits blanches à prier pour vous et pour lui. J'ai écrit à Mère et à Madeleine, pour leur représenter l'imprudence flagrante d'une telle situation, qui vous mettait, à un âge si tendre, quotidiennement à sa merci. J'ai même supplié Mère de vous envoyer ici, bien que Noirvaux ne soit pas un établissement d'enseignement et que je n'accepte pas les enfants comme pensionnaires.

– Je ne savais rien de tout cela ! J'étais heureuse à Fontfreyde, je ne me doutais de rien.

– Grâce à Dieu. Votre innocence, qui aurait pu vous perdre, vous a protégée. Jusqu'à ce que Géraud ne s'enhardisse assez pour succomber à nouveau. En tout état de cause, mes lettres n'ont servi à rien. Madeleine, comme souvent, a rétorqué que Géraud était le chef de famille, et qu'il lui appartenait, en sa qualité de tuteur, de prendre toute décision vous concernant. Quant à Mère, elle a catégoriquement refusé de vous envoyer ici. À ses yeux, Géraud ne saurait penser à mal. Elle a toujours rejeté sur moi l'entière responsabilité de notre faute.

Un frisson me parcourut l'échine, je fus soudain horrifiée.

– Ma chère Mère, et cette nuit que le marquis et moi avons passée ensemble à veiller mon mari ? Que pensez-vous qu'il soit arrivé dans cette chambre, à côté de son cadavre ?

Hélène hocha la tête tristement.

– La même pensée m'est venue. Si c'est le cas, c'est une abomination sans nom, bien pire encore que les attouchements de Géraud quand vous aviez quatorze ans. Qu'il vous ait fait boire tout le laudanum indique une froide préméditation. Mais ne vous tourmentez pas, mon enfant. Vous étiez inconsciente. Dieu vous a accordé la grâce de l'innocence, quoi que Géraud ait pu faire cette nuit-là.

– Croyez-vous que cette… chose, si elle a bien eu lieu, est-ce ce qui a finalement poussé le marquis à vouloir m'envoyer ici ?

Hélène hocha la tête avec tristesse.

– Si par miracle Géraud est innocent de ce crime horrible, il a tout de même suivi ses meilleurs instincts en refusant de vous reprendre après votre veuvage. Peut-être essayait-il de vous protéger, et de résister à la tentation. Géraud est un pauvre pécheur, comme nous tous. Dois-je vous le dire, chère Gabrielle ? Je l'aime toujours. Je veux que Dieu, en Sa miséricorde, lui accorde Son pardon et le reçoive parmi les bienheureux. Je prie chaque jour pour qu'il se repente comme je me suis repentie. Ne vous y trompez pas, Gabrielle. En retournant à Fontfreyde, en vous jetant à sa merci, vous plongeriez dans l'abîme, cette fois en toute connaissance de cause, sans la grâce de l'innocence, et vous l'y entraîneriez sans espoir de retour. Je frémis à l'idée de ce qui se passerait alors.

Elle soupira.

– Bien sûr, Gabrielle, j'ai prié pour que vous receviez l'appel de Dieu. Il n'est rien que je ne souhaite plus au monde que de vous recevoir ici comme novice.

– J'ai prié moi aussi, mais Dieu ne m'a pas entendue.

– Dieu entend toutes les prières. Dans Son infinie sagesse, Il n'a pas jugé bon de répondre à la vôtre. Vous devez être patiente, Gabrielle. Ce qui doit arriver arrivera en temps voulu. Demain, l'une de nos novices, mademoiselle de Vaucourt, prendra le voile. Vous recevrez peut-être un signe lors de la cérémonie.

Le lendemain, les cloches sonnèrent comme pour un mariage. Mademoiselle de Vaucourt ne portait plus son habit noir et son voile blanc de novice. Elle était revêtue de tous les atours d'une mariée. Pour lui rappeler le monde qu'elle abandonnait, ou en signe de son union mystique avec le Christ, je ne saurais le dire. Le contraste entre sa robe somptueuse et les habits austères des religieuses était saisissant. Le service se déroula comme d'ordinaire, avec un long sermon de l'abbé Marceau, le confesseur de la communauté. Le moment arriva enfin. La novice tremblait de tout son corps en s'agenouillant au pied de l'autel. Sa mère sanglotait au premier rang, près de la grille qui sépare le chœur de la partie de l'abbatiale ouverte aux laïcs. Mademoiselle de Vaucourt déclara devant la communauté qu'elle agissait de son plein gré et prononça ses vœux de chasteté, de pauvreté et d'obéissance. Elle disparut quelques minutes et revint, en habit de nonne, se prosterner devant l'autel. Dorénavant son voile serait noir. Elle était devenue religieuse.

Je tenais la main d'Aimée, me demandant si mademoiselle de Vaucourt avait, comme moi, vécu des moments de doute, d'effroi, de désespoir. La cérémonie me rappela mon mariage et la profondeur de mon angoisse en cette occasion. Je demeurai grave et silencieuse le reste de la journée et demandai à Hélène la permission de passer la nuit en prières dans l'église. Après avoir mis Aimée au lit et l'avoir embrassée encore plus longuement que d'ordinaire, je me prosternai devant l'autel comme je l'avais vu faire à mademoiselle de Vaucourt, les bras étendus de chaque côté pour former une croix, ma joue reposant sur le sol de pierre jusqu'à ce que le froid pénètre ma chair et mes os. Toute la nuit, je priai avec ferveur. Seules mes larmes me répondirent. Hélène me rejoignit avant l'aube et s'agenouilla à mes côtés.

Après deux semaines à Noirvaux, j'étais habitée par la même incertitude que lorsque j'avais franchi ses murs. La ligne de conduite la plus raisonnable était d'y demeurer jusqu'à ce que je distingue plus clairement mon chemin. J'écrivis à la duchesse pour la prier de me pardonner de retarder mon retour.

Le lendemain matin, alors que je jouais du clavecin, une sœur laie interrompit mes exercices pour m'informer que la révérende mère me demandait. À cette heure-là, après l'office des laudes, elle était occupée par les affaires de l'abbaye. Mille pensées, dont aucune n'était plaisante, me traversèrent l'esprit. Je laissai Aimée aux soins de la sœur laie et me précipitai dans le cabinet d'Hélène. J'eus la surprise de voir un gentilhomme assis là, me tournant le dos. Il se leva aussitôt, se retourna, et me salua. C'était Villers. Les hommes n'avaient pas le droit d'entrer plus avant dans l'abbaye que dans les appartements de la révérende mère.

Je le regardai fixement et m'adressai à lui sans aucune forme de salutation.

– Que faites-vous ici ?

– Je vous présente mes hommages, madame, et vous demande pardon de troubler votre retraite. J'expliquais à la révérende mère que madame la duchesse d'Arpajon a contracté une fluxion de poitrine quelques jours après votre départ. Malheureusement, son état s'est rapidement aggravé, et les médecins craignent désormais le pire. La marquise de Bastide, qui était partie prendre les eaux à La Bourboule, dans votre pays d'Auvergne, est attendue à Paris d'un jour à l'autre. Son frère le duc d'Arpajon également. Pourtant, la femme de chambre de la duchesse me dit que sa maîtresse, fiévreuse comme elle l'est, ne cesse de parler de vous et craint de mourir sans vous avoir revue.

J'étais partagée entre mon inquiétude pour la duchesse et ma colère devant l'intrusion de Villers. Je fis un effort pour garder mon calme.

– La duchesse vous a-t-elle demandé de me ramener à Paris ?

– Avant de ne plus pouvoir recevoir de visites, elle me disait combien vous lui manquiez. J'ai proposé de venir vous chercher, mais elle a refusé que je vous dérange pour ce qu'elle qualifiait de vétille. En revanche, Mélanie m'a dit que la duchesse espère votre retour avec plus d'impatience que celui de ses propres enfants.

Son audace me coupa le souffle.

– Vous avez donc pris la liberté de venir ici sans en avertir la duchesse, et même contre son avis ?

– C'est exact, madame.

– Pourquoi ne m'avez-vous pas écrit ?

– Vous n'auriez pas ouvert ma lettre. De plus, madame, je suis venu en voiture. Vous pourrez retourner à Paris, si tel est votre souhait, plus rapidement et bien plus confortablement qu'en diligence. Je sais que vous ne voulez pas de ma compagnie. Je vous suivrai à cheval.

– Puis-je avoir un moment seule avec madame de Montserrat ?

Il s'inclina à nouveau et partit. Hélène me regardait.

– Est-ce là l'homme dont vous m'avez parlé ?

Je me laissai tomber dans le fauteuil qu'il avait libéré.

– C'est lui. Je suis stupéfaite de son impudence.

– Il semble vouloir bien faire, ma chérie. Je suis sûre qu'il n'inventerait pas un tel mensonge sur l'état de santé de notre cousine. Il sait que cela le discréditerait à jamais à vos yeux.

– Vous avez peut-être raison. Pourtant, ma chère mère, je ne peux me réconcilier avec l'idée qu'il soit venu ici de son propre chef.

Hélène se leva et vint me caresser la joue.

– Vous aurez le temps de réfléchir à vos sentiments plus tard, mon enfant. La question est de savoir ce que vous allez faire maintenant.

– Pensez-vous que je doive retourner à Paris avec lui ?

– Si la duchesse est si malade et souhaite tant vous voir, je crois que ses bontés vous obligent à ne pas retarder votre retour. Et monsieur de Villers a raison quant à sa voiture. Vous serez à Paris plus vite. Rien ne vous empêchera de revenir ici dès que l'état de la duchesse s'améliorera.

– Je serai vraiment désolée de vous quitter.

– Et moi de perdre votre compagnie. N'ayez crainte, Gabrielle, nous nous retrouverons.

Elle prit mes deux mains dans les siennes.

– Ne tardez pas, maintenant que vous avez fait votre choix. Que Dieu vous garde, mon enfant.

En moins d'une heure, je fis nos bagages et pris congé de la communauté. Hélène nous embrassa, Aimée et moi. Nous nous agenouillâmes pour recevoir sa bénédiction.

Si la duchesse n'était pas tombée malade, si ma sœur ne m'avait pas encouragée à retourner à Paris, je serais sans doute restée à Noirvaux. J'aurais partagé le sort d'Hélène ; je n'écrirais pas ces pages aujourd'hui.

33

Aimée et moi prîmes place dans la voiture de Villers, lequel referma la porte derrière nous sans esquisser le moindre mouvement pour nous y rejoindre. Le lendemain de notre départ, une pluie battante se mit à tomber. Je pensai d'abord que c'était bien fait pour lui. Mais au bout de dix minutes, j'estimai qu'il n'était pas aimable de le laisser se tremper dehors à cheval alors qu'Aimée et moi profitions du confort de sa voiture. Je tirai sur la corde pour demander au cocher de s'arrêter. Villers monta aussitôt, s'installa en face de nous et enleva son chapeau et son manteau ruisselants.

– Mille mercis, madame. Je commençais à me demander si vous alliez me laisser attraper la mort. Ce qui aurait, je l'espère, pesé lourdement sur votre conscience.

– Remerciez cette averse. Elle a noyé ma rancune.

– Lequel d'entre nous a donc des raisons de tenir rancune à l'autre ? Un joli tour que vous avez joué à vos amis en quittant Paris comme une voleuse ! Lauzun a pris d'assaut tous les couvents de la capitale à votre recherche. Quant à moi, je me suis douté que, dans une famille de très ancienne noblesse comme la vôtre, il se trouverait sûrement une parente à la tête d'une abbaye de province. J'ai pris mes renseignements, et j'ai découvert l'existence de madame de Montserrat à Noirvaux. Je savais où vous retrouver dans la semaine qui a suivi votre départ. Je n'aurais cependant jamais troublé votre retraite si la duchesse n'était tombée gravement malade.

– Il est donc vrai qu'elle est très souffrante ?

– Je ne vous aurais pas éloignée de Noirvaux sous de faux prétextes. Je sais, madame, que j'ai eu le malheur de vous offenser en vous avouant mes intentions, mais je ne mérite pas d'être jugé si sévèrement.

– Je ne suis plus offensée par votre franchise, monsieur.

Je passai le reste du voyage dans l'angoisse de savoir si j'arriverais à temps pour dire adieu à mon amie. Villers, sans que je le lui demande, remonta à cheval dès la fin du gros temps.

Nous approchions du Pont Neuf, par lequel nous devions traverser la Seine pour rejoindre le Marais. J'entendis alors un bruit qui allait devenir familier : le grondement d'une foule furieuse. Des hommes, des femmes frappaient du poing les portes de la voiture en nous lançant des insultes. On sentait l'odeur âcre de la poudre et de la fumée. Aimée ouvrait de grands yeux, affolée. Villers nous précédait. Je le vis parler à un homme, puis donner des ordres, que je ne distinguai pas, au cocher. Il descendit de cheval et monta dans la voiture. Je lui fis aussitôt une place à côté de moi.

– Quel accueil vous réserve Paris, madame ! Ceci arrive plusieurs fois par an. Vous allez devoir tolérer ma présence. À cheval, j'offre une cible trop tentante à une canaille armée d'un fusil. Nous ne pourrons pas traverser la Seine ici. Nous allons tenter notre chance un peu plus loin par le pont Notre-Dame.

– Que se passe-t-il ?

– La foule brûle madame de Polignac en effigie. En votre absence, les juges du parlement de Paris ont ouvertement défié le roi sur la question des impôts. De nouveaux pamphlets, plus virulents que d'ordinaire, circulent contre la reine. C'est elle que la foule souhaite réellement brûler, et non en effigie… Nous devons nous hâter.

Les gardes françaises seront ici d'un moment à l'autre. Je ne veux pas que nous soyons pris entre la troupe et la populace.

Alors que nous nous éloignions, je vis d'autres gens se précipiter vers le Pont Neuf pour se joindre à l'émeute. Des coups de feu et des cris lointains annonçaient l'arrivée des gardes françaises.

La Cité, elle, était calme, tout comme le Marais. Une fois la quiétude retrouvée, la présence de Villers devint inconfortable. Lorsque la voiture s'arrêta dans la cour de l'hôtel d'Arpajon, il descendit et me tendit une main que j'ignorai. Tirant Aimée par le bras, je nous précipitai dans la maison sans un au revoir ni un mot de remerciement.

Mélanie leva les bras au ciel en nous voyant et me conduisit sur-le-champ à sa maîtresse. Mon amie était pâle, rongée par une méchante toux et incapable de parler. Je m'agenouillai auprès du lit et lui baisai la main. Elle pressa faiblement la mienne.

Je dus m'assoupir car je fus réveillée au petit matin par la visite du docteur Janseau. Il constata un léger mieux. Et une semaine plus tard, la duchesse fut déclarée hors de danger. Bientôt, elle put quitter le lit pendant quelques minutes, appuyée à mon bras. C'est seulement alors que le duc d'Arpajon se présenta à sa mère, auprès de laquelle il demeura dix minutes tout au plus. La marquise de Bastide, à laquelle j'avais écrit le lendemain de mon arrivée pour l'informer de la légère amélioration de l'état de la duchesse, me répondit qu'elle en était ravie et qu'elle n'avait donc plus aucune raison d'interrompre sa cure aux eaux de La Bourboule. J'en fus fort peinée pour mon amie. La froideur de ses enfants me rendait d'autant plus sensible à mes obligations envers elle. Villers eut la délicatesse de ne pas nous rendre visite pendant cette période, mais il envoyait un laquais s'enquérir deux fois par jour de l'état de santé de la duchesse.

Un soir, pendant que je lui faisais la lecture à haute voix, cette dernière m'interrompit au milieu du *Jeu de l'amour et du hasard*, que j'avais choisi pour la distraire.

– Chère Belle, je suis désolée d'aborder ce sujet, mais il est temps de parler de l'avenir.

J'ouvris la bouche pour protester. Elle m'arrêta d'un geste.

– J'ai fait un nouveau testament en votre absence.

Elle me regardait gravement.

– Comme vous le savez, je ne peux disposer de cette maison, ni même de mes diamants. Mais je vous ai laissé tout ce que je pouvais, ce qui, je suis désolée de vous l'annoncer, ne représente pas plus de quelques milliers de livres. Cela devrait vous aider à survivre quelques mois lorsque je ne serai plus. Mais je ne peux me faire à l'idée de vous abandonner dans une telle situation. Lors de la visite de mon fils l'autre jour, je l'ai supplié de vous laisser demeurer ici après ma mort. Il me l'a promis, mais il pourrait tout aussi bien vous mettre à la porte avant que je ne sois refroidie dans ma tombe.

Je lui pris la main, les larmes aux yeux.

– Madame, vous avez toujours été si bonne avec moi… je ne sais comment vous remercier de votre générosité. Mais vous êtes en voie de guérison. Le docteur Janseau m'en a encore assuré ce matin.

– Assez de ces sottises. Avez-vous réfléchi au couvent ?

– Je ne me sens toujours pas de vocation religieuse. Bien sûr, je pourrais entrer à Noirvaux comme pensionnaire, et madame de Montserrat me permettrait de garder Aimée avec moi. Mais son horizon serait si restreint, il n'y a pas d'autre enfant entre ces murs. Sans fortune, ma fille n'aurait d'autre choix que de prendre le voile. Oh, madame, que feriez-vous à ma place ?

– C'est une question à laquelle nul n'aime à répondre, mais si j'étais à votre place, j'en apprendrais plus sur les intentions de Villers.

– Il a déjà été fort clair quant à ce qu'il ne voulait pas. Je regrette parfois d'avoir été un peu dure avec lui pendant notre retour à Paris, mais je lui en veux toujours. Pensez-vous qu'il m'a ramenée de Noirvaux par bonté de cœur, ou pour me faire sentir que je ne peux lui échapper ?

– Qui sait ? Si vous le souhaitez, ma chérie, je lui demanderai de venir en votre absence. Nous aurons une discussion plus franche.

Deux jours plus tard, Villers se rendit chez la duchesse. Je restai dans mon appartement et courus la rejoindre dès qu'il fut parti. Elle secoua tristement la tête.

– Eh bien, Belle, je lui ai dit combien il serait cruel de vous forcer à une situation qui vous rendra malheureuse, et l'ai supplié de vous épouser.

Elle soupira.

– Il ne veut rien entendre. Il m'a affirmé qu'il vous rendrait tout aussi heureuse sans cela.

Je me mordis la lèvre.

– Il ne se soucie ni de moi ni de mes sentiments.

– Il aime certainement à suivre sa propre idée. Il m'a dit qu'il était ravi que je sois là pour discuter de votre situation. Au moins a-t-il conservé assez de décence pour ne pas vouloir traiter avec vous de telles questions.

La duchesse eut un sourire forcé.

– Et me voici devenue entremetteuse !

– Alors, madame, que propose-t-il ?

– Il souhaite que vous partiez en Normandie avec lui pendant deux semaines. Si vous acceptez, vous recevrez un généreux présent avant votre départ.

– Et ensuite ? Irais-je vivre chez lui en qualité de concubine ?

– Bien sûr que non, Belle. Ce serait le comble de l'indécence pour vous deux. À votre retour, si vous êtes d'accord, il vous constituera un établissement séparé.

– Comme c'est élégamment dit !

Je fermai les yeux et essayai d'imaginer ma vie de femme entretenue.

– Madame, viendriez-vous en Normandie avec nous ? Ce serait la seule chose qui pourrait me rendre un tel voyage supportable.

– Non. Je ne me sens pas encore suffisamment remise. Du reste, il vaut mieux que je me tienne à l'écart.

– Mais alors, qui nous chaperonnerait lors de ce séjour ?

– L'une de ses tantes, qui est veuve et infirme, vit à l'année dans son château de Dampierre. Les apparences seraient donc sauves. Il souhaiterait que vous acceptiez de le recevoir demain, ce qui semble raisonnable. Le temps est venu de lui donner votre réponse, quelle qu'elle soit.

Villers vint le lendemain. Il s'inclina et me tendit un écrin de cuir bleu. J'évitai son regard.

– Ayez la bonté, madame, d'attendre mon départ avant de l'ouvrir. Si vous en êtes satisfaite, faites-moi l'honneur de le considérer comme un présent, et accompagnez-moi en Normandie. Sinon, renvoyez-le. Je partirai à la fin de la semaine.

Il prit congé sans me laisser le temps de répondre.

J'ouvris prudemment l'écrin et poussai un cri de surprise. Je m'attendais à un bijou, mais rien de cet ordre. Sur un fond de velours bleu foncé brillaient des boucles d'oreilles serties de diamants montés en délicats motifs de roses, chacune se terminant par trois énormes briolettes. Sans connaître la valeur de ces bijoux, je supposai qu'elle était exorbitante. Je courus les montrer à la duchesse, qui s'émerveilla de leur beauté.

Le même après-midi, je me rendis à la boutique de monsieur Boehmer, joailler de la Couronne.

– Madame la baronne ne trouvera pas d'autres briolettes de cette qualité dans toute l'Europe. Elles font plus de quinze carats pièce et sont d'une pureté sans pareille. Je les ai réunies moi-même à l'époque du feu roi Louis XV, dans l'idée qu'il me les achèterait pour madame du Barry. Elles étaient alors serties en collier. Malheureusement, Sa Majesté est morte avant de pouvoir conclure cette transaction. Elles m'ont ensuite été achetées par monsieur le prince de Guéméné, qui me les a retournées au moment de sa faillite.

Il caressa tendrement les pierreries du bout des doigts.

– J'avais entamé des pourparlers avec les émissaires du sultan lorsque monsieur le comte de Villers m'a acheté ces bijoux, il y a deux semaines. Il m'a demandé de ressertir les pierres en boucles d'oreilles. Elles forment, madame, un ensemble absolument unique.

Il sourit.

– Je ne peux pas les imaginer en de plus belles mains que celles de madame la baronne.

Je détournai la tête.

– Combien valent-elles, monsieur Boehmer ?

Il me rendit l'écrin.

– Je ne dévoilerai pas le prix que monsieur de Villers a payé pour ces pierres. Mais je peux assurer à madame que l'on pourrait les revendre à plus de cent mille livres.

De retour chez la duchesse, je contemplai avec une infinie tristesse les pierres scintillantes sur leur lit de velours. C'était là le prix de ma jeunesse, de mes attraits, des derniers vestiges de mon innocence. Dieu me pardonne.

34

DEUX JOURS PLUS TARD, je déjeunais de bon matin avec la duchesse, le ventre noué par la perspective de partir en Normandie. Aimée, au contraire, se réjouissait de découvrir un nouveau pays, trop agitée pour rester assise. Manon, la femme de chambre affectée à mon service depuis mon arrivée à Paris, nous accompagnerait. Elle voyagerait auprès du cocher. La cloche de la porte d'entrée sonna à huit heures. Aimée bondit vers Villers qui entrait dans la salle à manger.

Au moment du départ, la duchesse saisit le comte par le bras.

– Prenez bien soin de Belle, ou je vous tuerai à votre retour.

Il lui baisa la main en souriant.

– Madame la duchesse n'aura nul besoin de recourir à de telles extrémités. Vous avez ma parole de gentilhomme que je serai plus attentif au confort de madame de Peyre qu'au mien.

Villers me fit monter dans sa voiture avec Aimée et s'assit en face de nous. Ma fille observait notre compagnon avec beaucoup de curiosité et essayait sans grand succès d'attirer son attention. Il l'avait toujours traitée avec une indifférence bienveillante qui semblait piquer sa jeune fierté. Pour ma part, j'évitais son regard, que je sentais fixé sur moi. Il me faisait penser à un renard épiant un poulailler.

Le voyage se déroula sans incident, et le temps était clément pour la saison, car nous avions déjà passé la mi-octobre. Lorsque nous atteignîmes les frontières de la Normandie, Villers s'anima davantage. Il désignait des points d'intérêt et détaillait le style des maisons dans les villes et villages que nous traversions. C'était un pays de douces collines, aussi vertes que les montagnes de mon Auvergne natale, mais parsemées de pommiers et divisées par de hautes haies de terre couronnées de noisetiers. Villers nous montra les pyramides de pommes au milieu des champs.

– C'est la récolte. Avez-vous déjà goûté au cidre, madame ?

– Jamais.

– Vous en aurez l'occasion d'ici peu. L'automne est pour moi la saison la plus agréable pour visiter la Normandie. Le temps y est plus sec que le reste de l'année, et les jours sont frais et lumineux, comme pour nous donner un dernier aperçu de douceur avant les rigueurs de l'hiver.

– Vous semblez bien attaché à votre pays.

– Ne l'êtes-vous pas au vôtre ?

– Je n'en suis partie qu'il y a six mois, mais il me semble que cela fait bien longtemps que j'ai quitté l'Auvergne.

– Voudriez-vous y retourner avec moi ?

– Certes pas. J'aurais peur d'y rencontrer mon frère.

Il sourit.

– Il semble y avoir quelque chose de particulièrement redoutable chez les hommes de votre pays. Le marquis d'Espeils ressemble-t-il au défunt baron de Peyre ?

– Ah non, pas du tout. Le marquis a des manières parfaites…

Je me mordis la lèvre.

– Je ne voulais pas manquer de respect à la mémoire de mon mari.

– Le ciel nous en préserve ! Nous ne voudrions pas conjurer son fantôme. Il était bien assez terrifiant de son vivant.

Notre conversation me fit oublier le but de notre voyage. Je m'en souvins brutalement lorsque la voiture arriva dans la cour du château de Dampierre.

C'était un beau bâtiment de brique rouge à parements de pierre blanche, datant du siècle dernier. Son architecte, me dit Villers, était celui qui avait conçu la partie ancienne du château de Versailles sous Louis XIII. Et, en effet, il avait le même aspect sévère, bien que Dampierre me parût une plus belle demeure par l'uniformité de son style et l'élégance de ses proportions. Le comte nous emmena dans un vaste salon, décoré de peintures mythologiques aux personnages dévêtus. Les hautes fenêtres donnaient sur de vertes prairies semblables à celles que nous avions traversées au cours du voyage.

Villers me présenta à sa tante, madame de Gouville, qui était assise sur un canapé, les jambes étendues sous une couverture. Elle était frêle, âgée d'une cinquantaine d'années, ou peut-être plus jeune car ses cheveux étaient encore entièrement noirs. L'activité incessante de ses mains, occupées à tricoter, contrastait avec l'immobilité du reste de son corps. Aimée se cacha dans mes jupes sitôt qu'elle la vit.

– Veuillez excuser ma fille, madame. Elle est fort timide.

Madame de Gouville sourit.

– Ne vous excusez pas, chère madame. Vous avez une bien jolie petite, et je suis sûre qu'elle est très gentille. Nous serons grandes amies, n'est-ce pas, mon trésor ?

La seule réponse d'Aimée fut un gémissement plaintif. Villers mit heureusement fin à cet échange en embrassant sa tante. Les yeux sombres de cette dernière s'agitaient sans cesse, comme des mouches prises au piège dans un bocal.

– Mon neveu n'est-il pas le plus bel homme du royaume, madame ?

Je restai sans voix. Il sourit.

– Je crains que madame de Peyre ne partage vos préjugés affectueux, ma chère tante. Donnez-moi plutôt, je vous prie, des nouvelles de votre santé.

– Elle est parfaite, mon cher Aurélien. Mais vous êtes trop modeste.

Elle se tourna vers moi.

– Je vous assure, madame, que si je n'étais pas sa vieille tante décrépite, je l'épouserais sans hésiter.

– Je n'en suis pas surprise. Je suis sûre que bien des dames partagent ce sentiment, mais de son propre aveu, monsieur de Villers n'est pas partisan du mariage.

Madame de Gouville haussa les épaules.

– Ne prêtez pas attention à de tels propos, madame. Tous les hommes parlent ainsi avant de rencontrer la femme qui peut vraiment les attacher.

– Votre neveu ne doit pas avoir posé les yeux sur une telle personne depuis son veuvage.

– Mesdames, mesdames ! Je peux, si vous le souhaitez, m'absenter pour vous laisser discuter plus librement de mes perspectives conjugales.

– Sottises, Aurélien. Que pourrions-nous dire que vous ne puissiez entendre ?

Elle me sourit.

– Il ajoute à ses autres qualités la plus grande modestie.

– Chère tante, que tricotez-vous ? L'agilité de vos doigts ne cesse de m'étonner.

Elle maniait ses aiguilles sans même baisser les yeux sur son ouvrage et sans jamais perdre un point.

– Vous êtes trop bon, Aurélien, comme toujours. Ce sont des bas pour les petits de Gauvin. Savez-vous que sa femme va accoucher de son neuvième enfant ?

Je m'empressai de saisir ce nouveau sujet de conversation.

– Qui est donc ce Gauvin ?

– L'un de mes vassaux, madame, que je me suis abstenu de jeter dehors uniquement par charité. Il est toujours en retard sur ce qu'il me doit, et m'en remercie en braconnant dans mes bois. C'est un ivrogne et un fainéant, sauf quand il s'agit d'engendrer de nouveaux petits Gauvin. Sa femme et ses enfants n'ont pas une guenille sur le dos qui ne leur ait été donnée par ma tante.

– Voici qui est généreux de votre part, madame. J'aimerais être aussi habile que vous. Je n'ai jamais appris à tricoter.

– Est-ce possible ? Permettez-moi de vous l'enseigner.

Villers coupa court en invoquant l'approche de l'heure du souper. Nous montâmes pour nous changer, madame de Gouville portée par un laquais. Aimée ne pouvait quitter des yeux les jambes sans vie de la dame, minces comme des baguettes, qui pendaient sous ses jupes comme celles de ses chères marionnettes italiennes.

On nous mena à un bel appartement à l'étage, tendu de soie rose, qui jouissait de la même vue que le salon. Je remarquai une porte ouvrant sur une autre chambre, que je supposai être celle de Villers. Je dus m'asseoir sur le lit, défaillante.

Au cours du souper, j'étais silencieuse et pouvais à peine toucher à la nourriture. Villers s'attendait-il à obtenir ce qu'il voulait le soir même ? Il s'inquiéta de mon silence.

– Vous semblez fatiguée, madame. Souhaitez-vous vous retirer ?

Je me demandais ce qu'il insinuait, mais quand il me souhaita une bonne nuit, il murmura :

– Reposez-vous. Je n'aurai pas l'insolence de vous déranger ce soir. J'ai une surprise pour vous demain.

Je me couchai, assez inquiète de la surprise en question, mais soulagée de ce sursis. Je n'en vérifiai pas moins que toutes les portes de mon appartement étaient fermées à clé.

Le lendemain matin, Villers m'invita à faire une promenade à cheval. Il fit seller une jument normande pour moi et nous traversâmes la ville de Dampierre, qui s'étendait au-delà des portes du château.

– Mon grand-père possédait toute la ville, et il a fait reconstruire toutes les maisons dans le même style. Il ne voulait pas qu'elles déparent la perspective du château.

– Comme à Versailles.

– À plus petite échelle. La différence est qu'ici mon grand-père a pris en charge les coûts de construction et conservé les droits de propriété. Je possède toujours toutes les maisons de la ville.

– Et toutes les terres environnantes, je suppose ?

– Oui, madame, dans un rayon de vingt lieues et jusqu'à la mer vers le nord.

– Voudriez-vous m'y emmener ?

– C'était mon intention.

Nous suivîmes des routes de campagne, puis des sentes cavalières jusqu'à atteindre une lande, où des lapins de garenne détalèrent à notre approche. L'herbe y était plus courte et moins verte qu'à l'intérieur des terres. Nous attachâmes nos chevaux à un arbre rabougri. Le vent me soufflait sur le visage, apportant une odeur inconnue et un bruit tonnant, régulier et lointain, que je n'avais jamais entendu. Nous marchâmes vers le sommet d'une falaise où m'apparut une surface chatoyante, tissée d'une infinité de teintes bleues et grises, reflétant la lumière de cette claire journée d'automne. Les vagues s'écrasaient en contrebas en énormes rafales d'écume. J'étais muette devant ce spectacle. Villers aussi. Les yeux me piquaient à cause de la force du vent ou d'une émotion nouvelle. Je ne sais combien de temps l'enchantement dura. Enfin, je me rappelai que je n'étais pas seule.

– Pardonnez-moi. Vous devez vous lasser. Ceci n'a rien de nouveau pour vous.

– Certes, mais je ne me lasse pas de vous voir admirer la mer. À dire vrai, je ne me lasse de rien en votre compagnie.

– Est-il déjà temps de repartir ?

– Je ne suis pas pressé. Il n'y a pas d'auberge dans les environs, mais nous pourrions prendre une collation dans une chaumière avant de rentrer.

– Peut-on voir l'Angleterre d'ici ?

Il sourit.

– Non, elle est éloignée d'une trentaine de lieues. Mais Portsmouth et l'île de Wight sont droit au nord.

Villers m'emmena dans une chaumière à une lieue de là, à l'intérieur des terres. Les paysans le reconnurent et nous accueillirent à grands cris de surprise et d'alarme. La femme s'empara d'un chiffon et se mit à récurer la table avec énergie, ce qui devait être assez rare à en juger par la couche de graisse luisante qui la recouvrait. Son mari chassa des poules gloussant d'indignation du banc où je devais m'asseoir.

Je ne comprenais rien au parler des paysans. Leur dialecte et leur accent m'étaient étrangers, mais je déduisis de leur ton qu'ils s'excusaient de ne pas mieux nous recevoir. Villers leur répondit dans un mélange de mots de leur patois et de français, qu'ils saisissaient sans difficulté. La femme nous servit un repas de crêpes de blé noir et de porc salé. Je mangeais de bel appétit malgré la propreté douteuse des assiettes ébréchées. Je sentis la piqûre du cidre sur mon palais, son amertume et son léger goût de moisi. Mais très vite je le trouvai délicieux. Villers me souriait.

– Prenez garde, madame. Le cidre n'est pas du jus de pomme. Il peut monter à la tête si l'on n'y est pas habitué.

À la fin du repas, Villers déposa deux écus d'argent sur la table. Les paysans firent mine de protester, avant de les accepter et de lui baiser les deux mains avec effusion.

Nous repartîmes en direction de la mer.

– La tête me tourne. Peut-être ai-je bu trop de cidre.

– Je vous avais prévenue, madame. Il me semble discerner deux défauts parmi vos nombreuses perfections : vous êtes entêtée comme une mule et vous ne croyez pas un mot de ce que je dis, alors que je n'ai que votre intérêt à cœur. Je pourrais vous guérir du second, mais le premier doit être incurable.

Il tira sur la bride pour freiner son cheval.

– Espérons que vous pourrez retourner à Dampierre. Sinon, je devrai vous laisser chez les Lafosse et revenir vous chercher demain matin. Je suis sûr qu'ils ne verront pas d'inconvénient à vous céder leur lit pour la nuit.

Je revis, non sans effroi, le lit défait, dont les rideaux avaient été tirés en hâte à notre arrivée. Je me redressai en selle et secouai la tête pour reprendre mes esprits. Villers semblait amusé.

– Vous êtes une enfant, et l'on ne peut s'empêcher de vous taquiner. Je ne vais pas vous ramener à Paris couverte de puces après avoir promis à la duchesse de prendre soin de vous.

Il me regardait fixement, et pour la première fois, je remarquai la couleur de ses yeux, qui étaient d'un bleu très pâle.

– D'ailleurs, j'espère avoir le plaisir de votre compagnie ce soir.

Cette remarque et la morsure du vent dissipèrent toute trace d'étourdissement. Une fois que nous fûmes à nouveau sur les falaises, je retombai sous l'emprise de la mer. Nous chevauchâmes sur la lande jusqu'en fin d'après-midi. Le soleil était déjà bas à l'horizon, il était temps de rentrer si nous voulions atteindre Dampierre avant la nuit.

Juste avant de passer les grilles du château, Villers murmura :

– Ce soir ?

Il sembla satisfait de mon silence.

35

VEUVE, J'ÉTAIS BIEN PLUS TIMIDE que je ne l'avais été jeune fille. À quinze ans, non seulement avais-je laissé un homme m'embrasser et me caresser, mais j'avais pris plaisir à ses attentions et aspiré à une intimité plus étroite encore. Cette audace avait été enterrée sous les rigueurs de mon mariage.

Villers ne m'avait jamais touchée auparavant, sauf pour danser avec moi, m'aider à monter en selle ou en voiture, et en descendre. Ce soir-là, je poussai un long gémissement lorsqu'il approcha de mon lit, sous un jour nouveau. Ses cheveux, débarrassés de leur poudre, tombant en boucles lâches sur ses épaules, étaient du même blond que ses sourcils, et l'or de ses boucles d'oreilles s'y mêlait comme un ornement barbare. Par l'échancrure de sa chemise, je distinguais des constellations de taches de rousseur semblables à celles de son visage. Aussi stupide que cela puisse paraître, l'une des raisons pour lesquelles j'avais accepté ses offres était sa minceur rassurante, mais je découvrais à présent que les muscles de sa poitrine étaient compacts et bien dessinés.

Sans lui laisser le temps de me rejoindre, je m'échappai du lit comme la nuit de mes noces et trouvai refuge dans le coin le plus éloigné de la pièce, accroupie, en chemise, les poings serrés contre les yeux. Je l'entendis se diriger vers moi.

– J'ai changé d'avis. Ne m'approchez pas. Ne me frappez pas.

Il s'agenouilla doucement à côté de moi.

– Pourquoi ferais-je une chose pareille ? Que vous est-il donc arrivé ? Je vous en prie, regardez-moi.

J'ouvris les yeux. Je lus de l'inquiétude et de la pitié dans les siens. Je n'avais pas la moindre intention de lui révéler les brutalités de ma vie conjugale, par pudeur, et par crainte de lui donner des idées qu'il n'avait peut-être pas encore. Il posa un doigt sur mes lèvres.

– Je le devine assez. Quelle horreur. Pauvre Belle, si jeune, si jolie, si délicate. C'est donc pour cela que vous êtes si timide. Écoutez-moi : jamais je ne vous battrai, jamais je ne vous ferai de mal, jamais je ne vous forcerai. Je vous le promets.

Je le laissai me prendre dans ses bras.

– Vous frissonnez. Je vais vous remettre au lit. N'ayez crainte. Je ne ferai rien sans votre permission.

Il me borda et se coucha par-dessus les couvertures près de moi, sans enlever sa chemise. Je ne pouvais le quitter des yeux. Il me caressait la joue. Et chaque fois, je me raidissais de peur. Il soupira.

– Très bien, ma chérie. Je suis désolé de vous effrayer ainsi. Reposez-vous.

Il partit. Je m'endormis, épuisée par mes pleurs.

Le lendemain matin, Manon m'habilla et je descendis déjeuner bien à contrecœur. Je m'attendais à ce que Villers m'annonçât qu'Aimée et moi n'étions plus les bienvenues à Dampierre et que nous repartirions par la prochaine diligence. Je m'arrêtai un instant sur le seuil de la salle à manger, prête à m'enfuir vers mon appartement. Un laquais m'aperçut et s'empressa d'ouvrir la porte. Il était trop tard pour battre en retraite. Je pris une profonde inspiration et, les yeux baissés, me dirigeai aussi vite que possible jusqu'à la première chaise. Madame de Gouville me salua amicalement. Villers se leva et s'inclina. Il s'exprimait avec son aisance et sa courtoisie habituelles.

– J'espère que vous êtes bien reposée, madame. Je me propose de vous emmener cet après-midi à Saint-Laurent, une lieue à l'est de l'endroit que nous avons visité hier.

Sans répondre, je gardai les yeux rivés sur le service à café disposé sur la table.

– Fort bien ! Puisque vous n'y voyez pas d'objection, nous irons donc à Saint-Laurent.

Il partit sitôt le déjeuner achevé. Je passai quant à moi la matinée au salon avec Aimée et madame de Gouville. Ma fille ne s'approchait toujours pas de la vieille dame, mais lui jetait des coups d'œil craintifs. Elle dessinait avec les pastels que nous avions apportés. Je montrai ces œuvres à madame de Gouville, qui manifesta une admiration enthousiaste. Elle renouvela également son offre de m'apprendre à tricoter. Je m'installai sur une chaise près d'elle.

Malgré sa persévérance et la mienne, je me débattais encore avec les aiguilles quand Villers reparut, botté et en habit de chasse. J'avais oublié son existence pendant quelques heures.

– Chère tante, que pensez-vous des progrès de madame de Peyre en matière de tricot ? Vous avez une élève appliquée, semble-t-il.

Madame de Gouville réfléchit une minute.

– Eh bien, elle fait beaucoup d'efforts.

– C'est fort louable. On doit toujours faire preuve d'indulgence envers les débutants.

Il réprimait un sourire. Il était temps de partir à cheval.

Une fois Dampierre loin derrière nous, je profitai d'un moment où nous ralentissions entre deux haies.

– Je suis désolée, monsieur, de ce qui s'est passé, ou ne s'est pas passé, hier soir. Vous devez me prendre pour une parfaite imbécile.

– C'est moi qui suis à blâmer. J'attendais trop de vous, trop tôt. J'aurais dû deviner que vous aviez subi de bien mauvais traitements.

– Mais j'ai manqué à ma parole. En acceptant votre présent, je vous ai promis plus que je ne pouvais donner. Je vous le rendrai ce soir.

– Veuillez le garder jusqu'à notre retour à Paris. J'espère que vous n'avez pas l'intention d'écourter votre séjour.

– En vérité, monsieur, je m'attendais à ce que vous me chassiez ce matin.

Il se mit à rire.

– Pour qui me prenez-vous ? Je serais bien sot de me priver du plaisir de votre compagnie. Je vous ramènerais bien sûr à Paris si vous le désiriez, mais ce serait à mon grand regret.

Il se tourna vers moi et saisit la bride de mon cheval.

– Dites-moi que vous ne partirez pas.

Face à mon silence, il poursuivit :

– Très bien, madame. Je vais être franc. Je suis en effet fort en colère contre vous pour m'avoir induit en erreur de manière aussi éhontée. Je ne vous pardonnerai qu'à une seule condition.

– Laquelle ?

– Que vous ne disiez plus un mot de la nuit dernière, de ces maudites boucles d'oreilles ou de votre retour à Paris.

Je ne pus retenir un soupir de soulagement.

– C'est mieux. Je craignais que ces fossettes n'aient disparu à jamais. Maintenant, profitons de cette journée !

Nous descendîmes une colline escarpée, couverte de pins, et nous nous retrouvâmes sur une plage qui s'étendait à perte de vue. La mer, le ciel et la terre semblaient se fondre en mille nuances de gris à présent que la marée basse avait mis le sable à nu. Villers proposa une course jusqu'au bout de la grève.

– Je vous laisse partir un peu avant moi. Ce n'est que justice car vous montez en amazone.

À son signal, je lançai mon cheval au galop avant qu'il me suive. Je gagnai et poussai un grand cri de triomphe. Mon appréhension s'était envolée et je reçus avec joie ses félicitations.

Il m'aida ensuite à descendre de ma jument, qu'il tenait par la bride. J'en profitai pour toucher le sable, dur et compact par endroits, mou et mouvant ailleurs. Je remplis mes poches de coquillages, certains minuscules, dentelés et jaunes, d'autres plus grands, de forme irrégulière et doublés de nacre rose. Il se tenait debout à quelques pas de là, l'air amusé.

– Vous moqueriez-vous de moi ? Aimée sera folle de joie, elle adore jouer avec ce genre de choses.

– Vous aussi, semble-t-il, madame.

– Pourrions-nous revenir avec elle ?

– Bien sûr. Nous prendrons la voiture.

Nous étions seuls sur la grève. Pourtant, il ne faisait aucun geste pour profiter de cet isolement. Enfin, il consulta sa montre et annonça qu'il était temps de rentrer.

– Merci de votre amabilité, monsieur. Quand je me suis levée, je ne m'attendais certes pas à passer une journée aussi agréable.

– Je le crois volontiers. Vous me preniez pour un ogre. Je n'ai jamais rien vu de si pitoyable que votre mine ce matin. J'ai honte d'avoir causé tant de misère. Si vous me faisiez l'immense faveur de ne pas fermer votre porte à clé ce soir, je ne ferais rien contre votre gré. Réfléchissez-y. Quelle que soit votre décision, sachez que je ne vous en voudrai pas. Vous conserverez ma bonne opinion, et j'espère que vous ne me retirerez pas la vôtre. Rentrons maintenant.

Le brouillard s'élevait des champs alors que nous chevauchions en silence. Lorsque nous arrivâmes à Dampierre, les serviteurs allumaient les lanternes dans la cour. Je courus au salon pour montrer les coquillages à Aimée, qui dansa de joie.

Pourquoi avais-je souhaité que Villers m'épouse si je ne voulais pas qu'il m'approche ? Je savais qu'en l'accompagnant en Normandie j'avais perdu ma bonne renommée, quoi qu'il arrivât. Mes espoirs de me remarier, qui avaient été bien minces, étaient désormais anéantis. Mes seuls choix seraient de retourner à Noirvaux ou de devenir la maîtresse d'un autre homme. Cette dernière idée me faisait frémir. Villers avait respecté mes craintes la veille au soir, tout comme il était parvenu à me faire oublier ma gêne dans la journée. J'essayai d'imaginer comment un autre se serait conduit à sa place. La comparaison était à son avantage.

Je ne fermai pas ma porte à clé ce soir-là. Et je ne m'enfuis pas du lit. Il s'allongea sur les couvertures en robe de chambre, comme la veille, et porta ma main à ses lèvres.

– Merci de me faire confiance.

Il me murmura des mots de réconfort à l'oreille. Sa voix m'apaisa. Je fermai les yeux, non pour éviter de le voir, mais pour mieux l'écouter. La chaleur de son souffle dans mon cou provoquait un étrange engourdissement, qui se répandait le long de mon dos.

Il tira doucement sur le ruban qui attachait l'échancrure de ma chemise. Je frissonnai. Il s'arrêta.

– Tu n'es pas fâchée, ma chérie, n'est-ce pas ?

Je secouai la tête.

– Je donnerais tout pour te voir nue.

Je me raidis.

– Et vous ?

– Sauf si cela te met mal à l'aise, mon amour.

– C'est vrai ?

– Bien sûr.

Je me redressai sur le lit. Il souleva ma chemise.

– Oh mon Dieu, tu es magnifique.

Je me couvris la gorge de mes mains. Il les repoussa lentement. Nous étions à genoux, l'un en face de l'autre. Me tenant par la taille, il se pencha vers mes seins. Pour lui échapper, je m'étendis sur le ventre, le visage caché dans les oreillers. Il joua avec mes cheveux et me caressa le dos du bout des doigts. L'agréable engourdissement revint, plus intense. Ma peau piquait et frémissait à son contact. Il souleva doucement l'une de mes hanches pour me faire rouler sur le dos. Il m'explora des lèvres et de la langue. Mes cuisses s'écartèrent d'elles-mêmes. Je passais les doigts dans les mèches de ses cheveux blonds. La façon qu'il avait de me caresser m'émut comme rien ne l'avait fait auparavant. Je me tendis, dans l'attente de l'inconnu, avant d'être secouée par des pulsations de plus en plus longues. Le frisson était si puissant que les muscles de mon ventre se contractaient comme si une main les avait pétris. Cela me coupa le souffle ; cela me donna le vertige. Puis le vertige s'estompa.

Villers leva les yeux.

– Es-tu surprise ?

– Je ne m'attendais à rien de tel.

– À quoi t'attendais-tu, ma chérie ?

– Je ne sais pas. Pas à cela.

Je l'interrogeai du regard.

– Ne te soucie pas de moi. Je ne peux imaginer de torture plus délicieuse que celle-ci. Tu peux la prolonger toute la nuit si tu le souhaites.

– Je voudrais vous rendre heureux aussi.

– Alors viens ici.

Il m'attira à lui. Ses lèvres pressèrent les miennes. Son étreinte se resserra. Une vague de peur m'envahit. Je le repoussai, trop consciente de ce que je sentais presser contre mon ventre.

– Pardonne-moi. Je t'ai effrayée. Mais n'aie crainte, jamais je ne te forcerai.

Il posa la main sur mon épaule, délicatement. Je voulais lui donner un gage de ma tendresse, de ma gratitude, de ma confiance. Je ne parvins qu'à l'embrasser sur la joue.

– Merci, mon amour.

Il se leva et souffla les bougies. Alors seulement il ôta sa chemise. Je n'avais plus aussi peur à la lueur vacillante des braises. Il s'allongea de nouveau à mes côtés et, prenant l'une de mes mains dans les siennes, la guida le long de sa poitrine jusqu'au bas de son ventre. La peau était soyeuse, délicate. Il inspira fortement. Je ne reculai pas.

Il était plus de dix heures quand je m'éveillai le lendemain matin. Je sursautai en voyant qu'il était encore au lit avec moi, appuyé sur un coude pour me contempler.

– Je ne voulais pas troubler ton sommeil. Tu es trop jolie lorsque tu dors.

La familiarité du tutoiement, ma nudité, la sienne, firent ressurgir les souvenirs de la nuit. Il me prit par la taille et me tira à lui.

– Tu avais pourtant oublié ta timidité. Désormais, ma chérie, tu es à moi, à moi seul.

Il était prêt à m'en donner de nouvelles assurances. Nous nous levâmes seulement vers midi.

Le lendemain, Villers proposa de nous faire visiter une ferme voisine pour assister à la fabrication du cidre. J'allai à mon appartement pour me changer. Il frappa à la porte cinq minutes plus tard pendant que Manon nouait une ceinture rose vif autour d'une robe de drap gris. Je rougis de la familiarité de cette visite. Manon n'en semblait pas troublée et, après une révérence à Villers, elle s'empressa de disparaître.

– Vous êtes ravissante, Belle, mais votre mise n'est pas assez élégante.

– Mais nous allons dans une ferme, et vous portez un habit de chasse.

– Il ne s'agit pas de moi. Les paysans s'attendent à voir une baronne de Paris, ce qui ne leur arrive pas tous les jours. Ma pauvre tante est ce qui se rapproche le plus d'une belle dame à leurs yeux. Vous les offenseriez en arrivant habillée trop simplement.

– Vraiment, monsieur ?

Il éclata de rire.

– Pourquoi m'appelez-vous monsieur quand nous sommes seuls ?

– Mon mari ne m'a jamais suggéré de m'adresser à lui autrement.

– Je n'en suis pas surpris, mais je m'attends à quelque chose de moins formel. Aurélien ? Ou mieux encore, mon amour ?

Je rougis d'embarras.

– Ma pauvre Belle. Appelez-moi ce que vous voulez, ou rien du tout si vous préférez. Maintenant, nous allons vous trouver quelque chose de convenable.

Il se dirigea vers l'armoire et, après une brève inspection, en tira une robe de soie couleur gorge-de-pigeon et un chapeau garni de plumes d'autruche blanches, qu'il jeta sur le lit. Sans me laisser le temps de rappeler Manon, il délaça mon corsage avec autant d'adresse qu'elle l'aurait fait. Les jupes de ma robe grise se retrouvèrent à mes pieds. Il baisait maintenant mon cou et mes épaules.

– Peut-être la fabrication du cidre n'est-elle pas si intéressante après tout… Il me vient à l'idée une manière plus agréable de passer un bel après-midi d'automne.

– Mais vous avez promis à Aimée…

Il m'arrêta d'un léger baiser sur la bouche.

– À votre aise, mon amour. Soyez assurée que vous en rendrez compte ce soir.

Il prit la robe sur le lit et m'en revêtit aussi adroitement qu'il avait délacé la précédente, quoique bien plus lentement. Il caressait tout ce qui était exposé. Mes yeux s'étaient clos, je frissonnai et cherchai ses lèvres.

– Vous aussi, ma chérie, semblez avoir autre chose en tête que la fabrication du cidre. Comme vous le découvrirez, retarder le plaisir ne le rend que plus intense.

La tête renversée en arrière, les yeux toujours clos, je murmurai :

– Mon amour…

Il me récompensa d'un long baiser profond.

La tête me tournait encore lorsque nous montâmes en voiture.

La ferme était bien plus prospère et accueillante que la chaumière où nous avions fait halte quelques jours auparavant. Plus d'une vingtaine de paysans étaient réunis dans une vaste grange à côté de la maison. Les rires et les conversations cessèrent brusquement à notre arrivée. Les hommes se découvrirent et s'inclinèrent tandis que les femmes firent la révérence. Toute l'assemblée, adultes et enfants, me dévisageait.

Villers ne sembla pas déconcerté par la solennité de l'accueil. À son tour, il se découvrit et s'inclina profondément devant la fermière, une belle femme blonde, accorte et avenante, comme il l'aurait fait devant une duchesse, et lui adressa un compliment en patois qui la fit rougir. Le brouhaha confus des voix reprit.

Dans un pressoir de granit rond, les pommes éclataient sous une roue de bois tirée par un grand cheval bai. Les fruits écrasés étaient ensuite pelletés dans une cuve, où ils étaient pressés entre des couches de paille. Tous les paysans se relayaient pour pousser la barre de fer qui faisait tourner le pressoir, avant de se rafraîchir de généreuses lampées du cidre de l'année précédente. Le jus clair s'écoulait dans une cuve. De là, il était versé dans des barriques.

Un petit garçon de quatre ou cinq ans s'approcha de moi pour toucher mes jupes. Sa mère, affolée, s'apprêtait à le gifler lorsque j'arrêtai son geste et, souriant à l'enfant, lui donnai un écu d'argent que j'avais en poche. Le petit l'accepta sans mot dire ni me quitter des yeux, tandis que sa mère se répandait en gratitudes.

Cette nuit-là, Villers me demanda ce que je pensais de notre sortie.

– C'était fort agréable, mais l'attitude des paysans à mon égard était un peu déconcertante.

– Les gens d'ici croisent peu de nouveaux visages. Et surtout de si beaux.

Il jouait avec mes cheveux.

– Les autres hommes peuvent te désirer tant qu'il leur plaît, du moment que je t'ai pour moi seul.

Les jours suivants, nous retournâmes sur la plage de Saint-Laurent avec Aimée et fîmes de nombreuses sorties pour découvrir les environs. Madame de Gouville restait au château et attendait le compte rendu détaillé de nos expéditions.

Villers nous fit visiter son haras, qui n'abritait pas moins de cinquante étalons. La plupart des chevaux que j'avais vus courir à Paris en descendaient. Il montra à Aimée un joli petit cheval blanc.

– L'année prochaine, elle sera assez grande pour commencer à monter avec nous. Je lui apprendrai si vous le permettez.

Ainsi Villers me laissait-il entendre qu'il se soucierait toujours de moi un an plus tard. Malgré mon jeune âge, j'étais assez avisée pour savoir que les hommes ont tendance à faire de telles allusions pour se dispenser d'engagements plus explicites.

Il me rejoignait chaque nuit, et ce bonheur, comme ma première gorgée de cidre, me donnait toujours le vertige. J'en profitai pleinement, en essayant de ne pas me soucier de l'avenir au-delà de la quinzaine qui nous était impartie.

Le moment tant redouté de boucler nos malles arriva. Villers se glissa dans mon appartement avant le départ.

– Cela me brise le cœur que vous soyez si triste. Pourquoi, ma chérie ? Nous allons nous voir presque autant à Paris qu'ici. Je vous trouverai un logement à côté de chez moi et nous retournerons dès que possible à Vaucelles.

– Peut-être. Mais à Paris, vous aurez d'autres femmes.

– Qu'est-ce qui vous fait croire cela ?

– On m'a dit que vous disposiez d'une petite maison près de la barrière Saint-Denis et que vous y entreteniez trois dames. Et que vous partagiez les frais et les dames de cet établissement avec le duc d'Orléans et monsieur de Lauzun.

– Ces informations sont fort précises. Puis-je vous en demander la source?

– Madame de Bastide. N'est-ce pas vrai?

– Il n'est rien de tel que la méchanceté d'une femme rejetée. En fait, je ne l'ai pas rejetée. C'est elle qui m'a sommé de choisir entre elle et lady Herndon. Madame de Bastide aurait dû être flattée que je lui aie choisi comme rivale cette dernière, plus jolie et bien plus agréable.

Il fit la moue.

– Je me demande comment elle est au courant de nos petits arrangements. Sans doute Lauzun et sa discrétion légendaire... Je n'insulterai pas votre intelligence, ma chérie, en niant ces rumeurs.

– Madame de Bastide m'a également dit que le duc d'Orléans, Lauzun et vous profitiez de la compagnie de ces trois dames ensemble.

Sa mâchoire se contracta.

– Madame de Bastide est une impudente coquine. J'aurais dû l'inviter à se joindre à l'une de nos petites fêtes. Ni le duc d'Orléans ni Lauzun n'y auraient vu d'inconvénient, et elle serait moins encline à jaser maintenant. Je ne veux pas vous mentir: je ne suis pas différent des autres hommes. Je ne peux me contenter longtemps d'une seule femme, même passionnément aimée.

– Je dois être bien sotte et maladroite comparée à vos autres maîtresses.

Il me prit dans ses bras.

– Ne dites pas cela, Belle. Je ne vous considérerai jamais comme l'une de mes maîtresses. Il n'y a rien de commun entre elles et vous. Je n'ai jamais attendu de femme aussi longtemps que vous. Je n'ai jamais été aussi heureux qu'en votre compagnie. Aucun plaisir ne se compare à la possession de la femme que l'on aime. Ce que je ressens pour vous, je ne l'ai jamais ressenti auparavant. Je suis ému aux larmes quand je vous vois si reconnaissante d'attentions mineures qu'une autre ne remarquerait même pas. Je vous aime et je vous admire en même temps.

Il porta ma main à ses lèvres.

– Cela ne m'empêche pas d'avoir besoin d'amusements plus grossiers, dont certains ne seraient pas de votre goût. Je n'oserais vous en parler, et encore moins vous demander d'y prendre part. N'ayez crainte, vous ne constaterez aucun changement dans mes affections ni mes attentions. Notre retour à Paris ne changera rien pour vous.

– Il changera tout pour vous.

– Je crains que l'on n'y puisse rien. Je ne vous donnerai aucune raison d'être mécontente de nos arrangements.

Aimée et moi fîmes nos adieux à madame de Gouville.

– Je suis désolée, chère baronne, de vous voir partir si vite. Vous et votre petite fille me manquerez presque autant que mon neveu. Et quel dommage que vous quittiez Dampierre à peine plus habile dans l'art du tricot que lorsque vous y êtes entrée !

Elle fit promettre à Villers de nous ramener promptement.

36

À NOTRE RETOUR À PARIS, Villers nous déposa chez la duchesse en promettant de revenir dès le lendemain. Après son départ, mon amie me prit le visage entre les mains et me regarda dans les yeux.

– Bien. Vous êtes heureuse. Racontez-moi la Normandie.

– C'est un pays magnifique, vert et joyeux. La mer ne ressemble à rien de ce que j'aurais pu imaginer, si vaste, si changeante d'un instant à l'autre. Son tumulte m'a envoûtée. Dampierre, le château de monsieur de Villers, est une demeure très élégante. La tante s'est entichée d'Aimée. Elle a même essayé de m'apprendre à tricoter.

– J'en suis fort aise. Mais Villers, ma chérie ?

– Tout s'est très bien passé, madame.

– Je suppose que je vais devoir me contenter de ce rose que je décèle sur vos joues… Je me doutais qu'il n'était aussi mauvais que sa réputation et suis ravie d'apprendre que vous vous êtes si bien amusée. Nous nous serions bien ennuyés ici, si ce n'est pour le duc d'Orléans. Figurez-vous qu'il a défié le roi au beau milieu d'une session solennelle du parlement de Paris, lors de laquelle Sa Majesté tentait de faire approuver de nouveaux impôts. Il a déclaré publiquement que les actions du roi violaient la constitution du royaume, puisque seuls les États généraux ont le pouvoir de créer de nouveaux impôts. Sur le fond, le duc d'Orléans a raison, bien sûr, mais songez au scandale ! Pour sa peine, le roi l'a exilé en son château de Villers-Cotterêts, à quarante lieues d'ici.

– Son éloignement ne me chagrine guère.

– Je le sais, Belle. Par ailleurs, le chevalier des Huttes m'a rendu visite en votre absence, alerté de votre voyage en Normandie. Je ne l'avais jamais vu dans une telle colère. Il m'a amèrement reproché de vous avoir laissée devenir la proie du « libertin le plus dépravé de Paris ».

Elle soupira.

– Je ne comprendrai jamais les hommes. J'ai rappelé au chevalier que rien de tout cela ne serait arrivé s'il m'avait écoutée et vous avait épousée. Je vous épargnerai le reste de ses propos, mais il a menacé d'écrire à votre frère.

Mon cœur ne fit qu'un bond.

– Oh madame, le chevalier sait-il quel malheur s'ensuivrait ? Le marquis viendrait à Paris !

– Sottises. Après avoir refusé de vous venir en aide, qui d'autre que lui-même le marquis pourrait-il blâmer de votre situation ?

L'après-midi de mon retour, j'eus l'honneur d'une visite du duc de Lauzun, sans nul doute promptement averti par son espion, ou espionne, dans la maison. Il avait l'air courroucé.

– Voici donc, madame, comment vous récompensez ma persévérance. Je vous ai aimée en vain. Vous avez dédaigné mes offres et préféré Villers. Je ne vous le pardonnerai jamais.

– Je n'ai pas le sentiment d'avoir mérité une telle sévérité, monsieur. J'ai été franche avec vous dès le début.

– Et comment aurais-je pu savoir que vous étiez sérieuse ?

– Parce que je le suis toujours quand je parle de choses sérieuses. C'est un trait de mon caractère. Je vous en prie, n'en prenez pas ombrage et faites-moi l'honneur de me conserver votre amitié.

– Je suppose que cette franchise vous honore. En attendant, je vous serais reconnaissant de bien vouloir me restituer mes lettres. C'est la seule raison de ma visite.

– Je regrette, mais c'est impossible.

– Et pourquoi donc, si vous voulez me considérer seulement comme un ami ?

– Parce que je les ai brûlées au fur et à mesure.

Il me regarda bouche bée.

– Brûlées ?

– Je les aurais gardées si j'avais su que vous vouliez les reprendre.

– Vous plaisantez ! Aucune femme ne brûle des lettres d'amour.

– Vous devez me croire. Elles me gênaient, et je ne voulais pas les garder.

– Plus je vous connais, madame, plus vous m'étonnez. Vous êtes la plus extraordinaire des créatures.

Il sourit et porta ma main à ses lèvres.

– J'accepte votre demande et demeure votre ami malgré tout.

Dès le lendemain, mon nouveau logement était déjà prêt à nous recevoir, Aimée et moi. Villers avait dû régler l'affaire avant même notre départ pour Dampierre. C'est avec une immense tristesse que je quittai la bienveillante protection de mon amie.

Villers nous emmena dans sa voiture rue Saint-Dominique, sur la rive gauche. L'immeuble, situé à quelques centaines de pas de son hôtel, était donné à bail à divers locataires, tous nobles. Mon logement, élégamment aménagé, occupait la moitié du premier étage. Le mobilier du grand salon était de la plus délicate marqueterie, incrustée de porcelaines de Sèvres. Je fis courir mes doigts sur les touches d'un pianoforte, un instrument alors rare et fort cher. Ma chambre, qui offrait une vue sur un jardin clos à l'arrière de la maison, était tendue de soie bleu pâle à motifs de fleurs et d'oiseaux.

Villers avait commandé un souper, qui fut apporté de chez lui, et il passa la nuit avec moi pour m'empêcher, dit-il, de me sentir seule. En effet, j'étais intimidée par cet endroit et ma nouvelle qualité de courtisane. Je savais qu'il pouvait me chasser de l'un comme de l'autre à sa guise. À vrai dire, sa compagnie m'avait manqué la veille, la première nuit que j'avais passée seule depuis des semaines. Je ne pouvais m'empêcher d'imaginer qu'il en avait profité pour rendre visite aux dames de la barrière Saint-Denis.

À mon réveil, il me passa une bague à l'annulaire de la main gauche, à côté de mon anneau nuptial.

– Je voudrais que tu la portes toujours.

Je le remerciai gauchement en regardant l'énorme rubis ovale, flanqué de deux brillants.

– Qu'y a-t-il ? Ne te plaît-elle pas ?

Je tâchai de dissimuler mon malaise devant un bijou aussi voyant.

– Si, bien sûr. La couleur du rubis est extraordinaire, avec ce reflet presque rosé.

– Belle, ma chérie, tout Paris sait que tu es mienne. Pourquoi cette réserve ?

Manon avait accepté de quitter le service de la duchesse pour devenir ma première femme de chambre. Mon établissement était complété par deux autres servantes et un laquais, tous précédemment employés par Villers. Je soupçonnais ces deux femmes, impertinentes et jolies, d'être passées entre ses mains. Elles m'espionneraient probablement pour son compte. Quant au laquais, Junot, je supposais qu'il m'avait été affecté parce que son âge avancé éteignait toute jalousie chez Villers.

Ce fut un choc de découvrir la livrée rouge du baron de Peyre sur le dos de Junot. Je ne l'avais pas vue depuis mon départ de Cénac, et ne la regrettais pas le moins du monde. En tout état de cause, je n'étais pas en position de me plaindre du choix de mes serviteurs. Villers payait leurs gages et mon loyer, en plus d'une pension de cinq cents livres qu'il me donnait le premier de chaque mois. Lors de notre installation, il avait détaillé « nos » arrangements, qui étaient en fait les siens puisqu'il en avait décidé seul.

– Vous n'aurez pas besoin de votre propre voiture, vous pourrez emprunter n'importe laquelle des miennes à votre guise. Et je n'engagerai pas de cuisinière pour vous. Vos servantes prépareront votre déjeuner, le thé et le café. Le reste de vos repas sera apporté de chez moi. C'est l'un des nombreux avantages de vous avoir si près.

Bien que Villers fût généreux à mon endroit, il ne se laissait pas aller, contrairement à la plupart de ses amis, à des dépenses extravagantes. Il me dit un jour qu'une telle prudence était un trait de caractère normand. Je dois ajouter qu'il m'avait confirmé par écrit le don des boucles d'oreilles en diamant et de la bague en rubis, ce qui m'assurait que je ne tomberais pas dans le dénuement s'il se lassait un jour de moi.

Tout en dédaignant le titre de mari, Villers s'octroyait des droits équivalents. Je lui obéissais et l'honorais tout autant que s'il m'avait épousée. La différence était qu'il avait le pouvoir de me jeter à la porte à sa guise.

– Si vous voulez me faire plaisir, Belle, et je suis sûr que tel est votre souhait, vous ne permettrez à aucun homme de vous rendre visite ici. Je ne vous ai pas installée ici pour que d'autres vous fassent la cour.

À l'époque, ces exigences ne m'apparaissaient pas outrageuses : cela ne faisait pas un an que j'étais libérée des liens du mariage.

37

MALGRÉ L'INJONCTION DE VILLERS, je devais recevoir un gentilhomme peu après mon installation rue Saint-Dominique. Un après-midi, alors que je revenais de chez la duchesse, Manon se précipita vers moi, un air agité sur son visage d'ordinaire placide.

– Oh, madame la baronne, il y a un gentilhomme ici. C'est le marquis d'Espeils, votre frère, à ce qu'il raconte. On l'a assuré que vous n'étiez pas là, mais il a écarté Junot et il a dit qu'il vous attendrait le temps qu'il faudrait.

Je tendis mon manteau à Manon et inspirai profondément avant d'affronter la tourmente. Le marquis faisait les cent pas. Je fis une profonde révérence à laquelle il répondit en s'avançant vers moi pour me serrer dans ses bras.

– Petite sœur ! Enfin je te retrouve.

Son geste affectueux m'avait émue aux larmes.

– Je craignais votre colère.

– Je sais que je ne dois pas la diriger vers toi. Lorsque je réfléchis à ma propre conduite, je n'en suis pas fier. J'aurais dû t'offrir mon aide et ma protection après ton veuvage ; j'aurais dû t'accueillir à Fontfreyde.

Ma conversation avec Hélène était encore fraîche dans ma mémoire.

– J'ai eu grand tort de vouloir t'imposer de prendre le voile. Je le vois maintenant. C'est moi, en fait, qui ai causé ton départ pour Paris. Ta vie de péché et de dissipation, qui m'attriste tant, est de ma faute. De tout cela, je te demande humblement pardon. Il est temps de réparer mes nombreuses, mes trop nombreuses erreurs : reviens à Fontfreyde, chère petite sœur.

Je m'attendais à tout sauf à cette offre. C'était une chose que de discuter du marquis en son absence, une autre que de me retrouver face à lui, dans toute sa bonté retrouvée. Il me tendit la main.

– Gabrielle, je t'en prie, accepte. Je vais me racheter. Je promets de ne jamais te reprocher tes errements, qui ne sont pas plus graves que les miens.

– Je ne sais comment vous exprimer ma gratitude, monsieur.

– Rien de plus facile : il te suffit de quitter ta situation honteuse.

Je secouai la tête.

– Je ne peux pas, monsieur…

– Et pourquoi pas ? Qu'est-ce qui te retient ici ? Cet homme ? S'il avait le moindre respect, la moindre affection pour toi, il t'aurait épousée.

Le marquis avait frappé au cœur.

– Vous avez raison, monsieur. En effet, j'ai honte de ma position, et je quitterais volontiers monsieur de Villers pour vous suivre à Fontfreyde si je n'avais peur de ce qui arriverait là-bas.

– J'ai perdu l'esprit un instant, il y a des années. Ne me pardonneras-tu donc jamais ? Ne me feras-tu plus jamais confiance ?

Sa mâchoire se serra.

– Non, il y a une autre raison à ton refus. Tu es tombée sous la coupe de ce scélérat. Il t'a débauchée. Tu es maintenant sourde à l'appel du devoir, de la vertu, de la raison. Tu ne me laisses pas d'autre choix, Gabrielle, que de rendre visite à cette crapule.

Il sortit de la pièce à grands pas. Je pouvais facilement imaginer le résultat de cette entrevue.

Villers et moi devions aller au Théâtre-Français ce soir-là. Je reçus de lui un billet m'informant qu'en raison d'un engagement antérieur, malencontreusement oublié, il n'allait pas pouvoir m'accompagner.

Je décidai de rendre visite à Lauzun. Je le voyais fréquemment, quoique jamais plus hors de la présence de Villers. Je l'appelais désormais simplement « Lauzun », une familiarité qu'il avait suggérée et à laquelle Villers ne s'était pas opposé. En d'autres circonstances, j'aurais considéré une visite tardive et sans chaperon chez lui comme des plus imprudentes, mais j'étais trop inquiète pour me soucier de ces subtilités. On me conduisit aussitôt dans un salon, où il se tenait debout, appuyé contre la cheminée. Il sourit et s'inclina.

– Comment, madame, dois-je interpréter le plaisir de votre visite à cette heure tardive ? L'espoir m'est-il enfin permis ?

– Ne vous jouez pas de moi. Que s'est-il passé entre mon frère et monsieur de Villers ?

Il devint grave.

– Ils ont eu, comme vous pouvez l'imaginer, une conversation animée et fort peu amicale. Ils sont néanmoins tombés d'accord sur un point, qui est de se retrouver demain à l'aube devant les ruines du château de Madrid au bois de Boulogne.

– Êtes-vous le second de monsieur de Villers ?

– J'ai cet honneur, madame.

– Et qui est le second de mon frère ?

– Le chevalier des Huttes.

– Ne pourriez-vous mettre un terme à cette absurdité ?

– J'ai rendu visite au chevalier, mais il m'a dit que le marquis ne voulait rien entendre.

– Villers pourrait refuser de se battre.

– Pas sans être accusé de lâcheté, madame, vous le savez. Votre frère s'est exprimé en des termes si offensants qu'il ne lui a pas laissé le moindre choix. Sa situation est d'autant plus difficile qu'il sait qu'il vous perdrait à jamais s'il tuait ou blessait gravement votre frère.

– Cesseront-ils de combattre au premier sang?

– Villers aurait été heureux d'en convenir. Votre frère ne l'entend pas ainsi. Ils se battront à mort.

Je crus défaillir.

– Le duel aura donc lieu à huit heures demain matin au bois de Boulogne?

Lauzun fronça le sourcil.

– J'espère que vous ne songez pas à y assister. Les dames, surtout lorsqu'elles sont l'objet du litige, ne sont pas les bienvenues.

Je ne pus dormir cette nuit-là. Il faisait encore nuit quand je fis appeler un fiacre pour me rendre au bois de Boulogne. Lorsque j'arrivais, le soleil, d'un orange féroce, perçait juste au-dessus de l'horizon à travers le voile blanc du brouillard de décembre. Lauzun et le chevalier examinaient la conformité et la longueur des épées. Tous deux me demandèrent de partir. Je refusai. Mon frère et Villers, malgré le froid, avaient déjà enlevé habit, gilet et cravate. Ils m'ignorèrent et ouvrirent leur chemise pour mettre à nu leur poitrine, montrant ainsi qu'ils ne dissimulaient aucune protection. Lauzun et le chevalier restituèrent les épées aux combattants. Le duel commença. Ils étaient à peu près égaux, pour autant que je puisse en juger, en termes d'habileté. Je ne suis pas experte en la matière, mais j'observais que les attaques de mon frère étaient dirigées vers le cou et la poitrine de son adversaire; Villers se contentait de les parer et d'essayer de désarmer le marquis. Villers fut rapidement blessé au bras droit, et le sang coulait en abondance de la manche déchirée de sa chemise. Sans broncher, il fit aussitôt passer son épée de la main droite à la gauche. Mon frère, un sourire triomphant aux lèvres, poursuivit son avantage avec une énergie redoublée.

Le sang avait été versé, et le marquis ne s'était même pas arrêté un instant. Villers était droitier, et devait maintenant combattre de la main gauche. Mon frère n'aurait de cesse qu'il ne l'ait tué. Je ne pouvais le permettre. Je courus me placer entre les adversaires. Lauzun et le chevalier essayèrent de m'en empêcher, mais j'étais trop rapide et leur échappai. Je me retrouvai au milieu du combat. C'est alors que je pris conscience du danger. Il était trop tard. Je faisais face à mon frère qui se précipitait sur Villers. Porté par son élan, le marquis ne put retenir son coup et me transperça la poitrine sous le sein gauche.

La douleur me coupa le souffle. Je vis une ombre grise, debout devant moi, me prenant par la main pour me conduire dans l'autre monde. Je vis le sang perler à travers le corsage de ma robe. Je vis mon frère jugé pour meurtre. Je vis Aimée orpheline.

Je me réveillai dans mon lit. Villers était à mes côtés et me caressait la main.

– Ne bougez pas, ma chérie. Vous avez des côtes cassées et une profonde entaille, mais le chirurgien m'a assuré que la lame n'avait perforé ni le cœur ni le poumon. Ce sont les baleines de votre corset, semble-t-il, qui vous ont sauvée.

– Où est mon frère ?

– Il a quitté Paris dès que vous avez été déclarée hors de danger. Je crois qu'il a été suffisamment bouleversé pour nous laisser en paix dorénavant.

– Et votre blessure ?

Il haussa les épaules.

– Rien que la perte d'une bonne chemise.

Le chirurgien venait panser quotidiennement la plaie. Villers ne quittait pas mon chevet pendant toute la durée de sa visite.

La duchesse venait elle aussi chaque jour passer quelques heures avec moi. Je fus vite sur pied, mais ma poitrine devait rester douloureuse pendant presque un an. Je garde toujours de ce duel une fine cicatrice sous le sein gauche, qui devint au fil des années blanche et brillante. Personne à Paris ou à la cour ne sut la vérité, sauf les témoins oculaires et la duchesse. Même Lauzun, d'ordinaire si indiscret, emporta le secret dans la tombe.

38

La fortune de mon protecteur, de mon gardien, de mon maître, ou tout autre titre de propriété approprié à sa position, son expérience du monde, et surtout son éducation dépassaient de loin les miennes. Il aborda le sujet lors de ma convalescence.

– Si vous le souhaitez, Belle, je peux vous aider à suivre des leçons. Vous avez beaucoup lu, certes, mais sans direction. Ne vous fâchez pas si je vous dis qu'il y a d'énormes lacunes dans votre éducation, si l'on peut donner ce nom au genre d'instruction que vous avez reçu. Vous n'avez pas appris un mot de latin ni des langues modernes, et vous ne savez rien des sciences.

Je n'étais que trop consciente de mes insuffisances. Certaines dames, en particulier parmi les fréquentations de Villers, avaient reçu une éducation des plus complètes, que j'enviais. Elles n'étaient pas dupes de ma timidité, qui était réelle, mais qui servait aussi à dissimuler mon ignorance de bien des sujets. J'acceptai l'offre de Villers sans fausse fierté et m'appliquai à mes études avec un zèle qui l'amusait. Il engagea des tuteurs pour les classiques, l'anglais, l'italien, l'allemand et les sciences. Bientôt, je pus participer à des conversations auxquelles j'aurais été bien en peine de me joindre quelques mois auparavant.

Mademoiselle Lefort, professeur de pianoforte, et le signor Rosetti, maître de chant, me donnaient aussi des leçons de musique deux fois par semaine, les premières depuis mon départ du couvent de Vic. Je savais qu'il y avait une part d'égoïsme et beaucoup de fierté dans le soin que Villers prenait de mon éducation, mais je lui en étais plus reconnaissante que de toutes ses autres bontés. C'est en effet le présent le plus précieux que j'aie reçu de lui.

Cette attention me réconfortait aussi, en ce qu'elle semblait indiquer qu'il n'entendait pas se défaire de moi rapidement. Il n'aurait pas engagé tous ces frais et ces efforts pour une maîtresse de passage. J'avais craint qu'il se lassât de moi une fois son désir assouvi, mais le temps ne diminuait pas sa tendresse.

Villers me rendait visite tous les jours et passait souvent la nuit chez moi, généralement après que nous fûmes allés au théâtre ou à l'opéra. Je présidais, à titre officieux, aux dîners et soupers qu'il donnait chez lui. Lors de nos fréquents séjours à Vaucelles, la duchesse nous accompagnait pour sauver les apparences, et bien sûr profiter de l'agrément du petit château. Villers la traitait avec un respect affectueux, comme une sorte de belle-mère.

Il n'était pas moins généreux avec Aimée, qui commençait à montrer moins de réserve en sa présence. Il lui offrit pour ses étrennes une poupée qui n'avait rien en commun avec la pauvre Nana, usée jusqu'à la trame. Cette nouvelle poupée au visage de porcelaine, presque aussi grande que ma fille, disposait d'un petit lit drapé de soie rose et d'une armoire remplie d'un trousseau fort élégant. Margaret, car tel était le nom qu'Aimée lui choisit, portait même une montre en or et un collier de perles véritables. Lorsqu'elle reçut ce présent le matin du 1er janvier 1788, ma fille rougit de plaisir et resta sans voix pendant quelques minutes. Elle regardait timidement Villers, comme si elle craignait qu'il ne change d'avis, et n'osait toucher la poupée. Il lui sourit. Pour la première fois, elle se blottit contre lui et lui baisa la main. J'en fus émue aux larmes. Comme ma fille, je n'avais jamais connu l'amour d'un père, et n'eus pas le cœur de m'opposer à l'extravagance de ce présent.

Au printemps 1788, alors qu'approchait le troisième anniversaire d'Aimée, Villers me présenta une jeune Anglaise qu'il souhaitait mettre à mon service en tant que gouvernante. Miss Howard était discrète, avenante, avec un sourire agréable malgré des dents légèrement plus grandes que la moyenne. Je ne pus m'empêcher de me demander si Villers avait des desseins la concernant, ou s'il avait déjà entretenu une certaine intimité avec elle, bien qu'elle ne semblât pas répondre à ses critères de beauté. Elle avait reçu une excellente recommandation de lady Herndon, qui repartait en Angleterre avec ses deux filles. La gouvernante ne savait pas dix mots de français, étant restée au service d'une famille anglaise pendant tout son séjour à Paris.

– C'est une chance, Belle ! Aimée et vous devrez parler anglais avec elle. Il n'est pas de moyen plus rapide d'apprendre une langue.

Miss Howard me plut, et elle prit ses nouvelles fonctions dès la semaine suivante.

Je progressai bientôt assez pour lire des livres en anglais de la bibliothèque de Vaucelles. Shakespeare n'était pas encore à ma portée, mais je découvris Fielding, Smollett, Richardson et d'autres auteurs modernes. Villers me proposa également des ouvrages plus libertins, comme la poésie du comte de Rochester, qu'il me faisait lire à haute voix le soir sous prétexte de s'assurer de la qualité de mon accent. Le sujet détournait souvent notre attention de l'aspect pédagogique de cet exercice.

Je fréquentais la plupart des salons, grâce à la protection sans faille de la duchesse. Je me liai d'amitié avec Émilie de Crécey, une jolie blonde aux yeux bleus, d'une gaieté inexplicable. Elle avait le malheur d'être mariée au marquis de Brasson, une sombre brute que l'on surnommait le marquis du Bâton. Peu après que nous fûmes devenues amies, elle trouva du réconfort dans les bras du comte de Maury, dont les nombreuses bonnes fortunes choquaient les mœurs pourtant relâchées de l'époque. Cette liaison était tenue fort secrète en raison du tempérament redoutable du marquis du Bâton. J'admirais l'audace d'Émilie qui, en retour, ne montrait aucune sévérité dans l'opinion qu'elle avait de moi.

À l'époque, les maîtresses se divisaient en deux catégories. Les premières étaient mariées ou veuves, de rang égal à celui de leur amant. Ces liaisons ne s'affichaient pas de façon scandaleuse. Et puis il y avait les femmes que l'on entretenait. Elles recevaient, au vu et au su de tous, une compensation financière pour leurs services. Elles étaient à peine au-dessus des prostituées, si ce n'est qu'elles étaient censées réserver leurs faveurs à leur protecteur.

Ma situation était équivoque. En raison de mon rang et de mon veuvage, j'appartenais à la première catégorie, mais ma situation financière n'était un secret pour personne, non plus que la source de ma nouvelle aisance. Ainsi, aux yeux de certains, je n'étais en rien différente d'une femme entretenue. Un jour, madame de Bastide glissa à l'oreille de l'une de ses amies, assez fort pour que je l'entendisse :

– Notre chère baronne de Peyre a la plus belle des chevelures. Si abondante, si brillante, et d'une nuance si remarquable. Certains la disent rousse, mais c'est un véritable blond vénitien, du nom de la couleur dont les catins de Venise se teignent les cheveux.

Je dus faire semblant de ne pas entendre l'insulte.

Si Villers m'avait épousée, une remarque de ce genre m'eut été épargnée, ainsi qu'une foule d'autres humiliations mesquines. Personne, pas même madame de Bastide, ne me jugeait aussi sévèrement que je ne le faisais dans mes moments de solitude. Je faisais commerce de mes charmes. J'étais bien une courtisane, une fille de joie, une catin. Sans doute serais-je tombée follement amoureuse de

Villers s'il m'avait épousée, mais je ne pouvais m'empêcher de voir en lui l'homme qui ne me respectait pas assez pour franchir ce pas. Une part de moi, déjà, ne pouvait le lui pardonner.

39

VILLERS M'APPRIT À APPRÉCIER les beaux-arts et, en sa compagnie, je visitai les galeries du Louvre et du Luxembourg, recommandées par madame Lebrun, ainsi que les collections privées de ses amis. Il aimait particulièrement les maîtres de la Renaissance italienne. Il avait, dans son cabinet privé, une copie de la *Naissance de Vénus*, de Botticelli. Je contemplais la déesse, nue sur un coquillage porté par la mer au milieu d'une pluie de roses.

– Hélas, Belle chérie, je dois me contenter de cette modeste copie, qui est bien plus petite que l'original. Celui-ci se trouve à Florence, où j'espère vous emmener avant longtemps. Regardez bien Vénus. Vous rappelle-t-elle quelqu'un ?

Craignant de paraître présomptueuse, je préférai garder le silence.

– J'ai été frappé de la ressemblance dès l'instant où j'ai posé les yeux sur vous à l'Opéra. Vous avez la même teinte, la même abondance de cheveux, la même délicatesse exquise de traits. Bien sûr, cette Vénus, comparée à vous, a le corps d'une paysanne. Vous êtes si fine des poignets et des chevilles, si svelte de la taille. Et puis Botticelli aurait dû lui donner vos yeux gris, qui me rappellent la couleur de la mer.

– Vénus est censée être née de l'écume des flots, n'est-ce pas ?

Villers rit.

– Oui, mon amour, mais pas de n'importe quelle écume. Selon le mythe grec, le titan Cronos a castré d'un coup de faucille son père, Ouranos, dieu du ciel étoilé. Ses testicules, en tombant à la mer, ont donné naissance à Vénus lorsque leur semence s'est mélangée à l'eau salée. Ainsi, pour parler cru, à l'inverse de Notre Seigneur Jésus-Christ, la déesse est-elle née de sperme sans ventre. Dans les deux cas, la conception n'a pas été entachée par l'acte charnel.

– J'essaie d'imaginer la réaction de ma mère à vos parallèles entre les mythes païens et le dogme chrétien.

– Si l'on m'accordait le privilège de faire la connaissance de madame votre mère, je m'efforcerais de l'impressionner par la profondeur de mon érudition religieuse. Je lui ferais remarquer que le coquillage sur lequel repose Vénus évoque l'anatomie féminine intime, mais que c'est aussi le symbole chrétien de la pureté de la Sainte Vierge.

– Je ne vous présenterai jamais à ma mère. Elle vous accuserait de blasphème et, pire encore à ses yeux, d'indécence.

– Quel dommage ! Les petits esprits imaginent Dieu à leur image.

Il reprit son air sérieux.

– Belle, il me plairait à l'avenir que vous ne vous fassiez plus couper les cheveux. M'accorderiez-vous cette satisfaction innocente ?

Villers adorait me coiffer, jouer avec mes cheveux, les tresser, les embrasser. Il commandait lui-même mes vêtements avec le plus grand soin, portant attention au moindre détail. Il assistait à ma toilette du matin et dirigeait Manon lorsqu'elle m'habillait. Le soir, il la congédiait pour me dévêtir lui-même. Tout cela me rappelait étrangement Aimée lorsqu'elle jouait à la poupée.

Villers voulait un portrait de moi et me dit qu'il avait pris les arrangements nécessaires avec madame Lebrun. Je me rendis à l'atelier de celle-ci, tout au plaisir de la retrouver, mais je remarquai une gêne dans ses manières.

– Comment pensez-vous me peindre, Madame Lebrun ?

Elle hésita.

– Monsieur de Villers ne vous l'a-t-il donc pas dit ?

– Mais non.

Elle rougit.

– Eh bien, il souhaite que vous soyez peinte comme la Vénus de Botticelli. S'il m'arrive de peindre des nus dans des compositions allégoriques, je n'ai pas l'habitude de faire poser les dames de la bonne société de cette manière… mais il a insisté.

Je devinai que l'insistance en question consistait en une augmentation substantielle du cachet de madame Lebrun. L'impudence de Villers me stupéfia à tel point que je quittai l'atelier de manière assez abrupte.

À mon retour, furieuse, je demandai compte à Villers de ses discussions avec madame Lebrun, mais il se contenta d'éclater de rire.

– Peut-être êtes-vous prude après tout, ma chérie.

– Quelle infamie ! Et si vos serviteurs et certains de vos invités voyaient ce portrait ? De plus, je n'ai aucune intention de me dévêtir devant madame Lebrun.

Il porta ma main à ses lèvres.

– Voyons, Belle, ne vous fâchez pas. Nous trouverons autre chose.

Après d'âpres discussions, nous convînmes que je serais peinte en nymphe des eaux, devant une rivière s'écoulant au milieu des bois. Comme j'avais persisté dans mon refus d'être entièrement nue, j'étais vêtue d'une draperie flottante à l'antique, retenue aux épaules par deux agrafes de perles. Ma gorge, l'une de mes cuisses et mes bras étaient découverts, et ce qui ne l'était pas se devinait parfaitement sous la transparence de ma tunique. L'une de mes mains reposait entre mes seins, sans rien cacher de ceux-ci, tandis que l'autre retenait pudiquement une longue mèche de mon abondante chevelure devant mes parties les plus intimes. Je ne pouvais contempler le tableau sans rougir jusqu'aux yeux. Villers était aux anges, et j'eus l'honneur de rejoindre sa Vénus dans son cabinet privé.

40

MA VIE À PARIS SE POURSUIVIT dans le même cercle, au sein duquel je comptais quelques vrais amis. Je ne me faisais pas d'illusions sur les autres. Le seul changement fut le retour du duc d'Orléans. Son exil avait encore accru sa popularité, mais n'avait guère amélioré sa figure ni son teint. Ceux qui voulaient désobliger Sa Majesté la reine, et ils étaient nombreux, le fêtaient.

Je n'avais pas reçu de nouvelles de mon frère depuis son duel avec Villers, et n'en attendais aucune. C'est donc les mains tremblantes que j'ouvris sa lettre.

J'ai, très chère Gabrielle, de bien tristes nouvelles à t'annoncer. Mère est décédée hier soir. Je sais que vos désaccords étaient fréquents, mais tu n'en ressentiras pas moins de peine.

Elle semblait se bien porter jusqu'avant l'heure du souper, lorsqu'elle a été prise de douleurs violentes dans le ventre et s'est mise à vomir du sang. Elle se plaignait d'aigreurs d'estomac, mais je n'y avais pas prêté autant d'attention que j'aurais dû le faire. Elle a fait venir le docteur Gineste et l'abbé Delmas, dont elle a reçu le viatique vers dix heures. Elle s'est éteinte un peu avant minuit.

Mon chagrin est d'autant plus vif que tu n'es pas avec moi pour le partager. Je t'offre à nouveau tout ce que j'aurais dû te proposer lors de ton veuvage. Ma conduite envers toi me tourmente plus que tu ne peux l'imaginer. Je t'ai involontairement poussée dans les bras d'un libertin, d'un homme totalement indigne de toi. Je t'ai gravement blessée par sa faute. Comment ai-je pu te faire tant de mal ? Je te supplie de quitter ton luxe vide, tes plaisirs sans âme, tes faux amis. Tu mérites mieux.

Mon plus grand bonheur serait de t'avoir auprès de moi à Fontfreyde. Je t'en prie, petite sœur bien-aimée, reviens à moi.

Je reste, très chère Gabrielle, ton frère et ami le plus dévoué,

Le marquis d'Espeils

P.-S. Une terrible nouvelle n'arrivant jamais seule, la pauvre Marie Labro est morte dans son sommeil la semaine dernière.

J'hésitai longtemps sur le contenu de ma réponse. J'écrivis finalement à mon frère que je compatissais à son chagrin, le remerciais de ses offres, mais déplorais qu'il ne fût en mon pouvoir de les accepter.

Aimée et moi portâmes le deuil de ma mère, comme il se devait. Sa perte ne m'avait cependant pas affectée. La marquise d'Espeils ne m'avait jamais témoigné la moindre affection, n'avait jamais eu un mot ni un geste de tendresse envers moi. Le deuil que je portais en mon cœur était celui de Mamé. Je sanglotais en la revoyant, blanche et frêle, appuyée au bras de Jacques, sur le seuil de la chaumière ou j'avais passé mes jeunes années. Les rives de mon enfance s'éloignaient, et je dérivais vers des eaux inconnues.

41

VILLERS ET MOI PASSÂMES l'été 1788 en Normandie, assistant aux divertissements donnés par la noblesse locale et aux festivités qui célébraient la récolte. Nous ouvrîmes de nombreux bals rustiques au son des violons.

Comme promis, il apprit à Aimée à monter à cheval. C'était un instructeur patient. Elle l'écoutait avec beaucoup d'attention, gravement perchée sur sa selle de dame, les yeux clos pour se familiariser avec le pas du petit cheval blanc. Elle pouvait maintenant nous suivre dans le parc de Dampierre.

La seule ombre aux joies de la saison était la maigreur des récoltes. Le temps, généralement humide en Normandie, était plus sec cette année-là. Des tempêtes de grêle, surgissant de nulle part au milieu des plus belles journées d'été, hachaient sans merci les blés.

Malgré mon attachement à Paris, c'est avec regret que je regagnai la capitale début septembre. L'un des derniers jours de l'été, Villers convia Lauzun et Émilie dans une guinguette du bord de Seine, non loin de la rue Saint-Dominique. J'aimais l'atmosphère familière de ces établissements, bien que je n'aie pu me résoudre à goûter leur spécialité, la matelote d'anguilles. Il m'était impossible de manger de ces poissons depuis le jour où, dans la cuisine de Joséphine à Fontfreyde, je les avais vus, enchevêtrés comme des serpents, se dévorer les uns les autres dans un seau. Je me contentai de petites fritures, fraîchement pêchées.

Nous prîmes place à une table pendant que Villers commandait une bouteille de vin de champagne. J'admirais la vue de la Seine, d'un vert étincelant au soleil. Mon œil vagabondait parmi la foule de la guinguette quand soudain je retins mon souffle. Un homme aux cheveux noirs, dépassant de la tête et des épaules le reste des dîneurs, était assis là, me tournant le dos. Je ne pouvais distinguer son visage, mais je n'eus aucune difficulté à le reconnaître. À sa table se trouvait une femme vêtue d'une robe jaune vif ornée de rubans écarlates, les cheveux d'un rouge qui ne se trouvait pas dans la nature. Elle avait approché sa chaise de celle de son compagnon et lui avait jeté les bras autour du cou. Elle se serrait contre lui de sorte que je m'attendais d'un moment à l'autre à ce qu'elle s'assît sur ses genoux pour l'embrasser à pleine bouche. Je supposai que c'était une danseuse ou une actrice, ou pire. Son profil la montrait jeune et jolie. L'homme ne tournait pas la tête vers elle, et semblait accepter de bonne grâce ses attentions sans les lui rendre.

Les joues me brûlaient. Lauzun, qui nous avait rejoints, porta ma main à ses lèvres, et l'y garda plus longtemps que ne le permettaient les convenances. Il me contemplait en souriant, sans lâcher prise. Son regard suivait les lignes de mon cou et me caressait la gorge en s'arrêtant sur le bouquet de violettes que j'avais disposé en *babarel.* Il n'était pas à la mode à Paris de porter des fleurs de cette manière, mais je n'ai jamais entendu aucun gentilhomme critiquer cette coutume auvergnate, bien que certaines dames l'eussent tournée en dérision. Je dois dire que ma robe était fort jolie, une simple mousseline blanche brodée de ces mêmes fleurs autour du corsage, des manches et de la jupe. Elle avait été commandée par Villers, en même temps que des boucles d'oreilles d'améthyste en girandole, de la couleur des violettes. Lauzun ne détachait toujours pas les yeux de mon cou et de ma gorge.

– L'un de mes amis est l'homme le plus heureux de Paris. J'espère qu'il apprécie à sa juste valeur sa bonne fortune.

Villers se mit à rire.

– Tout à fait, et toi, tu perds ton temps.

Quelques tables plus loin, l'homme aux cheveux noirs s'était levé et avait offert le bras à la jeune femme en robe jaune. C'était bien Pierre-André. Il n'avait guère changé, sauf qu'il semblait s'être encore élargi de poitrine et d'épaules. C'est alors qu'il se retourna et m'aperçut.

L'incrédulité et la fureur se peignirent sur son visage. D'un geste brusque, il tira sa bonne amie par le bras, et s'en fut. La gorge nouée, je me souvins de nos rendez-vous au bord de la rivière en Auvergne. Que restait-il du bonheur et de l'innocence de ce temps-là ?

Le mari d'Émilie était retenu à Versailles jusqu'au lendemain. Je fus néanmoins stupéfaite de voir le comte de Maury, feignant la surprise à la vue de notre petite assemblée, se joindre à nous. Mon amie, les yeux baissés, ne pouvait réprimer un sourire ravi. Je m'étonnais de leur imprudence. Mais contre toute attente, Maury, ignorant la pauvre Émilie, ne prêta attention qu'à moi. Il donna bientôt de tels signes d'engouement qu'Émilie en pâlit. Je maudis en silence Maury, Lauzun, Pierre-André et le reste des hommes. Villers, lui, suivait la scène avec curiosité, mais sans malaise apparent.

De retour chez moi, j'essayais de cacher mon trouble, qu'il ne sembla pas remarquer.

– Eh bien, ma chérie, vous avez été fort admirée aujourd'hui.

– Lauzun me fait des compliments par habitude, et Maury pour cacher sa liaison avec Émilie.

– Vous êtes trop modeste. Vous étiez encore plus belle que d'ordinaire, et ces deux gentilshommes y ont été sensibles. Mais ils n'étaient pas les seuls. J'ai vu un homme vous regarder de manière bien étrange. Vous avez dû le remarquer : taillé en Hercule, les cheveux noirs. Une petite coquine teinte en roux, fort jolie mais vulgaire à souhait, était pendue à son bras et à son cou. Ils formaient un couple d'allure singulière. Au regard furieux qu'il vous a jeté, j'aurais juré qu'il vous connaissait.

– N'était-ce pas contre vous qu'il était furieux ? Vous semblez avoir dévisagé avec insistance sa bonne amie...

J'adoptai un ton léger, mais dus détourner le visage pour cacher mon émoi. Je ne pouvais chasser de mes pensées l'image de la jeune femme collée à Pierre-André. Comment pouvait-il la laisser se conduire ainsi en public ? Qui était-elle ? L'aimait-il ? La scène de la guinguette évoquait d'autres images, plus intolérables : il la tenait dans ses bras, il l'embrassait profondément, il l'appelait son aimée. Puis il la déshabillait doucement, se penchait sur elle, lui caressait les seins de ses lèvres, faisait avec elle ce qu'il n'avait jamais fait avec moi. La jalousie me déchirait le cœur. Comment osait-il aimer une telle femme après m'avoir aimée ? Ne voyait-il pas que sa robe criarde et ses cheveux teints proclamaient qu'elle n'était qu'une courtisane ? Et pourtant, il n'avait pas honte de l'emmener dans un lieu public, de se montrer en sa compagnie.

J'étais étonnée de la force de mes émotions. Nous étions le 15 septembre 1788, le quatrième anniversaire de mon mariage. Pierre-André avait-il oublié qu'il avait voulu l'empêcher, s'enfuir avec moi, m'épouser ? Mes tempes palpitaient, les yeux me brûlaient. Je dis à Villers que je ne me sentais pas bien. Il m'embrassa sur le front, et me laissa à mes pensées.

Le lendemain, je voyais les choses plus calmement. Ma jalousie était tout à fait absurde. Je ne pouvais m'attendre à ce que Pierre-André vécût dans la chasteté pour le restant de ses jours. N'avais-je pas, après lui avoir promis ma foi, épousé un autre homme pour devenir ensuite la maîtresse d'un troisième ? Je n'étais plus en colère. Seule demeurait la tristesse. Me revinrent alors les regards de détresse qu'Émilie avait jetés sur Maury et moi. Elle aussi avait souffert de la jalousie. Je me reprochai de m'être abandonnée à mon chagrin et décidai de lui rendre visite.

Elle avait les yeux gonflés lorsque je m'assis près d'elle sur le canapé. Je lui saisis les mains.

– Ma pauvre chérie.

– Oh, Belle, que je suis malheureuse ! Est-ce que ça se voit déjà ?

Je la dévisageai avec stupéfaction.

– De quoi parlez-vous donc ? Seriez-vous enceinte ?

Je me forçai à sourire.

– Mes félicitations à vous et à votre mari.

Elle fondit en larmes.

– Il ne le croira jamais. Il a déserté mon lit depuis six mois. On dit qu'il entretient une actrice de la Comédie-Française ces temps-ci.

Je me mordis la lèvre. Le marquis du Bâton n'était pas homme à s'arrêter aux demi-mesures.

– Alors il vous faut à tout prix regagner ses attentions au plus vite. Connaissant le danger, vous auriez dû redoubler de précautions...

– Quelles précautions ?

Je décrivis, avec quelque embarras, les éponges imbibées de vinaigre dilué que Villers m'avait appris à utiliser. J'expliquai même à Émilie ce que je savais des préservatifs en boyau de mouton. Villers m'en avait parlé mais il ne les aimait pas.

Émilie écarquillait les yeux.

– Personne ne m'a jamais parlé de ces choses-là !

– Je n'en savais rien moi-même rien avant de rencontrer Villers. Il a toujours été très prudent, ce qui est tout à son honneur.

Émilie se remit à pleurer. Je lui tapotai le dos.

– Que propose Maury ?

– Il n'est pas au courant.

– Comment cela ? N'est-ce pas sa faute ? À tout le moins, il aurait dû se retirer pour vous épargner ce risque.

– Je n'ai pas osé le lui demander. Les hommes n'aiment pas interrompre leur plaisir.

– Il aurait dû le faire sans que vous le lui demandiez. Quel égoïsme !

– Ce n'est pas sa faute. Il ne savait pas. Je ne lui ai pas dit que mon mari ne partage plus mon lit.

Je soupirai.

– Il faut tout dire à Maury, ma chérie.

– Si je lui dis, il en tirera prétexte pour me quitter. Il est amoureux de vous. J'ai vu comment il vous regardait hier. Il n'a parlé qu'à vous.

– Mais vous vous trompez ! Ne voyez-vous pas qu'il essayait seulement de ne pas vous compromettre ? Il était fort imprudent de le rencontrer dans un lieu public. Il n'avait d'autre choix que d'agir ainsi.

Le visage d'Émilie s'éclaircit.

– Vous croyez ?

– J'en suis sûre. Il sait, tout le monde sait, qu'il perdrait son temps avec moi. Comment pourrais-je à la fois vous trahir et être infidèle à Villers ?

Émilie me serra dans ses bras.

– Belle, ma chérie, vous me rendez si heureuse ! Donc Maury m'aime encore. La situation n'est pas désespérée après tout. Léonard connaît une femme qui peut m'aider.

– Léonard ? Vous en avez parlé à votre coiffeur ? Ce n'est pas sérieux ! Et qui est cette femme ?

J'exposai à Émilie les dangers de la procédure qu'elle envisageait. En vain. Elle ne songeait qu'à Maury et ne se souciait nullement de mes avis.

– Que j'étais sotte de me laisser aller à de tels soupçons ! Tout cela à cause d'une chose que Maury m'a confiée la semaine dernière. Mais c'est un secret. Je ne devais vous en souffler mot.

– Vous en avez déjà trop dit.

Émilie baissa la voix.

– Eh bien, figurez-vous que Villers a demandé à sa maquerelle de lui trouver une vierge, pas plus de quinze ans. La jeune fille doit arriver à Paris cette semaine, toute fraîche de sa campagne. Villers ne l'emmènera pas dans sa petite maison. Il l'installera dans un établissement séparé. Ni le duc d'Orléans ni Lauzun ne doivent rien en savoir, car Villers veut la garder pour lui seul. Je pensais que vous l'aviez appris et que vous vouliez vous venger de lui en prenant Maury pour amant.

La confidence d'Émilie, dénuée de toute arrière-pensée, venait de me lacérer le cœur. Je tâchai de n'en rien laisser paraître.

– Émilie, vous devriez savoir que jamais je ne vous causerais une telle peine.

Je me retins de lui demander comment Maury connaissait la maquerelle de Villers, et s'il faisait lui aussi appel à ses services.

Sur le trajet en voiture qui me ramenait chez moi, j'eus tout le loisir de me livrer aux réflexions les plus déplaisantes. Je m'étais toujours efforcée de ne pas être jalouse des infidélités de Villers, mais la hâte avec laquelle il m'avait quittée la veille au soir me revint. Et j'avais cru qu'il m'avait laissée seule par délicatesse, pour que je me repose… Quelle naïveté ! La nouvelle fille était arrivée et il était impatient de la rejoindre. Il avait passé la nuit avec elle, il avait été aussi doux qu'il l'avait été avec moi au début de notre intimité. Et elle était vierge, elle. Il m'avait dit que la virginité n'était rien à ses yeux, que seule l'innocence lui importait. Il m'avait menti. Il m'avait trahie.

Je songeai à la bonne amie de Pierre-André. Qui étais-je donc pour la mépriser ? Certes, j'étais habillée avec élégance, mes manières étaient modestes, mais quelle différence y avait-il entre elle et moi ? Nous étions toutes deux courtisanes. J'étais entretenue par Villers, j'acceptais ses autres maîtresses. Il n'était pas étonnant qu'il n'eût que mépris pour moi et agît en conséquence.

Lorsqu'il me rendit visite ce soir-là, il était distrait et invoqua bientôt un engagement qui le priverait du plaisir de ma compagnie. Alors qu'il se penchait pour m'embrasser sur le front, je me détournai.

– Non.

– Pourquoi pas ?

– Vous le savez très bien. Partez, vous allez être en retard.

– Je me moque d'être en retard. Que se passe-t-il ? Vous êtes en colère.

– Laissez-moi à ma colère. Partez, je vous prie.

– Je ne veux pas me séparer de vous de cette manière. Je resterai si vous le souhaitez.

– Oubliez-vous votre engagement ?

– Il peut attendre. En fait, je peux y renoncer complètement s'il vous contrarie tant.

– Non. Combien de fois devrai-je vous demander de partir ?

Il fronça le sourcil.

– Ne me parlez pas sur ce ton, Belle. C'est moi qui paie ce logement et je peux y rester aussi longtemps que je le veux.

– Certes. Restez donc. Je vais me reposer.

La dernière remarque de Villers m'avait ouvert les yeux. Je n'étais pas chez moi, j'étais en fait chez lui. Dans mon appartement, je jetai un mantelet sur mes épaules et glissai l'écrin contenant mes boucles d'oreilles en diamants dans ma poche. Je me dirigeai ensuite vers la chambre d'Aimée, où elle terminait son souper en compagnie de Miss Howard. Je dis à la gouvernante que nous devions sortir et pris la main d'Aimée, en mettant le doigt sur mes lèvres. Elle insista pour emmener la poupée Margaret et l'habilla chaudement en raison de l'heure tardive. Nous descendîmes sans bruit par l'escalier de service.

Une fois dans la rue, je hélai un fiacre. Vingt minutes plus tard, nous arrivions chez la duchesse.

– Belle, vous ici, à cette heure ! Que se passe-t-il ? Vous avez l'air bouleversée.

– Oh, madame, nous permettrez-vous de passer la nuit ici ? Je viens de quitter Villers.

– Bien sûr ! Mais que voulez-vous dire ? L'avez-vous quitté pour de bon ?

Nous nous assîmes sur le canapé.

– Je ne supporte plus de n'être que l'une de ses nombreuses maîtresses.

– Que dites-vous ? Il vous aime. Il agit seulement comme un imbécile.

– S'il m'aimait, il m'aurait épousée, ou il aurait au moins tenu ses autres liaisons discrètes. Il m'a poussée, madame, au point où je ne veux plus de lui.

– Que vais-je lui dire s'il vient ici ?

– La vérité. Que je ne veux plus le voir.

Elle me tapota la main.

– Belle, écoutez-moi. Ne faites rien que vous regretteriez plus tard. Vous êtes en colère, et à juste titre. Prenez donc un verre de madère avec moi.

Le vin commençait à m'apaiser lorsqu'un laquais annonça le comte de Villers. Je m'échappai aussitôt vers mon ancienne chambre. La duchesse me rejoignit une demi-heure plus tard.

– Vous avez pris bien longtemps, madame, pour lui dire d'aller au diable.

– Ce n'est pas ce que je lui ai dit. Je lui ai dit que vous vouliez qu'il aille au diable. Il serait venu plus tôt, mais il ne s'est pas aperçu tout de suite de votre départ. Dès qu'il s'en est rendu compte, il a couru à ses écuries, a sellé lui-même son cheval et s'est précipité ici.

Il dit que vous pouvez passer la nuit ici, mais il ne veut pas partir sans vous avoir demandé pardon.

– Ah, je peux passer la nuit ici ! Je suis fort aise d'avoir sa permission. Je n'ai aucune envie de le voir. S'il refuse de partir, vous pouvez le faire chasser par vos laquais.

– Je ne vous ai jamais entendue parler de cette façon, Belle. Et je ne l'ai jamais vu aussi ému. De grâce, descendez lui parler.

– Non, madame, mais je lui écrirai si cela peut vous débarrasser de lui sans scandale.

Je m'exécutai et remis le billet à la duchesse :

Votre conduite, monsieur, me surprend. Ce soir, vous étiez impatient de me quitter pour le lit d'une autre maîtresse. Maintenant que vous êtes libre d'y passer la nuit, ou le reste de vos jours si vous le préférez, vous venez importuner mon amie.

Je vous serai reconnaissante de bien vouloir faire envoyer ici au plus vite mes affaires et celles d'Aimée. Je n'ai pris avec moi que vos boucles d'oreilles et votre bague, que j'ai amplement gagnées par mes services passés. J'ai l'intention de les vendre pour subvenir à mes besoins et à ceux de ma fille sans recourir plus avant à votre générosité. Quant aux autres présents que vous avez eu la bonté de m'offrir, vous pouvez les garder.

La duchesse me dit que vous voulez me demander pardon. Et pourquoi cela ? Je n'ai rien à vous reprocher. Vous ne m'avez pas menti sur vos mœurs lorsque j'ai accepté vos offres. Vous n'avez pas changé. C'est moi qui ai changé. Ce que je tolérais à mon corps défendant me dégoûte à présent. Faites-moi l'honneur de me croire quand je vous dis que je ne souhaite pas vous revoir, ni ce soir ni à l'avenir.

Partez, je vous prie.

La duchesse me rejoignit quelques minutes plus tard.

– Il est parti. Il ne voulait pas vous fâcher davantage. Il enverra Manon ici dès ce soir avec vos affaires. Il demande la permission de revenir demain matin.

– C'est à vous, madame, de la lui accorder ou non. Je sais que vous l'appréciez. Pour ma part, je ne le recevrai pas.

– J'en suis bien triste pour lui. Comment a-t-il pu vous mettre en colère à ce point?

– Il a pris une nouvelle maîtresse, toute fraîche, vierge, âgée de quinze ans. Pour me remplacer, sans nul doute.

– J'ai du mal à le croire. Si ce que vous soupçonnez est vrai, il a eu tort, grand tort, de vous faire souffrir de la sorte, mais j'espère qu'il saura obtenir votre pardon.

– Vous avez le cœur trop tendre, chère madame. Il doit déjà être en train de se consoler dans les bras de cette fille. Penser à lui est une perte de temps.

Villers se présenta le lendemain. Ma protectrice le reçut seule, ce qui continua quotidiennement au cours des semaines suivantes.

Je ne tardai pas à recevoir la visite de Lauzun, que j'accueillis avec une certaine exaspération.

– Ah, ne me dites surtout pas que vous êtes venu plaider la cause de Villers!

– N'ayez crainte, très chère amie. Il a eu beaucoup de chance jusqu'à présent. Toute autre dame dans votre position se serait vengée en nature en lui donnant un rival. Au lieu de cela, vous êtes retournée chez la duchesse où vous menez une vie de sainte. Vous lui avez épargné l'exquise torture de la jalousie, qu'il a tout fait pour mériter. Je vous trouve, au contraire, bien indulgente.

Je ne pus m'empêcher de sourire.

– Il ne m'était pas venu à l'esprit de prendre un nouvel amant. Je n'ai pas l'intention de passer une nouvelle fois par les mêmes épreuves.

– J'espère que ce misérable ne vous a pas aigrie contre tous les hommes. Il n'a reçu de vous que tendresse et respect. Vous lui avez sauvé la vie au péril de la vôtre. Je n'ai jamais entendu un mot de mécontentement passer vos lèvres à son encontre. Les maris de cette ville n'attendent pas de leur femme un vingtième de l'affection que vous avez accordée à cet ingrat. Et comment vous a-t-il remerciée ? En vous donnant une rivale, et quelle rivale ! Une fille de la campagne, sans esprit, avec pour seuls attraits sa jeunesse et sa fraîcheur.

– Vous semblez connaître la jeune personne en question.

– Je l'ai rencontrée. Villers a proposé de la renvoyer chez ses parents, un peu tard à mon avis. Elle a refusé et choisi de rester à Paris sous la protection du duc d'Orléans.

– Et peut-être aussi la vôtre ?

– Non. Pas après la peine qu'elle vous a causée. Si seulement vous me rendiez mon affection, Belle, je ne vous traiterais pas de façon aussi déplorable. Dois-je vous avouer que le temps n'a altéré ni mes sentiments ni mes espoirs ?

– Vous êtes fort aimable, cher Lauzun. Votre sollicitude me touche. Mais je préfère conserver notre amitié.

– L'amour n'exclut pas l'amitié. J'ai gardé une grande tendresse pour la plupart des dames qui m'ont honoré de leurs faveurs par le passé.

– Je ne me permettrais pas d'en douter. Villers est-il au courant de votre visite ?

– Pourquoi la lui cacher ? Il a déliré comme un fou. Il voulait même se battre en duel. J'ai dû lui rappeler que c'est sa faute, et non la mienne, si vous ne voulez plus le voir, alors que vous me conservez la faveur de votre amitié. Je lui ai aussi fait remarquer qu'un duel était la dernière des choses qui pourrait vous donner meilleure opinion de lui.

Lauzun se saisit de ma main.

– Très chère Belle, tant que vous étiez à lui, je me suis abstenu de poursuivre mes desseins. Maintenant qu'il vous a perdue, j'ose.

– Malgré l'estime que je vous porte, les raisons pour lesquelles j'avais refusé vos avances l'an dernier sont inchangées.

– Je comprends. Vous êtes toujours blessée. Il est trop tôt… Pardonnez-moi et laissez-moi espérer.

– Lauzun, je dois vous dire que vous êtes, avec votre entêtement farouche, le seul homme qui pourrait m'amuser dans ces circonstances.

Il sourit.

– Très chère amie, j'en suis flatté.

Aimée s'inquiétait de l'absence soudaine de Villers. Était-il mort, comme son père ? Pourquoi n'allions-nous plus à Vaucelles ? Où était Miss Howard ? Pour la distraire, Manon l'emmenait place Royale, non loin de l'hôtel de la duchesse. Mais ces promenades durent cesser fin septembre car de nouvelles émeutes avaient éclaté dans divers quartiers. Même après le rétablissement de l'ordre, je ne sortais plus de crainte de rencontrer Villers. Émilie venait régulièrement me voir, rayonnante. Elle s'était trompée. Malgré mes remontrances, elle poursuivait sa liaison avec Maury avec une imprudence qui dépassait l'entendement.

Je rencontrais la marquise de Bastide chaque fois qu'elle rendait visite à sa mère. Un jour, je surpris leur conversation à travers la porte entrouverte.

– Ainsi, Mère, vous voici de nouveau encombrée de cette chère baronne. À ce propos, savez-vous qui j'ai vu hier soir à l'Opéra ? Villers ! Il a eu l'impudence de venir dans ma loge, sans y être convié bien sûr, pour me demander si vous alliez vous joindre à moi. Comme si je pouvais croire un instant qu'il se souciait de vous. Je lui ai dit que je n'avais pas l'honneur de vous attendre, et lui ai demandé s'il savait que madame de Peyre vivait à nouveau sous votre toit. Il a blêmi avant de tourner les talons sans mot dire. Il n'est même pas retourné à sa loge !

Elle partit d'un rire méchant.

– Je ne l'ai jamais vu si abattu. Rien ne lui reste de sa morgue habituelle maintenant qu'il a perdu la perle de son sérail. Elle s'est enfuie, sa Belle, son trophée, sa poupée au visage de porcelaine !

– Pauvre homme. Il est inconsolable. Il vient ici tous les jours pour parler d'elle.

– Je dois reconnaître qu'elle est charmante. En fait, je n'ai rien contre elle, sinon qu'il n'est de pire parasite que cette femme.

– Félicie ! Ne parle pas de Belle de cette manière. Tu sais que cela me peine.

– Oh, mais je l'aime beaucoup, moi aussi. Je trouve même sa naïveté délicieuse.

Madame de Bastide rit de nouveau.

– Je vous parie les millions que la reine a perdus au pharaon que cette petite oie rousse n'a pas perdu espoir que Villers l'épouse…

Je n'eus pas envie d'en entendre davantage et poussai la porte. Madame de Bastide ne perdit contenance qu'un instant et se leva pour m'embrasser sur la joue. Je dus m'en mordre l'intérieur pour ne pas lui rappeler que mes cheveux n'étaient pas roux, mais, en fait, blond vénitien.

42

Les propos de madame de Bastide m'avaient rappelé que je ne pouvais rester indéfiniment chez la duchesse. La vente des boucles d'oreilles et de la bague de Villers me procurerait une petite fortune. Si j'en usais avec sagesse, cette somme nous permettrait de vivre des années, et je pourrais en réserver une bonne partie pour la dot d'Aimée.

Émilie m'avait parlé d'une chaumière à louer à l'orée de la forêt de Meudon, à une lieue de Paris. Elle était peu coûteuse, et l'air de la campagne, que j'avais tant apprécié à Vaucelles, me manquait. Je me rendis discrètement sur place en fiacre, accompagnée d'Aimée et de Manon. Les arbres se paraient de feuilles rousses et dorées sous le soleil automnal. Nous arrivâmes devant la maisonnette, avec son petit jardin encore fleuri de roses et sa tonnelle, couverte de grappes de raisin, qui ombrageait une table de bois et deux bancs. La modeste bâtisse comprenait quatre pièces, une cuisine, une salle d'eau et un grenier. Je nous imaginais très heureuses dans cette charmante retraite.

Je laissai Manon et Aimée à leur exploration du grenier, où l'ancien locataire avait abandonné quelques meubles cassés et de vieilles malles, et empruntai la porte de service à l'arrière pour visiter le potager, divisé en carrés de légumes. Je me figeai quand j'aperçus Villers qui se tenait là, debout, le chapeau à la main.

La surprise passée, je constatai qu'il avait changé. Ses joues étaient creuses, ses yeux cernés. Ma colère fit place à une sorte de pitié, sentiment que je réprimai bien vite. Ce n'étaient pas là des signes de chagrin, mais la conséquence des excès de sa débauche en mon absence. Je battis promptement en retraite.

– Je vous en supplie, Belle, ne partez pas.

Sa voix était rauque, elle avait perdu sa fermeté.

– Allez-vous-en. Vous savez que je ne veux plus vous voir. Votre présence ici est une insulte.

– Je voulais vous parler. Vous ne m'avez pas laissé d'autre choix.

– Comment puis-je m'installer ici si vous venez m'y importuner ?

– Je ne vous importunerai plus. Je vous donne ma parole que je ne reviendrai pas si vous m'écoutez.

De guerre lasse, je m'assis sur un des bancs de la tonnelle.

– Vous avez cinq minutes.

Je désignai du doigt le banc de l'autre côté de la table. Il s'y assit en silence. Il semblait avoir du mal à reprendre son souffle.

– Veuillez me pardonner. Chaque jour, j'ai espéré vous voir, vous parler. Et maintenant que je suis en votre présence, je ne trouve pas mes mots. Puis-je m'agenouiller devant vous ?

– Ah non, de grâce ! Je m'en irai si vous approchez.

– Je ne bougerai pas. Puis-je au moins vous dire mon vœu le plus cher ? Je suis à vos pieds, je pose la tête sur vos genoux. Alors vous vous penchez sur moi, vous me serrez contre vous, vous me dites que vous me pardonnez. Cela pourrait-il arriver un jour ?

– Non. Comme je vous l'ai écrit, il n'y a rien à pardonner.

– Vous savez que ce n'est pas vrai. J'ai fait fi du bonheur que vous m'apportiez. Je vous ai fait de la peine pour une fille qui n'était rien pour moi.

– Alors, pourquoi l'avoir fait ?

– Oh, Belle, je vous aime tant.

Je sentis la colère m'envahir.

– Vous m'aimez ? Vous avez pris une nouvelle maîtresse parce que vous m'aimez ? Quelle absurdité est-ce là ?

– C'est absurde, je le sais. Il m'a fallu du temps pour comprendre pourquoi j'avais agi ainsi. La vérité, c'est que je me suis trouvé trop complètement sous votre emprise. Je ne me suis pas égaré lorsque nous étions en Normandie. Pas une seule fois. J'étais en colère contre moi-même, et contre vous aussi. Était-ce là un sursaut d'orgueil ? Sans doute. Pour me rassurer, j'ai décidé de prendre une nouvelle maîtresse à notre retour à Paris.

– Et vous ne pensiez pas que cela me déplairait ?

– Je n'aurais jamais imaginé que vous l'apprendriez si vite. Comment est-ce arrivé ? Je l'ignore toujours. Et dans mon arrogance, mon aveuglement, j'ai cru que vous accepteriez cette nouvelle maîtresse comme les autres. Il ne m'a pas traversé l'esprit que vous me quitteriez.

Il soupira.

– J'ai été stupéfait, bouleversé de votre départ, mais les jours suivants, je me suis convaincu que vous finiriez par entendre raison, c'est-à-dire mes raisons.

Il se passa sa main sur les yeux.

– Avec le temps, j'ai compris que je vous avais perdue. Oh, Belle, c'est comme si la terre s'était ouverte sous mes pieds. Je sais que Lauzun vous rend visite. L'idée même qu'il puisse vous voir, vous parler, vous baiser la main est une torture.

Il s'arrêta.

– J'ai même imaginé que vous lui cédiez pour vous venger.

– Quelle idée avez-vous donc de moi ?

– L'aimez-vous ?

– Vous n'avez aucun droit de me poser cette question.

– Je sais, mais je vous en supplie, mettez fin à cette partie de mon tourment. L'aimez-vous ?

Je levai les yeux au ciel. Il inspira profondément.

– Merci. Vous êtes la bonté même. Vous auriez pu me punir en me laissant croire au pire.

Il s'arrêta.

– Oh, Belle, vous me redonnez espoir. Même s'il ne reste rien des sentiments que vous aviez pour moi, tout n'est peut-être pas perdu. Je veux devenir digne de vous. Ma conduite va changer ; elle a déjà changé. Je n'ai pas touché une femme depuis ce jour horrible où vous m'avez quitté. J'ai renoncé à tous mes droits sur ma petite maison, sans aucun regret. Je n'ai plus d'autres maîtresses, et il n'y en aura pas à l'avenir.

– Je ne vous crois pas.

– Quelles que soient mes fautes, ai-je déjà manqué à une promesse que je vous ai faite ? Et je sais ce que je veux maintenant. Si j'avais l'infini bonheur d'obtenir votre pardon, je ne me risquerais pas à vous perdre à nouveau. J'ai gardé l'une de vos chemises. Je n'ai pu me résoudre à vous l'envoyer avec le reste de vos affaires. Elle a conservé votre odeur, votre parfum. Je dors avec elle tous les soirs, ou plutôt je m'allonge avec elle car je ne peux plus dormir. Elle me rend fou parce qu'elle me fait penser à vous. Mais c'est mieux que de ne rien avoir de vous.

– Vous êtes l'auteur de votre propre misère.

Ses yeux étaient rouges, son menton tremblait.

– C'est vrai. Je mérite ce châtiment, si dur soit-il. Toutefois, je vous demande grâce. Revenez-moi, ne serait-ce que par pitié.

Des larmes coulaient sur ses joues. Je n'avais jamais vu un homme pleurer, j'étais trop embarrassée pour dire mot.

– Je ferai tout pour regagner un peu de votre affection. Vous pouvez poser toutes les conditions que vous voudrez à votre retour. J'accepterai tout. Mais je vous en supplie, revenez.

J'ouvris la bouche, plus de surprise que pour parler.

– Vous allez dire non. Attendez. Ne me répondez pas. Permettez-moi au moins de vous revoir. Si vous ne voulez pas être seule avec moi, laissez-moi vous parler en présence de la duchesse. Je vous en supplie, Belle.

Il se cachait le visage dans les mains. Ses épaules étaient secouées de sanglots étouffés. Il m'était insupportable de le voir ainsi.

– Si vous partez immédiatement, je vous recevrai demain chez la duchesse.

Il se redressa, l'air éperdu. Je frémis à l'idée de la scène qui allait suivre si je le laissais approcher.

– Partez !

Il sembla faire un effort pour se ressaisir. Puis, après m'avoir jeté un long regard, il s'inclina avant de se diriger lentement vers la barrière du jardin.

Je me hâtai de retourner à l'intérieur. La chaumière avait perdu beaucoup de son charme. Fort heureusement, Aimée ne s'était aperçue de rien.

Je me couchai ce soir-là douloureusement incertaine de mes sentiments. La duchesse m'avait dit que Villers était bouleversé par mon départ, mais l'intensité de son chagrin m'avait émue. Peut-être avais-je conservé une sorte d'affection pour lui. Pourtant, je regrettais ma promesse.

Je le reçus le lendemain en présence de la duchesse. On ne saurait imaginer de visite plus pénible. Ni lui ni moi n'avions rien à dire. Après quelques phrases contraintes, il se contenta de me regarder. Quant à moi, je fuyais ces yeux implorants et contemplais par la fenêtre les vignes vierges, devenues rouge vif sur le mur du jardin. Notre pauvre hôtesse dut porter seule le fardeau de la conversation. Après vingt minutes de cette torture, elle avait épuisé tous les sujets possibles, je n'en voyais aucun, et Villers ne donnait toujours pas le moindre signe de départ. Je perdis patience et invoquai une visite promise à Émilie.

Il se leva, mais ne prenait toujours pas congé.

– Madame la duchesse…

Sa voix le trahissait. Il s'éclaircit la gorge.

– Me feriez-vous l'honneur, avec madame de Peyre et sa fille, de partager une collation avec moi mardi à Vaucelles ?

– Voici qui est fort aimable à vous. Belle, avons-nous un autre engagement à cette date ?

Pressée de mettre un terme à ce calvaire, je me détournai sans un mot ; l'invitation fut donc acceptée.

Lauzun, soit parce qu'il ne connaissait pas le découragement, soit parce qu'il accordait autant d'importance qu'il le disait à mon amitié, me rendait toujours visite chez la duchesse. Son vieil oncle, le duc de Biron, maréchal de France, colonel des gardes françaises, venait de mourir en lui laissant sa fortune, son titre et son nom. Je discutais de cette nouvelle avec la duchesse.

– Ainsi, madame, Lauzun va-t-il devenir duc de Biron. J'en suis heureuse pour lui. En outre, sans doute sera-t-il nommé colonel des gardes françaises.

– Hélas non ! Tout semble faire de lui le choix évident : sa parenté avec le défunt maréchal, sa conduite exemplaire lors de la guerre d'Amérique et sa popularité auprès des troupes. Mais il paraît que c'est le duc du Châtelet qui va être nommé colonel des gardes françaises. Inutile de vous dire de quel quartier vient ce coup. La reine elle-même se serait opposée à la nomination de Lauzun, ou Biron, comme nous devrions maintenant l'appeler. Elle doit encore être furieuse de ce qu'elle a vécu comme sa désertion il y a des années. C'est un grave affront pour notre ami et, de plus, une erreur politique de sa part à elle. Quelle idée d'avoir choisi une brute comme le duc du Châtelet !

Notre visite à Vaucelles fut suivie de bien d'autres. Par un après-midi brumeux de décembre, Villers m'aida à me mettre en selle et ajusta mon pied à l'étrier. Il me caressa la cheville à travers la soie de mon bas et y pressa les lèvres. Sans la lâcher, il la contempla longuement, comme un objet précieux. Enfin, il leva les yeux vers moi.

– De grâce, Belle. Revenez-moi.

Ma colère s'était depuis longtemps apaisée, remplacée par la pitié et un certain réveil de l'affection que j'avais jadis eue pour lui. Aussi acceptai-je, à la seule condition qu'il n'approcherait plus de mon lit.

Après trois mois d'absence, je retrouvai le logement de la rue Saint-Dominique rempli de fleurs fraîches malgré la saison. Les serres de Vaucelles avaient dû être pillées. Les boiseries du salon avaient été repeintes en bleu et blanc, dans les tons des porcelaines anglaises que j'aimais. La salle à manger avait été tapissée d'un papier peint à motif de ruines romaines surplombant la Méditerranée. Cela me rappela les projets que nous avions faits de nous rendre en Italie. Dans ma chambre, les tentures et les rideaux étaient désormais de soie blanche brodée de papillons et de fleurs dans différentes nuances de rose vif, ma couleur préférée. Un grand écrin de cuir rouge m'attendait sur la table de toilette. J'enlevai mon gant pour le frôler du bout des doigts avant de l'ouvrir. Il contenait sept rangs des plus belles perles.

Une exclamation de surprise franchit mes lèvres. Je me tournai vers Villers. Il ne disait rien, me regardant d'un air timide, comme s'il attendait mon approbation. Cela me toucha, bien plus que son présent, bien plus que tous ses préparatifs pour mon retour. Je lui tendis la main. Il tomba à genoux pour la porter à ses lèvres.

Une semaine après mon retour, il avait su regagner ses anciens privilèges, qu'il reprit avec une ardeur quelque peu effrayante. Peut-être n'avait-il pas menti en disant qu'il avait vécu dans l'abstinence en mon absence.

43

Il avait été décidé à la fin de 1788 que les États généraux seraient convoqués en mai de l'année suivante. Le pain, en raison de la maigre récolte, n'était plus à la portée des pauvres. Le parlement de Paris ouvrit une enquête sur les causes de l'augmentation des prix des grains, sans autre résultat que d'alimenter les rumeurs les plus folles sur les prétendus projets de la reine d'affamer le peuple.

Néanmoins, la nouvelle de la prochaine élection fut accueillie avec enthousiasme, et les trois ordres bientôt réunis ne parlaient guère d'autre chose. L'on commençait à rédiger les fameux cahiers de doléances, dans lesquels on exposait les injustices du régime et les moyens d'y remédier. Villers se réjouissait de ce que les nobles pourraient, pour la première fois, aspirer à une fonction publique en vertu du suffrage de leurs pairs, et non plus grâce à la seule faveur royale.

Au cours de cet hiver-là, Villers me proposa un nouveau voyage en Normandie. Il fut plein d'attentions durant tout notre séjour à Dampierre, et nos promenades en bord de mer scellèrent notre réconciliation. La veille de notre départ, nous marchions, menant nos chevaux par la bride, sur la grève de Saint-Laurent, couverte d'une mince couche de neige.

– Belle, j'ai songé à me porter candidat à la députation de la noblesse de Normandie. Qu'en pensez-vous ? Je ne prendrai aucune décision sans votre aval.

– Je pense que c'est une excellente idée. De grands changements politiques se préparent, et vous pourrez y employer vos talents.

Je fis une moue moqueuse.

– Et cela vous distraira. Votre nouvelle vie avec moi doit vous sembler quelque peu ennuyeuse.

– Ennuyeuse ? Quand j'ai le bonheur de vous avoir de nouveau auprès de moi ? Si je vous ai donné cette impression, je vous en demande mille pardons.

Le sérieux de sa voix me surprit.

– Mais non, ce n'était qu'une supposition de ma part. N'y prêtez aucune attention.

– Belle, je prête attention à tout ce que vous me dites. Peut-être ne savez-vous pas combien j'ai changé grâce à vous. Mes années de libertinage sont bien finies, et je ne les regrette en rien. Je ne veux plus jamais mériter vos reproches.

– Je ne vous reprochais rien, je badinais, tout simplement. N'en parlons plus. Quant aux États généraux, il serait du plus mauvais effet que vous affichiez votre maîtresse devant vos pairs quand vous reviendrez ici pour les élections. Je resterai volontiers à Paris.

Il pâlit au point que ses taches de rousseur se détachèrent soudain sur son visage.

– Pour rien au monde. Que me dites-vous là ? Je ne veux plus jamais être séparé de vous. J'aurais le sentiment de vous avoir perdue à nouveau. Si la noblesse de Normandie ne veut pas de moi comme député parce que vous me faites l'honneur de partager ma vie, j'en prendrai mon parti.

Il s'empara de ma main, qu'il baisa passionnément à travers mon gant.

– Belle, je veux que vous sachiez que je n'ai jamais été si heureux, que vous êtes tout pour moi maintenant. Je ne pourrais vivre sans vous.

Ce soir-là, il se montra plus tendre que jamais. Je m'endormis, heureuse, auprès de lui.

Soudain, je sentis que l'on me tirait brutalement par la taille. Mes lèvres furent forcées par d'autres lèvres. J'entendis des mots confus, murmurés à mon oreille par une voix rauque. C'était la voix de Villers, ses mains, ses lèvres. Dans l'âtre, le feu s'était écroulé en une pile de braises rougeoyantes. Ce devaient être les premières heures du matin. Je gémis, encore somnolente.

Tout à coup, je m'éveillai complètement : il était déjà sur moi, en moi. Il ne m'avait pas laissé le temps de prendre nos précautions habituelles. Je le repoussai.

– Que fais-tu ? Veux-tu donc que je tombe enceinte ?

Il m'embrassa sauvagement.

– Oh oui, Belle, ma Belle, je veux un enfant de toi. Je le veux plus que tout au monde.

– Je n'entends pas être déshonorée pour satisfaire à l'un de tes caprices.

– Ce n'est pas un caprice. Et je ne te déshonorerai pas, mon amour. Je vais t'épouser. Je ferai publier les bans dès demain.

Il me saisit de nouveau.

– Je t'en supplie, Belle. Laisse-moi te prendre ainsi.

– Non. Je ne souhaite pas d'autre enfant.

Je lui passai la main sur le visage.

– Voyons, Aurélien, sois raisonnable.

Il me tourna le dos.

Le lendemain matin, il semblait de nouveau heureux et tendre. Je me demandai si tout cela n'avait été qu'un rêve. Bien qu'il fût affectueux avec Aimée et, à sa manière, attaché à son fils, il n'avait jamais exprimé auparavant le moindre désir d'enfant.

Dès notre retour à Paris, sa conduite changea. Avant notre séparation, Villers s'amusait des attentions et de l'admiration que je recevais des autres hommes, et s'en trouvait même flatté. Dorénavant, je voyais sa mâchoire et ses poings se crisper. Il était particulièrement déplaisant avec Lauzun.

Il insistait sur les bienfaits d'une vie plus retirée, loin du tumulte parisien. Il souhaitait que je passasse le plus clair de mon temps en sa compagnie à Vaucelles, où seule la duchesse était désormais invitée. Il essayait de me dissuader d'assister à des spectacles que je n'avais aucune intention de manquer. Il trouvait même à redire de mon amitié avec Émilie, qu'il accusait d'avoir une mauvaise influence sur moi. Je lui avais caché que c'était à elle que je devais la révélation de sa dernière infidélité. Il ne lui aurait jamais pardonné.

Il avait jadis promis de ne jamais me frapper, mais son humeur devenait imprévisible. Mes soupçons étaient peut-être injustes, mais je ne pouvais m'empêcher d'être marquée par l'expérience de mon mariage. Je songeais aussi que ma fuite chez la duchesse aurait eu des conséquences bien différentes si j'avais été mariée : Villers aurait pu obtenir une lettre de cachet pour me faire enfermer comme épouse rebelle aussi longtemps qu'il lui aurait plu. Il m'aurait privée d'Aimée.

Je n'aimais plus assez Villers pour prendre ce risque. Il ne m'avait pas assez aimée, lui, pour m'épouser quand nous nous étions rencontrés. Il n'avait voulu de moi que pour compléter sa collection de maîtresses. Tout en me parlant de pureté, d'innocence, il m'avait abaissée à des amours vénales, triviales, sans se soucier de la peine que cela m'avait causé, de l'humiliation que j'en avais ressentie. Il avait fait de moi une courtisane. Cela ne pouvait se défaire. Courtisane j'étais, courtisane je resterais. Je fuyais ce mariage, que j'avais tant souhaité un an plus tôt.

44

En mars 1789, Villers fut, à une grande majorité, élu député de la noblesse aux États généraux. Il en fut de même pour le duc d'Orléans à Chartres, La Fayette en Auvergne et Lauzun en Quercy. Tous participeraient à cette assemblée chargée de résoudre l'inextricable crise budgétaire, de ramener la France à la stabilité et à la prospérité.

Mes servantes rencontraient des foules houleuses, furieuses du prix du pain, attroupées devant les boulangeries. Le peuple maudissait les fermiers généraux, qui s'enrichissaient toujours davantage en taxant la nourriture en cette période de disette. Le mur que j'avais vu s'ériger à leur profit autour de Paris apparaissait désormais comme un nœud coulant autour de la ville affamée. Enveloppée de mes fourrures, le ventre plein, je pensais à ceux qui avaient faim et froid. Au Nouvel An, je demandai à Villers d'utiliser l'argent de mes étrennes pour soulager les souffrances des pauvres de Paris.

À Versailles, à l'approche des États généraux, les uniformes de chacun des trois ordres et le protocole à suivre étaient au cœur des préoccupations. L'assemblée ne s'était pas réunie depuis plus d'un siècle, et ces détails s'étaient perdus. La question de savoir si les députés du tiers état devaient s'agenouiller à l'arrivée du roi faisait l'objet de débats particulièrement animés.

J'entendais rester à Paris pendant la réunion des États généraux, qui ne devait pas durer plus de quelques mois. Villers me rejoignit un après-midi alors que je finissais la lecture de *Paul et Virginie*, qui connaissait un succès considérable. Tout en exposant les horreurs de l'esclavage des Noirs, ce roman contait les aventures de deux amoureux élevés ensemble aux colonies. Envoyée en France pendant deux ans par sa mère, Virginie en avait été irrémédiablement altérée, elle avait perdu l'innocence de ses jeunes années, elle en était morte. Cette romance tragique me rappelait ma propre histoire. La peine que j'avais éprouvée en apercevant Pierre-André à la guinguette, six mois plus tôt, revint me percer au cœur. Certes, je n'étais pas morte de notre séparation, mais la cruauté de mon mariage, puis les humiliations de ma vie de courtisane à Paris m'avaient arraché mon innocence. Comme Virginie, j'avais perdu le sentiment de bonheur, de joie pure de mes premières amours. Je fis de mon mieux pour cacher mon émotion devant Villers.

– Belle, je vais louer une maison en votre nom à Versailles pour la durée des États généraux.

Je reposai le livre.

– Je compte rester à Paris, et n'ai nul besoin d'une maison à Versailles. Vous pouvez y prendre un petit logement. Vous serez à moins d'une heure à cheval. Vous reviendrez ici le samedi soir, pour repartir le lundi matin de bonne heure. Nous passerons les dimanches ensemble.

Il vint s'asseoir à côté de moi sur le canapé.

– Ma chérie, je voudrais avoir le bonheur de vous retrouver tous les soirs.

– Mais je m'ennuie à Versailles. Il n'y a rien à y faire que d'aller à la cour.

– Je sais que je suis égoïste, mais c'est vous qui m'avez encouragé à devenir député. Je vous en prie, Belle, ne me punissez pas de vous avoir écoutée.

– Ne me feriez-vous pas confiance si je restais à Paris ?

– Si, bien sûr. Mais je ne peux supporter l'idée d'être séparé de vous, même pour quelques jours.

Il se laissa glisser à genoux pour me baiser la main.

– Venez avec moi à Versailles, Belle, je vous le demande en grâce.

Villers loua donc une fort belle maison à Versailles, où je m'installai le 1er mai avec Aimée, Manon, Miss Howard et mes servantes. Seul Junot resta à Paris pour s'occuper de mon logement en notre absence. Villers ne s'était pas assuré de demeure séparée à Versailles. L'on pouvait supposer qu'il retournait chez lui à Paris tous les soirs, et les apparences n'avaient plus guère d'importance pour moi, qui étais sa maîtresse au vu et au su de tous depuis un an et demi.

Lors de notre première soirée à Versailles, Villers attendit que nous nous retirions pour m'offrir une paire de bracelets de diamants au motif de treillis. Ils étaient larges de plus d'un pouce et semblaient aussi précieux que les boucles d'oreilles qu'il m'avait données.

– Je voulais te remercier d'être venue ici. Je sais que tu l'as fait uniquement pour m'être agréable. Ton sacrifice méritait récompense.

Il me saisit les poignets et, après y avoir pressé passionnément les lèvres, referma les bracelets sur eux. Il me parut fort étrange de porter de tels bijoux au lit.

– Je ne sais comment te remercier. Ils sont magnifiques.

– Ils ont été faits à tes mesures exactes. Nulle autre femme n'aurait les poignets assez fins pour les porter.

– J'espère que tu ne t'es pas senti obligé de me cajoler. J'ai dû te paraître peu gracieuse dans ma réticence à venir m'installer à Versailles.

– Tu es toujours gracieuse, ma chérie. Tu m'as rendu très heureux en acceptant de m'accompagner. J'ai simplement voulu te le prouver.

Il me caressa à travers ma chemise, doucement au début, puis de façon plus insistante. Il glissa le vêtement par-dessus mes épaules. Je fis un geste pour ouvrir la charnière des bracelets.

– Non, mon amour. Je veux te voir les porter ainsi.

La cérémonie d'ouverture des États généraux eut lieu le 4 mai. Comme les fenêtres de la maison jouissaient d'une excellente vue sur le parcours de la procession, je conviai la duchesse à se joindre à nous pour l'occasion. Nous assistâmes ainsi à l'une des dernières manifestations de la pompe de l'Ancien Régime, comme on l'appellerait bientôt. Nous vîmes passer sous les fenêtres Villers, qui avait pour une fois enlevé ses boucles d'oreilles, et Lauzun, qui s'inclina galamment devant nous.

La séance inaugurale du lendemain se déroula dans l'immense salle des Menus Plaisirs. Le tiers état comptait autant de membres que les deux autres ordres réunis. Le roi, fidèle à son caractère, avait d'abord soutenu cette mesure, puis l'avait combattue, avant de céder et de l'accepter. Plus de mille élus étaient réunis, et des centaines de spectateurs assistaient à la séance depuis les galeries.

Avec la duchesse et les autres dames de la cour, je pris place dans l'un des balcons qui flanquaient le trône. Je portais une robe de satin blanc uni dont la coupe suivait exactement les instructions de Villers. Mes nouveaux bracelets enserraient mes poignets, et les briolettes de mes boucles d'oreilles effleuraient mes épaules nues. Villers n'aimait pas que je porte de colliers, qui, disait-il, interrompaient les lignes de ma gorge et en altéraient la pureté. Mes cheveux avaient été coiffés selon ses instructions, sans poudre, en un savant arrangement de boucles et de tresses, entrelacées des rangs de perles qu'il m'avait offerts.

– Ce n'est pas la mode, mais vous ressemblez ainsi à un portrait de Botticelli. Dieu, que vous êtes belle !

Leurs Majestés arrivèrent à midi et prirent place sur une estrade. Le roi prononça un bref discours inaugural, cinq minutes tout au plus, acclamations comprises. Lorsqu'il eut fini, il se découvrit en signe de respect pour les députés. La reine se tourna alors vers lui en fronçant les sourcils et lui chuchota quelque chose à l'oreille, ne laissant aucun doute sur son désaccord. Je fus stupéfaite qu'elle contestât l'autorité du roi en une occasion si solennelle. Il sembla hésiter, puis se recouvrit. La noblesse, habituée à l'étiquette de la cour, suivit l'exemple du roi. La confusion régnait au sein du tiers état, dont les députés se regardaient les uns les autres sans savoir que faire de leur chapeau.

Les travaux des États généraux commencèrent dès le lendemain. Quand ils ne se terminaient pas trop tard, Villers me rejoignait pour souper. Il se montrait plus affectueux que jamais envers Aimée, qui avait presque quatre ans. Il l'asseyait sur ses genoux et s'intéressait aux progrès de ses études. Elle ne craignait rien tant que de le décevoir. Chaque soir, elle me demandait de lui faire répéter ses leçons en prévision de son arrivée. Elle insistait pour que l'on jetât au feu les pages d'écriture qu'elle jugeait indignes de lui et les recommençait avec application. Miss Howard lui enseignait toujours l'anglais, tandis que je lui apprenais les premiers rudiments de la lecture et de l'écriture en français. Les heures de la journée qui n'étaient pas consacrées à l'étude se passaient en promenades dans les bois de Versailles, dans toute la splendeur de leur feuillage printanier, où nous allions cueillir des bouquets de jacinthes sauvages.

Quand les sessions se terminaient tard, Villers me retrouvait dans ma chambre.

– Me voici devenu un vrai bourgeois. Je travaille toute la journée et je rentre partager ton lit tous les soirs.

– Tu en parles comme d'une corvée.

– Bien au contraire, je n'ai jamais été si comblé de ma vie. La seule chose qui pourrait ajouter à mon bonheur serait que tu m'accordes ta main.

– Ainsi le portrait du comte de Villers, libertin réformé, serait-il complet. Je te donnerais un enfant tous les ans. Tu porterais un gilet de flanelle et demanderais une tasse de camomille chaque soir avant de te coucher.

– Je ne vois rien de mal à cela. Je vais commencer à faire ces choses-là, pour te priver de toute raison de persister en ton cruel refus.

Il me passa le bras autour de la taille et pressa ses lèvres contre les miennes.

– En parlant d'enfant…

Toute la cour prit le deuil début juin. Le dauphin Louis-Joseph était mort de consomption. L'horrible maladie avait fini de déformer son dos et ses os. Le pauvre enfant, torturé par un corset de fer, n'avait plus paru à la cour depuis des semaines. Ce n'était pas le premier des enfants royaux à mourir. La petite Madame Sophie, sa sœur cadette, était décédée un an plus tôt. J'éprouvais bien de la peine pour la perte cruelle du roi et de la reine, et emmenai Aimée à l'église Saint-Louis de Versailles allumer un cierge et prier pour le repos de l'âme des deux enfants. Le second fils du couple royal, Louis-Charles, de quelques mois l'aîné d'Aimée, devint le nouveau dauphin.

La triste nouvelle n'avait pas empêché les États généraux de poursuivre leurs travaux. La majorité des députés du clergé, curés de campagne et roturiers, avaient rejoint le tiers état à la fin du mois de juin. Ensemble, ils s'appelaient désormais « Assemblée nationale » et avaient prêté serment de ne pas se dissoudre avant d'avoir rédigé une constitution. Villers était furieux contre ceux de ses collègues de la noblesse qui insistaient encore pour tenir des sessions séparées.

– Ces imbéciles représentent moins de un pour cent de la population et ils pensent pouvoir refuser de siéger avec le tiers état ? Que croient-ils ? Que le roi, à l'instigation de la reine, va les soutenir ? Il abandonnera la noblesse, comme il a abandonné toutes les causes qu'il a défendues. Si nous ne rejoignons pas bientôt l'Assemblée nationale, la Révolution se fera sans nous, c'est-à-dire contre nous !

Tout le monde parlait déjà de la « Révolution » comme d'une évidence. Le roi avait annulé toutes les délibérations de l'Assemblée nationale et menaçait de dissoudre les États généraux. Néanmoins, quarante-sept députés de la noblesse menés par le duc d'Orléans, et parmi lesquels Villers, Lauzun et La Fayette, se séparèrent de leur ordre pour rejoindre le tiers état.

Deux jours plus tard, comme l'avait prédit Villers, le roi fit volte-face et invita les retardataires de la noblesse et du clergé à rejoindre l'Assemblée nationale. Il se plaçait ainsi à la tête de la Révolution ou, selon la sensibilité de chacun, à sa remorque.

Dans le même temps, le roi ordonna à des régiments composés de mercenaires suisses et allemands, vingt mille hommes au total, d'encercler Paris. Personne ne doutait que son véritable objectif fût d'écraser la capitale si elle montrait le moindre signe de ralliement à la nouvelle Assemblée. L'opinion publique attribuait cette décision à l'influence de la reine. Les bourgeois de Paris, quant à eux, formèrent une milice, que l'on appela « garde nationale », pour défendre la ville.

45

Le 11 juillet, Villers rentra plus tôt que d'ordinaire de l'Assemblée.

– Faites vos malles, Belle. Je vous emmène à Vaucelles dès ce soir.

– Que se passe-t-il ?

– Un régiment allemand s'est installé dans le parc du château, un autre a pris ses quartiers à l'Orangerie. La famille royale s'apprête à quitter Versailles pour une place forte proche de la frontière des Pays-Bas. Vous savez ce que cela signifie ? Le roi va demander l'aide de l'empereur Joseph, frère de la reine, tandis que les régiments suisses et allemands vont attaquer Paris et l'Assemblée. Le comte d'Artois a déclaré publiquement que tous les députés du tiers état devaient être pendus. Il ne fait que dire à haute voix ce que pensent le roi et la reine.

Villers me serra dans ses bras.

– J'ai été égoïste de vous garder ici si longtemps. S'il vous arrivait malheur, je ne me le pardonnerais pas.

C'est ainsi qu'en ces journées décisives de juillet 1789, alors que se jouait le destin de la France et de l'Europe, Aimée et moi étions en sûreté à Vaucelles. Villers resta le lendemain de notre arrivée, qui était un dimanche. Il employa son temps à m'apprendre à charger une arme à feu, à viser, à tirer, et insista pour me laisser sa meilleure paire de pistolets.

Le lundi 13 juillet, à l'aube, nous nous étreignîmes avec tendresse un long moment. Tous nos différends étaient oubliés face à l'angoisse et aux incertitudes du lendemain. Il partit à cheval pour rejoindre Versailles par des chemins de traverse, tout en essayant d'éviter les troupes étrangères massées au sud de la capitale.

L'angoisse me tenait dans un étau. Dans l'après-midi, j'envoyai Lemoyne, l'un des laquais, prendre des nouvelles à Paris. Il dut faire demi-tour aux barrières car nul n'était autorisé à y entrer.

– J'ai parlé aux gardes de la barrière du Trône, madame. La foule a attaqué les prisons et a libéré tous les gardes françaises qu'étaient emprisonnés pour mutinerie. Ils obéissent plus du tout à leur colonel, le duc du Châtelet. Et le roi va faire arrêter tous les députés de l'Assemblée à Versailles. On raconte que tous les nobles qu'ont rejoint le tiers état vont avoir la tête coupée. Ça veut dire aussi monsieur le comte ?

Vacillante, je le remerciai et lui donnai un écu d'argent pour sa peine.

Le lendemain, mardi 14 juillet 1789, jour de mon vingtième anniversaire, j'ignorais si Villers avait été arrêté, condamné à mort, ou déjà exécuté. J'étais trop agitée pour lire ou me concentrer sur une quelconque activité. Pour tenter de me calmer, j'allai me promener avec Aimée dans le parc. Vers cinq heures de l'après-midi, alors que nous nous dirigions vers la rivière, nous entendîmes le son du canon.

– Écoutez, Maman, le tonnerre ! Le dragon d'or ne va plus tarder.

C'est le nom qu'elle donnait à la foudre. Je savais qu'il s'agissait d'une autre sorte de tonnerre.

Je chargeai de nouveau Lemoyne d'aller quérir des informations à Paris. Il revint avec la nuit, fébrile.

– Les barrières sont toujours fermées, madame, mais les gardes disent que la Bastille est tombée.

– Voyons, c'est impossible ! Comment la Bastille, avec ses ponts-levis et ses murailles, pourrait-elle être prise de force ?

– Je vous répète ce qu'y m'ont dit, madame.

Je ne pus fermer l'œil de la nuit.

Lorsque Manon m'aida à m'habiller le matin suivant, je remarquai sa mine soucieuse.

– Qu'y a-t-il, Manon ?

– J'ai eu des nouvelles de la nièce de Junot, madame.

– Junot ?

– Oui, madame. Il a été blessé à Paris hier.

– Rien de grave, j'espère.

Manon rougit.

– J'espère que madame ne va pas se mettre en colère.

Je me demandais quel méfait Junot, un homme d'âge mûr et de tempérament placide, avait pu commettre.

– Dis-moi donc ce qu'il s'est passé.

– Eh bien, madame, hier matin, une foule immense, plus de vingt mille personnes, à ce qu'il paraît, est allée aux Invalides. Il y a un arsenal là-bas.

– Je sais. Ne me dis pas que Junot s'est joint à ces gens ?

– Si fait, madame. Mais tout était calme. Les gardes françaises ont pris la tête de la foule et ont saisi les fusils, les piques et les sabres. On a besoin de vrais soldats, avec de vraies armes, pour défendre Paris contre ces saletés de mercenaires étrangers.

– Qu'est-il arrivé à Junot ? A-t-il été blessé ?

– Oh non, madame. Personne n'a été blessé là-bas. La foule a pris plusieurs canons, mais ils manquaient de munitions. Alors ils sont partis à la Bastille pour en chercher. C'est là que ça a mal tourné.

La garnison de la Bastille a tiré sur la foule et a tué beaucoup de gens. Tout le monde disait qu'elle ne pouvait pas être prise, mais les gardes françaises ont dirigé l'attaque. Elle est tombée en une demi-heure.

– C'est donc vrai ! Et Junot ?

– Eh bien, madame, les gens se sont mis à courir quand la garnison a fait feu. C'est alors qu'il est tombé et s'est cassé la jambe. Il a été porté chez sa nièce. Il supplie madame de ne pas le chasser.

Soulagée, je soupirai.

– À son âge, quelle imprudence ! Mais, d'après ce que tu me racontes, cela aurait pu être bien pire. A-t-il vu un chirurgien ?

– Oui. Il ne pourra pas reprendre son service avant un mois et demi. Alors madame ne le chassera pas ?

– Bien sûr que non.

– À vrai dire, il s'inquiète aussi de ce qu'en pensera monsieur le comte. Junot n'oserait jamais mentir à madame, qui est une si bonne maîtresse, mais si vous pouviez dire à monsieur que Junot est tombé dans les escaliers, enfin quelque chose comme ça, il vous en serait reconnaissant jusqu'à son dernier souffle.

Je ne pus m'empêcher de sourire.

– Dis à Junot de ne pas s'inquiéter.

Ce que Manon ne m'avait pas dit, c'est qu'après la chute de la Bastille, sa garnison avait été massacrée et son gouverneur, décapité par la foule.

Ce fut le signal de la première vague de ce que l'on qualifierait plus tard d'émigration. Le comte d'Artois, adversaire le plus farouche de la Révolution, et d'autres princes du sang quittèrent la France, ainsi que la duchesse de Polignac, favorite de la reine. Celle-ci ne devait jamais revoir son pays et mourrait en exil quatre ans plus tard. Je compatis à ce destin, bien qu'elle n'ait jamais été mon amie, car je vais devoir le partager. J'ai goûté à son amertume.

Le 15 juillet, Villers m'envoya un billet m'informant qu'il était à Paris avec La Fayette et qu'il me rejoindrait à Vaucelles dès qu'il le pourrait. Au moins était-il en vie. Pour combien de temps encore ?

Deux jours plus tard, au crépuscule, un hennissement et un bruit de sabots retentirent dans la cour. Je courus dehors et me jetai dans les bras de Villers. Il m'embrassa passionnément sur les joues, les lèvres, les yeux. Il ne s'était jamais comporté ainsi devant les serviteurs.

– Belle, ma Belle, j'ai cru ne jamais vous revoir.

– Moi aussi, mon amour. On disait que vous alliez être décapité.

– Le roi a capitulé. Il a annoncé à l'Assemblée le retrait de tous les régiments étrangers. Bailly, l'astronome, est désormais à la tête de Paris, avec le titre de maire, et non plus celui de prévôt des marchands. Le dernier prévôt a été abattu par les insurgés après la chute de la Bastille. La Fayette est à la tête de la nouvelle garde nationale.

– Alors vous n'êtes plus en danger ?

– Pour le moment. Le roi était à Paris aujourd'hui, je l'ai vu accepter une cocarde tricolore des mains de La Fayette sur les marches de l'Hôtel de Ville. Le blanc, qui représente la couronne, est entouré de bleu et de rouge, les couleurs de Paris. Un symbole puissant.

– Ce sont aussi les couleurs du drapeau américain !

– C'est vrai. Ce doit être l'idée de La Fayette… Je crois que les événements lui sont montés à la tête, qui n'est pas la partie la plus solide de sa personne.

– Mais la venue du roi à Paris est un signe d'espoir, n'est-ce pas ? La ville devrait se calmer maintenant.

– L'ordre n'est pas rétabli, les voitures ne sont toujours pas autorisées à circuler, mais, avec ma cocarde tricolore au chapeau, je n'ai eu aucun mal à revenir ici à cheval. Sur la route, j'ai toutefois croisé une foule portant au bout d'une pique la tête de Bertier de Sauvigny, l'intendant du roi, la bouche remplie de foin. Il avait déclaré que les

Parisiens pouvaient brouter de l'herbe s'ils avaient faim. Le peuple ne l'a pas oublié.

La situation se calma à la fin juillet, au point que je jugeai sûr de quitter Vaucelles pour rejoindre Villers à Versailles. En revanche, les rumeurs les plus étranges circulaient dans les campagnes. On disait notamment que la reine conspirait avec la noblesse locale pour massacrer les paysans. En réponse, ceux-ci attaquèrent de nombreux châteaux au cours de l'été 1789, donnant naissance à la Grande Peur.

Depuis l'affaire du duel, le chevalier des Huttes et moi ne nous parlions plus beaucoup. Resté fidèle à sa reine, il me disait que la conduite de « mon cercle », ainsi qu'il appelait Villers, Lauzun et les nobles qui avaient rejoint le tiers état, équivalait à trahir le roi. Nous avions convenu de ne plus discuter de politique. Mais à mon retour, je le croisai de nouveau au château. Notre conversation, gênée au début, retrouva bien vite l'aisance de notre amitié de jadis. J'en profitai pour prendre des nouvelles d'Auvergne.

– Les nouvelles sont bonnes, madame. Le marquis est sain et sauf, bien que les paysans aient tenté d'attaquer Fontfreyde. Ils entendaient brûler les actes prouvant les droits féodaux de votre famille. Votre frère, comme l'on pouvait s'y attendre, a fait preuve d'un grand courage. Bien qu'il ait ses détracteurs, il a toujours su se faire respecter de ses vassaux. Il les a harangués vaillamment du haut de l'escalier extérieur, et ils ont fini par se retirer, chapeau bas, sans causer le moindre dommage. Je frémis, madame, à l'idée que les archives de votre famille, qui remontent à l'an mil, auraient pu être détruites. La perte aurait été irréparable.

– Et qu'en est-il de la comtesse de Chalvignac ?

– Votre sœur est en sûreté. Les paysans ont marché sur le château de Saint-Hippolite, mais, son mari ayant été frappé d'apoplexie pendant l'assaut, cela a fait fuir la populace et sauvé le château de l'incendie. Je suis cependant au regret de vous annoncer que votre beau-frère ne devrait pas vivre bien longtemps.

Ainsi ma sœur allait-elle, elle aussi, devenir veuve. En aurait-elle de la peine ?

– Et à Cénac ?

– Ah, madame, le baron n'est pas aussi populaire que feu votre mari, loin de là. Le château a été saccagé sous ses yeux et ceux de la baronne. Les paysans les ont même molestés.

J'imaginais avec une certaine satisfaction les nouveaux baron et baronne de Peyre, des fourches pointées sur le ventre, assistant à la mise à sac de Cénac. Mes sentiments, comme d'ordinaire, devaient se lire sur mon visage.

– Il n'y a rien d'amusant à cela, madame. Si la populace n'est pas tenue en échec, tant à Paris qu'en province, la France est perdue. Le roi a fait preuve d'une grande clémence envers les fauteurs de troubles, que ces scélérats ont interprétée comme de la faiblesse.

J'allai répliquer lorsqu'il m'interrompit :

– Veuillez me pardonner, nous avions convenu d'éviter ces questions.

Madame de Gouville m'écrivait, et je lisais ses lettres à Villers. La Normandie avait été épargnée par la Grande Peur, et Dampierre demeurait dans son écrin de tranquillité.

– J'ai toujours été bienveillant envers mes vassaux, surtout depuis le désastre de la dernière récolte. Et l'on peut difficilement m'accuser d'être lié à un complot aristocratique. Sans compter que ma bonne tante a tricoté assez de bas pour tous les petits paysans des alentours.

Je n'aborderai pas en détail les événements d'août 1789. Dans la nuit du 4, des députés de la noblesse, menés par le vicomte de Noailles, beau-frère de La Fayette, proposèrent, dans la liesse générale, l'abolition des privilèges de l'ancienne société féodale. Ainsi, les cours de justice privées des seigneurs seraient supprimées. L'accès aux tribunaux serait gratuit. Les juges n'achèteraient plus leurs charges, mais seraient nommés sur la base du mérite. Toutes les professions seraient ouvertes aux roturiers, que ce fût dans l'armée, les emplois publics ou l'Église.

Mon cercle, pour reprendre l'expression du chevalier, participait à ce mouvement. Lorsque Villers rentra tard dans la nuit et me raconta ce qui s'était passé à l'Assemblée, nous pleurâmes de joie. Tout semblait possible. Une nouvelle ère s'ouvrait pour la Nation. Qui n'a pas vécu ces changements ne peut s'imaginer l'enthousiasme d'alors.

La reine, cependant, ne faisait pas mystère de son aversion pour les idées nouvelles. Le 25 août, jour de la Saint-Louis, ancêtre et patron du roi, Leurs Majestés recevaient traditionnellement les bons vœux de la ville de Paris, représentée par son prévôt des marchands. Bien sûr, il n'y avait plus de prévôt depuis la chute de la Bastille, mais il avait été décidé que la reine accueillerait des délégations de la nouvelle Commune de Paris, conduite par le maire Bailly, et de la garde nationale, conduite par La Fayette.

Cette cérémonie eut lieu dans le salon des Nobles, cette pièce tendue de damas vert pomme où j'avais été présentée. La reine, couverte de diamants, trônait sur une estrade. Dans ma robe de cour blanche, je me tenais debout derrière la duchesse, assise sur un tabouret. Un huissier annonça « La ville de Paris ! ». Bailly, un homme au visage et au nez singulièrement allongés, fit son entrée.

Au lieu de s'agenouiller, comme l'exigeait l'étiquette, il s'inclina profondément. Le visage de la reine resta de marbre, mais elle tremblait de tout son corps. Après avoir présenté les membres de la nouvelle Commune, qui s'inclinèrent de la même façon, Bailly fit un bref discours dans lequel il assura Sa Majesté du dévouement des Parisiens. Elle ne fit aucun geste, ne prononça aucun mot.

Puis ce fut le tour de La Fayette de lui présenter les officiers de son état-major, qui tous s'inclinèrent bien bas. Les joues de la reine étaient maintenant écarlates et des marques livides étaient apparues sous les rangs de diamants qui lui couvraient la gorge. Elle parvint néanmoins à bégayer quelques mots indistincts et secoua la tête de côté, comme pour inviter les visiteurs à se retirer. Tous partirent rapidement, l'étonnement et la colère peints sur le visage. Je quittai la pièce quelques minutes plus tard, la duchesse appuyée à mon bras.

– Beaucoup de ces gens n'avaient jamais vu Sa Majesté, dit-elle. Ils avaient demandé à être reçus à Versailles spécialement pour lui être présentés. Eh bien, ils l'ont vue…

– Elle semblait bouleversée que les délégués ne se soient agenouillés. Pourtant, madame, nous aurions dû nous y attendre. Beaucoup trouvent ces gestes de respect surannés, humiliants et indignes d'un pays libre.

La duchesse soupira.

– Ces braves gens de la Commune ont probablement pensé qu'ils montraient assez de déférence en s'inclinant jusqu'à terre. L'on peut aisément se figurer qu'ils vont ramener à Paris une jolie impression de la reine ! Cela n'augure rien de bon.

46

DÉBUT OCTOBRE 1789, en fin d'après-midi, alors que j'enseignais à Aimée ses lettres, nous fûmes interrompues par des cris et des chants venant de la rue. Par la fenêtre, nous vîmes, sur la route de Paris, des milliers de femmes à pied, armées de piques et de faux, leurs haillons collés à leurs maigres silhouettes par la pluie, marcher sur le château. Ce mélange de misère et de colère me glaça jusqu'à l'os.

Vers onze heures ce soir-là, un autre cortège défila sous nos fenêtres. Une foule, composée cette fois d'hommes portant des lanternes, se dirigeait elle aussi vers le château. Un La Fayette maussade, à la tête de la garde nationale, fermait la marche.

Villers ne revint de l'Assemblée que le lendemain matin, les traits tirés. Il se laissa tomber dans un fauteuil, les yeux fermés.

– Quelle nuit, ma Belle ! Vous avez dû voir cette foule arriver de Paris. Les femmes d'abord, qui ont investi les jardins du château. Les hommes ensuite. Tous réclamaient du pain. La Fayette a été reçu par le roi et la reine. Il leur a assuré qu'ils n'avaient rien à craindre de la populace, et il est parti se coucher vers les cinq heures du matin.

Villers se passa les mains sur le visage.

– Mais une heure plus tard, un des hommes qui campaient dans les jardins a été abattu par un garde du corps. La foule, furieuse, a pris d'assaut le château. Les femmes en particulier se sont forcé un chemin vers les appartements de la reine, en hurlant qu'elles allaient « faire de la dentelle avec ses tripes ». Les deux gardes du corps de service à la porte de sa chambre ont été tués.

– Mon Dieu ! S'agissait-il du chevalier des Huttes ?

Villers secoua la tête.

– Je ne saurais le dire, ma chérie. Ce qui est certain, c'est que le sacrifice de ces deux hommes a donné à la reine, pieds nus et en chemise, le temps de se réfugier dans les appartements du roi. La Fayette, enfin réveillé, est arrivé à temps pour sauver le reste des gardes du corps de la fureur de la foule.

– Tous les autres gardes du corps sont donc sains et saufs ?

– Je le crois. Plus tard dans la matinée, La Fayette a paru avec la reine au balcon du château et lui a baisé la main. Par ce geste, il lui a sans doute sauvé la vie. La foule s'est mise à hurler « À Paris ! ». Le roi a promis de quitter Versailles, mais, comme à son habitude, il a tenté de faire le contraire en affirmant qu'il refusait d'être séparé de l'Assemblée. Nous avons répondu que nous allions le suivre à Paris. Il n'a plus d'autre choix que de partir.

– Je vous en prie, allez vous reposer à présent. Vous avez l'air épuisé.

– Je dois retourner à l'Assemblée. La situation peut changer d'un instant à l'autre.

En début d'après-midi, Aimée et moi vîmes passer un défilé dans la direction opposée à celui de la veille. Des Parisiens à pied, des gardes du corps et des gardes nationaux à cheval, tous mêlés dans le plus grand désordre. Je cherchai en vain la belle figure du chevalier des Huttes parmi les uniformes bleu et rouge des gardes du corps. L'humeur de la foule semblait maintenant joyeuse. Les femmes dépenaillées poussaient des clameurs, juchées sur des canons ou chevauchant en croupe derrière les soldats de la garde nationale. Les carrosses de la famille royale et de la cour suivaient au pas, accompagnés d'hommes tenant deux têtes coupées fichées sur des piques.

Horrifiée, je poussai Aimée loin de la fenêtre, qui se trouvait au premier étage. Je dus pousser un cri car les hommes tenant les piques s'arrêtèrent et brandirent les têtes vers moi avec de grands éclats de rire, m'invitant à les embrasser. Je ne pouvais détourner mon regard de l'une d'elles. La peau était grise, les cheveux collés de sang coagulé. La lame de la pique, comme une langue d'acier, transperçait l'une des joues. Malgré la mutilation, je reconnus le visage de mon ami le chevalier des Huttes. Mes genoux ployèrent et je m'affaissai devant la fenêtre, trop bouleversée pour pleurer.

Le chevalier avait bien été massacré par la foule à la porte de la reine. Mon seul réconfort était qu'il était mort les armes à la main, comme il sied à un soldat, et que son sacrifice n'avait pas été vain. Il avait sauvé la vie de sa reine, qu'il aimait tant, en lui donnant le temps de s'échapper.

Je me souvenais du chevalier, de sa bonté envers moi, de son affection pour Aimée et de son aide inespérée pour me conduire à Paris. Je commençais seulement à entrevoir une leçon que l'avenir se chargerait de m'apprendre plus avant : au cours d'une révolution, l'on doit être prêt à perdre ceux que l'on aime.

L'Assemblée, fidèle à sa parole, suivit le roi à Paris quelques jours plus tard. Moi aussi. Du jour au lendemain, le château de Versailles devint une tombe, désertée des vivants et abandonnée aux fantômes des rois défunts.

47

À MON RETOUR À PARIS, l'horrible impression que m'avait laissée la mort du chevalier des Huttes diminua considérablement le plaisir que j'éprouvais du séjour à la capitale. Les événements des 5 et 6 octobre suscitèrent une deuxième vague d'émigration, bien plus importante que la première. Beaucoup quittèrent la France pour n'y jamais revenir. Madame Lebrun s'en fut en Italie, où elle comptait trouver de nouveaux mécènes. La marquise de Bastide partit pour Turin, capitale de la Savoie. Pourtant, la société parisienne avait conservé son élégance et son goût pour les divertissements, à la différence près que la politique était désormais au cœur des conversations.

J'assistais de temps à autre aux sessions de l'Assemblée nationale, installée dans l'ancien manège des Tuileries. Les tribunes réservées au public étaient toujours pleines, comme il se doit dans une jeune démocratie, et il fallait arriver tôt pour trouver à s'asseoir. Les députés prenaient place selon leurs opinions politiques : le parti de la cour, les aristocrates, à droite, et ceux que l'on commençait à appeler les patriotes, à gauche. Les indécis occupaient le centre. Le public acclamait, raillait, sifflait, applaudissait, se disputait avec les orateurs. Les querelles s'envenimaient assez vite. Il arrivait qu'un noble dégainât son épée et menaçât de la passer au travers de la poitrine d'un ennemi politique. Les tricoteuses, des femmes du peuple qui venaient chaque jour à l'Assemblée, répondaient en hurlant « les aristocrates à la lanterne ».

J'étais particulièrement attentive aux discours d'un jeune homme élégant, à la silhouette élancée et aux traits délicats. Sa voix fluette contrastait avec la force de sa conviction. Ses arguments contre la peine de mort, qu'il qualifiait de châtiment barbare et indigne d'une démocratie, emportaient ma conviction. Il était tout aussi ardent dans sa dénonciation des abominations de l'esclavage. Il prônait l'émancipation de tous les hommes, sans considération de fortune, d'éducation ou de couleur. Sa passion m'émouvait, même si, à ma grande déception, il ne mentionnait pas l'émancipation féminine. J'interrogeai mes voisins sur cet orateur. On me dit qu'il se nommait Robespierre, qu'il était avocat et député d'Arras.

– Regardez bien ce jeune homme, madame. Il ira loin. Il croit en ce qu'il dit.

Villers continuait à remplir ses devoirs de député, ce qui n'empêchait pas ses anciens travers de ressurgir : il se mettait en rage pour les détails les plus insignifiants, décelant des messages cachés dans la moindre de mes actions. Il m'accusait de le tromper avec divers gentilshommes, Lauzun en particulier. Un soir, blême de colère, il éclata de fureur alors que je jouais une sonate de Mozart sur mon pianoforte. J'avais oublié que Lauzun nous avait dit un jour en passant que c'était l'un de ses compositeurs favoris. J'eus à peine le temps de retirer mes doigts du clavier avant que le couvercle ne fût violemment refermé. La partition fut ensuite déchirée sous mes yeux.

Dans nos relations intimes, Villers interprétait toute réticence, toute hésitation de ma part comme le signe que je n'appréciais plus ses étreintes, que je ne l'aimais plus. J'attendais, m'efforçant de rester impassible, que les crises s'éteignissent d'elles-mêmes. Et de fait, il ne tardait pas à reconnaître l'absurdité de ses soupçons et à m'en demander humblement pardon. J'appris néanmoins à redoubler de vigilance.

Parmi mes amies, la seule à échapper à sa censure était la duchesse, trop âgée pour m'inciter à la débauche qu'il prêtait aux autres. Sa compagnie m'avait manqué à Versailles et je rattrapais ces mois passés loin d'elle. Après l'émigration de sa fille, j'étais d'autant plus consciente des obligations que j'avais envers elle.

C'est lors d'une de ces visites que la duchesse me dit, les yeux brillants comme ceux d'un enfant :

– J'ai une surprise pour vous, Belle. On va vous offrir la place de dame du palais de la comtesse de Provence, avec une pension de six mille livres par an.

Je gardai le silence une minute.

– Je ne saurais assez exprimer ma gratitude, madame. Je n'ai aucune relation à la cour qui puisse expliquer une telle faveur. C'est un grand honneur que d'appartenir à la maison de la belle-sœur du roi.

– En vérité, je n'ai eu qu'à suggérer votre nom à certains de mes amis. Dès que la comtesse de Provence en a eu vent, elle a elle-même insisté pour que vous rejoigniez sa maison en remplacement de ma fille.

– Savez-vous pourquoi ?

– Elle admire grandement votre beauté. Et, bien sûr, il y a le fait que la reine ne vous apprécie guère et déteste Villers. C'est une recommandation aux yeux de Son Altesse Royale, qui semble avoir été infectée par l'esprit révolutionnaire. Enfin, comme vous le savez, madame de Gourbillon est exilée à Lille depuis février dernier. La comtesse de Provence estime qu'on lui doit une compensation pour la perte de la compagnie de sa bonne amie.

Je levai le sourcil.

– Son Altesse Royale attend-elle de moi les mêmes services que ceux qu'elle recevait de madame de Gourbillon ?

– Bien sûr que non, ma chérie! Madame, qui est loin d'être sotte, a trop de bon sens pour ne pas respecter votre inclination.

– En êtes-vous sûre?

– Je ne vous offrirais pas cette position si j'avais le moindre doute à ce sujet.

Je faisais confiance au jugement de la duchesse et acceptai avec reconnaissance. Il est vrai que je prenais un risque en m'associant à la cour en ces temps agités. Pourtant, je croyais que l'installation de la famille royale à Paris, en dépit des horreurs qui l'avaient accompagnée, scellerait la réconciliation entre la capitale et la monarchie. Je voyais alors dans la Révolution bien plus à admirer qu'à redouter.

Villers accueillit fort mal la nouvelle.

– Avez-vous perdu la raison, Belle? Pourquoi vous jetteriez-vous à la merci d'une telle femme?

– Cela représente six mille livres par an.

– Je vous donne déjà une pension du même montant. Pourquoi ne m'avez-vous pas demandé plus?

– Ce que vous me donnez est plus que suffisant pour satisfaire à tous mes besoins, mais j'ai l'intention d'économiser l'argent que je gagnerai pour la dot d'Aimée. Son père, comme vous le savez, ne lui a presque rien laissé. Dans dix ans, quand elle sera assez grande pour songer à ces choses-là, elle aura soixante mille livres. Je veux qu'elle ait de meilleurs choix que ceux dont je disposais à mon arrivée à Paris.

– Était-il si répugnant de vous donner à moi?

– Non. Mais vous savez aussi qu'il m'a coûté de devenir votre maîtresse.

– Belle, il nous faut parler sérieusement. Sachez que j'ai modifié mon testament pour vous laisser Vaucelles en pleine propriété, ainsi que l'usufruit de la seigneurie de Cantepie, en Normandie, qui rapporte cinquante mille livres par an. Je rendrais ces legs irrévocables par contrat de mariage si vous m'épousiez. Je comprends vos inquiétudes concernant Aimée, et je suis prêt à lui garantir cent cinquante mille livres de dot. Il vous suffit d'accepter mes offres et de décliner celles de madame.

– Vous êtes fort généreux, comme toujours, mais vous m'avez convaincue en maintes occasions que le mariage ne vous convenait pas le moins du monde.

– C'était il y a des années. J'ai changé.

– Certes. Vous êtes devenu jaloux. Pourtant, je fais tout pour vous complaire, au point d'être allée m'enterrer à Versailles pendant des mois.

– Je sais, Belle.

Il me prit la main.

– Je vous ai tourmentée avec mes soupçons ridicules. Je vous en demande encore une fois pardon. La vérité est que je vis dans la terreur de vous perdre. Si vous m'épousiez, je n'aurais plus aucune raison de nourrir ces craintes.

– Vous n'en avez déjà aucune. Ne pouvons-nous pas continuer ainsi ? N'êtes-vous pas heureux avec moi ?

– Si, mais je veux plus. Je veux que vous soyez à moi, et à moi seul.

– N'est-ce pas déjà le cas ?

– Mon offre n'est-elle pas suffisamment généreuse ? Je peux la rendre plus avantageuse.

– C'est bien plus que ce que je ne pourrais jamais espérer ni mériter. Je vous en remercie, mais je ne souhaite pas dépendre entièrement de votre bonté. Je veux gagner l'argent de la dot d'Aimée. Elle ne vous est rien.

– Si nous étions mariés, ce serait ma belle-fille. Ce que je ne peux comprendre, c'est pourquoi vous refusez cet argent alors que vous êtes prête à vous placer sous le joug d'une ivrognesse, d'une perverse. Avez-vous la moindre idée de ce que cela implique ?

– Madame sait fort bien que je n'accepterais jamais rien de tel.

– Comment le saurait-elle ? Elle n'a jamais rencontré beaucoup de résistance de la part des dames qui lui ont plu. Vous êtes bien naïve, Belle, si vous pensez qu'elle ne s'attend pas à ce que vous soyez docile. Et vous vous trompez lourdement si vous croyez que je vais le tolérer. Je ne vous laisserai pas me ridiculiser pendant que vous vous prostituez.

– Comment osez-vous me parler de cette manière ?

– Si vous acceptez l'offre de madame, votre pension s'arrêtera. Vous ne serez pas plus riche que si vous aviez refusé la place.

Je fixai Villers droit dans les yeux. Je me souvins de mon impuissance désespérée lorsque mon frère m'avait imposé sa volonté, puis lorsque j'avais été forcée d'obéir à mon mari. Cela ne se produirait plus.

– Très bien. Je vais accepter la place. Vous pouvez me chasser d'ici. Je trouverai un logement moins cher et je le paierai.

Villers se passa les mains sur le visage.

– Soit. Votre pension sera rétablie, avec une augmentation substantielle, lorsque vous reviendrez sur votre décision. Vous refusez, par stupidité, par obstination, d'accéder à une requête parfaitement raisonnable de ma part. Toutefois, il ne sera pas nécessaire que vous partiez d'ici. Je continuerai à payer votre loyer et les gages de vos gens.

Céder aurait été renoncer à tout le chemin parcouru depuis Cénac, à tous les sacrifices consentis. Villers claqua la porte et ne revint que le lendemain soir pour souper. Il souriait tristement.

– Je ne pouvais rester plus longtemps loin de vous. Avez-vous changé d'avis ?

– Non, mais n'ayez crainte, si quoi que ce soit d'inapproprié devait se produire, je démissionnerais immédiatement.

– Je suppose que je devrai me contenter de cela. Quel imbécile ai-je été de ne pas vous épouser quand vous vouliez encore de moi !

La cour s'était installée au château des Tuileries. Le bâtiment n'avait pas été habité depuis des décennies, à l'exception d'un appartement autrefois aménagé pour la reine lorsqu'elle assistait aux bals et aux spectacles à Paris. Elle ne les fréquentait plus depuis longtemps de crainte d'y être insultée et huée.

Une fois installée, la famille royale ne sortait guère du château. Le roi renonça à la chasse, qui était, avec la science et les plaisirs de la table, la grande passion de sa vie. Il devint célèbre pour sa capacité à garder son appétit, ou à « manger comme un porc », comme l'on dirait bientôt, en toutes circonstances. Son embonpoint tourna à l'obésité.

La comtesse de Provence partageait son temps entre le palais du Luxembourg, qui était déjà sa résidence parisienne avant la Révolution, et sa maison de campagne de Montreuil. Elle et son mari dînaient presque tous les jours aux Tuileries avec Leurs Majestés, comme ils l'avaient fait à Versailles. Je l'accompagnais lorsque j'étais de service, une semaine sur trois. Après m'être tenue éloignée de la cour fastueuse de Versailles, je m'associai à son ombre falote des Tuileries.

Madame m'avait accueillie chaleureusement. Elle appréciait que je joue du pianoforte et chante pour elle, cela semblait la rasséréner, bien qu'elle n'eût pas beaucoup d'oreille. Elle me fit rapidement les honneurs de sa maison de campagne. Montreuil, bien qu'agréable, était une moins belle demeure que Vaucelles. Madame avait successivement ajouté, selon sa fantaisie et sans plan aucun, un ermitage, une tour, une multitude de ponts sur un petit ruisseau, une pagode chinoise, un pavillon de musique en plein air, et, bien sûr, une fausse métairie, avec laiterie, grange, vaches, moutons, bergers et poulailler. En dépit de l'aspect artificiel de toutes ces constructions, j'exprimai l'admiration que l'on attendait de moi. Cependant, j'étais sincèrement impressionnée par les très beaux jardins potagers, qui faisaient l'objet des soins les plus attentifs de Madame. Elle aimait cuisiner avec les produits de son domaine et préparait elle-même une excellente soupe au *pesto*, d'après une recette de son Italie natale.

Lorsque son haleine était chargée d'effluves vineux, qu'elle parlait un peu plus fort que nécessaire et marchait d'un pas incertain, la seule compagnie qu'elle tolérait, excepté la mienne, était celle de Rosalie, une jeune Noire. Cette dernière avait été « donnée » enfant à Madame, comme un canari ou un chien de compagnie. Rosalie avait à peu près mon âge, elle était gracieuse et délicate, avec la peau la plus foncée que j'aie jamais vue. Elle faisait preuve d'une patience infinie lors des accès d'humeur de Madame. Je ne voulais pas exposer ma fille au spectacle de la princesse dans cet état, malgré l'instance de Madame qui sollicitait la présence d'Aimée. J'ai toujours trouvé l'ivresse peu attrayante, chez un homme comme chez une femme. Néanmoins, Madame se montra bientôt plus mesurée en ma présence. Rosalie me dit, sous le sceau de la confidence, que Son Altesse Royale était en effet plus apaisée et plus raisonnable pendant ma semaine de service. Rassurée par ses efforts, je lui amenai parfois Aimée.

Après avoir rempli mes fonctions auprès de Madame, je devais affronter Villers. Il m'attendait en faisant les cent pas dans le salon et exigeait un compte rendu minutieux de ma journée. Il réitérait ses questions le soir au lit. Après m'avoir tourmentée, il se jetait sur moi et embrassait chaque pouce de ma peau avec une frénésie dévorante. Je savais que l'amour ou le désir n'avaient rien à y voir : il cherchait des traces de l'odeur de Madame.

48

Après son installation à Paris, un des premiers actes de l'Assemblée fut de mettre les biens du clergé à la « disposition de la Nation », une formule qui entérinait la confiscation desdits biens. Le gouvernement commença à émettre du papier-monnaie, les fameux assignats, garantis par les biens ecclésiastiques.

À la même époque, je remarquai dans les salons le nombre croissant de religieuses dont les couvents avaient fermé. Certaines portaient encore l'habit. D'autres avaient renoncé à toute apparence de vie religieuse et se mêlaient librement à la société. Le seul indice de leur ancien état était qu'elles oubliaient parfois de faire la révérence et s'inclinaient, les mains croisées sur la poitrine. J'écrivis à Hélène pour m'enquérir de ses projets. Je lui offris, après avoir obtenu l'autorisation de Villers, mon hospitalité à Paris. Elle répondit rapidement.

Je vous remercie de tout cœur, très chère Gabrielle, de votre généreuse invitation. J'en suis sincèrement touchée et je n'aimerais rien mieux que de revoir ma petite sœur.

Néanmoins, il m'est impossible d'abandonner les religieuses de notre congrégation au milieu de la tourmente. En vertu du nouveau règlement, nous avons dû organiser des élections à Noirvaux. J'ai eu l'honneur d'être choisie comme mère supérieure de notre communauté pour les deux prochaines années, une marque d'affection et de confiance que je ne peux ignorer.

Je dois, sans hésitation aucune, demeurer à Noirvaux. Les vœux monastiques n'ayant plus de force légale, certaines de nos moniales et de nos sœurs laies nous ont déjà quittées. Cela ne me dissuadera pas de garder le couvent ouvert pour celles qui, comme moi, souhaitent rester dans le giron de la vie religieuse.

Je ne vous cacherai pas que l'avenir m'inquiète. Je suis sûre que monsieur de Villers vous a dit que l'Assemblée travaille à une « Constitution civile du clergé ». D'après ce que j'en ai compris, les évêques seraient désormais élus par des laïcs, au lieu d'être nommés par le roi et ordonnés par le Saint-Père. Je ne peux réconcilier cela avec l'autorité absolue de Rome en matière religieuse, qui est un principe inaltérable de la foi catholique. Plus grave encore, j'entends dire que tous les membres du clergé, y compris les religieuses, seraient tenus de prêter allégeance à la Constitution. Je n'hésite pas à vous dire, très chère Gabrielle, que je considérerais un tel serment comme une violation de mes vœux monastiques.

Ne vous inquiétez pas pour nous, mon enfant. Ces nouvelles mesures n'ont pas encore été adoptées. Nous devons toutes espérer et avoir foi en la miséricorde infinie du Christ.

Que Dieu vous garde, ma très chère enfant, et Aimée, sous Sa sainte protection.

Hélène de Montserrat, abbesse de Noirvaux

Cette lettre m'attrista fort. Je respectais les raisons qui poussaient Hélène à rester à Noirvaux, mais elles faisaient naître de sombres pressentiments. En effet, l'Assemblée adopta la Constitution civile du clergé. Près de la moitié des ecclésiastiques, dits réfractaires, refusèrent de prêter le serment d'allégeance. Hélène en faisait partie.

Les titres de noblesse ayant été abolis, les roturiers se mirent à nous appeler « ci-devant ». Je devins ainsi la « ci-devant baronne de Peyre ». Cette expression était évidemment un moyen de nous ridiculiser. Les livrées de nos serviteurs furent interdites, et nos armoiries durent être effacées des voitures, des bâtiments, du mobilier, des tapis, et même des vêtements. Je venais de finir de broder une paire de jarretières de satin blanc. Par habitude, j'y avais ajouté une couronne de baronne au fil d'or au-dessus du monogramme bleu *G*. J'aurais dû les jeter au feu, mais elles étaient fort jolies avec leur motif de myosotis, et il me semblait que ce que je portais sous mes jupes ne regardait que moi.

Les préparatifs battaient leur plein pour célébrer le premier anniversaire de la prise de la Bastille, maintenant démolie. Des « fédérés » seraient envoyés de toute la France pour y assister. Le Champ-de-Mars, jusqu'alors réservé aux exercices militaires, avait été choisi pour accueillir les festivités. Un autel de la patrie couronnait le sommet d'une immense pyramide à degrés en bois. Des tribunes avaient été construites autour de celle-ci, créant un stade oblong. Un arc de triomphe en marquait l'entrée sur les berges de la Seine.

Des Parisiens de tout âge et de tout rang, soldats infirmes de l'hôtel des Invalides, gardes nationaux, bouchers, charbonniers au visage noirci, prêtres, étudiants, enfants, dames de la bonne société, avaient participé aux préparatifs. Je maniai moi-même la pelle et la brouette avec l'aide d'Aimée pendant quelques heures. Un cabaretier avait apporté un tonneau de vin pour étancher la soif des volontaires, et l'ambiance était à la joie. Cependant, un sans-culotte, en pantalon large qui lui tombait droit aux chevilles, poussait une chansonnette qui ne me plaisait guère :

Aristocrates, vous voilà donc foutus,
Nous baiserons vos femmes, et vous serez cocus,
Aristocrates, je vous vois tous cornus.

D'autres vers suivaient sans doute, mais des terrassiers lui dirent qu'il offensait les dames et le menacèrent de lui aplatir le crâne de leur pelle.

Le 14 juillet 1790, des centaines de milliers de spectateurs attendaient sous la pluie le début des réjouissances. J'étais assise dans les tribunes de la cour, en robe blanche ornée de rubans tricolores, à côté de la loge royale. Je faisais face à l'arc de triomphe sous lequel défilèrent les fédérés, les régiments, et enfin, sous des applaudissements assourdissants, les membres de l'Assemblée.

Un silence complet se fit lorsque le roi leva la main droite pour prêter serment à la nouvelle Constitution, à laquelle il serait soumis, comme tout autre citoyen. Je me mêlai au chœur de la foule qui s'écria à l'unisson « Je le jure ». La reine souleva le petit dauphin à bout de bras pour le présenter aux acclamations de la multitude. La pluie avait cessé, et les rayons du soleil perçaient les nuages pour éclairer d'une lumière presque surnaturelle cette scène inoubliable.

Le soir, après un souper de viandes froides dans les jardins du château de la Muette, auquel assistaient des milliers de fédérés, un bal autour des ruines de la Bastille conclut les festivités. Des centaines d'arbres, festonnés de guirlandes éclairées par des lampions, avaient été plantés pour l'occasion. Des banderoles portant les devises « Liberté » et « Fraternité » flottaient dans la brise chaude de l'été. Villers en avait oublié sa jalousie, et nous dansâmes jusque tard dans la nuit, puis notre fête se poursuivit dans l'intimité de ma chambre. C'était mon vingt-et-unième anniversaire.

49

LA FAMILLE ROYALE passa l'été 1790 au château de Saint-Cloud, situé à une demi-lieue de Paris. Il avait été acheté par le Trésor, quelques années avant la Révolution, pour devenir la propriété personnelle de la reine. Le comte et la comtesse de Provence s'y rendaient tous les soirs pour souper, comme ils l'avaient fait aux Tuileries, et je les accompagnais pendant ma semaine de service. Avec les autres dames de la comtesse et les gentilshommes du comte, nous nous asseyions à la table royale, une familiarité qui aurait été inconcevable avant la Révolution. Le roi, qui avait repris la chasse et perdu du poids, et la reine, qui faisait de longues promenades dans le parc loin des Parisiens qu'elle exécrait, semblaient heureux.

De retour aux Tuileries à la fin de l'été, je constatai que la cour avait bien changé. De la foule de courtisans qui avaient fréquenté Versailles, il ne restait qu'une poignée. Outre ces derniers fidèles, la famille royale était simplement entourée de serviteurs et de gardes nationaux. Les occupations de la reine se limitaient ostensiblement au tricot et à la tapisserie, activités auxquelles elle excellait, et à une partie de billard après souper.

Parmi les dames de la cour se trouvait Émilie. Avant la Révolution, nous avions partagé un même amour du plaisir et des spectacles, et nos similitudes de tempérament nous avaient rapprochées. Mais à mesure que les temps s'assombrissaient, sa légèreté intacte me choquait, mon sérieux l'ennuyait. Il y avait aussi la marquise de Tourzel, qui avait remplacé la duchesse de Polignac comme gouvernante des enfants de France, tout à leur avantage. Madame de Tourzel était une veuve de cinquante ans, fervente partisane de l'Ancien Régime, mais aussi une mère affectueuse et attentive, qui avait présidé à l'éducation de ses propres enfants. Nos divergences politiques étaient évidentes, mais je sollicitais souvent ses conseils pour les études d'Aimée, comparant les progrès de ma fille à ceux du petit dauphin, de cinq mois son aîné. J'étais également en bons termes avec madame de Rochefort, une jolie femme d'à peu près mon âge, au tempérament doux, quoique d'une conversation assez limitée.

Je ne me faisais guère d'illusions sur ma position. En tant que dame du palais de la comtesse de Provence, j'étais tolérée. Mais en raison de mon association avec Villers, Lauzun, et les autres partisans des idées nouvelles, on ne me faisait aucune confiance. Bien des discussions s'interrompaient net lorsque j'entrais dans une pièce. Je ne m'en plaignais pas, car cela m'épargnait des propos qui m'eussent déplu. J'avais ainsi été témoin involontaire d'une conversation entre la reine et la princesse de Lamballe. Cette dernière était membre de la famille royale et, selon la rumeur, l'amante de la reine. Je ne croyais pas un mot de ces ragots, bien que ces deux dames fussent amies intimes. La porte du salon attenant où je me trouvais était grande ouverte et la reine, qui parlait à voix haute, devait savoir que j'étais là.

– Oui, mon cœur, quand les choses redeviendront ce qu'elles n'auraient jamais dû cesser d'être, nous pourrons pardonner à certains roturiers qui ont participé à la Révolution. À condition bien sûr qu'ils se repentent de leurs erreurs et œuvrent à revenir aux anciennes méthodes. Ils ont avant tout été guidés par l'ambition.

– C'est ce que j'ai toujours dit à Votre Majesté.

– Mais certains ne recevront aucune pitié. Je pense à ces traîtres de La Fayette, Biron, Villers, qui le paieront de leur vie.

– Ce n'est que trop vrai, madame. Ils devront le payer de leur vie.

La reine avait voulu que j'entendisse ces propos. Je m'excusai auprès de Madame et me rendis dans la pièce où la reine était assise. Je lui fis une profonde révérence et, me relevant, la regardai fixement sans mot dire. Elle pinça les lèvres comme une enfant capricieuse, et rejeta la tête en arrière d'un air de défiance. J'eus presque pitié d'elle, car je ne croyais pas un instant que les choses redeviendraient un jour « ce qu'elles n'auraient jamais dû cesser d'être ». Tout en distribuant des condamnations à mort, la reine ignorait manifestement la précarité de sa propre position.

50

J'AIMAIS LE SON DES CLOCHES des églises, leur rythme enjoué pour les mariages et solennel pour les enterrements. Pour la vaste majorité du peuple parisien, qui ne disposait pas de montre, elles scandaient les heures de la journée. Le tocsin, en revanche, avertissait des incendies et autres désastres. C'était aussi le nom de la plus grande cloche de Paris, à l'Hôtel de Ville, qui pouvait être entendue de partout dans la capitale. Lorsqu'elle sonnait, toutes les cloches de la ville se joignaient à elle.

J'entendis ces battements assourdissants le matin du 21 juin 1791, le jour le plus long de l'année. Villers et moi fûmes interrompus pendant notre déjeuner par des cris dans la rue. Puis le son du canon se mêla au vacarme du tocsin. Je me précipitai vers la fenêtre, Villers sur mes talons. Une foule immense marchait en direction des Tuileries en criant : « On a enlevé le roi ! L'Autrichienne nous l'a pris ! »

Villers pâlit. Il partit en hâte pour l'Assemblée. Compte tenu des circonstances sans précédent, celle-ci resterait en session plusieurs jours sans interruption.

Junot claudiquait encore à cause de sa blessure de la prise de la Bastille. Sa participation à l'événement lui avait valu une médaille de bronze, en forme de tour de l'ancienne forteresse, avec l'inscription « Vainqueur de la Bastille » gravée au dos. Il me l'avait montrée avec une immense fierté et m'avait dit qu'il se sentait désormais responsable du destin de la Nation. Après l'interdiction des livrées, il m'avait demandé la permission, que je lui avais accordée, de porter cette médaille sur un ruban tricolore épinglé à son habit.

Je l'envoyai chercher des nouvelles en fin de journée. Il revint aussi vite que sa jambe raide le lui permettait.

– Madame, madame, le roi n'a pas été enlevé après tout ! Il a laissé une lettre, tout écrite de sa main. Il dit qu'il a jamais voulu prêter serment à la Constitution et qu'il veut rien avoir à faire avec la Révolution ! J'arrive toujours pas à y croire, mais on dirait qu'il a quitté Paris de son plein gré.

Junot s'arrêta pour reprendre son souffle.

– Le roi nous a trompés depuis le début ! Tout le monde dit qu'il est aux Pays-Bas autrichiens maintenant. Il va prendre la tête d'une armée d'étrangers et d'émigrés pour attaquer Paris ! Voyez ce que j'ai ramassé aux portes du château.

C'était un écriteau qui disait :

« ON RECHERCHE

Un gros porc qui errait en ces lieux.

Une récompense de douze livres est offerte pour son retour. »

En effet, le roi était vilipendé comme un menteur, un parjure, un traître. Ses portraits, qui avaient jadis décoré tant de boutiques et de maisons, jonchaient les rues de Paris. Partout l'on démontait ou recouvrait de goudron les fleurs de lys, tandis que le mot « royal » était effacé des bâtiments publics. Même un personnage aussi exotique que le roi de Siam, qui ne pouvait guère être considéré comme une menace, perdit sa rue à Paris. L'Assemblée suspendit la monarchie jusqu'à nouvel ordre.

Plus tard dans la journée, Junot fit irruption dans mon salon sans frapper.

– On dit que le roi a été arrêté à Varennes !

– Varennes ? Qu'est-ce que c'est ?

– Il paraît que c'est une petite ville à cinq lieues à peine de la frontière. Figurez-vous que le roi a failli passer en territoire autrichien ! Que madame me pardonne de la déranger comme ça, mais je suis bien contrarié.

Ce plan d'évasion comprenait le comte et la comtesse de Provence. Ils étaient partis séparément dans des voitures ordinaires, passèrent la frontière et arrivèrent sans encombre à Bruxelles. Lorsque je revis Madame bien des années plus tard, elle me raconta qu'elle avait été informée du plan à la dernière minute. Apparemment, on ne lui faisait pas assez confiance pour la mettre dans la confidence. Elle voyagea sans son mari, accompagnée de sa chère Marguerite, qu'on avait fait revenir d'exil pour l'occasion. Sans elle, Madame n'aurait jamais accepté de quitter la France.

La famille royale, à l'exception du comte et de la comtesse de Provence donc, devait maintenant affronter un voyage de retour des plus déplaisants.

Pendant ce temps, aux Tuileries, l'Assemblée débattait de l'avenir de la monarchie. Villers, je le savais, se battait pour son maintien. Selon lui, une république était inconcevable. L'abolition de la monarchie conduirait au chaos, à la guerre civile, au règne de la plus vile racaille. Il se murmurait que le duc d'Orléans, plus populaire que jamais, pourrait bien saisir l'occasion pour se faire nommer régent. Seulement, me disait Villers, l'homme, bien qu'ambitieux, était un pleutre, un incapable, en outre superstitieux comme une fille de cuisine. Il s'adonnait à des cérémonies secrètes qui se tenaient à ses frais dans les carrières de Montmartre, et durant lesquelles on lui prédisait des choses grandes et terribles. Villers avait assisté, avec un mépris amusé, à l'une de ces mascarades.

Mais pour quelque raison que ce fût, le duc d'Orléans ne saisit pas l'occasion. L'Assemblée ne tarda pas à recevoir une lettre du général de Bouillé, posté avec son armée près de Varennes, revendiquant l'entière responsabilité de la fuite de la famille royale. L'Assemblée s'empressa d'utiliser cette déclaration pour disculper le roi et la reine. Bouillé et les membres de son état-major, dont faisait partie le fils de Villers, Charles-Marie, franchirent la frontière pour échapper à des poursuites pour haute trahison.

J'avais déjà rencontré le jeune Villers à Paris lors de ses permissions. Il m'avait traitée avec la politesse glaciale à laquelle j'étais en droit de m'attendre. Je ne l'avais pas beaucoup aimé en retour. Pourtant, j'avais de la peine pour Villers, séparé à jamais de son fils unique.

51

La fuite à Varennes avait opéré un retournement complet de l'opinion publique à l'égard du roi. Une pétition devait être signée sur l'autel de la patrie au Champ-de-Mars pour proposer l'abolition pure et simple de la monarchie. Villers m'avait avertie de m'en tenir à l'écart, mais je ne l'écoutais plus guère et décidai d'aller voir de mes propres yeux quel genre de foule se presserait pour la signer. Ce jour-là, le 17 juillet, était un dimanche, journée où d'ordinaire le Champ-de-Mars grouillait de familles en promenade.

Je dînai tôt avec Aimée et sortis, seule, dans l'après-midi chaud et lourd ; le tonnerre grondait au loin. Les Parisiens flânaient, certains étaient assis sur les degrés de la pyramide de bois qui soutenait l'autel de la patrie, d'autres étaient montés au sommet et attendaient leur tour pour signer la pétition.

Les vendeuses de limonade et de biscuits poussaient leurs petits chariots. Je m'arrêtai pour parler avec l'une d'entre elles.

– La journée a-t-elle été bonne pour les affaires ? Tout semble bien calme.

– C'est que ça a bien changé depuis ce matin.

– Que s'est-il passé ?

– Une de mes amies est montée tôt à l'autel de la patrie, elle voulait être une des premières à signer. Là-haut, quèque chose l'a blessée sous sa chaussure, elle a crié et les gens se sont attroupés. Et vous savez pas ce qu'y z'ont vu ? Une grande vis qui sortait des marches ! Y z'ont été chercher la garde nationale qu'a retiré les planches. Eh ben, y avait deux scélérats qu'étaient cachés là-dessous. Ces canailles disaient qu'y voulaient juste regarder sous les jupes des femmes.

– C'est répugnant. Qu'est-il arrivé à ces hommes ?

– Y z'ont été pendus à la lanterne. La garde nationale a trouvé un baril sous les planches. Paraît qu'il était plein de poudre. Les crapules voulaient faire sauter l'autel et les braves gens qui venaient signer la pétition ! Un des deux brigands était perruquier. J'ai pas besoin de vous en dire plus : y a pas pires royalistes. À c't'heure, les honnêtes gens portent plus de perruques !

– C'est arrivé ce matin, dites-vous ?

– Oh, avant neuf heures. D'abord, les blanchisseuses du Gros-Caillou ont pris leurs battoirs pour donner une leçon aux deux bandits. La garde nationale a bien essayé de les sauver, mais y z'ont pas pu. Puis les crapules ont été pendues et on leur a coupé la tête. Après ça, elles ont été promenées sur des piques. C'est bien fait pour eux !

– Que s'est-il passé ensuite ?

– Pas grand-chose. Mais y a plein de gens qu'ont signé la pétition. Vous aussi, vous allez la signer ? Ah tenez, y a quelqu'un là-haut qui fait un discours.

Un homme était en effet monté à mi-hauteur de l'autel et déclamait à pleins poumons. Je reconnus sans peine la silhouette de Pierre-André. Nos chemins ne s'étaient plus croisés depuis la guinguette. J'en ressentis une secousse de douleur et m'éloignai de la pyramide. Je ne distinguais pas les paroles de Pierre-André, souvent interrompues par les huées de la foule qui lui faisaient élever davantage la voix. Puis je le vis qui descendait quatre à quatre les degrés de la pyramide. J'arrêtai un bon bourgeois qui remontait l'allée.

– Avez-vous entendu ce que disait cet homme, monsieur ?

– Il gueulait aux gens de se disperser immédiatement. À l'en croire, il revenait de l'Hôtel de Ville, et il disait que La Fayette est en route avec le drapeau rouge, à la tête de la garde nationale et d'un régiment de gendarmerie.

– Pourquoi les gens criaient-ils ?

– Pour le faire taire. Personne ne le croyait, bien sûr. La signature de la pétition a été déclarée hier à l'Hôtel de Ville. Tout le monde est ici légalement. Ça doit être un royaliste qui essaie d'empêcher les gens de la signer. La preuve, il est déjà parti. Bon débarras !

Le drapeau rouge mentionné par Pierre-André était le signal de la loi martiale. Je me souvins des avertissements de Villers et me mis à courir en direction de la rue Saint-Dominique.

Trop tard. Quelques secondes, tout au plus, s'écoulèrent avant que des coups de feu ne retentissent. La foule se mit à hurler et à s'éparpiller en tous sens. Certains furent abattus par les premières balles, d'autres piétinés dans la mêlée. Une fumée âcre, épaisse, me brûlait les yeux. On criait que les patriotes se faisaient massacrer sur les marches de la pyramide. Autour de moi, tout était chaos. Des silhouettes ensanglantées se ruaient vers la Seine. Des gendarmes à cheval poursuivaient les fugitifs et les abattaient à coups de sabre. La vendeuse de limonade tomba sous mes yeux, une vie fauchée pour quelques sous. Un petit chien blanc jappait de terreur.

De peur d'être moi aussi piétinée par la foule, je suivis le mouvement vers la Seine, que les rayons du soleil couchant semblaient embraser. Nous étions plusieurs à fuir. Je portais des chaussures de soie à semelles fines, impropres à ce genre d'exercice, mais de ma vie je n'ai jamais couru si vite.

Tout à coup, un poids me projeta violemment vers l'avant, et je tombai à plat ventre. Je crus d'abord qu'un gendarme m'avait frappée de son sabre. C'est alors qu'une masse s'effondra sur mon dos, suivie d'une autre sur mes cuisses. Je compris que deux de mes compagnons d'infortune avaient succombé sous les coups des gendarmes. Les sabots des chevaux soulevaient des bouffées de poussière tout près de mon visage. Je ne bougeais pas, retenant mon souffle. Les gendarmes tournèrent bride, sans doute pour achever des blessés qui gémissaient un peu plus loin.

Il faisait presque nuit lorsque le silence, troublé par les plaintes des blessés, tomba enfin sur le Champ-de-Mars. J'étais écrasée sous le corps des hommes qui gisaient sur moi. L'air ne semblait plus pénétrer dans mes poumons. Une peur panique m'envahit : si je ne me calmais pas, j'allais suffoquer. Je m'efforçai de maîtriser ma respiration. Le temps s'étirait, sans espoir de secours. J'avais perdu toute sensation dans les jambes, et ma poitrine était douloureuse. Malgré la température estivale, je tremblais de froid, désespérant de me libérer.

Au bout d'un moment, j'entendis de nouveau des bruits de sabots. Les gendarmes étaient revenus. Ils plongeaient leurs baïonnettes dans les corps encore gémissants. Ceux qui étaient tombés près de la Seine étaient poussés à l'eau à coups de pied. Cachée par mes compagnons, j'échappai de nouveau à l'attention des soldats. De nouveaux cadavres furent ajoutés à ceux qui reposaient déjà sur moi. On hurla des ordres et les troupes se retirèrent une seconde fois, bientôt remplacées par des chiens errants qui reniflaient les corps, grognaient, aboyaient, se battaient furieusement. J'essayais de ne pas imaginer l'objet de leur dispute. L'un d'eux lapait tranquillement une flaque de sang près de mon visage.

Plus tard dans la nuit, les chiens s'enfuirent en glapissant quand des voix d'hommes résonnèrent. J'essayai de lever la tête dans leur direction. Ce ne pouvaient être des soldats, car ils semblaient habillés en civil, et ils n'étaient que deux. L'un retournait les corps, les palpait, tandis que l'autre les éclairait d'une lanterne. Des détrousseurs de cadavres. Ils me trouveraient bientôt, ils me voleraient l'argent et les bijoux que j'avais sur moi, ce dont je ne me souciais guère. Mais ils allaient m'arracher mes vêtements et me violer, l'un après l'autre. Puis, quand ils m'auraient pris tout ce qu'il était possible de tirer de moi, ils me tueraient. J'en vins à regretter de n'être pas tombée sous les sabres des gendarmes. Je n'osais plus respirer. L'un d'eux parlait.

– Ils sont tous morts. Il n'y a plus rien à faire. Partons.

Une voix de basse lui répondit. Je l'aurais reconnue entre mille, même si elle était devenue plus grave encore que jadis.

– Comptons-les au moins. Beaucoup ont déjà disparu. Ces bouchers reviendront avant le jour pour effacer les dernières traces du massacre.

J'appelai à l'aide de toutes les forces qui me restaient.

– Écoute ! Une voix de femme.

Je continuai à m'époumoner pour les guider. Ils couraient dans ma direction. Enfin, les cadavres qui m'écrasaient furent soulevés. L'un des hommes me fit rouler doucement sur le dos. C'était Pierre-André, le visage éclairé par la lanterne de son compagnon. Ma première réaction fut d'essayer de m'enfuir, mais j'étais si raide que tout mouvement était impossible. L'autre homme me parlait d'une voix douce.

– N'ayez crainte, madame. Nous ne vous ferons aucun mal. Je m'appelle Antoine Ferrat, et je suis chirurgien. Mon ami, le docteur Coffinhal, est médecin. Nous sommes venus ici pour soigner les blessés.

Pierre-André me dévisageait en fronçant les sourcils.

– Que faites-vous ici ?

– Tu la connais ?

– Oh, je ne la connais que trop. C'est une ci-devant de mon pays.

– Qu'importe, on ne peut pas la laisser ici. Même si elle n'est pas blessée, elle doit être toute contusionnée.

– Je suis sûr qu'elle peut marcher. Ces aristocrates s'évanouissent à la demande dans leurs salons, mais elles sont remarquablement robustes lorsque leur vie est en jeu. Allons, levez-vous donc !

J'étais toujours allongée sur le dos, haletante, sans pouvoir bouger. Pierre-André poussa un profond soupir, se pencha et me saisit assez rudement par les épaules pour me faire asseoir. La douleur fut si vive que je laissai échapper un cri. Je retombai en arrière, mais il amortit ma chute de son bras. J'étais de nouveau sur le dos.

– Bon, vous avez peut-être une fracture après tout. Il faut que je vous examine. Soyez sans crainte, je vais le faire à travers votre robe.

Il s'agenouilla à mes côtés et me palpa les côtes, les bras, les cuisses et les jambes, me fit plier les genoux, les coudes, les chevilles. Je ne sais comment j'aurais pu supporter la gêne de cet examen sans l'obscurité que perçait à peine la lanterne.

– Rien de cassé. Pour le reste, vous ferez venir un autre médecin quand vous serez rentrée chez vous. Où habitez-vous ?

J'avais retrouvé un peu de mon souffle et mes esprits.

– Rue Saint-Dominique. Je vous en prie, messieurs, ne m'abandonnez pas ici. Je suis sûre que je pourrai marcher dans quelques minutes.

Les deux hommes restèrent debout à me regarder. Ferrat se tourna vers Pierre-André.

– Ne tardons pas. Les soldats vont revenir. Je la porterai si tu ne veux pas t'en charger.

– Non, je vais le faire.

Pierre-André me souleva, cette fois avec douceur, il passa un bras sous mes genoux, l'autre derrière mes épaules, et il me porta comme une enfant. L'engourdissement de mes jambes fit place à des crampes qui me lacéraient les mollets. Je tremblais encore de froid. J'étais douloureusement secouée à chacun de ses pas, mais, consciente de l'embarras de ma position, je m'efforçais de ne pas gémir.

– Appuyez-vous contre moi si vous êtes fatiguée. Je ne mords pas.

Je suivis son invitation et inclinai mon visage contre sa poitrine. Ses cheveux étaient maintenant plus courts, coupés au-dessus des épaules. Je sentais que les miens étaient collés par le sang séché des cadavres qui avaient reposé sur moi. Pour la première fois ce soir-là, je songeai à mon apparence. J'avais perdu mon chapeau de paille à rubans roses, et mon fichu de mousseline était défait, exposant la naissance de mes seins. Le sang poissait le dos du corsage de ma robe blanche, souillé de poussière par-devant. Mais la rose que j'avais disposée en *babarel* avait, contre toute attente, résisté. Bien qu'écrasée dans ma chute et déjà fanée, elle dégageait toujours un parfum capiteux. Pierre-André la regarda un instant à la lueur d'un réverbère, puis détourna les yeux. Il fallait absolument que je trouve quelque chose à dire.

– Je m'excuse de vous causer tout ce désagrément, docteur. Je dois tacher votre habit.

– Je m'en moque. Vous n'avez pas répondu à ma question. Que faisiez-vous au Champ-de-Mars ?

– J'y suis allée par curiosité. Jamais je n'aurais pensé que la pétition conduirait à un tel massacre.

– Ce n'est pas la pétition qui a conduit à ce massacre. C'est le désir de certains, que je crois être vos amis, de faire un exemple, d'apprendre au peuple à ne pas remettre en cause la monarchie. Ils voulaient donner une leçon aux patriotes de Paris, quitte à en tuer quelques centaines. Nous avons compté cinquante-quatre morts avant de vous trouver, mais il y en a eu bien plus. La Nation ne pardonnera pas cette atrocité.

Pierre-André plongea des yeux menaçants dans les miens.

– Le jour viendra où vous regretterez de ne pas avoir été plus avisée dans le choix de vos amis.

– Je peux vous assurer, docteur, que quiconque serait complice d'un tel massacre ne pourrait être de mes amis. Vous pouvez me laisser ici si vous voulez, je me sens beaucoup mieux.

– Avez-vous peur d'être vue avec nous ?

Il me déposa, mais j'avais surestimé mes forces. Mes jambes étaient trop faibles pour me porter, il dut me rattraper par la taille.

– Vous avez encore besoin de nous, je le crains.

– Ce n'est pas ce que je voulais dire.

Chacun de mes compagnons me saisit un bras. Nous arrivâmes enfin chez moi, où nous sonnâmes. Manon, encore tout habillée, nous ouvrit aussitôt. Elle porta la main à la bouche, se tut pour une fois, et nous ouvrit la porte du salon. Pierre-André et Ferrat m'y déposèrent sur un canapé.

– Apporte-nous une collation, Manon. Ces messieurs m'ont sauvé la vie.

– Certainement, madame. Monsieur est venu il y a une demi-heure. Il ne savait pas que vous étiez allée au Champ-de-Mars. Il était comme fou quand je lui ai dit. Il est parti aussitôt à votre recherche.

J'aurais préféré que Manon ne mentionnât pas Villers devant mes visiteurs. Pierre-André, qui était resté debout, examinait d'un œil froid les lambris bleus et blancs, les tentures de soie, les meubles ornés de délicates porcelaines.

– Mes frères m'avaient dit que votre regretté mari n'avait guère été généreux dans son testament. Ils devaient être mal informés. Vous vivez dans le luxe. Je ne devrais pas m'en étonner. C'est ce qui convient à une personne de votre rang.

– Il n'y a plus de rangs. Nous sommes tous égaux maintenant.

Il haussa les épaules.

– Suis-je bête ! Égaux ou non, madame, notre aide se révèle finalement inutile. Vous auriez pu être secourue par votre noble protecteur, et non par deux étrangers. À son retour, vous pourrez lui demander pourquoi il ne vous a pas liée à une chaise ici au lieu de vous laisser aller à cette boucherie.

– Je suis sûre qu'il n'en savait rien.

La mâchoire de Pierre-André se serra.

– Ce haut fait a été préparé depuis plusieurs jours par son ami La Fayette. Il ne pouvait l'ignorer.

– Qui pourrait « préparer » une telle horreur ?

– C'est une question que vous poserez à votre souteneur.

Pierre-André se tourna vers Ferrat.

– Partons. Villers nous ferait arrêter s'il nous trouvait ici.

– Au contraire, docteur, il vous remercierait de m'avoir sauvée.

– Je n'ai que faire de ses remerciements. Ni des vôtres, d'ailleurs. Gardez votre collation. Il a tout payé ici, y compris votre personne. Reposez-vous.

Ferrat me jeta un regard contrit et suivit son ami hors de la pièce.

J'étais au lit, veillant dans le noir, quand j'entendis la voix de Villers dans le salon. Il discutait avec Manon. Il entra dans la chambre, s'assit sur le lit et me caressa la main.

– Dieu merci, vous êtes saine et sauve. J'étais fou d'inquiétude quand Manon m'a dit que vous étiez allée au Champ-de-Mars. Pourquoi ne pas m'avoir écouté ?

– Que saviez-vous exactement ? Aviez-vous été prévenu que de pauvres gens désarmés allaient être massacrés ?

– Voulez-vous parler des pauvres gens désarmés qui ont massacré deux hommes ce matin ?

– Tout était calme à mon arrivée. Il ne restait plus que des promeneurs, dont la plupart ne se souciaient même pas de la pétition ! Vous n'avez pas répondu à ma question. Étiez-vous au courant de l'arrivée de La Fayette et de ses troupes ?

– Bien sûr que non. De quoi m'accusez-vous au juste ?

– Les hommes qui m'ont ramenée ici m'ont dit que tout était prémédité.

– N'importe quel imbécile aurait pu prévoir ce qui allait se passer, avec la populace qui irait signer une telle pétition. Quant à ces hommes, que faisaient-ils là-bas au milieu de la nuit ? Manon m'a dit que l'un d'eux s'adressait à vous avec une insolence scandaleuse. Elle pouvait l'entendre depuis la cuisine. Qui est-ce ?

– Il ne m'a pas donné son nom. L'autre m'a dit qu'il était chirurgien, et qu'ils étaient allés au Champ-de-Mars pour soigner les blessés.

– Je vais prendre des renseignements sur eux. Manon m'a décrit un homme mesurant près de sept pieds, il ne doit pas y avoir beaucoup de chirurgiens de cette taille à Paris.

– Que leur voulez-vous ? Vous devriez leur être reconnaissant de m'avoir secourue.

– Je n'ai guère d'illusions sur leurs intentions. Ils vous ont seulement ramenée ici dans l'espoir d'une récompense. De laquelle je m'acquitterai. Bonne nuit, Belle.

Le lendemain, je m'attelai à l'écriture d'une lettre de remerciements pour Pierre-André. Ma première idée avait été de lui rendre visite à son cabinet. Mais je me souvins de son mépris, de sa colère. Comment allait-il me recevoir ? Et s'il me reprochait le passé ? Et s'il me reprochait le présent ? Il valait mieux lui écrire.

Veuillez excuser, docteur, la maladresse de cette lettre. En vérité, je ne sais que dire pour vous remercier de votre aide. Vous m'avez sans doute sauvé la vie la nuit dernière. Je suis mortifiée de l'opinion que vous avez de moi, ce qui ne diminue en rien ma gratitude, mais en rend l'expression difficile. Au cours des dernières années, j'ai souvent été tentée de vous revoir. Pourtant, j'en ai toujours été dissuadée par la crainte de vous mettre en colère ou de m'exposer à votre dédain. Les sentiments de dégoût que vous avez exprimés hier, aussi justifiés soient-ils, m'ont donné raison.

Je sais que je vous ai causé beaucoup de peine jadis. Je vous en demande bien humblement pardon. Je ferais tout, si vous le permettiez, pour réparer mes offenses, passées et présentes, et retrouver un peu de votre bonne opinion.

Si nous ne nous revoyons plus, mes vœux de bonheur vous accompagnent, et je garde espoir qu'un jour, peut-être, vous penserez moins de mal de moi.

Mille mercis à vous et à votre ami, monsieur Ferrat.

Je serais honorée de rester, monsieur, votre très respectueuse servante.

Gabrielle

Je ne pus me résoudre à signer de mon nom d'épouse. Cette lettre, aussi courte fût-elle, nécessita de nombreux brouillons. En vain. Je n'obtins aucune réponse et en conclus que Pierre-André ne se souciait plus de moi, ou qu'il éprouvait trop de mépris pour se donner la peine de m'écrire.

52

J'ÉTAIS DÉSORMAIS DAME du palais d'une princesse en fuite, ce qui me laissait dans une position délicate à la cour. À contrecœur, je dus évoquer avec Villers le sujet de ma pension, dont nous n'avions plus discuté depuis que j'avais accepté la position auprès de la comtesse de Provence.

– Vous souvenez-vous m'avoir dit que vous me rendriez ma pension si je renonçais à ma place de dame du palais ?

Il lisait le *Moniteur* et ne leva pas les yeux de son journal.

– J'ai la chance d'avoir une excellente mémoire.

– Seriez-vous toujours d'accord pour le faire si je démissionnais ?

– Pourquoi démissionner maintenant ? Vous ne m'avez pas écouté quand je vous ai demandé de refuser cette place. Puisque la comtesse de Provence est partie, sans doute pour toujours, vous pouvez rester dame du palais aussi longtemps qu'il vous plaira. Personne ne s'y opposera, et je ne m'en soucie plus.

– Il ne me semble pas juste de continuer à recevoir six mille livres par an pour rien.

Il posa son journal.

– La délicatesse de vos scrupules vous honore, mais je ne vois pas pourquoi ce serait à moi d'en faire les frais. Et rien de ce que vous avez fait récemment ne m'incite à la générosité.

Il me regarda droit dans les yeux.

– Vous aimez à suivre votre propre inclination. Soit, madame. Mais comme toute liberté, elle se paie. Je vais réfléchir à votre demande.

Il reprit sa lecture. Pourquoi ma première idée avait-elle été de solliciter Villers ? Je me rappelai le dégoût de Pierre-André pour moi et ma situation. L'habitude d'être entretenue était-elle donc devenue une seconde nature ?

Le lendemain, j'abordai de nouveau le sujet.

– J'ai réfléchi à notre conversation d'hier. En effet, vous n'avez aucune raison de m'aider après que j'ai rejeté vos conseils. Vous en faites plus qu'assez en payant le loyer et les gages de mes gens.

– Dois-je en déduire que vous avez changé d'avis quant à votre démission ?

– Non.

Il sourit froidement.

– Et comment comptez-vous subvenir à vos besoins ?

– J'ai épargné quelques milliers de livres au fil des années. Je peux également retrancher dans mes dépenses. De cette façon, l'argent durera des mois.

– Et que se passera-t-il lorsque vous aurez épuisé vos économies ?

– Je vendrai quelques-uns de mes bijoux. Bien sûr, je garderai les plus précieux, comme les diamants et la bague que vous avez eu la bonté de m'offrir, ainsi que les boucles d'oreilles en rubis que j'ai reçues de mon défunt mari. Elles iront à Aimée en souvenir de la famille de son père. Mais j'ai beaucoup d'autres pièces, de moindre valeur, dont je puis me séparer.

– Vous auriez pu attendre ma décision avant d'envisager des solutions aussi… radicales. Tout ce que vous faites ces temps-ci semble destiné à me prouver que vous n'êtes plus attachée à moi.

– Je vous suis attachée, et infiniment reconnaissante de votre aide.

– Vous avez une manière bien étrange de me le montrer. Prenez garde, ou vous pourriez voir ma générosité se tarir complètement.

– J'ai toujours su que je pourrais perdre un jour votre affection. L'amour ne dure pas éternellement.

– Certes. Et quand il s'en va, l'amitié et le respect lui succèdent parfois. Mais souvent, comme un mauvais vin, il ne laisse qu'un arrière-goût amer. C'est votre conduite qui dictera la mienne.

Je fis part à la duchesse de ma décision de démissionner.

– Eh bien, chère Belle, je crois que vous avez raison de vous tenir à l'écart de la cour en ce moment. Les choses ont beaucoup changé depuis l'escapade du roi à Varennes, et vous ne sauriez être trop prudente.

Elle secoua la tête.

– Je regrette de vous avoir proposée en remplacement de ma fille. Cela n'a causé que des désagréments entre Villers et vous, et je n'ose penser à ce qui pourrait vous arriver si vous restiez dame du palais.

Ma décision prise, je me contentais d'assister aux fêtes mensuelles données aux Tuileries par la princesse de Lamballe, surintendante de la maison de la reine. J'y allais par respect pour mon ancienne charge et non pour le plaisir que je trouvais à ces réunions, consacrées à prévoir les supplices qui seraient infligés aux « traîtres » une fois la Révolution vaincue. Il était aussi question de la situation dans les colonies, où les Noirs, en pleine révolte, avaient l'audace de réclamer l'abolition de l'esclavage sans penser au préjudice que cela causerait à leurs maîtres et au commerce du sucre. Madame de Tourzel me confia que le roi éprouvait beaucoup de sympathie pour les malheureux planteurs.

53

L'Assemblée nationale acheva la rédaction de la Constitution en septembre 1791. Une nouvelle chambre, l'Assemblée législative, allait être élue. Aucun membre de l'ancienne Assemblée nationale ne pourrait y briguer un nouveau mandat. De nombreux députés de la noblesse, dont Lauzun, avaient depuis longtemps cessé de participer aux sessions de l'Assemblée, mais Villers était resté assidu jusqu'à la fin. Il avait trouvé une grande satisfaction dans ses fonctions de député, bien plus qu'il n'en avait attendu. Il avait désormais autant de temps libre qu'avant la Révolution, sans aucun des amusements et des divertissements qu'il avait appréciés jadis. La conséquence de cette oisiveté forcée était qu'il me consacrait de nouveau toute son attention.

Fin septembre, Émilie me présenta Guillaume de Morsan, un jeune cousin de son mari. Elle me glissa à l'oreille :

– Ne vous sentez pas obligée de lui parler si cela vous ennuie. La vue de cet homme suffit à me couper l'appétit.

Les marques laissées par la petite vérole sur le visage de Morsan ressemblaient à des cicatrices de brûlures et n'avaient épargné qu'une moitié de son visage. Il était légèrement bâti pour un homme, et moins grand que moi. Ma première impulsion fut de l'éviter, mais la remarque d'Émilie m'avait fait honte. Aussi me fis-je un devoir de m'asseoir à côté de lui lors du dîner, car à l'époque chacun choisissait librement sa place à table.

– Je suis surprise de ne jamais vous avoir rencontré, monsieur.

– J'étais lieutenant dans les gardes du corps, madame. Je vous ai souvent aperçue aux Tuileries lorsque madame la comtesse de Provence rendait visite à Leurs Majestés.

– L'un de mes amis les plus chers, le chevalier des Huttes, était garde du corps.

– Paix à son âme. Il a péri en héros. Il n'est pas de plus belle mort pour un soldat.

– Je ne puis me résoudre à trouver la mort belle, surtout la sienne. Je suppose que c'est une faiblesse féminine. Allez-vous prendre du service dans la nouvelle Garde constitutionnelle du roi ?

– Hélas, non. Les gardes du corps sont soupçonnés d'hostilité envers la Révolution.

– Vous vous trouvez donc sans commission ? Ce doit être un grand changement pour vous.

– En effet, madame. Si madame de Brasson n'avait la bonté de m'inviter à ses dîners, je me sentirais bien seul. Certains de mes camarades ont émigré et m'ont pressé de les rejoindre. Pourtant, j'hésite à quitter mon pays, même si je le vois sombrer chaque jour plus bas.

– Je vous approuve. Les émigrés sont prêts à prendre les armes contre la France. Et cela, je ne peux le pardonner.

– Je comprends vos sentiments. Mais un jour, peut-être devrons-nous choisir entre la mort et l'exil. Vous aussi, madame.

– Quelle triste pensée ! J'espère que vous vous trompez. Le roi est de retour ; il a juré fidélité à la Constitution, la nouvelle Assemblée législative vient d'être élue. Gageons que nous nous dirigeons vers un horizon pacifié.

– Vous avez peut-être raison. Veuillez me pardonner, madame. Je laisse mes malheurs personnels influencer mes vues politiques.

Notre conversation suivit par la suite un cours plus joyeux, et je jugeai la compagnie de Morsan agréable, au point d'en oublier les cicatrices qui le défiguraient. Je remarquai ses beaux yeux bruns, dont l'expression était toujours un peu triste.

Lorsque le dîner fut terminé, Villers me rejoignit. Je pris congé de Morsan, qui s'inclina pour me baiser la main.

– Je vous remercie d'avoir eu la bonté de m'écouter. Ce fut un honneur, madame.

Dans la voiture, Villers m'interrogea :

– Qui est cet homme ?

– Un cousin du mari d'Émilie. Un ancien garde du corps.

– Je n'ai jamais vu d'homme si répugnant, ricana-t-il.

– Sa conversation était fort plaisante.

– Sans doute. Vous lui avez parlé pendant tout le dîner. A-t-il demandé la permission de vous rendre visite ?

– Non, et vous savez que je la lui aurais refusée. Au moins l'ai-je écouté, certaines personnes doivent le fuir à cause de son apparence.

– Votre naïveté m'amuserait si je ne commençais à douter de sa sincérité. Cet homme vous regardait avec des yeux affamés. Ce n'est pas étonnant. Quand il croise son reflet dans le miroir, il doit remercier Dieu de l'existence des putains. Sans cette commodité, il ne pourrait approcher une femme.

– Comment pouvez-vous dire une chose aussi cruelle ?

– La vérité est souvent cruelle. Mais vous avez raison, je n'aurais pas dû la dire. La difformité du pauvre hère ne l'empêche pas d'avoir les mêmes besoins qu'un autre homme.

Il me peinait d'imaginer Morsan dans les bras d'une prostituée. Villers voulait-il me mettre à l'épreuve, ou cherchait-il à gâcher le souvenir de la soirée que je venais de passer ? Je revis plusieurs fois Morsan chez Émilie, et je lui parlais toujours avec plaisir, même si j'évitais de m'asseoir à côté de lui à table.

Par beau temps, j'emmenais Aimée dans les jardins du Luxembourg. Elle apportait son bateau miniature, qu'elle poussait avec un bâton sur le grand bassin. Elle était tellement envoûtée par cet amusement qu'elle manqua plus d'une fois tomber à l'eau. Lorsqu'elle avait fini de jouer, nous nous promenions à l'ombre de la belle allée qui mène à la fontaine de Médicis, mon endroit préféré des jardins. Là, nous nous asseyions sur un banc et partagions des biscuits aux amandes que nous avions apportés dans le petit panier d'Aimée. Durant l'une de ces collations improvisées, je vis approcher Morsan. Il s'inclina devant nous.

– Quelle agréable surprise, monsieur ! Je ne savais pas que vous veniez ici.

– Mes heures de loisir sont hélas nombreuses, et madame de Brasson me dit que le Luxembourg est l'une de vos promenades préférées. J'ai pris la liberté de venir ici dans l'espoir de vous rencontrer.

Je me sentis rougir.

– Si ma présence vous importune, madame, vous n'avez qu'un mot à dire.

D'un geste de la main, je l'invitai à s'asseoir avec nous.

– Ce jardin est ouvert à tous. Il serait quelque peu présomptueux de ma part de vous l'interdire.

Il sourit tristement à Aimée.

– Je suis heureux de vous rencontrer, chère demoiselle. Vous n'avez pas à avoir peur de moi, je vous le promets.

Aimée dévisageait Morsan en s'accrochant à ma main. Je pressai la sienne. Elle se leva et lui fit la révérence.

Nous revîmes souvent Morsan au Luxembourg. Il ne manquait jamais d'apporter à Aimée des pralines, ses friandises préférées. Ces attentions gagnèrent rapidement les bonnes grâces de ma fille. Il se contentait de bavarder de tout et de rien, puis nous raccompagnait à notre voiture.

Je parlai de Morsan à la duchesse.

– Cet homme est-il amoureux de vous ?

– Je n'en sais rien, madame.

– Cela doit signifier que oui. Et vous, l'aimez-vous ?

– J'ai pitié de lui.

Elle reposa sa tasse de thé et me regarda droit dans les yeux.

– Pardonnez-moi de vous poser une question bien impertinente, que seule notre amitié justifie. Pourquoi acceptez-vous ses attentions ?

– Je ne saurais le dire, madame.

– Peut-être tourmentez-vous ce pauvre homme en lui laissant espérer ce qui ne peut être.

– Oh, non. Je ne pense pas qu'il nourrisse la moindre illusion.

– Comment le savez-vous ? Vous a-t-il parlé de ses sentiments ?

– Jamais.

– Tolérez-vous sa présence parce qu'elle vous flatte ?

– Vous me connaissez, madame, je n'ai pas ce genre de vanité. Et j'ai plaisir à le rencontrer. Voilà un homme qui, tout en appréciant ma compagnie, n'élève pas la voix, ne dit pas de choses désagréables, m'écoute avec attention, n'essaie pas de contrôler chacun de mes gestes, chacune de mes pensées. C'est apaisant.

– Et Villers ? Qu'en pense-t-il ?

– Il en semble fort contrarié. Dernièrement, j'ai remarqué un inconnu qui me suit partout dans Paris. Je le soupçonne d'avoir été engagé par Villers pour me surveiller. Grand bien lui fasse, car je ne rencontre Morsan qu'en public, et nous ne faisons que causer tranquillement.

– Quoi qu'il arrive entre Morsan et vous, Villers en est jaloux car vous semblez l'apprécier.

– Mais Morsan est défiguré !

– C'est encore pire pour Villers, ma chérie, si vous lui préférez un homme aussi peu attirant. Prenez garde. Si vous avez l'intention de quitter Villers, faites-le, mais ne le rendez pas furieux pour un homme que vous n'aimez pas.

– Où voulez-vous en venir, madame ? Pensez-vous que Villers songe à me quitter ?

– Il ne se confie plus à moi. Mais je m'inquiète pour vous. Il est séparé à jamais de son fils, et je ne sais comment il réagirait en vous perdant, ou en s'imaginant qu'il vous a perdue. Et s'il vous chassait de chez vous ? Bien sûr, vous auriez toujours un toit ici, mais ce ne serait qu'une solution temporaire.

– Vous êtes fort bonne, comme toujours, madame, mais je ne veux pas que vous vous inquiétiez pour moi.

– Comment puis-je m'en empêcher ? Croyez-vous que Morsan vous épouserait ? A-t-il de la fortune ?

– Je l'ignore. Il loue deux pièces rue du Bac.

La duchesse soupira.

– Au moins, il a assez de bon sens et de décence pour ne pas demander votre main. Vous êtes seule juge de vos actions, mais quoi que vous décidiez, gardez les yeux grands ouverts.

54

La duchesse avait raison. J'aurais dû garder les yeux grands ouverts. Mon humeur répondait aux incertitudes de l'époque : je me sentais perdue. J'étais parfois tentée de quitter Villers, mais n'en avais pas le courage. À d'autres moments, je me disais que nos différends étaient insignifiants, que nous étions plutôt heureux ensemble. Un autre événement ne tarda pas à ajouter à ma confusion.

Émilie s'imaginait que les clubs politiques, alors florissants, avaient pour seul but, comme le théâtre et l'opéra, de divertir les dames de la société. Elle m'entraîna un jour aux Cordeliers qui, m'avait-elle assuré, étaient « très drôles ». Ce club s'était installé dans l'église de l'ancien couvent du même nom qui avait été dépouillée de tout objet religieux. Au milieu du chœur se trouvait une table en bois brut servant d'estrade sur laquelle les orateurs discouraient. Assis sur les bancs de l'ancienne église, des gens du peuple n'hésitaient pas à intervenir à voix haute. Certains hommes, armés de fusils, tiraient en l'air en écoutant les discours. C'était une expérience pour le moins surprenante.

Émilie suggéra ensuite que nous allions assister aux débats du club des Jacobins.

– Non, merci. Notre excursion aux Cordeliers m'a suffi.

– Mais les Jacobins sont différents! Ce sont des bourgeois, mais avec des vues extrêmes. Je ne veux pas y aller seule. Soyez gentille, venez avec moi.

– Si cela vous intéresse tant, vous pourrez lire le compte rendu des discours dans les journaux.

– Ce n'est pas pareil! Juste cette fois, ma chère Belle. Je suis sûre que vous vous amuserez follement.

– Juste cette fois alors.

Comme une enfant, elle m'embrassa les deux joues.

Les Jacobins étaient en effet très différents des Cordeliers. Le club avait été aménagé selon le plan de la chambre où se réunissait l'Assemblée législative. Le pupitre de l'orateur était situé sous la chaire du président de séance. Les membres, tous des hommes, s'asseyaient sur des bancs dans la salle elle-même, tandis qu'un large public, composé également d'hommes et de femmes, se répartissait dans les tribunes. Nous y trouvâmes des sièges.

Nous écoutâmes d'abord un homme maigre qui, d'une voix chevrotante, attaquait Robespierre pour avoir prôné l'abolition de la monarchie. Il fut salué par les huées d'une partie de l'auditoire. Le président usa et abusa de sa sonnette pour rétablir l'ordre. En vain. Un homme se précipita vers la tribune. Sa voix dominait le tumulte.

– Président, donne-moi la parole. Je vais répondre à cette canaille.

Je n'entendis pas ce que dit le président. L'homme poussa l'autre orateur hors de son chemin pour se placer derrière le pupitre. C'était Pierre-André, tout de noir vêtu, à l'exception d'une cravate blanche et d'une cocarde à ruban tricolore qu'il portait en épaulette, tel un signe officiel. Il faisait maintenant face au public.

– Amis et frères, qui parmi nous doute encore que le soi-disant roi soit un traître? Louis est l'allié des assassins de la patrie, c'est le pire ennemi de la Nation. C'est le complice de La Fayette, de Bailly, des bouchers du peuple de Paris au Champ-de-Mars. Avons-nous oublié combien de sang innocent fut versé ce jour-là ? Certains disent que Louis est inoffensif. Qu'il a enfin reconnu ses erreurs, qu'il va maintenant tenir parole, qu'il entend respecter la Constitution. Ce sont des hypocrites et des scélérats ! Louis, s'il n'avait été arrêté à Varennes, aurait pris la tête des troupes étrangères pour attaquer la patrie. C'est un menteur invétéré, un parjure qui cache sa duplicité sous de faux airs d'imbécillité. En qui les émigrés, les prêtres réfractaires, les aristocrates, les conspirateurs de tout poil, à l'intérieur comme à l'extérieur du pays, trouvent-ils leur plus chaleureux soutien ? En Louis et son Autrichienne de femme ! Elle aussi, c'est une traîtresse, une espionne, la meilleure alliée de son frère, le tyran d'Autriche. Nous le savons tous. La cour est un nid de vipères.

Pierre-André devait avoir l'habitude de ce genre d'exercice, car il savait contrôler sa voix de basse profonde, la faire vibrer ou descendre plus bas encore dans l'octave pour lui donner davantage d'autorité ou une couleur plus sombre. Des acclamations éclatèrent. Il s'arrêta, balayant l'audience du regard.

– Oui, amis et frères, la cour est un chancre putride sur le visage de Paris. C'est le dernier refuge des raclures hideuses de la noblesse. Nous le savons tous ! Mais nous nous laissons aller à la complaisance, alors qu'aux Pays-Bas, en Autriche, aux Tuileries, le mal ne dort jamais. En ce moment même, tout près d'ici, Louis et son Autrichienne, terrés au château, trament de nouveaux complots pour massacrer les patriotes. Et nous ne faisons rien ! Demandez-le-vous donc : combien d'entre nous devront encore tomber avant que nous nous réveillions ? Il est temps de renverser les restes répugnants de l'Ancien Régime. Commençons par cette monarchie grotesque !

Dans la salle, les huées, les sifflets, les applaudissements, les cris, les frappements de pieds des spectateurs retentirent de concert, noyant la sonnette du président. Pierre-André poursuivit dans un tonnerre d'applaudissements en proposant de soumettre aux voix une motion visant à exclure du club le précédent orateur et « tous les scélérats de la même eau ».

Je me penchai vers Émilie, hurlant pour me faire entendre.

– Cela suffit. Partons.

– Déjà ? Mais nous venons d'arriver ! Je voudrais continuer à écouter cet homme. Quel timbre, quel aplomb ! N'êtes-vous pas curieuse de savoir qui c'est ?

Elle se tourna vers le spectateur assis à sa gauche. Je me levai sans attendre la fin de leur conversation. Elle me retint par le bras, mais je me dégageai. Ces mouvements durent attirer l'attention de Pierre-André et, l'espace d'un instant, nos regards se croisèrent. J'aurais voulu disparaître sous terre. Il marqua une courte pause avant de reprendre son discours avec une énergie renouvelée. Je m'enfuis.

Émilie me rejoignit dans la voiture alors que je reprenais mon souffle.

– Belle, vous n'êtes vraiment pas drôle ! Je vous emmène chez les Jacobins, et vous gâchez mon plaisir. Pourquoi détaler ainsi alors que les choses devenaient amusantes ?

– Vraiment, vous avez trouvé cela amusant ? Alors que l'orateur nous traitait de chancres putrides et de raclures hideuses de la noblesse ?

– En effet, avez-vous jamais entendu rien de tel ? Ce Corigal, ou quelque chose de ce genre-là, vient d'être élu commissaire de police de l'île Saint-Louis. J'en aurais appris davantage si vous n'aviez filé comme une voleuse.

Cette fonction expliquait le costume noir et l'insigne tricolore à son épaule. Les électeurs de l'île n'avaient pas hésité à se choisir un commissaire de police aux opinions politiques bien tranchées. J'avais suivi dans les journaux la carrière des autres frères Coffinhal. L'aîné, Jean-Baptiste, l'ancien avocat de ma famille, était devenu procureur-général-syndic du Cantal, ce qui en faisait le premier personnage officiel du département. Joseph, lui aussi avocat avant la Révolution, venait d'être nommé juge du nouveau Tribunal de cassation, la plus haute juridiction de France. Les frères Coffinhal semblaient prospérer sous la monarchie constitutionnelle.

55

L'HUMEUR DU TEMPS CHANGEAIT : les célébrations paillardes de l'Ancien Régime, comme celles de Mardi gras, étaient désormais interdites pour cause d'indécence. Les modes aussi avaient changé : les robes des dames étaient plus simples et plus étroites, c'en était fini des énormes paniers, même à la cour. C'était encore plus frappant pour les hommes. Ils avaient les cheveux plus courts, lâchés, sans poudre, et portaient des vêtements sombres de drap uni, coupés à l'américaine. Les habits brodés d'or et d'argent avaient disparu, pour tous.

Je fus stupéfaite la première fois que Villers parut en public avec les cheveux au naturel, car je ne l'avais vu ainsi que dans notre intimité. Curieusement, Robespierre, le plus fervent des réformistes à bien des égards, restait fidèle à l'ancienne mode et portait les cheveux longs, attachés et poudrés.

Mais les changements étaient aussi et avant tout de nature politique. La nouvelle Assemblée était contrôlée par les Girondins, en hommage au département de la Gironde, d'où certains étaient originaires. Ils défendaient des idéaux républicains et se défiaient, non sans raison, des intentions du roi. Mais ils craignaient davantage encore le peuple de Paris et voulaient réduire l'influence de la capitale.

La plus grave erreur des Girondins fut de déclarer la guerre à l'Autriche, pour, affirmaient-ils, répandre les idéaux de la Révolution. Le roi avait signé une déclaration de guerre contre son beau-frère, l'empereur Léopold, et aux Tuileries, la reine jubilait ouvertement de la supériorité de l'armée autrichienne. Leurs Majestés semblaient croire que les Français seraient promptement écrasés et accueilleraient les envahisseurs comme des libérateurs. Les troupes étrangères restaureraient ensuite la monarchie absolue, et le peuple reconnaissant se rassemblerait autour du trône. Les propos de la reine m'indignaient et m'encourageaient à éviter la cour.

Villers et moi avions les mêmes vues sur ce sujet.

– C'est l'une des rares occasions, Belle, où vous me trouverez d'accord avec Robespierre : répandre la liberté par la force militaire est une notion qui n'a pu germer que dans la cervelle d'un imbécile. Personne à l'étranger n'accueillera de missionnaires armés.

En effet, cette guerre, que les Girondins s'attendaient à gagner si facilement, et que le roi et la reine espéraient perdre si rapidement, fit rage, interrompue seulement par de brèves trêves, pendant vingt-deux ans. Elle ne s'est terminée que l'année dernière, longtemps après que tous ceux qui l'avaient voulue eurent péri.

La guerre eut une conséquence inattendue pour Villers. Désormais privé de son siège de député, il avait entrepris de fournir des chevaux aux armées, ce qui l'appelait souvent en Normandie. Il était plus agréable et moins jaloux durant ces séjours, tandis qu'Aimée et moi étions heureuses de revoir la bonne madame de Gouville. Villers, l'ancien libertin, était devenu maquignon : en bottes crottées, les cheveux blonds au vent, il palpait la croupe et le garrot des chevaux, il retroussait leurs lèvres pour examiner les dents. Il accrut ainsi considérablement son ample fortune en quelques mois. Un tel intérêt pour les affaires aurait été jugé déplacé chez un noble avant la Révolution.

L'Assemblée avait décrété la confiscation de tous les biens des émigrés, dont le fils de Villers, Charles-Marie, qui s'était engagé dans l'armée de Condé en Allemagne. Je ne savais pas quelles dispositions Villers avait prises dans son testament, mais il devait maintenant déshériter son fils, qui n'était plus autorisé à rien posséder en France. Je savais que Villers avait déjà fait transférer secrètement à Londres, par l'intermédiaire de son avocat, des sommes importantes, sans doute au profit de Charles-Marie. Il s'acquittait toujours de mon loyer et des gages de mes gens. Je n'en voulais pas plus de lui.

56

DÉBUT JUIN 1792, nous étions à Paris lorsque je reçus une lettre d'Hélène.

J'aimerais, très chère Gabrielle, avoir de meilleures nouvelles à vous donner. Noirvaux va fermer ses portes. Je dois faire l'inventaire de notre mobilier et de nos objets de culte avant de les remettre au procureur-général-syndic de notre département dans quelques jours.

Quant au grand serment à la Constitution que vous me suggériez de prêter, il n'en est pas question, pour moi comme pour les douze autres religieuses qui restent de notre congrégation. Nous n'achèterons jamais notre sûreté en revenant sur nos vœux. Nous avons en revanche toutes prêté le petit serment à la liberté et l'égalité, ce qui, nous l'espérons, suffira à apaiser les autorités.

Je vous remercie de m'avoir proposé à nouveau votre hospitalité à Paris, mais je ne peux abandonner notre petit troupeau. La comtesse de Lalande nous a offert de nous recevoir toutes dans son château. Une fois l'abbaye fermée, nous continuerons, avec l'aide de Dieu, à L'y servir comme nous le faisions à Noirvaux.

Priez pour nous, ma chère enfant, comme je vais prier pour vous et Aimée.

Hélène de Montserrat, abbesse de Noirvaux

Les nouvelles du front n'étaient pas meilleures. Les Autrichiens et leurs alliés prussiens avançaient rapidement en territoire français. Les récits de leurs atrocités se répandaient. Sur leur chemin, des villages étaient incendiés, des femmes, violées par des bataillons entiers, des civils, massacrés. Partout en France, des patriotes se portaient volontaires pour défendre la Nation en cette heure désespérée. Une nouvelle loi prévoyait la création, près de Paris, d'un camp de trente mille de ces soldats. Le roi mit son véto à cette mesure. J'avais été opposée à la guerre mais, puisqu'elle était déclarée, je souhaitais la victoire de la France et soutenais fermement ce camp de volontaires.

Le peuple de Paris était furieux de la position du roi, que l'on avait rebaptisé « Monsieur Véto ». La reine était « Madame Véto ». Le 20 juin, une foule gigantesque envahit les Tuileries, brandissant les placards les plus offensants. Villers me dit plus tard qu'il y avait notamment une potence miniature à laquelle était suspendue une poupée portant l'inscription « Marie-Antoinette à la lanterne », un panneau composé des oreilles, de la queue et des parties génitales d'un porc, allusion au manque de virilité supposé du roi, et un autre encore orné de cornes de bœuf, symbole des cocus.

Le roi avait dû accepter une bouteille de vin des mains d'un homme de la foule, la boire à la santé de la Nation et se coiffer du bonnet rouge des sans-culottes. Mais il avait refusé de revenir sur son véto. La foule, à contrecœur, s'était retirée à la nuit tombante.

Villers était scandalisé par le comportement de la populace. Il demanda même audience à la reine afin de lui présenter ses excuses pour les outrages essuyés. À ma grande surprise, elle accéda à sa requête. Je n'ai jamais su ce qui s'était passé durant leur entrevue, mais je supposai alors qu'elle était désormais assez inquiète pour saisir la main tendue d'un homme qu'elle aurait voulu voir exécuter quelques semaines plus tôt.

Fin juillet, la duchesse se trouva fort mal. Les beaux yeux bleus de mon amie, d'ordinaire pétillants d'esprit et de bonté, étaient devenus ternes, leur lumière éteinte. La vie l'avait déjà abandonnée, et elle me reconnaissait à peine. Refusant d'infliger ce spectacle à Aimée, j'allais seule chez la duchesse, généralement le matin, car les potions du docteur Jansaud la faisaient somnoler le reste de la journée. Je retrouvais Aimée l'après-midi, et Villers nous rejoignait le soir.

Je n'avais pas revu Morsan depuis notre retour de Normandie. Absorbée par le chagrin de perdre mon amie la plus chère, je n'avais plus le goût des promenades au Luxembourg. Mais Émilie, qui me rendait visite de temps à autre, me disait qu'il s'enquérait de moi chaque fois qu'il venait chez elle.

Je fus donc fort surprise lorsque, le 9 août en fin d'après-midi, Junot annonça monsieur de Morsan. Le laquais avait l'ordre de refuser ma porte à tous visiteurs masculins, mais le pauvre homme perdait la mémoire. En temps normal, je n'aurais pas reçu Morsan, mais je me persuadai qu'il avait trop de délicatesse pour chercher à me voir sans raison impérieuse. J'invitai Junot à le faire entrer.

– Je vous demande pardon, madame, de vous importuner ici. L'urgence de la situation justifie, je l'espère, ma présomption.

Il hésita.

– Il se prépare une nouvelle attaque contre les Tuileries. Vous devez le savoir.

– Oui, monsieur de Villers m'en a avertie. J'aurais gagné Vaucelles si le devoir ne m'appelait auprès de la duchesse d'Arpajon.

– Je frémis, madame, à l'idée que vous traversez la Seine tous les jours pour lui rendre visite.

Je fronçai le sourcil.

– C'est fort aimable à vous, monsieur, mais je ne vois pas ce qui vous donne le droit de vous inquiéter ainsi pour moi.

– Rien. Pourtant, je suis inquiet pour vous, avec ou sans le droit de l'être. Vous ne semblez pas mesurer la gravité de la situation. Ceux d'entre nous qui resteront ici vont mourir.

– Je partirai pour Vaucelles dès que la duchesse n'aura plus besoin de moi.

– Partir pour Vaucelles ne changera rien. Pensez-vous que le pouvoir des Jacobins se limite à Paris ? Pardonnez ma brutalité, madame, mais vous êtes aveugle.

– Les Jacobins ne contrôlent pas l'Assemblée.

– La gravité de la situation vous échappe. Nous allons être emportés par la tourmente qui s'annonce. Par « nous », madame, je n'entends pas seulement ceux qui, comme moi, sont restés fidèles à leur roi. Je parle de toute la noblesse, y compris monsieur de Villers et ses amis. La grande Nation française s'est lassée de nous. Nous allons tous être pendus à la lanterne, sans la moindre distinction entre ceux qui flattent la populace et les autres.

– Est-ce pour partager ces macabres prédictions que vous me dérangez ici ?

– Dans quelques jours, il sera trop tard. Les Tuileries vont être prises d'assaut, la famille royale sera massacrée, et toute la noblesse à sa suite. J'ai obtenu de faux passeports, je partirai demain en diligence pour Lille et, de là, j'essaierai de rejoindre les Pays-Bas autrichiens.

Je demeurai un instant stupéfaite.

– Vous allez émigrer ?

– Je n'ai que trop tardé. Un tel voyage aurait été plus sûr il y a quelques semaines. Vous pouvez deviner sans peine la raison pour laquelle je ne souhaitais pas quitter Paris. Mais, en plus de mon propre passeport, j'ai à ma disposition celui d'une certaine veuve Durand et de sa petite fille. Il est à vous.

Morsan se jeta à genoux et me saisit la main.

– Je vous en supplie, madame, écoutez-moi. Je n'attends de vous ni gratitude ni affection. Je sais que vous ne m'aimez pas, que vous ne pourrez jamais m'aimer. Je vous demande seulement de me faire suffisamment confiance pour me laisser vous conduire en sûreté. Je ne supporte pas l'idée que vous pourriez être pendue ou mise en pièces par la populace. Dans mes cauchemars, je vois votre tête portée au bout d'une pique par ces barbares. Car c'est le sort qui vous attend si vous restez en France. Je vous en conjure, madame, sauvez-vous, sauvez…

Villers, sans doute averti par mes servantes, fit irruption dans la pièce. De surprise, je me levai en sursaut du canapé. La gaze délicate de mes jupes, qui s'était prise sous l'un des genoux de Morsan, se déchira à grand bruit. Villers courut vers nous et souffleta l'autre homme. Il me saisit le bras avec une telle violence que je crus qu'il allait me l'arracher de l'épaule.

Morsan se redressa de toute sa taille.

– Vous pouvez me frapper, mais je vous interdis de maltraiter madame.

– M'interdire ? De quel droit ? Madame est à moi. Elle me sert au lit depuis des années et j'en fais ce que je veux.

Je me sentis rougir de colère.

– Calmez-vous, monsieur. Il n'est pas besoin d'user d'un tel langage. Et ayez la bonté de me lâcher, je vous prie. Monsieur de Morsan m'avertissait de l'attaque imminente contre les Tuileries et m'informait de son départ.

– Ah ! Et peut-être vous proposait-il de fuir avec lui ? Il ne peut espérer vous approcher, mais, sur la paille d'une écurie où vous vous cacheriez une nuit, qui sait ? Peut-être que sous l'effet de la peur, et sous couvert de l'obscurité…

Morsan porta la main à la garde de son épée. Je me tournai vers lui.

– Non ! Je ne tolérerai aucun duel. Partez, monsieur de Morsan. Vous voyez bien que monsieur de Villers n'est plus maître de lui-même. Je vous remercie de votre sollicitude et vous souhaite de tout cœur bonne chance. Allez-vous-en, de grâce.

Morsan, tremblant de colère, s'inclina devant moi et lança à Villers un regard de haine avant de quitter la pièce.

– Vous aussi, allez-vous-en ! m'exclamai-je sitôt Morsan parti.

Villers me serrait toujours le bras au-dessus du coude et m'attira à lui.

– Pas si vite, je n'en ai pas fini avec vous. Vous m'avez humilié en acceptant les attentions de l'homme le plus répugnant de Paris, et maintenant vous me chasseriez comme un laquais ! Votre ingratitude ne connaît aucune limite. Avez-vous oublié ce que vous étiez quand je vous ai trouvée, ce soir-là, à l'Opéra ? Une petite oie auvergnate illettrée, sans aucune expérience du monde. La fille cadette d'une famille de nobles ruinés vivotant dans une province reculée, parmi les plus misérables du royaume. Des gueux, des dégénérés, sans rien d'autre que leur lignée qui remonte à Charlemagne ! Et qu'a donc fait votre frère pour vous ? Il vous a donnée en pâture à une brute comme Peyre, pour ensuite vous jeter dehors après que votre mari vous a laissée sans un sou.

Villers me serrait le bras si fort que j'en avais les larmes aux yeux. Il commença à me secouer.

– Pour ce qu'il s'en souciait, vous auriez tout aussi bien pu mendier votre pain à la rue ou finir au bordel. Ce qui aurait été, si l'on y songe, l'endroit le plus convenable pour une petite garce comme vous. Encore auriez-vous peiné à trouver un établissement de bonne tenue, car vous n'aviez même pas de virginité à vendre. Quel homme, ce marquis d'Espeils, qui s'est seulement souvenu de votre existence après que j'ai couché avec vous !

– Vous ne savez rien des motifs de mon frère.

– Cela vaut mieux… Dieu sait quelle dépravation se cache derrière tout cet orgueil. Mais vous avez raison, nous parlions de vous. À dix-huit ans, putain que vous êtes, vous avez accepté de vous vendre à moi. Et comme un imbécile, j'étais tombé amoureux. Ah, vous aviez de la chance d'avoir l'air si fraîche après être passée entre les mains d'un autre homme. Et pas n'importe lequel ! J'aurais dû vous faire avouer ce qu'il vous avait fait subir. Je suis sûr qu'un tel récit m'aurait diverti. Il aurait même pu me guérir de mon engouement. Mais il n'est pas trop tard. Ne soyez pas timide, dites-moi tout. Ou, mieux encore, montrez-moi !

La colère me fit oublier la douleur qui me sciait le bras.

– Vous ne valez pas mieux que lui, si vous songez à me tourmenter comme il l'a fait. Comment osez-vous me parler ainsi après que j'ai partagé votre vie toutes ces années ?

Villers cessa de me secouer, mais il resserra sa prise.

– Sans moi, tu serais plus ignorante que la dernière souillon de mes cuisines. Tu ne pouvais ouvrir la bouche en société de peur de te couvrir de ridicule. L'as-tu oublié ?

Villers hurlait maintenant.

– J'ai fait de toi ce que tu es. Tu me dois tout. Tu m'entends ? Tout ! Et c'est ainsi que tu me remercies. Peut-être n'as-tu pas laissé ce crapaud de Morsan te baiser, encore que je n'en jurerais pas, mais tu me trompes depuis le début. Je partage tes faveurs avec Lauzun et la moitié de la cour.

Enfin il me lâcha, puis, saisissant la gaze de mes jupes à pleines poignées, il la déchira dans une sorte de frénésie. Des lambeaux d'étoffe tombèrent sur le tapis. Je courus me réfugier derrière le canapé.

– Aucun homme ne m'a jamais touchée, sauf mon mari et vous.

– Tu veux que je croie à de telles balivernes ? Tu me prends pour un imbécile, en plus de me faire cocu ? Allons, petite putain, combien d'amants as-tu eus ?

Villers me faisait face de l'autre côté du canapé, le souffle court, les yeux fous.

– Partez ! Vous m'avez insultée de toutes les manières possibles. Je n'ai plus aucune raison de tolérer votre présence.

– Où te crois-tu ici ? Dois-je te rappeler qui paie ce logement ? Tu m'as poussé à bout et tu vas le regretter.

Il claqua la porte.

57

FRISSONNANTE, JE ME RETIRAI dans ma chambre. Ne voulant appeler Manon pour me déshabiller, je délaçai les lambeaux de ma robe. Elle avait dû entendre les éclats de voix et tenir Aimée à l'écart de la dispute. Mon bras portait l'empreinte des doigts de Villers et était enflé du coude à l'épaule. Je m'allongeai sur le lit, en corset et jupon, tandis que la douleur me lançait. J'éprouvais un vertige devant la profondeur du mépris que Villers avait pour moi, ma famille, mon pays, la lignée de mes aïeux. Il n'avait jamais rien vu en moi qu'un visage et une chevelure qui lui rappelaient sa Vénus. Je l'avais laissé m'habiller de satin comme une poupée, tresser des rangs de perles dans mes boucles pour me faire ressembler à une jeune Italienne morte des siècles plus tôt. Il avait cru s'assurer la possession de cette illusion et me haïssait maintenant parce qu'elle était impossible.

Je dus m'assoupir. Manon me réveilla en début de soirée. Elle m'apportait un billet de Mélanie, la femme de chambre de la duchesse, m'informant que sa maîtresse n'allait sans doute pas passer la nuit. Je me levai en hâte, oubliant les insultes de Villers et mon bras ankylosé, et priai Manon de m'habiller.

Après avoir embrassé ma fille et lui avoir dit de ne pas s'inquiéter, je hélai un fiacre. Même dans l'aristocratique rue Saint-Dominique, des hommes commençaient à s'attrouper. J'arrivai enfin chez la duchesse où Mélanie m'accueillit.

– Je ne m'attendais pas à voir madame ce soir ! Robert est allé prendre des nouvelles. Les volontaires de Marseille ont rejoint la populace des faubourgs Saint-Antoine et Saint-Marceau. Ils vont attaquer le château au point du jour. Mais ils le trouveront bien défendu, huit mille gardes nationaux ont été appelés à la rescousse.

Combien d'entre eux allaient déserter, ou même se joindre aux insurgés ? Je gardai cette pensée par-devers moi.

– Comment va madame la duchesse ?

– Elle a reçu le viatique. L'abbé Martinon vient de partir. Il était pressé de rentrer chez lui, le saint homme. Il ne porte plus sa soutane, mais ces vauriens savent reconnaître les prêtres réfractaires.

Elle secoua la tête.

– C'est une bénédiction pour la pauvre madame de quitter ce monde maintenant.

La duchesse était trop faible pour parler. Je lui pris la main, et elle parvint à presser légèrement la mienne. Je lui demandai si elle voulait que je lui fasse la lecture. Elle battit des paupières. Je lus pendant un moment son livre de prières. Mélanie m'apporta une légère collation sur un plateau et demeura avec nous. La duchesse, couverte de sueur, délirait. Mélanie se tourna vers moi.

– Vous avez l'air bien fatiguée, madame. Vous devriez vous allonger un moment. Je vous réveillerai s'il le faut.

J'étais en effet épuisée et ne tardai pas à m'assoupir sur le canapé.

Mélanie me réveilla en me pressant doucement l'épaule.

– Écoutez, madame, le tocsin.

Les cloches de toutes les églises de Paris sonnaient à l'unisson à une cadence pressante. Les tambours battaient. La ville était en alerte.

– Ils appellent les sections, madame. Ils vont attaquer les Tuileries sans même attendre le point du jour.

La duchesse gémissait encore. Je repris ma place à son chevet. Bientôt sa respiration devint laborieuse. Mélanie et moi nous agenouillâmes auprès d'elle pour réciter le *Salve Regina.*

Ma bienfaitrice rendit l'âme à deux heures du matin. Plus qu'une amie, elle avait été une mère. Ma véritable mère, avec Mamé Labro. Je lui fermai les yeux et lui baisai tendrement la main, encore chaude et douce. Jamais plus elle ne me sourirait, ne m'écouterait, ne me réconforterait. Je la perdais au moment où j'avais le plus besoin de ses conseils et de son affection. Pourtant, en dépit de mes sanglots, je devais m'arracher de son chevet. Ma fille avait dû se réveiller en entendant le tocsin. Elle serait terrifiée sans moi. Mélanie tenta de m'en dissuader.

– Oh, mais vous n'y songez pas, madame ! Vous ne trouverez pas de fiacre à cette heure-ci. Et si une patrouille vous arrêtait ? Et si ces égorgeurs mettaient la main sur vous ?

Mélanie avait raison. Je veillai la duchesse avec elle jusqu'aux premières lueurs de l'aube. À cinq heures et demie, je partis et pus arrêter un fiacre.

– Rue Saint-Dominique ? Êtes-vous folle ? Vous vous imaginez quand même pas que je vais traverser la Seine ?

– Nous pourrions rejoindre la rive gauche par le pont Notre-Dame. Ce doit être calme de ce côté-là.

– Bon, je vous emmène jusque-là. Mais si y a du grabuge, je fais demi-tour.

Nous fûmes plusieurs fois arrêtés par des bandes d'hommes armés qui me demandaient pourquoi j'étais dehors à une heure pareille. Ils nous laissaient passer quand j'expliquais que je revenais du chevet d'une amie qui venait de mourir.

Il faisait grand jour lorsque j'arrivai chez moi. Junot, les bas autour des chevilles, m'ouvrit la porte en s'empressant de rentrer sa chemise dans sa culotte. Manon, déjà habillée, me dévisagea avec stupéfaction.

– Eh bien, madame, je ne vous attendais pas de sitôt. Mademoiselle Aimée n'est pas avec vous ?

Mon cœur ne fit qu'un bond.

– Que veux-tu dire ? Elle n'est pas ici ?

– Non, bien sûr, monsieur est venu la prendre avant d'aller au château.

– Il est allé au château ?

– Oui, madame, vers neuf heures hier soir. Il m'a dit que vous vouliez qu'elle vous rejoigne chez madame la duchesse. Alors, je...

– Il a emmené Aimée ?

– Oui, il a dit qu'il la déposerait chez madame la duchesse, puis qu'il s'en irait aux Tuileries.

Je dus m'appuyer contre le mur. Villers s'était rendu au château, sachant que l'assaut serait donné quelques heures plus tard. L'avait-il fait pour défendre la monarchie, ou par désespoir, sachant qu'il m'avait perdue ? Ce qui était sûr, c'est que par rage, par jalousie, par haine, par vengeance, il m'avait volé Aimée. Il avait conduit à la mort une innocente de sept ans, une enfant qui l'aimait comme un père.

Manon se couvrit la bouche de la main.

– Oh, mon Dieu ! Où est-elle maintenant ? Pardonnez-moi, madame, je ne pouvais pas savoir.

J'inspirai profondément et fis un effort pour conserver mon calme.

– Je m'en vais aux Tuileries.

– Oh non, par pitié, madame ! Le château va être attaqué. Peut-être que ça a déjà commencé. Alors qu'est-ce qui...

– Raison de plus si Aimée s'y trouve. Il n'est peut-être pas trop tard.

Je sortis sans prêter attention aux supplications de Manon. Plus aucun fiacre ne circulait, je courus donc en direction des Tuileries. Je reprenais parfois mon souffle, la main sur la poitrine, mais les images d'Aimée terrifiée, ou pire, blessée, me donnaient la force de poursuivre.

J'arrivai au jardin des Tuileries une demi-heure plus tard. À mon grand soulagement, seuls des régiments de la garde nationale y étaient stationnés. Tout était calme. Malgré l'heure matinale, la chaleur était déjà oppressante. Un Suisse m'arrêta à l'entrée principale.

– On n'entre pas, madame. Nous avons des ordres.

– Je suis la baronne de Peyre, dame du palais de la comtesse de Provence. Ma fille est à l'intérieur. Laissez-moi passer, je vous prie.

– Nous avons des ordres, madame.

Je fouillai mes poches. Par miracle, ma carte d'entrée s'y trouvait. Je la montrai au Suisse qui s'entêta à me refuser le passage. Des larmes d'impuissance et de colère me montaient aux yeux.

– Allez me chercher un officier ! Je ne bougerai pas d'ici.

Le garde partit avec ma carte tandis que son camarade me surveillait. Un officier arriva peu après, me salua et m'emmena à l'intérieur du poste.

– Je suis désolé, madame, mais personne ne peut entrer, et personne ne devrait y songer. Nous allons être attaqués d'un moment à l'autre.

Il baissa la voix.

– Dans quelques heures, je serai sans doute mort, ainsi que tous mes hommes. Vous avez une chance d'en réchapper. Saisissez-la.

– Je comprends, monsieur. Je vous remercie de votre sollicitude. Mais ma petite fille a été amenée ici à mon insu. Voulez-vous que je la laisse mourir loin de moi, terrorisée, parmi des inconnus ? Quelle mère ferait cela ? De grâce, monsieur, laissez-moi passer, laissez-moi une chance de la sauver. Quel risque y a-t-il à cela, si ce n'est pour moi-même ?

Il inspira profondément avant de répondre :

– Que Dieu vous bénisse et vous protège, madame.

– Vous aussi, monsieur. Vous aussi…

Je courus jusqu'aux appartements de la reine, où je croisai la princesse de Tarente, l'une des dames de la cour.

– Ah, vous voici enfin, madame ! Votre fille ne cesse de pleurer et de vous appeler, au point que madame de Tourzel craignait qu'elle ne réveillât monseigneur le dauphin. Mais qu'est-ce qui vous a donc pris d'envoyer votre fille ici ?

– Grâce à Dieu ! Où est-elle ?

– Je l'ai laissée avec les femmes de chambre, dans le petit entresol au-dessus de l'appartement de Sa Majesté.

Quelques minutes plus tard, je retrouvai Aimée, qui se jeta dans mes bras. Son visage était gonflé de larmes. Elle en oublia aussitôt sa peur et son chagrin, et s'endormit rapidement, la tête sur mes genoux, malgré le tumulte qui nous entourait.

Des ordres fusaient, et je voyais des gens courir en tous sens. L'une des femmes de chambre de la reine me dit que trois cents nobles, la plupart armés simplement d'épées et de pistolets, étaient arrivés la veille au soir pour défendre leur roi. Villers était parmi eux, on lui avait confié la défense d'un escalier. Des bataillons entiers de la garde nationale avaient déjà déserté, mais celui des Filles Saint-Thomas restait fidèle au poste.

Je me dégageai délicatement d'Aimée endormie pour aller regarder par les fenêtres. Tout semblait calme. Nous fûmes rejointes par monsieur de Paget, écuyer du roi. Il avait pour toute arme un petit pistolet de poche et s'installa avec nous dans l'entresol. Je lui demandai des nouvelles.

– Des délégations de la commune et du département ont été reçues par le roi. Elles l'ont convaincu de se réfugier dans la salle du Manège auprès de l'Assemblée. La famille royale vient de quitter le château, avec la princesse de Lamballe et madame de Tourzel.

– Dieu soit loué ! Alors personne n'a plus rien à faire ici. Je vais m'en aller aussi. Voulez-vous venir avec nous, monsieur ?

– Ce serait folie, madame. On peut déjà apercevoir les assaillants massés devant nous. Ils sont armés de canons et de fusils, prêts à attaquer. Tous les dépôts d'armes de Paris ont été pillés pendant la nuit. Tous ceux qui tenteraient de s'enfuir du château seraient massacrés.

– Et que pensez-vous qu'il nous arrivera si nous restons ici? Et pourquoi le roi, avant de partir, n'a-t-il pas donné ordre aux Suisses de se rendre? Ils vont mourir ici pour rien.

– Il ne m'appartient pas, madame, ni à vous, de remettre en cause les ordres de Sa Majesté.

Des coups de canon et des tirs de fusil retentirent, réveillant Aimée en sursaut. C'est alors que des milliers de voix entonnèrent à l'unisson:

Allons enfants de la Patrie,
Le jour de gloire est arrivé!

J'étais impressionnée par ces accents, j'entendais pour la première fois le *Chant de guerre des volontaires de l'armée du Rhin*, que l'on appellerait bientôt *La Marseillaise.*

Des balles brisèrent les vitres et sifflèrent à nos oreilles. Sans me préoccuper plus avant de monsieur de Paget, je saisis la main d'Aimée. Nous rampâmes à travers la pièce, en prenant garde à ne pas nous couper sur le verre brisé. Nous descendîmes une volée de marches et nous retrouvâmes à la porte du salon de la reine. Je tournai la poignée. Elle était fermée à clé. Je frappai de mes poings, en criant mon nom et en appelant à l'aide. La princesse de Tarente nous ouvrit. Poussant Aimée devant moi, je nous précipitai à l'intérieur de la pièce. La porte fut de nouveau verrouillée derrière nous. Une douzaine de dames, dont madame de Rochefort, ainsi que les femmes de chambre du château, étaient blotties en silence les unes contre les autres comme un troupeau de moutons.

Bientôt, nous entendîmes des cris non loin. Les insurgés avaient déjà pénétré dans le château. Des coups ébranlèrent les portes du salon tandis que les lames des haches faisaient voler en éclats les panneaux blanc et or. Je pris Aimée dans mes bras et lui couvris les yeux. Les portes cédèrent, et des hommes firent irruption dans la pièce en poussant de grands cris de triomphe.

La vue de notre groupe pitoyable arrêta les assaillants dans leur élan. Le premier moment de surprise passé, l'un d'eux s'empara d'une des femmes de chambre, sabre levé. Je tenais toujours Aimée serrée contre moi, espérant lui cacher la scène qui allait suivre. Soudain, un homme surgit en courant par les portes brisées.

– Mais qu'est-ce que vous faites ? Vous connaissez les ordres : épargnez les femmes !

Les insurgés lâchèrent la femme de chambre. Je m'enfuis aussitôt du salon, traînant Aimée par le bras. Dans ma hâte, je trébuchai sur les corps de deux valets de pied de la reine devant la porte. L'un d'eux, le front brûlé et ensanglanté, avait encore un pistolet en main. Je m'en saisis. Même déchargé, il pourrait me servir à tenir en respect les assaillants.

Dehors, les tirs étaient nourris. Il eût été insensé de tenter de quitter le château. Nous remontâmes en courant à l'étage en quête d'une cachette, et empruntions la grande galerie lorsque j'entendis une voix derrière nous :

– Encore une autre là-bas !

Je me retournai et aperçus un homme barbu. Je pointai le pistolet dans sa direction. Il était à une centaine de pas de moi, sans arme à feu, mais tenait en main un sabre ensanglanté. Il s'arrêta et me dévisagea d'un air amusé.

– Qu'est-ce qu'une aristocrate comme toi connaît aux pistolets, hein ? Tu vas t'faire mal. Allez, ma jolie, donne-le-moi.

Je le tenais toujours en joue.

– Il est chargé, et je sais m'en servir. N'approchez pas, ou je tire.

– Lâche ça, salope, ou j'appelle les autres pour qu'on s'occupe de toi.

Il approchait. Je perdis mon sang-froid et fis feu. Le pistolet était en effet déchargé. Je l'abandonnai au sol et partis dans la galerie en traînant ma fille. L'homme se lança à notre poursuite. Aimée, gémissante, ne parvenait pas à suivre. Je la saisis dans mes bras sans m'arrêter de courir, l'homme sur mes talons. Des corps mutilés, comme j'en avais vu ailleurs dans le château, gisaient dans la galerie. Je glissai sur une flaque de sang, lâchai Aimée et tombai à plat ventre.

L'homme nous rattrapa en un instant. Je pouvais le sentir debout au-dessus de moi. Il me tira par les cheveux pour me redresser sur les genoux. Je voulais qu'il se souvienne de mon visage, aussi me tournai-je vers lui, résolue à le regarder dans les yeux. Il leva son sabre dont je suivis le mouvement, imaginant le moment où, quelques secondes plus tard, l'acier de la lame séparerait ma tête de mon cou et mon âme de mon corps sous le regard de ma fille.

Une voix retentit du fond de la galerie.

– Fais pas ça ! Tu veux déshonorer la Nation ?

Le bras de mon agresseur resta suspendu à ces mots, et son sabre dévia vers mon épaule gauche. Je ne ressentis aucune douleur et crus d'abord qu'il m'avait frappée du plat de la lame.

– Elle m'a tiré dessus. Ces garces méritent la mort, tout comme les hommes.

– On t'a déjà dit. On tue pas les femmes !

Un petit groupe d'hommes nous avait rejoints. J'étais encore à genoux dans la flaque de sang, trop étourdie à l'idée d'être vivante pour songer à bouger. L'un d'eux me prit par le bras pour me relever.

– On te fera pas de mal. Y te suffit de crier « Vive la Nation ».

C'est ce que je fis avec, je crois, beaucoup de conviction. Aimée avait assisté à toute la scène, sans un cri, sans un mot, livide. Je la serrai dans mes bras.

– N'aie crainte, mon Aimée chérie. Ces braves citoyens vont nous prendre sous leur protection.

Elle ne semblait pas m'entendre. Les yeux grands ouverts, les lèvres blanches, elle regardait droit devant elle.

– On va te sortir d'ici, citoyenne. Où tu veux aller ?

Les hommes nous emmenèrent place du Carrousel. À travers les bouffées de fumée blanche de la poudre à canon, j'apercevais une brume plus dense au milieu de laquelle on devinait la lueur orange de bâtiments en feu au loin. Le combat faisait rage. Des groupes de femmes, armées de coutelas, participaient à l'insurrection. Elles dépouillaient les cadavres des Suisses de leur uniforme, les décapitaient et leur coupaient les parties génitales, qu'elles épinglaient à leur corsage. Aimée et moi marchions dans le gravier trempé de sang des allées, nous frayant un chemin parmi les corps mutilés.

Je frissonnai. Mon épaule palpitait à présent. J'y portai la main, que je retirai gluante de sang.

– Pourrions-nous nous reposer un instant ?

– Avec tout le sang que t'as perdu, y t'faudrait un verre de vin pour te remonter. On va aller avec toi.

L'un d'eux m'offrit le bras tandis qu'un autre portait Aimée. Nous nous rendîmes au cabaret le plus proche, sur la terrasse des Feuillants. Je n'étais jamais entrée dans ce genre d'établissement. La fumée du tabac m'irrita aussitôt les yeux et la gorge ; hommes et femmes, cognant en cadence leur chopine sur les tables, chantaient et célébraient à grand bruit leur victoire.

Le cabaretier me contempla d'un air ahuri. Il est vrai que le corsage de ma robe rose pâle était maintenant trempé de sang, tout comme mes jupes, à cause de ma chute dans la galerie. Mes cheveux, lâchés, me tombaient jusqu'à la taille, et j'avais perdu chapeau et fichu.

– Qui c'est, celle-là ? Qu'est-ce qu'elle fout ici ? On dirait une de ces putains d'aristocrates qu'essayent de s'échapper du château.

Sa femme, un torchon à la main, hocha la tête.

– Ouais, ça doit être une amie de l'Autrichienne.

Nos compagnons, sans prêter attention à ces propos, nous conduisirent à un banc, et je bus avec eux à la santé de la Nation à maintes reprises. Le vin brûlait mon estomac vide et me donnait le vertige. Mon désir le plus ardent était de retrouver mon lit. Aimée, bercée par le brouhaha, s'endormit, la tête sur mes jupes ensanglantées.

– Auriez-vous la bonté de nous ramener chez moi, citoyens ?

– Peut-être qu'on devrait d'abord t'emmener chez un chirurgien. T'as une vilaine blessure à l'épaule.

– Non, merci. Je me sens très bien.

– Comme tu veux. On va t'aider à trouver un fiacre.

Deux hommes se portèrent volontaires pour nous accompagner tandis que leurs camarades s'en retournèrent au château « finir le travail », dirent-ils. Nous arrivâmes rue Saint-Dominique une demi-heure plus tard, en début d'après-midi. Alors que les hommes m'aidaient à descendre du fiacre, je vis une foule assemblée dans la rue devant l'hôtel de Villers, à quelques centaines de pieds de là. Des meubles, des tableaux, des rideaux, des livres et toutes sortes de papiers volaient par les fenêtres grandes ouvertes au milieu des acclamations et des applaudissements.

58

MANON POUSSA UN GRAND CRI en me voyant.

– Oh, Sainte Vierge ! Madame, que vous est-il arrivé ? Dieu merci, vous êtes vivante, et mademoiselle Aimée aussi. J'étais folle d'inquiétude. Je fais quérir le docteur Benoît tout de suite. Junot m'a dit qu'il vient de le voir revenir des Tuileries.

Mon corsage, mon corset et ma chemise étaient déjà raidis par le sang séché et tiraient douloureusement sur la chair à vif de mon épaule. Manon dut user de ciseaux pour me déshabiller. Sur mon bras gauche, l'ecchymose laissée par Villers, maintenant couleur d'aubergine, s'étendait du coude à l'épaule. La marque de sa main était clairement visible.

Le docteur Benoît était le médecin de Villers et, depuis notre arrivée rue Saint-Dominique, le nôtre. Il examina mon épaule et nettoya doucement la blessure à l'eau tiède.

– N'ayez crainte, madame, la plaie n'est pas profonde. Elle cicatrisera rapidement une fois recousue. Vous avez eu de la chance. Je ne sais pourquoi vous étiez aux Tuileries aujourd'hui, mais ce n'était certainement pas un endroit pour une dame. Je m'y suis rendu pour soigner les blessés, mais n'ai trouvé personne qui ait besoin de mes services... Quelle boucherie !

Le docteur Benoit me souleva doucement le bras, et je ne pus retenir une grimace de douleur.

– Cette contusion ne date pas de ce matin, dit-il. Elle s'est étendue à l'articulation du coude.

Je détournai le regard.

– A-t-on des nouvelles de monsieur de Villers, docteur ? Il est allé aux Tuileries hier soir.

– Non, madame, je n'ai pas vu monsieur de Villers. Vous devriez vous reposer et reprendre des forces avant de vous soucier des autres.

– Je me reposerais mieux si je savais la vérité.

Il soupira.

– Beaucoup des nobles qui ont combattu au château ont succombé. Monsieur de Villers a peut-être péri, lui aussi. Je l'ignore…

J'envoyai Manon aux nouvelles, mais rien de ce qu'elle apprit ne laissait à penser que Villers ait pu en réchapper. Le roi, depuis l'Assemblée, avait attendu l'après-midi pour ordonner aux Suisses de se rendre. Il était trop tard. On comptait plus de deux mille morts, dont la plupart des défenseurs et douze cents assaillants. Depuis l'Assemblée, on pouvait entendre le son du canon. De temps à autre, des insurgés, couverts de sang, apportaient aux députés des nouvelles du massacre qui se déroulait à côté, ainsi que des objets, de la correspondance ou des documents qu'ils avaient saisis.

Partout dans Paris, les statues des rois, même celles qui ornaient depuis des siècles l'entrée de Notre-Dame, même celle de Henri IV sur le Pont-Neuf, furent abattues. Le lendemain, l'Assemblée suspendit la monarchie. La famille royale fut emprisonnée dans l'enceinte fortifiée du Temple.

La dynastie fondée par Hugues Capet, comte de Paris, la plus ancienne famille régnante au monde, avait gouverné la France sans interruption pendant plus de huit siècles. Elle venait d'être renversée au cours de ces quelques heures d'août 1792. Le ci-devant roi était désormais un simple citoyen, et les révolutionnaires affectaient de l'appeler simplement Louis Capet, du nom de son lointain ancêtre. La reine devint la femme Capet.

Les cadavres des nobles tombés aux Tuileries furent jetés par les fenêtres. J'appris plus tard qu'ils avaient été emportés par tombereaux entiers pendant la nuit au cimetière de la Madeleine, où ils furent enterrés dans des fosses communes. Autant que je sache, c'est là que repose Villers pour l'éternité.

Voulait-il faire tuer Aimée ? Sa dernière méchanceté devait être dirigée contre moi, car il savait que je la suivrais au château en dépit de la tourmente. Voulait-il me faire tuer ? Voulait-il que je le voie mourir ? Voulait-il mourir près de moi ? S'est-il repenti avant de mourir ? Il a emporté les réponses à ces questions dans la tombe, et rien de tout cela n'a plus d'importance. Pour moi, il n'est aujourd'hui qu'une vie parmi tant d'autres dévorées par la grande Révolution.

59

VILLERS M'AVAIT SOUVENT ASSURÉ qu'il veillerait à ce qu'Aimée et moi ne manquions de rien s'il lui arrivait malheur. Mais un billet de son avocat m'informa qu'il avait révoqué dès la fin juin toutes les dispositions de son testament en ma faveur. Je n'en fus qu'à demi surprise, je savais que, depuis longtemps, il bouillait de colère contre moi. J'avais à tout le moins espéré qu'il se souviendrait d'Aimée. Son fils ayant émigré, toute la fortune irait donc à madame de Gouville.

Le portier de l'immeuble m'apprit par ailleurs que, le 9 août au soir, Villers avait donné congé au propriétaire pour le 29 septembre, jour de la Saint-Michel, quand mon bail arriverait à terme. L'un des derniers actes de sa vie, avant qu'il ne parte aux Tuileries, avait donc été de nous jeter à la rue, Aimée et moi. Qu'à cela ne tînt, autant pour me défaire du passé que pour préparer l'avenir, je hâtai ce départ. Avec l'aide de Manon, je triai parmi mes affaires celles dont je devrais me défaire et celles que je souhaitais conserver dans ma nouvelle vie. Mes bijoux étant désormais mes seuls biens de valeur, j'avais l'intention de vivre du produit de leur vente.

Je rendis visite à monsieur Boehmer. Son magasin, désert, avait maintenant un aspect sinistre. Lui-même semblait amaigri et bien vieilli. Il sourit faiblement en contemplant les boucles d'oreilles.

– Ah, je me souviens bien de ces pierres, madame. Je n'en ai pas vu de semblables depuis. Il me semble que cela fait si longtemps que je les ai vendues à monsieur de Villers. Quand était-ce, en 87 ? Il y a bientôt cinq ans. Et maintenant...

Il soupira en déposant les bijoux sur le comptoir.

– Je peux vous offrir dix mille livres en tout pour les boucles d'oreilles, les bracelets et la bague en rubis. Ce sont des pièces exceptionnelles.

– Mais vous m'aviez dit que les boucles d'oreilles seules valaient au moins dix fois plus !

– C'était avant la Révolution, madame. Tant de dames vendent leurs diamants ces temps-ci, et il n'y a plus d'acheteurs.

Les yeux brûlants, j'allai chez des marchands de moindre réputation. Tous s'extasiaient de la beauté des pierres, mais ils m'en offraient encore moins que monsieur Boehmer. Je décidai donc d'attendre que la situation à Paris se calmât, dans l'espoir d'en obtenir un meilleur prix, et cachai les bijoux dans des poches que j'avais cousues dans la doublure des jupes d'Aimée.

Je suivais les nouvelles dans le *Moniteur* avec beaucoup d'attention. L'ancienne Commune et le département de Paris avaient été dissous et remplacés par une nouvelle Commune insurrectionnelle, qui avait préparé et mené à bien la prise des Tuileries. Son conseil général, élu par les quarante-huit sections de Paris, dirigeait désormais la capitale. En parcourant la liste de ses membres, je retins mon souffle devant le nom de Pierre-André Coffinhal. Lors de la prise des Tuileries, il avait rallié un groupe d'insurgés après qu'un premier assaut eut été repoussé. Sabre au clair, chantant à pleins poumons *La Marseillaise*, il les avait rassemblés pour une seconde attaque victorieuse. Nous aurions pu nous rencontrer ce jour-là.

Je lus également que l'Assemblée, sous la pression de la nouvelle Commune insurrectionnelle, avait créé un Tribunal spécial pour juger les crimes commis le 10 août, le tribunal criminel extraordinaire, bientôt appelé Tribunal du 17 août. Il n'y aurait pas d'appel de ses jugements. Là encore, figurait le nom de Pierre-André Coffinhal dans la liste des nouveaux juges élus par les sections de Paris.

Les personnes condamnées à mort par le Tribunal du 17 août seraient guillotinées. Il n'y aurait plus de pendaisons où l'on s'étranglait lentement dans d'horribles soubresauts, ni d'interminables agonies, membres rompus, sur la roue. Sous l'Ancien Régime, seuls les nobles étaient décapités. Encore étaient-ils à la merci du sang-froid et de l'habileté du bourreau, grandement aléatoires. Désormais, chacun pourrait se faire couper la tête, proprement, infailliblement. Le docteur Guillotin, inventeur de la machine du même nom, assurait que l'on ne souffrait point. « La mécanique tombe comme la foudre, la tête vole, le sang jaillit, l'homme n'est plus », disait-il.

Le nouveau Tribunal ne perdit pas de temps. Le premier procès s'ouvrit deux jours plus tard. Les trois premiers accusés comparaissaient pour avoir formé des milices royalistes clandestines et correspondu avec les émigrés. L'un après l'autre, ils furent jugés, déclarés coupables et guillotinés. Émilie ne trouvait plus les Cordeliers et les Jacobins aussi amusants que par le passé.

– Pouvez-vous imaginer, Belle, que ces procès commencent à huit heures du matin et se poursuivent pendant quarante-huit heures, sans même s'arrêter la nuit !

– C'est vrai, ce doit être terrible de rester assis dans le fauteuil des accusés deux jours et deux nuits d'affilée, à écouter les témoins et les avocats. Puis d'attendre la déclaration du jury. Mais après les trois premières condamnations à mort, le Tribunal vient d'acquitter deux accusés.

– C'est encore trois sur cinq. Vous verrez, Belle, notre tour viendra. Ils nous traîneront, nous aussi, devant leur épouvantable tribunal.

– Ceux qui ont été jugés étaient des personnages influents, des hommes liés aux brigades royalistes ou aux émigrés. Qu'est-ce que des femmes comme vous et moi pourraient avoir à faire là-dedans ?

– Vous étiez dame du palais de la comtesse de Provence, et vous vous trouviez au château le 10 août, deux circonstances qui vous rendent éminemment suspecte. Dieu merci, ce n'est pas mon cas, mais je pars quand même. J'ai réservé une place dans la diligence de Lille pour demain. J'irai à Bruxelles. Morsan y est arrivé sans encombre et s'est engagé dans l'armée du prince de Condé.

– Vraiment ? Je suis heureuse d'apprendre qu'il est sain et sauf, mais déçue qu'il ait rejoint l'armée des émigrés, ces lâches qui ont fui pour sauver leur vie, qui ont abandonné leur famille, ces traîtres qui se battent contre leur propre pays. Ils ont œuvré plus que quiconque à discréditer la monarchie.

– Vous parlez comme une Jacobine, Belle ! Ces traîtres, comme vous les appelez, ont le soutien des Prussiens et des Autrichiens. Ils vont tailler en pièces l'armée française déguenillée.

– On dirait, à vous écouter, que vous souhaitez leur victoire.

– Mais oui ! C'est le seul espoir de sauver le roi.

– Au contraire, le roi a commis une erreur majeure en ne prenant pas ses distances avec les émigrés. Personne n'ignore qu'il souhaite la victoire des Autrichiens et des Prussiens.

– Bien sûr qu'il la souhaite !

– Alors il est coupable de haute trahison. En tout cas, si les Prussiens menacent Paris, le roi, au lieu d'être sauvé, sera traité comme un otage. Sa vie ne tiendra qu'à un fil.

– Mais pas du tout ! La populace sera trop terrifiée pour toucher à un cheveu de la famille royale. La monarchie sera restaurée et, avec elle, le bon vieux temps reviendra. Il n'y aura plus de ces absurdités révolutionnaires. Je serai de retour dans moins de trois mois, Belle, avec les vainqueurs. Les Jacobins seront massacrés. En attendant, vous devriez vous préoccuper de sauver votre vie et celle d'Aimée. Venez avec moi à Bruxelles.

– Certes pas.

Il me faudrait des mois avant de recevoir ce que la duchesse m'avait légué dans son testament, bien que son avocat m'eût prévenue de ne pas espérer plus de quelques centaines de livres après apurement de ses dettes. Je préparai mon déménagement. Mon logement avait été loué meublé. Mes seuls biens, à part mes bijoux, étaient mes vêtements, quelques bibelots, mes livres et une fort belle parure de toilette en vermeil, présent de Villers, dont je ne pus tirer que deux cents livres. J'avais calculé que, sauf à vendre mes diamants, je serais à court d'argent début novembre.

Je donnai congé à Manon, à Junot et aux deux servantes pour la fin du mois. Miss Howard était déjà repartie pour l'Angleterre. Le pauvre Junot était maintenant trop vieux et infirme pour trouver une autre place, mais sa nièce allait s'occuper de lui. Il aurait dû, comme tout domestique âgé après des années de service, recevoir une petite pension de Villers, mais la mort de ce dernier avait empêché un tel arrangement. J'aurais aimé y remédier, mais l'état de mes finances ne le permettait pas. Quant à Manon, qui sanglotait à l'idée de ne pas voir grandir Aimée, il fut convenu qu'elle irait loger chez sa sœur Louise. J'avais, quant à moi, tout septembre encore pour trouver un logement convenable, à condition que le propriétaire se montrât conciliant pour le loyer de ce mois-là.

J'étais fort préoccupée lorsque je me couchai le 29 août au soir. Vers deux heures du matin, je fus réveillée par des coups de poing frappés à la porte d'entrée. Je reconnus les pas traînants de Junot dans le couloir, et me levai en hâte. J'eus à peine le temps de passer un déshabillé sur mes épaules qu'une demi-douzaine d'hommes firent irruption dans ma chambre. L'un d'eux, portant un insigne tricolore, semblait être un officier.

– Êtes-vous la ci-devant baronne de Peyre ?

– Oui.

– Il y a prise de corps contre vous. Suivez-nous.

– Pourquoi ?

– Vous êtes accusée d'avoir pris part aux complots de la cour pour tuer les patriotes le 10 août.

– Ce n'est pas vrai. Je n'ai jamais fait de politique.

– Gardez vos arguments pour les juges. Je vous donne cinq minutes pour vous habiller. À moins que vous ne préfériez nous suivre en chemise.

– Pouvez-vous quitter la pièce pendant que je m'habille ?

– Certes pas. Vous pourriez en profiter pour détruire des preuves.

Il sourit d'un air entendu.

Avant la Révolution, certaines dames de la noblesse n'hésitaient pas à se dévêtir devant leurs laquais. Il ne m'était jamais venu à l'esprit de le faire. Je suis naturellement pudique, et il n'est rien que je trouve plus offensant que de prétendre qu'un serviteur n'est pas un homme comme les autres. Ce sont ces humiliations mesquines qui nous firent haïr du peuple. L'officier municipal dut supposer qu'étant noble je n'aurais aucune objection à me montrer nue devant lui.

Je demandai à Manon de m'apporter ma robe la plus épaisse, couleur de feuilles d'automne, que je portais avec une ceinture de soie rose. Elle était trop chaude pour la saison, mais la prison qui m'attendait pourrait bien être froide et humide. Alors que j'étais assise sur le lit, en train d'enfiler mes bas et d'attacher mes jarretières, deux des hommes s'étaient postés à quelques pas de moi. Ils fixaient mes jambes et ma gorge en ricanant et en échangeant des coups de coude. Je ne pouvais imaginer leur offrir ma nudité. Comme ma chemise de nuit était sans manches, je décidai de la garder, et Manon laça mon corset par-dessus, ce qui sembla beaucoup les divertir.

J'espérais que l'officier ordonnerait au moins à ses hommes de se détourner, mais il était trop occupé à vider mes tiroirs. Le logement n'était pas si grand. La fouille fut bientôt complète. Les cahiers d'anglais et les tables de multiplication d'Aimée, qui se trouvaient dans la chambre déserte de Miss Howard, furent saisis. L'officier les agitait sous mon nez.

– Un code secret pour communiquer avec l'ennemi ! Ceci sera utilisé à votre procès comme preuve de vos activités, citoyenne.

Manon parvint à convaincre l'officier de me laisser prendre un petit baluchon où elle glissa une paire de bas, une chemise de rechange et les instruments d'acier dont je me servais pour me nettoyer les dents.

Je mis à mon cou un médaillon d'or serti de diamants, qui contenait une miniature d'Aimée, peinte sur ivoire, et une boucle de ses cheveux noirs. C'était un présent de Villers à l'occasion du Nouvel An, huit mois plus tôt. Si je parvenais à le garder en prison, il m'apporterait un peu de réconfort.

Aimée avait été réveillée pendant la fouille de sa chambre. Elle sanglotait en me voyant partir escortée par des étrangers.

– Où vous emmènent-ils, maman ? Puis-je venir avec vous ?

L'officier la regarda d'un œil sévère.

– Ta mère s'en va en prison, petite. C'est là qu'on envoie les ennemis de la Nation.

Je m'agenouillai pour l'embrasser.

– N'aie crainte, ma chérie. Je vais revenir très vite. En attendant, Manon va s'occuper de toi. Il faut que tu sois très gentille et que tu lui obéisses comme tu le ferais avec maman.

Je me tournai vers Manon.

– Lorsque le propriétaire apprendra mon arrestation, il ne vous donnera aucun délai pour quitter les lieux. Pars dès que tu pourras.

Un fiacre nous attendait. Je m'y installai, mon baluchon sur les genoux, un policier de chaque côté. Nous prîmes la direction familière du Marais. On m'emmenait à la prison de La Force, tout près de l'hôtel d'Arpajon. La duchesse était morte depuis moins de trois semaines, mais sa disparition semblait déjà appartenir à une autre époque. Grâce au ciel, elle n'avait pas assisté à l'effondrement de son monde, ni appris mon arrestation. Le chagrin de savoir ce qui m'attendait lui avait été épargné.

60

J'ARRIVAI À LA FORCE vers trois heures du matin le 30 août 1792. On me fit entrer dans la salle d'écrou. Le greffier ouvrit le registre de la prison, où il inscrivit mon nom, mon adresse et ma description. Sous la dictée de l'officier de police, il consigna les raisons de mon arrestation : « aristocrate, ci-devant dame du palais de la soi-disant comtesse de Provence, conspiratrice de la ci-devant cour, présente aux Tuileries le 10 août ». La femme du greffier, pieds nus dans des pantoufles informes, un châle de laine jeté sur sa chemise de nuit, défit mon baluchon. Elle hocha la tête en dépliant ma chemise brodée et mes bas de soie.

On me mena dans une cellule meublée de deux lits de sangle. Une silhouette féminine, prostrée sur le ventre, se redressa sur les coudes. À la lumière de la lanterne du guichetier, je reconnus madame de Rochefort. Elle se précipita à mon cou.

– Oh, très chère baronne, comme je suis heureuse de vous voir !

Je lui donnai une petite tape dans le dos et l'invitai à se recoucher. La porte de bois se referma à grand bruit derrière moi, nous plongeant dans l'obscurité.

Je m'allongeai sur l'autre lit, couvert d'une paillasse humide et malodorante. Frissonnante, je me félicitai des manches longues et du drap épais de ma robe. Le vacarme de la prison, même au milieu de la nuit, noyait les gémissements de ma compagne. J'écoutai, les yeux grands ouverts, un concert de cris stridents, de rires, de jurons, de chansons paillardes braillées à tue-tête. Impossible de trouver le sommeil.

Enfin, une aube grise se glissa à travers les barreaux de la fenêtre, située juste sous le plafond. Elle éclairait suffisamment la pièce pour que je pusse distinguer les dessins et inscriptions obscènes griffonnés sur les murs crasseux. Le guichetier apparut, portant sur un plateau deux bols de lait clair dans lesquels flottaient quelques caillots, ainsi que deux bouteilles d'eau.

– Gaspillez pas l'eau, hein, parce que c'est tout ce que vous aurez pour vous laver et boire aujourd'hui. Y viennent de réduire c'qui nous donnent pour nourrir les prisonniers.

L'eau était trouble.

– Vient-elle de la Seine ?

– T'en fais pas, citoyenne, ça délie les boyaux. Moi, j'en bois tous les jours, et je m'en plains pas. Mais j'la laisse reposer un peu. Comme ça, les saloperies descendent au fond.

Jusqu'alors, je n'avais bu que de l'eau de source de Ville-d'Avray, et m'étais abstenue d'avaler un liquide dans lequel sept cent mille personnes déversaient leurs pots de chambre et leurs ordures. Je me demandai combien de temps j'allais survivre à un tel régime.

Je songeai à Aimée. Elle devrait quitter la rue Saint-Dominique avant la fin de la journée. La pauvre enfant avait subi de trop nombreux chocs récemment : la mort de la duchesse, la disparition de Villers, les scènes d'horreur des Tuileries, et maintenant mon arrestation.

Madame de Rochefort parlait sans répit de son mari, et de combien elle devait lui manquer. Pas une seule fois elle ne s'intéressa à ma petite fille ou à ma situation. Je poussai mon lit de camp sous la fenêtre, ce qui me permettait de voir la rue en me tenant debout sur la pointe des pieds. Comme ma compagne n'était pas assez grande pour le faire, je lui décrivais les charrettes, les voitures et les piétons qui passaient en contrebas.

En fin d'après-midi, le guichetier revint nous annoncer que nous avions la permission de descendre dans la cour pendant une heure. J'y retrouvai la princesse de Lamballe, madame de Tourzel et, pour la première fois depuis le 10 août, les dames de la cour et les femmes de chambre du château. Aucune d'entre elles n'était une amie, mais nous partagions toutes le même triste sort. Certaines étaient plus à plaindre que moi, car elles étaient enfermées dans des cachots infects, des niches si basses de plafond que l'on ne pouvait s'y tenir debout.

La princesse de Lamballe et madame de Tourzel avaient la chance de partager une cellule similaire à celle que j'occupais avec madame de Rochefort. Elles étaient arrivées du Temple dix jours plus tôt et avaient apporté les dernières nouvelles de la famille royale, dont elles avaient brièvement partagé la captivité. Le roi et la reine y étaient emprisonnés dans la sinistre tour, sous la surveillance sans relâche des gardes municipaux.

Sitôt réunies, mes compagnes bavardèrent sans répit, comme pour conjurer la peur. Je gardai mes pensées par-devers moi. Je me disais que le Tribunal du 17 août n'avait jugé jusqu'à présent qu'une demi-douzaine d'accusés, tous des hommes, tous importants. Il faudrait des mois avant qu'une femme aussi insignifiante que moi n'y comparût. Pourtant, l'idée d'affronter un jour Pierre-André comme juge n'était guère rassurante. Il se récuserait peut-être au motif qu'il me connaissait. Ou bien il ne dirait rien, de crainte de se compromettre. Depuis l'estrade des juges, il me jetterait un regard glacial en prononçant ma condamnation à mort.

Après une heure passée à regarder le ciel, à marcher et à bavarder, il fut temps de regagner nos cellules. La faible lueur du jour s'éteignit derrière les barreaux de la fenêtre. De nouveau, le tapage assourdissant de la prison m'empêcha de fermer l'œil.

Le lendemain matin, le guichetier nous apporta des morceaux de grossière toile blanche.

– Voilà, vous allez pouvoir vous rendre utiles. Un sacré changement pour vous, j'parie. Vous allez coudre des chemises pour les braves soldats qui risquent leur vie au front. Vous allez pas être logées aux frais de la Nation à rien faire.

J'étais ravie d'avoir une occupation pour me distraire des plaintes de ma compagne. La chemise qu'elle tentait de coudre fut bientôt trempée de larmes et abandonnée. Je la lui pris des mains. Au moment de notre promenade dans la cour ce jour-là, j'avais terminé ma chemise et la sienne. Je les remis au guichetier et lui en demandai d'autres pour le lendemain. Je ne me leurrais pas, j'allais demeurer quelque temps à La Force, et mieux valait avoir l'esprit accaparé par une tâche. Cette troisième nuit, je parvins à dormir, d'épuisement, ou parce que je m'habituais au vacarme de la prison.

61

Le quatrième jour de ma captivité, le 2 septembre, nous fûmes réveillées au petit matin par les cadences urgentes du tocsin, comme à l'aube de ce funeste 10 août. Peu après, un bruit assourdissant retentit dans la rue. Je montai sur mon lit d'où je distinguai une foule hurlante massée à l'entrée de la prison. Les gens brandissaient des sabres, des piques et des fusils. Je me retirai en hâte, redoutant d'être prise pour cible.

Bientôt, les mêmes clameurs résonnèrent à l'intérieur de la prison. Les portes claquaient avec une force terrifiante, j'entendais des meubles traînés avec fracas, des rugissements de fureur, des cris stridents. Madame de Rochefort était blême et répétait sans cesse :

– Oh, mon Dieu ! Nous allons être massacrées.

J'aurais préféré qu'elle s'en abstînt. Nous passâmes la journée serrées l'une contre l'autre sur son lit de camp, nous attendant à ce que la porte s'ouvrît à chaque instant. Le guichetier ne parut pas, et personne ne nous apporta à boire ni à manger. Enfin l'obscurité tomba, mais le vacarme ne s'apaisait pas pour autant. Ce n'étaient plus les rires et les chansons obscènes des nuits précédentes, mais des hurlements d'épouvante. Puis ils se turent eux aussi. Pour la première fois depuis mon arrivée, un silence complet, un silence de mort, s'abattit sur la prison. Tenaillée par la faim, la soif et la peur, je ne parvins pas à dormir.

Le lendemain à l'aube, des ordres criés nous firent sursauter. Soudain, un groupe d'hommes, armés de sabres et de fusils, fit irruption dans notre cellule.

– Vos noms !

– Marianne de Rochefort et Gabrielle de Peyre.

L'un des hommes cracha à terre.

– Encore des putains de la ci-devant cour. Ah, vous en avez plus pour longtemps à attendre votre punition !

Les hommes repartirent en claquant la porte derrière eux.

Nous nous regardâmes avant de réciter, à genoux, un *Ave Maria*, dont la supplication finale m'émut jusqu'aux larmes :

Priez pour nous, pauvres pécheurs,

Maintenant, et à l'heure de notre mort.

L'heure de notre mort ne devait en effet pas être bien loin. Je recommandai le sort d'Aimée à la miséricorde de la Sainte Vierge. J'avais été peu assidue dans ma pratique religieuse, mais je puisai à cet instant du réconfort dans la prière.

Quelques heures plus tard, les hommes revinrent, accompagnés du guichetier. Je lui demandai quelque chose à boire et à manger. Mes entrailles grondaient après le jeûne de la veille, et la soif collait ma langue à mon palais. Il nous apporta un morceau de pain sec et un pichet de vin rouge. Je trempai le pain dans le vin pour en faire une sorte de pâtée, que je mangeai avec les doigts. Le mélange me brûlait l'estomac, mais je me forçai à l'avaler et en offris à ma compagne.

– Vous n'avez rien pris depuis avant-hier, ma chère. Nous aurons besoin de nos forces.

Je m'abstins de lui dire que c'était peut-être là notre dernier repas. Elle se contentait de secouer la tête en silence. Alors que je rendais le pichet vide au guichetier, une voix s'éleva dans le couloir.

– Envoie-nous ces garces dans la cour !

Nous sortîmes en silence. Des centaines d'hommes, ainsi que les femmes qui avaient été aux Tuileries, y étaient déjà rassemblés. La cour ressemblait à l'antichambre de la mort. Des hommes en bras de chemise, armés de sabres et de gourdins, nous servaient de gardes. Ils nous dirent qu'ils travaillaient comme « ouvriers » à La Force. Certains étaient ivres bien qu'il ne fût pas encore midi.

– Y z'ont installé un tribunal du peuple au greffe. Ah, les crimes du 10 août vont pas rester impunis ! Vous allez tous être jugés pour le meurtre des patriotes.

– Hier, on s'est déjà occupés des pires crapules qu'étaient ici, les faussaires d'assignats, les voleurs et les Suisses. Vous avez d'la chance, parce qu'eux, y z'ont pas été jugés.

Les ouvriers décidaient quel serait le prochain à comparaître. Deux d'entre eux saisissaient alors le prisonnier par les coudes et l'escortaient jusqu'au greffe. Mes compagnons de captivité, un par un, furent emmenés. Quelques-uns partaient la tête haute. Mais la plupart suppliaient, en sanglots, qu'on leur fît grâce, et ils devaient être traînés devant le Tribunal.

Une douzaine de Suisses, toujours en uniforme rouge et blanc, avaient par miracle survécu à la boucherie du 10 août et aux massacres de la veille. Quand leur tour vint, ces soldats, qui seraient sans doute morts avec bravoure dans le feu de l'action, implorèrent à genoux qu'on leur laissât la vie sauve. Les ouvriers ne montrèrent aucune pitié.

– Trop tard pour les regrets, salopards, faut répondre de vos crimes.

– Nous obéissions aux ordres.

– Ah oui ? Quand on s'est approchés du château, vous nous avez laissé croire que vous alliez fraterniser avec nous, comme les gardes nationaux. C'était juste pour nous tirer dessus à bout portant. Combien tu crois qu'y en a, d'camarades, qui sont morts sous mes yeux ?

– Nous étions attaqués.

– C'est ça, t'expliqueras ça aux juges. Debout!

Les Suisses ne bougeaient pas, serrés les uns contre les autres. D'autres ouvriers, sabre au clair, arrivèrent du greffe.

– Qu'est-ce qu'on attend, là? Si ces crapules veulent pas venir, vous avez qu'à les tuer dans la cour!

L'un des Suisses, le visage cireux, se leva enfin, suivi par ses camarades. Pitoyable bétail humain en route pour l'abattoir.

J'avais confié madame de Rochefort aux bons soins des femmes de chambre des Tuileries. Sa terreur avait mis mon courage à rude épreuve. Je m'assis à l'écart sur un banc. Dans l'après-midi, des ouvriers vinrent me parler.

L'un d'eux était un cordonnier marseillais nommé Élie Martial. Il avait rejoint le camp des volontaires dans l'intention de partir pour le front. Scandalisé par le véto du roi, il avait participé à la prise des Tuileries. En apprenant que j'étais auvergnate, il s'adressa à moi en langue d'oc, me posant toutes sortes de questions sur ma vie, ma situation, l'âge de ma fille. Son parler n'était guère différent de celui de mon pays natal et nous nous comprenions sans mal.

– Vous faites pas d'bile, ma p'tite dame. Les juges vous écouteront. Y a des prisonniers qu'ont tellement peur qu'y tiennent pas debout. Y en a qui peuvent rien dire du tout. Vous, vous m'avez l'air d'une femme courageuse. Vous saurez expliquer votre cas.

Un autre ouvrier demanda à inspecter mon anneau nuptial. Il s'exclama en voyant l'inscription à l'intérieur.

– Ah, regarde-moi ça! Un code secret!

– Non, citoyen. C'est la date de mon mariage.

– Et où qu'il est, ton mari? C'est encore un de ces foutus émigrés qui sont de mèche avec les Prussiens! Ces lâches laissent toujours leurs femelles derrière.

– Je suis veuve, citoyen. Mon mari est mort avant la Révolution. Personne de ma famille n'a émigré. Je suis seule avec ma petite fille, qui vient d'avoir sept ans. Regardez, j'ai son portrait.

Je détachai la chaîne que je portais au cou pour leur montrer la miniature d'Aimée dans son médaillon.

– C'est une belle petite, déclara Martial. Elle vous ressemble beaucoup. Si elle a déjà sept ans, vous deviez pas être bien vieille quand on vous a mariée.

– J'avais quinze ans.

Alors que Martial tenait le portrait d'Aimée, je remarquai que ses ongles étaient ourlés d'une crasse rouge brunâtre, assortie aux éclaboussures qui couvraient sa chemise. Il suivit mon regard.

– J'ai travaillé à la porte de la prison toute la matinée.

Il me tendit son poignet.

– Voyez comme il est enflé. C'est pour ça que j'ai mérité du repos. Y m'ont envoyé ici surveiller les prisonniers qu'attendent leur jugement. C'est plus facile. Même ceux qu'y faut traîner donnent moins de mal que ceux qu'ont besoin d'être exécutés.

Il marqua une pause.

– Faut agir vite, voyez-vous. On a reçu des nouvelles du front. Les Prussiens ont pris Verdun y a deux jours. Des traîtres ont organisé une cérémonie de bienvenue. Y leur ont donné les clés de la ville, avec des amandes confites.

– Quelle terrible nouvelle ! Verdun était la dernière forteresse qui défendait la route de Paris. Elle est maintenant ouverte aux Prussiens.

– Pour sûr ! Ces crapules pourraient être ici en trois jours. S'y prennent Paris, y vont libérer les prisonniers. Et les prisonniers les aideront à nous massacrer, nous les patriotes. Les Prussiens épargnent personne, vous savez, pas même les femmes et les enfants.

– Pensez-vous que je tuerais quiconque ? Je déteste les Prussiens autant que vous. Qu'avez-vous à craindre de femmes comme nous ?

– Vous avez pas l'air bien méchante, mais qu'est-ce que j'en sais, moi ? C'est le tribunal du peuple qui décide.

– Et qui sont les juges ?

– Y sont nommés par la Commune. C'est Hébert qui préside. Vous verrez, c'est le beau gars avec le nez pointu et les cheveux poudrés.

Je connaissais Hébert de réputation. C'était le procureur-syndic adjoint de la Commune et il avait été, selon madame de Tourzel, chargé de la famille royale au Temple. Il publiait un journal, *Le Père Duchesne*, qui encourageait ardemment, dans la langue la plus ordurière, à massacrer les aristocrates et autres ennemis de la nation. J'avais essayé de le lire, par curiosité, mais découragée par le fond de sa pensée et par les obscénités à chaque phrase, j'avais bien vite renoncé. La présidence d'Hébert ne me sembla pas de bon augure.

– Que se passe-t-il après la condamnation à mort des prisonniers ?

– Ça dépend. On peut pas gaspiller les balles, vous savez. Y faut les garder pour la guerre. Y a des prisonniers qu'on assomme à coups de gourdin sur la tête, comme ça y sentent rien. Y en a qui sont tués au sabre. Y en a, on leur tranche la gorge au coutelas.

Mon estomac fit un bond. Martial me sourit.

– Faut pas pâlir comme ça. Jolie comme vous êtes, les camarades seront pas bien méchants avec vous. Mais surtout vous débattez pas, ça les fâcherait et ça vous sauverait pas. Y a une chose qu'y faut pas vous faire de bile : y a personne qui va vous violenter. On est pas des brutes, quand même ! Celui qu'abuserait d'une femme serait tué tout de suite par les autres. J'irai avec vous, si ça peut vous rassurer.

– Oui, si je suis condamnée à mort, ayez la bonté de rester avec moi jusqu'à la fin. Ce sera moins terrifiant, puisque je vous connais un peu.

Je le regardai droit dans les yeux.

– Vous me feriez même une grande faveur en me tuant vous-même. Je préférerais cela à mourir aux mains d'inconnus.

Il secoua la tête.

– Vaut mieux pas. Je suis pas adroit de mes mains quand j'ai pas envie de faire quèqu'chose. J'ferais un beau gâchis. Vous souffririez plus qu'y faut. Vous serez mieux aux mains d'un camarade. Si on en arrive là, vous me direz comment vous voulez partir. Je leur parlerai et je resterai pour être sûr qu'y fassent ça proprement.

J'essayai de réfléchir au mode d'exécution le moins effrayant. J'aurais dû prendre conseil auprès de Martial, mais je craignais de fondre en larmes. Tout ce qui me restait de courage s'en irait alors. Je lui posai la main sur le bras. Il la tapota.

– J'aurais pas dû vous parler de ça. De toute façon, vous vous faites de la bile pour rien. Courage, ma p'tite dame. J'ai idée qu'y vont vous acquitter.

– Que faites-vous de ceux qui ont été exécutés ?

– Pourquoi vous voulez savoir ?

– Je suppose que vous leur prenez leurs effets et leurs bijoux.

– Attention, hein, on est pas des voleurs ! On déshabille les morts, on garde leurs affaires jusqu'à la nuit, et après, ça part à la Commune.

– Alors je veux que vous preniez ceci.

Je retirai de mon cou le médaillon avec le portrait d'Aimée.

– Ah non ! On a pas le droit de prendre les affaires aux prisonniers. Et puis, c'est bien trop beau. On dirait de l'or.

– Vous ne me le prenez pas, je vous le donne. Je veux que ce soit vous qui l'ayez, plutôt qu'il finisse dans un tas.

Une rumeur attira notre attention. Madame de Rochefort était étendue, inconsciente, sur les pavés de la cour. Je courus vers elle, soulagée de me distraire de la pensée de ma propre mort. Un groupe d'ouvriers réunis autour d'elle s'écarta pour me laisser passer. Je retins mon souffle lorsque je vis un homme, penché sur elle, couper de la pointe de son coutelas le devant de son corsage et le lacet de son corset. Je crus d'abord qu'il allait la dévêtir, mais il se contenta de lui secouer l'épaule. Il se tourna vers moi.

– Ça va l'aider à respirer. Elle était en train d'étouffer.

Je m'agenouillai près d'elle.

– Merci, citoyen, je vais m'occuper d'elle.

Je donnai une paire de gifles à madame de Rochefort, dont les seins étaient maintenant visibles sous sa chemise. L'homme au coutelas, debout derrière moi, s'adressait à l'un de ses camarades.

– Y a pas à dire, elle est bien faite. Dommage qu'elle soit mariée, j'l'aurais bien épousée pour la sauver.

L'autre ouvrier pointa la baïonnette de son fusil vers mon visage.

– Moi, j'prends la rousse. Elle est veuve, elle.

Avant que je ne pusse songer à une réponse, un homme habillé en bourgeois, ceint d'une écharpe tricolore, arriva à grands pas.

– Laissez ces femmes tranquilles, vous autres ! Nous sommes ici pour les juger, pas pour leur trouver des maris.

L'homme à la baïonnette me lança un regard teinté de regret, puis s'éloigna.

Une fois madame de Rochefort revenue à elle, je la soutins jusqu'au banc et arrangeai de mon mieux son fichu dans son corsage déchiré pour lui donner une allure décente. Elle posa la tête sur mon épaule, et je repris ma conversation avec Martial et les autres ouvriers, trompant l'attente. Martial allait de temps à autre au greffe pour nous apporter les dernières nouvelles.

La princesse de Lamballe fut la première d'entre nous à être escortée au greffe. Une heure plus tard, ce fut le tour des femmes de chambre du château, les unes après les autres. Madame de Tourzel les suivit.

Quelques prisonniers, dont j'enviais la bonne fortune, furent libérés sans procès après avoir été réclamés par des délégués de leur section. Je n'osai interroger Martial sur le sort des dames de la cour. Le fait qu'il ne m'ait donné aucune information à leur sujet n'était pas pour me rassurer. La perspective de la mort se rapprochait.

Madame de Rochefort, lorsque son tour vint, s'accrocha à moi avec une force étonnante. Ses gémissements se muèrent en cris stridents tandis que ses doigts durent être détachés de force de mes jupes. Finalement, elle se figea, et dut être portée au greffe dans les bras de l'un des ouvriers. J'en fus fortement ébranlée.

Après son départ, je fermai les yeux et récitai le *Salve Regina,* tant pour elle que pour moi.

J'étais la dernière des femmes de la cour à attendre mon sort.

Un peu après six heures, Martial revint.

– Allons-y, ma p'tite dame. Votre amie, elle a été acquittée. Elle a rien su dire aux juges, tellement qu'elle pleurait. Je vous emmène maintenant parce qu'y viennent de condamner à mort un voleur. Ça vous donne une meilleure chance. Y z'aiment pas acquitter deux fois d'suite. Dites rien de stupide surtout, hein !

Martial et un autre ouvrier me conduisirent au greffe. Je fis face à mes juges dans la pièce par laquelle j'étais entrée en prison. Je m'efforçai de faire bonne figure et serrai les poings pour cacher le tremblement de mes mains.

Je me tenais debout devant neuf hommes ceints d'écharpes tricolores, assis à une longue table. J'identifiai immédiatement celui du milieu d'après la description de Martial : Hébert. Il était en effet bel homme, ce qui ne le rendait pas moins redoutable à mes yeux. Debout derrière lui, appuyé contre le mur, se tenait un autre homme. J'appris par la suite qu'il était accusateur public près le Tribunal du 17 août. La salle était pleine de spectateurs, hommes et femmes. Des ouvriers gardaient la porte qui donnait sur la rue. Hébert s'adressa à moi d'un ton sévère mais courtois.

– Veuillez indiquer vos nom, état, âge et adresse.

– Gabrielle de Peyre. Je suis veuve et je n'ai pas d'emploi. J'ai vingt-trois ans. J'habite rue Saint-Dominique, au numéro 132.

Le registre d'écrou était ouvert devant lui. Il y chercha mon nom et suivit les lignes du doigt.

– Attention à ce que vous allez dire, madame, car tout mensonge vous perdra.

– Je n'ai rien à cacher, citoyen juge, ni aucune intention de mentir.

– C'est ce que nous verrons. Connaissez-vous le motif de votre arrestation ?

– J'étais dame du palais de la comtesse de Provence.

J'entendis les huées de la foule.

– Avez-vous reçu un traitement ?

– Pas cette année. J'ai démissionné de ma place lorsque la comtesse de Provence a émigré.

– Quel était le montant de votre pension ?

– Six mille livres par an. Mais comme je vous l'ai dit, citoyen juge, je n'ai rien reçu depuis l'année dernière.

– Êtes-vous retournée au château après votre démission ?

– Pas plus d'une fois par mois.

– C'est suffisant pour participer aux complots de la ci-devant cour. Où étiez-vous le 10 août ?

– J'étais au château où ma petite fille avait été emmenée contre mon gré.

– Voilà une histoire que j'ai bien du mal à croire ! N'attendez aucune pitié si vous ne révélez pas les complots pour tuer les patriotes. Nommez vos complices !

– Je ne connais rien de tels complots. Je n'ai pas de complices. Je n'ai jamais fait de politique.

– Vous, une femme de la cour, une suivante de la soi-disant comtesse de Provence, vous clamez votre innocence ?

– Je la clame, citoyen juge, j'étais noble mais j'ai été arrêtée à mon domicile. Ce qui prouve que je n'essayais pas de fuir ou de me cacher après le 10 août. Je n'ai jamais entretenu de correspondance avec l'ennemi. Je n'ai jamais quitté la France, ni avant, ni après la Révolution. Personne de ma famille n'a émigré. Avant mon arrestation, je vivais tranquillement avec ma petite fille.

– Assez ! Vous plaiderez votre cause plus tard. Laissez la parole à l'accusateur public. À ton tour, citoyen Luilier.

Luilier me pointa du doigt.

– Regardez l'accusée, citoyens juges, et regardez-la bien, car vous verrez le visage du mal. De son propre aveu, c'est une aristocrate et une femme de la ci-devant cour. Ce qui, en soi, fait d'elle une conspiratrice, une royaliste, une traîtresse, une espionne, une ennemie de la Nation. Mais ce n'est pas tout ! Vous l'avez entendue, elle a avoué qu'elle était la suivante de la soi-disant comtesse de Provence. Vous savez ce que cela signifie. C'est une femme aux mœurs perverses, aux habitudes contre nature et révoltantes, que la décence m'interdit de décrire, mais qui vous sont bien connues.

Luilier fit une pause. Des cris de « tribade » et de « putain » retentirent dans le public.

– Allez, lève tes jupes, on va te frotter comme t'aimes !

– On va lui foutre un coutelas dans la moniche, ça la changera de ses joujoux habituels !

L'un des ouvriers cria depuis l'entrée de la prison.

– Pas la peine de la juger. Amenez-la par ici ! On va la mettre toute nue, et puis on la punira comme la femme Lamballe. Ça apprendra à ces salopes à mépriser les hommes.

Je me sentis faiblir. Martial me pressa le bras et me parla à l'oreille.

– Vous faites pas de bile. Je les laisserai pas vous faire ça.

Je m'adressai à Hébert d'une voix dont je m'efforçais de maîtriser le tremblement.

– Ce que dit l'accusateur public n'est pas vrai.

– Silence ! Laissez-le finir. Et silence aussi dans la salle !

Luilier retourna à son réquisitoire.

– Et comme si cela ne suffisait pas, elle a aussi avoué le crime odieux de recevoir une pension de six mille livres par an sans raison. C'est un vampire qui suce le sang de la Nation alors que les patriotes ont faim. Ce seul fait mérite la mort. Nous pouvons compter sur nos braves ouvriers pour que le châtiment soit à la hauteur de ses crimes, car il y en a plus d'un. Ne vous laissez pas tromper par ses attraits, sa jeunesse, son faux air d'innocence. Nous ne serons pas en sûreté tant qu'elle et toutes les crapules de son espèce n'auront pas été mises à mort. C'est l'unique moyen de l'empêcher, elle et ses amis, de détruire la Nation de l'intérieur. Faites votre devoir et ne montrez aucune pitié. La justice l'exige.

Hébert me fit un signe de tête. J'inspirai profondément.

– Citoyens juges, je suis innocente de tout crime et bonne patriote. J'aime mon pays, tout comme vous. La dernière chose que je veux, c'est la victoire des Prussiens ou des émigrés. J'ai été veuve à dix-sept ans et laissée sans ressources par mon mari. Ma famille a essayé de me forcer à entrer dans un couvent. Ils voulaient me séparer de ma petite fille. Lorsque j'ai refusé, ils n'ont pas voulu me reprendre. Ils m'ont dénié toute aide. Je n'ai accepté la place de dame du palais que pour nourrir ma fille. L'accusateur public se trompe. Je n'ai jamais partagé les goûts de la comtesse de Provence. Si je suis condamnée à mort, ma petite fille sera orpheline et démunie. Je ne peux pas la quitter. Elle n'a que sept ans. Elle est innocente. Je vous en prie, ayez pitié d'elle, sinon de moi.

Il y eut un murmure de sympathie dans le public. Certaines des femmes criaient qu'on devait me faire grâce. Hébert reprit la parole.

– Jurez-vous de défendre la liberté et l'égalité ?

– Oui, citoyen juge, de tout cœur.

Mon sort fut décidé en quelques minutes. Les juges se concertèrent à voix basse et Hébert prononça les mots fatidiques.

– Que madame soit libérée.

Je n'arrivais pas à croire que ma vie allait être épargnée.

Martial et mon autre garde me menèrent à l'extérieur de la prison. À une vingtaine de pas de la porte, le corps dévêtu et décapité d'une femme, livide, les cuisses écartées, gisait dans la rue. Je crus recevoir un coup de poing au ventre.

– C'est la femme Lamballe, dit Martial. Les camarades ont emporté sa tête chez le coiffeur pour la faire jolie. Après, y z'iront au Temple la montrer à la femme Capet. Ça lui rappellera des bons souvenirs, je parie. Vous faites pas de bile, je sais que vous êtes pas comme elle.

Je ne pouvais détacher les yeux du corps de la malheureuse princesse, ni me réconcilier avec l'idée qu'il avait appartenu à cette blonde aux yeux bleus que j'avais vue bien en vie, dans la cour de la prison, quelques heures auparavant. Un peu plus loin, des cadavres, entiers ou dépecés, étaient entassés, bourdonnants de mouches. Des têtes coupées avaient roulé dans le ruisseau sanguinolent au milieu de la rue, et partout des flaques rouges séchaient au soleil entre les pavés. Une odeur aigre et douceâtre planait dans la chaleur du début de soirée.

Tous les cadavres étaient nus. Des vêtements, aussi pitoyables que peuvent l'être des objets inanimés, étaient soigneusement pliés et empilés contre le mur d'une maison voisine. Deux ouvriers étaient en train de déshabiller le corps d'un homme au pied du tas de cadavres. C'était peut-être le voleur jugé avant moi. Martial hochait la tête d'un air grave.

– C'est pas beau à voir, surtout pour une femme. Nus comme ça, y sont pas décents. La Commune va nous envoyer de la paille pour les couvrir. Bon, maintenant que vous êtes acquittée, va falloir grimper là-haut et crier « Vive la Nation ». Après ça, vous serez libre.

Un autre acquitté, que j'avais aperçu plus tôt dans la cour, était traîné au sommet du tas de cadavres pour accomplir cette formalité. Il se débattait vigoureusement, mais il était seul contre trois ouvriers. Il avait perdu ses chaussures dans la lutte, et ses bas de soie blanche, déjà souillés par la crasse de la prison, étaient maintenant maculés du sang des corps qu'il foulait.

Les ouvriers réussirent enfin à le tirer jusqu'au sommet, où ils lui ordonnèrent à plusieurs reprises de crier « Vive la Nation ». Il refusa avec mépris. L'un des bourreaux jura et plongea son sabre dans le ventre de l'homme, qui s'effondra. L'ouvrier tira alors un coutelas de sa ceinture et entreprit de lui couper la tête. Le malheureux n'était pas mort. La douleur dut le ranimer et il se mit à hurler. Lorsque les hurlements cessèrent, l'égorgeur redescendit et me saisit le menton pour me forcer à regarder le trophée qu'il tenait par les cheveux, le sang dégouttant du cou.

– Sois pas timide, beauté. C'est ce qu'arrive aux ennemis de la Nation. Tu veux que je te fasse la même chose ?

Des spasmes me secouaient. Un goût âcre me monta à la bouche, et je me pliai en deux. Le vin et le pain de mon déjeuner se déversèrent à mes pieds en une flaque rougeâtre. Mes genoux se dérobaient, je sentais déjà l'acier du coutelas contre mon cou.

– Je crierai « Vive la Nation » tant que vous voudrez, mais ne me faites pas monter là-haut. Je vous en supplie.

Martial me prit par la taille.

– Bon, allez, ça suffit ! Je la ramène chez elle.

Les voitures circulaient comme si de rien n'était, faisant simplement un écart pour éviter le tas de cadavres. Martial, qui me tenait toujours par la taille pour me soutenir, se plaça sur le chemin d'un fiacre pour l'arrêter. Il me poussa à l'intérieur et s'assit près de moi tandis que mon autre garde grimpait à côté du cocher. Je claquais des dents malgré la chaleur.

– Vous voulez aller rue Saint-Dominique ?

– Non.

– Où ça, alors ?

Mon esprit était vide de toute pensée, et je ne pouvais détacher les yeux des cadavres. Martial cria au cocher de fouetter son cheval et sortit un mouchoir de sa poche pour essuyer les restes de vomissures sur mes lèvres. Je posai la tête sur son épaule, sans me soucier des taches de sang de sa chemise ni de son odeur de sueur.

– Là, c'est fini. Vous avez juste besoin de vous reposer. Vous êtes sûre que vous savez pas où vous voulez aller ? J'ai pas de logis à Paris, voyez-vous. Je dors sur la paille dans une écurie avec les camarades. Je peux pas vous y emmener, c'est pas un endroit pour une femme.

Je retrouvai assez mes esprits pour me rappeler l'adresse de la sœur de Manon, rue de l'Hirondelle. À notre arrivée, j'avais encore des vertiges, et Martial dut me porter jusqu'au troisième étage, où se trouvait le logement de Louise. Manon ouvrit la porte et poussa un cri. Elle me dit plus tard qu'elle avait cru qu'on leur apportait mon cadavre. Tout le monde savait ce qui se passait dans les prisons, et j'avais été donnée pour morte.

Aimée pleurait et ne voulait pas me lâcher la main. Avant de repartir à La Force, Martial me déposa sur le lit de Louise, prit une chaise à mon chevet et me regarda un long moment d'un air inquiet.

– Ça va mieux ? Si vous avez besoin de quelque chose, j'irai vous le chercher.

Je secouai la tête en silence, tentant de lui sourire.

– Bon, je vous laisse avec vos amies. Elles vont bien s'occuper de vous. Et puis, vous avez retrouvé votre Aimée. Je resterais bien encore un peu, mais vous avez pas besoin d'un homme ici. Bonsoir, ma p'tite dame.

62

MANON ME FIT BOIRE quelques gorgées de bouillon, me dévêtit et me lava avec une éponge. Il semblait bien étrange, après la misère, les cris et la crasse de la prison, de me coucher au calme dans le lit propre de Louise, que celle-ci avait insisté pour me laisser. Mais dans l'obscurité, le tas de cadavres, la tête de l'homme aux bas de soie, le corps mutilé de la princesse de Lamballe me hantaient. Ils me hantent encore…

Le lendemain matin, je pus me lever et, à ma grande surprise, reçus la visite de Martial.

– Je me faisais de la bile pour vous. Vous aviez pas l'air bien pimpante hier soir. J'ai demandé une permission pour venir vous voir.

– Vous avez été très bon envers moi. Je ne pourrai jamais vous en remercier assez.

– Parlez-en pas, ma p'tite dame. Mais j'suis pas venu pour les compliments, j'suis venu vous prévenir. Chez les ouvriers, y en a qui veulent tuer tous les nobles, même ceux qu'ont été acquittés. Moi, je sais qu'y a des braves gens parmi vous. Pas beaucoup, mais y en a. Ce serait pas une mauvaise idée que vous et votre p'tite fille, vous quittiez Paris tant que vous pouvez.

– Je crois que vous avez raison. Je vais suivre votre conseil. Merci, du fond du cœur, merci. J'aimerais vous donner quelque chose, ne serait-ce que pour vous rembourser de la course en fiacre.

– Je veux rien. C'est pas la peine d'insister, vous me fâcheriez.

– Alors je vous suis à jamais redevable. Puis-je vous demander une dernière faveur ?

– Quoi donc ?

– Pouvez-vous montrer autant de bonté envers les autres prisonniers ?

– Ah ça, non ! Y a pas de quartier pour les ennemis de la Nation. Pas en temps de guerre. Je me fie au jugement du Tribunal. Les voleurs, les faussaires et les autres crapules des prisons, y méritent aucune pitié. Vous, c'est pas pareil. Après, je retournerai au camp des volontaires et je demanderai à être envoyé au front à Verdun. Je défendrai la patrie jusqu'à la dernière goutte de mon sang.

– Si ce sont des hommes tels que vous qui répondent à l'appel, je ne doute pas de notre victoire.

J'allai chercher le médaillon avec la miniature d'Aimée sur la table de nuit.

– Nous ne nous reverrons plus. Alors acceptez au moins ceci. Je ne suis plus prisonnière, et vous êtes libre de le prendre maintenant.

J'écrivis une note au crayon pour éviter toute accusation de vol et le pliai à l'intérieur du médaillon : « À Élie Martial, en gage de mon éternelle gratitude. Gabrielle de Peyre ».

Je lui pris la main et y plaçai le bijou.

– Je vous en prie, acceptez-le.

Les larmes me vinrent aux yeux.

– En souvenir de moi.

Il contemplait le médaillon, hésitant.

– Bon, si vous voulez. Je le porterai sous ma chemise sur le champ de bataille.

– Vous me faites beaucoup d'honneur. Qu'il vous protège. Que Dieu vous garde et vous bénisse.

Je lui tendis la main qu'il garda un long moment dans la sienne avant de la porter à ses lèvres.

Martial et moi avions peu en commun, sinon notre langue maternelle et le sentiment que nous n'avions ni l'un ni l'autre très longtemps à vivre. J'espère qu'il a survécu à la guerre. Il avait tué des prisonniers à La Force. Pourtant, au cours de cette journée d'agonie, il fut mon seul réconfort. Si mon destin avait été de mourir ce jour-là, ma fin aurait été moins atroce grâce à lui. Il m'a sans doute sauvé la vie en m'éloignant du tas de cadavres et de l'égorgeur de l'homme aux bas de soie. Innocent ou coupable, qu'importe désormais ? N'y a-t-il pas eu assez de sang versé, de tous côtés, pour apaiser toute soif de vengeance ? Après toutes ces années, le temps du pardon n'est-il pas venu ?

63

Je suivis les conseils de Martial et envoyai Manon acheter deux billets pour la prochaine diligence de Clermont. Je savais qu'il y en avait une qui partait à cinq heures tous les matins.

– Puis-je aller en Auvergne avec vous, madame ?

– Je ne peux pas t'emmener loin de Paris, où tu as ta sœur et un toit.

Après les événements de ces dernières semaines, je ne craignais plus rien de ce que mon frère pouvait me faire. J'aurais été heureuse et reconnaissante de vivre avec lui à Fontfreyde. Manon revint une heure plus tard dans un état de grande agitation.

– Oh, madame ! Ils viennent de fermer toutes les barrières de Paris. Personne peut partir, même avec un passeport.

Les massacres durèrent cinq jours. Cinq jours interminables. Toutes les prisons de Paris, pleines après la récente vague d'arrestations, et certaines en province, furent vidées de leurs détenus, aristocrates, prostituées, prêtres, criminels de droit commun. Certains furent acquittés comme moi, quand plus de onze cents furent « condamnés et exécutés par jugement du peuple », comme il fut écrit à côté de leur nom sur les registres d'écrou.

Hors des prisons, la vie continuait comme si de rien n'était. Les boutiques étaient ouvertes, les rues, encombrées de voitures, de marchands ambulants, de piétons qui vaquaient à leurs occupations. Dans les cafés, les Parisiens discutaient doctement des massacres comme s'ils se passaient en Amérique. Les membres du gouvernement bêlaient des discours à la tribune de l'Assemblée, déplorant « quelques excès ». Danton, ministre de la Justice, déclara plus résolument : « Je me fous bien des prisonniers, qu'ils deviennent ce qu'ils pourront ! »

J'entendis souvent parler du Tribunal du 17 août dans les jours qui suivirent ma libération. Je songeais alors à l'homme que j'y connaissais, mais je n'étais pas assez désespérée pour me risquer à solliciter son aide. J'espérais encore que les personnes acquittées par les tribunaux populaires se verraient accorder l'immunité. Quelle naïveté…

Notre situation n'était plus sûre, nous devions quitter le pays. Certes, les armées françaises avaient remporté une victoire décisive à Valmy, et l'avance prussienne avait été arrêtée, mais ce succès risquait de ne pas durer. Je souhaitais gagner l'Angleterre, qui n'était pas en guerre contre nous. Cependant, jamais un passeport ne serait accordé à une femme aux antécédents aussi suspects que les miens sans l'intervention d'un personnage influent.

Le seul de mes amis qui eût encore une position dans le nouveau régime était Lauzun, le général Biron. Non seulement avait-il conservé son grade sous la République, mais il s'était vu confier le commandement de l'armée du Rhin. J'avais lu dans les journaux qu'il avait été rappelé à Paris pour rendre compte des derniers développements militaires. Quand je lui rendis visite, il me prit dans ses bras.

– Belle, quel soulagement de vous voir ! Nul ne pouvait me dire si vous aviez survécu à votre procès à La Force. Vous aviez disparu et j'avais espéré que vous aviez réussi à émigrer. Que vous est-il arrivé ?

Je lui racontai mes aventures.

– Je ne peux vous imaginer courant au péril de votre vie dans les galeries des Tuileries, jetée en prison, échappant de justesse aux lames des égorgeurs. Quant à Villers, j'ai toujours soupçonné qu'il vous rendrait vos bontés par une conduite atroce. Qu'est-il arrivé à notre monde, ma très chère amie ?

– J'ai peur, Lauzun. J'aurais dû fuir aussitôt après le 10 août. Sans passeport, je ne peux quitter Paris, encore moins la France.

– Je n'ai pas le cœur de vous tromper, ma pauvre Belle. Je ne peux vous en obtenir un. Mais je peux vous donner la clé de ma petite maison de Montrouge. Je dois retourner à Strasbourg dans deux jours, mais vous pouvez y rester tant que vous le souhaiterez. Les domestiques sont dignes de confiance. Personne ne vous y trouvera.

– Merci de votre bonté, mais en acceptant, je vous compromettrais. En ce moment, je vis chez la sœur de mon ancienne femme de chambre. J'y suis en sûreté.

Il secoua la tête tristement.

– La jeune République a besoin de généraux, on me tolère, mais on se méfie de moi à cause de ce que j'incarne. Je ne connais qu'une seule personne qui puisse vous aider : le duc d'Orléans. Voulez-vous que je lui parle ?

– Seulement si vous pensez qu'il n'attendra rien en retour.

– Il vaut mieux que ce que vous croyez. Et il a gardé beaucoup d'influence. Il vient d'être élu à la nouvelle Convention nationale comme représentant de Paris. Savez-vous qu'il a demandé à la Commune de changer officiellement son nom en Philippe Égalité ?

Je ne pus m'empêcher de sourire.

– Et vous savez, bien sûr, comment l'appelle Hébert.

Le Père Duchesne appelait le duc d'Orléans « Capet Bordel ». Une autre grossièreté d'Hébert !

– Hébert ne nous tient pas en haute estime, nous les libertins. Pourtant le duc d'Orléans, ou Égalité si vous préférez, pourrait vous obtenir un passeport.

– Pourriez-vous l'approcher de ma part ?

– Je ferai de mon mieux, puisque vous venez de refuser le seul secours que je pouvais vous offrir, Belle adorée. Mais pourriez-vous cesser d'être si cruelle ? Voudriez-vous enfin rendre un homme heureux ?

Je ris. Il y avait cette légèreté chez Lauzun, peut-être aussi une certaine candeur, qui faisait toujours ressortir le côté heureux de la vie.

– Je vous aime toujours autant, cher Lauzun, mais je ne deviendrai pas votre maîtresse, surtout aujourd'hui. L'avenir s'ouvre devant vous. Il s'est déjà fermé pour moi. Si j'avais la faiblesse de lier mon destin au vôtre, je vous entraînerais dans l'abîme.

Il m'invita à partager son souper. Nous évoquâmes le passé, son insouciance, ses plaisirs, sa frivolité. Quelques heures tristes et douces. Nous savions tous deux que ces souvenirs étaient l'éloge funèbre d'un monde qui venait de trépasser sous nos yeux. Il me tint longtemps serrée dans ses bras lorsque je pris congé.

64

JE NE POUVAIS M'INSTALLER durablement chez Louise, dont le logement était trop exigu pour nous quatre. Mais avec mon maigre budget, Manon n'avait pu dénicher qu'une mansarde dans la même rue.

Je l'envoyai vendre mes robes, dont celle que j'avais portée à La Force et qui me répugnait, chez les fripiers du quai de la Ferraille. Avec l'argent qu'elle put en tirer, j'achetai du drap noir uni dont je fis un caraco à basque, une jupe toute simple, ainsi qu'une robe assortie pour Aimée. Maintenant que je n'aurais plus de femme de chambre, mes vêtements devaient fermer par-devant. Un fichu de mousseline blanche me couvrait modestement la gorge, et une coiffe, blanche elle aussi, les cheveux. J'avais demandé à Manon de les couper quelques pouces en dessous des épaules. Ils attireraient moins l'attention et je les laisserais lâchés sur les épaules, sans plus avoir besoin d'aide pour me coiffer. Aimée sanglota lorsque mes longues mèches rousses tombèrent sur le plancher, mais j'étais soulagée d'en être débarrassée. Elles seraient vendues à un perruquier. Je ne porterais plus de bijoux, à l'exception de mon anneau nuptial et de discrètes boucles d'oreilles en or.

Je me défis de tous les souvenirs de ma vie avec Villers. La pauvre Aimée ne put faire preuve d'un tel détachement lorsqu'il s'agit de ses nombreuses poupées. Nous ne gardâmes que Margaret, en prenant soin de cacher ses bijoux. Les autres devraient être vendues, elles aussi. Bien des larmes coulèrent, mais je restai ferme. Même une seule poupée, surtout aussi grande et coûteuse que Margaret, prêterait au soupçon dans notre situation.

Je me rendis chez le citoyen Marcelin, propriétaire de la mansarde que Manon avait visitée. Elle l'avait trouvée déficiente à bien des égards, mais j'étais pressée et ne pouvais me permettre mieux. Aimée et moi devrions partager un lit dans l'unique pièce. Le reste du mobilier, grossier, abîmé et crasseux, se composait d'une table, de deux chaises paillées, d'une étagère en pin avec de la vaisselle ébréchée, d'un réchaud à alcool et d'une commode sur laquelle étaient posés un bassin et un broc. La peinture rougeâtre s'écaillait et, par endroits, le plâtre manquait. La pièce n'avait pas de cheminée et j'entendais siffler le vent par la fenêtre branlante de la lucarne, qui offrait une vue sur les toits voisins. Pendant les longues soirées de la belle saison, j'aurais pu voir voler les hirondelles qui donnaient leur nom à la rue. Mais en septembre, elles étaient déjà reparties vers des cieux plus cléments, et moi, serais-je encore en vie l'été suivant, quand elles reviendraient ?

– Voilà, citoyenne. C'est une jolie chambre, hein, qu'est-ce t'en dis ?

Le tutoiement était devenu la norme patriotique. Je m'efforçais d'en prendre l'habitude.

– Certes. Combien ?

– Dix livres par semaine. Attention, si tu peux pas payer ton loyer, j'te fous dehors, hiver ou pas hiver. Et essaie pas de m'attendrir en pleurant, ça marche pas avec moi.

Il se gratta la tête sous son bonnet phrygien.

– Et puis, j'suis marié et j'ai tout ce qu'y faut chez moi. Ça m'intéresse pas d'être payé en nature, si tu vois c'que j'veux dire. J'espère au moins que t'es propre et que t'abîmeras pas mes meubles.

– Tu ne trouveras pas de locataire plus soigneuse que moi, citoyen.

– La bonne femme qu'est venue l'aut'jour, elle disait que t'as un enfant. C'est quoi, garçon ou fille ? Les garçons, j'y tiens pas, c'est sale et ça casse tout.

– C'est une petite fille de sept ans, très calme.

– Bon. Y manquerait plus que les aut'locataires, y s'plaignent du bruit.

Il me menaça du doigt.

– Et si tu ramènes des hommes ici, avec ton air de pas y toucher, j'te fous à la porte aussi. J'veux pas de putasserie chez moi. T'as compris ? Comment tu dis que tu t'appelles, déjà ?

– Gabrielle Labro. Je suis d'Aurillac, dans le Cantal. Je suis veuve.

– Bah, c'est pas grave. T'en trouveras un autre, de mari. C'est pas ça qui manque, si t'es pas trop difficile. Faut que je voie ton passeport. J'veux pas d'ennuis avec la section.

J'inspirai profondément.

– Eh bien, vois-tu, citoyen Marcelin, mon pauvre mari est mort en juillet. J'ai trouvé ses affaires en fort mauvais état et j'ai découvert qu'un traiteur de Paris lui devait plus de mille livres. L'exécuteur testamentaire est un vaurien qui a refusé de recouvrer la créance. J'ai décidé de venir à Paris pour prendre les choses en main.

Villers m'avait souvent dit que j'étais une piètre menteuse, mais j'en étais arrivée au point où je devais faire un effort.

– Dans la diligence de Clermont, j'ai rencontré un homme qui m'a proposé de m'aider à retrouver le traiteur et à faire valoir mes droits. Il m'a semblé fort obligeant. Malheureusement, il m'a volé mon portefeuille, qui contenait mon passeport.

– C'est bien les bonnes femmes, ça. Elles ont la cervelle là où les poules ont l'œuf. Alors, tu la veux, c'te chambre, ou pas ?

– Oui, je vais la prendre.

– Bon, alors ça fera dix livres pour la première semaine. Et puis tu m'donneras cent livres en plus, comme t'as pas de passeport. Et si tu fais des histoires, j'te dénonce à la section. T'as compris ?

Mon cœur se serra. Ces cent livres représentaient plus d'un mois de mes dépenses, et elles allaient entamer mes maigres économies.

Le soir même, Aimée et moi emménagions avec nos affaires, réduites à quelques chemises, bas, chaussures, mes bijoux et Margaret, cachée dans un sac de toile grossière. Plus tôt dans la journée, Louise m'avait remis un billet de Lauzun.

J'ai parlé au duc d'Orléans. Il est disposé à vous aider à condition que vous le rencontriez pour en discuter. Je m'attendais à mieux de sa part.

Veuillez me pardonner de n'avoir pu vous assister en un tel moment. Je suis désolé, Belle, plus désolé que ces mots ne peuvent l'exprimer.

Au revoir, chère, douce et tendre amie, car il serait trop cruel de vous dire adieu.

Que Dieu vous garde.

65

AIMÉE OBSERVAIT LA MANSARDE.

– C'est bien laid ici. On ne pourrait pas retourner dans notre ancienne maison ?

– Non, mon trésor, ce n'est pas possible. Nous devons être reconnaissantes d'avoir un toit.

– Nous sommes pauvres maintenant ?

– Oui, nous sommes pauvres, mais au moins nous sommes ensemble.

– Vous ne retournerez plus en prison, maman, n'est-ce pas ?

– Non, bien sûr que non. Mais nous devons être très prudentes et dire à tout le monde que tu t'appelles Aimée Labro et moi la citoyenne Labro.

– J'aimais mieux mon nom d'avant.

– Aimée Labro, c'est très joli aussi. Marie Labro était le nom de ma nourrice quand j'étais petite. Je l'aimais et je suis fière d'honorer ainsi sa mémoire.

– Et je n'aime pas quand les gens sont malpolis avec vous. Comme le citoyen Marcelin. Pourquoi ne se découvre-t-il pas quand il vous parle ? Pourquoi vous dit-il tu, et ne vous appelle-t-il pas madame ?

Je réprimai un sourire.

– Parce que personne ne dit plus ces choses-là, Aimée chérie. Ceux qui le font encore vont en prison.

– Mais Manon vous appelle madame. Elle va aller en prison ?

– Elle le fait par habitude, mais c'est une erreur. Tu as de la chance, car tu es très jeune et il te sera facile de t'y habituer.

– Mais j'aimais mieux quand on était rue Saint-Dominique, avec Miss Howard, Manon, et toutes mes poupées.

– Je sais, ma chérie, mais nous n'avons pas le choix. Et il ne faut plus dire rue Saint-Dominique, mais rue Dominique. Les noms des saints sont interdits. En fait, il vaut mieux oublier complètement que nous avons vécu rue Dominique. Et ne plus parler de Miss Howard.

– Pourquoi ?

– Parce qu'elle est anglaise, et que les gens pensent que les Anglais sont des espions. Et le fait que tu aies eu une gouvernante signifie que nous étions riches.

– C'est mal d'être riche ?

– Non, mais quand on a perdu son argent, les gens se posent des questions.

– On a perdu notre argent parce que monsieur de Villers est mort ?

– Oui, et pour d'autres raisons aussi.

– Et il est mort pour toujours ?

Je m'agenouillai devant ma fille pour la regarder dans les yeux.

– Oui, ma chérie, les morts sont morts pour toujours. Leur âme monte au ciel et elle ne revient pas. Mais ceux que nous avons aimés veillent sur nous, et nous gardons précieusement leur souvenir dans notre cœur. Un jour, nous les rejoindrons pour l'éternité lorsque nous mourrons aussi.

Les yeux sombres d'Aimée se remplirent de larmes.

– Alors la bonne duchesse est morte pour toujours, elle aussi ?

Ma gorge se serra.

– Oui, mon trésor. Je sais qu'il est très dur de perdre ceux que nous aimons, et aussi les choses qui nous étaient chères. Mais nous devons accepter notre sort et remercier Dieu des bénédictions qu'Il nous accorde encore.

Je serrai Aimée dans mes bras, combattant mes propres larmes.

Le 20 septembre, les autorités créèrent un nouveau document, la carte civique, qui serait délivrée par les sections de la Commune de Paris à tout patriote qui en ferait la demande. Le lendemain, Marcelin passa la tête hors de chez lui alors que je rentrais. Il vivait dans la loge du portier, sans doute par avarice et aussi pour mieux surveiller ses locataires.

– Dis donc, faut que t'ailles demander c'te carte civique. Y seront contents de rendre service à une gentille veuve comme toi.

– C'est une excellente idée, citoyen.

– Tarde pas trop, hein ! J'veux pas d'ennuis avec la section pour avoir caché des aristocrates.

Le lendemain, à huit heures du matin, je confiai Aimée à Louise et Manon et me rendis à la section de Marseille, dont dépendait mon logement. Je pénétrai dans une vaste salle où une foule était rassemblée. Je me dirigeai vers un garde assis à une table et lui dis que je venais pour ma carte civique.

– Ah ben ça, t'es pas la seule. T'attendras ton tour, comme tous ces braves gens.

Il écrivit mon nom sur une feuille de papier.

– Assieds-toi, si tu peux trouver un siège.

Une vieille femme me fit une place sur un banc en me dévisageant avec insistance. Je la remerciai et lui tournai le dos de peur d'être reconnue.

Les noms de la liste s'égrenaient fort lentement. Il était trois heures de l'après-midi lorsque le garde appela finalement la citoyenne

Labro. Je le suivis dans une pièce où un homme coiffé d'un bonnet phrygien, fumant une longue pipe recourbée, était installé. Il ne m'offrit pas de siège.

– Alors, citoyenne, date et lieu de naissance ?

– Le 14 juillet 1769 à Aurillac, dans le Cantal.

– Ah, le 14 juillet ! Un bon début. Montre-moi ton acte de baptême et ton passeport.

– C'est que je ne l'ai pas pris avec moi quand j'ai quitté l'Auvergne. Je ne pensais pas en avoir besoin.

– Tu as été fort négligente. As-tu un certificat de résidence pour prouver que tu es honorablement connue à Paris depuis le début de la Révolution ?

– Non, car je ne suis arrivée à Paris qu'en juillet dernier.

Je lui racontai les malheurs de la veuve Labro.

– Es-tu en train de me dire que tu es arrivée à Paris il y a seulement deux mois, et que tu n'as pas de passeport ?

– On me l'a volé, ainsi que la plupart de mon argent.

– Je ne me soucie pas de ton argent, mais sans passeport, sans certificat de résidence, je ne peux pas te donner de carte civique. Qu'est-ce qui me prouve que tu n'es pas une aristocrate ou une autre ennemie de la Nation ?

– Citoyen, tu dois me croire. Mon propriétaire menace de me mettre à la porte si je ne peux pas lui montrer de carte civique.

– Ton propriétaire semble être un patriote. Écoute, je n'ai rien contre toi, mais je n'ai que ta parole. Ah non, tu ne vas pas te mettre à pleurer !

J'avais faim et l'attente interminable m'avait épuisée. L'homme se leva, et m'offrit finalement une chaise devant son bureau.

– Je ne voulais pas me montrer rude, citoyenne, mais même si je te donnais ta carte civique, tu aurais aussi besoin de la signature du président, à côté. Il refuserait à tous les coups et j'aurais des ennuis.

Mes sanglots redoublèrent. Il me tapota le dos.

– Sais-tu qu'on doit tenir une liste de ceux à qui on refuse une carte civique, avec leur nom, leur description et leur adresse ? Crois-moi, ce n'est pas le genre de liste où je voudrais me retrouver. Je vais te dire ce que je vais faire, et c'est déjà beaucoup : je vais te préparer une carte, sans te la donner, et mettre dessus que tu as été ajournée jusqu'à la production de documents complémentaires. Comme ça, tu ne seras pas sur la liste des refusés et tu n'auras pas d'ennuis. C'est le mieux que je puisse faire.

À peine avais-je franchi la porte que Marcelin bondit de sa loge.

– Alors, tu l'as eue, c'te carte ?

– Pas encore. La section veut voir mon acte de baptême. Il me faudra un peu de temps pour le faire venir d'Auvergne.

– Alors y te l'ont pas donnée, hein ? Bon, j'veux bien te laisser un peu d'temps, mais si tu l'as pas d'ici au 1er octobre, j'te dénonce.

Un événement auquel j'étais loin de m'attendre devait avoir de graves conséquences sur ma situation. Dans la nuit du 15 septembre, des voleurs s'étaient introduits dans le Garde-Meuble national, où ils avaient dérobé les joyaux de la Couronne. Les jours suivants, des diamants, des perles, toutes sortes de joyaux, furent retrouvés dans les rues de Paris. Une mendiante, ayant découvert ce qu'elle nommait de « petites étoiles » à même le sol, les apporta au commissaire de police de son district et s'éclipsa avant qu'il eût le temps de lui donner la moindre récompense.

Les voleurs furent arrêtés et accusés de conspiration royaliste visant à collecter des fonds pour les émigrés. L'affaire fut renvoyée devant le Tribunal du 17 août, qui les condamna tous à mort. Un bijoutier qui avait acheté à vil prix une partie des joyaux fut lui aussi guillotiné pour recel des biens de la Nation. Personne à Paris n'osait plus acheter de pierres précieuses. Du jour au lendemain, mes diamants, mon unique ressource financière, étaient devenus invendables.

Une autre affaire acheva de m'ébranler. Je lus dans le *Moniteur* le compte rendu du procès de l'écrivain Cazotte. Lors des massacres de Septembre, emprisonné à l'Abbaye, il avait été acquitté. Après sa libération, il avait été de nouveau arrêté et renvoyé devant le Tribunal du 17 août. Là, il avait été déclaré coupable d'avoir entretenu une correspondance avec des émigrés et envoyé à la guillotine. Pierre-André était cité comme l'un des juges ayant signé sa condamnation à mort. Il était donc clair que les jugements rendus par les tribunaux du peuple n'avaient plus aucune force légale : mon acquittement ne me protégeait en rien.

Si Marcelin me dénonçait à la section, je serais promptement arrêtée. Et la perspective d'un procès devant le Tribunal du 17 août était sombre. L'usage d'une fausse identité serait une circonstance aggravante. Après le vol des joyaux de la Couronne, Paris était en proie à toutes sortes de rumeurs de complots royalistes. Compte tenu de mes liens passés avec la cour, on supposerait que j'en faisais partie. Ma présence aux Tuileries le 10 août était bien entendu accablante. Ceux qui se trouvaient au château en ce jour fatal étaient les partisans les plus dévoués de la monarchie, les fidèles parmi les fidèles, prêts à sacrifier leur vie pour le roi et la reine. Villers, en me volant Aimée, en m'attirant aux Tuileries, m'avait irrémédiablement compromise.

Lauzun était impuissant. Le duc d'Orléans avait exigé un prix que je n'étais pas prête à payer. Pierre-André était mon dernier recours.

66

DANS L'APRÈS-MIDI du 27 septembre 1792, je me préparai à me rendre au Palais de Justice. Je me regardai dans le miroir piqué de taches au-dessus de la commode de ma mansarde. Il reflétait un visage amaigri, sans couleur, aussi triste que ma robe de deuil. Je secouai la tête, consternée. Que restait-il en moi de la fille de quinze ans que Pierre-André avait rencontrée jadis au bord de la Cère, ou même de la jeune femme du Champ-de-Mars, avec sa rose entre les seins ?

J'emmenai Aimée chez Louise et l'embrassai tendrement pour lui dire au revoir, ou adieu, selon le résultat de mes efforts. Je me répétai pour la centième fois les raisons de ma démarche. Je laissai à Manon l'adresse de ma sœur Madeleine au cas où je ne reviendrais pas. Cette dernière, je l'espérais, pourrait faire venir Aimée en Auvergne et l'élever comme sa fille.

Après avoir franchi les grandes grilles dorées du Palais de Justice, je contemplai un moment l'escalier monumental menant aux portes d'entrée. La grande horloge du quai du Nord sonnait six heures. À ma droite se trouvait l'entrée de la Conciergerie. Je savais qu'y étaient détenus ceux qui devaient comparaître devant le tribunal. C'était la dernière étape de leur voyage avant la guillotine. Détournant le regard, je traversai la grande cour du Mai et montai lentement les degrés. À l'intérieur de la salle des pas perdus, un huissier me dirigea vers les locaux occupés par le tribunal criminel extraordinaire.

Un gendarme, qui ne semblait pas beaucoup plus âgé que moi, était assis à une petite table dans une antichambre. Je lui dis que je m'appelais Gabrielle Labro et que je venais voir le citoyen Coffinhal pour dénoncer un complot lié au massacre des patriotes le 10 août. Le garde disparut, puis revint très vite.

– Il a pas le temps de te recevoir. Il veut que tu rapportes les faits au citoyen Fouquier-Tinville, le directeur du jury d'accusation. T'as de la chance, il est encore là. Je vais te conduire à lui.

– Non. Je veux parler au citoyen Coffinhal et à personne d'autre.

– Quand il dit non, c'est non. Le citoyen Fouquier-Tinville est bien plus aimable, surtout avec les dames, enfin les citoyennes. Tu devrais aller le voir.

– Non, ça ne ferait pas du tout l'affaire. Tu vois, le citoyen Coffinhal et moi sommes du même pays. Je dois lui montrer des lettres de la plus haute importance, écrites dans notre langue maternelle. Le citoyen Fouquier-Tinville n'y comprendrait rien. Si je ne peux pas voir le citoyen Coffinhal ce soir, il en sera sans doute fort mécontent, car c'est une affaire urgente.

Le gendarme soupira et se retira pour la seconde fois. Une voix de basse, aux accents courroucés, retentit à l'étage. Il revint, un peu plus pâle, et m'invita à le suivre.

Nous montâmes l'escalier d'une tour, puis il me fit entrer dans une pièce au deuxième étage. De la fenêtre, on pouvait voir la Seine, toute grise, miroiter dans la lumière douce du crépuscule. Sur la rive droite, les oripeaux des fripiers du quai de la Ferraille, suspendus à des perches, flottaient au vent, comme des drapeaux de misère. Peut-être les robes que j'avais portées dans ma vie d'avant.

La pièce était meublée d'un beau bureau plat en marqueterie, devant lequel se trouvaient des fauteuils pour les visiteurs, ou peut-être les accusés. Sur une console étaient posés un chapeau, relevé sur l'avant et orné de hautes plumes noires, un manteau de même couleur et une médaille dorée sur un ruban tricolore.

Pierre-André, en costume et bas noirs, était assis à son bureau, feuilletant un dossier. Alors qu'il tournait les pages, je remarquai un beau camée noir et blanc, monté sur une bague d'or, au petit doigt de sa main gauche. Il s'adressa à moi en langue d'oc sans lever la tête.

– Qu'est-ce que c'est que cette histoire à dormir debout ? J'espère que tu ne viens pas me faire perdre mon temps.

Le tutoiement patriotique, dans sa bouche, évoquait le passé. Notre langue maternelle aussi. J'oubliai tous les discours que j'avais préparés.

– Peut-être te souviens-tu de moi…

Il murmura un juron et se leva en faisant grincer son fauteuil sur le sol de pierre. Pendant un long moment, il resta debout à me dévisager.

– Ton histoire de lettres n'est qu'une fable, je suppose ?

Il parlait en français maintenant.

– Réponds-moi, ou je te fais arrêter.

Je rassemblai mon courage.

– Oui, j'ai menti. C'était la seule manière de te voir.

– Ah, tu voulais me voir ! Quel honneur tu me fais ! Raconte-moi ce que tu veux. Et sois brève.

– J'ai été arrêtée fin août et emprisonnée à La Force.

Il vint se placer devant moi.

– Je sais. Hébert et le tribunal du peuple t'ont acquittée. Mais tu verras que de vrais juges ne se laisseront pas si facilement attendrir. Venons-en au fait. Pourquoi es-tu ici ?

– J'ai besoin de ma carte civique, et ma section refuse de me la donner.

– À juste titre. En quoi cela me concerne-t-il ?

– J'ai pensé que tu pourrais m'aider à l'obtenir.

– Comment cela ?

– En disant à ma section que tu te portes garant de moi.

– Oserais-tu me demander de mentir à ta section ?

– Pierre-André, je t'en prie, tu sais bien que…

– Et tu as l'insolence de t'adresser à moi par mon nom de baptême, quand je suis au Palais de Justice, dans mon cabinet !

– Pardonne-moi, citoyen juge. Je ne voulais pas te manquer de respect.

– Épargne-moi tes excuses. C'est à la Nation que tu manques de respect, c'est en son nom que je suis ici. Voici ce que je vais faire pour toi : te laisser repartir.

Il pointa la porte du doigt.

– Vite, avant que je ne change d'avis.

Je ne bougeai pas.

– Non. Fais-moi arrêter si tu veux, mais écoute-moi d'abord. De toute façon, si je n'obtiens pas ma carte civique, je retournerai en prison dans quelques jours.

Je repris mon souffle.

– Avant qu'il ne soit trop tard, je dois te dire certaines choses. Je voulais t'épouser et m'enfuir avec toi. Oh, je le voulais tant. Je n'ai pas hésité lorsque j'ai reçu ta lettre. J'étais en route pour te rejoindre cette nuit-là quand mon frère m'a surprise.

– Je sais. Je t'ai attendue toute la nuit. Ton frère a convoqué Jean-Baptiste à Fontfreyde pour lui dire que tu avais tenté de t'enfuir. J'étais donc coupable de t'avoir séduite, un crime puni de la potence ou de la roue.

Il rejeta la tête en arrière.

– Et quinze jours plus tard, tu avais épousé Peyre.

– À mon corps défendant. Je suis restée enfermée dans une cave jusqu'au jour de mon mariage. Et même là, je me refusais à cette union, mais mon frère a menacé de te faire condamner à mort. Je voulais te sauver.

– À l'époque, ça me rendait fou de t'imaginer dans le lit de cet homme. Mais ça n'a plus d'importance maintenant.

Il se pinça la lèvre inférieure entre le pouce et l'index.

– Ce qui compte, c'est qu'après ton veuvage, lorsque tu étais libre, tu t'es faite putain.

Je tressaillis.

– Je n'ai eu qu'un seul amant. Je suis devenue sa maîtresse pour subvenir à mes besoins et à ceux de ma fille.

– Ne nous querellons pas sur le choix des mots. L'argent est une excellente raison pour qu'une femme se prostitue. C'est même, je crois, la plus courante.

– Mon mari ne m'avait presque rien laissé. Je n'avais pas d'autre choix, sinon d'entrer au couvent.

Il éleva la voix.

– Tu te moques de moi ? Tu savais que j'étais à Paris, rien n'aurait été plus facile que de me retrouver.

– Alors, tu voulais me revoir ?

– J'aurais même été assez bête pour t'épouser.

– Tu m'aimais encore alors ?

– J'ai été guéri de mes illusions lorsque j'ai appris que tu étais devenue la concubine de Villers. Cela valait mieux que d'épouser un simple avocat, n'est-ce pas ?

– Je n'aurais jamais cru que tu voulais encore de moi. Si j'avais su… Mais j'avais honte.

– Mais aujourd'hui, par contre, tu n'as pas honte ?

– Si. Mais il y a plus que ma vie en jeu. Qu'arrivera-t-il à ma fille si je meurs ? Je sais que tu me méprises. Pourtant, même s'il n'y avait qu'une chance sur mille que tu m'aides, je ne pouvais la laisser passer.

– Je vois. C'est une démarche humiliante, mais cela valait la peine d'essayer. Qu'est-ce qui t'a fait croire que je t'aiderais ? T'imagines-tu que j'ai espéré te revoir toutes ces années ? Que je t'aime toujours ?

– J'espérais seulement que tu aurais pitié de ma détresse.

– Ta détresse !

Il croisa les bras.

– Bon. Oublions la pitié, l'amour et le bon vieux temps. Parlons sérieusement, citoyenne. Qu'as-tu à m'offrir ?

– J'ai des diamants.

– Que veux-tu que j'en fasse ? Autre chose ?

J'hésitai.

– Il doit bien y avoir autre chose. Je suis impatient de l'entendre. Allons, un petit effort.

Je fermai les yeux et ne pus que murmurer :

– Tu peux m'avoir.

– Plus fort, je te prie. Quand tu marmonnes, je n'entends rien.

– Tu peux m'avoir.

– Pardon ? Je n'ai pas l'avantage de comprendre le jargon de la noblesse. Nous vivons en république dorénavant. Personne ne possède quiconque. Que veux-tu dire ?

Je pinçai les lèvres.

– Sois plus claire. J'en ai une vague idée de ce que tu proposes, mais je ne voudrais pas être présomptueux.

– Tu peux…

– C'est bon, citoyenne, je vais te sortir de ta petite difficulté. Est-ce que tu me proposes de coucher avec toi ?

– Oui.

Il fit une pause.

– Voilà, il suffisait de le dire clairement ! Ton offre est-elle valable une seule fois ? Une nuit entière ? Plusieurs occasions ?

– Comme tu voudras.

– Je sens que nous faisons des progrès. Laisserais-tu à ma discrétion la manière, ou les manières, dont j'aurais le plaisir de jouir de ta personne ?

– Oui.

– J'en suis flatté. L'année dernière, je ne méritais pas une simple visite après t'avoir sauvé la vie, et maintenant tu me trouves digne de… toi ! Ainsi donc, tu m'offres les restes des grands seigneurs de la cour. À vrai dire, citoyenne, je commençais à me demander si notre conversation nous conduirait sur ce terrain.

Il m'observa de la tête aux pieds.

– Au premier abord, ta mise n'est guère engageante. Mais une femme de ton expérience sait que certains hommes sont attirés par une apparence modeste. Cela laisse plus de place à l'imagination. Ou bien tu as pensé que ta robe de deuil m'attendrirait. Tu connais la délicatesse de ma conduite, et tu avais espéré que je t'aiderais sans rien attendre en retour. Tu as donc joué toutes tes cartes, gardant la plus intéressante pour la fin.

– Tu y as plus réfléchi que moi : c'est la seule robe qui me reste.

– Je me suis trompé alors. Pardonne-moi. Mais j'oublie de répondre à ton offre, et je m'en vais corriger cette omission. Tu n'ignores pas qu'il y a beaucoup de concurrence dans ton domaine. Ce que tu me proposes, je peux l'avoir pour cinq livres dans n'importe quel bordel du Palais-Égalité. Les citoyennes y sont contentes de me divertir, et elles n'ont pas, elles, l'illusion de me faire une faveur insigne en ouvrant les cuisses. As-tu autre chose ?

J'éclatai en sanglots.

– Non, c'est tout ? Nous sommes donc arrivés à la conclusion que je n'ai aucune raison de t'aider. Tu as eu tort de ne pas accepter ma première offre. Tu es maintenant coupable de tentative de corruption d'un juge. Ça s'ajoutera gentiment aux autres charges qui pèsent contre toi. Tu vas retourner en prison, citoyenne.

Je tombai à genoux et posai le front sur sa cuisse.

– Si tu as jamais ressenti quelque affection pour moi, aie pitié de moi.

– Ah non ! Cette servilité abjecte héritée de la ci-devant monarchie me dégoûte. Arrête de ramper et regarde-moi quand tu me parles.

J'étais paralysée. Il me saisit par le coude et me mena jusqu'à l'un des fauteuils, dans lequel je me laissai tomber. Je tendis les mains jointes vers lui.

– Je t'en supplie, citoyen juge, même si tu ne veux pas m'aider, ne me renvoie pas en prison. Pas ce soir, du moins. Accorde-moi quelques heures de liberté. Tu ne peux t'imaginer ce que j'ai vécu à La Force. J'ai entendu les cris des prisonniers qu'on massacrait, j'en ai vu égorger sous mes yeux, j'ai vu leurs cadavres entassés dans la rue. J'ai passé des heures d'agonie à me préparer à être mise en pièces.

– Serais-tu venue me voir si ce n'était pour te sauver la vie ?

– Tu te mettras en colère, que je dise oui ou non.

– Je suis déjà en colère. Ce qui va m'irriter encore plus, c'est que tu ne me répondes pas. Alors, c'est oui ou c'est non ?

Je n'avais plus le courage de lui mentir.

– Non.

Il sortit un mouchoir de sa poche, je reculai.

– Je ne vais pas te frapper. Mouche-toi. Je ne peux pas appeler le gendarme tant que tu es dans cet état.

Il poussa un long soupir.

– Peux-tu cesser de pleurer ? C'est extrêmement agaçant.

Malgré tous mes efforts, je n'y parvenais pas.

– Avant de te laisser partir, je veux connaître ton adresse.

Je levai les yeux vers lui.

– Oui, par bonté de cœur, je vais te laisser partir. Habites-tu toujours rue Dominique ?

– Non.

– Où donc ?

– Pourquoi ? Vas-tu me faire arrêter plus tard ?

– Réponds-moi.

– Rue de l'Hirondelle, numéro 42, au dernier étage.

Reprenant place derrière son bureau, il me regardait tandis que je m'efforçais de retrouver mon calme. Je n'avais plus rien à lui dire, mais ne voulais pas partir et reconnaître ma défaite. Il alla ouvrir la porte et cria le nom du gendarme, que j'entendis monter l'escalier quatre à quatre.

– Raccompagne la citoyenne. Elle ne se sent pas bien.

Le gendarme fit un mouvement pour m'offrir le bras, mais, après un coup d'œil à Pierre-André, il se ravisa. Je le suivis hors du cabinet.

– Eh bien, qu'est-ce qu'il t'a fait ? Je t'avais prévenue qu'il était pas commode, mais t'as pas voulu m'écouter.

Il s'arrêta au bas de l'escalier.

– Citoyenne, t'as l'air méchamment secouée. Je sortirais bien pour t'appeler un fiacre, mais s'il s'aperçoit que j'ai quitté mon poste, il va se fâcher.

– Tu es bien bon, mais j'habite tout près. Marcher me fera du bien.

67

IL FAISAIT FRAIS DEHORS, la nuit était tombée, ce qui était un réconfort. En sortant du Palais de Justice, je ne savais plus où mes pas me menaient. Une migraine me cognait le front. La scène qui venait de se dérouler sonnait le glas de mes derniers espoirs.

Comment avais-je pu me bercer de l'illusion que le citoyen Coffinhal, juge du tribunal criminel extraordinaire, avait conservé la moindre trace des sentiments que le jeune médecin de Vic avait jadis éprouvés pour moi ? Au cours de ces huit années écoulées, il était devenu avocat, Jacobin, commissaire de police, membre de la Commune insurrectionnelle, juge. Il avait mené les insurgés à l'assaut des Tuileries le 10 août, il avait envoyé des accusés à la guillotine. C'était devenu le cavalier du tarot de Joséphine, sans pitié pour ses ennemis, et l'épée qu'il brandissait était le glaive de la justice.

À chacune de nos rencontres, à la guinguette, au Champ-de-Mars, au club des Jacobins, il avait semblé furieux de me voir. Son hostilité aurait dû me préparer à l'humiliation qu'il venait de m'infliger. Il m'avait écrasée de son mépris en rejetant mes pitoyables avances.

Le plus déchirant était ce qu'il m'avait dit des sentiments qu'il avait gardés pour moi après mon veuvage. Si seulement j'avais eu le courage d'aller le voir alors… Je n'aurais pas fréquenté la cour, les bals, les divertissements de la noblesse, je n'aurais pas connu le raffinement, l'élégance, la douceur de vivre des dernières années de l'Ancien Régime. Je serais devenue une bourgeoise de Paris, la femme d'un avocat, menant une vie confortable et tranquille, chérie par un mari que j'aurais aimé de tout cœur. Car j'étais certaine que Pierre-André, si féroce pouvait-il paraître, m'aurait traitée avec tendresse et respect. Quel gâchis avais-je donc fait de ma vie ?

Je cheminais en direction de la rive droite, à l'opposé de ma mansarde, mais l'odeur des abattoirs du Châtelet me rappela à la réalité et me fit revenir sur mes pas. Me penchant par-dessus le parapet du pont au Change, je me souvins de mon arrivée à Paris, alors que les maisons bâties des deux côtés n'étaient pas encore démolies. Tout était possible à ce moment-là. Les eaux lentes, sombres, insondables de la Seine, clapotaient contre les piles du pont. Pendant un instant, je me vis reposant à la morgue toute proche, la robe et les cheveux trempés, le visage souillé de la fange de la rivière. Je frissonnai. C'était le péché suprême, le seul péché qui n'eût pas de rémission. Et quelle mère serais-je d'abandonner ma pauvre Aimée ? J'eus honte de ma lâcheté et repris mon chemin.

J'arrivai enfin à la mansarde. Il n'était pas question d'aller chercher ma fille pour lui infliger le spectacle d'une nouvelle arrestation. En prévision de celle-ci, je n'enlevai que mes chaussures et ma coiffe et m'allongeai tout habillée sur le lit. Je soufflai la chandelle et attendis, les yeux grands ouverts dans l'obscurité, prêtant l'oreille aux bruits venant de l'escalier.

J'entendis bientôt des pas, et l'on frappa. J'essayai, en vain, de retrouver mes chaussures à tâtons. Mes doigts tremblaient si fort que j'eus bien du mal à allumer la chandelle. Je ne demandai rien avant de tourner la clé dans la serrure. La silhouette de Pierre-André remplissait tout le cadre de la porte. Il était seul, en bottes et vêtements civils cette fois. Stupéfaite, je demeurai silencieuse un moment.

– Vas-tu me claquer la porte au nez ?

– Excuse-moi, citoyen. Entre, je te prie.

Il se découvrit et sembla hésiter où poser son chapeau, avant d'aviser un clou planté à cet effet dans le mur. Les poutres du plafond mansardé étaient si basses qu'il ne pouvait se tenir debout qu'au milieu de la pièce. Il contemplait la peinture écaillée, le mobilier crasseux, la lucarne sans rideaux. Il me regarda froidement.

– Ta situation semble moins brillante que par le passé. Où est ta fille ?

– Je l'ai laissée chez une amie. J'avais peur que tu me fasses arrêter.

– Pas ce soir. J'ai décidé d'économiser cinq livres.

– Tu es toujours en colère.

– N'ai-je pas de bonnes raisons de l'être ? M'avoir ignoré pendant toutes ces années, pour te souvenir enfin de mon existence quand tu as besoin de moi !

– Je sais. Mais je serai sans doute morte dans quelques semaines, quelques mois au plus. Tu auras ta vengeance.

Il enleva son habit, son gilet et sa cravate, qu'il jeta sur le dossier de l'une des chaises paillées. J'aurais voulu poser la tête sur son épaule pour qu'il me serre dans ses bras, mais la crainte de son mépris m'arrêtait. J'aurais voulu prononcer son nom, mais il me l'avait interdit. Je n'osais m'approcher de lui, encore moins le toucher. Je lui jetai un regard éperdu.

– Tu es ici, et nous avons quelques heures devant nous. Si peu de temps. Ne le gâchons pas.

– En effet. J'ai bien l'intention de me divertir.

Il s'assit sur le lit.

– Qu'est-ce que c'est que ces manières ? Tu ne m'as pas embrassé, tu ne m'as pas déshabillé. Je n'ai pas senti tes doigts et tes lèvres me caresser.

Je ne pouvais toujours pas me résoudre à franchir les quelques pas qui nous séparaient. Tout ce que j'avais dit, fait, ou omis de faire ne l'avait que davantage éloigné de moi.

– Bon. Puisque tu ne veux rien faire, je vais prendre les choses en main. Je veux te voir nue. Dépêche-toi.

Je m'assis sur l'autre chaise pour détacher mes jarretières et enlever mes bas, puis me relevai pour ôter mon fichu, mon caraco, ma jupe et mon jupon. Chaque geste me coûtait un effort désespéré. Lui me regardait attentivement, sans montrer aucune émotion. Enfin, il ne me resta plus que mon corset et ma chemise. C'était ainsi qu'il m'avait vue la première fois, près de la rivière en Auvergne. Je le suppliai des yeux, mais il secoua la tête.

– J'ai dit *nue*.

Je délaçai le corset et, retenant mon souffle, glissai la chemise par-dessus mes épaules.

– Eh bien, voilà! Quand on a la chance d'être belle comme toi, il n'y a aucune honte à se dévêtir devant un homme. Viens, ma blanche colombe, je veux te voir de près.

Il m'attrapa par le poignet et me fit asseoir sur ses genoux, puis, lentement, il caressa les courbes de ma gorge.

– Des seins de mère, magnifiques. C'est toujours émouvant.

Du bout des doigts, il explorait mes lèvres, mon ventre, mes hanches, mon dos, l'intérieur de mes cuisses. Je frissonnais.

– Tu es si désirable qu'on ne sait par où commencer. Il ne faudra pas moins d'une longue, belle nuit, pour jouir de tout ceci.

Il m'enserra la taille de ses deux mains, brunes contre ma peau.

– Arrête de trembler. Je ne te ferai pas de mal. Je veux seulement t'*avoir*, puisque tu me l'as offert.

Il m'embrassa profondément, comme il l'avait fait au bord de la Cère. Le souvenir de ces jours-là me revint, si vif qu'il était réel. Je sentais la chaleur d'un après-midi d'été à l'ombre du petit bois. À quinze ans, je n'avais pas eu peur de lui, j'étais prête à le laisser faire ce qu'il voulait, et que je voulais aussi. Je lui avais donné mon entière confiance. Je l'avais aimé. Il m'avait aimée, lui aussi, j'en étais sûre. J'étais tout aussi sûre qu'il ne m'aimait plus, qu'il était venu se venger, qu'il me ferait arrêter au matin. Je ne m'en souciais pas. Nous étions à nouveau unis. Le passé et le présent ne faisaient qu'un. L'avenir n'existait pas au-delà des prochaines heures.

J'enserrai sa poitrine de mes bras et posai la tête contre son cou. Les yeux clos, je reconnus la légère odeur musquée de jadis. Mes lèvres parcourent la peau douce, avant d'aller frôler la rugosité du menton et de la joue, puis je sentis la fermeté des muscles sous le col ouvert de sa chemise. Il me prit la tête entre les mains.

– Maintenant.

– Oui, maintenant.

Il m'allongea sur le lit et, sans me quitter des yeux, se dévêtit. Nu, il semblait plus large de torse, plus mince de taille et de hanches. Son corps était de la même couleur cuivrée que son visage et ses mains, avec une étroite ligne de duvet noir qui courait au milieu de la poitrine et du ventre.

Le lit craqua sous son poids. Ce qui avait été rompu fut enfin renoué. Toute la nuit, je m'accrochai à lui comme à la vie même, aux dernières heures de ma liberté, si brèves, si précieuses.

Enfin, il s'endormit sur le côté, me faisant face, les pieds dépassant du lit. Je luttai contre le sommeil pour retenir le temps qui me filait entre les doigts.

Soulevé sur un coude, il me secouait l'épaule. Une vague lueur pointait dans le ciel. C'était la fin. Maintenant que le moment était venu d'être brave, la peur s'enfonça comme un poing dans mon ventre. Je me blottis tout contre lui pour lui voler encore un peu de chaleur et de réconfort.

– Oh non ! Je t'en supplie, donne-moi encore quelques minutes.

Il me secoua plus fermement.

– Assez ! Il faut que je parte. Réveille-toi si tu veux que je t'aide.

– Qu'as-tu dit ?

– Tu m'as très bien entendu.

– Comment te remercier ?

– C'est fait. Je suis content de ma nuit. J'en ai fini avec toi et je me moque de ta gratitude. Promets-tu de ne jamais chercher à me revoir si je t'aide aujourd'hui ?

– Je te le promets.

– Il est six heures. Je te retrouve dans une heure devant ta section. Je n'attendrai pas une minute de plus.

Il se leva en évitant les poutres du plafond, versa de l'eau du broc dans le bassin et fit une brève toilette. Il rassembla ensuite ses vêtements et commença à s'habiller. J'avais enfilé mes bas et j'attachais mes jarretières. C'étaient celles que j'avais brodées d'un motif de myosotis et d'un « G » surmonté d'une couronne de baronne. Il les fixait du regard en nouant sa cravate.

– Montre-moi ça.

Je lui tendis l'une d'elles. Il passa l'index sur le monogramme et la couronne.

– Donne-moi l'autre.

Il les mit toutes deux dans la poche de son gilet tandis que j'attachais mes bas avec des jarretières noires unies.

– S'il te reste d'autres saletés aristocratiques de ce genre, il est grand temps de t'en défaire.

Il avait raison, bien sûr, il me faudrait être plus prudente. Quelle idée avais-je eue de broder cette couronne de baronne, ce symbole de mon mariage honni, de tout ce qui nous avait séparés, sur ces rubans que je portais autour des cuisses ? Il voulait sans doute avoir le plaisir de les jeter au feu, et je ne pouvais l'en blâmer. Ou peut-être entendait-il les garder comme trophées.

Il avait fini de s'habiller et se tenait debout au milieu de la pièce.

– Je meurs de faim. Fais-moi des œufs au jambon.

La viande et les œufs étaient au-dessus de mes moyens. J'achetais le pain des pauvres, que l'on appelait alors « pain républicain », car il était vendu au prix officiel, un mélange de blé noir, d'avoine, de farine de pommes de terre et, disait-on, de sciure de bois.

– Je n'ai que du pain, mais si tu attends une minute, je vais descendre chez le traiteur.

Il jeta un regard à la miche brunâtre, à demi entamée sur la table.

– Non, merci. Je n'ai pas de temps à perdre. Je déjeunerai à la buvette du Palais.

Il balayait du regard la mansarde.

– As-tu l'intention de rester dans ce taudis ? Tu vas y attraper la mort cet hiver, surtout si tu ne manges pas à ta faim.

– C'est tout ce que je peux me permettre. Et même en vivant ainsi, je verrai bientôt la fin de mes économies.

Je regrettai ces mots dès que je le vis porter la main à la poche de son gilet. Il en tira un louis d'or, qu'il posa sur la table. Je pris sa main entre les miennes et la pressai contre ma joue et mes lèvres. Il la retira brusquement.

– Je t'ai dit que je ne voulais pas de ta gratitude. Tu t'achèteras de quoi manger. Sept heures devant ta section.

68

J'ATTENDAIS PIERRE-ANDRÉ bien avant l'heure convenue devant la section de Marseille. À sept heures précises, il arriva vêtu de son costume noir de juge, mais sans manteau ni médaille, avec un chapeau ordinaire. Il ne me salua pas, daigna à peine me regarder et me poussa devant lui afin que je le précède dans le bâtiment. Il s'arrêta pour sortir de la poche de son habit une écharpe tricolore frangée d'or, qu'il noua autour de sa taille. Une foule était déjà massée dans la salle qui semblait ne jamais désemplir. Il s'adressa au garde, qui nous fit aussitôt entrer dans la pièce où j'avais moi-même été reçue. Le secrétaire se leva à la vue de Pierre-André.

– Salut et fraternité, citoyen Coffinhal. Que nous vaut le plaisir de ta visite ?

– Assieds-toi. La citoyenne me dit que tu lui fais des ennuis pour sa carte civique. Il n'y a aucune raison à cela. Je la connais, c'est une patriote.

– Ah oui ! Elle prétend qu'elle est venue du Cantal, mais elle n'a pas de passeport, pas d'extrait de baptême, pas de certificat de résidence, rien du tout. Ses papiers ont été volés, à ce qu'elle raconte. Elle dit qu'elle est veuve d'un marchand de volailles, mais si tu veux mon avis…

– Je me moque de ton avis. Je viens de te dire que je la connais. Tu ne douterais pas de ma parole, au moins ?

– Ah, certes pas, citoyen. C'est juste que nous avons besoin de preuves. Qui va expliquer au président que je lui ai donné sa carte comme ça ?

Pierre-André posa les deux mains à plat sur la table et se pencha en avant jusqu'à ce que sa poitrine ne fût plus qu'à quelques pouces du visage de l'homme. Il baissa la voix.

– Dis donc, es-tu en train de me raconter que mon témoignage ne vaut rien ?

Le secrétaire recula et balbutia. La voix de Pierre-André tonna de toute sa force.

– Va me chercher le président !

– Je… je ne voulais pas t'offenser, citoyen. C'est vrai qu'il n'y a de meilleure preuve que ta parole.

Le secrétaire ouvrit un tiroir d'une main tremblante et y chercha ma carte incomplète. Il raya la mention « Ajournée jusqu'à la production de nouvelles preuves », signa le document et me le tendit.

– Voilà, citoyenne Labro, tu n'as plus qu'à aller voir le président pour la signature et le cachet.

Pierre-André m'avait pris la carte des mains et la tenait sous le nez du secrétaire.

– Tu te ris de moi ? Tu veux que la citoyenne se promène avec une carte remplie de tes gribouillages ? Dépêche-toi de lui donner un document propre. Je vais garder celui-ci et le jeter au feu moi-même.

Le secrétaire ouvrit la bouche, puis s'empressa de préparer une nouvelle carte. Pierre-André l'examina et tapa dans le dos de l'homme avec une telle cordialité qu'il faillit le faire tomber de sa chaise.

– Eh bien, voilà ! Merci d'avoir réglé cette affaire, citoyen. Quand les patriotes reçoivent leur carte civique, il devient plus facile de débusquer les ennemis de la Nation.

Nous passâmes au bureau suivant, où le président du comité révolutionnaire, assis avec plusieurs autres hommes à une longue table, salua chaleureusement Pierre-André. Après avoir échangé quelques mots avec lui, il signa ma carte sans même y jeter un œil et y apposa le sceau de la section.

Une fois dans la rue, je me tournai vers Pierre-André pour le remercier, mais il s'était déjà éloigné d'un pas vif, dominant la foule de la tête et des épaules. Nos chemins se séparaient donc ainsi, sans un mot d'adieu, sans un dernier regard.

Grâce à lui, une période d'espoir s'ouvrait devant moi. Même ma détresse financière ne me semblait plus aussi pesante. J'avais un louis d'or, le seul en ma possession, et je pouvais chercher du travail. Ma précieuse carte en poche, je marchais d'un pas rapide et léger pour me rendre chez Louise.

Aimée et moi regagnâmes notre mansarde. Je frappai à la loge du portier pour montrer ma carte civique à Marcelin. Il opina du chef.

– Ben voilà ! J'savais bien que tu pouvais pas être une aristocrate.

Je repartais vers l'escalier lorsqu'il m'interpella.

– Dis donc, t'as eu de la visite hier soir, c'te grosse brute à faire peur.

– C'est un cousin.

– T'as couché avec ! Tes voisins du dessous, y sont venus se plaindre. Y z'ont pas fermé l'œil de la nuit, avec tes piaillements et la voix à réveiller les morts du cousin. Ah, c'est du propre ! Y manquerait plus qu'y m'ait défoncé le lit, l'animal.

Marcelin se gratta le cou d'un air pensif.

– D'un autre côté, s'y t'a eu ta carte, ton grand gaillard, c'est qu'il est bien avec la section. Bon, ça ira pour cette fois-ci. Mais fais-en pas une habitude, hein !

Lorsque je poussai la porte de la mansarde, les souvenirs de la nuit m'assaillirent. J'aurais aimé que Pierre-André me dise quelques mots d'affection avant de me quitter. Je me reprochai une telle pensée, égoïste et puérile. C'était un personnage important dans la jeune république, où je n'étais rien. Par pitié, par générosité, ou peut-être à cause de quelque reste de tendresse, il s'était compromis pour obtenir ma carte civique, un service que je ne pourrais jamais lui rendre. Je savais que le louis d'or qu'il m'avait laissé, dont la signification aurait pu être insultante après la nuit que nous avions passée, procédait des mêmes sentiments. Je caressai ce trésor dans ma poche. Je dépenserais ce qu'il me restait d'assignats pour le conserver le plus longtemps possible. De quel droit aurais-je espéré davantage ? Une fois de plus, le destin nous séparait.

69

Le dimanche suivant, Aimée et moi savourâmes un repas de bœuf aux lentilles et aux carottes, que j'avais acheté chez le traiteur. C'était une fête : le premier dimanche après l'obtention de ma carte civique. Nous en avions presque terminé lorsque je reconnus un pas familier. Je me précipitai vers la porte avant que l'on n'y frappe et, sans réfléchir, je plongeai dans une grande révérence de cour, comme je l'avais fait devant le roi et la reine le jour de ma présentation à Versailles. Mais c'était le plancher grossier de la mansarde que frôlait mon front, et je me prosternais devant les bottes de Pierre-André. Je me rappelai aussitôt son dégoût pour ces marques de servilité. Préparée à une remarque cinglante, qui ne vint pas, je me relevai en toute hâte et lui fis signe d'entrer. Il parla le premier.

– *Dio sia çains.*

Dieu soit céans. C'est la bénédiction traditionnelle en langue d'oc que l'on prononce en Auvergne en entrant dans une maison amie. Je ne l'avais pas entendue en cinq ans. Elle me toucha plus que tout ce qu'il aurait pu dire. C'était l'expression de son respect, de sa bonne volonté, de la mémoire du haut pays, de tout qui nous unissait.

Il regardait attentivement Aimée.

– Ta fille te ressemble.

– Elle s'appelle Aimée.

Je fermai les yeux pour retenir mes larmes. *Mon aimée.* S'en souvenait-il ?

– Veux-tu partager notre repas ? Grâce à toi, j'ai acheté de la viande.

– J'ai déjà dîné, merci. Peux-tu emmener cette enfant quelque part ? J'ai à te parler.

J'allai déposer Aimée chez Louise, en promettant de revenir quelques heures plus tard.

La tête me tournait. À mon retour, Pierre-André, accroupi devant la lucarne, contemplait les toits voisins. Il se releva prudemment, évitant le plafond. Pendant un instant, nous demeurâmes face à face, sans voix. Je reprenais mon souffle.

– Je croyais que tu ne voulais pas me revoir.

– En effet, j'ai changé d'avis plus d'une fois ces derniers jours. Ne sais-tu pas pourquoi je suis ici aujourd'hui ?

Je n'osais le deviner, encore moins le dire.

– Lorsque je suis venu l'autre soir, je voulais seulement t'humilier.

– Je sais. Et j'étais sûre que tu me ferais arrêter au matin.

– Pourquoi ne m'as-tu pas envoyé au diable ?

– Après toutes ces années de regrets, je ne voulais pas mourir sans que nous soyons enfin réunis, au moins pour quelques heures.

– Ainsi, tu m'as laissé jouir de toi toute la nuit, croyant que j'étais assez vil pour t'envoyer ensuite en prison.

Il semblait perdu dans ses pensées.

– Je voulais te traiter en putain et te quitter comme telle à l'aube. Mais lorsque je t'ai trouvée ici, dépouillée de ton rang, de ton luxe, du nom honni de ton mari, j'ai reconnu ma Gabrielle d'autrefois.

Il s'assit sur l'une des chaises branlantes, et m'attira à lui.

– Je t'ai tant désirée, et tu t'es donnée à moi sans réserve. Jamais je n'ai été ému par une femme comme je l'ai été cette nuit-là. La tendresse que j'avais jadis pour toi, que j'avais crue disparue, m'est revenue tout entière quand je t'ai sentie contre moi. Elle m'a bouleversé. Je ne pouvais t'abandonner à ton sort et j'ai décidé de t'aider, en me promettant de ne plus jamais te revoir.

Il tira sur mon fichu et glissa les doigts dans l'échancrure de mon corsage. Un frisson me parcourut.

– Cela me crevait le cœur de te laisser dans cette niche à chiens, avec à peine de quoi manger. Lorsque je t'ai quittée devant ta section, ma résolution a commencé à faiblir. Je suis parti comme un sauvage et me suis plongé dans le travail. Je pensais te chasser de mes pensées. Je me suis encore trompé.

Il soupira.

– Pour t'oublier, je suis allé au Palais-Égalité ce matin. J'ai dû fermer les yeux pour imaginer que c'était toi que je prenais dans mes bras. Mais ce n'était pas toi. Je t'ai dit autrefois que je voulais te garder pour toujours. Aujourd'hui, mon aimée, rien n'a changé.

Nous passâmes cet après-midi-là ensemble. Il n'avait pas trente ans ; j'en avais eu vingt-trois deux mois plus tôt. Le monde que nous connaissions s'était effondré par vagues successives, remplacé par un nouveau, régi par des règles imprévisibles qui se formaient au jour le jour. Mais pendant ces moments de bienheureux oubli, nous étions à nouveau le jeune homme et la jeune fille qui s'étaient rencontrés au bord d'une rivière en Auvergne.

Il partit vers sept heures du soir pour la maison commune.

– Je reviendrai vite, et te sortirai d'ici. Je m'assurerai que ta fille et toi ne manquiez de rien.

Privée de sa présence, de son souffle, de sa voix, de son odeur, la mansarde semblait étrangement vide. Je m'assis sur le lit en désordre, étourdie par l'annonce qu'il venait de me faire. Il allait me tirer de la misère où j'avais sombré, je ne pouvais qu'en ressentir une gratitude écrasante. J'étais néanmoins frappée qu'il n'ait pas même songé à s'enquérir de mon avis, pas plus qu'il n'aurait demandé à une mendiante la permission de jeter un liard dans sa sébile. À ses yeux, j'étais tombée plus bas encore que je ne l'avais imaginé.

Il allait devenir le maître absolu de ma personne et de mon destin. Il pourrait tirer de moi, qui l'avais autrefois abandonné, la vengeance qu'il lui plairait, quand il lui plairait. Sa colère, dont il n'avait pas fait mystère, pourrait se rallumer à la première occasion, et je soupçonnais qu'il se montrerait impitoyable s'il estimait que je manquais à ce que je lui devais. Dans la voie où j'allais m'engager, il n'y aurait aucune échappatoire.

70

Quand il revint trois jours plus tard, Pierre-André, auquel j'avais confié mes démêlés avec Marcelin, proposa d'aller lui-même donner congé de la mansarde. J'acceptai avec soulagement. Il reparut bientôt en me remettant deux cents livres en assignats.

– Voici ton argent. J'ai expliqué à Marcelin que la Commune ne voit pas d'un bon œil les crapules qui profitent de la veuve et de l'orphelin. En fait, tu l'avais mal compris pour les cent livres supplémentaires qu'il t'avait soutirées. Il était sur le point de te les restituer. Il m'a supplié de ne pas le dénoncer à la section pour ce malentendu innocent. En gage de sa bonne foi, il a insisté pour te rembourser même les loyers que tu lui as versés. Je lui ai suggéré d'arrondir le tout à deux cents livres, ce qu'il a fait sans demander son reste.

– Il semblait si près de son argent… Que lui as-tu fait ?

– Je l'ai un peu secoué, c'est tout. Ne t'en fais donc pas pour cette ordure.

Une fois de plus, je fis nos malles. En fait de malles, nous n'avions que deux sacs, que Pierre-André porta jusqu'à la place Saint-Michel. De là, un fiacre nous emmena devant Notre-Dame, et nous finîmes le trajet à pied dans le dédale de ruelles qui s'étend du portail nord à la Seine.

Le logement qu'il avait trouvé, au deuxième étage d'un immeuble de la rue de la Colombe, comprenait une minuscule cuisine, un cabinet de toilette et un vestibule donnant sur deux pièces principales. L'une servait de salle à manger et disposait d'un canapé sur lequel Aimée pourrait dormir, tandis que l'autre était meublée en chambre. Après le mois qui venait de s'écouler, après la prison et la mansarde, j'avais presque oublié l'existence d'objets tels que les rideaux et les tapis. Je m'assis sur le lit et caressai l'édredon rebondi, recouvert de soie rouge.

– Et il y a des cheminées dans les deux pièces ! Comment te remercier de tout ce que tu fais pour nous ?

Il se tenait debout devant moi, immense, l'air grave.

– Je suis heureux de te donner un peu de confort. Ce n'est qu'un modeste garni, mais que demander de plus ces temps-ci ? Tu te passeras de servante. La dernière chose dont nous ayons besoin est d'une espionne chez toi. Ce quartier est très calme et situé à mi-chemin entre le Palais de Justice et mon logement de l'île de la Fraternité. Tu verras qu'entre le Tribunal, les Jacobins et le conseil général, je suis très occupé. Et ne va pas t'imaginer des choses, mon aimée, si je ne peux te consacrer autant de temps que je le voudrais.

Il s'assit à côté de moi sur le lit et me caressa la joue.

– Tu sais que je ne peux t'épouser : cela nous perdrait tous deux. Tu seras néanmoins ma femme, et j'attendrai de toi que tu me sois fidèle. Si je découvre le contraire, je te mènerai à la Seine et te noierai dans la boue des berges.

J'imaginai sa large main, plaquée sur ma nuque, me maintenant le visage enfoncé dans la fange glacée et fétide. Le souffle coupé, je le sondai du regard. Il sourit.

– Je ne te ferai jamais une chose pareille, bien sûr. C'est une façon de te dire que je serais mécontent si tu t'égarais. Tu vois, jusqu'à l'hiver dernier, j'avais une jolie petite bonne qui me servait aussi à un autre titre. Un jour, en rentrant chez moi à l'improviste, j'ai surpris cette garce avec le marmiton du traiteur, et dans mon lit, qui plus est. Tu aurais dû voir leur tête. Ils pensaient que j'allais les étriper et me demandaient grâce de manière déchirante.

Il riait de bon cœur.

– Je me suis contenté de jeter toutes leurs guenilles au feu et de les chasser de chez moi à grands coups de pied au cul. J'imagine qu'ils se sont cachés jusqu'à la nuit, grelottant sans un fil sur le dos et espérant ne pas rencontrer la patrouille. Cela suffit à assouvir ma soif de vengeance. Mais c'était Susanne. Avec toi, je serais moins jovial...

– Après ce que tu as fait pour moi, pour Aimée, tu me crois capable d'une telle infamie ? Ne me fais-tu pas confiance ?

Il redevint grave.

– Les mœurs dépravées de la noblesse ne m'inspirent aucune confiance. Mais je sais qu'il existe des exceptions. L'un de mes collègues au Tribunal a épousé une noble, une souricette qui tremble à la vue de son homme. Il se fait obéir à la baguette, et elle ne lui donne aucun souci de ce côté-là.

Il me passa le bras autour des épaules.

– Tu verras, je ne suis ni méchant ni particulièrement jaloux. Je n'aime pas qu'on me manque de respect, c'est tout.

J'avalai ma salive.

– As-tu engagé une autre servante ?

– Il m'en est tombé une dans les bras, pour ainsi dire. Tu n'as pas à t'inquiéter d'elle. Elle n'est pas à mon goût, bien que par ailleurs elle me donne toute satisfaction.

Il s'arrêta, pensif.

– Je dois te dire que, depuis le départ précipité de Susanne, j'ai eu quelques maîtresses. Il m'est arrivé de me conduire de manière un peu... sauvage. J'ai aussi fréquenté les bordels. Je mettrai fin à tout cela. Je te traiterai avec le respect que j'attends de toi.

– Merci. Et je serai, je suis déjà ta femme. Tu me fais beaucoup d'honneur en me tenant pour telle.

Grâce à lui, j'étais enfin en sûreté, autant que ces temps-là le permettaient. Une nouvelle loi exigeait qu'une affiche apposée à l'extérieur de chaque bâtiment indiquât l'identité de tous ses occupants. Le numéro 7 de la rue de la Colombe annonçait maintenant que la citoyenne Labro, veuve, âgée de vingt-trois ans, habitait au deuxième étage avec sa fille, Aimée Labro, âgée de sept ans.

71

PARIS AVAIT CHANGÉ. Dans la rue, les gens marchaient plus vite, la méfiance était de rigueur. L'individu qui me dévisageait n'était plus un admirateur, mais un mouchard ou un patriote zélé reconnaissant en moi une ci-devant. Il me fallait aussi endurer les sifflets, les quolibets, les gestes obscènes des hommes qui se plaisent à humilier les femmes en public. Jusqu'alors, je m'étais surtout déplacée en voiture, à l'abri de tout désagrément. Désormais je devais veiller à ne pas tremper mes jupes dans le ruisseau où l'on vidait les ordures et les pots de chambre ; je sautais de côté pour éviter charrettes, cavaliers et voitures, sur lesquelles je reconnaissais parfois les armoiries rayées de mes anciens amis. Je voyais, le cœur serré, les mendiants et les mendiantes, exposant leur misère, leur saleté, parfois leur difformité, et gardais toujours quelques liards en poche pour eux. Je m'éloignais des étals des regrattiers, qui revendaient les restes à demi mangés des cuisines des riches. Sans Pierre-André, Aimée et moi aurions vécu de cette chère dégoûtante, où l'on distinguait parfois des marques de dents.

Ma nouvelle familiarité avec la rue avait ses avantages. Je m'aperçus que beaucoup de mes compatriotes vivaient à Paris. Presque tous les porteurs d'eau de la ville étaient auvergnats. Puech, qui nous apportait l'eau de la Seine, venait de Murat, de l'autre côté du Plomb du Cantal, à quinze lieues de Vic. Il s'arrêtait pour bavarder en langue d'oc et évoquer ses souvenirs du pays avec la citoyenne Labro. De nombreux bateliers venaient aussi d'Auvergne, apportant du charbon sur des péniches qui passaient par le canal de Briare. Une fois à Paris, les embarcations étaient démontées et vendues pour leur bois. Certains bateliers repartaient à pied au pays pour refaire le même voyage, tandis que d'autres s'installaient à Paris. Tous les marchands de vin et de charbon étaient auvergnats, ainsi que de nombreux cabaretiers. Pierre-André semblait connaître beaucoup d'entre eux. Il aimait, comme moi, converser en langue d'oc, et nous la parlions dans l'intimité. Je ne m'étais jamais sentie aussi proche de l'Auvergne depuis que je l'avais quittée.

Manon ne voyait pas les choses du même œil, ou ne les entendait pas de la même oreille.

– Ces gens-là savent à peine le français. Quand ils baragouinent, ça ressemble aux rugissements des lions du jardin des Plantes, comme on dit maintenant. L'autre jour, l'un d'entre eux, qui allait à cheval, a failli me renverser dans la rue. Je parie qu'il était ivre. Et la musique de leurs cornemuses ! Elle me fait penser aux miaulements des chats en chaleur.

– Tu oublies que je suis l'une d'entre eux, et que cette langue est aussi la mienne. Et la musique de leurs cornemuses a bercé mon enfance.

– Ce n'est pas la même chose ! Vous êtes noble, pour l'amour du ciel, et vous parlez si joliment le français qu'on ne dirait jamais que vous venez de ce pays de sauvages.

Pierre-André s'était opposé à ce que je donne ma nouvelle adresse à Manon.

– Mais elle m'est entièrement dévouée !

– Parce qu'elle a eu l'honneur de vider ton pot de chambre tous les matins pendant des années ?

Je ne pus réprimer un sourire.

– Peut-être. Quoi qu'il en soit, elle ne me trahirait jamais.

– Va la voir si tu veux, mais je t'interdis de lui donner ton adresse. Est-ce clair ? Tu ne dois faire confiance à personne.

– Je te fais entièrement confiance. Sans toi, je serais en prison. Ou morte.

Il regarda par la fenêtre.

– Moi aussi, j'ai failli me faire tuer.

– Toi ? Un juge du Tribunal du 17 août ? Comment est-ce possible ?

– Ce sont mes fonctions qui ont failli me coûter la vie. La foule a attaqué le Palais de Justice le premier jour des massacres de Septembre alors que nous siégions pour le procès de Bachmann, le général des Suisses, l'homme le plus détesté de Paris. L'opinion publique lui reprochait, à juste titre, la mort des douze cents patriotes qui avaient péri aux Tuileries. Les débats avaient duré trois jours et deux nuits d'affilée.

– Sans interruption ?

– Tout le monde commençait à ressentir une certaine fatigue, c'est vrai. Le jury s'était retiré pour délibérer et la salle d'audience était calme. Soudain, des cris qui semblaient venir de la Conciergerie ont résonné en contrebas. J'ai fait signe à l'un des gendarmes d'aller voir ce qui s'y passait. Et là, une foule, armée de piques, de fusils et de sabres, a surgi dans la salle. Le public s'est précipité vers la sortie en hurlant. Les avocats, les greffiers et même les gendarmes se sont enfuis. Bachmann, blême, a couru se réfugier derrière nous. Seuls nous, les juges, et l'accusateur public, tous désarmés bien sûr, sommes restés à notre place.

– As-tu eu peur ?

– L'espace d'un instant, je me suis vu taillé en pièces.

Il me regarda.

– Pourtant, Gabrielle, céder à ce genre de violences aurait tourné en dérision la justice de la Nation. Mes collègues ont dû partager mes sentiments, car nous nous sommes tous levés pour protéger Bachmann. Un homme s'est approché de nous et a exigé que nous leur remettions l'accusé. Nous avons refusé. Il nous a dit que nous serions massacrés si nous insistions pour protéger un scélérat qui avait déjà été « jugé et condamné par le peuple ». Nous avons ignoré cet âne et, comme c'est moi qui ai la voix la plus forte, j'ai harangué la foule. J'ai exigé le respect de la loi, de l'autorité du Tribunal et de la décision à venir du jury. Contre toute attente, la foule m'a écouté et s'est retirée. Bachmann nous a remerciés chaleureusement. Il n'y avait pas de quoi, car les jurés sont bientôt revenus dans la salle d'audience et l'ont déclaré coupable. Il a été guillotiné le soir même.

– N'avez-vous pas été tentés de l'épargner, après l'avoir sauvé de la foule ?

– Nullement. Nous l'avions protégé parce que c'était notre devoir, et non par sympathie pour ce boucher du peuple. Une fois son procès clos, nous avons décidé de suspendre les audiences jusqu'à ce que l'ordre soit rétabli au Palais de Justice. J'ai couru à la maison commune pour prendre mes fonctions au conseil général.

Il soupira.

– Là, j'ai appris que les événements de la Conciergerie n'étaient pas un incident isolé. Le désastre s'était étendu à toutes les prisons de Paris. Nous avons dépêché des émissaires pour arrêter les massacres, mais ils ont eux-mêmes failli se faire écharper. Les gardes nationaux étaient au bord de la mutinerie. Si nous les avions envoyés dans les prisons, ils auraient gonflé les rangs des insurgés. Nous sommes restés en session toute la nuit, débattant des moyens d'arrêter les atrocités et essayant d'organiser l'enlèvement des cadavres, qu'on ne pouvait laisser pourrir en pleine rue. Finalement, nous avons décidé, tôt le matin, de dépêcher des représentants dans toutes les prisons. L'idée était de former des tribunaux du peuple pour juger les prisonniers. Ainsi, certains d'entre eux, au moins les pauvres diables tombés pour dettes, pourraient être sauvés.

– C'est donc ainsi qu'Hébert est venu présider mon procès à La Force. Je n'aurais jamais considéré son arrivée comme une bonne nouvelle.

– Je ne t'en blâme pas. C'est lui qui avait enflammé les esprits avec son infâme torchon de *Père Duchesne*, et ses amis à la Commune avaient encore attisé la haine des Parisiens envers les prêtres réfractaires. Pourtant, Hébert s'est rendu à La Force avec pour consigne du conseil général d'épargner le plus de prisonniers possible, en particulier les femmes. Nous savions que celles de la ci-devant cour s'y trouvaient.

– Tu savais donc que j'étais à La Force ?

– Oui, mais je n'avais aucun moyen de te protéger individuellement. Avant qu'Hébert parte pour La Force, je l'ai pris à part. Je l'ai prévenu que, dans son intérêt, il valait mieux qu'aucune femme ne se fasse violer ou tuer là-bas. Ce scélérat prête toujours attention à ce que je lui dis. Il m'a promis dans les termes les plus fermes qu'il ferait tout son possible pour sauver les prisonnières. Lorsqu'il est revenu ce soir-là, il est passé me dire qu'il les avait toutes acquittées, et que toutes, à l'exception de la femme Lamballe, avaient été libérées indemnes. Il m'a assuré qu'après son acquittement, elle avait refusé, l'imbécile, de prêter serment à la Nation et qu'elle avait été massacrée à la porte de la prison. J'ai alors appris que tu avais survécu.

– Cela t'importait donc ?

– Je ne t'ai jamais oubliée, Gabrielle. Et je ne pouvais te laisser mourir, surtout de cette manière.

– Tu m'as donc sauvée. Jamais je ne l'aurais imaginé quand j'attendais que mon sort se décide dans la cour de La Force.

– Tu ne pouvais pas le savoir, et je ne voulais pas que tu le saches. Après ta libération, j'ai supposé que tu te cachais, comme beaucoup de nobles, chez d'anciens domestiques en attendant d'émigrer. J'ignorais que cette crapule de Villers t'avait laissée dans la misère, et je pensais ne jamais te revoir. J'ai été fort surpris de ta visite.

– Ainsi, lorsque je suis venue implorer ton aide, tu m'avais déjà protégée, et tu n'en as soufflé mot.

– Je n'étais pas d'humeur. Je peux te le dire maintenant.

Nous nous endormîmes serrés l'un contre l'autre cette nuit-là.

72

MON PRINCIPAL PASSE-TEMPS, outre les leçons d'Aimée et le ménage du garni, était la lecture des journaux. Je n'aimais plus guère les romans, sans doute parce que le sort de mes amis et les revirements de mon propre destin me souciaient davantage que les aventures de personnages imaginaires. Aimée et moi sortions pour faire des emplettes, assister à la messe ou aux vêpres à Notre-Dame, et rendre visite une fois par semaine à Manon. Nous allions aussi nous promener au Luxembourg, qui me rappelait notre monde d'autrefois. Je n'avais aucune envie de revoir les jardins des Tuileries après la boucherie du 10 août.

Chaque soir, j'espérais la visite de Pierre-André, qui venait passer deux ou trois nuits par semaine avec moi. Il payait le loyer directement au propriétaire et m'épargnait l'humiliation de lui demander de l'argent en laissant chaque semaine sur la table de quoi couvrir confortablement mes dépenses. Aussi le feu flambait-il dans les deux cheminées. La viande, les œufs, le beurre, le pain blanc, même l'eau de source et le café, avaient reparu à notre table. Aimée, qui avait terriblement maigri durant notre séjour rue de l'Hirondelle, retrouva bientôt la rondeur de son joli visage. Les couleurs me revenaient aussi aux joues.

Mes années avec Villers m'avaient enseigné que la fidélité la plus exacte ne me protégerait en rien de la jalousie d'un homme, et j'avais d'abord redouté celle de Pierre-André. Mais il n'avait plus parlé de me noyer dans la boue de la Seine, ne me demandait aucun compte de l'emploi de mes journées et semblait me faire confiance.

Lorsque, reconnaissant son pas dans l'escalier, je m'empressais d'aller lui ouvrir la porte, il me soulevait de terre pour m'embrasser dans le cou et me gardait un moment dans ses bras. Chez moi, il passait souvent son bras colossal autour de ma taille pour m'attirer à lui, et s'adressait à moi avec une familiarité affectueuse qui contrastait avec le timbre profond de sa voix.

Je m'étais préparée à être menée à la baguette, comme la pauvre souricette de son collègue, et tant de bienveillance me rassurait. Mon existence, en ce mois d'octobre 1792, me semblait bien douce. J'espérais que tout cela durerait.

Pierre-André arrivait parfois suffisamment tôt pour partager notre souper. Il m'avait dit, lors du premier repas que j'avais préparé pour lui, qu'il n'avait rien goûté de si mauvais depuis le réfectoire du collège des Oratoriens, douze ans plus tôt, et qu'il s'en sentait tout rajeuni. Puis il avait éclaté de rire. Sa remarque ne m'en avait pas moins rappelé le jugement de Joséphine sur mes talents de cuisinière. Aussi, chaque fois qu'il devait souper avec nous, me rendais-je chez le traiteur voisin, qui était l'un de nos compatriotes.

Mais le plus souvent, j'étais endormie quand il poussait la porte d'entrée, ce qui me réveillait toujours. Je le regardais se dévêtir sans bruit, à la lueur vacillante du feu. Le cœur battant, j'attendais en silence le moment où, nu, il me rejoindrait au lit, où il me prendrait dans ses bras, où nous serions unis. Je m'éveillais plusieurs fois durant la nuit et, sereine, je l'écoutais respirer. Je le frôlais de mes lèvres, de mes seins, de mes cuisses, pour mieux m'assurer de sa présence. Au petit matin, après son départ, je me glissais dans le creux qu'il avait laissé dans le lit pour y retrouver un peu de sa chaleur et de son odeur.

Un soir de la fin octobre, Pierre-André alluma une bougie après notre étreinte et s'accouda sur l'oreiller. Il promenait la main sur la cicatrice de mon épaule, près du grain de beauté qu'il aimait tant sur mon cou. Je lui parlai de l'homme qui m'avait frappée de son sabre le 10 août.

– Nous avions donné l'ordre d'épargner les femmes qui se trouveraient aux Tuileries. Mais sur vingt mille insurgés, il y a toujours quelques scélérats qui profitent de la situation pour se déchaîner. Tu as eu bien de la chance, mon aimée, de n'avoir pas été plus gravement blessée.

Il passa ensuite l'index sur la cicatrice sous mon sein gauche.

– Là, c'est autre chose. Si la blessure avait été un peu plus profonde, l'apex du cœur aurait été perforé. Tu en serais morte. Qu'est-ce que c'est ?

Je n'avais jamais évoqué avec lui le duel entre mon frère et Villers. Je détournai la tête.

– C'est aussi arrivé le 10 août.

Il me saisit rudement le menton.

– Regarde-moi. Tu me prends pour un imbécile ? Ce n'est pas une cicatrice récente. Tu mens. Tu me mens. Comment oses-tu me manquer ainsi de respect ?

Sa voix, plus grave encore que d'ordinaire, résonna dans la chambre. Il n'avait encore jamais haussé le ton entre ces murs. Il se redressa pour s'asseoir dans le lit et, rejetant la tête en arrière, me lança un regard furieux. Cet accès de colère me glaça.

– Chaque jour, au Tribunal, je dois écouter patiemment et débusquer les mensonges des accusés. Et il me faudrait en entendre dans mon lit, de ta bouche ! Crois-tu que je vais tolérer cela ?

J'étais interdite devant sa véhémence.

– Quand je te pose une question, j'exige de toi la vérité. Immédiatement, sans avoir à me répéter. Dépêche-toi.

– Je t'en supplie, ne te fâche pas. C'était un accident. C'était mon frère.

– Encore ce scélérat ! Allons, parle.

D'une voix haletante, redoutant à chacune de mes phrases qu'il n'explose, je lui avouai l'histoire du duel. Il m'écouta sans m'interrompre.

– Ainsi donc, tu as sauvé la vie de Villers et il n'a même pas eu la décence de t'épouser. Et quelques années plus tard, pour te remercier, il a failli vous faire tuer, ta fille et toi. Quel homme !

– Je redoutais de nourrir ta colère à l'égard de mon frère.

– Au contraire, je me félicite qu'il ait tenté de tuer Villers. Je pensais que d'Espeils t'avait laissée devenir la maîtresse de cette crapule sans lever le petit doigt. Je regrette qu'il ne l'ait pas tué. Ou qu'il n'ait pas visé l'entrecuisse au lieu du bras, afin de le mettre définitivement hors d'état de nuire de ce côté-là.

– As-tu meilleure opinion de mon frère ?

– Non. C'est un aristocrate odieux. Je n'ai rien oublié de ce qu'il nous a fait.

– Si je t'en priais, ferais-tu quelque chose qui me soulagerait d'un grand poids ?

Il secoua la tête.

– Une faveur ? Après m'avoir menti ?

– J'essayais de protéger mon frère. Je mentirais pour te protéger, toi aussi.

– Dieu me vienne en aide si jamais nous en arrivions là.

– Alors, m'accorderais-tu cette faveur ?

– Que veux-tu ?

– Pourrais-tu demander à ton frère Jean-Baptiste, qui a toute autorité en Auvergne, de veiller à ce qu'il n'arrive malheur ni à mon frère ni à ma sœur Madeleine ?

– Tu ne manques pas d'audace ! Sache que d'Espeils s'est montré ordurier au possible lorsque mes frères sont allés porter ma demande en mariage. À croire que je n'étais qu'un vulgaire valet de ferme et ma famille, une troupe de gueux. Que croit-il donc, ce gentillâtre ? Que seuls les nobles ont leur fierté ? Et lorsqu'il a convoqué Jean-Baptiste après avoir découvert notre projet de fuite, ce misérable a fait pire. Il a osé salir la mémoire de notre mère bien-aimée, Dieu ait son âme, en proférant à mon égard une injure infâme. Si j'avais été là, il n'y aurait pas survécu. Heureusement pour lui, Jean-Baptiste est plus mesuré que moi, mais il ne lui a jamais pardonné.

– Mon Dieu ! Je ne savais pas. Comment mon frère a-t-il pu dire une chose pareille ? J'en ai honte pour lui et j'implore ton pardon en son nom. Mais malgré toutes ses fautes, c'est mon frère, et son sort me tourmente. Grâce à toi, je suis en sûreté ici. Mais lui, en Auvergne, se trouve à la merci de l'homme qu'il a outrageusement insulté. À cause de lui, Madeleine est aussi en danger. Je te supplie humblement, instamment, d'être magnanime, d'écrire à Jean-Baptiste pour lui demander de l'être tout autant. J'en appelle à la tendresse que tu avais jadis pour moi, que par miracle tu m'as gardée, et que je te rends de tout mon cœur.

Il me prit par les épaules pour me faire asseoir auprès de lui.

– Viens ici.

Sa voix, son visage ne trahissaient aucune émotion. Ses yeux, si sombres que l'iris se fondait dans la pupille, étaient fixés sur moi. Sa poitrine se soulevait régulièrement, calmement.

– Voici ce que je vais faire. Je demanderai à Jean-Baptiste de ne pas écraser d'Espeils comme un cancrelat sous le talon de sa botte, ainsi qu'il le mériterait. Je lui demanderai aussi d'être indulgent envers la citoyenne Chalvignac. Cela, note-le bien, ne vaudra que si ces deux-là se tiennent parfaitement tranquilles. Au moindre écart, Jean-Baptiste se montrera impitoyable, et il sera inutile de me solliciter.

– Comment pourrai-je jamais te remercier de ta bonté ?

– Je suis incapable de bonté envers ces malfaisants, qui ne méritent pas un vingtième de l'affection que tu leur portes. Ce que je fais, je le fais pour toi.

Il me regarda d'un air grave.

– Gabrielle, j'entends que les choses soient claires. Je veux bien accorder à ton frère et à ta sœur une certaine protection, dont ils sont indignes, surtout lui, mais cela s'arrêtera là. Quelques-uns de tes amis seront bientôt jugés par le Tribunal pour leurs crimes. Je ne veux pas être harcelé de demandes de clémence en faveur de ces traîtres. Non seulement ne parviendrais-tu pas à m'influencer, mais tu m'irriterais grandement. Je ne veux pas entendre un seul mot de toi sur toute affaire en cours. M'as-tu bien compris ?

Je lui baisai la main.

– Très bien. Jamais je n'oserais t'importuner avec ce genre de suppliques.

Ma parole ne devait pas être mise à l'épreuve. En novembre 1792, Pierre-André m'informa que le Tribunal du 17 août allait être dissous.

– À vrai dire, beaucoup des scélérats que nous aurions dû envoyer à la guillotine ont été massacrés en septembre dans les prisons. Pour y remédier, on nous a donné compétence pour les crimes de droit commun, ce qui est étranger à l'objet du Tribunal.

– Que vas-tu faire maintenant ?

– On m'a proposé le poste de commissaire national près le tribunal du deuxième arrondissement. Cela équivaut aux fonctions d'accusateur public. Je vais accepter. C'est une nomination à vie, et je conserve le même traitement. Et bien sûr, je reste membre du conseil général de la Commune.

Souriant, il passa une main dans mes boucles.

– J'aurai plus de temps à te consacrer, mon aimée.

73

AIMÉE M'OBSERVE AVEC CURIOSITÉ tandis que j'écris. Ma petite-fille Gabriella déplore la lenteur de mes progrès : la nouvelle robe de sa poupée n'est pas prête.

– La pauvre Janie n'aura rien de neuf à se mettre ce printemps.

– Mais si, mon trésor. Feu ma mère, comme toi, se plaignait amèrement de ma paresse. Je finirai la robe de Janie avant dimanche. Es-tu contente ?

Aimée se tourne vers moi.

– Je vous vois beaucoup écrire ces derniers temps, maman. De quoi s'agit-il ?

– Ce sont mes mémoires, ma chérie. Ma vie pendant la Révolution.

– Pourquoi ?

– Pourquoi pas ? L'écriture me fait mal, et elle me libère en même temps.

Aimée demande à une servante d'amener Gabriella à sa gouvernante, malgré les protestations de l'enfant.

– C'est l'heure de tes leçons, ma chérie.

Une fois seule avec moi, Aimée reprend le fil de la conversation.

– Pourquoi vous replonger dans ces moments affreux ? Ne vaut-il pas mieux les oublier ?

– Je ne les ai jamais oubliés. Et toi ?

– Je ne veux pas les raviver. Et je ne veux pas que Gabriella en sache quoi que ce soit.

– De quoi te souviens-tu ?

– De bien assez. De cette course avec vous dans une longue galerie dorée. Vous avez tiré sur un homme et il a essayé de vous couper la tête avec son sabre. Vous étiez couverte de sang. Je me souviens d'un jardin plein de cadavres nus, couverts de sang eux aussi.

– C'était aux Tuileries le 10 août 1792, ma chérie, quelques jours avant ton septième anniversaire.

– Ensuite nous nous sommes installées dans un taudis, puis nous avons déménagé encore, et encore. Il nous a fallu changer de nom, nous cacher, fuir. Vous avez été arrêtée sous mes yeux. Deux fois. Chaque fois, j'ai cru que je ne vous reverrais jamais. Je vivais dans la terreur constante de vous perdre.

Je pose la robe de la poupée sur une table.

– Ce n'est pas tout, maman. Je me souviens d'une sorte de géant aux cheveux sombres, à la voix de basse terrifiante. Il venait le soir, toujours vêtu de noir. J'en avais une telle peur que je ne pouvais rien avaler quand il soupait avec nous. Je n'osais ouvrir la bouche en sa présence.

Elle secoue la tête.

– Vous arrêtiez tout lorsque vous reconnaissiez son pas dans l'escalier, vous couriez lui ouvrir avant même qu'il ne frappe à la porte. Vous vous jetiez dans ses bras comme s'il n'y avait d'autre refuge au monde. Et cette manière dont vous le regardiez… Jamais je ne vous ai vue agir ainsi. Quand il était là, je n'existais plus.

Je me lève pour m'asseoir à côté d'elle sur le canapé.

– Comment peux-tu dire cela ? Depuis que tu es née, ton confort et ta sûreté ont toujours été les premiers de mes soucis. De ma vie, je n'ai pris de décision sans penser d'abord à toi. C'est vrai, cet homme était, avec toi, tout ce que j'avais au monde. Il m'a sauvé la vie plus d'une fois et nous a sauvées de la misère. Tu devrais lui en être reconnaissante. Sans lui, ni toi ni moi ne serions ici aujourd'hui.

Aimée se poste devant la fenêtre, dos à moi.

– Et mon père ? Pourquoi ne m'en parlez-vous jamais ?

Le chagrin et la colère contenus toutes ces années sont sur le point de déferler.

– Je voulais te protéger en t'épargnant ce triste récit. J'en parle justement dans mes mémoires. Je n'avais aucune intention de te les faire lire, mais sans doute avais-je tort. Tu comprendrais alors quelle brute était ton père, comment il m'a violée, comment il m'a battue, comment il a tué ton petit frère, comment il nous a laissées dans le dénuement, à la merci du premier scélérat qui a croisé mon chemin après mon veuvage. Voilà pourquoi je me suis tue : tu es née d'un viol, du viol d'une pauvre fille de quinze ans qui aimait un autre homme. Ah, tu veux que je te parle de ton père ? Eh bien, parlons-en ! Tu me demanderas grâce longtemps avant que je n'aie fini.

Aimée, sans quitter la fenêtre, se met à trembler de tout son corps.

– Maman, je vous en supplie. Je ne veux rien savoir de plus de toute cette misère, ni de l'homme en noir.

– Assez ! Tu m'entendras. Je n'ai jamais pu me marier avec l'homme en noir, comme tu l'appelles. Si cela nous avait été permis, je serais sa veuve, et mon deuil en eût été différent. Le mariage se dissout par la mort. Mais cela ne devait pas être. Ce qui m'unit à lui n'a pas été délié, et ne le sera jamais.

Je regarde Aimée droit dans les yeux.

– D'ailleurs, ton nom, Aimée, vient de lui. C'est ainsi qu'il m'appelait, avant qu'on me force à l'abandonner, qu'on me jette dans le lit de ton bourreau de père. C'est la raison pour laquelle je t'ai appelée Aimée. Depuis que tu es née, chaque fois que j'ai prononcé ton nom, j'ai pensé à lui, à cet homme que j'aimais, que j'aime toujours, que tu n'as pas su aimer. Mais toi aussi, tu es liée à lui. Tu es sienne. Sa mort n'y change rien. Et le fait que cela te déplaise n'y change rien non plus.

Aimée fond en larmes.

– Maman, je vous prie!

– Ce que je te dis, ce que j'écris, c'est à moi d'en décider. Je suis libre. Crois-moi, j'en ai payé le prix.

– Mais c'est aussi ma vie que vous écrivez!

– C'est notre vie. Écoute bien ce que je vais te dire, car je ne le répéterai pas. Je serais fort triste de te voir partir et de me séparer de Gabriella, mais je ne recevrai pas d'ordres de ma fille. M'as-tu bien entendue?

Aimée, secouée de sanglots, me demande pardon. Je la prends dans mes bras, mais ses larmes ne me détourneront pas de mon but. Au contraire, je n'en suis que plus déterminée à écrire.

Louis XVI fut guillotiné le 21 janvier 1793, après un long procès devant la Convention nationale. Le soir même de l'exécution, Pierre-André me tendit un assignat de cent livres.

– Tu iras t'acheter de l'étoffe de couleur demain. Je veux que tu te débarrasses de ta robe noire. Toute personne portant le deuil sera dorénavant soupçonnée de le faire en raison de l'exécution de Capet. Et ta fille et toi veillerez toutes deux à toujours épingler des cocardes tricolores à votre coiffe.

J'achetai deux pièces d'étoffe, l'une verte et l'autre à rayures bleues et blanches, et cousis des robes assorties pour Aimée et moi. Je confectionnai également un coqueluchon, un mantelet à capuche dans lequel je cachais mes cheveux, chaque fois que je sortais. Pierre-André avait raison: les vêtements de deuil étaient désormais considérés comme la manifestation de sympathies royalistes. J'étais en tout cas heureuse de revenir à des couleurs plus joyeuses.

Un jour que j'épinglais l'ourlet de l'une des nouvelles robes d'Aimée, cette dernière m'interrogea:

– Maman, pensez-vous que le citoyen Pierre est gentil ?

– Il est très bon avec nous. Et c'est notre seul ami maintenant.

– Pourquoi ne le voyait-on pas avant, rue Dominique ?

– Nos chemins ne se croisaient pas souvent à cette époque. Mais je le connaissais déjà. Je le connaissais bien avant cela.

– Depuis combien de temps ?

– Depuis très longtemps.

– Avant monsieur de Villers ?

– Oui, ma chérie.

– Avant ma naissance ?

– Oui. Je le connaissais avant même d'épouser ton père. Écoute, Aimée, tu es trop petite pour comprendre certaines choses. Ce que tu dois savoir, c'est que, sans lui, je serais en prison. Ou peut-être serions-nous à la rue, comme des mendiantes, au pain sec et à l'eau. Nous lui devons tout.

– Allez-vous l'épouser ?

– Non, ma chérie, je ne crois pas.

– Je préférais monsieur de Villers. J'aurais bien aimé avoir un papa. Je sais que j'en ai eu un, bien sûr, mais je ne me souviens pas de lui. Monsieur de Villers était si bon avec moi. Il m'a donné Margaret, et toutes mes autres poupées. Il m'a appris à monter à cheval. Et nous allions à Vaucelles, et aussi en Normandie voir madame de Gouville. Peut-être aurait-il été encore plus gentil si vous l'aviez épousé. Le citoyen Pierre ne fait jamais rien avec moi.

– Il n'a pas beaucoup de temps, mais ça ne veut pas dire qu'il ne t'aime pas. Il fait beaucoup pour toi, bien plus que Villers n'a jamais fait. Je te trouve bien ingrate.

– Oh, maman, je ne suis pas ingrate. Vous êtes la meilleure maman du monde. Et je suis très heureuse : maintenant je peux vous avoir toute à moi. Sauf quand il est là.

La carrière de Pierre-André prit un autre tournant lorsqu'il fut nommé juge, dès sa création, d'un nouveau tribunal criminel extraordinaire, que l'on appellerait simplement le Tribunal révolutionnaire. La fonction de cette juridiction était de punir, sans appel, « les coupables de manœuvres contre-révolutionnaires contre la liberté, l'égalité, l'unité de la République, la sûreté de la Nation et la souveraineté du peuple ».

La situation du pays était désastreuse. Après les victoires de l'automne 1792, la guerre contre les Prussiens et les Autrichiens prit une mauvaise tournure. L'ouest de la France s'était révolté contre la levée de trois cent mille hommes décrétée par la Convention. La guerre civile, dont le centre était Nantes, faisait rage. Le château de Lalande, où s'était réfugiée Hélène, n'en était qu'à une dizaine de lieues.

L'on parlait de plus en plus d'un homme que j'avais oublié depuis longtemps : Carrier, l'avocat de mon défunt mari. Celui-ci avait été élu représentant du département du Cantal à la Convention nationale. À Paris, la violence de ses discours au club des Cordeliers l'avait rendu célèbre. C'est lui qui fut dépêché en mission à Nantes pour réprimer la rébellion.

Lauzun, lui, après avoir occupé divers postes de commandement aux Pays-Bas et en Italie, avait été envoyé à la tête de l'armée des côtes de La Rochelle pour combattre les Vendéens. Il remporta des victoires décisives, mais se prit de querelle avec des officiers sortis du rang, qui n'aimaient guère servir sous les ordres d'un ci-devant duc. Pis encore, il s'était attiré l'hostilité de Carrier, qui l'accusait d'indulgence coupable envers les rebelles. J'appris qu'il avait été arrêté. J'aurais connu le même sort si j'avais accepté de me cacher dans sa maison de Montrouge l'année précédente.

74

TOUT CE QUE NOUS AVIONS, Aimée et moi, le toit au-dessus de notre tête, la nourriture dans nos assiettes, les bûches dans les cheminées, nos vêtements, l'eau de notre bain, les gages de la blanchisseuse qui lavait nos chemises, nos draps et nos serviettes, provenait de la générosité de Pierre-André. Même le sésame de ma carte civique qui me protégeait d'un retour en prison. Lorsque Pierre-André avait loué notre garni, le propriétaire avait dû penser qu'il entendait simplement y loger une maîtresse dont il ne voulait pas chez lui. Son autorité naturelle décourageait les questions oiseuses. Livrée à moi-même, j'aurais été bien en peine de nous procurer un tel logement, même si j'en avais eu les moyens. J'aurais été suspectée, comme chez Marcelin, de vouloir m'y adonner à la prostitution ou m'y cacher. En somme, je devais tout à Pierre-André.

Il évitait de me le faire sentir et me traitait généralement avec la tendresse qu'un homme, disait-il, devait à sa femme, tendresse que je n'avais jamais reçue ni de mon mari ni de Villers. De cela, je lui vouais une reconnaissance sans bornes. Je l'aimais, et c'était à lui, au plus profond de mon cœur, que me liait l'anneau nuptial jadis passé à mon doigt par un autre.

Pourtant, je redoutais ses accès de colère froide tout autant que les crises durant lesquelles il s'emportait. Je savais que la seule évocation de Villers le rendait furieux, et qu'il ne m'avait jamais tout à fait pardonné mon abandon passé. L'envie lui viendrait-elle un jour de m'en punir de manière cuisante ? Que ferais-je alors, moi qui étais entièrement sous sa coupe ?

Dans ces circonstances, je me mis en quête d'une place, pour retrouver une toute petite part d'indépendance. Mais cela n'était guère facile. Je savais broder, mais la broderie était passée de mode. Les hommes n'en portaient plus, et même les élégantes ne voulaient pas afficher une mise aux relents d'Ancien Régime. Louise, qui avait été brodeuse, avait dû accepter une place de couturière au théâtre du Marais.

– Imaginez donc, madame ! Jamais je n'aurais cru tomber si bas. Un théâtre n'est pas un endroit pour les honnêtes gens. Les acteurs n'ont pas droit à des funérailles chrétiennes.

– Ce n'est plus le cas maintenant. Je suis sûre qu'un prêtre assermenté donnerait les derniers sacrements à toute personne, y compris un acteur ou une actrice, qui en ferait la demande.

– C'est bien ça qui ne va pas ces temps-ci, madame. Personne ne respecte plus rien. Dieu merci, j'en serai quitte dans une semaine, j'ai donné mon congé au théâtre. Je commence chez la veuve d'un chirurgien.

– Donc ta place de couturière est libre ?

– Je crois que oui. Mais vous ne feriez pas une chose pareille, madame, j'espère ?

– Oh, si !

Je dus insister longuement avant que Louise accepte de me présenter au citoyen Granger, directeur du théâtre du Marais. Cet établissement ne pouvait guère être considéré comme l'un des plus prestigieux de Paris. Il avait connu une certaine notoriété l'année précédente en mettant à l'affiche *Robert le républicain*, une pièce dans laquelle la princesse Thérèse, jeune et belle, fille du roi Ludovic, était retenue prisonnière dans une tour, tandis que *Robert le républicain*, une brute avinée et illettrée, présidait un « tribunal de sang » devant lequel les partisans de la princesse étaient traînés. Le peuple de Franconie, pays où se déroulaient les événements, avait finalement libéré Thérèse, massacré Robert, et rétabli le bon roi Ludovic sur le trône.

Il va sans dire que *Robert le républicain* n'était pas resté longtemps à l'affiche. Lors de la première, la troupe avait eu bien du mal à se faire entendre sous les huées et les sifflets de l'audience. La deuxième représentation, toujours redoutée des acteurs superstitieux, avait attiré de nombreux sans-culottes du faubourg Saint-Antoine, qui avaient cassé tous les sièges et menacé de pendre la princesse Thérèse, ainsi que le bon roi Ludovic, à la lanterne.

Le théâtre avait dû fermer quelques jours. Sous la nouvelle direction du citoyen Granger, le répertoire se limitait à des romances entre bergers et bergères dans des villages idylliques. Les pièces s'intitulaient désormais *La Chaumière de Lison*, *Le Sabot perdu*, et *La Vertu reconnue.*

Granger jeta à peine un coup d'œil aux échantillons de mon travail que j'avais apportés.

– Je suis sûr qu'une jeune citoyenne aussi plaisante que toi ne peut manquer d'être bonne couturière. Tu n'es pas une ancienne noble, au moins ?

– Certes pas, citoyen.

– Bon. Nous n'avons pas besoin de nouveaux ennuis avec la Commune, nous avons déjà un ci-devant marquis comme souffleur. C'est un bon patriote, mais je ne veux pas qu'il soit dit que le théâtre du Marais est un repaire d'aristocrates.

– N'aie crainte. J'ai ma carte civique.

Je lui montrai le précieux document.

– Alors tout me semble en ordre. Peux-tu commencer la semaine prochaine, quand la citoyenne Picard nous quittera ?

– Certainement, citoyen. Puis-je amener ma petite fille pour m'aider ? Elle est très calme. Je te promets qu'elle ne gênera personne.

Il accepta et je fus présentée à la troupe. L'actrice principale était Charlotte Thibaud, qui avait incarné la princesse Thérèse dans *Robert le républicain*. Je n'eus aucun mal à reconnaître en elle la jeune femme que j'avais vue en compagnie de Pierre-André à la guinguette. Ses cheveux n'étaient plus d'un rouge flamboyant, mais blonds, ce qui convenait mieux à l'allure virginale requise par son répertoire. Je découvris bientôt qu'elle n'hésitait pas à mettre ses atouts à profit. Il me semblait qu'elle entretenait une relation étroite avec Granger, ce qui ne l'empêchait pas de bénéficier des attentions bienveillantes d'un riche limonadier et d'un membre de la Convention nationale.

Sa rivale, à la scène comme à la ville, était Julie Morin, qui devait se contenter des seconds rôles. Les autres membres de la troupe étaient de passage jusqu'à ce qu'ils décrochent un emploi dans un établissement de plus haute volée. Je fis aussi la connaissance du ci-devant marquis de Lacoste, souffleur.

– Salut et fraternité, belle citoyenne !

– Salut et fraternité, citoyen Lacoste.

– Félicitations. Granger n'a pas perdu de temps pour t'engager, je vois.

– Il avait besoin de quelqu'un pour remplacer rapidement Louise.

– As-tu beaucoup d'expérience comme couturière ?

– J'ai cousu toute ma vie, mais je n'ai pas eu besoin de trouver du travail jusqu'à mon veuvage il y a un an. Le décès de mon mari m'a laissée dans des circonstances difficiles.

– Tu t'exprimes de manière bien gracieuse, ma chère. Que faisait donc ton mari ?

– Il était marchand de volailles, mais j'ai été élevée dans un couvent avant que mes parents ne perdent leur fortune.

Lacoste arqua le sourcil.

– On dirait l'une de ces histoires qu'on lit dans les romans. C'est bien émouvant. En as-tu parlé à Granger ? Il pourrait en faire une pièce.

– Et toi, citoyen Lacoste ? Il paraît que tu es un ci-devant marquis.

– En effet. Le début de la Révolution m'a trouvé dans les cachots de Vincennes, où j'ai passé dix ans grâce à une lettre de cachet obtenue par ma belle-mère, qui est indéniablement la truie la plus laide et la plus vindicative de tout le pays.

– Pourquoi avait-elle demandé une lettre de cachet contre toi ?

– Avec ta permission, chère citoyenne, je ne t'en dirai pas davantage tant que je ne te connaîtrai pas mieux…

La réaction de Pierre-André fut celle que je craignais.

– Toi, couturière au théâtre du Marais ? Je te loge, je te nourris, et tu ne peux rien imaginer de mieux que d'aller chercher une place dans un théâtre ! Demande donc un rôle dans la prochaine pièce et monte sur les planches, tant que tu y es ! Et pourquoi, je te prie ? Quelques livres par semaine ? Es-tu prête à risquer ta vie pour si peu ?

– Mais je serai très prudente, mon amour. Le public ignorera tout de mon existence.

– Et les acteurs, le directeur, le souffleur ? Ils ignorent tout de ton existence, peut-être ?

– Ils n'ont aucune raison de suspecter qui je suis. Le directeur s'est contenté de ma carte civique.

Je souris.

– J'ai rencontré l'une de tes connaissances là-bas, la citoyenne Thibaud.

– Je sais. Ce n'est pas elle qui m'inquiète.

– L'as-tu vue récemment ?

– Il y a quelques mois. Elle est venue me trouver après le scandale de *Robert le républicain*. Elle avait peur d'être arrêtée. Et le théâtre était fermé jusqu'à nouvel ordre.

– La scène ne semble pas être la seule source de ses revenus.

– Gabrielle, il me semble que tu es mal placée pour juger une autre femme.

– Depuis combien de temps était-elle ta maîtresse quand je vous ai aperçus à la guinguette ?

– Depuis un an environ. Ce fut un choc de te trouver là-bas, entourée de ton souteneur et de tes amis de la cour. Le soir même, je me suis fâché avec elle. Pauvre Charlotte, elle n'avait certainement rien fait pour le mériter. Elle s'était facilement contentée de ce que je lui donnais et avait rejeté les offres d'hommes bien plus riches que moi. Elle avait même accepté de se teindre les cheveux en roux pour me faire plaisir.

Il sourit. Je rougis.

– As-tu continué à la voir après cela ?

– Nous sommes restés amis, bien que nous ne soyons plus intimes depuis des années.

– Que s'est-il passé quand elle est venue te voir après la fermeture du théâtre ?

– J'ai promis de faire ce que je pourrais auprès de la Commune pour le faire rouvrir et lui éviter des ennuis. Elle a alors offert de reprendre nos anciennes relations, dans un mouvement de gratitude, note-le bien. Je l'ai remerciée et j'ai décliné son offre, nous nous étions déjà retrouvés, toi et moi.

Il planta son regard dans le mien.

– Je n'entends pas recevoir de faveurs personnelles en raison de mes fonctions, que ce soit au Tribunal ou à la Commune. Quant à Charlotte, ce n'est peut-être pas un modèle de vertu, mais elle n'a aucune méchanceté et elle est d'une générosité rare. Je l'ai aidée par amitié. Tu devrais être la dernière à te plaindre que j'aie le cœur si tendre.

– Je ne m'en plains pas. Mais j'ai peur que tu te lasses de moi et que tu me quittes.

Il m'enlaça avec tendresse.

– Je t'aime comme ma femme. Jamais je ne t'abandonnerai. Surtout dans les circonstances actuelles. En revanche, je voudrais que tu renonces à cette idée stupide d'aller travailler au théâtre, ou n'importe où d'ailleurs ! Couds tant que tu veux, mais fais-le ici, sans t'exposer à des risques inutiles.

– Je sais que tu ne penses qu'à ma sûreté, mais je ne vois personne d'autre que toi et Aimée, enfermée toute la journée. Je t'en supplie, mon amour, laisse-moi prendre cette place. Je te promets d'être très prudente et de la quitter au premier signe de danger.

Il me lâcha.

– Eh bien, vas-y, Gabrielle, conduis-toi comme une imbécile ! Mais si tu as des ennuis, ne compte pas sur moi pour te tirer d'affaire.

75

Le peuple manquait de pain. Le pays était déchiré par la guerre civile ; les Prussiens et les Autrichiens menaçaient de nouveau Paris. Les Girondins au pouvoir, qui avaient tant voulu cette guerre, furent arrêtés à la Convention sous la menace des canons du général Hanriot, le nouveau commandant de la garde nationale. Leurs chefs furent jugés par le Tribunal révolutionnaire et guillotinés.

La Commune estimait que la situation exigeait des mesures énergiques. Il devint obligatoire pour tous les théâtres parisiens de jouer des œuvres patriotiques trois fois par semaine pour l'édification du peuple. Ces spectacles étaient financés par la Commune, et donc gratuits pour le public. Au théâtre du Marais, ils attiraient une foule plus bruyante et moins bien habillée que les autres soirs, surtout les sans-culottes du faubourg Saint-Antoine.

Pour se conformer à l'obligation en vigueur, Granger choisit une pièce intitulée *Le Pape en enfer*. Charlotte jouait une religieuse qui, après avoir repoussé les avances libidineuses du saint-père, avait jeté l'habit aux orties pour épouser un vertueux républicain. La pièce, autorisée par la Commune, avait rapidement été retirée de l'affiche, sans explication et malgré l'accueil chaleureux du public. Je ne regrettai pas de voir le *Pape* sombrer dans l'oubli, car j'avais détesté coudre un habit de nonne pour Charlotte. Outre l'irrespect de la pièce envers la religion, elle me rappelait trop Hélène. Le château de Lalande, où ma sœur avait trouvé un moment refuge, avait changé plusieurs fois de mains au gré des troubles, avant d'être finalement incendié par les troupes républicaines. Même Pierre-André, que j'avais supplié de sauver ma sœur, n'avait pu en retrouver la trace.

Le Pape en enfer fut remplacé par *Les Crimes de la noblesse.* Charlotte tenait le rôle d'une bergère dont le père avait été pendu sous l'Ancien Régime en raison des accusations calomnieuses du marquis de La Turpitude. Le marquis avait des desseins lubriques sur Charlotte, lesquels étaient finalement contrecarrés par son rustique amoureux. Le dénouement consistait en une scène où l'infâme aristocrate recevait une bastonnade de ses anciens vassaux. Après chaque représentation, le public applaudissait à tout rompre et entonnait en chœur le *Ça ira* :

Ah, ça ira, ça ira, ça ira !
Les aristocrates à la lanterne.
Ah, ça ira, ça ira, ça ira !
Les aristocrates, on les pendra.
Et quand on les aura tous pendus,
On leur foutra la paille au cul,
Imbibée de pétrole, vive le son, vive le son,
Imbibée de pétrole, vive le son du canon.

Ces accents me donnaient le frisson. Je me plaignis à Lacoste du nouveau répertoire.

– J'en suis bien d'accord avec toi, citoyenne. Ces pièces ne valent pas grand-chose.

– Elles sont épouvantables.

– D'un point de vue littéraire, certes, mais ce n'est pas ce qui compte. Elles éduquent le peuple en exposant les impostures de la religion. Tu n'imagines pas combien les préjugés engendrés par la superstition et le fanatisme sont encore puissants.

– Que veux-tu dire ?

– Il suffit de regarder les relations entre les sexes. Il est clair que, contrairement à ce que prétend la Bible, toutes les femmes appartiennent à tous les hommes.

– Non, ce n'est pas clair du tout. J'ai la chance de n'appartenir à personne.

– C'est mal, ma chère, très mal. Tu devrais appartenir à tout homme qui a envie de toi.

Je levai un sourcil dubitatif.

– Tu oublies, chère citoyenne, que nous sommes tous nés libres et égaux en droits.

– Non, je ne l'oublie pas. Et justement, puisque je suis libre, je n'appartiens à aucun homme.

– Mais nous ne parlons pas de la liberté des femmes ici, mais de l'égalité entre les hommes ! Si tu refuses les avances d'un homme au prétexte que tu en aimes un autre, tu violes le principe d'égalité.

– Sottises ! Je n'ai pas besoin d'alléguer quoi que ce soit pour décliner les attentions d'un homme qui ne me plaît pas. Crois-tu donc qu'une femme a non seulement le droit, mais le devoir de se donner à tout homme qui sollicite ses faveurs ?

– Absolument.

– Et quelle liberté aurais-je si je ne pouvais l'utiliser pour envoyer au diable un homme qui ne me plaît pas ?

– Ah, mais tu ne le ferais pas au nom de la liberté ! Tu le ferais par pudeur. Ce sentiment méprisable n'existe pas dans la nature. La preuve : les animaux ne sont pas pudiques.

– Mais nous ne sommes pas des animaux. Tes opinions, citoyen Lacoste, reflètent le mépris le plus absolu pour les droits des femmes.

– Les femmes n'ont pas de droits. Selon moi, la loi devrait établir des maisons de prostitution où tout homme pourrait convoquer, par la force publique au besoin, toute femme qu'il convoite. Je soutiens que cette règle devrait s'appliquer, quel que soit l'âge de la femme.

– Même si c'était une enfant ?

– Évidemment. Et même si c'était la fille ou la sœur de l'homme en question.

– Citoyen Lacoste, tes idées sont pour le moins répugnantes.

– L'inceste, la sodomie, le blasphème, l'adultère, tous ces crimes dits religieux sont maintenant abolis. C'est l'un des plus grands acquis de la Révolution. Mais il faudrait aller beaucoup plus loin. Le mariage, à mon avis, devrait être interdit. Ce n'est rien d'autre qu'une forme de servitude.

– C'est bien le seul point sur lequel nous sommes d'accord. Sache une chose, toutefois : si le système que tu appelles de tes vœux fonctionnait en sens inverse, je ne m'en servirais pas à ton égard.

Il éclata de rire.

– Je m'en doutais ! C'est pourquoi il vaut mieux que l'homme prévale et dispose.

Les opinions de Lacoste étaient suffisamment extrêmes pour ne pas être prises au sérieux. Je veillais cependant à ce qu'Aimée ne s'approchât jamais de lui hors de ma présence. La seule raison pour laquelle je tolérais, et pouvais apprécier, la compagnie du ci-devant marquis était que sa conversation me rappelait la légèreté et le libertinage de l'Ancien Régime. Et Lacoste n'avait jamais de gestes déplacés à mon endroit.

J'étais moins à l'aise avec Granger, qui ne manquait jamais une occasion de se pencher par-dessus mon épaule pendant que je cousais. Au début, je m'étais installée dans un grenier surplombant la scène. Je dus rapidement abandonner cette retraite, car le directeur se plaçait sous le petit escalier qui y menait chaque fois que j'y montais. Je me mis à travailler dans les coulisses, ce qui me permettait à la fois d'assister aux répétitions et d'échapper aux attentions de Granger. Aimée m'accompagnait toujours. C'était une enfant tranquille, absorbée par ses leçons et aimable avec tout le monde. Je lui appris à coudre et elle fut vite en mesure de me seconder dans les tâches les plus simples.

76

Chaque fois que j'évoque le mal du pays devant mes amis anglais, ils s'imaginent qu'il s'agit d'un sentiment profond de regret. Ce sont des novices en matière de chagrin. Mon mal du pays se manifeste par la réminiscence, sans rime ni raison, d'une image précise. Selon les années ou les saisons, elle change. Ces derniers temps, c'est Notre-Dame, avec ses contreforts massifs et gracieux, qui m'habite.

L'ancienne cathédrale dominait notre partie de l'île de la Cité. Aimée et moi y assistions à la messe, célébrée par le clergé assermenté. Mais au cours d'un office, le braiment d'un âne interrompit le prêtre qui s'apprêtait à consacrer le vin de messe. La congrégation se figea. Un groupe de sans-culottes menait le pauvre animal, affublé d'une mitre d'évêque et de vêtements sacerdotaux, à travers la nef. Mon premier instinct fut de m'enfuir, mais je ne voulais pas attirer leur attention. Les intrus, gueulant des chansons obscènes, atteignirent le maître-autel. L'un d'eux poussa le prêtre d'une bourrade et, s'emparant du calice, but le vin de messe. Il se tourna alors vers nous, déboutonna son pantalon et urina dans le vase sacré. Frissonnant devant le sacrilège, je couvris les yeux d'Aimée et pris la résolution de ne plus assister à la messe. Bientôt, la cathédrale fut d'ailleurs fermée au culte catholique.

Certains membres de la Commune semblaient vouloir restaurer une autre sorte de culte dans le vénérable bâtiment. Un après-midi, en rentrant du théâtre, je distinguai des acclamations provenant du parvis de Notre-Dame. Je me dirigeai prudemment dans cette direction, prête à fuir au premier signe de danger. La foule était d'humeur fort joyeuse. Un homme, portant le pantalon, la veste courte et le bonnet rouge des sans-culottes, conduisait vers les portes de la cathédrale une jeune femme à la gorge plantureuse, couronnée de fleurs artificielles et vêtue d'une draperie à la grecque nouée d'une ceinture tricolore. Hébert, qui avait présidé mon procès à La Force, marchait à côté d'eux, aussi élégant que d'ordinaire. Derrière, des jeunes filles aussi accortes et habillées de la même manière, défilaient, suivies d'un cortège d'hommes. J'interrogeai la femme à côté de moi.

– On célèbre encore des mariages à Notre-Dame ?

– Mais non, que t'es sotte ! Le sans-culotte que tu vois, là-bas, c'est Chaumette, l'agent national de la Commune. Et la citoyenne qu'est avec lui, c'est la déesse Raison. Elle va être installée dans son temple maintenant que les culs-bénits ont été foutus dehors.

J'aurais pu lui faire remarquer que la nouvelle divinité ressemblait à une simple mortelle, peut-être même à une actrice ou une danseuse, mais je ne voulais pas être accusée de sacrilège. Je me hâtai de disparaître.

Le soir même, je racontai la cérémonie à Pierre-André.

– Je sais. En qualité de membre du conseil général, j'ai été invité à cette mascarade. Et à Notre-Dame, de plus ! Je me suis excusé au prétexte que j'étais retenu au Tribunal. Robespierre est écœuré. Il pense, à juste titre, que les bouffonneries d'Hébert et de Chaumette avec leur saleté de déesse Raison ne sont que de l'athéisme à peine voilé.

– Mais Chaumette et Hébert contrôlent la Commune.

– Plus pour longtemps. Les jours de cette racaille sont comptés. Robespierre m'a demandé de dénoncer l'athéisme comme doctrine aristocratique au conseil général. La séance promet d'être houleuse.

La Convention avait voté un décret ordonnant la destruction des tombes et monuments funéraires situés dans les églises. Le souvenir de la crypte de Chancelade, où le corps de mon fils avait été déposé, revint me hanter. Je ne pouvais chasser de mes pensées l'image du minuscule cercueil blanc. Je ne m'en étais jamais ouverte à qui que ce soit. Même Aimée ignorait l'existence de ce petit frère mort juste avant qu'elle n'atteignît l'âge de un an. Ce soir-là, je fus envahie par le désespoir à l'idée de la profanation de la tombe de mon enfant, de ses os si fragiles et petits qu'ils étaient peut-être déjà poussière.

Lorsque Pierre-André me rejoignit, j'étais allongée sur le lit, tout habillée, sanglotant si fort que je ne pouvais dire mot. Il me regarda en silence, alla chercher à la cuisine une serviette mouillée qu'il me posa sur le front. Il s'assit à côté de moi et me caressa les cheveux. Ma respiration ralentit.

– Peux-tu me dire ce qui se passe ?

– C'est la nouvelle loi.

– Laquelle ?

– Celle qui ordonne la destruction des tombes dans les églises.

– C'est cela qui te bouleverse tant ? Je pensais que d'Espeils avait été arrêté, à tout le moins.

– Les tombes de la famille de Peyre à Chancelade vont être profanées. Ton frère Jean-Baptiste pourrait l'empêcher. Je t'en supplie, demande-lui.

– Jean-Baptiste est un homme raisonnable. Il sait que cette mesure vise principalement les sépultures royales, à Saint-Denis et ailleurs. Il a assez à faire sans s'occuper de celles de Chancelade.

Pierre-André fronça le sourcil.

– Je ne pensais pas que la dépouille de ton regretté mari te soucierait tant. Pour ma part, je ne verrais guère d'inconvénient à ce qu'elle soit jetée aux ordures.

– Ce n'est pas de lui qu'il s'agit, mais du corps de mon fils, qui va aussi être jeté aux ordures.

– Tu as eu un fils ?

Je confiai à Pierre-André le drame de mon second accouchement. Son visage se ferma.

– Le monstre ! Frapper une femme en couches, et la sienne, qui plus est. Ton malheureux petit, si tu n'étais grosse que de sept mois, n'aurait sans doute pas vécu bien longtemps, mais c'est quand même cette brute qui l'a tué. Quand je pense que je suis parti à Paris comme un lâche en te laissant aux mains de cet homme. J'aurais dû tout faire pour empêcher ton mariage, quitte à lui écraser le crâne à mains nues.

– Alors tu serais mort aussi. Ce mariage était le seul moyen de te sauver. Tu dois me croire et me pardonner.

Il me souleva de l'oreiller et me serra dans ses bras.

– Je te crois. Que pouvais-tu faire, pauvre petite oiselle de quinze ans ? Ton frère t'a refusée à moi alors que je t'adorais, que je t'aurais chérie de toute mon âme, que je t'aurais protégée de toutes mes forces. Il a préféré te livrer, à peine sortie de l'enfance, à une bête immonde. C'est sa cruauté qui est impardonnable.

– J'aurais dû chercher à te retrouver lorsque je suis arrivée à Paris, mais je pensais que tu me haïssais.

– Je ne t'ai jamais haïe, Gabrielle. J'avais appris par mes frères que tu étais à Paris et que tu vivais chez la duchesse d'Arpajon. Pendant des mois, j'ai espéré une visite, une lettre de toi, un signe que tu pensais toujours à moi. Rien.

Il secoua la tête.

– Si au moins Villers t'avait épousée ! J'en aurais eu bien de la peine, mais je me serais fait une raison, en te souhaitant d'être mieux mariée cette fois. Mais non, j'ai appris que tu avais quitté la protection de la duchesse, qu'il t'entretenait, que tu étais devenue une fille de joie. Fallait-il qu'il fût bête pour ne pas reconnaître la chance inouïe qui t'avait placée sur son chemin ! Au lieu de cela, il a été assez vil pour te déshonorer.

Il poussa un long soupir.

– J'en ai été affligé comme si j'avais appris ta mort. Je ne pouvais le concilier avec le souvenir que j'avais gardé de toi. Tu étais délicieuse au bord de la Cère, Gabrielle. À quinze ans, tu étais sans peur, joyeuse, pétillante d'esprit, naïve et provocante à la fois, et aussi, bien sûr, la plus belle fille du monde. Et quelques années plus tard, tu as laissé Villers te transformer en courtisane. Comment as-tu pu faire une chose pareille ?

– Je n'étais plus la même quand j'ai rencontré Villers. Mon mariage m'avait arraché mon innocence, j'avais appris la peur. Je ne pouvais faire confiance à aucun homme, et j'ai manqué de courage.

– Et cette nuit au Champ-de-Mars ? J'espérais que tu viendrais enfin me trouver, et tout ce que j'ai reçu de toi, c'est cette stupide lettre !

– Moi aussi, j'espérais que tu viendrais me voir.

– Tu pensais vraiment que j'allais te rendre visite là où cette crapule t'entretenait ? N'avais-tu pas remarqué que la seule vue de cet endroit me rendait malade ? Et que devais-je penser de ta visite aux Jacobins ? Étais-tu venue me narguer ?

– Je ne pensais pas t'y voir. Je n'avais aucune intention de te provoquer.

– J'avais renoncé à te comprendre. Mais ensuite, tu es venue me supplier de t'aider, après m'avoir superbement ignoré. Je me demandais si tu allais t'offrir à moi. Eh bien, je n'ai pas été déçu !

Il me prit le menton.

– Écoute-moi, Gabrielle, je te pardonne. Et je demanderai à Jean-Baptiste de s'assurer que les sépultures de l'église de Chancelade restent intactes. Maintenant, veux-tu te calmer ?

Il me repoussa doucement sur l'oreiller et s'allongea à côté de moi. Je me blottis contre lui.

Les tombes royales de Saint-Denis furent profanées et les corps des rois, depuis Dagobert et les Mérovingiens, jetés dans une fosse creusée à côté de la basilique. De nombreuses sépultures royales et nobles connurent le même sort dans tout le pays. Mais mon premier mari et mon fils aîné reposent toujours en paix dans la crypte de Chancelade.

Quelque temps plus tard, je fus attirée par une musique inhabituelle qui me conduisit devant Notre-Dame, où des centaines de Noirs étaient rassemblés. Par un vote unanime, la Convention nationale venait d'abolir l'esclavage dans toutes les colonies et tous les territoires français. La Commune fit construire une scène à l'intérieur de la cathédrale pour y tenir une fête. J'y assistai de l'extérieur. Des Noirs, hommes et femmes, dansaient, au son de rythmes que je n'avais jamais entendus, avec des membres de la Commune ceints de l'écharpe tricolore. Je remarquai les yeux d'une jeune femme fixés sur moi. Le cœur battant, je reconnus le beau visage de Rosalie, que je n'avais pas vue depuis le départ de la comtesse de Provence, presque deux ans auparavant. Rosalie s'arrêta un instant, puis elle se détourna et reprit sa danse. Il suffisait alors de se taire pour sauver la vie d'autrui.

77

Marie-Antoinette, devenue la veuve Capet, fut transférée du Temple à la Conciergerie. Je ne pouvais m'empêcher de songer à la peine qu'elle avait dû éprouver d'être séparée de ses enfants, surtout de son fils, son « chou d'amour », ainsi qu'elle le nommait. C'était une mère attentionnée et affectueuse, et elle adorait ce petit garçon, un bel enfant précoce. En octobre, Pierre-André m'avait informée qu'il serait l'un des juges qui siégeraient au procès. Je n'osai pas lui poser de questions avant la fin de celui-ci.

Le procès de la ci-devant reine se déroula du 14 octobre à l'aube du 16. Elle fut guillotinée vers midi ce jour-là. Je revis Pierre-André dans la soirée.

– Elle devait être épuisée. Quinze heures d'affilée le premier jour du procès, et presque vingt-quatre le second.

– En effet, mais elle l'était dès le début. Elle semblait avoir vingt ans de plus que son âge, avec ses cheveux gris, ses paupières tombantes et son visage bouffi.

– La dernière fois que je l'ai vue, c'était aux Tuileries…

– Je n'ai jamais eu l'honneur de la rencontrer là-bas. Je l'ai vue pour la première fois lors de son interrogatoire préliminaire il y a quelques jours. Elle nous prenait manifestement pour des imbéciles et se conduisait avec la même arrogance que si elle avait été entourée de ses courtisans. Elle tapotait du bout des doigts sur l'accoudoir du fauteuil des accusés comme si ç'avait été son pianoforte. Elle a conservé cette insolence tout au long du procès.

Il haussa les épaules.

– Quand on lui a demandé son nom au procès, elle a déclaré s'appeler Marie-Antoinette de Lorraine d'Autriche. Herman, qui présidait et qui est assez adroit, lui a permis d'utiliser ce nom au lieu de veuve Capet. Il avait raison, bien sûr. Elle rappelait ainsi au jury qu'elle était, n'avait jamais cessé d'être, l'Autrichienne. Herman la vouvoyait en lui donnant du « Antoinette ». Il ne s'est jamais départi de sa courtoisie envers elle. Pour ma part, je tutoie tout le monde, accusés, avocats et témoins, et je rappelle vertement à l'ordre ceux qui auraient l'audace de me vouvoyer. Je ne veux pas qu'on puisse confondre la salle d'audience avec le salon d'une ci-devant duchesse. Mais Herman est plus coulant. À de nombreuses reprises, il a laissé Antoinette répondre de manière évasive, sans la presser plus avant. Elle ne savait pas... Elle ne se souvenait pas... Elle aurait rencontré plus de difficultés avec un autre juge. Avec moi, en particulier. Je l'aurais secouée énergiquement jusqu'à qu'elle réponde à mes questions avec l'exactitude et le respect dus au Tribunal. Mais c'était habile de la part d'Herman, je l'admets. Maintenant, même les royalistes les plus endurcis ne pourront se plaindre qu'elle n'ait pas été traitée équitablement.

– Comment a-t-elle plaidé sa cause ?

– Sa principale défense a consisté à clamer qu'elle n'était responsable d'aucune de ses actions. Elle aurait obéi aux ordres de son mari en tout, lorsqu'elle a préparé la fuite à Varennes ou envoyé les plans de guerre français à son frère, le tyran d'Autriche. Cela aurait pu convaincre si ç'avait été une autre femme, et un autre homme. Dans son cas, il était de notoriété publique que Capet était entièrement sous sa coupe, que c'était devenu un malheureux imbécile sans volonté propre. Bien sûr, il a fallu qu'Hébert vienne témoigner qu'elle aurait incité son fils à se livrer à des « pollutions indécentes et funestes pour son tempérament », comme il l'a élégamment dit. On peut faire confiance à ce scélérat pour soulever une obscénité en chaque occasion. Herman a bien entendu ignoré cette accusation, mais l'un des jurés a demandé à Antoinette d'y répondre. Cela lui a donné l'occasion de feindre l'indignation et de faire appel à toutes les mères qui se trouvaient dans le public.

– Je suis sûre que cette accusation est une calomnie.

– Moi aussi. Les garçons de l'âge du petit Capet jouent à cela sans que l'on ait besoin de leur enseigner quoi que ce soit, et la plupart des hommes ont l'intelligence de s'en souvenir. Robespierre était furieux lorsque je lui ai rapporté la scène. Bien sûr, ce chef d'inculpation n'a pas été retenu dans les questions posées au jury, qui devait se prononcer sur les accusations d'aide aux ennemis étrangers et intérieurs de la France et de conspiration avec ceux-ci. Les deux avocats d'Antoinette, quant à eux, se sont contentés de répéter ce qu'elle avait dit sur l'obéissance à son mari et autres inepties. Les jurés ont délibéré plus d'une heure. Je commençais à craindre qu'ils n'aient été trompés par ses mensonges.

– Mais ils l'ont déclarée coupable.

– À l'unanimité. Herman a invité le public au calme avant qu'elle soit rappelée dans la salle d'audience pour qu'il lui lise la déclaration du jury et qu'elle entende le réquisitoire de Fouquier-Tinville. Ce qui s'est fait dans le silence le plus complet.

– Comment a-t-elle réagi ?

– Elle semblait stupéfaite. Je me demande à quoi elle s'attendait. Nous avons ensuite délibéré entre nous sur la peine, ce qui fut bref, et Herman lui a lu son jugement de condamnation à mort. Il était quatre heures du matin. Elle a quitté la salle d'audience sans un mot. Vers dix heures, nous nous sommes tous les cinq rendus avec le greffier dans sa cellule pour lui relire le jugement, comme le prévoit la loi. Figure-toi qu'elle a tout d'abord refusé de nous entendre ! Mais Herman a fait preuve de fermeté : il l'a tancée et l'a obligée à nous écouter.

Il rejeta la tête en arrière.

– Pour qui se prenait-elle ? Elle devait s'imaginer qu'elle était encore la reine et pouvait nous donner des ordres. Pour tous les hommes raisonnables, c'était une traîtresse, une espionne, une vulgaire criminelle comme les autres. Sanson, le bourreau, est arrivé et lui a lié les mains dans le dos. Là encore, il a fallu qu'elle proteste et fasse des histoires. Puis elle est allée à la guillotine. Elle n'aura pas volé son sort.

– Je sais qu'elle souhaitait la défaite des armées françaises. Elle s'est sans doute rendue coupable de haute trahison. Mais bien qu'elle ne m'ait jamais appréciée, je ne peux m'empêcher d'éprouver une grande pitié pour elle. Imagine, être reine de France pour finir jugée comme une criminelle.

– Nous sommes tous égaux devant la loi. Je sais que c'est un principe qu'elle n'a jamais pu se résoudre à accepter, mais c'est le fondement, avec la liberté, de la Révolution.

– N'as-tu jamais de pitié pour l'accusé ?

– Cela peut m'arriver. Mais il me semble que tu as bien vite oublié comment les affaires de justice étaient menées sous l'Ancien Régime. Je l'ai vu de mes yeux quand j'étais avocat. Les juges d'alors, ces juges qui nous méprisent tant pour avoir été nommés par les élus du peuple, avaient acheté ou hérité leur charge. Il n'y avait pas de jury. Beaucoup d'accusés, les pauvres évidemment, n'avaient pas d'avocats. La procédure pénale était secrète. Même l'accusé et son avocat, s'il en avait un, n'avaient pas accès au dossier de l'accusation. Ils allaient à tâtons, sans connaître les preuves. Comment voulais-tu te défendre, dans ces conditions ?

Voyant que je ne répondais pas, Pierre-André poursuivit.

– Une fois l'audience terminée, l'accusé entendait son arrêt à genoux devant ses juges. S'il était condamné à mort, il montait sur la charrette du bourreau, pieds nus, en chemise, un cierge à la main, avec souvent, pour parfaire son humiliation, un écriteau au cou indiquant son crime. Il s'arrêtait devant Notre-Dame, et là, en haut des marches, on le faisait de nouveau mettre à genoux, en public cette fois. Il devait répéter à haute voix devant la foule une confession lue par le greffier, et demander pardon à Dieu, au roi et à la justice. C'était l'amende honorable. Après ce cérémonial dégradant, il était conduit place de Grève pour y être pendu, s'il avait eu la chance de ne pas être condamné à la roue. Tout cela, dans l'immense majorité des cas, pour avoir volé quelques pièces d'argent ou avoir participé à une rixe entre ivrognes.

– Ce que tu me dis est encore pire que la pendaison à laquelle on m'a fait assister quand j'étais enfant.

– C'est que tu n'as vu que l'exécution elle-même. Regarde ce qui se passe aujourd'hui. L'accusé a accès au dossier de l'accusation. La procédure est publique et chacun a droit à un avocat de son choix. Nous en désignons même un d'office pour ceux qui n'ont pas les moyens d'en engager un. L'accusé comparaît libre, sans fers. Le seul signe de respect exigé est de se lever lorsque nous entrons dans la salle d'audience. Personne ne se met à genoux, personne n'est obligé de déclamer une confession forcée, personne ne demande pardon en public, personne ne meurt dépouillé de ses vêtements et de sa dignité. Ceux qui nous accusent d'être un « tribunal de sang » et qui feignent de regretter la justice d'Ancien Régime sont des scélérats et des menteurs. La plupart des affaires que nous traitons se terminent par un non-lieu après l'interrogatoire préliminaire devant un juge, ou par un acquittement par le jury.

Je me souvins de la dernière fête de la Saint-Louis à Versailles, le 25 août 1789. La reine avait été ulcérée lorsque les délégués de la ville de Paris et de la garde nationale s'étaient inclinés devant elle sans s'agenouiller. Quatre ans plus tard, elle avait dû se lever en signe de respect devant les hommes vêtus de noir qui l'avaient condamnée à mort.

78

Au cours des mois suivants, le Tribunal révolutionnaire jugea de nombreux accusés. Parmi les guillotinés célèbres figuraient madame Roland, l'ancienne reine de la société parisienne sous les Girondins, Philippe Égalité, le ci-devant duc d'Orléans, accusé de conspirer pour restaurer la monarchie à son profit, et Bailly, qui avait été maire de Paris lors du massacre du Champ-de-Mars, au cours duquel j'avais failli trouver la mort. Cité comme témoin de l'accusation, Pierre-André n'avait pas siégé comme juge à son procès.

Et il y avait les autres ennemis de la Nation, ceux-là obscurs, les boutiquiers qui refusaient d'accepter les assignats en paiement de leurs marchandises, les boulangers qui laissaient moisir leur pain plutôt que de le vendre au prix officiel, les cultivateurs qui gardaient leur blé pour faire monter les cours.

Je lus que même Osselin, ancien président du Tribunal du 17 août, et maintenant membre de la Convention, avait été arrêté pour avoir caché la ci-devant marquise de Charry, suspectée d'émigration. Pierre-André m'avait parfois parlé de lui.

– Osselin était inepte comme juge, surtout dans les fonctions de président. Il laissait les accusés et les avocats discourir à l'envi sur des questions oiseuses, et il m'arrivait souvent d'intervenir pour remettre un peu d'ordre à l'audience, même si ce n'était pas mon rôle en tant qu'assesseur. Mais ce n'est pas un mauvais homme. Il s'est fait prendre. Il avait procuré à la femme Charry diverses cachettes sous de fausses identités à Paris et aux environs. Il l'avait finalement logée dans le presbytère de son frère, un prêtre assermenté.

– N'est-ce pas ce que tu fais pour moi ? Et si tu te faisais prendre, toi aussi ?

– D'abord, tu n'es pas émigrée. La femme Charry avait été arrêtée il y a quelques mois. Elle avait fait appeler Osselin à la rescousse. Il s'était porté garant d'elle et avait convaincu les policiers de la relâcher, sans réussir à obtenir un non-lieu. Il a alors essayé de la convaincre de se rendre de son plein gré. Lorsqu'elle a refusé, il l'a dénoncée.

– Était-elle sa maîtresse ?

– À ton avis ?

– M'aurais-tu dénoncée si tu avais été à la place d'Osselin ?

Il haussa les épaules.

– Tu sais bien que non.

– Si j'étais arrêtée, je ne prononcerais même pas ton nom. Je te suis trop reconnaissante de tout ce que tu as fait pour moi. Je ne te compromettrais jamais.

– Et jusqu'au bout, je tenterais de te sauver. Mais la situation d'Osselin était différente. Je suis intervenu auprès de Robespierre, mais il n'était pas enclin à enterrer l'affaire. Il y a des éléments que tu ignores. Le propre frère d'Osselin l'a dénoncé, et la femme Charry, en bonne aristocrate, cocufiait ce pauvre naïf d'Osselin avec un autre galant qu'elle recevait dans le presbytère hospitalier de l'abbé.

Il secoua la tête.

– Tout le monde a trahi tout le monde dans cette histoire, bien moins romanesque qu'il n'y paraît au premier abord. Robespierre n'a été favorablement impressionné par aucun des protagonistes. Je ne peux l'en blâmer. Il n'empêche que je ne pouvais laisser Osselin aller à la guillotine sans essayer de faire quelque chose pour lui.

– Et madame de Charry ?

– Elle est indéniablement coupable d'émigration pour s'être rendue à Bruxelles. Elle sera condamnée à mort.

– La pauvre femme…

– La loi est claire, Gabrielle. Tout émigré pris sur le territoire de la République encourt la peine de mort. Ces scélérats ne reviennent en France que pour fomenter des troubles ou espionner pour le compte des puissances ennemies. Et je te parie que la femme Charry, pour obtenir un sursis, va raconter qu'elle est enceinte d'Osselin ou de son autre amant, ou pourquoi pas des deux ! Alors épargne-moi ta pitié, et écoute-moi bien.

Il me saisit par les épaules et me regarda dans les yeux.

– Si tu es à nouveau arrêtée, je veux en être informé immédiatement. Immédiatement, tu m'entends ? J'en accepterai les conséquences, quelles qu'elles soient. Ce que je ne veux en aucun cas, c'est te retrouver devant moi à l'improviste au Tribunal, ou découvrir ton nom après coup parmi la liste des guillotinés. Plus tôt je saurai que tu as été arrêtée, plus j'aurai de chances de te sauver.

La ci-devant marquise de Charry fut reconnue coupable d'émigration et condamnée à mort. Elle obtint en effet un sursis, mais périt sur la guillotine quand il fut avéré qu'elle n'était pas enceinte. Osselin en fut quitte pour une condamnation à la déportation, commuée en prison à perpétuité. Le second amant de madame de Charry, le frère d'Osselin et les officiers de police qui l'avaient arrêtée furent acquittés.

79

IL N'ÉTAIT PAS ENCORE SIX HEURES du soir, bien avant l'heure des visites habituelles de Pierre-André, lorsqu'il interrompit notre partie de piquet. Pour amuser Aimée, qui aimait les cartes, j'en avais acheté un jeu dans le nouveau style : les rois avaient été remplacés par les génies des Arts, de la Guerre, de la Paix et du Commerce, les reines par les allégories du Mariage, de la Presse, des Professions et de la Religion, toutes portant des tuniques dans le style antique. Les valets étaient devenus les égalités des Droits, des Grades, des Devoirs et des Couleurs. L'égalité des Couleurs étant représentée par un Noir brandissant un fusil et piétinant les chaînes brisées de l'esclavage. Il n'y avait pas l'ombre d'une couronne en vue.

Pierre-André semblait de fort méchante humeur et portait sous le bras un paquet plat, enveloppé dans la toile grossière que l'on utilise pour les sacs de farine. Au lieu de me prendre dans ses bras, comme à son habitude, il s'adressa à moi d'un ton péremptoire et sans me saluer.

– Envoie ta fille dans la chambre. Je t'ai apporté un présent.

Aimée laissa aussitôt tomber ses cartes et fila. La taille de l'objet, un peu plus de quatre pieds sur trois, me faisait craindre le pire.

– Ouvre-le.

Je pris mes ciseaux de couture et, les mains tremblantes, coupai la ficelle. C'était bien ce que je redoutais. Lorsque la toile de sac tomba à terre, je me vis, nue sous une draperie transparente, mes longues boucles rousses flottant autour de mon visage et jusqu'à mon entrecuisse, l'inscription « LA BARONNE DE PEYRE » lisible en capitales noires dans un médaillon au bas du cadre doré. Je levai les yeux vers Pierre-André, qui me regardait froidement.

– Je croyais qu'il avait été détruit...

Je me souvenais de la foule furieuse qui avait mis à sac l'hôtel de Villers le 10 août, des meubles et des tableaux jetés par les fenêtres. J'avais espéré que mon portrait avait été piétiné, brûlé, ou lacéré à coups de baïonnette. Mais par la plus déplorable des malchances, il était parfaitement intact.

– C'est tout ce que tu as à m'en dire ?

J'étais debout à côté de la table, tournant entre mes doigts la Liberté du Mariage. La draperie de la figure féminine faisant écho à la mienne dans le tableau. Les mots « Modestie » et « Divorce » étaient imprimés sur la carte.

– J'en ai honte. Je n'avais que dix-huit ans, mais j'en avais déjà honte alors. Où l'as-tu trouvé ?

– Je passais rue Honoré devant une boutique remplie de vieilleries, de portraits de ci-devant nobles, de blasons et autres saloperies aristocratiques. Imagine ma stupéfaction lorsque j'ai aperçu, au beau milieu de la devanture, à la place d'honneur, un visage familier. En fait, plus qu'un visage, car tout le reste m'est familier aussi.

Je portai les deux mains à mon front.

– Le marchand en voulait deux cents livres. Je lui ai dit que je n'en paierais pas plus de cinquante pour le portrait d'une dévergondée, d'une garce sans pudeur, d'une aristocrate débauchée. Il m'a fait observer que c'était précisément l'indécence de la chose qui lui donnait son piquant. J'ai finalement déboursé cent livres pour cette immondice.

Pierre-André pointait du doigt le tableau.

– Quand je pense que j'ai dû insister pour te faire mettre nue devant moi, ce soir-là, dans ta mansarde ! Je parie que tu as fait moins d'histoires devant ce scélérat de peintre.

– C'était madame Lebrun.

– Mais c'est Villers qui a commandé cet infâme barbouillage, bien sûr ?

Il avait haussé le ton.

– Réponds-moi.

– Oui, c'était Villers.

– Tu as donc laissé ce sac de fiente te faire peindre nue !

Sa voix tonnait dans la pièce. Aimée devait tout entendre depuis la chambre.

– Tu ne te souciais pas de qui verrait ce portrait ? Tous ses amis, tous ses laquais, ont dû s'en amuser. Tu ne te demandais pas en quelles mains il pourrait tomber ? Et il a fait mettre ton nom en toutes lettres sur le cadre, le misérable, pour te compromettre, pour afficher ta liaison avec lui !

Je baissai la tête.

– Tu aurais pu être reconnue vingt fois, ainsi exhibée dans la devanture de cette boutique. Te rends-tu compte du danger, au moins ? Il a fallu que j'achète cette croûte répugnante, qui me jette à la figure tes années de putanisme avec Villers. Je ne sais ce qui me retient…

Je lâchai la Liberté du Mariage et reculai de quelques pas.

– J'avais dix-huit ans… Et Villers n'est plus.

– Au diable Villers ! Je te parle de *toi*.

Il se rapprocha.

– Et ce n'est pas tout. Par une malencontreuse coïncidence, un autre de tes galants, bien vivant celui-là, du moins pour quelque temps, s'est rappelé à mon souvenir ce matin.

– De qui parles-tu ?

– Allons, devine.

– Lauzun ? Le général Biron ?

– Celui-là même.

– J'ai lu dans le journal qu'il avait été arrêté, mais je ne savais pas que son affaire allait être jugée si vite. C'était mon ami.

– Ton ami ?

– Il n'a jamais été mon amant.

– Tu serais bien la seule femme de la cour avec laquelle il n'ait pas couché.

– Je te jure sur la tête d'Aimée que je te dis la vérité.

Il me fixait, les yeux mi-clos.

– Tu n'oserais pas ?

J'inspirai profondément.

– Tu m'as fait promettre de ne pas t'importuner avec des demandes de clémence, et je ne le ferai pas. Mais si tu dois siéger au procès de Lauzun, je te supplie de ne pas utiliser tes fonctions pour lui nuire.

– Est-ce là l'idée que tu as de moi ? Tu penses que j'userais de mes fonctions pour faire condamner à mort un homme qui a été ton ami, ou ton amant, ou Dieu sait quoi ! Si tu veux tout savoir, je devais procéder à son interrogatoire préliminaire, mais me suis arrangé pour me faire remplacer par un autre juge. Je ne veux rien avoir à faire avec le procès de ce traître. Car il est clair qu'un général qui démissionne de son commandement en pleine guerre, comme il l'a fait, est un traître.

Je m'attendais maintenant à ce que mon portrait fût jeté au feu, mais Pierre-André se contenta de le laisser contre le mur, face à nous. Je lui demandai si je pouvais l'emporter dans la chambre. D'un bref coup de tête, il fit signe que oui. J'y plaçai le tableau, face au mur.

Je pris Aimée par la main et nous descendîmes chez le traiteur acheter des tripoux, une spécialité auvergnate dont Pierre-André était particulièrement friand, et une bouteille de son vin de Bourgogne préféré. Il mangeait sans m'accorder un regard. Je n'avais pas beaucoup d'appétit et l'observais du coin de l'œil. Aimée, la tête rentrée dans les épaules, ne touchait pas à son assiette. Personne ne disait mot. Pierre-André se retira dans la chambre, un verre de vin à la main, aussitôt après le repas.

Aimée m'aida à desservir et à laver la vaisselle. Alors que je la mettais au lit sur le canapé, elle murmura :

– Maman, le citoyen Pierre est-il fâché contre vous ?

– Mais non, ma petite chérie. Il est un peu contrarié par sa journée, c'est tout.

– Est-ce qu'il va vous faire du mal ?

– Bien sûr que non. Tu peux dormir tranquille, mon trésor.

Je lui baisai le front et lui souhaitai bonne nuit.

Je dus rassembler mon courage avant d'ouvrir la porte de la chambre. Pierre-André avait ôté son gilet et sa cravate, et s'était assis sur le tapis devant l'âtre, absorbé par la contemplation des flammes. L'une de ses larges mains soutenait son menton tandis que l'autre reposait sur son genou. Mon cœur se serra à la vue du tableau, qui de nouveau nous faisait face.

– Viens ici.

Sa voix était froide. Je ne bougeai pas.

– Faut-il que je vienne te chercher ?

Je m'approchai prudemment. Il désigna le portrait d'un mouvement de la tête.

– Déshabille-toi. Je veux comparer.

Belle, depuis son cadre doré, me suivait de ses yeux alanguis alors que je me défaisais lentement de mes vêtements.

– Plus vite.

Une fois dévêtue, je m'apprêtai à m'asseoir près de lui, mais il m'arrêta d'un geste.

– À genoux. Le dos tourné vers moi.

Les yeux clos, j'essayais de me préparer à ce qui allait suivre. Pendant un moment, je n'entendis, par-delà le crépitement des bûches dans l'âtre, que sa respiration, un grondement régulier, sourd, caverneux, la seule manifestation de sa colère. Je le sentis se mouvoir derrière moi. Il me saisit la taille d'une main, de l'autre me poussa en avant jusqu'à ce que mes épaules touchent le tapis, puis me maintint sur les genoux. Il ne se déshabilla pas, ne m'embrassa pas, n'eut aucun geste de tendresse. Ce fut un accouplement de bêtes, muet, stupide, obstiné, sans joie ni plaisir. Il jeta finalement un cri guttural et se releva aussitôt. Assise sur le tapis, je le regardais se reboutonner, nouer sa cravate. C'était la première fois qu'il ne restait pas jusqu'au matin.

– Que fais-tu ?

– Je m'en vais.

– Où vas-tu ?

– Me dépayser.

– Tu vas au bordel.

– Tu devrais m'en remercier. Je ne serais pas de bonne compagnie ici.

– Comment peux-tu être si cruel ? Jouir de moi de cette manière et me quitter pour une autre femme ? Tout cela pour m'humilier, pour me punir du passé ?

Je me redressai pour lui faire face, retenant avec peine mes larmes.

– C'est donc tout ce qui t'importe ! Alors que nous avons eu la chance de nous retrouver, alors que nous sommes réunis depuis plus d'un an. Tu veux détruire tout cela, après m'avoir dit que j'étais ta femme. Toi aussi, tu me trahis. Toi aussi, tu m'as menti !

– Assez ! Je ne t'ai pas menti. C'est justement parce que je te considérais comme ma femme que je suis en colère. Je m'en moquerais bien, autrement.

– Je t'ai dit que j'avais dix-huit ans, que j'ai toujours détesté ce tableau, que j'en suis mortifiée. Que veux-tu que de plus ? Que je me traîne à tes pieds ? Tu m'as dit que cela ne te plaisait pas.

– En effet. Ne m'irrite pas davantage. Et pourquoi ne pourrais-je pas t'humilier ? Tu l'as bien accepté de Villers. Est-il plus belle preuve de mépris que cette saleté de tableau ?

Je fermai les yeux pour mieux sentir monter ma colère.

– C'est vrai, tu as raison, il m'a humiliée, méprisée. Mais de toi, je ne l'accepterai pas. Pars si tu veux. Mais sache une chose : si ce soir tu t'en vas, moi aussi, je partirai d'ici. Ne te donne pas la peine de revenir. Nos chemins se croiseront peut-être encore, au Tribunal ou ailleurs, mais tu ne seras plus rien pour moi. Quant à ton aide, tu n'auras pas le plaisir de me la refuser, car je n'en voudrai plus.

Il darda sur moi ses yeux sombres, insondables.

– Et que ferais-tu si tu partais d'ici ? Tu courrais à ta perte, tu le sais.

– Et alors, en quoi cela t'importe-t-il ? Grâce à toi, j'ai ma carte civique. J'ai un travail. Je chercherai un autre logement. Certes, il y a un risque, mais je le prendrai. Il est des choses que je n'accepterai plus de personne, et encore moins de toi. Va-t'en, si c'est ce que tu veux !

J'étais toujours nue, debout devant lui. Les poings contre sa poitrine, je le poussai de toutes mes forces vers la porte, un geste dérisoire, car il ne bougea pas d'un iota. Il balaya mes deux mains d'un revers de la sienne, me faisant chanceler.

– Je t'interdis de me toucher ainsi. Comment oses-tu me manquer de respect ? Je n'ai jamais frappé une femme, mais prends garde.

Je le poussai de nouveau.

– Et toi, tu ne me manques pas de respect ? Frappe-moi si le cœur t'en dit. Romps-moi le cou, fais de moi ce qu'il te plaît. Je ne fuirai pas, je ne me défendrai pas. Mais ton mépris, je n'en veux pas.

Sa poitrine se soulevait par saccades sous sa chemise, son visage s'était crispé en un masque que je ne lui avais jamais vu. Ses poings se serraient et se desserraient d'un mouvement convulsif. Mais ma colère avait chassé la peur que j'avais eue de la sienne.

– Je vivais ici sous ta protection parce que je t'aimais. Si toi, tu ne m'aimes plus, je n'y resterai pas. Va-t'en, je ne veux plus te voir !

Il me dévisagea longtemps en silence, la mâchoire vissée, le souffle court. Il saisit son gilet et quitta la chambre en claquant la porte.

Ma colère s'évanouit d'un coup. Épuisée, assommée, je me laissai tomber devant l'âtre. Si je ne l'avais pas chassé, il serait sans doute revenu au bout de quelques jours ou de quelques semaines, sa rage apaisée dans les étreintes d'une prostituée, ou peut-être celles d'une ancienne maîtresse. Mais ce qui existait entre nous aurait été souillé, avili, perdu à jamais. Je n'attendrais pas, dans ce garni qu'il payait, qu'il daignât lever ma punition et, la peau encore chaude des caresses d'une autre femme, qu'il revînt faire honneur à mon lit.

Je remis ma chemise et posai le tableau contre l'un des montants de la cheminée. Comme je la haïssais, cette Belle, cette imbécile, cette catin qui s'était vendue pour quelques diamants, cette lâche qui n'avait pas eu le courage de dire non. J'avais cru l'abandonner dans les brumes du passé, mais elle avait resurgi, trônant dans sa nudité éhontée, pour me dépouiller du bonheur que j'avais enfin retrouvé et si chèrement payé.

Il faisait froid, même devant l'âtre, et je sentais mes pieds et mes jambes s'engourdir. Au matin, je ferais mon paquet, je partirais pour le théâtre avec Aimée et, le soir venu, je me rendrais chez Manon et Louise pour leur demander de nous héberger quelques jours. Il me faudrait vite trouver un logement. Je frémis au souvenir de la mansarde de la rue de l'Hirondelle. Je courrais peut-être à ma perte, ainsi que l'avait dit Pierre-André, mais je n'avais d'autre choix si je voulais sauvegarder ce qui me restait de dignité.

Mes yeux rencontrèrent de nouveau le regard insipide du portrait. Je le détachai de son cadre et le déposai au milieu du feu. Je contemplais, fascinée, Belle au bûcher. Les flammes, d'abord timides, commencèrent par lui lécher délicatement les genoux. Enhardies, sifflantes, elles remontèrent ensuite le long des cuisses pour dévorer peu à peu le ventre et les seins, où la peau blanche se boursouflait de cloques. Sous la chaleur, le corps tout entier s'animait, se convulsait, saisi de douleur. Les longues mèches rousses, affolées, s'envolaient pour échapper au brasier. Le visage, que Villers avait tant admiré, se tordait, grotesque, tourmenté, noirci, enveloppé d'un voile de fumée jaune. Bientôt il ne resta qu'une odeur âcre de vernis et de peinture flottant dans la chambre. Je n'avais nulle envie d'aller au lit et ne sais combien de temps je restai ainsi, roide de chagrin et de froid en cette nuit de décembre, ou de frimaire, comme l'on disait alors.

Soudain, j'entendis la porte d'entrée s'ouvrir. Je retenais mon souffle, ne sachant si c'était une nouvelle bouffée de colère, plus terrifiante, qui avait ramené Pierre-André. N'osant me relever, je reculai en le voyant entrer dans la chambre, appuyée sur les bras. Son regard s'arrêta sur le cadre vide, sur mon nom d'autrefois en épaisses lettres noires. Je regrettai amèrement de ne pas l'avoir brûlé aussi. Pierre-André lui donna un vigoureux coup de pied, qui le cassa net, et s'accroupit pour jeter les morceaux au feu.

– C'en est fini de cette abomination. Je suis content que tu aies brûlé le portrait, car je n'aurais pas eu le cœur de détruire une image de toi, même celle-là.

Il s'assit devant l'âtre.

– Viens ici. J'ai à te parler.

Je restai à l'écart et tirai sur ma chemise pour me couvrir les chevilles.

– Je te fais donc si peur ? N'aie crainte, je me suis calmé. Je sais que tu ne veux plus me voir, et je ne t'en blâme pas, mais je suis revenu pour te dire de rester ici. Je continuerai à payer ton loyer, même si tu ne veux plus de moi. Ne pars pas, Gabrielle, ne te mets pas en danger. Tu es ici chez toi ; je ne reviendrai plus. Et si tu as des ennuis, tiens m'en informé immédiatement, comme je te l'ai demandé. Sois tranquille, je n'attendrai rien de toi en retour. Ne refuse pas mon aide par orgueil mal placé. Je te la dois.

Je sentis mon menton trembler.

– Te souviens-tu de la lettre que je t'avais écrite pour te demander de t'enfuir avec moi, il y a si longtemps ? Je t'avais alors promis devant Dieu de te protéger jusqu'à la mort. Le souvenir de cette promesse m'est revenu, comme un coup de poing au ventre, tout à l'heure. Si j'y manquais, s'il t'arrivait malheur, je ne me le pardonnerais pas.

Je frissonnais. Il enleva son habit pour m'en couvrir les épaules et prit mes pieds gelés entre ses mains.

– Tu es transie, petite oiselle.

La chaleur de ses mains dissipait peu à peu la peine qui m'avait glacé le cœur. Il se tut un long moment, puis reprit la parole en langue d'oc.

– Je vais te conter une histoire. Au douzième siècle, quand tes ancêtres, les comtours d'Espeils, étaient au faîte de leur puissance, dans leur grande forteresse de la vallée du Goul, demeurait à Vic un seigneur nommé Girbert, allié à ta famille, et qui habitait le château que l'on nomme désormais le Castelvielh, sur l'éperon rocheux qui domine l'église. Il en reste les ruines de l'enceinte et les fondations du donjon. Tu as dû les voir.

Au son de notre langue maternelle, à la pensée de mon enfance et de ma première jeunesse, je fus envahie par une nostalgie déchirante. Par-delà ce qui séparait la ci-devant noble du Jacobin, quelque chose, au plus secret, au plus intime de notre âme, nous liait l'un à l'autre. Je fermai les yeux pour me retrouver à Vic. J'étais au Castelvielh avec Bijou et, vêtue de ma robe noire fanée, j'admirais la vue de la vallée depuis les ruines du donjon. Ma tête se posa d'elle-même, confiante, contre la poitrine de Pierre-André. Il ne fit aucun mouvement, comme s'il craignait d'altérer la douceur de cet instant.

– C'était donc là, au Castelvielh de Vic, qu'était né un fils à ce Girbert, et de ce fils on avait fait un moine. Il se nommait Pèire, comme moi, et il voyageait beaucoup, à Bordeaux, à Paris, à Barcelone. Il était troubadour, vois-tu, il chantait la beauté des femmes et l'amour profane. Je suppose que les moines d'Auvergne, en ce temps-là, ne se préoccupaient guère de religion. Voici donc ce qu'il disait :

Quand on aime,
Eût-on entendu,
Eût-on vu,
Quelque chose au désavantage de sa mie,
On ne doit croire ni ses oreilles, ni ses yeux,
On doit n'écouter que son cœur.

Il se pencha pour toucher mon front du sien. Du pouce, il écarta les mèches de cheveux que les larmes avaient collées à mes joues.

– Il avait raison, ce moine. Quand on n'est pas une brute, on fait taire la colère qu'on a contre son aimée, et on écoute son cœur. Et moi, au lieu de cela, je t'ai fait et dit des choses odieuses ce soir, alors que je te chéris plus que personne au monde, que tu es ma femme, que je n'en veux d'autre que toi.

Il enfouit son visage dans le creux de mon cou, sous les boucles de ma chevelure, et respira mon odeur. Je lui posai la main sur l'épaule. Il m'enveloppa de ses bras et me porta au lit.

Une semaine plus tard, après deux jours de procès, Lauzun fut reconnu coupable d'avoir trahi la République et condamné à mort. Il devait être guillotiné le tout dernier jour de 1793. Je ne pouvais laisser mourir un ami de si longue date sans l'accompagner. Je n'avais jamais assisté à une exécution depuis les débuts de la guillotine, mais ce jour-là, après avoir laissé Aimée chez Manon, j'attendis par un froid glacial au coin du Pont-Neuf, sur la rive droite, et regardai approcher la charrette, tirée par deux grands chevaux blancs. Lauzun était seul, assis sur l'un des bancs, les mains liées derrière le dos, les traits toujours beaux, un peu alourdis, les cheveux grisonnants, raccourcis sur la nuque. Le col de sa chemise avait été coupé pour faciliter l'opération de la guillotine. Il semblait las. Alors que la charrette tournait dans la rue Honoré, il m'aperçut. Il se redressa alors sur le banc et me sourit. Il ferma ensuite les yeux, par tristesse, ou parce qu'il voulait garder une image de moi pour le temps qui lui restait à vivre.

À pas lents, je rentrai chez moi. Me revint en mémoire la première de *Tarare* à l'Opéra, six ans plus tôt. Villers avait été tué aux Tuileries le 10 août 1792. Le duc d'Orléans avait été guillotiné en novembre 1793. Et maintenant, des trois hommes que j'avais rencontrés ce soir-là, tous étaient morts.

80

Un jour de février 1794, Pierre-André arriva chez moi et me retint dans ses bras sans un mot. J'eus aussitôt un épouvantable pressentiment.

– Que se passe-t-il ? Tu as des ennuis à cause de moi. Vas-tu être arrêté ?

– Non, mon aimée, il ne s'agit pas de moi, c'est autre chose.

– Est-il arrivé quelque chose à mon frère ?

– Ton frère nous enterrera tous deux. Non, cela concerne ta sœur Hélène.

J'avais supplié Pierre-André de retrouver sa trace, mais je ne voulais plus entendre ce qu'il avait à dire.

– Elle est morte.

Pierre-André se tut et me berça comme une enfant malade.

– Elle a été tuée, n'est-ce pas ?

– Tu connais Carrier, bien sûr. Il a été envoyé à Nantes pour mater les insurgés.

– Oui, je l'avais lu dans les journaux. Je me souviens de lui, c'était l'avocat de mon mari.

– Eh bien, lui aussi, il se souvient de ta famille. Je ne t'en ai pas parlé plus tôt parce que je ne voulais pas t'alarmer. Carrier est un excellent administrateur : grâce à lui, ni Nantes ni l'armée républicaine n'ont souffert de la disette, en pleine guerre civile. Ses décisions militaires ont été judicieuses. Les rebelles semblent en passe d'être vaincus. Mais il y a quelques semaines, Robespierre a eu vent de rumeurs qui commencent à circuler. Trop atroces pour être vraisemblables.

Pierre-André poussa un long soupir.

– Robespierre m'a toutefois demandé ce que je pensais de Carrier. L'homme est de notre pays, bien sûr, mais je ne le connais pas bien. Il avait la réputation d'être bon avocat à Aurillac, quoiqu'un peu ivrogne. C'était là le pire que j'avais entendu de lui. Robespierre et moi en avons conclu que ces rumeurs devaient être le genre de mensonges odieux que les rebelles répandent pour discréditer la République. Il a néanmoins dépêché sur place Julien, en qui il a toute confiance, pour en avoir confirmation.

Pierre-André resserra son étreinte.

– Tout était vrai, Gabrielle. Carrier ne croyait pas au Tribunal révolutionnaire ni à la guillotine, qu'il trouvait trop lente, trop inefficace. Il a fait noyer dans la Loire des centaines, voire des milliers de prisonniers, hommes, femmes et enfants, dont certains n'avaient guère plus de douze ans, sans aucune forme de procès. Il se vantait d'avoir fait d'une pierre deux coups : il vidait ainsi les prisons et se débarrassait des corps des condamnés. Julien a ramené une liste des présumés noyés. J'y ai lu le nom de ta sœur. Robespierre était bouleversé et a fait rappeler Carrier le jour même. Crois-moi, ce scélérat sera jugé et expiera ses crimes avant la fin de l'année.

– Tu ne me dis pas tout. Je le sens.

– Je te dis tout ce que je sais avec certitude.

– Qu'a-t-il fait à Hélène ?

– Eux seuls peuvent le dire maintenant.

– Je crois le deviner. Je n'ai jamais oublié la façon dont Carrier me regardait autrefois. Hélène me ressemblait, mais elle était bien plus belle. Que lui a-t-il fait ?

Pierre-André poussa un long soupir.

– C'est ce qui a le plus bouleversé Robespierre parmi les horreurs qui lui sont parvenues. Les plus jolies femmes étaient tirées de prison et amenées à Carrier. Elles pouvaient obtenir un sursis, ou même leur liberté, si elles se prêtaient à ce qu'il voulait. Il semblerait que ta sœur ait résisté, elle a été menée à la rivière le lendemain matin…

Carrier était devenu fou furieux à Nantes. Il dégainait son épée devant les membres du comité révolutionnaire local, menaçait de les mettre en pièces ou de les faire guillotiner s'ils montraient la moindre réticence à exécuter ses ordres. Il avait plongé dans l'ivrognerie et la débauche. Il n'hésitait pas à forcer, en plus des prisonnières, les belles dames de l'aristocratie nantaise qui venaient le supplier à genoux d'épargner leur mari ou leur père.

Pierre-André, qui devait le savoir, ne me dit pas ce qu'il advenait des femmes emmenées à la rivière. J'appris plus tard, lors du procès de Carrier, que les bourreaux, qui n'étaient que de vils criminels, les violaient avant de les jeter encore vivantes, pieds et mains liés, dans la Loire. Les ci-devant nobles subissaient des humiliations et des cruautés supplémentaires, que je ne peux supporter de décrire ici. La pensée des derniers tourments d'Hélène me tient encore éveillée la nuit.

Tel aurait été mon destin si j'étais restée à Noirvaux auprès de ma sœur. Moi aussi, je serais passée du lit de Carrier à celui, froid et gluant, de la Loire.

81

Londres, ce 15 avril 1815

Je viens d'avoir une terrible dispute avec Edmond. Je ne devrais pas parler ainsi de mon fils, mais c'est le plus bel homme que j'aie jamais vu. De son père, il a hérité la taille, la force et le nez aquilin. De sa mère, sa rousseur, mais d'une nuance plus foncée que la mienne, proche de celle d'Hélène.

C'est que nous avons reçu des nouvelles du continent : Bonaparte s'est évadé de sa cage dorée de l'île d'Elbe et a débarqué dans le sud de la France. Des villes et des régiments entiers se sont ralliés à lui sur son chemin. Louis XVIII, une fois de plus, a fait ses malles en hâte et s'est réfugié à l'étranger. Bonaparte a maintenant atteint Paris et s'est installé aux Tuileries. La guerre, cette guerre interminable commencée il y a vingt-trois ans, et que je croyais finie, a repris de plus belle. L'Angleterre et tout le reste de l'Europe sont à nouveau coalisés contre la France.

Edmond m'a dit qu'il voulait rejoindre les armées britanniques. Il n'en est pas question. Mon fils ne prendra pas les armes contre la France, même si elle est sous le joug du tyran. Il m'a rétorqué qu'il est anglais par son père. Dois-je lui dire la vérité ? À vingt ans, est-il d'âge à l'entendre, à la comprendre ? Mon Dieu, que pensera-t-il de moi ?

Le temps presse. Je dois reprendre mon récit.

Après mon travail au théâtre, Aimée et moi allions nous promener au Luxembourg. Des concerts y célébraient les victoires de la République. Nous écoutions les accents exaltants de *La Marseillaise* et autres airs patriotiques, accompagnés de fifres et de tambours. À cette époque, en 1794, le vent de la guerre avait tourné en faveur de la France. Non seulement la Nation était-elle libérée de l'invasion étrangère, mais nos armées occupaient les Pays-Bas autrichiens et le nord de l'Italie.

Lors d'une de nos promenades, nous constatâmes que des jardiniers arrachaient les pelouses et les parterres de fleurs. Étonnée, je demandai à un garde ce qui se passait.

– Ordres de la Commune, citoyenne ! Le citoyen Chaumette, l'agent national, a décidé qu'y a pas de place pour les fleurs dans les jardins de la Nation quand les patriotes manquent de pain. Y vont planter des pommes de terre à la place pour nourrir le peuple.

En quelques semaines, le Luxembourg et tous les autres jardins publics de Paris furent recouverts de rangs de pommes de terre. Je n'ai rien contre cette plante, dont je trouve même les fleurs assez jolies, mais cette nouvelle monotonie m'oppressait. Les allées avaient également été rétrécies pour répondre au zèle agricole de Chaumette. Je me demandais ce que la comtesse de Provence, jadis si fière de son potager, aurait pensé de ces changements. Le Luxembourg lui-même était devenu une prison.

Mais Chaumette n'entendait pas s'arrêter aux demi-mesures. Un autre jour, le même garde nous informa que les vieux arbres magnifiques allaient à leur tour être arrachés.

– Y font de l'ombre aux pommes de terre.

– Mais c'est épouvantable ! Les fleurs et les pelouses peuvent facilement être replantées, mais il faudra des siècles pour remplacer ces arbres.

– Peut-être bien, citoyenne, mais on m'a pas demandé mon avis. Tu devrais aussi garder le tien.

Ce soir-là, j'interrogeai Pierre-André à ce sujet.

– Chaumette et Hébert, ces crapules, sont à l'origine de cette brillante idée. Et Hébert utilise son torchon de *Père Duchesne* pour enflammer le peuple et s'élever encore à ses yeux. Comme si quelques arpents de pommes de terre allaient remédier à la disette ! De la démagogie pure et simple. Et ce n'est pas leur pire provocation. Chaumette a une autre idée dans ses tiroirs : « nettoyer » la capitale de ses prostituées. Il veut toutes les renvoyer devant le Tribunal révolutionnaire, parce que, dit-il, elles dépravent la morale de la nation.

Pierre-André semblait excédé.

– Comme si, avec les guerres qui font rage et tous les complots qui se trament pour détruire la République, nous avions le temps de juger vingt mille prostituées. Et les juger pour quoi ? Toute cette animosité envers ces pauvres femmes me semble bougrement suspecte. Ajoute à cela les bouffonneries de la déesse Raison, et tu verras qu'Hébert et Chaumette sont bien décidés à déshonorer la Révolution. Ils se servent de leurs fonctions pour flatter les couches les plus ignorantes du peuple. Robespierre ne peut tolérer cela plus longtemps. Si nous ne prenons pas le contrôle de la Commune, nous allons voir bien pire.

Quelques jours plus tard, Hébert fut arrêté et renvoyé devant le Tribunal révolutionnaire, avec dix-neuf complices, accusés d'un complot financé par l'étranger pour affamer Paris. Pierre-André avait été chargé des interrogatoires préliminaires, et siégeait au procès.

– Hébert était stupéfait de se retrouver devant le Tribunal, et surtout face à une vieille connaissance ! Et je sais comment mener rondement l'interrogatoire des scélérats de ce genre. Devant moi, l'accusé répond par oui ou par non aux questions. S'il veut se lancer dans des discours, il le fait plus tard, à l'audience, quand je lui donne la parole. Mais Hébert n'a pratiquement pas présenté de défense, il a plaidé à plat ventre et imploré l'indulgence du jury et du Tribunal.

Hébert, le Père Duchesne, l'idole des sans-culottes, fut envoyé à la guillotine. Je m'attendais à ce que les Parisiens se soulevassent pour soutenir un homme qui avait été si populaire, mais il n'en fut rien. Chaumette le suivit quelques jours plus tard. Les arbres de Paris furent, eux, sauvés *in extremis*.

Après l'exécution d'Hébert, Pierre-André siégea comme juge au procès de Danton, l'un des grands tribuns de la Révolution, l'homme qui se foutait des prisonniers quand il était ministre de la Justice durant les massacres de Septembre, l'homme qui avait exigé la création du Tribunal révolutionnaire. Danton fut pourtant déclaré coupable de malversations et guillotiné.

La Commune se trouva ainsi privée de Chaumette, son agent national, et d'Hébert, son adjoint. Robespierre avait les mains libres pour y placer ses amis. Pierre-André avait recommandé l'un des jurés du Tribunal, Claude-François de Payan, pour la fonction d'agent national.

– Payan est un ci-devant noble, mais ce n'est pas un aristocrate, c'est un vrai patriote, l'un de nos jurés les plus solides. Il n'a que vingt-sept ans, mais il est tout à fait qualifié pour assumer cette responsabilité. Elle m'a été proposée, mais je me rendrai plus utile comme juge. Dans les circonstances actuelles, ce n'est pas une fonction plaisante, mais il faut que quelqu'un l'exerce, et sans la moindre faiblesse. Je reste bien sûr membre du conseil général à la Commune.

D'autres changements intervinrent au sein même du Tribunal. Dumas, un Jacobin convaincu, fut promu président et Pierre-André premier vice-président, chacun étant responsable d'une section.

C'est ainsi que Pierre-André présida au procès de vingt-huit fermiers généraux, dont Lavoisier, le plus célèbre savant de ce temps-là. Leurs privilèges de perception des impôts avaient été abolis ; la plus grande partie du mur qui avait étranglé Paris pour leur profit avait déjà été détruite et les barrières d'octroi incendiées dans la liesse populaire. Pierre-André m'annonça qu'ils avaient tous été condamnés à mort.

– Ces charognards avaient bâti des fortunes colossales sur la misère des petites gens et la ruine du Trésor national. Ils avaient leurs propres prisons, et tous les ans, ils faisaient condamner des centaines de pauvres diables aux galères comme contrebandiers.

– Et Lavoisier, a-t-il lui aussi été guillotiné ?

– Pourquoi aurait-il fait exception ? Il était même pire que ses distingués confrères : c'est lui, personnellement, qui avait eu l'idée du fameux mur autour de Paris. S'il n'y en avait qu'un à envoyer à la guillotine, c'était cet affameur du peuple.

– C'était pourtant un bien grand savant.

– C'était surtout un bien grand scélérat. Il aurait dû s'en tenir à sa chimie au lieu de faire crever de faim les pauvres pour s'enrichir toujours plus. Ce genre de dépravation dépasse l'entendement. Et tu aurais dû entendre son avocat, Chauveau-Lagarde, un habitué du Tribunal, l'un des défenseurs de la regrettée veuve Capet. Ces crapules, ces rapaces de fermiers généraux ont eu l'audace de clamer que leurs fraudes sur le tabac, leurs prévarications, leurs vols, leurs escroqueries n'étaient que des crimes de droit commun, et qu'en conséquence ils échappaient à la compétence du Tribunal révolutionnaire. L'impudence de ces ordures !

Pierre-André rejeta la tête en arrière.

– Il est vrai que l'aspect juridique du dossier avait été fort mal préparé par Fouquier-Tinville, qui leur avait laissé cette échappatoire. C'était inexcusable pour un procès de cette importance. Inexcusable ! Car ne t'y trompe pas, Gabrielle, c'était le procès de l'une des tares les plus odieuses de l'Ancien Régime. Heureusement que c'était moi qui présidais ! Tu peux me faire confiance, je me suis chargé de faire entrer les chefs d'accusation dans le cadre de la loi quand j'ai rédigé les questions pour les jurés. Il est bien évident que l'empoisonnement des citoyens par leur tabac frelaté, ainsi que la mise au pillage du Trésor constituaient des crimes contre la Nation. Le jury les a déclarés coupables à l'unanimité. Après avoir recueilli l'opinion de mes assesseurs, j'ai envoyé tout ce beau monde à la guillotine.

82

Je m'étais liée d'amitié avec Charlotte au théâtre. Elle me contait par le menu ses liaisons avec divers hommes, y compris Granger, dont les prouesses intimes, disait-elle, n'étaient guère athlétiques. Elle partageait allégrement les goûts et singularités de ses amants passés et actuels, ce que je trouvais assez divertissant. Nos conversations chuchotées à l'oreille se transformaient vite en pouffements étouffés et se terminaient en fous rires.

– Et toi, Gabrielle, ton défunt mari ? Tu n'en parles jamais.

– Oh, il n'était pas aussi amusant que tes galants.

– Il n'a pas dû te faire grande impression.

– Bien au contraire. Il me battait sans merci.

– C'est malheureux, ça. Mais ce n'est pas une raison pour ne pas te remarier. L'autorité maritale a été abolie maintenant : ils ne peuvent plus te donner d'ordres. Et si tu es aux mains d'une brute, tu demandes le divorce. Il n'y a même plus besoin d'avoir une raison.

– C'est vrai. Mais je suis contente de mon état.

J'aurais aimé que Charlotte me parlât de Pierre-André, mais elle n'en soufflait mot, sans doute par peur de le compromettre. J'étais pourtant fort curieuse de savoir comment il se conduisait dans l'intimité avec d'autres femmes.

Mes conversations avec Charlotte s'arrêtaient net lorsque nous apercevions Granger, car il y était souvent question de lui. Il semblait le deviner et n'en être guère content. Un jour, il me convoqua, l'air grave, dans son cabinet. Je laissai Aimée en compagnie de Charlotte et le suivis à contrecœur.

– Assieds-toi, citoyenne, assieds-toi. Nous sommes ici entre amis, n'est-ce pas ? Sais-tu que Julie nous quitte pour le théâtre des Variétés ?

– Non, elle ne m'en a rien dit. C'est bien ennuyeux. Il faudra que tu trouves une nouvelle Nanette pour *Le Berger amoureux*. Et je devrai reprendre ses costumes pour sa remplaçante.

Granger sourit.

– Ne t'inquiète pas pour ça. Je crois que je lui ai déjà trouvé une remplaçante.

Je restai sans voix. Il se tenait debout à deux pas de moi, ses boutons de culotte à hauteur de mon visage.

– Tu ne dois pas limiter tes ambitions à la couture, ma jolie.

Je détournai la tête alors qu'il se rapprochait encore.

– Citoyen, c'est tout ce que je sais faire.

– Et pourquoi ne pas t'essayer à la comédie ?

– Je suis flattée, mais je suis sûre que je n'ai aucun talent d'actrice.

– Comment le sais-tu ?

– On m'a toujours dit que j'étais une piètre menteuse.

– Quel est le rapport avec le métier d'actrice ? Et même si tu étais la plus mauvaise actrice de Paris, qu'importe ? On n'est pas à la Comédie-Française, ici ! Les gens viennent voir de jolis minois. En fait, c'est un crime de te cacher comme tu le fais dans les coulisses. Je ne peux penser à une meilleure Nanette que toi. Je t'ai vue assister aux répétitions du *Berger amoureux*. Tu dois connaître ses répliques par cœur.

– Je te remercie, citoyen, mais il m'est impossible d'accepter.

Il ne souriait plus.

– Est-ce que je t'entends bien ? Toi, une petite rien du tout, tu refuses un rôle que toutes les actrices de Paris me supplieraient de leur donner ?

– N'insiste pas, citoyen. Je ne me sens pas à la hauteur du rôle.

Son visage se radoucit.

– Ah, je comprends. Ma pauvre chérie, que tu es timide ! Ne t'inquiète pas, je t'aiderai. Je serai très bon pour toi si tu me laisses faire.

Il me passa le bras autour des épaules et se pencha pour m'embrasser. Je me levai vivement et le repoussai.

– Que fais-tu, citoyen ?

– Et toi, que fais-tu ? Je t'ai vue te lier d'amitié avec Lacoste, ce misérable débris que je garde par pitié. Il te reluque en bavant de convoitise et pourtant ça te dégoûte pas ! Peut-être parce, toi aussi, tu es une aristocrate.

Granger me saisit par le bras.

– Tu crois que je n'ai pas vu les airs que tu te donnes ?

Je me dégageai.

– Laisse-moi tranquille, citoyen. Je n'ai pas envie de devenir actrice. Je suis couturière, c'est tout.

– Couturière ! Raconte ça à un cheval de bois et tu prendras un coup de pied. Tu refuses un rôle dans l'une de mes pièces ? Tu me refuses, moi ? Je ne suis pas assez bon pour toi, peut-être ? Mon théâtre n'est pas assez bon pour toi non plus ? Madame était sans doute habituée à quelque chose de plus grandiose ? Tu as sans doute joué la comédie à Versailles avec la regrettée veuve Capet !

Il en crachait presque.

– Petite salope ! Fieffée garce ! Putain ! Foutue aristocrate !

Je m'enfuis, poursuivie par un torrent d'injures. Dans ma retraite, je croisai Charlotte.

– Qu'est-ce qui se passe ? Qu'as-tu fait à Granger ?

– J'ai refusé le rôle de Julie dans *Le Berger amoureux* et ses propositions.

– À vrai dire, je suis surprise qu'il ait attendu si longtemps… À quoi t'attendais-tu quand il t'a engagée ? Tu devrais réfléchir à son offre.

– Certes pas !

– Mais tu ne deviendras jamais actrice si tu agis ainsi. Comment crois-tu que j'ai réussi dans ce métier ?

– C'est différent, Charlotte. Toi, tu voulais devenir actrice. Moi pas. Je crois que je vais quitter le théâtre.

– Tu n'es pas sérieuse ! De quoi vas-tu vivre ?

– Ne t'inquiète pas pour moi.

Elle fouilla dans sa poche pour en retirer un assignat.

– Tiens, prends ces cinquante livres. Tu me rembourseras quand tu pourras.

Je la serrai dans mes bras.

– Tu es bien bonne, chère Charlotte, mais ne t'inquiète pas.

Je m'empressai de rassembler mes affaires et me préparai à filer avec Aimée sans demander mon reste. Mais devant l'entrée des artistes, j'entendis des éclats de voix en provenance de la rue. J'entrouvris la porte. Lacoste, une main posée sur la poitrine, l'autre levée vers le ciel, faisait face à un groupe d'inconnus. Il déclamait à pleins poumons sur « les principes immortels de liberté et d'égalité ». Les hommes l'écartèrent d'une bourrade. Je saisis la main d'Aimée et rebroussai chemin jusqu'à la loge de Charlotte, où elle appliquait son rouge.

– Mon Dieu, je vais être arrêtée.

Elle reposa le pot de rouge.

– Arrêtée ? Mais pourquoi ?

– Lacoste a essayé de retenir la police devant l'entrée des artistes. Ils viennent m'arrêter, j'en suis sûre. Peux-tu me rendre un très grand service ?

– Bien sûr.

– Peux-tu t'occuper d'Aimée jusqu'à ce que cette affaire soit réglée ?

– Oui, bien entendu.

– Il y a autre chose, quelque chose de très important. Je sais que tu connais le citoyen Coffinhal, le juge. Dis-lui que j'ai été arrêtée. Tout de suite. N'oublie pas, je t'en supplie.

Aimée m'écoutait, bouche bée, les larmes aux yeux. Je l'embrassai en hâte et partis me glisser derrière la scène, où l'on entreposait les décors. Deux hommes étaient déjà postés près de l'entrée du public. Je restai cachée parmi les villages peints avec leurs cieux ensoleillés, leurs chaumières et leurs blancs moutons au pâturage. Je voulais attendre le début de la représentation, quand je pourrais me mêler aux spectateurs. Mon cœur battait si fort qu'il m'en faisait mal. Soudain, des voix masculines s'exclamèrent :

– La voilà ! Attrape-la !

Je courais vite avec les chaussures à lacets que je portais maintenant. Je repartis en direction de l'entrée des artistes. Mais là aussi, deux hommes étaient postés. J'étais prise, ils étaient quatre sur mes talons. L'un d'eux m'attrapa dans ses bras, en appelant les autres à la rescousse. Je me débattis en poussant de hauts cris. Il me mit la main sur la bouche. Je le mordis de toutes mes forces en donnant de grands coups de pied dans les jambes de son camarade. Je résistai jusqu'à ce qu'un troisième homme ne parvînt à se saisir de mes mains et à les lier derrière mon dos avec son mouchoir. L'homme que j'avais mordu me gifla, et je fus jetée dans un fiacre.

Les hommes m'emmenèrent à la section de la Cité, dont dépendait la rue de la Colombe. L'un des hommes me tenait fermement les poignets derrière le dos tandis qu'un autre les liait, cette fois d'une corde.

– Tu dois en avoir des choses à cacher, pour être si pressée de nous échapper. Ça ne m'étonnerait pas si d'ici peu tu allais danser une petite gigue place de la Révolution.

C'était le nom de l'ancienne place Louis-XV, où se trouvait la guillotine. Auparavant, la sinistre machine était démontée après chaque exécution. Désormais elle était simplement recouverte d'une toile cirée lorsqu'elle n'était pas utilisée, à la fois par commodité et pour rappeler aux ennemis de la Nation le sort qui les attendait.

– Je serai acquittée. Il n'y a pas lieu à poursuites contre moi.

– Pas lieu à poursuites, hein ? Écoute comme tu parles. Tu as été dénoncée comme aristocrate et émigrée.

– Ce n'est pas vrai. Je n'ai jamais quitté la France de ma vie.

Ils me tirèrent par la corde, comme un animal, dans la pièce voisine. Là, plusieurs prisonniers, tous des hommes, attendaient d'être interrogés. L'un d'eux, assis sur un banc près de la cheminée, m'offrit sa place. Quatre gardes, fumant leur pipe et buvant du vin, nous surveillaient. Je m'assis, dos au feu. La chaleur de l'âtre était agréable, mais la corde me mordait cruellement les poignets et mes mains commençaient à s'engourdir. L'un des gardes fit un signe de tête dans ma direction.

– On pourrait la détacher. C'est la seule qu'a les mains liées.

– Elle a essayé de s'échapper. Elle a même mordu un des policiers. Si cette petite garce nous file sous le nez, c'est nous qu'aurons rendez-vous avec la guillotine.

Je m'adressai au premier garde.

– Je t'en prie, citoyen, détache-moi. Je ne te rendrai pas tes bontés en te causant des ennuis.

Malgré les objections de ses camarades, le garde sortit un couteau de sa poche et coupa ma corde. Je me massai les poignets. Il m'apporta ensuite une omelette au jambon et un gobelet de vin coupé d'eau. Je le remerciai de tout cœur et fus bien aise de ce repas, car je dus patienter des heures avant d'être entendue par le comité révolutionnaire de la section, qui tenait ses séances dans la salle voisine.

Je niai tout durant mon interrogatoire. On m'ordonna de vider mes poches. Elles contenaient un modeste chapelet à grains de bois, ma carte civique, un mouchoir, un assignat de dix livres, quelques pièces de cuivre, un crayon à mine, mon étui à aiguilles et un dé à coudre. Le tout fut inventorié par le président du comité, qui jeta un regard de profond mépris à mon chapelet.

– Une fanatique, hein? Tes effets seront placés sous scellés. L'enveloppe sera remise au greffier à ton arrivée en prison et ouverte en ta présence au Tribunal révolutionnaire.

83

IL ÉTAIT MINUIT PASSÉ lorsqu'un groupe de policiers me conduisit à la Conciergerie. Je ne gravis pas l'escalier monumental du Palais de Justice que j'avais emprunté pour aller voir Pierre-André en 1792. Comme tout prisonnier, j'entrai par la petite cour sur la droite, fermée par une grille. Une seconde grille, quelques marches en contrebas, donnait accès à une salle. Là, le greffier, les yeux battus, écrivit dans le registre d'écrou mes nom, âge et description, ainsi que la mention « Prise de corps par ordre du comité révolutionnaire de la section de la Cité, pour être détenue jusqu'à nouvel ordre par mesure de sûreté générale ».

Les policiers qui m'avaient escortée signèrent le registre avant de partir.

Le guichetier ne tarda pas à arriver, suivi d'un gros chien hirsute fort sale, qui semblait bien vieux. Je distinguai le bruit d'une fête venant des entrailles de la prison.

– C'est des condamnés à mort qui divertissent leurs camarades avant de partir à la guillotine demain. Si t'as de l'argent, tu pourras faire de même avant de te faire couper ta jolie petite tête.

– Il n'y a aucune raison à cela. Je suis une bonne patriote.

– Oh, y sont tous bons patriotes ici, à les entendre. Ton dossier sera examiné demain par le citoyen Fouquier-Tinville, l'accusateur public. S'y pense qu'y a suffisamment de preuves contre toi, tu seras interrogée par un juge avant ton procès.

– Ce sera le citoyen Coffinhal ?

– Pourquoi tu voudrais que ce soit le citoyen Coffinhal ?

– J'ai entendu dire qu'il est très juste.

– Ah ça, il est pareil avec tout l'monde, c'est sûr ! Quand y gueule « T'as pas la parole ! », les accusés et les avocats s'tiennent à carreau. La plupart, d'toute façon, rien que de l'regarder, ça leur coupe le sifflet. Moi, si j'étais toi, j'préférerais passer devant le citoyen Dumas, Dumas le Rouge qu'on l'appelle, à cause de ses cheveux. Voilà un homme qu'aime à plaisanter. Remarque, les accusés rigolent pas toujours avec lui non plus. D'toute façon, c'est pas toi qui choisis ton juge. Celui que tu verras décidera de te libérer ou de t'envoyer devant le Tribunal. Ensuite, y te dira de prendre un avocat. Ou y t'en donnera un d'office si t'as pas d'argent. Mais ce sera pas avant demain ou après-demain, au moins.

Le guichetier s'empara d'une clé accrochée à un tableau.

– En attendant, y faut voir à t'loger. Les cellules payantes dans la section des femmes sont toutes prises. Et t'as sûrement pas assez d'argent pour t'en payer une, d'toute façon. Tu vas partager un pailleux, logée et nourrie aux frais de la Nation. T'as de la chance : y a une cellule dans la cour des femmes avec trois prisonnières. Tu seras la quatrième. Comme ça, vous pourrez faire un quadrille pour jouer aux cartes.

Il rit de bon cœur.

Le guichetier appela deux gendarmes qui m'invitèrent à les suivre dans une immense salle voûtée de style gothique. Il y régnait une puissante odeur d'urine. Des barres de fer, placées entre les colonnes qui soutenaient le haut plafond, formaient une cage géante qui accueillait une foule de prisonniers, tous des hommes. Une couche de paille recouvrait le sol. Seul un passage était dégagé pour mener vers les profondeurs de la prison.

Malgré l'heure tardive, mon arrivée fut saluée par un concert de sifflements et de cris. Des hommes faisaient des gestes obscènes et braillaient aux gendarmes de m'enfermer avec eux. D'autres passaient la main à travers les grilles pour essayer de saisir mes jupes. Ignorant le vacarme, nous poursuivîmes notre progression et empruntâmes plusieurs couloirs bordés de cellules, où je devinais des formes étendues dans l'obscurité. Finalement, nous atteignîmes une cour pavée à ciel ouvert. Là, tout était calme, et on ne sentait plus l'odeur fétide de la prison. La nuit était fraîche, et je serrai mon coqueluchon autour de mes épaules. Les gendarmes déverrouillèrent l'une des grilles donnant sur la cour et je me retrouvai dans une cellule avec trois autres femmes, dont je percevais vaguement la silhouette à la lueur de la lanterne. La cellule se referma sur moi et on me laissa dans l'obscurité. Une voix dure jura.

– Trouve une place à côté de la grille, et fais pas chier!

J'obéis en silence, en prenant garde de ne pas marcher sur mes compagnes. Je m'emmitouflai dans mon coqueluchon et finis par m'endormir sur la paille qui couvrait le sol.

Le jour venu, je fis la connaissance de mes compagnes d'infortune. L'une d'elles, Victorine Dubonnet, une femme d'une cinquantaine d'années, était servante dans un cabaret. C'était elle dont la voix m'avait accueillie la veille. Il y avait aussi la ci-devant comtesse de Verneuil, qui était là depuis moins d'une semaine après avoir passé trois mois à La Force. La troisième, un peu plus jeune, femme de chambre, avait été arrêtée deux jours plus tôt avec sa maîtresse, laquelle était emprisonnée dans la section payante. La présence de la comtesse et celle de la femme de chambre s'expliquaient aisément, mais je demandai à Victorine ce qui l'avait amenée là. Elle soupira.

– Ah ben, j'ai fait des déclarations inciviques devant les clients du cabaret. Y m'ont dénoncée à la section. J'étais soûle, sinon j'aurais jamais dit que les assignats étaient bons qu'à servir de torche-cul.

Elle se chargea de m'informer des usages de la prison.

– J'ai passé deux mois à l'Abbaye, et j'suis arrivée ici y a trois jours. La plupart des gens restent pas longtemps à la Conciergerie. Les places sont pour les prisonniers qui passent au Tribunal. C'est drôle qu'y t'aient amenée ici directement. C'est p'têt parce que t'habites la Cité. J'ai été interrogée par un juge hier et y m'a donné un avocat, alors je devrais passer d'vant le Tribunal aujourd'hui.

Elle haussa les épaules.

– J'ai attendu assez longtemps comme ça.

– Je suis sûre que le Tribunal sera indulgent lorsque tu expliqueras que tu étais ivre.

– C'est gentil à toi d'dire ça, mais j'aurais pas dû ouvrir ma grande gueule. Si j'suis condamnée avant trois heures, on se reverra pas, la charrette pour la guillotine part à quatre heures. Mais si j'suis condamnée qu'après, j'reviendrai passer la nuit ici en attendant celle de d'main.

La femme de chambre semblait pétrifiée par ces propos, tout comme la ci-devant comtesse. Cette dernière m'avait dévisagée avec insistance, et je me demandais si nous nous étions rencontrées avant la Révolution, mais ni son nom ni son visage ne m'étaient familiers. Elle devait simplement penser que j'étais un « mouton » des prisons.

Les gardes nous apportèrent à chacune un morceau de pain noir et une gamelle de bois remplie d'une soupe dans laquelle flottaient des morceaux de viande spongieuse. Je humai la mienne avec une certaine curiosité.

– C'est de la chair des guillotinés, dit la femme de chambre. Ces cannibales veulent nous envoyer en enfer en nous faisant manger des chrétiens.

J'éclatai de rire – personne ne devrait laisser perdre les occasions de s'amuser en prison, qui sont bien assez rares – mais je m'arrêtai net en constatant qu'elle ne plaisantait pas le moins du monde. Victorine se tourna vers elle.

– Ah, t'es vraiment bête à manger du foin ! Tu crois toutes les menteries qu'y te racontent, les culs-bénits ?

Je touillais ma soupe avec la cuiller d'étain de la prison.

– On dirait du mou.

Joséphine le servait, cru bien sûr, aux chats de Fontfreyde. Ils couraient vers elle, miaulant de plaisir, la queue levée, quand elle posait leur écuelle sur le sol de la cuisine. Je fermai les yeux pour me retrouver dans le château de mon enfance, en cette époque bénie où personne ne songeait à me couper la tête. Disparus, les murs nus de la cellule, la paille du sol, l'odeur douteuse du seau d'aisance dans le coin. J'étais dans la cuisine de Joséphine, assise dans la chaleur du *canto*, jouant avec les chats.

Victorine me rappela au présent en avalant à grand bruit des lampées de soupe. La femme de chambre considérait toujours la sienne avec dégoût. La comtesse mangeait en silence. Je trempai mon bout de pain dans ma gamelle et j'en fis autant.

Après déjeuner, on nous autorisa à nous promener librement dans la cour. Une grande fontaine occupait tout un angle de celle-ci. C'était le luxe du pailleux des femmes. Nous pouvions y faire un brin de toilette, et les plus fortunées d'entre nous, qui possédaient des vêtements de rechange, les y lavaient. Les prisonnières l'utilisaient par ordre d'ancienneté. Comme j'étais la dernière arrivée, toutes mes compagnes me précédèrent. Enfin, mon tour vint, et je pus me rafraîchir le visage dans l'eau claire. Contemplant mon reflet dans la fontaine, j'ôtai de mes vêtements et cheveux la paille qui s'y était prise pendant la nuit.

Nous passâmes le reste de la journée dans la cour. La hauteur des murs, de plusieurs étages, et les pointes de fer qui en empêchaient l'escalade, ne laissaient aucun espoir d'évasion. Nous ne serions de nouveau enfermées dans notre cellule qu'à la nuit, m'expliqua Victorine. Cet arrangement était bien plus plaisant que ce que j'avais connu à La Force.

Les hommes des cellules payantes étaient autorisés à se promener dans un couloir attenant, séparé de notre cour par une grille de fer. Ils pouvaient ainsi communiquer avec les femmes du pailleux. Certains prisonniers s'embrassaient passionnément à travers les barreaux de la grille. Interloquée par le spectacle, j'interrogeai Victorine.

– Ces gens-là sont-ils mariés ?

– Oh non. Mais ici, tu sais, on tombe vite amoureux. Y a une bonne chance qu'un des tourtereaux soit guillotiné avant longtemps. Ou les deux. Alors y perdent pas de temps.

Victorine gloussa.

– La seule qu'est restée ici des mois, c'est la veuve Capet. Et elle a pas trouvé de galant ! Je parie que c'est la première fois de sa vie qu'elle s'est reposée de ce côté-là.

Je pensais à Pierre-André. J'avais toute raison de croire que Charlotte l'avait informé de mon arrestation la veille. Il avait promis de me protéger, mais il m'avait tout aussi clairement prévenue de ne rien attendre de lui si je m'attirais des ennuis au théâtre. Ayant balayé ses mises en garde, je ne pouvais m'attendre à ce qu'il m'aidât encore une fois au péril de sa vie. J'allais payer fort cher la petite indépendance que ma place de couturière m'avait procurée, et ce n'était, hélas, pas la première fois que mes choix s'avéraient désastreux. Quoi qu'il en fût, pas un mot ne passerait mes lèvres pour trahir mes liens avec Pierre-André. Je savais qu'il s'arrangerait pour ne pas siéger à mon procès.

Je devais me préparer à la perspective de la guillotine et à laisser Aimée orpheline à l'âge de huit ans. À tout le moins, même si Pierre-André ne voulait pas m'aider, je savais qu'il n'abandonnerait jamais la pauvre enfant et l'enverrait, avec le secours de son frère, en Auvergne chez Madeleine. Il m'avait promis de protéger cette dernière, et j'étais sûre qu'il y veillerait d'autant plus après ma mort. Madeleine était une mère affectueuse, ma fille serait en sûreté chez elle.

Victorine me tapota la main.

– T'as l'air soucieuse. À ton âge, tu peux dire que t'es grosse si tu vois que les choses tournent mal. T'attends que le président y te lise la déclaration du jury. Si ça sent pas bon, tu l'dis avant qu'y te condamne à mort.

– Mais je serais examinée par les médecins de la prison. Ils verront que je ne suis pas enceinte.

– Au début, médecins ou pas médecins, y voient rien du tout. Alors le Tribunal te donne un sursis de trois mois. Pendant ce temps-là, tu payes un guichetier ou un gendarme pour t'engrosser. Avec une belle fille comme toi, y le feraient même gratis.

– Je ne peux imaginer m'offrir à un étranger et porter un enfant dans de telles conditions. Et que se passerait-il si je ne tombais pas enceinte ? Le mensonge serait simplement découvert trois mois plus tard.

– Voilà comment tu t'y prends : quand les médecins reviennent te voir au bout des trois mois, tu leur racontes que t'as fait une fausse couche, mais que tu t'es encore fait engrosser depuis. Une femme qu'était avec moi à l'Abbaye a dit ça. Un guichetier y avait vendu un fœtus, mariné dans d'l'alcool, dans un bocal. Il avait dû voler ça à l'École de médecine.

J'écarquillai les yeux.

– Si, j'te jure, elle a montré l'bocal aux médecins, comme preuve de sa fausse couche. Y devaient bien se douter qu'elle mentait : le fœtus du bocal, il était presque à terme. Mais y z'ont fait semblant d'la croire. C'est pas des mauvaises gens, au fond, les médecins des prisons. Alors le Tribunal y a donné un autre sursis de trois mois. Bon, au bout de six mois, s'y voient toujours rien, y commencent à se douter que c'étaient des menteries. Mais c'est toujours six mois de gagnés !

– C'est peut-être de l'orgueil mal placé de ma part, mais je ne peux me résoudre à faire ce que tu suggères. Je te remercie néanmoins de tes conseils.

– C'est dommage, mais je te blâme pas. Je suis pas sûre que je le ferais moi-même.

Elle rit.

– En plus, avec ma gueule, les gendarmes prendraient trop cher. J'ai pas les moyens.

Victorine fut appelée peu après. Je me levai pour lui souhaiter bonne chance et l'embrasser, mais elle se déroba doucement.

– T'es gentille, mais si tu fais ça, j'vais m'attendrir. Après, j'vais perdre mon courage devant les juges. C'est tout qui m'reste. Et oublie pas ce que je t'ai dit quand même.

Elle partit entre deux gendarmes.

84

VERS LA FIN DE LA MATINÉE, les gendarmes mirent un terme à mon angoisse en appelant mon nom. Je les suivis à l'étage dans un dédale de couloirs et d'escaliers. Certaines portes étaient si basses que je devais me baisser pour ne pas me cogner la tête. Mon cœur tambourinait : je me demandai si l'on m'emmenait dans le cabinet de Pierre-André. En réalité, on me conduisit au rez-de-chaussée de l'autre tour ronde.

Debout entre les deux gendarmes, j'attendis près d'une porte ouverte, derrière laquelle s'élevait une voix d'homme qui jurait furieusement. Je décidai de faire usage du temps qui me restait pour me recueillir, et, à genoux face au mur, je murmurai le *Salve Regina*, qui m'apporta le même réconfort qu'à La Force. L'un des gendarmes me saisit par l'épaule pour me relever, mais l'autre l'arrêta.

– Laisse-la tranquille. Elle fait de mal à personne.

Enfin un commis sortit avec une pile de dossiers dans les bras. La voix cria :

– Faites-la entrer !

Je pénétrai dans la pièce.

Un homme était assis derrière un bureau couvert de papiers. Des piles de dossiers jonchaient le sol, s'empilaient sur des tables, débordaient des armoires.

– Attendez dehors, vous deux, et laissez la porte ouverte.

Il m'étudia de pied en cap avec un certain intérêt.

– Je suis Fouquier-Tinville, accusateur public près le Tribunal révolutionnaire.

C'était alors l'un des hommes les plus redoutés de Paris. Je ne pouvais m'empêcher de ressentir une grande curiosité à son égard. Pierre-André m'avait dit qu'ils se connaissaient déjà bien avant la Révolution, quand ils étaient tous deux avocats. Fouquier était plutôt grand, bien bâti, et d'âge mûr, comme en attestaient les rides profondes de chaque côté de sa bouche. Ses cheveux étaient encore noirs, ses yeux sombres et intelligents, et son nez long et pointu, un nez accusateur.

– Que faisais-tu à genoux, là-bas ?

– Je disais mes prières.

– Tu t'attends à mourir ?

– Je n'en sais rien. Ce sera à toi, citoyen, et aux juges et aux jurés du Tribunal, d'en décider.

D'un geste sec, il brisa les scellés de l'enveloppe dans laquelle avaient été mises mes affaires et en vida le contenu sur son bureau.

– Tiens, un chapelet ! As-tu des liens avec des prêtres réfractaires ?

– Non. J'assistais à la messe célébrée par le clergé assermenté à Notre-Dame avant qu'elle ne soit fermée au culte. Maintenant, j'adresse mes prières à Dieu et à la Sainte Vierge sans prêtre d'aucune sorte. C'est pour ça que je me sers de mon chapelet.

Il m'invita d'un geste de la main à m'asseoir dans un fauteuil.

– Explique-moi pourquoi tu es ici.

– C'est toi qui devras me le dire, citoyen, car je n'en ai aucune idée. Je suis veuve et mène une vie modeste avec ma petite fille. Je suis couturière au théâtre du Marais et ne sors de chez moi que pour aller travailler ou acheter à manger. Je n'ai aucune relation avec les ennemis de la Nation. Je suis bonne patriote. D'ailleurs, je n'ai eu aucun mal à recevoir ma carte civique de mon ancienne section.

– Ta section a dû être trompée, car il existe de forts indices d'aristocratie, peut-être même d'émigration, contre toi.

– C'est impossible, citoyen. Avant d'être couturière au théâtre du Marais, je vivais en Auvergne. Je n'ai jamais quitté la France. Je suis veuve d'un marchand de volailles d'Aurillac.

Je lisais sur son visage l'expression de quelqu'un qui avait entendu beaucoup d'histoires et n'était plus dupe d'aucune.

– Je serai plus franc que toi, et je vais te dire pourquoi tu es ici. Le citoyen Granger t'a dénoncée comme aristocrate, ce qui, bien sûr, suscite des soupçons d'émigration. Ce bon patriote dit que tu te donnes des airs de marquise. Ce sont ses mots, et je trouve qu'il n'a pas tout à fait tort.

J'inspirai profondément.

– C'est donc cela ! J'ai rejeté les avances du citoyen Granger hier. Il a dû me dénoncer par dépit.

Un mince sourire apparut sur les lèvres de Fouquier.

– Je n'ai aucun mal à croire qu'un homme puisse être tenté par un morceau de choix comme toi. Si c'est le cas, Granger est un porc, mais cela n'exclut en rien que tu sois une aristocrate. Une fouille de ton domicile a permis de saisir les cahiers d'un enfant. Il est évident que tu as reçu une excellente éducation. Tu t'exprimes fort bien et sans accent du pays. Veux-tu m'expliquer où la femme d'un marchand de volailles aurait appris à parler ainsi ?

– Enfant, j'ai été envoyée dans un couvent pendant quelques années. J'y ai appris à parler le français. Mais j'ai été orpheline très jeune et j'ai dû épouser le citoyen Labro à quinze ans. Je n'ai pas d'argent pour envoyer ma fille à l'école et je m'efforce de lui donner un peu d'instruction.

– Où est-elle maintenant ?

– Je n'en sais rien, citoyen. Nous avons été séparées quand j'ai été arrêtée.

– Pourquoi as-tu tant résisté si tu es innocente ?

– J'étais terrifiée à l'idée d'aller en prison.

Il arqua le sourcil.

– Tu n'as pas l'air terrifiée du tout. J'ajouterais même qu'il y a longtemps que quiconque n'a répondu à mes questions avec tant de calme.

– C'est que je me sens rassurée en ta présence, citoyen, car tu me parles avec bonté.

– Es-tu déjà allée en prison ?

– Non.

– Je vais faire diligenter une enquête sur toi. D'ici là, tu resteras ici au pailleux. Si tu dis la vérité, tu n'as rien à craindre et tu seras libérée. Dans le cas contraire… Ah, il semblerait que nous ayons de la visite.

Je me retournai, le cœur battant. Pierre-André se baissa pour passer par l'encadrement de la porte. Pour la première fois, je le vis tel qu'il apparaissait aux accusés. Le manteau qui lui couvrait les épaules les élargissait encore, le chapeau à hautes plumes noires le grandissait jusqu'à lui donner une allure monumentale. Son expression de colère froide, ses yeux sombres, joints à sa voix tonnante, devaient inspirer la terreur dans la salle d'audience. Il claqua la porte derrière lui, faisant trembler toute la pièce.

– Toi et ta manie de laisser ta porte ouverte ! La citoyenne est une patriote. Laisse-la tranquille.

– Ah, tu la connais ? C'est curieux, elle ne m'en a rien dit. C'est fort aimable à toi de suspendre ton audience pour m'en informer. La citoyenne Labro, à l'en croire, est couturière, veuve d'un marchand de volailles de ton pays. Elle coud peut-être, mais elle a l'air d'une marchande de volailles comme moi je ressemble au pape. Mais si tu me dis que tu la connais…

Fouquier se leva pour s'asseoir sur son bureau.

– Tu arrives juste à temps, car je pensais appeler les gardes nationaux de service aux Tuileries avant le 10 août. J'ai idée qu'eux aussi, ils la connaissent. Elle est plaisante à l'œil, et ses cheveux sont d'une couleur peu commune. Ils se souviendront d'elle. Qu'en dis-tu ?

Fouquier sourit à nouveau, cette fois-ci largement.

– Tu as cessé, depuis un moment, de fréquenter les maisons de complaisance du Palais-Égalité. Je peux d'ailleurs t'assurer que tu leur manques. Ton entrain et ta belle humeur n'y ont laissé que de bons souvenirs. Et tes amies plus distinguées, dont une en particulier que je ne nommerai pas, déplorent également ton absence.

– Tes mouchards feraient mieux de s'intéresser aux ennemis de la Nation au lieu de harceler de pauvres femmes sans défense.

– Ils me tiennent bien informé. Je me demandais si tu avais soudainement fait vœu de chasteté, ce qui m'étonnait de ta part. L'autre solution à ce mystère était que tu cachais une femme quelque part. Pas chez toi, bien sûr, mais pas trop loin non plus, car tu as beaucoup à faire. Et pourquoi un tel secret, si ce n'est pour dissimuler une liaison avec une ci-devant ? Mais si tu veux sauver celle-ci, pourquoi ne pas l'épouser ? Regarde ma femme : c'est une ancienne noble, tu le sais. Si on prend la peine de les corriger de leurs préjugés aristocratiques, elles font d'excellentes épouses. Tu n'as rien à craindre en franchissant ce pas… à moins, bien sûr, que les gardes nationaux ne la reconnaissent.

Pierre-André regardait l'accusateur public comme s'il était prêt à le saisir au collet.

– Il me semble t'avoir demandé de la laisser tranquille.

– Voyons, ami Coffinhal, je plaisantais. C'est une belle prise, je comprends que tu y tiennes. J'imagine comment elle t'est tombée entre les mains. C'est ta payse, elle s'est jetée à tes pieds pour implorer ton aide. N'écoutant que ton grand cœur, tu lui as offert l'asile dans ton lit. Dans sa situation, elle doit t'y témoigner une vive reconnaissance. Mais c'est ton affaire, je ne m'en mêlerai pas. Elle est à toi, fais-en ce que tu veux.

Fouquier riait maintenant.

– Quel couple vous faites ! La Belle et la Bête, si tu me permets l'expression.

– Épargne-moi tes traits d'esprit, et dis-moi plutôt comment elle s'est retrouvée ici.

– C'est Granger, le directeur du théâtre du Marais, qui l'a dénoncée comme aristocrate et émigrée. D'après la citoyenne Labro, elle aurait rejeté ses avances. Si j'étais toi, je ne la laisserais pas traîner dans les théâtres.

– Granger ? L'auteur du *Pape en enfer*. Sans doute un acolyte du regretté Hébert, bien décidé, comme lui, à déshonorer la Nation par des mascarades athéistes. Et maintenant, cette ordure te fait perdre ton temps en accusant faussement une patriote. C'est une provocation de trop. Fais-le arrêter. Quant à la citoyenne Labro ici présente, il n'y a pas l'ombre d'un indice contre elle, si l'on excepte la dénonciation calomnieuse de ce scélérat. Une chose est sûre : je ne veux pas qu'elle redescende au pailleux. Relâche-la.

Fouquier, apparemment d'excellente humeur, accepta et s'inclina devant moi.

– Ce fut un honneur et un plaisir de vous rencontrer, madame. J'espère, un jour, être témoin à votre mariage.

Pierre-André se tourna vers moi d'un air froid.

– Maintenant, citoyenne, je dois retourner à mon audience. L'accusateur public va effectuer les formalités nécessaires pour te relâcher. Tu rentreras tout droit chez toi, et tu n'en bougeras pas.

85

À MON ARRIVÉE, je trouvai la porte du garni forcée, le lit dévasté, les tapis roulés, le contenu des tiroirs et des armoires renversé sur le plancher. Je me mis aussitôt à ranger nos affaires. Je pus même rassembler notre jeu de cartes, éparpillé au sol. Les cahiers d'Aimée avaient disparu, mais il ne manquait rien d'autre. Il n'y avait rien de compromettant chez moi. Nous pratiquions l'anglais, qu'Aimée maîtrisait parfaitement, à l'oral, sans laisser aucune trace écrite. Je n'entretenais aucune correspondance, et mes seuls livres étaient des ouvrages pour la jeunesse, tels que *L'Ami des enfants* de Berquin, dont je me servais pour les leçons d'Aimée. Mes diamants étaient toujours cousus à l'intérieur de la doublure de ses jupes.

Pierre-André me rejoignit peu après sept heures. Il me garda dans ses bras plusieurs minutes en silence. La joue appuyée contre la soie noire de son gilet, je pouvais à peine respirer.

– Je n'ai appris ton arrestation qu'aujourd'hui. Charlotte m'avait bien envoyé un billet au Palais hier, mais j'étais parti plus tôt que d'ordinaire pour la maison commune. Ce matin, en découvrant la nouvelle, j'ai tout de suite envoyé un commis se renseigner auprès de ta section. J'ai su que tu avais été conduite à la Conciergerie, et, de là, il était facile de te retrouver dans le cabinet de Fouquier.

Je lui pris la main et la pressai longuement contre mes lèvres.

– Je te demande pardon de ne pas t'avoir écouté pour le théâtre.

Il poussa un profond soupir.

– Je suis arrivé à temps, j'en suis trop heureux pour avoir envie de me mettre en colère. C'est aussi ma faute. J'aurais dû t'interdire ces sottises. À l'avenir, tu me feras le plaisir de m'écouter. Ce soir, je vais t'emmener chez moi. Tu y resteras jusqu'à nouvel ordre. Fouquier n'oserait pas s'en prendre à moi, mais il connaît maintenant cette adresse.

– Est-il vrai qu'il est marié à une noble ?

– Oui. C'est la souricette dont je t'ai déjà parlé. Il l'a guérie de tout préjugé aristocratique, c'est certain. Mais je l'ai vu fou d'angoisse quand elle a failli mourir en accouchant de leurs jumeaux. Il l'aime, à sa façon. Elle aussi lui est attachée, au-delà de la crainte qu'il lui inspire. C'est un ménage très uni.

– Tu le connais beaucoup mieux que je ne le pensais.

– Oui, je le connais bien, et je suis ami avec le fils qu'il a eu de son premier lit. Fouquier, lui aussi, me connaît. Il se doutait de ton existence, et il doit être ravi d'en avoir la confirmation. Non qu'il l'utiliserait nécessairement, mais, comme il l'a dit, il aime être bien informé sur tout le monde. C'est la créature du Comité de sûreté générale. Cela lui donne la haute main sur la police de Paris. Il me faisait suivre autrefois, mais j'étais commissaire avant de devenir juge et je sais reconnaître un mouchard. Une nuit, je me suis caché dans l'embrasure d'une porte cochère et j'ai attrapé l'homme au collet. Je lui ai fait passer toute envie de me suivre, puis je l'ai laissé filer en un seul morceau pour qu'il fasse part à ses collègues de notre rencontre. Depuis, Fouquier se contente de se renseigner là où il sait que l'on peut me trouver.

Je lui tenais toujours la main. Je la caressai et levai les yeux vers les siens.

– Ce matin, à la Conciergerie, j'ai fait la connaissance d'une pauvre femme, Victorine Dubonnet, elle est servante dans un cabaret. Elle a fait des déclarations inciviques en état d'ivresse. Pourtant, je suis sûre qu'elle ne pensait pas à mal, et elle s'en repentait sincèrement. Je ne sais si elle est passée devant toi. Peut-être est-il déjà trop tard…

– En effet, elle est passée devant moi, et il est trop tard. Je t'avais d'ailleurs strictement interdit de m'importuner de tes suppliques. Je suis surpris de devoir te le rappeler. Mais puisque le procès de ta protégée est clos, je peux t'en parler. Elle ne m'a pas fait l'impression d'une mauvaise citoyenne, pour une ivrognesse. Avant d'envoyer le jury délibérer, j'ai inclus une question aux fins de savoir si l'accusée avait agi avec malveillance et dans une intention contre-révolutionnaire. Les jurés comprennent, grâce à une telle formule, que les juges recommandent l'indulgence. J'espère que le temps qu'elle a passé en prison et la peur qu'elle a eue lui auront servi de leçon. Il y a déjà bien assez de marchands qui refusent les assignats sans que tous les soûlards de Paris ne leur braient des encouragements. Elle pleurait quand je l'ai acquittée.

Il me prit le menton dans la main et me regarda d'un air grave.

– Je ne suis pas une brute sanguinaire. Je fais preuve de clémence quand la justice l'exige. C'est à moi d'en décider, et je n'ai que faire de tes avis. Si tu n'es pas sûre de m'avoir compris, dis-le-moi, et je vais m'exprimer plus clairement.

– Ce n'est pas la peine, mon amour, j'ai compris. En fait, loin de moi l'idée de chercher à t'influencer. Pardonne ma maladresse, je voulais simplement prendre des nouvelles de Victorine. Je te remercie de m'en avoir donné. Jamais je n'aurais osé te demander ce genre de grâce, surtout après ce que tu as fait pour moi aujourd'hui.

Il sourit légèrement et se pencha pour m'effleurer le front de ses lèvres.

– Voilà qui est mieux. Fais ton paquet. Je ne veux pas tarder ici.

Cela fut vite fait. Il se saisit de mes deux sacs, et en cinq minutes de marche, nous arrivâmes rue Le Regrattier, dans l'île de la Fraternité, autrefois île Saint-Louis. Nous fûmes accueillis par une femme d'une cinquantaine d'années, la lèvre fendue d'un bec-de-lièvre.

– Pélagie, la citoyenne va habiter ici quelque temps. Sois gentille avec elle.

Pélagie me fit un signe amical de la tête et répondit par des mots que je ne compris pas.

Le logement de Pierre-André était confortable et situé à deux pas de la Seine. Sur les murs de la salle à manger, un assortiment d'épées et de pistolets étaient accrochés. Dans le salon trônait un beau portrait de femme d'âge mûr, en robe noire et coiffe blanche. Il m'indiqua qu'il s'agissait de feu sa mère.

Il s'absenta une heure et revint avec Aimée, qu'il tenait par la main. Cela faisait plus de vingt-quatre heures que nous ne nous étions pas vues. Quand elle m'aperçut, elle se précipita dans mes bras.

– Maman ! Charlotte ne voulait pas me dire pourquoi ils vous avaient encore emmenée. Elle a seulement dit que vous reviendriez bientôt.

– Tu vois, mon trésor, elle avait raison. Nous voici réunies.

– Je n'ai pas pu dormir la nuit dernière. Je pensais vous avoir perdue pour toujours.

– Le citoyen Pierre m'a sauvé la vie. Encore une fois.

Aimée leva le visage vers lui et lui fit un mince sourire. Il lui passa sa large main dans les cheveux.

Pélagie prépara le souper et un lit pour Aimée sur l'un des canapés du salon. Après l'avoir couchée, Pierre-André m'emmena dans la chambre.

– Il faut que j'aille à la maison commune. Je rentrerai tard. Tu dois être bien fatiguée. Repose-toi sans m'attendre.

Je soufflai les bougies, mais le sommeil ne venait pas. J'entendis Pierre-André rentrer dans la nuit, bien qu'il essayât de ne pas faire de bruit. Il se déshabilla dans l'obscurité, le lit trembla sous son poids, et je me blottis contre lui. Sans un mot, il me prit dans ses bras.

Je vécus chez lui une semaine, la plus heureuse de ma vie. Aimée et moi, bien sûr, ne pouvions sortir, mais nous nous occupions de ses leçons. J'avais envoyé Pélagie, que je commençais à comprendre, acheter de nouveaux cahiers.

Un soir, Pierre-André me raconta comment il l'avait rencontrée.

– Peu après le départ de cette gueuse de Susanne, je rentrais de la maison commune quand j'ai vu une bande de galopins jeter des pierres et des ordures à une femme. Les petites canailles ont détalé à ma vue. Je l'ai amenée ici et j'ai recousu une vilaine coupure qui lui entaillait le front. Pour me remercier, elle s'est occupée du ménage en mon absence. Cela devenait nécessaire, je ne suis pas soigneux quand je suis laissé à moi-même, comme la plupart des hommes. J'avais l'intention de la renvoyer avec quelques livres en poche, mais elle m'a fait comprendre qu'elle n'avait nulle part où aller. Elle était servante chez un marchand de vin, et elle avait été chassée à la mort de son maître. Personne ne voulait l'engager à cause de son bec-de-lièvre et elle mendiait son pain à la rue. Alors je l'ai gardée.

– La comprends-tu bien ?

– Oui, je me suis habitué à sa manière de parler. Je lui ai donné les gages et la chambre de Susanne. Elle a remplacé avantageusement cette petite garce. C'est la servante idéale pour un homme dans ma situation. Tout le monde pense qu'elle est simple d'esprit, et les mouchards de Fouquier la laissent tranquille. À propos de Fouquier, il n'a pas perdu de temps : Granger a été arrêté.

– Que va-t-il lui arriver ?

– Il va moisir à l'Abbaye jusqu'à ce que Fouquier le fasse comparaître devant le Tribunal pour menées contre-révolutionnaires avec son *Pape en enfer*. Quand je pense que ce scélérat était prêt à envoyer une femme en prison, et même à la guillotine, pour avoir refusé ses avances !

– Et Charlotte ? Aura-t-elle des ennuis ?

– J'en ai parlé à Payan. Le Marais rouvrira dans quelques jours, le temps de trouver un remplaçant à Granger. Ne te tracasse pas pour Charlotte. Payan sait que je ne veux pas qu'on lui fasse d'ennuis. Mais tout le reste du personnel fait l'objet d'une enquête, et le souffleur, un ci-devant marquis de Lacoste, a lui aussi été arrêté.

– Mais c'est un patriote et un ardent républicain ! Avant la Révolution, il a passé des années enfermé à cause d'une lettre de cachet obtenue par sa belle-mère.

– Sais-tu pourquoi ?

– Il ne m'en a rien dit.

– Il avait déshonoré la sœur de sa femme, qui avait alors dix-neuf ans, et s'était enfui avec elle en Italie. Ce qui peut expliquer l'animosité de sa belle-mère ! Il a commis bien d'autres obscénités, dont je t'épargnerai le récit, et pour parfaire le tout, il se vante d'être athée. Un bel exemple de mœurs aristocratiques.

– Je me désole qu'il ait été arrêté à cause de moi.

– Pour ma part, je ne verserai pas de larmes sur le sort de ce vieux bouc lubrique. Mais tu dois comprendre que ton entêtement à travailler au théâtre du Marais a eu de graves conséquences. Pour toi, pour les autres, et pour moi.

– Es-tu en danger à cause de moi ?

– Nous verrons.

Deux jours plus tard, Pierre-André rentra chez lui avec des nouvelles.

– Je t'ai trouvé un nouveau garni rue du Bourg-Tibourg, au nord de la maison commune. Et il y a une chambre de plus pour Aimée.

– Merci infiniment ! Même si je suis bien triste de partir d'ici.

– J'étais heureux moi aussi de te retrouver tous les jours. Mais c'est trop dangereux, tu le sais. Quant à ce soir, nous sortons. Ensemble.

– Ne crains-tu pas d'être vu avec moi ?

– Pas par l'homme auquel nous allons rendre visite.

– Qui est-ce ?

– Robespierre.

– Lui as-tu déjà parlé de moi ?

– Je n'avais pas le choix.

– Si, tu avais le choix. Fouquier n'aurait rien dit.

– Je n'avais pas l'intention de passer le reste de mes jours à me demander s'il allait changer d'avis. Cela lui aurait donné plus de prise sur moi que ce que je suis prêt à lui accorder.

– Mais souviens-toi d'Osselin. Comment il a payé de sa liberté d'avoir tenté de sauver une aristocrate.

– Osselin a tout caché à Robespierre. Je ne commettrai pas la même erreur. En fait, j'aurais dû lui en parler dès le début.

– Est-ce lui qui a demandé à me voir ?

– Il veut s'assurer que je n'abuse pas honteusement de ta situation. La plupart des hommes s'imaginent, parce que je ne suis pas un Apollon, que j'en suis réduit à traîner de force les femmes dans mon lit. Tu as entendu Fouquier l'autre jour. Ils sous-estiment le penchant du beau sexe pour un large mâle en pleine santé. Je me moque de ce que Fouquier pense de moi, mais je ne veux pas passer pour un scélérat aux yeux de Robespierre.

– Il se préoccupe donc de savoir si une ci-devant noble est contrainte à une situation qui ne lui plaît pas ?

– C'est un homme d'une extrême délicatesse. Et voir quelle femme tu es l'aidera à se faire une idée de quel homme je suis vraiment. Tu n'as rien à craindre. Il souhaite simplement te poser quelques questions en dehors de ma présence.

J'en restai bouche bée.

– Tu vas me laisser seule avec lui ?

– Que penses-tu qu'il te fasse ? Il te recevra dans la salle à manger des Duplay, et non dans sa chambre comme à l'accoutumée. Il ne juge pas convenable de le faire avec une femme.

– Et si je ne sais que dire ?

Il sourit.

– Ce serait bien la première fois !

– Que lui as-tu dit sur nous ?

– Tout.

Il me tendit mon coqueluchon et me poussa par l'épaule vers la porte.

– Viens, Gabrielle, nous allons être en retard.

Mes pensées se bousculaient. Pierre-André avait tout risqué pour me sauver. À présent, sa position, sa liberté, voire sa vie, dépendaient des quelques phrases que j'échangerais avec un homme que je ne connaissais pas. Je n'avais aucune idée de ce qui pouvait le condamner aux yeux de Robespierre.

Nous nous arrêtâmes devant la maison Duplay, où Robespierre louait une chambre. L'obscurité était tombée. Nous passâmes une porte entre deux boutiques et traversâmes une petite cour. Pierre-André sonna. La porte s'ouvrit aussitôt, on devait nous attendre. La silhouette d'une femme se dessina en contre-jour dans la lumière jaune du couloir. Une fois à l'intérieur, je vis qu'elle était à peu près de mon âge, avec des traits réguliers, des cheveux bruns et des yeux d'un bleu très sombre. Elle me dévisagea avec une curiosité peu amicale.

– Vous connaissez le chemin, citoyen Coffinhal.

Je sentis la peur monter en moi. J'avais affronté Hébert à La Force et Fouquier au Palais de Justice, mais seule ma vie était alors en jeu. Nous empruntâmes une volée de marches jusqu'à une porte au premier étage, je pressais la main de Pierre-André. Enfin, nous pénétrâmes dans une salle à manger confortable. Les yeux clos, je me serrai contre lui. J'entendis des pas qui s'approchaient, puis une voix fluette.

– Que se passe-t-il ?

J'ouvris les yeux et reconnus l'homme mince aux traits délicats dont j'avais suivi les discours à l'Assemblée nationale quelques années auparavant. Un chien minuscule, blanc taché de noir, le suivait.

– Elle a peur de toi.

– De moi ?

– Je lui ai expliqué que tu souhaitais la rencontrer, mais comme tu le vois, cela la plonge dans un certain état de fébrilité.

Pierre-André se dégagea.

– À tout à l'heure, mon aimée.

Mes yeux le suivirent jusqu'à ce qu'il referme la porte derrière lui.

Robespierre avança une chaise.

– Voulez-vous vous asseoir, madame ?

Cela faisait longtemps que personne ne s'était adressé à moi en me vouvoyant, et encore plus longtemps qu'on ne m'avait appelée « madame ». Fouquier l'avait fait, bien sûr, mais par dérision ; Robespierre, au contraire, m'observait d'un air sérieux. Rassurée par la présence du petit chien, je tendis la main vers lui. L'animal vint me lécher les doigts.

– Je regrette de vous causer une telle frayeur.

– Ce n'est pas pour mon compte, monsieur. J'ai peur d'envoyer Pierre-André à sa perte en disant quelque sottise.

– Je vais vous dire l'objet de notre entrevue. Il est très peu d'hommes que je considère comme mes amis, madame, et en ceux-là, je veux avoir la plus entière confiance. J'ai toujours cru que Coffinhal était l'un d'entre eux. Pourtant, quand il m'a avoué qu'il cachait une ci-devant noble depuis plus d'un an et demi, je me suis aperçu que je ne le connaissais pas aussi bien que je le pensais.

– Il se reproche de ne pas vous avoir tout dit dès le début.

– Il m'a fait des aveux qu'il m'affirme complets.

– Je suis sûre qu'il vous a dit toute la vérité.

– Alors, quelle est donc la vérité dans cette affaire ?

– Je commencerai par ne rien vous cacher de ma situation. Non seulement suis-je une ancienne noble, mais j'ai été quelques mois dame du palais de la ci-devant comtesse de Provence. Je voulais alors gagner un peu d'argent pour constituer une dot à ma fille, qui est orpheline de père et n'a aucune fortune. Et je me trouvais aux Tuileries le 10 août, non par dévouement à la monarchie, mais parce qu'un scélérat y avait entraîné mon enfant à mon insu. Cela m'a définitivement compromise. Par ailleurs, sachez que je ne possède rien, sinon quelques bijoux, désormais invendables. Sans l'aide de Pierre-André, je n'aurais d'autre recours que la mendicité, ou pire.

– N'étiez-vous pas couturière au théâtre du Marais ?

– C'est vrai, mais je n'aurais jamais dû prendre cette place. Pierre-André avait tenté de m'en dissuader, mais, comme une sotte, je ne l'ai pas écouté et le directeur m'a dénoncée. Je sais, monsieur, que ma situation prête à des interprétations qui ne sont guère flatteuses pour lui comme pour moi. L'on peut s'imaginer que je vis sous sa protection par intérêt, ou qu'il abuse de ma pauvreté et de ma détresse pour me tenir en son pouvoir. Pourtant, rien de cela n'est vrai. Il a dû vous dire comment nous sommes tombés amoureux en Auvergne quand j'avais quinze ans, comment on m'a mariée de force. Maintenant que nous sommes de nouveau réunis, je suis heureuse de partager un peu de sa vie, et je rends grâce à la divine providence qui nous a permis de nous retrouver. Vous allez sans doute me juger bien naïve, mais parfois je me prends à espérer qu'un jour nous pourrons nous marier.

Je ravalai mes larmes et regardai Robespierre droit dans les yeux.

– Je lui dois tout, aussi ne pourrais-je vivre avec l'idée qu'il lui soit arrivé malheur par ma faute. La perte de votre confiance et de votre amitié serait un coup terrible pour lui. Je vous supplie de ne pas les lui retirer. J'ai déjà échappé de peu à la mort, le 10 août et pendant les massacres de Septembre, j'y suis préparée. Ma famille élèvera ma fille, même si elle a refusé de m'aider. Si une tête doit tomber, que ce soit la mienne, et la mienne seule.

Il avait pris le petit chien sur ses genoux et le grattait derrière les oreilles.

– Donc toute cette affaire est de votre faute ?

– Oui, monsieur, je suis seule à blâmer. J'ai profité des sentiments que Pierre-André avait jadis nourris pour moi en allant implorer son secours, ne pensant qu'à mes propres malheurs, sans mesurer la gravité du danger que je lui faisais courir. La seule faute qui puisse lui être reprochée est sa faiblesse envers moi.

Il se leva.

– Eh bien, madame, j'en ai assez entendu.

Il ouvrit la porte de la salle à manger.

– Tu peux ramener madame chez toi.

Dans le fiacre quelques minutes plus tard, je tremblais encore.

– Cela signifie-t-il qu'il t'a pardonné ?

– Il semble que oui, mais j'en saurai plus demain.

Il se mit à rire et se pencha pour m'embrasser sur la joue.

– Tu vois, tu as su que dire.

Avant qu'il me conduise dans mon nouveau logement, nous fîmes halte chez Pierre-André, où il me donna une nouvelle carte civique au nom de Jeanne-Françoise Dunoyer, qui était, me dit-il, le nom de jeune fille de sa mère. La ci-devant baronne de Peyre avait disparu après son acquittement à La Force. On n'entendrait plus parler de la citoyenne Labro, arrêtée comme suspecte d'aristocratie et d'émigration. Après avoir été relâchée de la Conciergerie faute de preuves, elle s'était évanouie dans le dédale des petites rues qui bordaient Notre-Dame.

Pierre-André me tendit un double de sa clé et me montra une cachette sous le parquet de sa chambre, où il gardait des rouleaux de louis d'or et un portefeuille rempli d'assignats.

– En cas de besoin.

86

Alton Court, ce 12 juin 1815

Je tiens au creux de ma main une montre d'homme en or, gravée des initiales P-A C et de la devise « La liberté ou la mort ». Elle s'est arrêtée à onze heures vingt, un jour d'été noyé de pluie, il y a plus de vingt ans. Je ne l'ai jamais remontée. Je regarde aussi le camée noir et blanc, représentant une victoire ailée, que tu as toujours vu à ma main droite. Cette bague, je la garderai jusqu'à mon dernier souffle, et je souhaite être enterrée avec. La montre, elle, devrait te revenir, en souvenir de ton père.

J'en arrive à la partie de mon récit que je voudrais ne pas écrire. Ceux qui disent que le temps atténue la douleur du deuil ne connaissent rien du chagrin. J'ai fait allumer un grand feu malgré la saison mais, si près que je m'en approche, je ne puis m'empêcher de frissonner. Les larmes m'aveuglent. Pourtant, pour toi, je dois trouver le courage de continuer. Dieu, comme Il l'a toujours fait, m'en donnera la force.

Aimée et moi nous installâmes dans le nouveau garni de la rue du Bourg-Tibourg, plus spacieux et confortable que le précédent. Pierre-André venait désormais presque tous les soirs, même tard dans la nuit. Après le désastre du théâtre du Marais, il n'était pas question pour moi de chercher une autre place, ni même de rendre visite à Manon. Nos promenades au Luxembourg recommencèrent. Les semaines suivantes virent l'éradication des rangs de pommes de terre et la réapparition des fleurs et des pelouses.

Bientôt, Couthon, allié de Robespierre au sein du Comité du salut public, présenta devant la Convention nationale un projet, qui deviendrait la loi du 22 prairial. La procédure du Tribunal révolutionnaire en fut complètement réformée et devint beaucoup plus sévère. Cette époque serait funestement connue sous le nom de Grande Terreur. Pour la première fois, le Tribunal condamnait à mort plus d'accusés qu'il n'en acquittait.

Madame Élisabeth suivit son frère et sa belle-sœur, le roi et la reine, à la guillotine. Elle fut jugée et condamnée devant Dumas pour avoir envoyé ses diamants à ses frères en exil afin de soutenir les armées des émigrés. Pierre-André me dit que Robespierre avait tenté de la sauver, mais que des membres influents du Comité de sûreté générale avaient insisté pour que tous les membres adultes de la famille de Bourbon fussent exécutés.

Quelques semaines plus tard, Pierre-André me remit une feuille de papier.

– C'est un passeport au nom de Jeanne-Françoise Dunoyer, veuve, et de sa fille. Il est authentique. Ce sont les signatures de deux membres du Comité de sûreté générale. Tu n'as rien à craindre en l'utilisant.

Je lus le document.

– Que veux-tu que j'en fasse ?

– Il pourrait te sauver la vie si tu devais quitter Paris.

– Merci, mais je ne partirai pas. Pas sans toi.

– Tu sais que mes fonctions exigent ma présence ici.

– Que me caches-tu ?

– Mon aimée, il est une chose qui m'importe plus que tout le reste : c'est ta sûreté.

– Et qu'en est-il de toi ?

– Des événements étranges se sont produits.

– Lesquels ? Les royalistes sont en déroute en Vendée. Les armées de la République sont victorieuses aux Pays-Bas.

– Tout cela grâce au Tribunal. Rien de tel que la perspective de la guillotine pour rafraîchir le zèle de ces généraux, leur rappeler l'opportunité de gagner des batailles et restreindre leurs ambitions. Les fournisseurs aux armées aussi ont grand peur du Tribunal.

Il s'interrompit un instant.

– Mais Paris s'agite. Je connais la ville, je sens son pouls. La situation devient incontrôlable au Tribunal. Depuis la loi du 22 prairial, les avocats de la défense ne sont plus obligatoires. Les accusés peuvent désormais être condamnés sur la seule présentation de preuves écrites, sans que nous ayons besoin d'entendre de témoins. En outre, l'interrogatoire préliminaire par un juge, qui aboutissait à nombre de non-lieux, a été supprimé. Maintenant, toutes les affaires passent en jugement. Et nous avons perdu notre pouvoir d'appréciation en matière de détermination de la peine : nous devons envoyer à la guillotine tout accusé reconnu coupable par le jury. Il nous faudrait dix fois plus de juges, de greffiers et de jurés.

– Mais pourquoi en ce moment, alors que la situation s'améliore ?

– Robespierre a décidé de vider les prisons avant la fin de l'année. C'est louable, bien sûr, si l'on considère le nombre de conspirateurs, d'espions, d'émigrés, de royalistes et autres scélérats qui y sont logés. Mais avec moins de juges qu'auparavant, nous ne pouvons pas suivre le rythme. Herman, qui a quitté le Tribunal, et est responsable de la justice et des prisons, voulait m'en envoyer cent cinquante par jour. Fouquier a même proposé de faire installer des échafaudages – des échafaudages ! – dans ma salle d'audience pour les accueillir.

Il se mit à faire les cent pas.

– Il n'en était pas question, avec ou sans l'accord de Dumas. J'ai dit à Fouquier que je ne le laisserai pas transformer ma salle d'audience en cirque, avec des accusés perchés en l'air comme des acrobates. Finalement, il a accepté de « limiter » leur nombre à trente par jour, ce qui est déjà impossible à traiter convenablement.

– Pourquoi Robespierre ne fait-il pas preuve de plus de clémence après les victoires ?

– Nous sommes près d'atteindre les objectifs de la Révolution et de gagner la guerre contre les tyrans étrangers. Notre dernier obstacle est l'existence des canailles qui conspirent de l'intérieur contre la sûreté de la Nation. Robespierre veut que tous les prisonniers soient jugés avant la fin de l'année. Les innocents seront acquittés et les autres, guillotinés. Ce que je ne sais pas, c'est comment le Tribunal va atteindre cet objectif. Je suis parfois obligé de corriger l'identité des accusés à l'audience : les commis de Fouquier m'envoient le père à la place du fils, ou *vice versa*. Et l'autre jour, j'ai eu la stupéfaction de voir parmi les accusés un garçon de quatorze ans, un ci-devant noble, avec à peine un peu de duvet sur la lèvre ! J'ai ajouté la question intentionnelle pour les jurés, en soulignant, littéralement, son âge. Eh bien, ils l'ont déclaré coupable ! J'ai dû enfreindre la nouvelle loi en le condamnant à vingt ans de prison. Il ne faut pas compter sur moi pour envoyer des enfants à la guillotine. Le substitut de Fouquier a bondi quand j'ai lu le jugement et s'est retourné vers moi pour protester. Je l'ai fait taire d'un regard.

Pierre-André semblait profondément soucieux.

– Et Robespierre a changé ces derniers temps. Il peut compter sur la loyauté de la Commune et du Tribunal. Je fais partie des deux et je ne m'inquiète ni de l'une ni de l'autre. Les plaisanteries de Dumas sont de mauvais goût, mais il est digne de confiance. Les autres juges sont insignifiants. Fouquier prend ses ordres du Comité de sûreté générale, où Robespierre a beaucoup d'ennemis, mais il est trop accaparé par ses commis, ses prisons et ses paperasses pour prendre la tête d'un quelconque mouvement. Ce n'est d'ailleurs pas dans sa nature de faire de la politique. Mais de nombreuses canailles, des corrompus comme le regretté Danton, des lâches qui attendent leur heure, infestent les rangs de la Convention. Robespierre ne s'y montre plus assez. Et c'est là qu'il est vulnérable. Je lui ai recommandé d'envoyer Carrier, Fouché et les autres représentants en mission répondre devant le Tribunal des atrocités qu'ils ont commises en province, mais il n'a pas voulu m'écouter, au motif que le moment n'était pas encore venu pour les frapper.

Pierre-André soupira.

– Et puis Robespierre semble perturbé. Tu as vu Éléonore Duplay ce soir-là, quand nous sommes allés lui rendre visite. C'est une belle fille. Il en est amoureux. Rien de mal à cela, bien sûr, mais il faudrait qu'il couche avec elle. Je lui ai dit maintes fois, en tant qu'ami et médecin, qu'il n'est rien de plus nuisible à la santé d'un homme que la chasteté. *Semen retentum venenum est.* Il devrait l'épouser, ou du moins en faire sa concubine. Je suis sûr qu'elle ne demande pas mieux. J'ai même proposé de parler en son nom à la jeune fille s'il était trop timide pour le faire lui-même. Il a été horrifié par cette idée.

Pierre-André haussa les épaules.

– On mésestime mes pouvoirs de persuasion auprès de la gent féminine.

Personne, sauf Éléonore Duplay, qui est toujours en vie et ne s'est jamais mariée, ne sait ce qui s'est véritablement passé entre elle et Robespierre. En revanche, ce dernier décida de sortir de son isolement. Fin juillet 1794, le 8 thermidor, il prononça un discours devant la Convention nationale dans lequel il dénonçait des « scélérats », qu'il ne désigna pas nommément. De nombreux conventionnels se sentirent visés. Le soir même, sur le coup de minuit, Pierre-André arriva chez moi, l'air inquiet. Je fus fort surprise lorsqu'il m'annonça qu'il ne se rendrait pas au Tribunal le lendemain matin, car il devait aller voir Robespierre. Il ne m'en dit pas plus.

Une chaleur étouffante s'abattit sur Paris ce jour-là. Vers trois heures de l'après-midi, outre le grondement du tonnerre, le battement des tambours et le tocsin résonnèrent à travers la ville. L'appréhension qui couvait depuis la veille devenait insupportable. Prise d'un horrible pressentiment, je me hâtai en direction de l'île de la Fraternité, tenant ma fille par la main et un sac de voyage dans l'autre. Je me rendis chez Pierre-André. Pélagie ne s'attendait pas à notre visite.

Je sortis d'une armoire des vêtements et du linge de rechange pour Pierre-André. Là, entre deux piles de chemises, je trouvai l'une des jarretières brodées qu'il m'avait prises, ce qui m'émut profondément. Puis je soulevai le tapis de la chambre et vidai la cachette de l'or et des assignats. Je jetai pêle-mêle dans le sac l'argent, les vêtements, la jarretière, des rasoirs, des articles de toilette et une paire de pistolets. Pélagie assistait à la scène avec des yeux écarquillés.

– Suis-moi. Tu es en danger.

Elle demeura figée.

– Viens avec moi. Le citoyen Coffinhal le voudrait.

J'étais prête à quitter les lieux lorsque je rencontrai les yeux de la mère de Pierre-André. Munie d'une paire de ciseaux de cuisine, je découpai le tableau de son cadre et roulai la toile, qui rejoignit mon butin dans le sac. J'en avais terminé en moins de cinq minutes. Je repartis en hâte, traînant Aimée et Pélagie derrière moi. Il n'était pas encore quatre heures en cet après-midi du 9 thermidor quand nous regagnâmes la rue du Bourg-Tibourg.

J'attendis des heures, rongée par l'angoisse. Je finis par me déshabiller, mais je ne voulais pas me coucher. Enfin, à trois heures du matin, la clé tourna dans la serrure. Je me jetai dans les bras de Pierre-André.

Il sentait la sueur et la poudre, son habit était mouillé sur les épaules, il était tête nue.

– Je voulais te voir une dernière fois, mon aimée. Il faut que je parte. Je m'en irai avant l'aube. Tout est perdu.

– Pas si tu es en vie. Reste ici, je t'en supplie. Je suis allée chez toi et j'ai pris tout ce dont tu auras besoin.

Il s'effondra sur le canapé. Je fus frappée par le spectacle de ce corps massif, de ces épaules colossales, secoués de sanglots. Il entoura ma taille de ses bras et posa la tête contre mon ventre. C'est la seule fois où je le vis pleurer. Je caressais ses cheveux humides. Après plusieurs minutes, les yeux clos, il me lâcha et s'appuya contre le dossier. Je lui ôtai son habit, apportai un verre de vin et m'assis à ses côtés.

– Pourquoi dis-tu que tout est perdu ?

– Robespierre n'a pu s'exprimer aujourd'hui à la Convention. Tallien, qui présidait la séance, devait faire partie d'un complot avec d'anciens représentants en mission, les Carrier, les Fouché, les Collot. Ils se sont tous mis à gueuler en même temps alors que Tallien maniait sa sonnette comme un fou. Couthon, habituellement énergique, est resté tassé dans son fauteuil roulant à regarder la catastrophe se dérouler. Bientôt, la Convention a décrété l'arrestation de Robespierre et de ses principaux alliés. Je serais bien surpris de ne pas être concerné par cette mesure. Je l'avais prévenu que la Convention était le nid de vipères où ses ennemis s'étaient regroupés. Des hommes comme Carrier savaient que leurs jours étaient comptés.

– Tu es bien allé voir Robespierre hier matin ?

– Oui, il était préoccupé par Fouquier, dont il se méfie particulièrement. J'ai demandé à un ami commun, l'un de nos compatriotes, de nous inviter à dîner, Fouquier et moi. Je t'ai parlé de cet homme, Vergnes, qui habite lui aussi l'île de la Fraternité. Vers trois heures, au milieu du repas, nous avons entendu battre les tambours.

– Moi aussi.

– J'ai pris mon épée et mon écharpe tricolore, et j'ai couru à la maison commune. Là, j'ai appris l'arrestation de Robespierre. Pire, cet imbécile d'Hanriot, qui était allé le libérer, avait réussi à se faire prendre lui aussi. Payan et moi, ainsi que sept autres patriotes, avons formé un Comité d'exécution pour prendre en charge les affaires de la Nation. Des hommes de toutes les sections de Paris avaient répondu à l'appel des tambours et s'étaient réunis devant la maison commune. Je les ai harangués pour trouver des volontaires prêts à sauver la Nation à l'heure de son péril. Plus de deux mille hommes, dix-sept compagnies au total, armés de douze canons, m'ont suivi en m'acclamant. J'ai également convaincu un détachement de gendarmes à cheval de se joindre à nous. Nous formions une petite armée, Gabrielle, plus que suffisante pour renverser la situation.

Pierre-André se passa les mains sur le visage.

– La première chose était de libérer Hanriot. C'est le commandant de la garde nationale. On m'a amené un cheval et je me suis placé à la tête des troupes pour prendre d'assaut les bureaux du Comité de sûreté générale, aux Tuileries, où je l'ai trouvé lié à une chaise, l'imbécile. J'ai interpellé les gendarmes qui gardaient la Convention pour leur reprocher l'infamie d'avoir arrêté des patriotes au lieu des conspirateurs qui voulaient mener la Nation à sa perte. Eux aussi m'ont acclamé et ont abandonné leur poste pour gonfler nos rangs. Ces ordures de la Convention étaient complètement à ma merci. Nous avions les canons pointés dans leur direction, chargés, prêts à tirer. Mais ce qui a suivi, Gabrielle, je ne me le pardonnerai jamais.

Il regardait droit devant lui.

– Nous avions besoin de Robespierre. Il n'y a pas deux hommes comme lui. Je ne suis qu'un juge, Hanriot un général. J'ai emmené une douzaine d'hommes avec moi, dont Sanson, le bourreau, et son fils, pour aller libérer Robespierre, détenu à la Conciergerie. Le reste des troupes, les canons, les gendarmes, je les ai confiés à Hanriot avec l'ordre d'ouvrir le feu sur la Convention si les scélérats qui avaient attaqué Robespierre ne nous étaient pas immédiatement livrés. Il l'avait fait l'année dernière avec les Girondins, je pensais qu'il saurait le faire à nouveau. Ce n'était pourtant pas difficile ! Tout aurait été réglé en un quart d'heure. Au lieu de m'en occuper moi-même, je suis allé à la Conciergerie, où nous n'avons rencontré aucune résistance et d'où j'ai ramené Robespierre à la maison commune.

Il tremblait à présent.

– Là, que crois-tu que j'ai vu ? Les troupes que j'avais laissées entre les mains d'Hanriot, les canons, tout ! Je n'en croyais pas mes yeux. Les soldats étaient désœuvrés, certains buvaient, d'autres rentraient chez eux. Hanriot s'était contenté de les ramener à la maison commune sans attaquer la Convention. Même avec Robespierre sur place, l'occasion était manquée, la bataille, perdue !

– Comment Hanriot a-t-il pu faillir ainsi ?

– Il s'était soûlé, ce jean-foutre. Il pouvait à peine tenir à cheval. La Convention a ainsi pu rassembler quelques troupes pour nous attaquer après deux heures du matin. Des coups de feu ont retenti à la porte de la salle où nous étions rassemblés. Il était clair que nous allions tous être tués ou arrêtés. Robespierre s'est tiré une balle dans le crâne. Son frère cadet Augustin a sauté par une fenêtre. Les autres, je crois, ont été arrêtés. Pour ma part, je n'allais pas donner cette satisfaction aux scélérats. Dans la cohue générale, je me suis engouffré dans un couloir, et là, qui penses-tu que j'ai vu ? Hanriot ! Ce lâche, cet ivrogne, cet imbécile qui avait anéanti tous nos espoirs ! Il s'est enfui à ma vue, mais je l'ai vite rattrapé. Il est passé à travers une fenêtre du premier étage quand je l'ai rossé. Heureusement, je connais la maison commune par cœur, je n'ai eu aucun mal à m'en échapper.

– Et Hanriot, est-il mort ?

– Si je l'ai tué, ce n'est pas une grande perte. Cette ordure n'était même pas digne de la guillotine. Voilà, tu sais tout. Robespierre est mort, la Nation est aux mains de scélérats.

Je déshabillai Pierre-André et l'entraînai vers le lit, où il s'endormit immédiatement, la tête sur mon épaule.

Le lendemain matin, Hanriot fut retrouvé, gravement blessé, derrière la maison commune. Robespierre, contre toute attente, avait également survécu. Il s'était tiré une balle dans la mâchoire. Il fut emmené, avec son frère, Dumas, Hanriot, Payan, Couthon et seize autres, au Tribunal révolutionnaire. Scellier présidait, maintenant que Dumas était parmi les accusés et Pierre-André en fuite. Suivant le réquisitoire de Fouquier, tous les accusés furent condamnés à mort sans procès et exécutés l'après-midi même, le 10 thermidor. Cette nuit-là, j'appris que la mère d'Éléonore, la citoyenne Duplay, dont le seul crime avait été d'être la logeuse de Robespierre, avait été arrêtée. Une foule de femmes avait envahi la prison et l'avait pendue aux barreaux de sa cellule.

Cette vaste conspiration contre Robespierre se tramait depuis plusieurs jours. Elle comptait des membres des Comités du salut public et de sûreté générale, d'anciens représentants en mission, dont Carrier, des bouchers gorgés de sang et craignant de répondre de leurs crimes, des amis de feu Danton, des riches qui en avaient assez du contrôle des prix. On appellerait tout ce monde-là les Thermidoriens. C'étaient les vainqueurs.

Je n'avais pas le moindre doute que Pierre-André, s'il était découvert, connaîtrait le même sort que ses amis. C'était le dernier des chefs jacobins en vie et en liberté. Je suggérai de faire appel à son frère Joseph, qui s'en était prudemment tenu à ses fonctions judiciaires au Tribunal de cassation les 9 et 10 thermidor. Pierre-André accepta à contrecœur.

Je me rendis chez Joseph Coffinhal dans le Marais, rue Beautreillis. Pierre-André m'avait dit que son frère avait fait un mariage avantageux. L'élégante demeure dans laquelle j'entrai faisait partie de la dot de sa femme. Je n'avais jamais rencontré Joseph auparavant, mais je l'aurais reconnu sans difficulté. Il mesurait plus de six pieds, le modèle de Pierre-André en un peu moins grand, aussi large d'épaules, mais beaucoup moins svelte de la panse. Il me détailla froidement du regard, le sourcil levé.

– Jeanne-Françoise Dunoyer. Comment se fait-il que vous portiez le nom de jeune fille de ma mère ?

– C'est Pierre-André qui l'a choisi.

– Qui êtes-vous réellement ?

– Gabrielle de Montserrat.

– J'aurais dû m'en douter ! Il y a presque dix ans, n'est-ce pas ? Pierre-André s'était mis en tête de vous épouser et il a failli finir à la potence à cause de vous. Je n'ai jamais rencontré quelqu'un de si habile que mon jeune frère à se créer des ennuis, et à en créer à sa famille. Ainsi donc, il a remis la main sur vous à Paris. Cela ne m'étonne pas de lui. Depuis combien de temps êtes-vous sa maîtresse ?

– Je vis sous sa protection depuis près de deux ans.

– Et il semble que ce soit lui qui ait besoin de protection dorénavant.

– C'est en effet le but de ma visite.

– Qu'attend-il de moi ? Que j'aide un fugitif ?

– Nous parlons de votre frère. Que pèsent les lois des hommes face à cela ?

– Pour ma part, je trouve assez imprudent de les ignorer. Surtout par les temps qui courent.

– Ne pouvez-vous pas vous arranger pour qu'il aille à l'étranger ?

Il ricana.

– Quel pays lui accorderait l'asile ? Il s'est fait beaucoup remarquer ces dernières années. Tout le monde savait que c'était un acolyte de Robespierre bien avant les événements des derniers jours. Il aurait pu se sauver en restant tranquille. Mais non, il a préféré chevaucher à travers Paris, ralliant les ennemis de la Convention, l'épée dégainée, l'écharpe tricolore au vent.

– Et en Auvergne ? Votre frère Jean-Baptiste le cacherait sûrement dans les montagnes.

– Et comment l'envoyer en Auvergne ? Pierre-André est facilement reconnaissable, et sa description est placardée dans toute la France. Moi-même, j'ose à peine sortir de peur qu'on me prenne pour lui. Non, la seule chose à faire est de continuer à le cacher en attendant que les choses se calment.

– Pouvez-vous au moins écrire à Jean-Baptiste ?

– Supposons que je le fasse. Comment puis-je vous transmettre sa réponse ? Où habitez-vous ?

Je ne répondis pas.

– De quoi avez-vous peur ? Que je le dénonce ? Revenez ici dans une semaine.

Cette semaine fut la plus étrange, la plus intense, la plus terrible de mon existence. Elle me transforma à jamais. Pour la première fois, Pierre-André et moi étions pleinement ensemble. Du dehors nous parvenaient des nouvelles horribles. Le 11 thermidor, soixante-dix membres du conseil général de la Commune furent condamnés à mort, là encore sans procès, la plus grande charretée jamais envoyée à la guillotine. Douze autres suivirent le lendemain. Tous étaient les « amis et frères » de Pierre-André, comme les Jacobins s'appelaient entre eux, ses compagnons d'armes du 10 août. Parfois, il était perdu dans sa propre douleur, parfois il s'accrochait à moi comme si j'étais la seule à pouvoir le protéger de la mort, la sienne et celle de tous les autres.

La semaine suivante, comme convenu, je retournai chez Joseph Coffinhal, mais emmenai Pélagie avec moi. Il jeta un regard inamical à ma compagne.

– Qui est-ce ?

– C'est la servante de Pierre-André. J'ai pensé que vous pourriez l'engager. Elle n'a nulle part où aller maintenant. Vous n'avez rien à craindre d'elle. Elle est entièrement dévouée à votre frère.

– Merci beaucoup, mais nous avons tous les domestiques dont nous avons besoin. Pourquoi voudrais-je d'une telle femme chez moi ? Vous semblez oublier que j'ai deux petites filles.

– Je suis sûre que vos enfants s'attacheront vite à elle. Ma propre fille l'aime beaucoup.

– Eh bien, gardez-la !

– Je risque de fuir Paris après le départ de Pierre-André. Je ne voudrais pas attirer l'attention en emmenant quelqu'un d'aussi reconnaissable.

– Le raisonnement vaut aussi pour moi, ne croyez-vous pas ? On ne saurait oublier trop tôt mes liens avec mon frère… Mais vous êtes venue ici, je crois, pour discuter de son sort, et non de celui de cette femme. J'ai pu m'arranger. L'un de nos compatriotes, Lescure, possède un cabaret rue Croix-des-Petits-Champs. Pierre-André devra frapper à la petite porte dans l'allée à une heure cette nuit. L'homme lui remettra un faux passeport et le conduira, caché dans sa charrette, à Clamart. Là, Pierre-André prendra la diligence de cinq heures pour Clermont. Un serviteur de Jean-Baptiste l'y attendra. Pierre-André devra ensuite se cacher dans les montagnes jusqu'à ce que la situation se calme.

– Peut-on faire confiance à ce Lescure ?

– Je le connais depuis des années, et Pierre-André aussi. Il lui a prêté de l'argent à plusieurs reprises, et il l'a même aidé à lever les accusations portées contre lui lorsque Lescure avait des problèmes avec sa section pour avoir emmagasiné de la farine.

– Vous êtes donc certain que cet homme ne trahira pas Pierre-André ?

– Je lui confierais ma vie.

Pierre-André faisait les cent pas dans le salon tandis que je lui rapportai la conversation avec Joseph.

– Je n'ai aucune confiance en ton frère. Je t'en supplie, reste ici.

Il soupira.

– J'ai pris ma décision. Lescure me doit plus que de l'argent, après tout, et de toute façon je n'ai pas le choix. Ne me rends pas les choses plus difficiles. Prends bien soin de toi, Gabrielle, pour ta fille et pour moi. J'ai tout fait pour te sauver, mon aimée. Que ce ne soit pas en vain.

Il détacha sa montre de sa ceinture.

– Garde-les en souvenir de moi.

Il me tendit la montre et enleva le camée antique du petit doigt de sa main gauche.

– Ceux qui me tueront prendront le reste, mais je veux que tu aies ceci.

Je refusai de prendre les objets, mais il referma ma main sur eux.

– Tu sais donc que ce prétendu plan d'évasion n'est qu'un piège. Je t'en prie, ne pars pas!

– Que faire d'autre? Rester ici? Te faire courir le risque d'être arrêtée pour avoir caché un hors-la-loi? Tu serais aussi condamnée à mort. Crois-tu que je veuille que tu sois guillotinée avec moi? Pire, que tu te fasses massacrer en prison comme la citoyenne Duplay?

– Je suis prête à prendre ce risque.

– Je sais. Mais pourquoi? Quelle vie me reste-t-il? Je t'ai encore, ma Gabrielle, mon aimée, mais tous mes amis sont morts. Tous. Peux-tu imaginer ce qu'on ressent quand on est le dernier? La Révolution est finie, la Nation va ployer sous le joug d'un dictateur. Maintenant que la peur du Tribunal ne plane plus, tout général victorieux pourra profiter de sa popularité pour s'emparer du pouvoir. La liberté et l'égalité sont vaincues, peut-être pour des années, des décennies. Pour moi, il est trop tard, je ne les verrai pas renaître. Toi, tu le pourras, mais seulement si tu vis.

Il me força à relever la tête et à le regarder.

– Je t'en supplie, Gabrielle. Tu as tant fait pour moi cette semaine, pendant ces deux années. Je te demande une dernière chose : laisse-moi partir et sauve-toi.

Il pressa ses lèvres sur les miennes.

– Nous serons réunis un jour, mon aimée, mais pas en ce monde.

Je posai les mains sur son visage, l'embrassai, m'imprégnai de son odeur, emplis mes yeux de son image. Je songeai aux enfants que nous n'aurions pas, aux années que nous ne passerions pas ensemble, à ces choses qui prennent toute une vie à partager. Des mots que je n'avais jamais prononcés me vinrent à l'esprit, des mots qu'il n'entendrait pas si je ne les disais pas maintenant.

– Tu ne sauras jamais…

J'étais secouée des sanglots.

– Je ne te reverrai plus, et tu ne sauras jamais…

Son étreinte était plus forte que le sentiment d'écrasement qui comprimait ma poitrine.

– Je sais. Il y a longtemps que je le sais. Assez. Tu vas te tuer.

Il me tenait le visage entre ses mains.

– Regarde-moi. Promets-moi de vivre. Je veux l'entendre.

Je ne pouvais que gémir. Il me secoua par les épaules.

– Promets-le-moi.

Je repris mon souffle.

– Je te le promets…

– Que Dieu te garde et te bénisse.

Il partit peu après minuit. Du pas de la porte, j'observai sa silhouette s'évanouir dans l'ombre de la cage d'escalier, j'écoutai faiblir le bruit de ses pas. Enfin, il ne resta plus rien. Il avait disparu. Tout était vide.

Le moindre repos était impossible. À l'aube, je m'habillai et réveillai Pélagie. Je lui confiai un mot, avec l'instruction de le porter à Manon si je ne revenais pas avant la tombée de la nuit.

Pardonne-moi, chère Manon, de t'avoir laissée sans nouvelles de si nombreux mois. Je sais que tu as dû t'inquiéter pour moi, mais comprends bien que je n'avais pas le choix. Tu peux avoir toute confiance en la femme qui t'apportera ceci. Elle te mènera à Aimée. Si je ne survis pas à cette journée, je compte sur toi pour dire à ma sœur, la citoyenne Chalvignac, où se trouve ma fille.

Que Dieu te bénisse.

J'allai dans la chambre d'Aimée et la regardai longuement dormir avant de partir pour les Tuileries. Alors qu'il se mettait à pleuvoir, je passai devant la maison commune, puis suivis la Seine jusqu'à la salle des Tuileries où siégeait la Convention. Mes souvenirs du 10 août, des corps mutilés des Suisses, de l'homme qui avait voulu me décapiter de son sabre, et même de Villers, étaient encore vifs.

Enveloppée dans mon manteau, je m'assis avec le public dans les galeries de la Convention, attendant que la session commence. Je savais que je pourrais y obtenir les premières nouvelles de l'arrestation de Pierre-André s'il devait tomber aux mains de ses ennemis.

La séance fut ouverte à neuf heures. Les conventionnels se félicitaient encore de la chute du tyran Robespierre huit jours plus tôt. J'étais trop engourdie de chagrin pour prêter une grande attention aux discours, par ailleurs fort ennuyeux. Soudain, un homme, à bout de souffle, se précipita dans la salle.

– Coffinhal a été arrêté à deux heures du matin ! Il est à la Conciergerie.

Cette annonce fut accueillie par les acclamations des conventionnels. Pendant un instant, la salle tourbillonna autour de moi. Je vis l'homme haletant monter les escaliers jusqu'à la tribune du président pour lui chuchoter quelque chose à l'oreille. Ce dernier agita sa sonnette pour réclamer le silence.

– Il semble que nous ayons une difficulté. Comme le Tribunal révolutionnaire est fermé, Coffinhal a été traduit devant le tribunal criminel.

– À mort! Pas de procès pour le traître!

Le président agita de nouveau sa sonnette.

– Ce n'est pas si facile. Oudart, le président du tribunal criminel, a décliné toute compétence pour les crimes politiques. Il refuse catégoriquement de condamner Coffinhal à mort.

Cet Oudart devait avoir bien du courage. L'espace de quelques minutes, je m'abandonnai au fol espoir que Pierre-André pourrait être sauvé.

Un des conventionnels se leva de son siège.

– Le traître doit périr aujourd'hui. Nous ne pouvons attendre la réouverture du Tribunal révolutionnaire. Mettons aux voix un décret ordonnant au tribunal criminel de condamner Coffinhal à mort.

Les cris de « Mort au traître! » résonnaient dans la salle.

Depuis, je me suis forcée à lire ce décret. Le nom de Pierre-André y est orthographié « Coffinal », preuve, je suppose, de l'empressement de la Convention à mettre fin à sa vie. Ainsi Pierre-André Coffinhal, qui avait présidé à tant de procès, en fut-il privé. Pour lui, ni preuves, ni témoins, ni plaidoiries. Il fut condamné à mort sur la déclaration de deux greffiers qui se contentèrent d'attester son identité.

87

Après avoir appris que le décret envoyant Pierre-André à la guillotine avait été voté, je courus sous une forte pluie d'été à la Conciergerie. Je savais qu'il allait être exécuté immédiatement et priai ardemment, plus ardemment que je n'avais jamais prié, de ne pas arriver trop tard.

Au Palais de Justice, un groupe de femmes s'était rassemblé autour de l'entrée de la Conciergerie, dans la cour du Mai. On appelait cette foule hideuse les « lécheuses de guillotine », elles attendaient là pour suivre les prisonniers dans leur dernier voyage. La charrette, avec ses deux grands chevaux blancs, était prête.

Je crus défaillir lorsque Pierre-André apparut, les mains liées dans le dos, entouré d'une douzaine de gendarmes, sous les cris des harpies. Il monta seul les marches de la charrette et s'assit sur l'un des bancs. Escorté par des rangs de gendarmes à cheval, le convoi traversa le Pont-Neuf et tourna dans la rue Honoré en direction de la place de la Révolution. La pluie plaquait les cheveux noirs de Pierre-André sur son visage et sa chemise sur sa poitrine. Elle tombait dru, cette pluie, mais n'avait pas pour autant découragé la foule hurlante de se réunir. Des lâches, qui n'auraient pas osé l'approcher à moins de cent pas s'il avait été libre, écartaient les chevaux des gendarmes et grimpaient sur les ridelles de la charrette pour lui lancer des insultes. Un homme bien habillé, un bourgeois, essayait de le piquer à travers les barreaux avec la pointe d'un parapluie fermé. J'avais vu un comportement semblable envers un lion en cage à la ménagerie de Versailles, ce souvenir me glaça. Les gens criaient « Coffinhal, tu n'as pas la parole! » La tête haute, il les toisait avec mépris.

Je suivis la charrette, les genoux tremblants, m'appuyant sur des inconnus pour tenir jusqu'au bout. À mi-chemin, Pierre-André m'aperçut enfin. Je frémis quand son regard me transperça, mais son visage se détendit, et dès lors, il garda les yeux fixés sur moi. Les forces m'en revinrent. Il allait quitter ce monde me sachant à ses côtés, assuré que je ne céderais pas à mon chagrin.

Lorsque le cortège atteignit la guillotine, placée à côté de la statue de la Liberté qui avait remplacé celle de feu Louis XV, Pierre-André leva la tête et tout son torse se souleva en ce qui me sembla être un soupir de soulagement. Ses lèvres bougeaient alors qu'il me regardait pour la dernière fois. Je ne saurai jamais s'il me faisait ses adieux ou s'il me rappelait la dernière promesse que je lui avais faite. Puis il eut un mouvement de tête sur le côté, comme pour me faire signe de partir. Il n'en était pas question. Malgré la douleur qui m'écrasait la poitrine, je resterais jusqu'à la fin, je ne détournerais pas les yeux. Je récitais le *Salve Regina*, suppliant la Mère de Miséricorde de m'en donner la force.

Dédaignant l'échelle tirée par le bourreau, Pierre-André sauta de la charrette. Il monta les marches de l'échafaud avec une légèreté surprenante pour un homme de sa stature, comme s'il était impatient d'en finir avec les cérémonies de la mort. Il se tenait debout, face à la planche, à laquelle il fut sanglé. Elle bascula, le cou fut ajusté à l'intérieur de la lunette, où il tenait à peine, et la lame triangulaire s'abaissa un instant plus tard dans un bruit sourd.

La foule rugit. Je regardais toujours lorsque Sanson, le bourreau, plongea la main pour retirer la tête du sac de cuir où elle était tombée. Il fit le tour de l'échafaud, la brandissant par les cheveux, le sang dégouttant toujours du cou, pour la montrer à la foule. Le corps fut roulé sur le côté dans une sorte de cercueil en osier à côté de l'horrible machine, et de là, poussé dans une seconde charrette qui attendait. Sanson et l'un de ses aides grimpèrent à côté du cocher.

Je n'avais pas songé à ce que je ferais après la mort de Pierre-André, mais je ne pouvais me résoudre à abandonner son corps. Libérée de la foule et de ses cris, je suivis la seconde charrette. Je n'avais pas de parapluie et j'étais trempée jusqu'à l'os. Pourtant, je ne ressentais ni froid ni lassitude. Nous arrivâmes enfin en vue du cimetière des Errancis, dont le portail d'entrée portait l'inscription « Champ du Repos ». Après l'avoir franchi, je vis deux tranchées séparées, chacune d'une trentaine de pieds de largeur, toutes deux entourées de barils qui devaient contenir de la chaux vive.

Sanson, découvrant ma présence, me regardait avec curiosité.

– Le connaissais-tu ?

– C'était mon homme. Et je crois que tu le connaissais aussi.

– C'est vrai. Un sacré personnage. Je pourrais encore avoir des ennuis parce que je l'ai suivi le 9.

– Puis-je rester un moment avec lui ?

– Comme tu veux, mais ce ne sera pas beau à voir.

– Je n'ai rien vu de beau aujourd'hui. Je veux lui dire adieu.

– Très bien. Cette fosse là-bas est réservée à ceux qui meurent de mort naturelle. Celle-ci a été creusée l'autre jour pour Robespierre et ses amis.

– Alors ils sont tous enterrés ici ?

– Oui. Tous.

L'arrière de la charrette se cala au bord de la fosse. Sanson et son aide coupèrent la lanière qui liait les poignets de Pierre-André et commencèrent à dévêtir le corps. Je ne pouvais quitter des yeux la chair nue, spectrale, plus blanche que je ne l'avais jamais vue en vie. L'averse emportait les minces ruisselets de sang qui coulaient encore sur la poitrine. Même décapité, le cadavre, large d'épaules et de torse, svelte de taille et de hanches, paraissait fort et grand. J'étais frappée de sa beauté malgré l'horreur de l'entaille rouge au cou.

– Tu ne vas pas t'évanouir, au moins ? Tu es aussi pâle que lui. Veux-tu ses vêtements ? La Nation me les laisse, mais je les donne aux hôpitaux parce qu'ils sont gâtés par le sang. Tu peux prendre ce que tu veux, sauf ces bottes, qui pourraient m'aller.

Je pensais à la montre et à la bague que Pierre-André m'avait laissées avant son rendez-vous avec le destin. Je préférais me souvenir de lui vivant.

– Merci. Garde tout. Si tu veux me faire une grande faveur, tu peux me laisser tenir sa tête un instant.

– Es-tu sûre ?

– Oui.

Il saisit délicatement la tête et me la tendit. Son poids me surprit. L'expression du visage était sereine, et la mort n'avait pas voilé les yeux sombres, mi-clos. Je pressai ses lèvres blanches et froides contre les miennes, je touchai son front du mien comme il le faisait de son vivant. Avec un regret infini, je reposai la tête sur la charrette, lui fermai les yeux et, pour la dernière fois, lui caressai les joues.

Je me détournai alors qu'elle rejoignait le corps dans la fosse. À ce moment-là, je frémis à l'idée de la destruction immédiate de sa chair. Mais la brûlure de la chaux lui épargna les lentes indignités de la putréfaction.

Dans cette fosse, il retrouvait ses amis, ses vrais frères, Robespierre, Payan, les membres du conseil général de la Commune de Paris. Séparé d'eux par une couche de terre et de chaux, il repose avec ceux qui ont partagé ses idéaux et sa mort.

Je ne sais comment je rentrai chez moi. Je me souviens seulement de m'être réveillée dans mon lit, ne ressentant que de l'épuisement et une envie irrépressible de mourir. J'étais trempée de sueur ; je tremblais de chagrin, de froid et de fièvre. La toux ne me laissait pas un instant de repos. Respirer me faisait suffoquer. J'étouffais. L'air autour de moi était baigné nuit et jour d'une lueur jaune, couleur d'urine. J'avais pris congé de mon corps, tant la douleur de vivre m'était insupportable.

Je dus rester trois semaines dans cet état. Manon était réapparue. Elle était, comme à son habitude, très attentive et parlait sans relâche « pour me divertir », comme elle le disait. La seule manière de supporter son bavardage était de l'ignorer. Sitôt Manon partie, Pélagie s'asseyait à mon chevet pour tricoter en silence, sans chercher à rencontrer mon regard. Elle s'arrêtait de temps à autre pour me toucher la main avec douceur. Tous les jours, elle amenait Aimée dans la chambre en portant l'index à sa lèvre fendue.

Un jour, vers la fin du mois d'août, Pélagie repoussa le drap de lit et me toucha le ventre à travers ma chemise. Elle n'avait jamais rien fait de tel auparavant. Elle hochait la tête en souriant. Il ne m'avait pas échappé, même dans mon état, que je n'avais pas eu mes règles. Je n'y avais accordé aucune importance, attribuant leur absence aux effets de mon chagrin et de ma maladie. Le geste de Pélagie me révéla tout. Pour la première fois depuis la mort de Pierre-André, les larmes ruisselèrent sur mes joues. Elles me sauvèrent. Je sus alors que je vivrais, pour toi, grâce à toi. Pélagie me prit dans ses bras. Elle aussi sanglotait.

Lors de ma première sortie après ma maladie, alors que je passais devant un mur couvert d'affiches officielles, le nom de Coffinhal attira mon attention. Je me forçai à lire.

« Pierre-André Coffinhal, vice-président du Tribunal révolutionnaire, membre du conseil général de la Commune de Paris, mis hors la loi le 9 thermidor, a été condamné à mort le 18 dudit mois par jugement du tribunal criminel de Paris et guillotiné le même jour. »

C'était là son éloge funèbre. Il avait trente et un ans. La vie était alors atrocement courte.

Tu comprends tout maintenant, Edmond. C'était ton père. Le portrait de la dame en robe noire que tu as vu toute ta vie dans ma chambre est bien celui de ta grand-mère. Mais ce n'est pas la marquise d'Espeils, comme je te l'ai toujours dit. C'est Jeanne-Françoise Dunoyer, la mère de Pierre-André. Pardonne-moi de t'avoir tu la vérité. Pardonne-moi de n'avoir pas su te dire ces choses-là tout à l'heure.

88

Pierre-André Coffinhal fut exécuté le 18 thermidor de l'an II de la République, une et indivisible, le 5 août 1794, ancien style. J'ai appris depuis qu'à son arrivée à la Conciergerie au milieu de la nuit, il n'avait cessé de crier à pleins poumons qu'il se cachait depuis plus d'une semaine sur l'île aux Cygnes, que ses amis l'avaient trahi, que ses maîtresses lui avaient claqué la porte au nez, qu'il était affamé et qu'il considérait la guillotine comme une bénédiction en comparaison des épreuves qu'il venait de subir. Un repas lui fut apporté en hâte pour le faire taire. Il mangea, mais ses clameurs ne perdirent rien de leur véhémence. Elles visèrent ensuite la lâcheté d'Hanriot. Des heures durant, elles résonnèrent dans la prison, terrifiant les autres prisonniers, les gardes, les gendarmes, au point que nul ne songea à l'interroger plus avant sur les neuf derniers jours de sa vie. C'est la dernière preuve d'amour que je reçus de lui.

La vie continuait. Je la portais en moi. Je devais penser à toi, à Aimée, à Pélagie, que je ne pouvais abandonner. Un matin, Manon, un petit sourire satisfait aux lèvres, entra dans ma chambre pour me remettre un pli, assez épais, envoyé à son adresse. Reconnaissant le cachet et l'écriture de mon frère, je l'ouvris avec une grande curiosité.

J'ai reçu, madame, de votre femme de chambre la nouvelle de votre maladie et la demande que vous soyez autorisée à revenir à Fontfreyde lorsque vous serez en état de voyager. Je ne sais si cette lettre était un stratagème ou si vous êtes réellement trop souffrante pour m'écrire vous-même. Si tel est le cas, je suis désolé de l'apprendre et vous souhaite de tout cœur un prompt et complet rétablissement. Quoi qu'il en soit, je tiens à exprimer clairement mes sentiments.

Ne me croyez pas ignorant de votre conduite au cours de ces deux dernières années. Je sais à qui et à quoi vous devez la préservation de votre vie. À l'époque où le roi et la reine, notre sœur Hélène, et tant de nos amis ont affronté les plus grands périls et la mort avec un courage héroïque, vous avez trouvé votre salut dans le lit d'un homme que je haïssais bien avant que la véritable étendue de son ignominie ne fût connue de tous. Vous avez bénéficié, grâce à sa protection, de votre petit îlot de confort dans un océan de sang innocent. Cela, je le sais, mais je soupçonne pire.

Je vous soupçonne de vous être jetée avec empressement à la merci de cet homme dont je ne peux supporter d'écrire le nom, de cet égorgeur, et de vous être plongée avec plaisir dans la dépravation. Je soupçonne que votre maladie résulte de la mort de ce scélérat, quoique sa fin soit considérée comme une bénédiction et une délivrance par tous les gens de bien. Je ne peux comprendre comment vous avez pu tomber si bas. N'avez-vous donc aucune conscience ?

Si vous avez besoin d'argent, dites à votre servante de m'écrire, et je vous enverrai ce que je peux. Ce ne sera pas beaucoup, car les paysans sont devenus insolents au point de penser que l'abolition de nos droits ancestraux les dispense de nous payer quoi que ce soit. Quant à vous offrir la protection de mon toit, il n'en est pas question. Votre compagnie me serait intolérable. La vérité, Gabrielle, est que je ne veux plus vous revoir. Ma colère s'estompera peut-être avec le temps, mais le dégoût que je ressens pour vous est si profond que je ne peux imaginer qu'il s'atténue jamais.

Au cours des deux années écoulées, combien de fois vous êtes-vous souciée de moi ? Pour ma part, je n'ai cessé de prier pour vous. J'ai passé des nuits blanches dans la terreur que la brute se lasse de vous. Je redoutais qu'il vous condamne, encore chaude de vos étreintes, à partager le sort de ses autres victimes. Je vous imaginais, les mains liées dans le dos, montant à l'échafaud. J'essayais en vain de me préparer à cette épouvantable nouvelle. Oui, petite sœur, j'ai maintes fois prié pour la poursuite de votre disgrâce, puisqu'elle seule pouvait préserver votre vie, et souvent je vous ai pleurée comme on pleure les morts. Vous m'avez fait souhaiter ce qui me faisait le plus horreur.

Je crois au pardon de toutes les offenses. Pourtant, je ne peux vous pardonner. Je n'ai pas de désir plus profond que de revoir ma Gabrielle, de sentir sa présence à mes côtés, mais que reste-t-il d'elle aujourd'hui ?

Je suis heureux de vous savoir en vie, mais l'ombre de cet homme nous séparera à jamais.

Je vous prie de ne pas renouveler votre requête, ma réponse ne changera pas.

Que Dieu vous garde, madame, ainsi que ma nièce, sous Sa sainte protection.

Le marquis d'Espeils

P.-S. : Je joins le pli qu'il a eu la cruauté de m'envoyer il y a de cela bientôt deux ans, ainsi que son contenu. Pourquoi n'ai-je pas brûlé le tout ? Je ne saurais le dire. Imaginez l'horreur que j'ai ressentie en le recevant.

Le billet enclos dans la lettre de mon frère était adressé « Au citoyen Despeils, en son ci-devant château de Fontfreyde ».

Paris, ce 28 septembre 1792
Ta sœur me donne la plus entière satisfaction.
Salut et fraternité.
P.-A. Coffinhal

Pliée à l'intérieur du billet se trouvait la jarretière bleue et blanche, avec le monogramme G et la couronne de baronne, que Pierre-André m'avait prise le matin suivant nos retrouvailles, et dont j'avais trouvé la jumelle chez lui.

Je posai les deux lettres sur la couverture. J'étais en colère contre mon frère. Moi aussi, j'avais souvent pensé à lui pendant ces deux années, mais il ne le savait pas, il ne le saurait jamais. Aveuglé par la jalousie, il n'avait pas compris qu'il devait la vie à l'homme qu'il haïssait tant.

La vue de l'écriture hardie de Pierre-André, qui m'arrivait par-delà la mort, me serra la gorge. Elle me donna aussi un sentiment de triomphe. En une phrase, il s'était vengé, il m'avait vengée de l'humiliation reçue des années plus tôt, de la destruction de nos espoirs, de tous les malheurs qui s'en étaient suivis.

Soudain, j'étais libérée des liens qui m'avaient si longtemps tenue attachée à mon frère. Rien ne m'importait que d'honorer la dernière promesse que j'avais faite à Pierre-André : il fallait que je vécusse et que je quittasse la France.

89

Alton Court, ce 14 juillet 1815

Le reste, Edmond, tu le connais. Enfant, combien de fois ne m'as-tu pas demandé de te raconter l'histoire de ma fuite de France ? Tu sais comment Aimée, Pélagie et moi avons rejoint les Pays-Bas, tantôt en diligence, tantôt à pied ; comment j'ai été de nouveau arrêtée comme espionne près du front ; comment je nous ai fait traverser la Manche depuis Ostende sur la barque d'un contrebandier. Ce que tu ne sais pas, c'est que ces aventures-là étaient aussi les tiennes. Je te portais en moi, mon trésor le plus précieux, l'enfant de mon amour mort, le gage de ma promesse de vivre.

Nous arrivâmes enfin à Londres, où je retrouvai beaucoup de mes anciens amis parmi les émigrés français, dont Émilie, désormais veuve. J'y rencontrai lord St Ives. Je me confiai à lui, je lui parlai de toi, de ton père, je lui dis tout. Il nous offrit à tous deux la protection de son nom, il m'épousa et t'éleva comme son fils. Il ne t'a pas moins aimé que si tu avais été sien. Si ces mémoires ne servent qu'à une chose, c'est à te faire comprendre sa bonté et la dette que nous avons envers lui.

Tu sais sans doute ce qui est arrivé aux autres personnages de cette histoire. Carrier, le bourreau de ma sœur Hélène, se querella vite avec les autres Thermidoriens. Peu après leur victoire, ils le firent juger pour les atrocités qu'il avait commises à Nantes. Ton père avait raison : Carrier ne connut pas 1795. Il fut guillotiné en décembre 1794.

Fouquier-Tinville avait été lui aussi arrêté quelques jours après Thermidor, dès que l'on put se passer de ses services, avant Pierre-André. Ils étaient voisins de cellule à la Conciergerie ; il entendit les rugissements de ton père retentir dans la prison pendant des heures. En fut-il effrayé, lui aussi ? Mais il n'y avait aucune urgence à guillotiner Fouquier : il languit en prison pendant près d'un an et ne fut jugé qu'en mai 1795, en même temps que Scellier, Herman et tous les anciens magistrats du Tribunal révolutionnaire. Comme eux, il était condamné d'avance. Fouquier avait peut-être cru sauver sa vie en envoyant Robespierre et ses amis à la mort, mais la guillotine fut sa seule récompense. Je rends grâce à Dieu d'avoir épargné à ton père l'agonie de ces longs mois de prison.

Durant l'année qui suivit la chute de Robespierre, beaucoup des Jacobins survivants furent exécutés sommairement ou massacrés dans les prisons, le tout avec la participation active ou l'approbation tacite des Thermidoriens. Des milliers de personnes périrent lors de ce qu'on appela la Terreur blanche.

Ma chère Manon est toujours en France. Elle hérita un petit magot de l'une de ses tantes et épousa un homme de vingt ans son cadet. Ils tiennent un magasin de parapluies à Paris. Elle m'écrit qu'ils sont très heureux.

Beaucoup d'autres survécurent. Mesdames de Rochefort et de Tourzel, mes compagnes à La Force, furent emprisonnées en 1794, pendant et après la Grande Terreur, mais toutes deux sont en vie. Pauline de Tourzel épousa le comte de Béarn et, comme beaucoup de membres de l'ancienne aristocratie, rejoignit la nouvelle cour de Napoléon Bonaparte après qu'il se fut proclamé empereur des Français en 1804. J'ai toujours pensé avec un certain amusement à cet amalgame disparate de l'authentique noblesse et d'une foule de parvenus. Des blanchisseuses, devenues duchesses, côtoyaient d'anciennes dames du palais de Marie-Antoinette. Des révolutionnaires repentis se prosternaient aux pieds de Sa soi-disant Majesté le soi-disant empereur Napoléon.

Mon frère, le marquis d'Espeils, vit toujours en son château de Fontfreyde. Il ne s'est jamais marié. Son héritier est mon neveu, le comte de Chalvignac, le fils aîné de Madeleine, qui a mon âge et va demander au roi la permission de relever le nom de Montserrat d'Espeils, menacé de s'éteindre après huit cents ans. Je n'ai plus correspondu avec le marquis depuis mon départ de France il y a vingt ans, mais Madeleine me donne des nouvelles d'Auvergne. Elle eut l'immense chagrin de perdre son fils cadet, colonel dans les armées de Bonaparte, tué lors de la bataille d'Austerlitz en 1805, il y a près de dix ans.

En 1808, je revis Marie-Joséphine de Savoie, jadis comtesse de Provence, désormais reine de France en exil. Elle venait alors d'arriver en Angleterre, usée par la tristesse et l'amertume, mais toujours accompagnée de sa chère Marguerite. J'allais lui rendre visite de temps à autre à Hartwell House, où elle avait rejoint son mari. Ils avaient vécu séparés pendant toutes ces années, chassés d'un pays à l'autre par les armées victorieuses de la République, puis par celles de l'Empire. En me voyant, Marie-Joséphine s'était jetée dans mes bras sous l'œil toujours vigilant de madame de Gourbillon. La chère Marguerite resta avec elle jusqu'à la fin, qui survint deux ans plus tard, en 1810. La reine Marie-Joséphine ne vit jamais la restauration de son mari sur le trône. Avec tous les émigrés français, et tous les espions de Bonaparte à Londres, j'assistai à ses funérailles en l'abbaye de Westminster. Je ne saurais dire ce qui était le plus triste, de cet adieu ou du rassemblement des débris de l'Ancien Régime. Je ne pouvais contempler les autres émigrés sans un mélange de pitié et de mépris. Même ceux qui vivaient ici depuis vingt ans n'avaient pas appris un mot d'anglais, trop occupés à gémir de leurs misères et à se rappeler les jours de la douceur de vivre.

Le mois dernier à Waterloo, la défaite des armées françaises signa la chute finale de Bonaparte. Quarante-cinq mille hommes périrent le jour de cette boucherie. La guerre, voulue il y a vingt-trois ans par Marie-Antoinette et les Girondins, est enfin terminée. Les Bourbons sont restaurés pour la seconde fois, de nouveau ramenés en France dans les fourgons de l'étranger. Le fait qu'ils doivent leur trône aux ennemis de leur pays ne semble jamais les troubler.

Tes oncles paternels ont fort bien réussi sous l'Empire. Jean-Baptiste Coffinhal était membre de l'Assemblée législative et procureur impérial sous Bonaparte. La Restauration ne lui a pas mal réussi, et il est devenu procureur du roi à Aurillac. Sa fille unique a épousé le général de Sistrières-Murat, baron d'Empire.

Joseph Coffinhal, lui, ne s'appelle même plus Coffinhal. Il est devenu conseiller d'État sous Napoléon, qui l'a fait baron, lui aussi. Joseph, comme Jean-Baptiste, a promptement changé d'allégeance à la chute de l'Empire. Il a récemment reçu de Louis XVIII l'autorisation de renoncer complètement au nom de Coffinhal « en raison de la disgrâce que son frère cadet y avait attachée durant la Révolution ». C'est désormais monsieur le baron Dunoyer.

Ainsi la famille de Pierre-André est-elle devenue noble ! Les opportunistes, les lâches, les traîtres, ceux qui ont abandonné leurs idéaux, leurs amis, leurs frères, ont survécu et prospéré. Moi aussi. J'ai quarante-six ans aujourd'hui.

Je me demande parfois ce qui serait arrivé si l'on m'avait permis, à quinze ans, d'épouser ton père. Il serait probablement resté médecin dans le haut pays. Nous aurions tous deux passé les années de la Révolution en Auvergne. Tu serais né, Edmond, mais dans des circonstances bien différentes, l'un des nombreux enfants d'un médecin, médecin toi-même, ou peut-être avocat, comme ton grand-père paternel et tes oncles. Mais ton père se serait-il contenté du bonheur domestique dans une petite ville alors qu'à Paris se forgeait le destin de la Nation ?

Et si j'avais cherché à le revoir, quand je suis arrivée à Paris à dix-sept ans ? Marié à une noble, serait-il devenu l'ennemi implacable de l'Ancien Régime, le Jacobin, l'ami de Robespierre, l'insurgé du 10 août, le juge du Tribunal révolutionnaire ? Au lieu de périr sur la guillotine, aurait-il suivi une carrière aussi brillante que celle de ses frères ? Ou bien sa foi passionnée en les nouveaux idéaux l'aurait-elle irrémédiablement conduit sur la même voie, vers la même mort, au-delà des aléas de la destinée personnelle ?

Je suis redevenue une aristocrate, la comtesse douairière de St Ives maintenant, mais je ne peux toujours pas retourner en France. Mon pays est saisi par une nouvelle Terreur blanche. On commet des atrocités contre les Jacobins survivants et tous ceux qui ont soutenu la Révolution. Ceux qui ont de la chance sont passés par les armes, les autres sont tués avec des raffinements de cruauté, certains saignés à blanc comme des porcs. Si l'on découvrait que j'ai aimé, assisté, caché ton père, l'un des juges qui ont envoyé Marie-Antoinette à la mort, je serais perdue. Aussi, Edmond, mourrai-je en exil ici.

Émilie est venue me voir la semaine dernière. Elle m'avait affirmé, en ce jour d'août 1792, qu'elle serait de retour à Paris avec les vainqueurs en trois mois. Elle ne savait pas qu'il lui faudrait attendre plus de vingt ans. Je l'envie : comme les autres émigrés, elle peut rentrer en France. Et pourtant, le pays qu'elle retrouvera outre-Manche a peu en commun avec celui qu'elle a quitté. Le drapeau tricolore est banni, remplacé par la bannière blanche de l'ancienne monarchie. La Révolution est vaincue, ceux qui ont combattu pour elle ont été mis à mort, mais sa marque est indélébile dans tous les esprits, y compris ceux de ses ennemis. On ne tue pas les idées.

Mon âme demeure dans le pays que je ne reverrai plus ; mon cœur est lié à jamais à celui d'un mort. Mais j'ai le souvenir de l'amour, et j'ai bon espoir. Comme Pierre-André l'a dit autrefois, nous serons réunis un jour, mais pas en ce monde.

Note de l'auteure

Gabrielle, les membres de sa famille et celle de son mari sont des personnages aussi fictifs que peuvent l'être les habitants d'un roman. En revanche, tout comme le chevalier des Huttes, Pierre-André Coffinhal (prononcé *Coffignal* en langue d'oc) est un personnage historique.

Un jour que je me promenais rue Coffinhal à Vic avec feu mon père, agrégé d'histoire, celui-ci m'a appris que le Coffinhal en question avait été vice-président du Tribunal révolutionnaire. Voilà qui ne pouvait manquer de piquer ma curiosité d'avocate, et j'ai cherché à en découvrir plus sur ce personnage. Je n'ai pas été déçue.

Coffinhal, ai-je lu, était une brute sanguinaire, « d'une fidélité auvergnate » à Robespierre, selon Michelet, qui lui reproche d'avoir expurgé les comptes rendus d'audience des procès des hébertistes et des dantonistes. Sa stature colossale et sa voix de basse « lugubre » effrayaient fort les accusés, disaient les juges survivants du Tribunal révolutionnaire lors de leur propre procès en 1795. Surtout, on lui reproche d'avoir répondu à Lavoisier, qu'il venait de condamner à mort avec vingt-sept autres fermiers généraux, et qui lui aurait demandé un sursis à exécution de quinze jours pour finir une expérience, que « la République n'a pas besoin de savants ». On lui fait même grief d'avoir libéré – ou enlevé – Robespierre le 9 thermidor pour le ramener à l'Hôtel de Ville. Il aurait, cette nuit-là, défenestré

Hanriot, commandant de la garde nationale, l'accusant, à juste titre d'ailleurs, d'avoir consommé la défaite des Jacobins par son incurie. L'exécution de Coffinhal sous une pluie battante le 18 thermidor, après qu'il a été trahi, est souvent dépeinte avec une jubilation mauvaise par les humanistes qui lui reprochent sa dureté au Tribunal.

Cela fait beaucoup pour un seul homme, même si l'on prend en compte l'animosité bien entendue des Thermidoriens à son égard. En fait, la seule appréciation positive que j'ai pu trouver sur Coffinhal provient de feu mon confrère Luc Willette, de son vivant avocat au barreau de Paris et auteur d'un ouvrage sur le Tribunal révolutionnaire.

Ce n'est pas le seul outrage fait à la mémoire de Pierre-André Coffinhal. Beaucoup d'historiens le confondent avec son frère Jean-Baptiste, de seize ans son aîné et procureur-général-syndic du Cantal. Jean-Baptiste Coffinhal était pourtant un révolutionnaire d'un genre bien différent, car, loin de périr sur la guillotine, il s'est rallié à l'Empire, puis à la monarchie, avant de finir paisiblement ses jours comme procureur du roi à Aurillac sous la Restauration.

Qu'en était-il donc de son jeune frère, Pierre-André Coffinhal, le juge ? J'ai suivi dans mon roman l'évolution de sa carrière : d'abord médecin, il reçoit ensuite une formation juridique comme clerc chez un procureur au Châtelet, puis devient avocat, *homme de loi*, comme l'on disait alors. Sous la Révolution, Jacobin, il est élu commissaire de police de l'île Saint-Louis, avant de participer comme insurgé à la journée du 10 août 1792. Il devient membre du conseil général de la nouvelle Commune insurrectionnelle. Au même moment, il est élu juge du Tribunal du 17 août, puis, après un bref passage au Tribunal du deuxième arrondissement, il est nommé juge au Tribunal révolutionnaire, dont il va devenir vice-président. On le présente souvent comme une sorte de raté de la Révolution, mais c'est un parcours bien rempli pour un homme qui est mort à trente-et-un ans.

Pour ce qui est du procès des fermiers généraux, il n'existe aucune trace d'une demande de sursis à exécution formée par Lavoisier, et la fameuse réplique attribuée à Coffinhal est maintenant reconnue comme apocryphe. Elle fut prononcée en d'autres circonstances, après sa mort et celle de Lavoisier.

Je me suis inspirée, pour décrire les activités de Coffinhal à l'occasion du massacre du Champ-de-Mars le 17 juillet 1791, de son témoignage au procès de Bailly. On a l'impression d'un homme toujours en mouvement, ce qui correspond bien à son extraordinaire activité le 9 thermidor. A-t-il défenestré Hanriot ? Rien ne l'atteste, au-delà de la légende noire qui l'entoure. Cela m'a cependant paru correspondre aux rugissements de rage qu'il a poussés dans sa cellule à la Conciergerie avant son exécution.

Un dernier point : il me paraît inconcevable qu'un personnage aussi aisément reconnaissable que Coffinhal, et aussi activement recherché, ait pu échapper sans assistance à ses poursuivants pendant les neuf jours qui ont suivi le 9 thermidor. Quelqu'un, ou quelqu'une, au péril de sa vie, prit le risque de cacher un homme déjà promis à la mort.

Conception graphique et réalisation
Anne-Marie Bourgeois/m87design
assistée de Cinthia Lupoli

Achevé d'imprimer
par Normandie Roto Impression s.a.s.
à Lonrai,
en novembre 2022.

Dépôt légal : mars 2022.
Numéro d'imprimeur : 2205736

Édition n°2